식민지 시대 문학의 지형도

식민지 시대 문학의 지형도

식민지 시대 문학의 지형도

채 호 석

역락

머리말

첫 논문집을 낸 것이 1999년도의 일이니, 벌써 10년이 넘은 옛날의 일이다. 10년 동안 세상도 많이 변하였고, 뿐만 아니라 나 자신도 많이 변하였다. 2000년대에 불혹을 지나고, 먹을거리를 마련하고, 그리고 아이를 셋이나 가졌다. 이제 공자님 말씀대로 하면 지천명(知天命)을 바라고 있다. '지천명'이라. 하늘의 뜻을 알고 그것을 받아들이는 것이니, 이제 젊은 시절의 객기나 치기는 더 이상 용납되지 않을 터인데, 여전히 스무 살 언저리에 놓여 있는 듯하다. 1930년대의 문학을 공부해보자 한 것이 1980년대 중반이고 지금이 2010년이니 무려 스물다섯 해를 1930년대에 매달려 있었음에도 불구하고 몇 걸음 나아가지 못한 것처럼 느껴지니 말이다. 그래도 진정성을 가지고 했다는 것으로 마음의 위안을 삼아야 할지.

지난 10년간 식민지 시대에 관련하여 썼던 논문들을 모아 책을 묶어 본다. 1950년대의 문학이나 북한 문학에 대해서도 몇 편 쓰기는 하였지만, 내가 생각하기에는 내 영역 밖이어서 제외하였다. 이래저래 모아 보니 열 편이 조금 넘는다. 한 해에 한 편 꼴이다. 이 논문들을 세 부분으로 나누어 묶었다. 첫 번째 묶음에는 '식민과 탈식민'이라는 이름을 붙이고 두 편의 논문을 묶었다. 내용으로 보자면 턱없이 부족하지만 그래도 내가 고민하고 있는 바 곧 식민과 탈식민의 문제의식을 어느 정도 잘 드러내 주었다고 생각하였기 때문에 그렇게 하였다. 두 번째 묶음과 세 번째 묶음에는 '식민지 시대 소설의 지형'과 '식민지 시대 비평의 지형'이라는 이름을 붙이고, 소설론과 비평론들을 묶었다. 그리고 책 제목은 '식민지 시대 문학의 지형도'라고 하였다. 식민과 탈식민이 주 관심이기는 하였지만, 그런 제목을 달기에는 여기 묶은 논문들이 함량 미달이었다.

논문들을 묶으면서 다시 살펴보니 부끄럽기 짝이 없다. 생각이 진전이 없이 제자리를 맴돌고 있기도 하고, 근거가 부족한 추론만이 가득 차 있기도 하다. 그래도 어느 논문에서인가 말했지만 생각의 결과보다는 과정이 더 중요하다고 생각하기 때문에 부끄러움을 무릅쓰고 묶어본다. 하찮은 생각들이지만 그래도 식민지 시대의 문학과 한국의 근대문학을 연구하는 데 조금이라도 도움이 되지 않을까 하는 마음에서이다.

부끄러운 글들을 묶으면서 무슨 말을 그리 많이 하겠는가. 다만 책을 흔쾌히 만들어 주신 도서출판 역락의 이대현 사장님, 길고 지루한 입력과 교정을 맡아서 예쁘게 꾸며주신 권분옥 씨에게 고마운 마음을 전한다. 그리고 다른 것 신경 쓰지 않고 공부를 계속 할 수 있게 해준 아내, 살아 있음의 행복을 느끼게 해준 세 아이에게 이 책을 바친다.

차례

제1부 식민과 탈식민

제2부 시민지 시대 소설의 지형

제3부 식민지 시대 비평의 지형

제 1 부

식민과 탈식민

탈-식민과 (포스트-)카프문학

1. 들어가는 말

프로문학에 대해 수많은 논의가 있었다. 너무 많은 이야기가 있었고, 또 너무 이야기가 없었다. 프로문학은 성격상 많은 이야기를 할 여지가 없어 보이기 때문에 프로문학에 대한 그간의 논의들은 많게 또는 적게 느껴질 수 있다. 달리 말하자면 프로문학에 대한 논의는 변함없이 한 차원에서 머물고 있는 듯하다. 프로문학은 짧은 시간 집중적으로 연구되었고, 그리고 프로문학은 '과거'의 것이 되었다. 프로문학만이 아니라 프로문학에 대한 연구마저 과거의 것이 되었다.

이런 시점에서 프로문학을 연구하는 일은 대단히 조심스럽다. 프로문학에 대해 무언가 새로운 것을 말하지 않으면 안 되며, 혹은 프로문학을 이전과는 다른 차원에서 이야기하여야 하기 때문이다. 뿐만 아니라 프로문학 연구는 프로문학이 연구자에게 '현재성'을 요구하고 있기 때문에 더욱 어렵다. 프로문학은 '문학'이면서(이었지만) 또한 '운동'이었다. 어찌면 프로문학은 '문학'이기 때문이 아니라 '운동'이었기 때문에 의미가 있었을 수도 있다. 그러므로 그 '운동'을 평가하려 할 때, 연구자들은 자신의 입지를 돌아보지 않을 수 없다. 그러나 지금 어느 누구에게 '현재성'을 요구할 수 있을 것인가? '현재성'은 당위일 수는 있지만, '실천'되고 있지는 않다.

당위로서 요구되지만 실천되지 않는 '현재성' 때문에 프로문학에 대한 연구는 불안정하다. 모든 연구자가 그렇겠지만, 프로문학을 연구하는 자, 최소한 '탈-식민'의 관점에서 프로문학을 연구하는 자는 자신의 발밑을 들여다보지 않으면 안 된다. 내가 서 있는 곳은 탄탄한가? 백척간두 손바닥만 한 땅을 세계의 지평이라 믿고 있지 않은가?

여기서 연구의 대상이 되는 '프로문학'은 역사적인 것으로서의 프로문학이다. 다시 말하자면 1920년대 중반쯤에 시작하여 1935년 중반쯤에 끝나는 역사적 현상으로서의 프로문학이다. 나는 이를 프로문학이라는 말 대신 '카프문학'이라는 말로 대체하려 한다. 그리고 그 이후의 문학은 '포스트-카프문학'이라 부르려 한다.1)

프로문학 대신 카프문학과 포스트-카프문학이라고 지칭하면 몇 가지 유용한 점이 있다. 첫째, 프로문학이라는 말이 지니는 불투명성을 넘어설 수 있다. 프로문학은 무엇보다도 내용에 의해 규정된다. 프로문학에 요청되는 특정한 세계관, 그리고 그에 따르는 특정한 내용이 있다. 그렇기 때문에 프로문학이라는 용어를 사용하게 되면, 프로문학은 언제나 하나의 '기준'으로 작용한다. 곧 '진정한 프로문학인가?'라는 물음에서 벗어날 수 없다. 그러나 카프문학이라는 말은 '카프에 속했던 작가들의 문

---

1) '포스트-카프문학'이라는 말은 채호석의 「안함광 비평에서의 '주체'와 '식민성'에 대한 연구 : <조선문학 정신 검찰 : 세계관·문학·생활적 현실>을 중심으로」(『한국어문학연구』, 2003. 9)에서 처음 사용하여 보았다.

학'으로 한정된다. 그들의 문학이 '진정한' 프로문학이건 그렇지 못하건 카프문학 속에 포함될 수 있다.

둘째, '카프문학'과 '포스트-카프문학'이라는 말은 카프 해산 이후의 문학을 기술하는 데 유용하다. 카프에 속했던 문학인, 그러나 1935년 이후 더 이상 카프에 속하지 않는 문학인들, 그리고 '프로문학'인지 확정할 수 없는 그들의 작품들을 지칭할 수 있는 적절한 용어가 없었다. '포스트-카프문학'이라는 용어는 카프 해산 후에 발표한 문학이 '프로문학'이건 아니건 유용하게 사용할 수 있다. 프로문학이라는 용어를 사용하게 되면 이들이 문학에 대해 또다시 질문을 던져야 한다. 물론 전향 작가 내지는 전향 작품이라는 용어를 사용할 수 있고, 또 그 용어가 사용되었다. 그러나 '전향' 자체가 논란의 여지가 많은 상황에서 전향 작가 혹은 전향 작품이라는 용어를 사용하게 되면, 카프 해산 이후 모두 '전향'하였다는 전제가 깔리게 된다. 검증되지도 않은 채 말이다. 그만큼 '전향'이라는 말은 조심스럽게 사용되지 않으면 안 된다. '포스트-카프문학'이라는 용어는 이런 질문에서 어느 정도 자유롭다.

셋째, '카프문학'과 '포스트-카프문학'이라는 용어는 '프로문학'보다 '카프'를 더욱 중요하게 생각한다. 프로문학을 향한 지향이 '카프'라는 조직으로, 문학 '운동' 조직으로 구체화되었고, 이러한 '카프' 및 문학 '운동'은 전적으로 새로운 문학관을 제시하였기 때문이다. 카프가 현실화시키고자 했던 것은 '운동으로서의 문학' 그리고 '무기로서의 문학'이었다. 그리고 이러한 문학은 초유의 것이었다. 이러한 문학관은 이전에 존재했던 어떤 문학관과도 다른 것이었고, 이전에 존재했던 모든 것에 얼마만큼은 등을 돌렸던 것이다.

그러나 단지 유용하기 때문에 카프문학과 포스트-카프문학이라는 말을 사용하려는 것은 아니다. 포스트-카프문학이라는 용어는 카프 해산 이후 카프에 속했던 작가들의 문학만이 아니라 많은 새로운 작가들의 문학 역시 여전히 카프의 자장(磁場) 내에 존재한다는 것, 그러나 결코 포스트-카프문학은 카프문학과 동일한 범주에 속하지 않는다는 사실을 명료하게 드러낼 수 있다. 내가 생각하기에 카프 해산을 분기점으로 해서 앞뒤의 문학은 전혀 성격이 다르다. 다시 말하자면 카프 해산은 문학사의 새로운 획을 긋고 있는 것이다.

나는 카프문학과 포스트-카프문학을 모두 다루고자 한다. 하지만 그 전모를 대상으로 하지는 않는다. '탈-식민과 프로문학'이라는 큰 틀 안에서 살펴보아야 할 필요가 있는 몇 지점만 선택하고자 한다.

사실 카프문학과 포스트-카프문학은 전면적으로 다루어지지 않으면 안 된다. 지금까지의 연구를 넘어서기 위해서는 구체적으로 개별적인 사실들이 아니라 '카프'라는 현상, 혹은 사태 자체가 문제가 되어야 하기 때문이다. 지금까지 축적된 연구들을 '일거에' 뛰어넘지 않으면 안 된다. 개별적이고 구체적인 현상들에 대한 연구는 자꾸 다른 현상들에 대한 기존의 이해에 묶이게 되기 때문이다.

하지만 쉽지는 않은 일이다. 앞서 말했듯이 '연구자'의 자기 점검이 끊임없이 요구되기 때문이다. 그러나 그뿐만 아니라 '카프문학'과 '포스트-카프문학'의 연구는 우리 문학사, 최소한 근대 문학사 전체를 문제삼지 않으면 안 되기 때문이기도 하다. 도대체 우리 근대문학은 언제 '정착'('시작'이 아니라)되었는가? '카프' 이전이라면 '카프'는 '정착된' 근대문학의 발전 과정 속에서 의미를 갖고 자리가 매겨질 것이다. 그러나 만약 아니라면? 근대문학의 '정착' 이전이라면? 그렇다면 '카프'는 근대문학의 '정착'에 이르는 한 과정으로 이해되지 않으면 안 될 것이다.

그렇기 때문에 여기서는 아주 제한된 대상에 한정할 것이다. 눈은 카프문학 전체에 열어두겠지만 대상은 한정하려 한다. 일종의 발판을 만들고자 하는 것이다. 이 발판이 제대로 만들어진다면 그야말로 '일거에' 뛰어넘을 수 있게 될 것이다. 하지만 발판이 만들어지지 않는다면 도약이 미루어질 수밖에 없다. 결과는 알 수 없다. 내가 판단할 문제가 아니기 때문이다.

내가 관심을 갖는 첫 번째 대상은 '서구문학'이다. 서구문학이라고 했지만 사실 그렇게 투명한 대상은 아니다. '서구문학'이라는 범주 안에 도대체 어디까지 포괄할 수 있을까가 문제가 되기 때문이다. 또 '서구문학'이라는 용어가 규정된 방식으로 사용되지도 않았다고 생각된다. 그러므로 '서구문학'이란 명료하게 표상되지 않은 어떤 것이다.

그러나 '서구문학'이 존재하지 않았던 것은 아니다. 그것이 실체이건 혹은 관념이건 '서구문학'은 식민지 시대 문학 전반에 걸쳐 작용을 하고 있었다고 생각된다. 그것도 하나의 '준거'로서 말이다. 다만 '서구문학'은 '서구문학'으로 표상되지 않았을 뿐이다. 이 표상되지 않는 서구문학이 어떠한 방식으로 (포스트-)카프의 문학에 영향을 미치는지 살펴보는 것이 첫 번째 과제이다.

두 번째 논의 대상은 1930년대 후반의 '주체론'이다. 카프 해산 이후 김남천과 임화 그리고 안함광 사이에서 '주체' 논쟁이 있었음은 이미 잘 알려져 있다. 이 주체 논쟁은 논쟁다운 모습을 보이지는 못하였지만, 그럼에도 1930년대 후반 친일이 문제되는 시점에서 식민지 주체가 어떻게 형성되는지를 잘 드러내주고 있다.

이 두 대상은 각기 그 바탕에 '제국주의'에 대한 대응을 깔고 있다. 그런데 이때 제국주의는 '단수'가 아니다. 제국주의 국가가 많다는 의미에서 '복수'라고 하는 것이 아니다. '제국주의' 자체가 단수가 아니라는 말이다. 물론 그 하나의 '일본 제국주의'이다. 그리고 다른 하나가 바로 '서구'이다. 이 두 제국주의는 부분적으로 겹쳐지지만 동일하지는 않다.

내가 여기서 밝히고 싶은 것은 이 두 종류의 제국주의에 대한 대응이 어떻게 겹치고 갈라지는가이다.

(포스트-)카프문학에서의 이 두 지점을 살펴보는 데에는 두 가지 전제가 있다. 하나는 물론 '탈-식민'이다. 나는 '탈-식민'에서의 '탈-'을 beyond의 의미로 사용하고자 한다. 그러므로 탈-식민이란 'post-colonial'이 아니라 'beyond-colonial'이다. 탈식민이라는 말은 postcolonialism의 번역으로부터 출발하였다. postmodern이 탈근대로 번역되면서 post는 '탈'로 번역되었다. 그러나 포스트콜로니얼리즘의 목표가 식민지 '이후'임에도 아직 여전히 식민지'임'을 말하는 것이라고 했을 때, 포스트콜로니얼리즘이 (포스트-)카프문학을 보는 틀이 되기에는 미진한 부분이 있다.[2]

다른 하나의 전제에 대해서는 조금 긴 설명이 필요할 듯하다. 내가 내세우는 두 번째 전제는 근대문학으로의 이행기와 관련되어 있다. 전근대문학에서 근대문학으로의 전환에 대한 논의는 대체로 '근대문학 기점론'으로 정리되어왔다고 보인다. 곧 근대문학이 언제 '시작'되었는가 하는 질문에 대한 대답이었다. 그러나 '시작'에 대한 논의는 많은 것을 놓치고 있다. '시작'이라는 말이 최초의 근대문학의 출현을 의미하는지, 아니면 근대문학이 주류로 확립된 시기를 말하는지 불분명하기 때문이다.

---

2) 하지만 포스트콜로니얼리즘을 둘러싼 대립과 논쟁에서 많은 영향을 받았음은 부인할 수 없다. 내가 생각하기에 포스트콜로니얼리즘은 두 가지 의미를 갖는다고 생각한다. 하나는 방법으로서의 포스트콜로니얼리즘이고 하나는 전장(戰場, battle-field)로서의 포스트콜로니얼리즘이다. 방법으로서의 포스트콜로니얼리즘은 식민성 속에서 반식민성을 찾아내고, 다른 한편으로는 반식민성에서 식민성을 발견한다. 차이를 꿈꾸는 동일성, 그리고 동일성을 꿈꾸는 차이다. 이런 방법으로서의 포스트콜로니얼리즘은 포스트모더니즘, 포스트구조주의, 해체주의로부터 많은 영향을 받고 있다. 그들은 일련의 '포스트 족(族)'이다. 하지만 전장으로서의 포스트콜로니얼리즘을 생각할 수 있다. 이 속에서는 포스트콜로니얼리즘의 헤게모니를 위한 싸움이 벌어진다. 이 싸움은 개념을 전유하고 자기 쪽으로 끌어들이기 위한 싸움이다. 이러한 생각은 릴라 간디에게서 많이 빌려왔다. 바트-무어 길버트도 유사한 생각을 드러낸다.

그러므로 근대문학 기점에 대한 논의보다는 근대문학으로의 '이행기'에 대한 논의가 훨씬 더 생산적일 듯하다.[3] 어느 시점에서부터인가 문학에서 근대적인 양상이 나타나기 시작하였을 것이다. 그리고 이 근대적인 양상이 단지 일회적은 현상으로서가 아니라 '흐름'으로서 자리를 잡게 되었을 것이다.

그러나 그 '흐름'이 처음부터 '주류'는 아니었을 터인데, 이때를 어떻게 이해할 것인가가 관건이다. 한두 작품이 아니라 하나의 '흐름'으로서 근대 문학적인 양상이 나타난다면(물론 이 시기는 아직 근대문학의 흐름이 '주류'는 아닌 때, 하지만 하나의 큰 흐름으로 자리 잡는 때를 말한다) 이때부터를 이행기의 시작으로 볼 수 있지 않을까 한다.

이때부터 근대문학과 전근대문학 사이의 '투쟁'이 시작된다. 그 싸움 속에서 때로 서로 부딪치고, 때로는 서로에게 파고들어가면서 양자 모두 자신을 변화시킨다. 낡은 것이 새로움의 외피를 쓰기도 하고, 새로운 것이 낡은 외피 속으로 파고들어가기도 한다. 이런 과정 속에서 점차 '근대적'인 것이 주류성을 획득하여 갔을 것이다. 그리고 마침내 낡은 문학이, 비록 여전히 남아 있다고 하더라도 더 이상 '힘'을 가지 못하게 될 때, '문학'의 영역에서 더 이상 의미를 가지지 않게 될 때, 그때가 이행기가 끝나는 시점일 것이다.

나는 이러한 이행기를 규정하는 하나의 기준으로 '근대문학 규범'을 생각한다. 이행기란 전근대적 문학의 규범이 근대적인 문학의 규범으로 바뀌는 시기인 것이다. 조선 후기의 새로운 문학의 출현, 개화기 시기의 다양한 글쓰기 양식의 등장, 그리고 1920년대 나타는 '근대적 문학 규범'에 어긋나는 많은 문학 작품들의 존재, '자율적인 문학'과 '도구적인

---

3) '이행기' 설정의 필요성 또는 유용성에 대해서는 임화의 「개설신문학사」와 조동일의 『한국문학통사』에서 영향받은 바 크다.

문학' 사이의 싸움, 그리고 각종 근대적 양식의 정착 과정 등등이 그 근거가 될 수 있겠다.

이 이행기의 시작이 어디쯤일지는 아직 공부가 얕아서 뭐라 말할 수 없다. 소설에만 한정해서 본다면 조선 후기 정도부터가 아닐까 한다. 내가 지금 더 관심을 갖고 있는 것은 이행기의 시작이 아니라 끝이다. 나는 이 시점을 1930년대 중반, '카프 해산'으로 잡아야 한다고 생각한다.

이렇게 보는 이유는 카프문학이 근대문학으로의 이행기, 근대문학의 규범이 정착되기 이전, 모색의 기간 속에 존재했던 하나의 시도라고 생각하기 때문이다. 카프문학은 아직 근대적 문학의 규범이 정립되지 않았을 때 새로운 문학 규범을 제시했던 것이고, 결과적으로 패배하고 말았던 것이다. 이런 점에서 카프문학과 포스트-카프문학은 연결되어 있지만, 전혀 다른 성격을 지닌 문학이다.

결국 나는 '탈-식민'과 '근대문학'의 관련 속에서 카프문학과 포스트-카프문학을 새롭게 이해해 보려 하고 있는 것이다. (포스트-)카프문학을 통해 탈-식민과 근대문학으로의 이행이라는 생각을 연관시켜 보고자 하는 것이다.

2. 분열된 제국의 표상, 그리고 (포스트-)카프문학과 서구문학

1) 분열된 제국의 표상

탈-식민이란 제국주의를 전제할 때만 성립할 수 있는 개념이다. 그런데 앞서 잠깐 이야기한 것처럼 1920~1930년대 제국주의는 하나가 아니라 '복수'로 존재했다. 그리고 그 의미 또한 동일하지 않다.

첫 번째 의미를 '실감'의 차원으로서의 제국주의라 하자. 이 실감을 동반한 제국주의는 물론 일본이다.4) 1910년 이후 조선이라는 식민지는 오직 일본 제국주의와만 관계를 갖는 것처럼 보인다. 일본 제국주의의 지배가 전일적(全一的)이건 그렇지 못하건 말이다.5) 그러므로 이 제국주의는 오직 일본으로만 인식될 수 있다.

그러나 다른 의미의 제국주의가 있다. 이를 '관념'의 차원에서의 제국주의라 하자. 이는 이론을 통해서만 인식되는 제국주의다. 실감이 없는 존재는 존재감을 상실하기 쉽다. 존재감을 상실하면 이 존재는 관념 속에서만 존재하며, 때로는 존재 자체를 망각하기 쉽다. 그러나 실감이 없다고 존재 자체가 없지는 않다.

그런데 관념 속에서 이 제국주의는 분열한다. 한편으로 제국주의로 다른 한편으로는 '서구' 문명국으로. 이때 '서구'란 하나의 관념적 고안물이다. 서구는 존재하지 않는다. 동양이 발명되고 난 후, 비로소 서구가 존재한다. 동양이 하나의 통일체가 아니듯이 서구도 통일체는 아니다.6) 그러

---

4) 실감을 동반한다는 것은 한편으로 그 실감에 의해 지배될 수 있음을 뜻한다. 제국주의에 대한 정서적 반응이 바로 이 실감에서 연유한다고 하겠다. 그리고 이에 대한 반발 또한 직접적인 형태를 띠기 쉬웠다. 그러므로 제국주의 자체에 대한 저항보다는 국지적이고 개인적인 저항, 혹은 정서적인 저항이 때로 의미 있는 것처럼 보이고 느껴지기도 한다. 그리고 그 결과는 정서적 차원의 만족만이 있었을 뿐이다.

5) 이를 실감의 차원에서 받아들이기 위해서는 일본의 입장에 서야 한다. 후발 제국주의로서 일본은 다른 제국주의를 실감의 차원에서 받아들일 수밖에 없었기 때문이다. 그렇다면 친일이 가능하기 위해서는 조선이 아닌 일본의 위치에 서 있어야 한다. 조선인이 아니라 일본인으로서의 조선인이 되어야 한다. 1940년을 전후한 시기의 친일 논의에서 핵심은 바로 이점이 되어야 하지 않을까 한다.

6) 서구에 통일성이 존재하는가는 1930년대 후반 김남천에게는 중요한 문제였다. 소설과 비평을 통해 일본의 전체주의에 맞서고자 했던 김남천이 끌어온 것이 서구의 통일성과 동양의 비통일성이었기 때문이다. 그런데 이는 이념에 의해 결정되는 것이 아니라 역사에 의해 결정되는 것이다. 김남천은 중세적인 통일성을 생각하고 있는 듯하다. 그에 비해 동양은 한 번도 그런 적이 없었고, 이러한 역사의 차이가 동양에서의 전체주의를 불가능하게 혹은 어렵게 할 것이라고 생각한다. 하지만 서구의 통일성 자체가 의심의 여지가 많은, 어쩌면 허구일지도 모르는 개념이다.

므로 서구는 문화적·정치적·경제적으로 각기 다른 존재로 현상한다.

개별적 존재로서의 영국이나 프랑스 등은 제국주의로 인식될 수 있다. 물론 특정한 문맥 아래에서만 말이다. 그리고 그 문맥은 대체로 '조선'과는 관련이 없다. 다시 말하자면 '세계정세'에 대한 논문 속에서, 관심 영역의 확대 속에서 개별 국가들은 제국주의로 인식된다. 그러나 이 제국주의는 조선과는 다른 문맥 속에 있기 때문에 하나의 '이야기'에 지나지 않는다. 지금 여기의 삶과 관련이 없는 이야기. 이런 이야기는 실감을 동반하지 않는다.

실감으로서의 제국주의와 관념으로서의 제국주의는 당연히 아주 엄밀하게 구분되지는 않는다. 식민지 삶의 개별적인 차원에서는 다양한 방식으로 제국주의를 접하게 되기 때문이다. 제국주의 국가들은 관념과 실감 사이 여기저기서 출몰한다. 침략, 문명, 우월자, 권력자, 힘 있는 자, 신기함 등등의 이름으로 나타난다.7)

일본의 위치도 언제나 같지는 않다. 직접적인 지배자이며, 침략자인 동시에, 달리는 서구 문명을 전달하는 매개자이기도 하였다.8)

이러한 두 개의 제국주의에 대한 대응은 당연히 시간의 경과에 따라,

---

7) 미국은 실감으로 존재했던 문명의 정점이었다. 『혈의루』로부터 시작하여 여러 작품에서 나오는 미국 유학을 생각해 보면 알 수 있다. 『무정』에서도 여전히 미국은 지향의 정점이었다. 그러나 1940년대 미국은 '귀축(鬼畜)'이었다. 그러나 그 어느 쪽도 실감은 아니다. 하나의 환(幻)에 지나지 않는다. 미국이 실감의 차원에서 인식될 때는 '물건'과 '사람'으로 인식된다. 위선적 선교사(이기영), 돈 많은 신사(염상섭), 돈 많고 힘도 좋은 존재(최독견, 『난영』). 이런 미국의 이미지를 살펴보는 것도 흥미로운 과제이다.

8) 임화에게도 일본은 이중적이다. 적어도 「신문학사의 방법」에서는 그러하다. 임화는 한편으로는 일본을 단순한 매개자로 생각하려 했다. 일본은 일본문학보다는 서구적인 것을 더 많이 조선문학에 넘겨주었다고 말하고 있기 때문이다. 여기서 일본이란 '전달자', '매개자'의 역할로 한정된다. 아니 한정하고 싶은 것인지도 모르겠다. 여기에 깔려 있는 욕망이란 무엇일까. 임화는 일본의 반투명성을 알고 있었다. '번역'과 '일본적인 문학'을 발견하였던 것이다. 이에 대해서는 채호석, 「탈-식민의 거울, 임화」(『한국학연구』, 2002. 11) 참조.

그리고 사유의 지평의 변화에 따라 달라질 수밖에 없다. 1910년대 일본과 1930년대의 일본, 그리고 1940년대 초의 일본은 동일하지 않다. 일본의 '실체'가 그러했을 뿐만 아니라, 일본에 대한 '관념', '인식' 또한 그러했다. 서구의 표상이 분열되었듯이, 일본의 표상도 분열된다. 그리고 이러한 분열은 식민지 조선에서는 필연적인 것이었을지도 모른다.

서구문학이 문제가 되는 지점은 바로 여기이다. 식민지 조선에서, 일본 제국주의의 식민 통치를 받고 있는 식민지 조선에서 도대체 서구문학이란 어떤 의미를 가질 것인가? 서구의 근대적인 문학의 규범을 받아들이는 것과 '식민성'이 어떠한 연관을 가질 것인가?

식민성이란 좁게 바라보았을 때는 '제국주의'의 식민주의적인 사유(의식적이건 아니면 무의식적이건)를 식민지인이 내면화하는 것이다. 다시 말하자면 제국이 제공하는 '표준'을 받아들이는 것이다. 그리고 그렇게 함으로써 제국과 자신을 동일화하는 것이며, 혹은 제국과의 동일화에 대한 욕망을 갖는 것이다. 이러한 시각에서 식민지 조선에서의 식민성의 문제는 일차적으로는 '일본' 제국주의와 관련을 갖는다. 그리고 많은 연구가 여기에 집중되었던 것도 당연하다.[9]

그러나 조금만 눈을 돌리면 사정은 달라진다. 앞서 말한 것처럼 우리가 근대문학의 이행기를 설정하고, 그리고 그 이행기의 시작을 조선 후기에, 이행기의 끝을 1930년대 중반에 놓는다면 조선을 둘러싼 제국주의 열강의 싸움이 눈에 들어오게 된다. 1905년 혹은 1910년에 일본 제

---

9) 거의 모든 친일문학 논의가 이에 속한다. 친일문학 논의의 대상으로 '일본'만을 한정한다. 제국주의는 오로지 일본'만' 있다. 기타의 다른 제국은 눈에 들어오지 않는다. 눈에 들어오는 경우라도, 그것은 '일본'의 프리즘을 통해서만 가능한 것이었다. 이는 1940년을 전후한 시기의 식민지 조선의 지식인에게만 한정되는 것이 아니다. 그들의 경우, 어쩌면 너무나 당연했을지도 모른다. 그러나 그에 대한 연구자의 시각조차 '일본'에 한정되어서는 곤란하지 않을까. 세계 제2차 대전이 '제국주의 전쟁'이라는 것을 승인한다면, 제국주의 전쟁의 어느 쪽이건 제국주의적 이해를 깔고 있었음을 받아들인다면 말이다.

국주의의 식민지가 되었음은 틀림없지만, 그 과정에 조선을 둘러싼 제국주의 열강의 대립이 존재했었고, 그러나 일련의 힘의 대립과 타협에 의해 일본 제국주의의 식민지라는 결과를 맞게 된 것은 잘 알려진 사실이다. 그러므로 통칭 서구는 근대로의 이행기 속에서 '제국주의'로서 존재하였고, 그들에 의해 주어진 '근대적'인 규범이란 또한 제국주의적일 수 있었던 것이다.10)

또 다른 측면에서 '서구'와 식민성의 문제를 생각할 수도 있다. 대단히 단순화해서 말하자면 1930년대 중반의 세계가 개별 국가의 이해의 충돌에도 불구하고 자본주의 세계 체제로서만 이해될 수 있다면, 그 속에서 '서구'로 통칭되는 존재(혹은 관념) 또한 그 틀에서 벗어날 수 없는 것은 아닐까? 그리고 서구문학이란, 혹은 서구문학의 발전과정이란 이러한 관계 속에서만 이해하여야 할 것이 아닌가? 그리고 그렇다면 그들에 의해 주어지는 근대문학의 규범이란 관점을 달리해서 바라보아야 하는 것은 아닐까? 그들에 의해 주어진 '보편성', 혹은 '필연성'이 그들의 것이라면 그것을 '보편성' 혹은 '필연성'으로 받아들이는 것은 곧 '식민성'이 아닐까?

물론 이렇게 단순화해서 말할 수는 분명히 없다. 모든 것을 제국주의적인 것으로 부정하는 것만으로는 아무런 의미가 없기 때문이다. 앞서 연구자의 '입장'이 요구된다고 했던 것도 이 때문이다. 이를 갈라내기 위해서는 다음과 같은 물음에 답하지 않으면 안 된다. 조선의 문학인들이 받아들였던 서구문학이 어떤 것이었는가? 그리고 그 서구문학이 어떤 바탕 위에서 성립되었는가? 그들 속에 존재하는 대립과 분열은 어떻

---

10) 근대로의 이행 초기에 '제국주의적 성격'을 가지고 있었던 것이 어느 순간 '제국주의적 성격'을 탈피하였는가, 아니 정확하게 말하자면 제국주의적인 것으로 인식되지 않았는가는 중요한 문제이다. 하지만 이 자리에서는 상세히 논의하기 어렵다. 또한 아직 논의의 준비도 되어 있지 않다.

게 인식되고 있는가? 등등.

나는 그 속에 어쩔 수 없이 '계급 대립'에 의한 분열, 혹은 계급 대립 속에서의 '입장 선택'이 존재한다고 생각한다. 그리고 '식민성'의 문제란 결국 이 입장 선택을 부정하는 것, 혹은 염두에 두지 않는 것, 또는 의도적으로 은폐하는 문제라고 생각한다. 비록 계급 대립이라는 것, 혹은 그에 따라 필연적으로 문학 속에 각인되는 '계급성'이라는 것이 결코 문학에서 전적으로 유일한 규정성, 혹은 '지배적' 규정성이 아니라고 하더라도 말이다. 이렇게 말하는 이유는 '탈-식민'의 흐름이 있을 수 있게 만드는 하나의 거멀못이 '계급성'이라고 생각하기 때문이다. 제국주의와 자본주의가 결코 동일한 범주는 아니지만, 서로 가로지르며 또 서로 겹치는 범주라고 한다면, 탈-식민의 흐름은 '계급성'에서 자유로울 수 없기 때문이다. 이는 '일본'으로 한정한다고 하더라도 마찬가지일 것이다.

2) 근대문학 전통의 부정

카프문학은 프로문학으로서, 앞선 문학 내지 동시대의 문학에 대한 격렬한 부정에서 시작된다. 그런데 프로문학이 부정했던 앞선 문학은 어떠한 것이었을까? 부정하기 위해서는 부정되어야 할 것이 전제되지 않으면 안 된다. 그러나 조선에 그러한 것이 존재하지는 않았다. 그보다는 훨씬 더 외부의 것이었다. 이것이 서구 근대문학의 전통이었음은 물론이다. 이 점에서 초기 카프문학자들은 불행한 존재였다. 자기 손에 없는 것, 추상적인 것을 부정하지 않으면 안 되었기 때문이다.11)

---

11) 그러나 이러한 불행이 불행만은 아니었다. 바로 거기에 가능성이 있었기 때문이다. 우선 그들에게는 압력을 끼칠 만한 전통이 존재하지 않았다. 그러므로 그들은 자유로울 수 있었다. 그들에게 문제가 되는 것은 서구의 문학뿐이었다. 그리고 서구문학을 문제로 삼는 한 그들은 서구가 경험했던 실패를 피할 수 있었다. 그렇기 때문에 그들은 조

서구 근대문학의 '전통'이 문제가 되었던 첫 번째 지점은 김기진과 박영희 사이의 이른바 '내용·형식 논쟁'12)이다. 소설 장르에 대한 이해라는 점에서 본다면, 이 논쟁의 핵심은 소설에 대한 부르주아적 규범을 어떻게 이해할 것인가에 있다. 지금으로서는 대단히 우스꽝스럽게 받아드려지는 박영희의 반박은 적어도 1920년대 중반에는 현실적인 것이었다.13) 왜냐하면 아직 '규범'이 존재하지 않았기 때문이다. 박영희는 김기진에 대해 '네가 나의 소설을 비판할 때, 도대체 네가 생각하고 있는 소설이라는 도대체 누구의 것인가?'라고 물었고, 그리고 박영희의 결론은 그 소설이란 관념은 결국 부르주아적인 소설의 관념에 따른 것이며, 그러므로 당연히 부정되어야 한다는 것이었다.

이 문제는 쉽지 않다. 이를 역사적 발전이라는 면에서 살펴보는 것도 별 의미가 없다. 아직 프로문학이 자기 정체성을 획득하지 못한 자리에서, 새로운 소설의 규범을 만들어가지 않으면 안 되는 자리에서, 새로운 형식을 창안하기는 쉽지 않았다. 또 여기에는 부르주아문학의 전통, 긍

선이 아니라 서구에서 출발한다.

이 출발 자체를 어떻게 파악할 것인가가 관건이다. 왜냐하면 이는 과정의 필연성의 문제와 연관이 있기 때문이다. 이 과정의 필연성과 세계 자본주의 체제 내에서의 '월반(越班)'의 가능성 사이에 대립이 존재한다. 앞질러 말하자면, 초기 카프 문학자들이 이 월반의 가능성을 믿고 있었다고 한다면, 포스트-카프 문학자들은 이보다는 과정의 필연성에 주목한다. 이를 단지 이론의 문제라고는 할 수 없다. 1930년대 후반에 포스트-카프 문학자들이 인식했던 것은 '이론'이 아니라 현실적인 압력이었다. 카프의 실패, 사회주의 운동의 실패는 '과정의 필연성' 때문으로도, 혹은 역량의 부재, 억압의 강화 그 어느 것으로도 설명할 수 있는 것이었다. 그 여러 설명 가능성 가운데 포스트-카프 작가들이 선택한 것은 바로 '과정의 필연성'이었다. 또한 이렇게 함으로써 프로문학은 자신을 세계문학의 반열에 올려놓는다. 적어도 카프에 와서 세계와 조선의 문학은 '동시성'을 획득한다. 이 동시성은 물론 '관념'이다. 실질적으로 동시성을 관철할 수 없는 곳에서 동시성을 관철하고자 할 때 낭만주의적 초월이 가능해진다.

12) '이른바'라고 말한 이유는 이 논쟁의 핵심에 '내용과 형식의 대립'이 있지 않기 때문이다. 이 점에서 이 논쟁의 이름은 개명(改名)되어야 한다.

13) 박영희의 반박은 '이론적'으로는 대단히 불충실한 것이었다. 박영희는 레닌의 「당 조직과 당 문학」을 자기 멋대로 끊어서 읽고, 적용한다.

정적 유산, 혹은 전 시대의 문학 전통의 계승을 어떻게 이해할 것인가에 대한 질문도 의식되지는 않았지만 포함되어 있었다.

근대문학의 전통은 긍정적으로 계승하여야 한다는 당위는 두 가지 전제 아래서 가능하다. 하나는 문학의 발전 또는 역사의 발전과 마찬가지로 전시대의 계승과 극복이라고 이해하는 것이다. 그러나 문학의 발전이 누적적인 것이 아니라면, 전대의 전통의 바탕 위에서 바로 그 위에서 이루어져야만 하는 것이 아니라면 사태는 전혀 달리 파악될 수 있다.[14] 또 하나는 프로문학은 완전하며, 최고의 것이어야 한다는 관념에 따른 것일 수도 있다. 프롤레타리아가 이제까지의 역사를 끝내고 새로운 인간, 아니 정말 인간의 역사를 열어나가는 존재라면, 그로부터 형성되는 문화 또한 최고의 문화여야 한다면, 문학은 이전의 문학적 전통을 완전히 무시하는 자리에서가 아니라 이를 최대한으로 흡수하는 자리에서 새롭게 일어서야 할 것이기 때문이다.

박영희의 비판에 김기진이 적절하게 대응하기 위해서는 사실 이러한 전제에 대한 김기진 나름의 대답이 필요했다. 김기진이 '소설'을 생각했다면, 왜 그것이 기준으로 작용하고 있는가, 다시 말하자면 왜 자신이 말하고 있는 바가 '보편'이라는 이름으로 강제되어야 하는가에 대해 설명하지 않으면 안 되었다.

김기진 자신에게는 이러한 기준이란 너무나 자연스럽고 '자명한' 것이었을지도 모른다. 그러나 이러한 자연스러움, 곧 보편성으로서의 인식

---

14) 전근대문학의 전개 과정에서 알 수 있듯이, 모든 문학이 전적으로 이전의 문학적 전통 안에서 출발하는 것은 아니기 때문이다. 오히려 전혀 다른 지반에서 태어나는 경우가 많을지도 모른다. 우리는 그것을 계승이라고 말하지만, 그것은 다른 지반을 갖고 있는 서로 다른 문학 사이의 습합일 수도 있다. 또 외견상 유사성이 실질적으로는 '전통'의 계승이 아니라 우연한 동일성, 혹은 문학 이전의 문학과는 다른 동일성의 소산일 수도 있다.

이란 대단히 낯선 것이다. 뿐만 아니라 김기진의 소설 개념 속에는 '계급성'이 배제되어 있다. 계급성이 배제된 소설 양식이란 소설 양식의 '독자적' 존립 가능성을 가지고 있는 것이고, 계급성은 이 경우, 소설 양식의 외부로부터 '주입'될 수밖에 없는 것이다. 그리고 김기진이 배격한 박영희의 소설이란 결국 소설 양식 외적으로 주입되는 계급성에 의해 소설 양식 자체가 파괴된 소설이었다고 하겠다. 그리고 이 경우, 김기진이 말하는 소설이란 결국 '보편적' 양식이 된다.

그러나 그렇다고 해서 박영희가 계급적인 '소설 양식'에까지 인식을 발전시키고 있는 것은 아니다. 소설 양식이 문제에만 한정한다면, 박영희의 경우 이에 대한 인식이 없다. 박영희가 주장하는 바의 핵심은 문학이란 하나의 '수단'이라는 것, 박영희의 말에 따른다면 '치륜(齒輪)'인 것, 그러므로 전체 운동 속에서 지붕도 될 수 있고, 기둥도 될 수 있다는 것이다.15)

이러한 박영희의 생각은 '혁명의 조급증' 또는 '현실인식의 부족' 탓이라고 충분히 비판할 수 있다. 그러나 초점을 '소설 양식'에 놓는다면, 혁명의 조급증, 현실인식의 부족이라는 말로 박영희를 비판하기는 그리 쉽지 않다. 박영희가 생각했던 것이 프롤레타리아적 소설 양식이었고, 그리고 그것은 전적으로 새로운 것이지 않으면 안 되었고, 따라서 이전의 모든 문학적 양식(계급적일 수밖에 없다고 판단된)을 부정할 수밖에 없었던 것이다. 그러므로 김기진에 대한 박영희의 비판의 핵심이 '소설 양식'

---

15) 물론 박영희는 문학이 하나의 '수단'으로서만 의미를 갖는 것은 '과도기' 혹은 '투쟁기'에 한정된다고 말하고 있다. 이러한 인식 속에서 과도기, 투쟁기는 길지 않으리라는 생각을 읽을 수 있다. 그만큼 '혁명'을 가깝게 느끼고 있다는 것이다. 박영희의 전향, 그리고 예술과 이데올로기의 대립은 이미 여기서 읽을 수 있다. 예술과 이데올로기가 '선택'의 대상이 되기 때문에 박영희는 1920년대에는 이데올로기를, 그리고 1930년대에는 예술을 선택할 수 있었던 것이다. 이 글에서 박영희가 아니라 김기진에 초점을 맞추는 이유도 여기에 있다.

먼저 임화의 경우를 생각해 보자. 임화 소설론의 핵심은 '본격소설론'에 있다. 임화가 본격소설을 성격과 환경 사이의 길항(혹은 조화), 그리고 그 속에서의 주인공의 '운명'에 있다고 했을 때, 이러한 본격소설론에서 계급성은 어떻게 확인될 수 있을까? 두 가지 접근 통로가 있다. 하나는 본격소설론의 전제가 되는 내성소설과 세태소설로의 분열론이고, 그리고 다른 하나는 시민사회의 성숙과 본격소설의 관계론이다.

내성소설과 세태소설의 분열에서 임화가 이전에 표방했던 계급성의 행방을 좇을 수 있다. 임화가 내성과 세태로의 분열을 이야기할 때, 분열의 근거는 '소시민성'이 아닌 어떤 '계급성', 드러나지 않는 계급성일 터이다. 이 점에서 임화가 상정하고 있는 본격소설에 계급성이 없다고 말할 수는 없다. 다만 임화가 상정하고 있는 계급성이 어떠한 계급성인가가 문제가 될 뿐이다. 그리고 그 계급성이 '프롤레타리아적'이라고 하지 않을 근거는 없다.

이런 입장에서 본다면 임화의 본격소설론은 특정한 역사적 상황 속에서 가능한 소설, 그리고 소설의 발전을 염두에 둘 때, 달리는 사회의 발전을 염두에 둘 때 필연적으로 거치지 않을 수 없는, 그리고 거쳐야만 하는 소설의 단계를 생각하고 있으며, 그 안에서 계급성에 대한 고민을 하고 있다고 판단할 수 있다.

그러나 두 번째 접근 통로, 곧 '시민사회의 성숙'론에 기댄다면 임화의 본격소설론에서 말하는 본격소설이 '계급성'을 어떻게 확보하고 있는가는 불확실하다. 시민사회가 성숙되어야만 하고, 본격소설이란 기본적으로 시민사회의 성숙에 기댈 수밖에 없다면, 그리고 그 시민사회가, 이미 몰락기에 들어선 '서구'와는 달리 조선에서는 아직 성립하지 않았

---

18) 그렇기 때문에 이들의 이름은 '자본론의 저자', '그의 동지', 『임페리얼리즘론』의 저자', '우리의 위대한 선배' 등과 같은 용어로 대치된다.

면, 이때 시민사회의 성숙이란 결국 부르주아적 사회라고 말할 수밖에는 없지 않을까? 그리고 그 사회에서의 본격소설이란 결국 부르주아적 소설 양식으로부터 한걸음도 벗어날 수 없는 것은 아닐까?

이를 부르주아적 전통(물론 서구의 것이지만)의 계승이라고 말할 수 있다. 그리고 1930년대 후반이라는 '특정한' 상황 속에서 '유일한' 가능성이라고 말할 수 있다. 또 일본 제국주의가 '시민사회'를 넘어서는, 근대를 넘어서는 기획을 하고 있을 때, '시민사회의 성숙'의 필요성을 요청하는 것은 의미가 있다고도 할 수 있다.

하지만 우리의 관심은 거기에 있지 않다. 중요한 것은 임화가 본격소설을 말할 때, 임화는 명확하게 서구의 소설을 염두에 두고 있었다는 점이다. 본격소설론이 자본주의적 근대가 아닌 다른 근대, 다른 시민사회를 염두에 두고 있었다면, 그리고 그것이 민주주의 혁명의 기획의 한 부분이었다고 한다면, 그에 대한 최소한의 제한, 명확하게 말하지는 못하더라도 우회적으로 말할 수 있는 최소한의 제한이 있었을 것이다.

그렇지 않다면 본격소설에의 욕망이란, 궁극적으로 또 다른 사회를 향한 욕망의 표현이라고 하더라도 결국은 자신을 식민지인이 아닌 존재로 만들고 싶은 욕망일 것이다. 이런 욕망은 세계사적 동시성을 확보하고 싶은 욕망이며, 그 욕망의 준거가 '서구 소설'에 있을 때, 이 욕망은 결국 '서구와의 동일화'를 위한 욕망이다. 그리고 이러한 욕망은 넓은 의미에서 식민성의 내면화라고 할 수 있을 것이다.

식민성의 내면화는 제국의 표준을 받아들이는 것이다. 이때 제국이 물론 일본 제국주의를 말하지 않음은 물론이다. 임화가 '본격소설'을 그리고 '시민사회'를 필수불가결한 단계로 생각할 때 그는 제국의 표준으로부터 벗어나기 어렵다. 제국에 대한 욕망이 '제국주의'가 되고자 하는 욕망은 아니다. 본격소설의 욕망은 세계문학의 보편성에 대한 욕망이다.

그리고 그 뒤에는 '뒤처짐'의 인식이 있다.

이를 벗어나기 위해서는 본격소설의 이념이 제국의 이념이 아님을 밝혀야 한다. 그리고 제국의 문학 속에 존재하는 제국주의적 성격을 인식하지 않으면 안 된다. 다시 말하자면 제국주의와 식민지의 대립을 넘어서는, 그 이분법에 갇히지 않은 다른 지점이 필요한 것이다.

그러나 서구 소설에서 계급성이 사라지고, 그러한 작품들이 보편성, 그리고 그에 따른 우월성을 획득하자면, 이제 그 소설의 위대함에는 다른 기준이 적용될 수밖에 없다. 곧 리얼리즘적 기준이다. 사회주의 리얼리즘의 조선적 구체화가 이르는 길은 바로 여기인 것이다.19)

김남천의 소설론도 여기서 크게 벗어나지 않는다. 김남천의 소설론에는 내적인 균열이 존재한다. 소설 창작방법론으로서의 관찰문학론과 「소설의 운명」 사이에는 커다란 낙차가 있다. 김남천이 「소설의 운명」, 「소설의 장래와 인간성 문제」, 「전환기와 작가」와 같은 평문에서 닥쳤던 문제는 일본 제국주의의 식민주의 논리였다. 근대의 초극, 대동아공영권, 팔굉일우(八紘一宇) 등으로 변주되는 일본 제국주의의 식민주의 논리에 맞서기 위해 김남천이 끌어들였던 것은 근대 자본주의 비판이었다. 그리고 이를 소설이라는 양식으로 넘어서고자 하였다. 고리키를 말하고 있지만, 그가 참조했던 것이 『어머니』가 아니라 『끌림 삼킨의 생애』라는 것도 주목할 만하다. 김남천이 파악하기에 이 소설은 근대 자본주의의 내적

---

19) 한설야의 『청춘기』에 대한 임화의 평은 이 점에서 주목할 만하다. 임화가 이 작품을 고평하는 이유는 살 수 없는 환경 속에서 인물을 살리고자 하는 무리를 범했던 다른 작품과 달리, 이 작품은 주인공이 살아갈 수 있는 환경 속에서 인물들을 살아가게 한다는 점이다. 그러나 리얼리즘과 당파성이 모순되지 않는다는 전제 아래서 이 평가는 대단히 큰 의미를 갖는다. 『청춘기』가 실현한 리얼리즘이란 한설야의 당파성 덕분이기 때문이다. 그러나 문제는 인물이 살 수 없는 환경 속에서 인물을 살리고자 할 때 그 욕망을 당파성이라고 할 수 없다는 것이다. 그러므로 한설야의 당파성은 꼭 『청춘기』만한 것일지도 모른다.

비판이었기 때문이며, 또한 소시민의 몰락이었기 때문이다.

뒤에서 살펴보겠지만, 소시민이라는 자기규정은 김남천에게는 벗을 수 없는 굴레였다. 이 굴레를 벗어버리기 위해 그가 택했던 방식은 관찰 문학론과 같은 주체 없는 리얼리즘이거나 아니면 「소설의 운명」과 같은 소설 양식이었다. 그러나 이 모두 사회주의 리얼리즘의 조선적 구체화의 한 과정으로서 제시되었음에도 불구하고 그 결과는 임화와 동일한 것이었다. 비록 김남천이 임화와는 다른 소설의 길을 준비하였지만 말이다.

이러한 결말이 갖는 의미는 작지 않다. 카프 시기에 운동으로서의 문학, 혹은 무기로서의 문학이라는 새로운 문학 규범을 들고 나왔던 두 사람이 카프의 해산 이후 소설론 속에서 이를 모두 버리기 때문이다. 새로운 문학 규범은 앞서 말한 대로 '현실' 속에서 패배한다. 자신을 패퇴시킨 현실을 어떠한 측면에서 받아들이는가가 결국은 핵심이 될 터인데, 이들은 그 현실을 긍정하지 못하면서도 다른 한편으로는 이 현실을 필연성으로 받아들이는 것이다.

요점은 이거다. 김남천이나 임화는 자신을 패퇴시킨 현실이 정당성을 갖고 있지 못하다는 것을 알고 있다. 바로 그 현실에 의해 운동으로서의 문학, 무기로서의 문학이 부정되었다. 그런데 운동으로서의 문학과 무기로서의 문학은 재생시킬 수 없었다. 재생의 현실적 기반이 없었기 때문이 아니다. 스스로를 문학인과 생활인으로 분리하고 그리고 생활인은 논의 속에서 배제하여 버리기 때문이다. 이제 생활인은 어떠한 모습으로 살아가더라도 괜찮다.

그렇게 인정되어버린 현실은 거꾸로 문학론에 영향을 미친다. 생활인으로서의 삶을 이제까지 지탱해주던, 또는 생활인으로서의 삶이 지탱하게 해주었던 문학 속에서의 계급성은 어느 사이에 자취를 감추고 마는 것이다. 이제 남은 것은 '소설의 운명'뿐이다. 이 소설의 운명이 누구의 운명인가는 자명하다. 필연적인 단계건, 반드시 거쳐야 할 단계건 이제 하나의 단계가 준비된다. 거기서 어떻게 헤게모니를 획득할 것인가는 논의될 수 없다. 헤게모니 획득의 근거가 사라져버렸기 때문이다.

카프문학을 지탱하였던(환상일지라도) 것은 계급성이었다. 그리고 그 계급성으로 인해 카프는 서구문학과 거리를 지닐 수 있었다. 서구문학은 보편이 아니었다. 그러나 계급성이 약화 혹은 상실되면서 서구문학은 보편적인 준거가 된다. 그리고 이것이 포스트-카프문학의 기반이 된다.

나는 이 과정을 근대문학의 정립 과정이라고 생각하고 싶다. 새로운 문학을 건설하고자 하였던 김남천과 임화의 소설론 속에서 계급성이 탈각될 때, 서구의 문학은 보편적인 문학으로서 자리를 잡을 뿐만 아니라, 이로써 1920년대부터 1930년대 중반까지 지속되었던 문학 규범을 둘러싼 싸움이 일단락된다. 지금도 그 영향 속에서 벗어나지 못하고 있는 우리에게 1930년대 후반이란 아주 화려하게 비친다. 그러나 그 화려함이란 실은 대단히 많은 것을 희생하고 얻은 것이었다. 어느 누구에게도 받아들여질 수 있는 화려함, 실은 식민주의자들에게도 받아들여질 수 있는 화려함이다.

어쩌면 우리의 근대문학은 이처럼 불행하게 정립되었는지도 모른다. 역사는 가정을 허락하지 않지만, 우리 근대문학이 조금 다르게 정립되었다면, 식민주의와의 싸움에서 비록 패배하더라도 그 패배가 다른 방식으로 정리되었다면 어쩌면 우리는 전혀 다른 근대문학을 가지고 있을지도 모른다.

그러나 이와 마찬가지로 강조해 두지 않으면 안 될 것은 이들의 소설론이라는 것이, 현격하게 '서구'로 편향되어 있는 이들의 소설론이 '일본'을 배제하고 있다는 점이다. 어쩌면 이들은 '일본'을 배제하기 위한 방법으로서 소설론을 택했는지도 모른다. 다시 말하자면 하나의 전략일 가능성도 존재한다는 것이다.

그것이 전략이건, 아니면 무의식적인 결과이건 간에 이 점은 중요하다. 앞서 다른 두 개의 제국주의를 말했지만, 하나의 제국주의로부터 벗어나기 위한 선택, 눈앞에 존재하는 거대한 힘을 피하기 위한 하나의 선택이 다른 제국주의를 끌어올 수도 있었다는 것이 중요하다. 식민성에서 벗어나기 위한 또 다른 식민성의 선택. 서구와 일본을 맞대놓는 자리에서 두 사람이, 두 명의 근대주의자가 선택한 것은 일본의 자리를 없애는 것이었다. 눈앞에 보이는 표준이 아니라 비록 관념에 지나지 않더라도 또 다른 표준을 끌어오는 것. 그렇게 함으로써 식민성은 탈-식민성이 되고, 또 달리 탈-식민성은 식민성이 되었던 것이다.

3. 1930년대 후반 주체론의 향방 : 김남천과 안함광

1930년대 후반 포스트-카프문학의 한 쟁점은 '주체론'이다. 사실 논쟁이라고 할 만하지는 않다. 지속적인 비판과 반비판이 이루어지지 않았기 때문이다. 논쟁이 이루어지지 않았던 이유는 여러 가지이겠지만, 무엇보다 논쟁을 위한 공통의 지반이 존재하지 않았기 때문인 듯하다. 다시 말하자면 안함광과 김남천 사이에는 함께 할 지반이 없었다는 것이다.

'주체 재건론'을 내세운 김남천에서 시작하자. 김남천은 자신을 '소시민 지식인'으로 규정한다. 스스로를 소시민으로 규정할 때, 여기에는 부르주아 대 프롤레타리아라는 계급 대립의 관계가 전제된다. 다시 말하자면 소시민이란 규정은 첫째 자신이 부르주아도 아니고 그렇다고 프롤레타리아도 아니라는 것, 세계의 핵심에는 두 계급만 있다는 것, 그러므로 소시민 계급이란 몰락할 수밖에 없다는 것을 뜻한다. 이러한 소시민 계급이 자신을 구원하기 위해서 프롤레타리아 편에 섰으나, 바로 소시민성이라는 계급적 제한, 그로 인한 '전향'이 장애가 될 수밖에 없었던 것이다. 주체의 재건이란 이러한 계급적 제한을 넘어서기 위한 방법일 터인데, 이 재건은 '주체 없는 리얼리즘'의 논리나 아니면 '소설의 양식'을 통한 가능성밖에는 없었다. 궁극적인 원인이야 현실의 압력에 있었겠지만, 생활인과 문학인을 구분하고, 그에 따라 자신이 실천할 수 있는 계급성을 소설 속에서 실현할 수 없었으며, 또한 운동으로부터 문학을 분리시키지 않으면 안 되었던 것이 주요 원인이라고 할 수 있겠다.

여기에 지식인이라는 규정 또한 한 몫을 하는데, 스스로를 지식인이라 규정하고, 그에 따라 대중과 분리되며(대중 속에서 자라나온 지식인이 아니기 때문에), 그렇게 분리된 자신이 자기에게 부과된 임무를 수행하지 못하게 되었을 때, 그가 갈 수 있는 길은 주체를 삭제하는 방법 밖에는 없었던 것이다.

뿐만 아니라 생활인이란 현실 속에서 식민적인 주체로 호명되는 존재이며, 이런 호명을 벗어날 수 없다면, 문학 주체를 생활 주체로부터 분리시킴으로써 문학 주체를 이러한 호명에서 자유롭게 할 수 있는 가능성도 있었던 것이다.

김남천이 루카치를 끌어들이고 소설의 운명에 몸을 맡겼을 때, 그는 그 소설의 운명이 일본 제국주의자가 요구하는 것이 아님을 알고 있었다. 이본 제국주의의 식민주의 논리와 동일하지 않게 되기 위해, 차이를 드러내기 위해 소설의 운명을 택했던 것이다. 그리고 근대를 '초극'하고자 하는 자들에게, 넘어서야 할 것만을, 그것도 극히 제한된 일부만을 보여줌으로써 김남천은 그 효과를 줄이고자 했다. 그러나 그가 일본의 식민주의를 회피하기 위해 택한 자리는 과연 어떤 자리였을까?

앞서 본 것처럼 그것은 바로 소설 양식이었고, 그 소설 양식의 가능성이란 결국 '여기'가 아닌 '서구'의 것이었다.

이런 주체는 식민적 주체이면서 또한 탈-식민적 주체라고 할 수 있다. 우리가 식민성이란 단지 일본의 식민주의에의 포섭만을 가리키는 것이 아니라고 인정하면 말이다. 서구 근대문학에의 의존, 그것도 그 근대문학이 가지고 있는 계급적 성격을 삭제하거나 최소한 괄호 치는 방식으로 의존하는 것은 또 다른 식민성이라고 말할 수밖에 없다.[20]

이러한 김남천과 대립되는 지점에 놓여 있는 비평가가 안함광이다. 그는 이전의 주체를 '들린 주체'[21]라고 말한다. 이념을 주체화하지 못한 존재가 주체가 될 수 없고, 따라서 결코 돌아갈 수 있는 주체는 아니라는 것이다. 그러므로 주체의 재건이 아니라 새로운 주체의 건립이 필요하다는 것이다. 문제는 새롭게 건립되어야 할 주체가 어떤 성격을 가지고 있는가일 터이다.

안함광의 주체론은 출발부터 김남천과 갈라진다. 안함광은 '소시민 지식인'이라는 자기규정과는 무관하다. 김남천과는 전제를 공유하고 있지 않은 것이다. 그러므로 그는 소시민과 지식인 어느 규정으로부터도 자유로울 수 있었다. 이에 따라 카프 시절의 문학에 대한 평가에서도 갈라질 수밖에 없다. 김남천에게는 비록 많은 잘못을 범한 시기이기는 하지만 기본적으로 돌이켜야 할 것으로 인식된다. 과거의 실패는 바로 소시민성에 있기 때문이다. 그러나 안함광의 경우, 과거는 되돌아가야 할 어떤 상태가 아니다.

안함광이 1930년대 후반을 '계몽기에서 창조기로의 전환의 시대'라고

---

20) 김남천에 대한 기본적인 생각은 채호석, 「김남천 문학 연구」(『한국근대문학과 계몽의 서사』, 소명출판, 1999)에서 밝힌 바 그대로이다. 다만 여기에 '서구문학'과 '식민성'의 문제를 결부시켜 본 것이다.

21) 물론 '들린 주체'라는 말은 내 식으로 표현한 것이다. 안함광은 '존경적 그룹'이라 하고 있다.

인식했을 때, 그는 카프 시기와 포스트-카프 시기의 절연을 말하고 있다고 하겠다. 이 전환에 자유주의와 더불어 사회주의의 시효 소멸이 동반한다. 물론 곧바로 일본의 동아협동체론의 긍정으로 나아가지는 않는다.

여기에 생활과 문학의 일치(김남천의 경우 생활과 문학을 분리하였음은 앞서 말한 바 있다)라는 요구가 더해지면 안함광이 나아갈 수 있는 길은 현실을 낭만적으로 초월하거나(안함광은 이를 '초극에의 의지'라고 말한다) 아니면 삶에 뿌리를 박는 길밖에 없다. 그런데 이 삶이란 '사회적 정세의 변화를 솔직히 자인'하는 가운데서의 삶인 것이다.

그리고 서구의 경험이 하나의 경험일 뿐 필연적인 발전 경로가 아니라면, 그리고 소련이 역시 하나의 경험이지 준거일 수 없다면, 그리고 동양의 새로운 질서가 수립될 수 있다면 이제 모든 것이 달라진다. 이전에는 일본이란 하나의 경험, 비슷한 길을 걷고 있는, 동일한 목표를 갖고 있었던 존재였다고 한다면, 이제 일본은 주도적인 위치를 차지하고 있는 국가로서 존재하게 된다. 이렇게 함으로써 일본은 조선과는 다른 차원에 존재한다. 그와 아울러 일본의 문학적 경험, 나프의 해산과 천황제로의 전향의 경험은 '비로소' 새로운 준거로서 자리를 잡게 된다.

결국 신념적 주체가 존재하기 위해서는 일본을 하나의 준거로 삼으면서 식민성을 내면화하는 과정이 필요하다. 그리고 이러한 신념적 주체가 존재할 수 있으려면 이전에는 '신념적 주체'가 존재하면 안 된다. '전향'을 받아들이지 않으면서, 전향을 인정하지 않으면서 삶에 뿌리를 박기 위해서는 전향해야 할 주체를 없애면 되는 것이다. 안함광의 주체 건립론의 핵심은 여기에 있다. 전향을 위해 이전의 주체가 '틀린 주체'가 되는 것이다. 그리고 이러한 존재만이 '새로운' 주체가 될 수 있다. 그리고 이 새로운 주체란 결국 식민성을 내면화한 주체, 식민적인 주체일 수밖에 없는 것이다.[22)

임화나 김남천, 그리고 안함광 모두 이런 점에서 '식민적 주체'라고 말할 수밖에 없을 것이다. 그러나 그 사이에는 엄연한 차이가 존재한다. 안함광의 경우 식민적 주체로 나아가는 길은 대단히 단순한 과정이었다. 그는 어느 순간에도 자신의 믿음을 버리지 않았을는지도 모른다. 대신 그는 단순하게 자신의 믿음의 대상을 바꿔치기 한다. 그것은 이념의 '주체화'의 문제이기도 했지만, 그가 말한 것처럼 '신념화'의 문제이기도 한 것이다. 종속된 존재가 아니라 주체가 되기 위해서는, 안함광은 '신념'을 필요로 하였다. 이를 위해서 안함광의 한 방식은 주체를 '비우는' 것이었다. 그리고 그는 일본의 '신민'이 되었던 것이다.

안함광과 임화, 김남천의 차이가 '누구의' 신민이 되는가의 문제는 아니다. 그 점에서는 모두 동일하기 때문이다. 차이는 '어떻게', '어떠한 이유로' 그렇게 되는가이다. 적어도 임화와 김남천에게는 일본과의 맞섬이 존재한다. 비록 그것이 또 다른 식민성을 낳는 것이라고 하더라도 말이다. 최소한 그들에게는 '세계성'이란 것이 버팀목이 되어 있었다고 하겠다.

이 차이가 얼마나 중요할지는 모른다. 분단 이후 남쪽에서 그 어느 것도 살아남지 못하였기 때문이다. 이 끊임없는 과정, 식민성이 식민성을 대치하고, 탈-식민성이 식민성으로 전화하는 과정, 그리고 식민성이 탈-식민성으로 전화하는 과정이 바로 우리의 근대문학이었기 때문이다.

이 점에서 본다면 근대문학의 정립 과정에서 카프문학이 어이없는 방식으로 좌절되었다는 점, 포스트-카프문학이 '운동'을 버리고서야 성립할 수 있었다는 점은 우리 근대문학의 불행이라고 말할 수밖에 엇다. 카프 이후, 문학의 운동성은 문학 내재적인 것으로밖에 이해되지 않았다.

---

22) 안함광에 대해서는 채호석의 「안함광 비평에서의 '주체'와 '식민성'에 대한 연구」(『한국어문학연구』, 2003. 9)를 참고하기 바란다.

평가는 다양할 수 있겠지만, 이 또한 문학의 자율성(비록 상대적이라고 하더라도)에 운동으로서의 문학이 포섭되는 과정이라고 말하여야 하지 않을까? 1980년대의 문학이 1930년대를 반복할 수밖에 없었다는 것, 그리고 그것 또한 아주 어이없이 좌절되었던 것도 1930년대 후반 '특정한' 근대문학이 근대문학의 규범으로 자리 잡은 데에 한 원인이 있다고 해야 할 것이다.

4. 글을 맺으며

나는 두 가지 전제를 가지고 이 글을 시작했다. 하나는 '탈-식민'이었고, 다른 하나는 '근대문학으로의 이행기로서의 1920~1930년대'였다. 그리고 카프문학과 포스트-카프문학에서 '서구문학'에 대한 인식이 문제와 1930년대 후반의 주체 논의를 통해서 이 두 가지 전제 사이에 연관 고리를 만들어 보고자 하였다. 이 두 가지 전제 자체가 논란의 여지가 많음을 알고 있지만, 지금 카프문학과 포스트-카프문학을 새롭게 바라보기 위해서는 일종의 모험을 감행할 수밖에 없었다. 하지만 처음 문제의식을 갖고 시작했을 때 예상했던 결과에 썩 미치지 못했다고 자인할 수밖에 없다.

이 글에서 말하고자 했던 바와 아울러 한계를 지적하면서 이 글을 맺을까 한다.

내가 여기서 말하고 싶었던 것은 첫째, 어느 누구도 '식민성'에서 자유롭지 못하다는 것이다. 아무리 선량한 마음과 생각을 가지고 있다고 하더라도 말이다. 나는 의도적으로 과장한 부분이 있다. 왜냐하면 임화와 김남천, 그리고 안함광 모두 내가 말한 것처럼 단일한 모습을 지니고 있지는 않기 때문이다. 그러나 한 문학인이 지닌 여러 면모 가운데 어떠한 점을 강조하는가는 연구자의 몫이라고 생각한다. 사실상 충실하여야겠지만 우리에게 보이는 실상이란 사실은 '편린'에 불과하다. 그 편린들을 묶어서 하나의 '서사(敍事)'를 만드는 것은 연구자의 몫이다. 여기에 필연적으로 선택과 해석이 끼어들 수밖에 없다. 이 해석에 연구자의 자의식이 많이 개입했음을 부정할 수 없다. 그렇기 때문에 "나는 '식민성'에서 자유로운가?"라는 질문을 끊임없이 던져야만 했다. 물론 이것이 연구의 불충실함을 가릴 수는 없다.

둘째, 다른 글에서도 한 번 생각해 본 바 있는 것이지만23) 우리에게 식민성은 단일한 양태로 나타나지 않는다는 것이었다. 굳이 실감으로서의 제국주의와 관념으로서 제국주의를 나누어본 것도 이 때문이다. 1920~1930년대 영국은 제국주의였는가? 물론 그렇다. 그렇다면 그들의 문학은? 내 출발점은 바로 여기였다. 제국주의 국가의 문학이 곧 제국주의 문학은 아니라는 것은 확실하다. 그러나 자기가 제국주의 국가의 국민이라는 자의식이 없는 문학이란 제국주의 문학으로서의 혐의는 받을 수 있는 게 아닐까?

셋째, 식민성은 식민주의를 내면화하는 데서만 나타나는 것은 아니다. 타자를 참조점으로 삼을 수는 있지만, 타자가 준거점이 될 때, 타자의 존재에 대한 질문 없이 타자를 모범으로, 규범으로 삼을 때, 이 또한 식민성이라고 말할 수 있는 것은 아닐까? 식민성이라는 개념이 모호해짐에도 불구하고 굳이 '서구문학'에 대한 인식을, 그것도 문면으로는 명료하게 드러나지 않는 '서구문학'에 대한 인식을 문제 삼은 것은 바로 이 때문이다.

---

23) 채호석, 「탈-식민의 거울, 임화」 참조.

넷째, 1930년대 중반까지를 근대문학으로의 이행기라고 생각했을 때, 카프문학은 근대문학으로의 이행기에 존재했던 하나의 흐름이다. 이 흐름이 '근대적'이라고 말하는 것은 아니다. 다만 근대문학으로의 이행기에 문학 규범을 둘러싼 헤게모니 싸움이 있었고, 외적 힘에 의해(물론 내적인 힘의 부족도 한 몫을 하기는 했겠지만) 카프문학이 헤게모니 싸움에 밀리고 난 이후, 이러한 흐름을 배제한 채 근대문학의 규범이 정착되었다는 것이다. 그리고 이 정착에 서구문학의 보편성과 우월성이 개입해 들어갔다는 것이다. 그리고 이후 한국의 근대문학은 이 틀 안에서 전개되어 왔다고 생각한다. 이 점에서 1930년대 중반 카프의 해산이란 그야말로 우리 문학사에 한 획을 긋는 상징적인 사건이라 하겠다.

다섯째, 그러나 서구문학을 끌어들이는 것은 한편으로는 일본 제국주의의 식민주의에 대응하는 하나의 전략(소극적이라고는 할 수 있겠지만)으로 기능하기도 하였다. 임화가 그랬고 김남천이 그랬듯이 '일본'이라는 매개자를 배제함으로써 문학에서의 일본의 식민주의를 피해 나갈 수 있었던 것으로 파악된다. 물론 이는 또 다른 '식민성'을 가져오기는 하였지만 말이다. 여기에 탈-식민성이 식민성이 되고 식민성이 탈-식민성이 되는 이중의 과정이 존재한다.

여섯째, 그러나 나는 아직 제국주의적 / 식민지적 근대가 아닌 다른 근대, 자본주의적이지 않은 다른 근대에 대해서는 확신하지 못하고 있다. 그리고 이 때문에 나는 '내 안의 식민성'에 대한 물음에서 자유롭지 못하다. 그러므로 카프문학과 포스트-카프문학의 식민성과 탈식민성의 논의는 곧 내 안의 식민성의 논의일 수밖에 없다.

참고문헌

구자황, 「안함광의 문학론 연구」, 성균관대학교 석사학위논문, 1993.

구재진, 「1930년대 안함광 문학론 연구」, 서울대학교 석사학위논문, 1992.

김영민, 「임화의 신문학사 연구의 성과와 의미」, 『매지논총』 18, 2001.

김윤식, 「신문학사론 비판」, 『임화 연구』, 문학사상사, 1990.

김윤식, 「이식문학론 비판」, 『한국문학의 근대성과 이데올로기 비판』, 서울대출판부, 1987.

김재용, 「비서구 주변부의 자기 인식과 번역 비평의 극복 : 안함광론」, 『한국학연구』 17, 2002년 하반기.

김재용, 『민족문학운동의 역사와 이론2』, 문학과 지성사, 1996.

류보선, 「안함광 문학론의 변모 과정과 리얼리즘에 대한 인식」, 『관악어문연구』 15, 1990. 12.

민족문학연구소 편, 『민족문학과 근대성』, 문학과지성사, 1995.

박희병, 『임화의 이식문학론 비판』, 『한국문화』 22, 1998. 12.

서경석, 「1930년대 문학비평에 나타난 '탈근대성' 연구」, 『한국학보』 84, 1996. 9.

신두원, 「계급문학, 민족문학, 세계문학 : 임화의 경우」, 『민족문학사 연구』 21호, 민족문학사연구소, 2002. 12.

신두원, 「이식과 창조의 변증법」, 『창작과 비평』 73, 1991년 가을호.

우리문학연구회, 「새로 쓰는 민족문학사1」, 『한길문학』, 1990. 5.

이상갑, 「1930년대 후반기 창작방법론 연구」, 고려대학교 박사학위논문, 1994.

이상경, 「임화의 소설사론과 그 미학적 근거에 대한 비판적 검토」, 『창작과비평』, 1990년 겨울호.

이현식, 「1930년대 후반 사실주의 문학론 연구」, 연세대학교 박사학위논문, 1990.

이현식, 「1930년대 후반 안함광 문학론의 구조」, 『민족문학사연구』 5호, 민족문학사연구소, 1994. 7.

정홍섭, 「임화 문학론 비판 : 이식문학론 극복을 위하여」, 『작가연구』 10, 2000. 12.

릴라 간디, 이영욱 역, 『포스트 식민주의란 무엇인가』, 현실문화연구, 2000.

바트 무어-길버트, 이경원 역, 『탈식민주의! 저항에서 유화로』, 한길사, 2001.

천꽝싱, 백지운 외역, 『제국의 눈』, 창작과비평사, 2003.

호미 바바, 나병철 역, 『문화의 위치』, 소명출판, 2002.

검열과 문학장

—1930년대 후반 한국문학에서의 검열과 문학장의 관계 양상

1. 들어가는 말

마샬 버먼은 '모더니티'(근대성 혹은 현대성)를 자신의 시대가 언제나 새롭다고 느끼는 감각으로 규정한 바 있다.[1] 이 자리는 모더니즘, 나아가 근대 문학 일반을 다루려는 자리가 아니기 때문에 이에 대해서는 상론하기를 피하지만, '모더니티'에 대한 이런 인식은 우리 문학을 바라보는 데 새로운 시각을 열어준다. 어떤 면에서건 자신의 시대를 언제나 새로운 시대로 느끼는 감각, 그것이 '모더니티'라고 한다면, 이는 한편으로 자신의 시대가 이전과는 다르다는 감각이면서, 다른 한편으로는 이전과는 다르지 않으면 안 된다는 일종의 강박이기도 하기 때문이다. 한국문학 속에서 이러한 강박은, 한국사의 격변과 아울러 끊임없이 지속되어 왔다고 하여도 좋을 것이다.

---

1) 마샬 버먼, 『현대성의 경험』(현대미학사, 1994) 1장 참조.

굳이 모더니티에 관한 이야기로부터 시작하는 것은, 이 논문의 주된 대상이 되는 1930년대 후반에서 1940년대 초에 이르는 시기, 곧 1940년을 전후한 시기 또한 이러한 강박에서 자유롭지 못한 시기였고, 이러한 강박은 개인적인 차원에서만이 아니라 집단의 차원에서 이루어졌다고 생각되기 때문이다.[2]

이 논문은 1940년을 전후한 시기, 조금 더 정확하게 말하자면 1939년에서 1942년에 이르는 시기의 문학을 대상으로 하여, '검열과 문학장'이라는 틀로 이 시기의 문학적 특질을 해명하고자 한다.[3] 그렇기 때문이 실상 이 논문은 이중의 목적을 가지고 있다. 하나는 아직까지는 구체적으로 논의된 바 없는 '검열과 문학장'이라는 관점을 해명하기 위한 구체적인 자료로 1940년을 전후한 시기를 채택하는 것이다.[4] 이 경우, 검열

---

2) 논란이 많이 있을 수 있지만, 일본 파시즘도 이러한 맥락에서 생각해 볼 수 있다. 다시 말하자면 일본 파시즘이란 한편으로는 제국주의 세계체제 속에서 후발 자본주의 일본의 경제적 위기를 해소하기 위한 하나의 방법이었지만, 그러나 다른 한편으로는 모더니티의 강박이 내재해 있었다고 생각된다. '근대의 초극'이라는 사유, 근대가 이미 몰락의 단계에 이르렀고, 이제 근대 이후의 새로운 세계가 열릴 것이라고 하는, 열어야 한다고 하는 사유의 방식은 그 구체적인 현실화가 비록 '모더니티'와는 크게 상관이 없는, 오히려 근대로부터 벗어나는 모습을 띠고 있었다고 하더라도, 그 안에 모더니티에 대한 강박이 있었음은 확실해 보인다. 포스트모더니즘의 새로움(혹은 낡음)은 이러한 새로움이 더 이상 불가능하다는 인식과 그에 따른 '절망'에 연결되어 있다고 생각된다. 물론 이는 이 자리에서 논할 수 있는 내용은 아니다.
3) 1930년대 후반에서 1940년대 초에 이르는 시기의 문학에 대해 필자는 근래 몇 편의 논문을 발표한 바 있다. 이 시기에 대해 관심을 가진 것은 실상 석사 학위 논문 이후 약 20년간이다. 그간 이루어 놓은 것은 없지만, 1930년대 후반 문학의 지형도를 그리겠다는 생각으로 주로 이 시기를 집중적으로 다루어보았다. 필자가 이 시기를 주요 과제로 삼은 가장 큰 이유는 물론 이 시기가 갖고 있는 특수성 때문이다. 식민지 시기라는 점, 그리고 모더니즘과 리얼리즘 모두를 비록 피상적일지라도 일단 거쳤다는 점, 이 시기 문학계에서 제시한 많은 과제들은 사실 근대문학 자체가 해결해야 할 과제이며, 근대문학과 관련된 거의 모든 논점(포스트모더니즘을 제외한)들이 이 시기에 이미 제시되고 있다는 점, 또 하나는 마르크시즘이 비록 불법화되어 있기는 하였지만, 아직 그것이 해방 후처럼 '콤플렉스'로서 구성되지는 않고 있다는 점, 따라서 이 시기 여전히 마르크스주의적 지향이 잔존해 있었다는 점 때문이다. 이와 관련된 필자의 논의는 참고문헌을 참고하기 바란다.

과 문학장은 해명되어야 할 대상이 된다. 또 하나는 1940년을 전후한 시기를 '검열과 문학장'이라는 시각으로 해명하고자 하는 것이다. 이 경우 검열과 문학장이라는 시각은 1940년을 전후한 시기의 문학을 해명하는 도구적인 역할을 갖게 된다. 서로 맞물려 있는 두 개의 목적이 이 논문을 지배하고 있기 때문에 다소 혼란스러워질 수도 있으리라 생각되지만, 어쩌면 새로운 성과를 낳을지도 모른다는 기대감 또한 없지 않다.

1940년을 전후한 시기의 문학을 '검열과 문학장'이라는 관점에서 파악하고자 할 때 이 시기의 '검열의 구체성'을 어떻게 확인하는가 하는 점이 가장 큰 문제이다. 1920년대나 1930년대 초반이라면 검열의 구체성을 확인하기는 어렵지 않다. 왜냐하면 검열된 것들이 눈에 명료하게 띄기 때문이다. 몇 행이 삭제가 되었다든가, 아니면 일부 단어 혹은 일부 문장들이 복자[×]로 처리되었다거나 하는 것은 검열이 존재했음을 명시적으로 드러내는 증거들이다. 하지만 이러한 명시적인 증거들은 1930년대 후반으로 들어서면 급격하게 줄어든다. 일본 제국주의의 지배이데올로기가 강화되면서 검열이 강화되었을 뿐만 아니라, 1930년대 초반의 두 번의 검거를 통해 대다수의 사회주의 문학인들이 전향(위장 전향이건 아니건)을 했었고, 이런 전향 때문에 자체 검열을 하지 않을 수 없었기 때문이다. 따라서 명시적으로 검열되었음을 드러내는 증거는 별로 많지 않다. 물론 마르크스와 엥겔스를 지칭하면서 '우리들의 위대한 선배'와

---

4) '검열과 문학장'이라는 시각은 과문한 탓인지 아직까지 거의 채택된 바 없는 것으로 보인다. 검열에 대한 논의는 1999년 이후 한만수에 의해서 지속적으로 이루어져 왔다. 한만수의 논의는 검열의 '실체'를 규명하고자 하는 작업으로 대단히 소중한 작업이라고 하겠지만, 아직 실증적인 차원을 넘어서 문학을 바라보는 하나의 틀로서는 논의되지 않는 듯하다. 물론 한만수에게서 '검열과 문학장'이라는 시각 자체를 찾아볼 수 없는 것은 아니다. 다만 명료하게 의식화하고 있지 않은 듯하다. 그렇기 때문에 그의 일련의 논의는 하나의 시각에 따른 일련의 논의라기보다는 '실증성'을 뒷받침하기 위한 다양한 시각의 모색이라는 측면이 더욱 강해 보인다. 한만수의 구체적인 논의들은 참고문헌을 참고하기 바란다.

같은 눈가림 식의 말을 사용하고 있음을 볼 때, 검열을 의식하고 있음을 우회적으로 확인할 수 있다.

하지만 이 논문의 연구 대상 시기가 이보다 조금 더 늦은 1939년 정도부터 1942년 정도까지이기 때문에, 이 시기에는 이러한 언급조차 더 이상 나타나지 않는다. 결국은 문학 자체를 통해 '검열'을 확인해야 하는데, 이때 검열이 작동된 것인지, 어느 차원에서 작동된 것인지 하는 것들을 명료하게 말하기가 어려울 수밖에 없게 된다. 게다가 이런 경우라면, 실상 검열이 자체 검열의 수준인지, 아니면 검열의 궁극적인 목적이라고 할 수 있는 검열의 내면화, 곧 검열이 더 이상 의식되지 않는 상태로까지 나아간 것인지 밝히기가 대단히 어렵다는 한계를 가질 수밖에 없다. 그렇기 때문에 어떤 명확한 결론에는 이르지 못하게 될 수 있다.

그러나 그럼에도 불구하고 이런 논의가 의의가 있다면, 이 시기에 대한 주된 시각인 '친일'이라는 문제설정에서 조금은 벗어날 수 있으리라는 데 있다. 친일인가 아닌가는 물론 최근의 논의에서 많은 진전을 본 바 있다. 그리고 가장 큰 진전은 친일의 문제를 행위 자체의 문제(친일 부역을 했는지 안 했는지)나 친일에 대한 '민족적 감정'에 의한 단죄의 문제가 아닌, 그를 넘어선 '친일의 논리 구조'의 문제로 설정하고 있다는 점이다.[5] 검열의 작동과 그 내면화의 문제를 이 시기를 이해하는 하나의 준거로 삼고자 하는 이 논의도 이런 연장선상에 있다. 다만 친일의 명료성 문제보다는 오히려 그 중간에 나타나는, 다시 말하자면 자체 검열에서 검열의 내면화에 이르는 과정을 살펴보려 한다는 점에서 조금이나마 논의의 진전에 도움이 될 수 있지 않을까 생각한다.

---

5) 한수영의 논의가 이에 속한다고 생각된다. 한수영, 『친일문학의 재인식』(소명출판, 2005) 참조. 필자도 최재서에 대한 소략한 논문에서 친일의 논리 구조와 친일 논의의 작동 원리를 해명해 보려 한 바 있다. 채호석, 「과도기의 사유와 '국민문학'론」(『외국문학연구』, 2004. 2) 참조.

또 하나 언급해야 할 것은 이를 위해 대상을 조금 좁히지 않을 수 없었다는 점이다. 주지하다시피 1940년을 전후한 시기를 대표하는 문학 매체는 『문장』과 『인문평론』이다. 이 가운데서도 '검열과 문학장'이라는 관점에서 좀 더 주목을 요하는 매체는 『인문평론』이다. 이미 어느 정도 밝혀진 바와 마찬가지로 『문장』과 『인문평론』이 서로 다른 지향을 가지고 있었다(이는 이 두 매체를 실질적으로 주도한 이태준과 최재서의 차이이기도 하다). 『인문평론』의 경우 근대적인 지향을 가지고 있었으며, 바로 이 점에서 『국민문학』으로 이행해 가는 과도기적 성격을 지니고 있다고 보이기 때문이다. 『국민문학』이 전적으로 '친일'에서 벗어날 수 없었음에 비한다면, 여전히 『인문평론』은 약간의 가능성을 가지고 있었다고 생각된다.6)

본론으로 들어가기 전에 이 논문의 시각틀인 검열과 문학장에 대해서 간략하게 살펴보아야 할 것이다. 장(field)이란 "자율적인 규칙을 지닌 권력의 공간"이며 "입장들이 구조화된 공간"7)으로, 문학장이란 문학이라는 제도적 공간을 장으로 이해한 것이다. 그렇기 때문에 문학장에는 개인, 혹은 집단이 취하는 여러 입장들이 존재하며, 권력 관계 속에 있는 서로 다른 입장들은 끊임없이 갈등과 투쟁을 계속한다.

문학장은 하나의 장이지만, 그렇다고 해서 특정한 권력이 일방적이고 전일적으로 작동하는 공간은 아니다. 오히려 다중적인 권력이 작동하는 공간으로 규정되어야 한다. 문학장이란 특정한 권력의 공간이 아니라 다중적인 권력의 공간으로 규정되지 않으면 안 된다. 부르디외에 따르면 문학장은 하나의 문학 작품 속에 구성되어 있는 사회(사회적인 권력의 장)

---

6) 이에 대해서는 『인문평론』에 내재하는 균열을 다룬 채호석 「1930년대 후반 문학비평의 지형도 : <인문평론>의 안과 밖」(『외국문학연구』, 2007. 2)에서 한 번 논의해 본 바 있다. 이 점에서 이 논문은 앞선 논문과 맥을 같이 하고 있다.
7) 라영균, 「문학장과 문학성」, 『외국문학연구』 17, 117면.

를 의미하는 것임과 동시에 문학이 '문학'으로서 규정되게 하는 장이기도 하다. 그렇기 때문에 문학장은 한편으로 사회적으로 존재하는 권력 관계의 반영이면서, 또한 문학이라는 제도적 공간 속에서의 상징자본을 둘러싼 투쟁의 공간이다. 그렇다면 문제는 특정한 시기에 그 권력이, 혹은 권력 관계가 어떻게 존재하였는가를 살피는 일이다.

문학장은 권력의 공간이므로 문학장은 언제나 '선택과 배제'의 원리에 의해 구성된다. 선택과 배제의 원리는 문학장 내에서 다양한 방식으로 작동한다. 문학상의 수여나 신춘문예 등과 같은 등단 절차 등이 선택의 원리라고 한다면, 배제의 원리란 문학적인 가치가 없는 것으로 규정하는 것; 혹은 아예 논의에 상정조차 하지 않는 것 등으로 볼 수 있다.

그러나 가장 큰 배제의 원리란 '검열'이라고 할 수 있다. 앞서 든 선택과 배제의 권력 행사 방식이 문학 내적인 것이라고 한다면, 검열이란 정치적인 권력이 문학에 작동하는 방식이라고 할 것이다.

정치적인 권력이 문학에 작동하는 방식, 그것도 확실하게 배제의 방식으로서만 존재하는 이 방식을 '검열'이라고 했을 때, 검열은 정치적인 것이 문학적인 것과 결합하는 양상을 가장 명료하게 드러내준다고 하겠다.

검열의 문제는 검열이 존재하느냐 아니냐에 있지 않다. 검열은 그 수준이 어떤 수준인가, 그 내용이 어떠한가가 문제이지, 검열의 존재 자체가 문제가 되는 것은 아니다. 문제는 검열이 어떻게 문학장을 변화시키는가, 그리고 검열이 개인에게 어떠한 방식으로 작동하는가 하는 점이다.

정치적인 검열, 다시 말하자면 문학 외적인 권력이 문학장에 작용하는 검열의 경우, 낮은 단계에서는 검열과 검열에 대한 저항이 나타난다. 문학장의 권력을 위한 투쟁의 과정에서 권력에 의해 배제된(검열된) 세력은 현재의 문학장의 권력에 대한 반권력으로서 등장한다. 이러한 권력과 반권력의 투쟁 자체가 문학장의 주요 구성 요소가 될 경우가 있다. 그러나 반권력이 존재할 수 없는 경우, 적어도 명시적으로 존재할 수 없는 경우, 반권력은 문학장에서 명시적이 되지 못하고 비명시적인 것이 된다. 권력(정치적인 것이건, 문학적인 것이건)에 대한 저항은 '우회'라는 방법을 사용하게 된다.

이 우회라는 방식은 실상 권력이 무시할 수 없는 힘으로 작동하고 있음을 의미한다. 문제는 그 '우회'가 인식되느냐 그렇지 못하느냐에 있다. 권력의 검열을 우회하는 경우, 그것이 독자들에게 인식되는 경우에만 비로소 우회는 의미를 획득하기 때문이다. 이런 우회는 일단 자기검열의 단계라고 할 수 있을 것이다. 말할 수 있는 것과 말할 수 없는 것을 구분하고, 말할 수 없는 것을 말할 수 있는 것으로 치환해서 말하는 방식이 우회라면, 이는 기본적으로는 '은유'의 방식이라고 할 것이다.[8]

이런 자기검열의 상태에서 더 나아가게 될 때, 우회의 방식으로 사용되는 언어, 혹은 표현 등이 내면화될 가능성이 있다. 이렇게 될 때 더 이상 검열은 검열로 존재하지 않으며, 자명성을 획득하게 된다. 권력에 의한 통치의 최고의 상태는 바로 이렇게 권력이(그리고 검열이) 내면화된 상태이다. 특정한 장 속에서 검열은 더 이상 의식되지 않는다. 검열이 의식되지 않는 경우, 검열은 검열로서 존재하는 것이 아니라 자명한 원칙으로 작동하게 된다. 이런 검열의 내면화는 검열의 전제인 지배이데올로기의 내면화라고 할 수도 있다.

---

8) 여기서의 은유는 대단히 폭넓은 개념으로 사용된다. 여기서의 은유란 'A는 B이다.'라는 형식으로 된 서술만을 의미하는 것이 아니라, A가 존재하지 않을 때, 적어도 현전하지 않을 때, 그것을 대체하는 B를 은유라고 말한다. 은유에 대해서는 필립 휠라이트, 『은유와 실재』(문학과지성사, 1982)를 참고하였다.

2. 1930년대 후반에서 1940년대 초반에 이르는 시기의 검열의 내면화와 문학장의 재구성

그렇다면 1930년대 후반에서 1940년대 초반까지의 검열과 문학장의 변화는 어떤 관계를 갖는 것일까?

제일 먼저 떠올릴 수 있는 것은 전향과 그에 따른 자기 검열이다. 1930년대 초반 두 번에 걸친 카프 대량 검거에 따라 수많은 문학인들이 전향을 하였음은 잘 알려져 있다. 이 전향이 과연 진정한 전향인지, 아니면 위장 전향인지를 따지는 것은 여기서는 일단은 중요하지 않다. 몇몇 작가를 제외한다면 대부분의 작가들은 완전 전향보다는 위장 전향으로 파악할 수 있을 듯하다. 물론 백철이나 박영희 같은 경우는 완전 전향처럼 보이지만, 이처럼 드러내놓고 전향을 선언한 문학인은 드물다.

위장 전향의 경우, 말할 수 없는 것을 표현하기 위해서는 말해도 괜찮은 것으로 돌려 말할 수밖에 없었다. 마르크스나 엥겔스를 '위대한 선배' 또는 '위대한 철학자' 등으로 말하는 것은 바로 이러한 자기 검열을 통한 우회의 방식이라고 할 수 있을 것이다.

이런 자기 검열의 시대가 그리 오래 되지 않아, 이러한 자기 검열만으로는 불가능한 시대가 되었다. 국가총동원령이 발표되면서부터는 더 이상 이러한 정도의 자기 검열을 통한 우회도 불가능하게 되었다. 그리고 나아가는 스스로를 '문학 정신대(文學挺身隊)'라 칭할 수밖에 없게 되었다. 이것이 1930년대 막바지에서 1940년대 초에 이르는 시기의 상황이었다. 이러한 통제와 검열의 강화가 문학장의 변화를 가져왔음은 당연한 일이었다.

1930년대 후반은 1935년부터 시작한다. 1930년대 후반을 상징적으로 지시하는 사건은 물론 카프의 해산이다. 사회주의 혁명을 지향하고, 사회주의 문학을 건설하고자 했던 카프는 실상 1931년, 그리고 1934년의 검거로 인해 1935년도에는 실질적으로는 존재하지 않았다고 할 수 있다. 그럼에도 불구하고 자진 해소의 방식으로 카프의 활동을 공식적으로 접었던 것은 1935년도의 일이었다.[9]

물론 1935년 이후 사회주의 문학에 대한 지향이 없었던 것은 아니다. 사회주의 리얼리즘에 대한 논의가 그 이후에도 지속적으로 있었다. 그러나 조직적인 문학운동으로서의 사회주의 문학 '운동'은 더 이상 존재할 수 없었다. 가능하다면 '개인'으로서의 사회주의 문학인만이 있을 뿐이었다.

이 점에서 1937년 중일전쟁은 매우 중요하다. 한 연구자는 1937년 중일전쟁을 실질적인 1930년대 후반의 시작으로 설정하고 있는데,[10] 중일전쟁이 가져온 충격은 실상 대단한 것이었다고 보인다. 1935년에서 1937년까지의 문학장 내부에서는 여전히 사회주의를 지향하는 평론들이 발표되었다. 사회주의 리얼리즘의 수용 가능성에 대한 논의는 더 이상 이어지지 않았지만, 사회주의 리얼리즘의 '선진성'을 인정한 상태에서, 조선에서 구체적으로 어떻게 적용이 가능할 것인가를 놓고 여전히 산발적인 논쟁은 있었다고 볼 수 있다.

결국 전향과 카프 해체의 과정을 통해, 집단이 아니라 개인으로 권력에 대면할 수밖에 없었고, 문학과 정치의 문제는 어떤 방식으로든 재규정될 수밖에 없었다. 정치와 문학, 정치적인 것과 문학적인 것의 관계의 문제는 이제 새로운 방식으로 접근되지 않으면 안 되었고, 이는 문학장의 중대한 변화를 가져왔다.

---

9) 카프의 검거에서 해산까지의 과정에 대해서는 권영민, 『한국계급문학운동사』(문예출판사, 1998)에 잘 정리되어 있다.
10) 류보선, 「1930년대 후반기 소설 연구」(『민족문학사연구』, 1993. 12) 참조.

1) 정치와 문학, 혹은 정치적인 것과 문학적인 것

이 시기 카프에 속했던 문인들에게 가장 중요한 논점의 하나는 '정치적인 것과 문학적인 것' 혹은 '정치와 문학'의 관계였다. 실상 정치적인 것과 문학적인 것의 관계와 정치와 문학의 관계는 동일하지 않다. 1930년대 초반까지의 카프가 문학과 정치라는 패러다임 속에서 논의를 지속해 나갔다면, 1930년대 후반에는 정치적인 것과 문학적인 것의 관계라는 패러다임으로 변화하였다고 볼 수 있다.

문학과 정치라는 틀 속에서 가장 중요한 것은 문학이 어떠한 방식으로 정치에 복무하는가 하는 것이었다. 비록 상당히 세련된 형식이었기는 하지만, 그 안에 흐르고 있었던 기본적인 사유는 '혁명의 무기'로서의 문학, 곧 정치에 복무하는(그리하여 복속하는) 문학이었던 것이다. 이런 정치와 문학이라는 패러다임은 1927년 제1차 방향전환 과정에서, 김기진과의 논쟁 당시 박영희가 보여주었던 사유방식에서 크게 벗어난 것은 아니었다.

정치와 문학의 관계, 그리고 정치에 복무하는 문학(그 범위를 아무리 넓게 잡는다고 하더라도)이라는 패러다임이 깨어진 것은 두 차례의 검거와 전향을 통해서였다. 두 번의 검거 모두 외관상으로는 '문학' 그 자체에 대한 것이 아니었지만, 실제로 목표로 하고 있었던 것은 문학이었음은 확실하다. '운동'이라는 사유와 '조직'이라는 실체를 가지고 '문학과 정치'를 사유할 때, 문학과 정치 사이에 맺어지는 관계는 언제나 운동을 전제로 조직을 통해서 맺어지는 관계였다. 검거는 이 조직에 대해서 행해진 것이었고, 조직의 검거란 실질적인 검열로 작동하는 것이었다.

이를 대체하는 패러다임이 '문학적인 것과 정치적인 것'이라는 패러다임이었다. 문학과 정치가 하나일 수 없을 때, 문학이 곧바로 정치를 지향할 수 없을 때, 정치에 복속하는 문학인에게 '검거'와 '투옥'이라는 제재가 가해질 때, 이런 외적인 억압으로부터 벗어나는 방식의 하나가 바로 '정치와 문학'이라는 패러다임을 '정치적인 것과 문학적인 것'이라는 패러다임으로 변화시키는 것이었다.[11] 정치적인 것과 문학적인 것의 문제로 이행했을 때, 이제 현실적인 정치, 곧 사회주의 혁명은 문학 논의에서 사라지고, 문학 속에서의 정치적인 것의 존재 문제만이 논제가 된다. 문학과 정치라는 문제가 문학에서의 정치성이라는 문제로 변화하는 것이며, 문학이 문학 외적 현실과 맺는 관계가 직접적인 관계에서 간접적인 관계로 변화하는 것이다.

'문학적인 것과 정치적인 것'은 단지 '문학과 정치'의 재편은 아니다. 문학과 정치가 일반적인 방식으로 논의될 수 있겠지만, 카프의 시대 문학과 정치는 문학 자체만이 아니라 문학인의 존재, 그리고 조직의 존재 등이 연관을 맺는다. 다양한 방식으로 문학(그리고 문학과 관련된 여러 사항, 예컨대 조직 등)과 정치의 관계가 맺어지는 것이다. 그렇기 때문에 '문학성'의 문제는 정치와의 관련 속에서 부차적인 의미만을 갖는다. 그러나 '문학적인 것과 정치적인 것'으로 패러다임이 변화하게 될 때, 실상 문학 자체를 제외한 모든 것은 논의에서 벗어나게 된다. 여기에는 문학인 자체까지 포함된다. 문학하는 인간과 그 문학을 굳이 구분하고자 하는 김남천의 논의가 대표적인 것이리라. 전향을 한 인간, 권력에 굴복한 인

---

11) 문학과 정치에서, 문학적인 것과 정치적인 것의 관계로의 이행을 가장 잘 보여주었던 것은 이기영이었다. 2차 검거 이후 공판에서 이기영은 '정치'는 포기하지만 '정치적인 것'은 바로 문학의 본질적 속성이기 때문에 버릴 수 없다고 말하고 있는 것이다. 그리고 이런 이기영의 공판 참관기를 쓴 사람이 바로 카프 해산계를 제출하였던 김남천이었다. 1차 검거 때 검거되어, '공산주의 협의회'에서의 활동 때문에 고경흠 등과 함께 기소되었고, 집행유예로 풀려난 김남천이 이 점에 민감할 수밖에 없었던 것은 당연한 일이다. 김남천의 검거 및 전향, 그리고 그 이후의 활동에 대해서는 채호석, 「김남천 문학 연구」(서울대학교 박사학위논문, 1999) 등을 참고할 수 있다.

간에게서 그럼에도 불구하고 뛰어난 문학을 확보할 수 있는 가능성이 발견되기 때문이다. 이제 논의는 문학 자체가 가지고 있는 정치성, 문학적 전망, 시각만이 문제가 된다.

1930년대 후반의 여러 문학론들은 이런 전제 속에서 비로소 의미를 갖는다고 할 수 있다. 김남천의 다양한 창작방법론이나 임화의 리얼리즘론은 비록 각기 다른 문학적 지향을 갖고 있음에도 불구하고, 그것들은 더 이상 문학 외적 현실과 직접적인 관계를 갖는 것은 아니었다.[12]

'리얼리즘'이 문학이라는 존재의 '현실주의'에서 문학적 형상화의 문제로 이행하는 것도 바로 이러한 패러다임의 변화와 맞물려 있다고 할 수 있다. 이전 시기의 리얼리즘론은 사실 다양하였다. 프롤레타리아 리얼리즘론이나 유물변증법적 창작방법이나 대부분의 리얼리즘론은 문학적으로 충실한 현실의 반영으로 이해되기보다는 현실을 보는 정확한 '눈'으로 이해되었다. 그렇기 때문에 '프롤레타리아 전위의 눈'이 현실을 올바로 인식하기 위해서는 반드시 필요하다는 생각과 '당의 슬로건을 대중의 슬로건으로'라는 생각이 동시에 공존할 수 있었고, 그 사이에 아무런 균열도 존재하지 않을 수 있었던 것이다. 사회주의 리얼리즘이 이에 비추어서 얼마나 달랐던 것인가, 그리고 그 때문에 얼마나 당혹할 수밖에 없었는가는 이 점에서도 충분히 짐작할 수 있으며, 실제로 그러하였다.

사회주의 리얼리즘론은 문학 외적 현실의 충실한 반영이 문제가 되었고, 충실한 반영이라고 했을 때, 그것은 '문학적'이길 요청하였다. 임화가 리얼리즘에서의 '형상'의 문제를 논의하여, 사회주의 리얼리즘으로

---

12) 김남천의 창작방법론에 대해서는 채호석, 「김남천 문학 연구」 참조. 김남천과 임화의 리얼리즘론에 대해서는 채호석, 「임화와 김남천의 비평에 나타난 '주체'의 문제」(『상허학보』, 2000. 11), 「탈-식민의 거울, 임화」(『한국학연구』, 2002 하반기) 참조.

이행해 가기 시작하는 모습을 보였던 것이 1934년이었고, 김남천이 문학과 과학의 차이를 내세우면서 모럴론과 풍속론을 내보였던 것은 1937년도에 들어서서의 일이었다.

물론 현실의 올바른 반영에서 중요한 것은 작가가 지니고 있는 시각(전망, perspective)이었지만, 그러나 더 이상 '전망'이 투명하게 존재할 수 없을 때에 실질적으로는 어떻게 형상화할 것인가가 문제였다. 작가의 입장, 시각, 전망의 문제로부터 '문학적' 반영의 문제로 이행하였던 것이다. 그리고 이러한 변화는 문학장에서 대단히 큰 변화였다. 정치적인 것은 여전히 중요한 것일 수 있지만, 이제 정치는 직접적으로 문학장에 영향을 미치는 것이 아니라 '반영'과 형상화라는 매개를 거침으로써 관계를 가질 수 있게 된다.

문학적인 것과 정치적인 것 사이의 관계라는 패러다임에서 또 하나 중요한 변화는 '국가총동원령'이 내리면서 일어난다. 강제적인(물론 때로는 자발적인) 전향에 의해서 '정치적인 것'을 매개로 하지 않고서는 정치와 연관될 수 없었던, 그렇기 때문에 '문학적인 것'이 문제가 되었던 시기로부터 다시 문학이 정치에 복무할 수밖에 없는 시기가 되었다.

정치적인 권력에 의해 분할되었던, 그리고 그에 따라 실상 많은 '문학적'인 것들이 제한 속에서나마 다시 한 번 장악할 수 있었던 시기에 정치적 권력이 정치적인 문학을 요구하였던 것이다. 문학 또한 총동원에서 벗어날 수 없었던 것이다.

그런데 중요한 점은 이 정치와 문학이라는 장에서 문학 외적인 권력에 의한 문학장의 변화가 대단히 미묘하였다는 사실이다. 중일 전쟁 이후 태평양 전쟁을 앞둔 시기에, 국가총동원령이 발효된다. 국가총동원령이란 물론 말할 것도 없이, '세계사적 변혁'을 위해 모든 사람들이 그에 복속하기를 요구하는 것이었다. 사회는 완전한 전시 체제로 들어가고,

문학 또한 '다시' 정치에 복속하기를 요구 당한다.

실상 정치적 지향의 문제를 논외로 한다면[13] 카프 시대에 작가들에게 요구되었던 것이나 국가 총동원 시기에 작가에게 요구되었던 것은 사실 동일하다. 그 모두 작가에게 특정한 정치적 지향에 동의하기를 요구하는 것이었다.

앞서 1930년대 후반에 들어서면서 검열로 인해 '정치와 문학'이라는 문학장의 존재 방식이 '정치적인 것과 문학적인 것' 결국 '문학에서의 정치성'의 문제로 변화하였음을 말한 바 있다. 이런 변화 속에서 '문학장'은 '문학적인 것'을 핵심 의제로 하여 구성된다. 그 '문학적인 것'을 구성하는 데 정치성이 갖는 의미가 중심에 놓이게 되는 것이다. 이를 긍정하든(이기영이나 김남천의 경우 이에 동의한다) 아니면 이를 부정하든(최재서의 리얼리즘론은 이를 부정한다. 구인회도 마찬가지로 이를 부정하고 있다. 박태원과 이태준이 현저하게 '문학적인 것'의 고유성을 내세운 것도 이와 연관되어 있다) 말이다.

1937년 이후 다시 문학장의 의제가 '문학과 정치'로 되돌아갈 수밖에 없었을 때(이는 결국 '국민문학'으로 귀결되고 말았지만), '문학적인 것과 정치적인 것'을 중심으로 구성되었던 문학장은 미묘하게 변화할 수밖에 없었는데, 국가 총동원 체제 아래서 '문학적인 것'은 '문학과 정치'로 되돌아가려는 데 대한 일종의 저항선으로서 기능했다고 보인다. 결국 '국민문학'을 주장하지 않을 수 없었던 최재서가 『인문평론』의 권두언에서 끊

---

13) 사실 정치적 지향을 논외로 하기는 어렵다. 정치적 지향을 논외로 한다는 것은, '무균질'의 상태, 그야말로 객관적인 장소가 존재함을 전제로 하기 때문이다. 그러나 문학장 논의에서와 마찬가지로, 그러한 객관적인 장소는 존재하지 않는다. 어떤 특정한 장소를 그런 객관적인 장소로 요구하는 것은, 그리고 그런 객관적인 장소가 있다고 말하는 것은, 실상은 정치적 논의를 피해가기 위한 것이거나, 아니면 하나의 '환상'이라고 할 수 있다. 그렇기 때문에 그런 공간은 존재할 수 없다고 생각된다. 다만 여기서는 논의의 전개를 위해 잠정적으로 그러한 장소를 설정해 본다.

임없이 '문학인의 임무'를 말할 수밖에 없었던 것도 이 때문이다.14) 1930년대 문학과 정치의 관계에서 정치에 복속하고자 하였던 사회주의 문학은 정치적 권력에 대응하는 반권력이었지만, 1930년대 후반에 들어서서는 오히려 '문학 내적인 정치성'이 권력에 저항하는 반권력의 가능성을 가지고 있었던 것이다.

정치적 권력에 대응하는 반권력이었다고는 하지만 과연 문학장에서도 반권력으로 작동하고 있었는지는 의문이다. 오히려 반권력이라기보다는 '권력'으로서 구성되어 있었다고 보아야 할 것이다. 구인회라든가, 아니면 시문학파, 그리고 해외문학파가 이 시기는 반권력으로서 상징자본을 얻기 위한 투쟁에 나서고 있었다. 그리고 1930년대 중반 이후 이들은 아주 잠깐의 권력의 시기를 가졌었고, 그리고 다시 정치와 문학이라는 외적 권력의 요구에 대해, 다시 반권력으로서 작동할 수 있는 여지를 갖고 있게 되었다.

물론 문학인 개개인의 존재방식에는 많은 변화가 있었다. 현실적으로 매체를 장악하고, 새로운 '현실'을 들고 나오면서 카프의 권력에 대해 반권력으로서 존재하였던 최재서가 1930년대 후반 급격히 지배이데올로기에 종속되었음에 비해, 이전의 카프 맹원이었던 김남천의 경우는 오히려 '문학적인 것'을 통해 당대의 권력의 힘(검열)에 부딪치고 있었기 때문이다.15)

---

14) 이에 대해서는 채호석, 「1930년대 후반 문학 비평의 지형도 : <인문평론>의 안과 밖」(『외국문학연구』, 2007. 2)를 참조하기 바란다.

15) 그럼에도 불구하고 이들이 『인문평론』에 같이 있었다는 점은 흥미로운 일이다. 『인문평론』을 둘러싼 문학장의 변화에 대해서는 좀 더 깊은 논의가 필요하다. 이에 대해서는 간단하게나마 이전에 발표한 논문에서 언급한 바 있다. 물론 그 논문에서는 '맥락'이라는 개념을 도입해서, 실질적으로 어떻게 작동했는가를 밝히고, 나아가 『인문평론』 내부에 존재하는 길항을 주로 다루어 보았다. 여기서는 새롭게 해석할 수 있는 가능성의 일단만을 밝혀두고자 한다.

2) 고급문학과 저급문학

1930년대 후반 문학장의 재편에서 또 하나 생각해 볼 수 있는 것은 '순문학과 통속문학'의 대립이었다. 일반적으로 문학장의 구성에서 고급문학과 저급문학의 대립은 중요하다. 고급문학과 저급문학의 구분은 물론 자본주의 사회에서의 문학이 갖고 있는 이중적 성격을 드러내고 있다. 자본에 종속되어 있는 것처럼 생각되는 문학, 그리고 대중을 이데올로기적으로 호도하는 문학에 대해 저급문학이라고 명명하고 그들을 문학 속에서 철저하게 배제함으로써, 대중을 획득하지는 못하지만 그럼에도 불구하고 상징권력을 획득하는, 결국 '그들만의' 문단이 구성되게 된다.

이러한 고급문학과 저급문학의 구분의 표면에는 물론 '문학성'이 가장 중요한 기준으로 놓여 있지만, 단지 '문학성'을 갖고 있느냐 아니냐의 문제일 수는 없다. '문학성'이라는 것이 고정되어 있는 것이 아니고, 변화 가능한 것이며, 따라서 구성 가능한 것이라고 했을 때, 문학성은 실제로 그것이 지칭하고 있는 특정한 속성만큼이나, 그렇게 '문학' 혹은 '좋은 문학'으로 규정될 수 있다는 바로 그 사실이 중요한 것이다.

한국문학에서 1920년대 '문단'이 성립한 이후 이러한 고급문학과 저급문학(순문학과 통속문학)의 구분은 문학장의 구성에서 대단히 강한 힘으로 작동되어 왔다는 것은 이제는 잘 알려져 있는 사실이다. 1920년대 문단이 성립할 때, 실상 그때 문단을 '스스로' 구성했던 존재들은 '문학성'이 전제되고 그러한 문학성을 획득한 문학을 생산해 내었다기보다는 그들 자신이 '문학성'을 새롭게 창출하고 있었다고 하는 편이 더 타당할 것이다. 물론 이러한 문학성이 서구의 문학, 그리고 일본의 문학에 깊이 영향을 받았고, 그리고 또한 그들이 주장하는 문학성의 내포가 결국 서구와 일본의 문학에 기대어 있었던 것이 사실이지만, 그러나 그들이 들여온 '문학'이라는 것 또한 시대적으로 구성된 '정전'이라는 점을 고려한다면 그들에게 반성이 존재하지 않았음은 주목해야 하는 일이다. 1920년대 문단을 형성한 존재들에게 문학(예술)이란 곧 '참'(진리)였고, 그들은 그것을 믿어 의심치 않았던 것이다.

고급문학과 저급문학, 순문학과 통속문학이라는 구분이 일시적으로 깨어질 가능성이 있었던 시기가 없었던 것은 아니다. 첫 번째 가능성은 김기진과 박영희 사이의 소위 '내용·형식 논쟁' 가운데 있었다. 이미 다른 곳에서 한 번 말한 바 있지만, '내용·형식 논쟁'의 한 가운데는 상당히 중요한 논제들이 포함되어 있었다. 그 가운데 하나가 바로 부르주아 문학 유산의 계승에 관한 문제였다. 기존의 '문학성'이 부르주아 문학에 의해서 형성된 기준이라고 했을 때, 프롤레타리아 문학은 그와는 다른 문학이 되어야 하지 않느냐 하는 것이었다.16) 하지만 이 논의는 김기진이 '고개를 숙이면서' 싱겁게 마무리되었고, 유산 계승의 문제, 그리고 문학성의 기준의 문제는 더 이상 큰 진전을 보지 못하였다.

두 번째 가능성 역시 김기진에 의해 제기되었다. 프로문학이 대중을 획득하지 않으면 안 되었고, 김기진은 소설과 시에서의 대중화 방안을 내세웠다. 김기진의 대중화 방안은 현재의 독자 수준을 고려하여 가능한 한 쉽게, 통속성을 가미해서 소설을 쓰자는 것이었다. 물론 김기진으로서는 가장 바람직한 방식이 아니라, 당대의 시대적 상황을 고려해 제출

---

16) 기존의 문학 유산에 대한 거부가 곧바로 고급문학에 대한 거부로 이어지지는 않는다. 루카치와 독일표현주의자 사이에 있었던 논쟁에서 이를 잘 확인할 수 있다. 또한 이른바 '내용·형식 논쟁'은 이 점에서 다르게 명명되지 않으면 안 된다. 어떻게 명명되는가에 따라 그 의미가 확연하게 달라질 수밖에 없다(1936년에 있었던 임화와 김남천의 '물 논쟁'도 마찬가지로 다시 명명되어야 한다). 이에 대해서는 채호석, 「탈-식민과 (포스트-)카프문학」(『민족문학사연구』, 2003. 12) 참조.

한 것이었지만, '연장을 수그리라.'는 논의로 받아들여졌고, 소설에서의 대중화 방안은 오히려 그보다 훨씬 과격한 방식으로 논의가 모아졌다.

명시적이지는 않지만, 사실 고급문학과 저급문학의 구분을 철폐하고자 하는 논의는 카프 강경파에 의해서도 제기된 것이었는데, 기존의 문학적 방식에 대한 철저한 거부는 더 이상 고급문학과 저급문학이 구분되지 않는 새로운 구분선을 제시하는 것이었다.

하지만 1930년대에 들어서면서 이런 논의는 급격하게 사라져갔을 뿐만 아니라, 오히려 기존의 문학 유산의 철저한 계승으로 논의가 진행되었다. 사회주의 리얼리즘이 가장 선진적이면서 가장 위대한 문학이고, 그렇기 때문에 역시 기존의 문학 유산의 위대함을 모두 계승하는 것으로 규정되어, 문학 유산의 계승의 문제는 당연한 것으로 받아들여지는 경향이 있었다.

그렇기 때문에 고급문학과 저급문학의 구분은 일시적인 동요를 제외하고는 꾸준히 유지되어가고 있었고, 1930년대 후반에서 1940년대 초에 이르는 시기에는 일본 제국주의 당국의 이해와 문단의 이해가 맞아 떨어지는 양상마저 보여주었던 것이다. 일본 제국주의 당국으로서는 국민 총동원 시기에 대중적인 문학과 문화가 국민 총동원이라는 논제가 지니는 '엄숙함'을 해체하고 조롱하는 것으로 인식될 수 있었기 때문이었다.

고급문학과 저급문학의 구분이 여전히 유지되고 있다는 점(사실 1990년대까지도 그러하지만)이 중요한 이유는, 문학장에서의 권력관계가 '문학성'이라는 상징권력의 획득에 따라 규정되기 때문이다. 사실 대중문학이나 통속문학은 한 번도 상징권력을 획득한 적이 없다. 적어도 근대에 들어와서는 그렇다. 고급문학 대 저급문학이라는 관계가 1940년을 전후한 시기에도 여전히 유지되고 있었다는 점은 바로 이 점에서 중요하다. 소위 저급문학이라는 것이 '저급함'에도 불구하고 주류성을 전복할 만한 공간일 수 있었기 때문이다. 지배이데올로기에 대해 매혹과 부정을 동시에 보여주었던 이 시점에 지배이데올로기나 식민지 조선의 문학이나 여전히 '고급문학'이라는 틀 속에서는 공모의 관계에 있었던 것이다. 이 공모는 새로운 부정의 가능성을 적극적으로는 아니지만 소극적으로는 닫아버리는 역할을 하였음은 부정할 수 없는 일이다.

적어도 1930년대 후반 비평의 영역에서, 지배이데올로기는 검열의 기제 이상이었다. 그것은 검열이라기보다는 따라가지 않을 수 없었던 폭력, 그것도 거절할 수 없었던 폭력이었다. 대동아공영권과 팔굉일우(八紘一宇) 안에서 벗어날 수 없었다. 이전의 검열이 용납할 수 있는 최소한의 경계를 마련했다면, 이제는 받아들여야 할 최대의 경계를 만들어 놓았던 것이다. 모든 것은 그 경계 안에서 이루어져야 했다. 그리고 그것을 '시대적 요구'(세계사적 임무라고 말하든, 뭐라고 말하든)라고 하였다.

그러나 폭력이었다고 말하는 것만으로는 이 시기 비평들이 보인, 특히 『인문평론』의 비평들이 보인 모습들은 이해되지 않는다. 최재서처럼 적극적으로 요구를 수용해 나가든, 아니면 김남천처럼 소극적으로 받아들이건 간에, 거기에서 벗어날 수 없었던 것이다.

검열이, 혹은 폭압이 폭력으로서 받아들여지지 않았던 것은 무엇 때문일까? 이전에 여러 곤란에도 불구하고 반체제적인 활동을 하였던 문학인들이 거의 모두 하나같이 이 경계선을 넘어서지 못한 것은 무엇 때문일까?

바로 여기에 자기 검열을 넘어서는 검열의 내면화가 있었던 것은 아닐까? 검열이 내면화가 되기 위해서는 우선 먼저 하나의 조건이 필요하다. 그 조건은 지배적인 이데올로기에 대한 최소한의 동의이다. 일본의 제국주의 침략 논리가 많은 문학인들에게 전적으로 거부되지 않고 받아들여졌던 것, 비록 전체를 받아들이지는 못한다고 하더라도 최소한으로는 받아들일 수밖에 없었던 것은 바로 '동의' 때문이다. 그리고 그 동의는 적어도 『인문평론』에 글을 썼던 여러 비평가들, 최재서와 이원조, 김오성, 그리고 임화와 김남천에게는 당대가 가지고 있는 부정성을 척결하지 않으면 안 된다는 데 대한 동의였다. 그리고 그 부정성이란 바로 자본주의가 낳은 부정성이었다.

김오성이 근대의 합리성이 지닌 내적 모순을 문제 삼으면서, 근대의 넘어서기를 요구할 때,[17] 김남천이 아직 와야 할 세계에 대해서 어떠한 꿈도 갖고 있지 못함에도 불구하고 최소한 지금의 여기를 부정해야 한다고 말하고, 고리키가 말하는 새로운 서사시의 시대의 도래를 차마 받아들이지 못할 때,[18] 이들은 모두 자본주의 부정성에 대한 거부에 묶여 있었던 것이다. 그리고 그렇기 때문에 아직 아무런 내용도 실체도 주어지지 않은 '신체제' 속에서 그것들을 어떠한 방식으로로건 새롭게 구성하려 했던 것일지도 모른다.

3. 1930년대 후반에서 1940년대 초반에 이르는 시기의 소설 문학에서의 문학장의 양상

비평이 어쩔 수 없이 강요된 전망에 대한 논의를 할 수밖에 없었다면, 그리고 그 최소한의 동의를 자본주의 부정성, 혹은 근대의 부정성의 척결에서 찾았다면, 소설은 비평과는 조금 다른 모습을 보여줄 수밖에 없었다. 왜냐하면 소설의 경우 구체적 현실이 그 육체가 될 수밖에 없기 때문이다.[19]

---

17) 김오성, 「원리의 전환」, 『인문평론』, 1941. 2.
18) 김남천, 「소설의 운명」, 『인문평론』, 1940. 11.

소설에서도 검열과 검열의 내면화는 기본적으로는 비평과 마찬가지로 이루어진다고 보아야 할 것이다. 소설들은 여전히 이미 문단에 속해 있는 '중견'들에 의해서 주로 쓰였고, 신진이라고 하더라도, '추천'제에 의해서 비로소 『인문평론』에 실릴 수 있었기 때문이다. 그러나 앞서 말한 것처럼 그 양상은 다르다. 단지 소설이 다루고 있는 주제나, 형상화 방식에서만 다를 뿐 아니라, 소설 내적으로 지니고 있는 모순, 혹은 균열, 혹은 실제 현실과 이념의 괴리 같은 것을 드러내고 있기 때문이다. 소설 속에서도 여전히 내면화를 요구하는 '강요된 전망'은 존재하지만, 그리고 때로 그 강요된 전망이라는 것이 소설 내적 전망으로 화하기는 하지만, 그러한 소설 내적 전망마저도 현실을 끌어들이는 부분에 있어서는 비평과는 확연히 달라질 수밖에 없었다.

여기서는 『인문평론』에 실린 소설들 가운데 검열의 내면화와 내면화가 가져오는 부분적인 균열 상태를 드러내는 몇 개의 작품을 통해, 1930년대 후반의 문학장의 한 부분을 살펴보기로 한다.

1) 근대의 부정성과 반자본주의

사실 몇몇 작품들을 제외하고는 이 시기 소설은 1930년대 후반이라는 시대적 지표를 확연하게 드러내지 않는다. 그저 소설 중간 중간에 삽입되는 시대에 대한 아주 약간의 언표만이 가끔 시대를 드러내 줄 뿐, 새로움을 보여주지 못하고 있다. 오히려 그 이전의 소설들에 비해 볼 때,

---

19) 이에 대해서는 이미 「1930년대 후반 소설 문학의 사회·역사적 상상력」이라는 논문으로 발표한 바 있다(국어국문학회 정기 학술대회 발표집). 다만 이 발표에서는 '사회·역사적 상상력'이라는 주제에 묶여 있을 수밖에 없었기 때문에 한정된 논의를 할 수밖에 없었다. 여기서는 이 논의를 조금 더 확대해서 『인문평론』에 실린 소설 전체를 대상으로 새롭게 논의해 보고자 한다.

단순재생산이라기보다는 축소재생산의 모습을 보여주고 있다. 다시 말하자면, 이 시기의 소설들은 가난을 문제 삼고 있지만, 그 가난에 대한 접근이 새로운 '발견'의 양상을 띠는 것도 아니고(그러기에는 이미 너무 많은 소설들이 이 주제를 다루어왔다), 그렇다고 해서 그러한 가난을 넘어서고자 하는, 혹은 그러한 현실에 대해 부정하고자 하는 강한 의욕, 낭만적 정신도 보여주지 않고 있다. 물론 1930년을 전후한 카프의 소설처럼 관념에 의해 현실을 재구성하고자 하는 모습도 보여주지 않는다. 그렇다고 해서 1930년대 중반의 '모더니즘' 소설들처럼 기존 문학에 대한 파괴의 실험을 하는 것도 아니다. 임화가 그토록 비판했던 세태와 내성의 구분도 더 이상 의미 있는 구분이 되지 않고 있다.

이런 소설들이 지니고 있는 첫 번째 특징은 이들 소설들이 대부분 근대가 보이는 부정적인 모습을 부정하고자 하고 있으며, 비록 이전 소설들과는 다르지만 반자본주의적 성격, 최소한 자본주의 비판의 성격을 띠고 있다는 점이다.

그러나 실상 이 자본주의 비판이 나아갈 수 있는 길은 적어도 소설 속에서는 막혀 있다. 소설이 여전히 근대적 소설의 규정성에서 벗어나지 못하고 있고, 그리고 그 때문에 어떤 현실이건 현실이 개입할 수밖에 없었을 때, 자본주의 근대에 대한 비판이 더 이상 나아갈 길을 갖고 있지 못하다는 사실은 검열의 내면화가 이루어지지 못하고 있다는 점을 드러낸다. 다시 말하자면, 특정한 경향의 소설을 쓰지 못하는 것은 시대적 상황에 따른 자기 검열일 수는 있지만 적어도 『인문평론』의 권두언이나 기획 논문들이 적극적으로 시대를 수용하고, 그 속에 '실체'를 생성해내고자 하는 다소 절망적인 노력을 하고 있는 것과 같은 검열의, 그리고 지배이데올로기의 내면화라고 말할 수는 없다.

근대자본주의의 부정성을 부정적인 방식으로 드러내고자 한 소설로 김남천의 「T일보사」가 있다. 김남천의 「T일보사」는 김남천이 『인문평론』에 처음 쓴 소설[20]로, 김남천이 자신의 소설론을 실험해 본 대표적인 작품이다. 김남천이 임화와의 논쟁에서, 세태와 풍속 묘사를 들고 나서고, 자본주의적 소설에서 '영웅'은 있을 수 없으며, 자본주의가 낳은 전형적인 인물, 결코 긍정할 수는 없으나, 그럼에도 가장 현대적인 인물을 그려야 한다고 했을 때, 김남천이 그 모범으로 제시한 소설이 중편 「T일보사」라고 할 수 있다.

「T일보사」는 시골 금융조합 서기를 하다가, 유산을 정리하여 1만 몇 천원을 들고 서울로 올라온 '광세'가 출세의 길에 이르는 소설이다. 3천원을 돌려주어, 일시적으로 닥쳐온 부도의 위기를 막고, 1만원을 모두 주식에 걸어, 혼란한 정세의 덕분으로 9만원의 돈을 모은다. 그리고 그 돈으로 경영 위기를 맞고 있는 T일보사의 부사장, 실질적인 사장이 되는 것이다. 소설은 여기까지이다.

이 소설에서 세계는 어떠한 의미도 지니지 않는다. 주인공 광세에게 존재하는 것은 '자본주의 사회에서의 출세'뿐이다. 이 논의의 맥락에서 중요한 점은 「T일보사」에서 이 출세를 가능하게 하는 것이 바로 일종의 '투기자본'이라는 점이다.

주인공 광세의 삶의 방식은 기본적으로 '모험가'이다. 그는 주식 투자를 하지만, 주식 투자에 대해서 실상 알고 있는 것은 없다. 세계에 대해 알고 있는 바가 없을 때, 그럼에도 불구하고 그 세계에서 남보다 우위에 서고자 할 때, 그가 취할 수 있는 행동 양식이란 '모험'인 것이다. 이 모

---

20) 이를 어떤 맥락으로 해석해야 할지는 고민이 필요하다. 김남천이 『인문평론』에 비평가로서 실은 평론은 작품평을 제외한다면, '관찰문학론'으로 끝맺는 <발자크 연구 노트> 시리즈와 「소설의 운명」이다. 1930년대 후반, 1940년대 초반 김남천의 가장 중요한 평론이 『인문평론』에 실린다는 것은 김남천이 『인문평론』을 어떻게 대하고 있는가를 잘 보여주고 있다고 할 것이다.

험의 바탕에 '자본'에 대한 이해가 깔려 있다. "저금통장에 금액만 표시된 채 일 년이 지나도 이 년이 지나도 기동하지 못하는 화폐는 없는 거나 마찬가지"이며, "당장에 말끔히 열어 버리고 맨 발가숭이로 재출발하든가 그렇지 않으면 통장 속에 기록된 숫자가 기관차처럼 활동하든가, 그 둘 중의 어느 것 하나를 취하자는 뱃심"이라는 것이다.

움직이지 못하는 화폐는 그저 종이쪽지에 불과하다는 생각, 이것이야말로 축적기를 지난 화폐의 자본화라고 할 수 있다. 그리고 그 자본화의 가장 좋은 방식이 바로 투기자본인 셈이다. 이 투기자본이란 '모험'이고 모험은 언제나 '위험(risk)'을 동반할 수밖에 없다. 위기를 동반한 위험을 감수하는 자가 자본가이고, 그리고 그것은 완전한 승리이거나 아니면 완전한 패배를 가져올 수밖에 없다는 이 '위험천만한' 생각이야말로 김남천에게는 '자본주의적인 것'이고 '자본주의의 핵심'인 것이다. 그러나 개별 자본의 위험이란 사실 총자본과는 아무런 상관이 없는 것이기도 하다. 자본의 운동이란 개별 자본을 중심으로 움직이는 것이 아니라, 총자본을 중심으로 움직이는 것일 수밖에 없다. 그렇기 때문에 이 자본주의의 핵심에 광세가 달려드는 방식이란, 경제부 기자의 예측에 대해 "옳다! 놈이 사야 된다면 나는 판다!"라는 위험한 방식이지만, 이 위험한 방식이야말로 개별 자본이 움직이는 방식의 핵심이 아닐 수 없는 것이다.

이처럼 자본주의의 핵심으로 투기자본을 설정하고, 자본축적(=출세) 이외의 어떤 다른 것도 고려하지 않는 주인공 광세의 행위를 통해, 투기자본의 위험성을 드러내주고 있는 이 소설의 이면에는 그러한 '투기성'과 다른 속성을 깔고 있는데, 이 '투기성'에 대립되는 속성이란 결국 '계획성'인 것이다. 이렇게 본다면, 전시 체제 하에서의, 신체제 하에서의 고도의 '국방경제'를 내세우고 있는 일본 제국주의의 지배이데올로기를 이면에서 합리화하고 있는 것으로 읽힐 수 있다. 그러나 또 다른 면에서 본다면, 이런 '투기성'에 대한 '계획성'의 강조는 또한 김남천이 사회주의로부터 학습한 것이기도 하다. 그렇기 때문에 사회주의자로서의 김남천은 무리 없이, 당대의 계획 경제를 수용하는 데로 나아갈 수 있었던 것으로도 해석할 수 있다. 그리고 이러한 수용은 '자본주의'에 대한 사회주의적 이해에서 핵심적인 부분인 '계급' 관계가 사상됨으로써 가능한 것이기도 하다고 판단된다.21)

그러나 이 소설의 세계는 지극히 협소한 세계이고, 오직 광세라는 주인공과 그가 획득하는 (투기)자본에만 치중되어 있기 때문에, 이 소설은 작가의 본래 의도와는 전혀 다른 효과를 낳을 수도 있다. 광세는 제한된 틀 안에서 틀림없이 성공하고, 그것은 국제 정세, 좁게는 일본 정세의 변화의 틈을 타는 것이었고, 그런 점에서 '신체제'의 국면을 자본 획득의 장으로 받아들이는 '무분별한' 자본가들에 대한 비판의 의도도 없지는 않았을 것이다. 그러나 소설은 바로 그 제한된 틀 때문에 작가의 의도가 제대로 전달되고 있지 않다. 어떤 특정한 공간의 지니는 의미를 명확하게 하기 위해서는, 그 틀 속에서가 아니라 그 틀을 넘어서는 곳에서 바라볼 수 있어야 한다. 다시 말하자면 '외부'를 갖고 있지 않으면 안 된다. 소설 속에서 그 '외부'는 작가의 '비판적' 시선에 따르거나, 아니면 「T일보사」의 경우 'T일보사'의 공간 밖을 그리지 않으면 안 되는 것이다. 그러나 「T일보사」에는 그 외부를 찾아볼 수 없다. 외부를 갖지 않는 소설은 결국 그 자체로밖에 이해될 수 없고, 바로 이러한 점이 작가의 의도에도 불구하고 '투기자본'과 그를 통한 '출세'의 옹호로도 읽힐 수 있는 것이다. 더욱이 주인공 광세에게 다른 어떤 부정적 표지도 주어지

---

21) 사실 김남천의 문학론에서, 그리고 소설에서 '계급' 표지의 탈각은 이미 상당히 오래 전에 시작되었다고 볼 수 있다. 적어도 1937년 새로 소설을 쓰기 시작하면부터는 소설 속에서 더 이상 계급 표지는 등장하지 않는다. 대신 계급 표지를 대신할 수 있는 '계층' 표지가 주요한 표지로 등장한다.

지 않음으로써 이런 경향은 강해진다. 이건 전혀 예기치 못했던 결과이기는 하지만, 그렇다고 이러한 결과를 가져온 것이 바로 '현실'이라고 단정하기도 그리 쉽지는 않아 보인다. 다만 '현실'의 개입 가능성만 열어둘 수 있을 뿐이다.

2) 강요된 전망과 그 내면화

김남천이 자기 시대의 문제를 크게 돌아가고 있다면, 시대에 가장 직접적으로 다가든 소설은 백철의 「전망(展望)」(1940. 1)이다. 「전망」은 1937년 중일전쟁을 계기로 이전 시대와의 결별을 선언한다. 죽은 친구 김형오와 자신의 삶을 각각 '김형오의 시'와 '작가의 일기'라는 방식으로 대비시키고 있으나, 이러한 대비란 결국은 크게 다르지 않다. "모두가 이 시대의 전락하는 인텔리의 전형적 타입"으로 "김형오와 같이 한 시대와 떠나는 데 목숨과 바꾸는 대신에 그 뒤에 오는 에피고넨[22]은 자살을 못하는 대신 이와 같은 지독한 열병을 체험함으로써 한 시대와 이별을 고하는 것이다."

이 시대와의 결별 아래, 새로운 세대에 대한 전망이 놓인다. 죽은 형오가 밝힐 수 없었던 자신의 아들, 그리고 작가의 조카. 작가는 그 둘 사이에서 시대에 따라 달라질 수밖에 없는 시대의 유형을 발견한다. "한 사람은 같은 시대의 영웅을 장래에 약속하지만 하나는 옛날의 낡은 타입의 영웅을 사모하면서 자라났는데, 하나는 위대한 과학자를 목표하고 나가는 것이다. 김형오는 벌써 오늘에 올 타입이 아니고 과거를 대표한 인물이었다. 역시 이제부터는 영철 군과 같은 인물이 금후의 시대를 대표한 타입이다." 그리고 그러한 유형의 핵심에 "빛나는 지혜와 과학자의

---

22) epigonen. 모방자 또는 아류. 원래는 '자손' 또는 '나중에 태어난 자'라는 뜻이다.

이성과 냉정을 잃지 않”음이 있다. 그리고 그러한 소년이 자신에게 ‘화려한 전망’이라고 말한다. 그렇기 때문에 김형오의 죽음은 ‘새로운 시대’를 자신의 것으로 받아들이지 못하는 낡은 세대의 죽음이며, 그의 진정성을 마지막까지 확인시켜 주는 것은 그의 ‘자살’이다.

그러나 이 소설 속에서는 사실 많은 혼돈이 존재한다. 김형오의 자살과 그의 아들에 거는 시대의 전망이란 지극히 단순한 대비일 뿐이다. 김형오를 지나간 시대의 타입으로 규정하면서, 작가는 그 김형오에게 자신을 투사한다. 그리고 그렇게 투사된 자신, 시대의 한 타입이 된 자신이란 결국 “세계를 지배하고자 했으나 그에 실패한” 지극히 개인적인 욕망을 가진 존재일 뿐이다. 김형오나 자신과 같은 존재, 1909년부터 1912년 정도에 태어난 존재들이란 세계를 제패하려 했으나, 그 자신 자기의 사상은 갖지 못하고, 한 번도 자신의 ‘믿음’을 갖지 못한 채, ‘들린’ 존재로 살다가 그것이 ‘들림’이었음을 확인하고 절망한 존재들일 뿐이다.[23]

그렇기 때문에 그들에게 하나의 ‘시대’란 그저 밖으로부터 우연하게 열린 세계, 자신과 동떨어져 존재하면서 자신에게 어느 순간 갑작스럽게 밀어닥치는 세계에 지나지 않는다. 이런 세계의 특정한 역사적 사건이란 그것이 아무리 화려한 것이라고 하더라도, 개체에게 어떠한 가능성도 남겨주지 않는 세계인 것이다. 개인으로서 할 수 있는 일이란, 그 새로운 시대를 그저 감격하거나, 아니면 그 새로운 시대에 자신의 맞지 않는다는 것을 확인하고 절망하는 일밖에는 존재하지 않을 것이다. 그리고 김형오의 죽음이란 그 알지 못하는 새로운 시대의 건설에 어쩔 수 없는 희생에 불과한 것이다.

---

23) 이는 안함광의 주체론과 유사한 모습을 보인다. 안함광의 주체론에 대해서는 채호석, 「안함광 비평에서의 ‘주체’와 ‘식민성’에 대한 연구」(『한국어문학연구』, 2003. 8)를 참고하기 바란다.

정비석의 「삼대(三代)」는 백철의 「전망」과 기본적으로는 동일한 입장을 취한다. 낡은 시대에 속하는 형 '경세'가 있고, 그리고 새로운 시대를 살아가는 동생 '형세'가 있다.

> 누구는 30년대와 20년대 사이에 언어가 통치 않는다고 했지만, 형세의 생각으로는 오히려 문제의 출발점부터 부인하고 싶었다. 왜냐하면 오늘에는 벌써 30년대의 언어는 20년대에게는커녕 30년대인 그들 자신에게까지 통치 않을 것이다. 아니 언어란 언제나 질서를 설명할 수 있는 것이지 결코 무질서까지를 설명할 수는 없는 것이니까.

20대에게 필요한 새로운 언어의 방식이 무엇일까. 그것은 백철이 「전망」에서 말했던 바, '시대(時代)의 수리(受理)'이다. 새로운 시대와 새로운 사실을 긍정하고 안 하고는 아무런 문제가 되지 않는다. 왜냐하면 그와는 "아무런 관계없이 사실은 사실대로 전개될 것"이기 때문이다. 시대의 일시적인 혼란, 전쟁이란 질서의 세계 다음에 오는 운명적인 무질서에 다름 아니고, 그렇기 때문에 그러한 무질서란 용인되어야 하는 것이다. 그러한 무질서 속에서야말로 새로운 시대가 열리기 때문이다.

이러한 인식 속에서 비로소 '힘의 논리'가 가능해진다. "적어도 오늘에 승리한 것은 오늘의 선"이며, "선이니 악이니 승리니 패배니 하는 것은 결국은 힘의 문제"인 것이다.

결국 이 힘의 논리를 받아들일 수 없는, 그러나 그렇다고 해서 과거로 돌아갈 수도 없는 형 경세는 어디론가 사라져버리고, 동생 형세는 여전히 낡은 세계 속에 살아가고 있는 아버지, 그리고 여전히 봉건적인 부덕(婦德)을 따르는 아내를 버리고 새로운 연인인 '미례'24)와 더불어 '북지(北

---

24) 사족이지만, 주인공의 새로운 애인의 이름이 '미례'인 것은 아무래도 '미래(未來)'를 암시하기 위한 것인 듯하다. 일종의 치기 어린 말장난이지만, 그럼에도 정비석에게는 의

支)’로 떠나기로 결정하는 것이다.

「삼대」는 기본적으로는 「전망」과 동일한 입장을 취하고 있지만, 「전망」과는 달리 「삼대」에는 주저함이란 없다. 오히려 ‘명랑함’이 존재할 뿐이다. 그리고 또한 이전의 세대에 대한 어떠한 미련도 두지 않는다. 새로운 시대는 그 시대가 어떠한 시기이건 ‘20대’에게는 가능성의 공간으로 그려지기 때문이다.

그러나 이 명랑함은 ‘과장된’ 명랑함인데, 이 ‘과장’은 시대의 요구가 과장된 것만큼이나 과장된 것이다. 이 명랑함이 ‘과장’으로 보이는 이유는 이 새로운 세대인 동생 형세가 끊임없이 형인 ‘경세’를 참조하고 있기 때문이다. 그 스스로 아직은 아무 것도 구성할 수 없는 존재인 ‘형세’를 통해서만 ‘명랑한 전망’을 드러낼 수 있다는 것, 그리고 그 명랑한 전망이 ‘모럴’을 획득하고 있지 못하다는 것, 바로 그것이다. 그렇기 때문에 소설 마지막의 명랑한 ‘탈출’에도 불구하고 이 소설은 채만식의 「치숙」과 유사한 모습을 지닌다. 다만 「치숙」을 뒤집어 놓은 모습이기는 하지만 말이다.25)

김남천에게도 세대론은 시대를 바라보는 하나의 창이었던 것 같다. 이러한 세대론이 가장 명료하게 드러난 것은 아마도 「사랑의 수족관」일 것이다. 한때 사회주의자였다가 이제는 병으로 죽어가는 형, 그리고 새로운 지식인, 기술자로서 시대에 대한 감상 대신에 ‘직분의 논리’에 충실하고자 하는 동생, 그리고 퇴폐에 빠져 들어가는 막내 동생. 「낭비」에서도 이러한 세대론은 기본적으로 작동하고 있다. 외견상 김남천의 세대론은 정비석이나 백철과 크게 다르지 않은 것으로 보인다. 기본적으로

미가 있지 않았을까?
25) 그런 점에서 본다면, 채만식의 「냉동어」는 어쩌면 가장 정직한 소설일 것이다. 거기에는 니힐리즘은 있지만, 과장은 없기 때문이다. 시대가 과장되고 스스로 증폭되면서 나아갈 때, 과장된 전망과 니힐리스틱한 무기력 가운데 어떤 편이 더 의미를 갖게 될까.

세계가 달라졌고, 그 달라진 세계를 낡은 세대가 더 이상 감당할 수 없다는 점에서 동일하다.

그러나 결정적인 차이는 김남천이 어느 곳에서도 그 새로운 세계를 긍정하고 있지 못하다는 점, 그리고 어느 누구도 새로운 전망을 갖지 못하고 있다는 점이다. 「사랑의 수족관」에서 토목기사인 주인공이 근근이 현실 속에서 살아가고 있고, 그 다음 세대인 동생은 마음을 부지할 곳 없이 방황하고 있었던 것과 마찬가지로, 「낭비」에서도 자신의 존재의 문제를 헨리 제임스의 '부재의식'을 통해 설명해 보고자 하는 영문학도 관형이나, 그런 관형에 대해 선망과 멸시의 이중적인 감정을 가지고 있는 동생 광덕이나 그 어느 누구도 자신의 시대에 대해 전망을 갖고 있지 못하다. 이런 점에서 본다면 관형이나 광덕 모두 그저 자신의 방식으로 시대를 견디고 있을 뿐인 것이다.

4. 글을 맺으며

이 글을 시작하면서 1930년대 말에서 1940년대 초에 이르는 시기의 문학의 문제를 '검열과 문학장'이라는 조금 다른 틀로 살펴보고자 하였다.

이 논의를 통해서 밝혀진 것은 다음과 같다.

첫째, 1930년대 후반 비평에서 검열은 소극적인 배제로 나타났다기보다는 적극적인 규제와 선택으로 나타났다.

둘째, 비평에서 검열은 내면화되는 모습을 보인다. 부분적으로는 강박적으로 지배이데올로기를 추종하는 모습을 보인다.

셋째, 검열의 내면화 과정에서 이전의 비평과는 다른 장이 구성된다.

1930년을 전후한 시기 지배 권력에 의해서 적극적으로 부정되었던 '문학과 정치'라는 이분법이 '문학적인 것과 정치적인 것'의 새로운 이분법을 거쳐 다시 1930년대 말에 비평에 새로 개입하게 된다. '문학과 정치'라는 사유 틀이 새롭게 문학장을 구성하는 권력의 작동 원리로 재도입되게 될 때, 형식은 같지만 지향성은 전혀 다른 문학장이 구성된다. 이 새로운 문학장은 이전의 카프 시대의 문학장의 연속선상에 놓이는 것이며, 또한 구분되는 것이다.

넷째, 그럼에도 불구하고 1920년대 초에 형성된 문단이라는 문학장은 유지된다. 이러한 문학장을 재편하려는 시도가 1930년을 둘러싼 시기에 시도되었으나, 일시적인 것으로 그친다.

다섯째, 문단 제도가 변하지 않음에 따라, 1940년을 전후한 시기에도 여전히 고급문학과 저급문학의 구분은 유지되었다. 문단은 여전히 고급문학의 주체였고, 대중문학은 대중을 획득하되 문단적 권력을 장악하지는 못한 채 남아 있었다. 이러한 고급문학과 저급문학의 구분은 시대적 엄숙성을 요구하는 지배자의 이해와도 맞아떨어지는 것이었다.

여섯째, 소설의 경우는 비평의 경우와는 조금 다른 양상을 보이는데, 검열의 내면화의 모습보다는 자기검열의 수준에서 검열이 작동하였던 것으로 파악되었다.

일곱째, 검열이 내면화되는 경우도 소설 속에 들어올 수밖에 없는 소설의 육체인 현실에 의해 내면화 과정 속에서 균열을 보이고 있다.

여덟째, 소설적 현실로 구성되는 세계는 이전 세계에 비해 현저하게 좁은 모습을 보여준다. 이는 한편으로 전망의 상실과 연관되고 있기는 하지만 또 다른 한편으로는 자기 검열의 발현으로도 이해될 수 있다.

이상의 결론은 부분적으로는 새로운 면이 없지 않지만, 전적으로 새로운 것은 아니다. 이미 여러 번 다른 방식으로 지적된 바 있기 때문이며,

필자의 일련의 연구와도 겹쳐 있기 때문이다.

그럼에도 불구하고 1930년대 후반을 이해하는 하나의 가능성은 되지 않을까 생각한다. 더욱이 검열과 문학장이라는 틀은 1930년대 말뿐만 아니라, 여전히 혹은 훨씬 더 심한 형태로 존재했던 검열의 효과를 확인하는 데도 많은 도움이 되지 않을까 생각한다.

∷ 참고문헌

강진호, 「1930년대 후반 신세대 작가 연구」, 고려대학교 박사학위논문, 1995.

권영민, 『한국계급문학운동사』, 문예출판사, 1998.

김동환, 「1930년대 한국 전향소설 연구」, 서울대학교 석사학위논문, 1987.

김윤식, 『임화 연구』, 문학사상사, 1989.

라영균, 「문학장과 문학성」, 『외국문학연구』 17, 2004. 8.

류보선, 「1930년대 후반기 소설 연구」, 『민족문학사연구』, 1993. 12.

박용규, 「식민지 시대 문인 기자들의 글쓰기와 검열」, 『한국문학연구』, 2005. 3.

채호석, 「김남천 문학 연구」, 서울대학교 박사학위논문, 1999. 2.

채호석, 「임화와 김남천의 비평에 나타난 '주체'의 문제」, 『상허학보』, 2000. 11.

채호석, 「탈-식민의 거울, 임화」, 『한국학연구』, 2002 하반기.

채호석, 「탈-식민과 (포스트-)카프문학」, 『민족문학사연구』, 2003. 12.

채호석, 「과도기의 사유와 '국민문학'론」, 『외국문학연구』, 2004. 2.

채호석, 「1930년대 후반 문학비평의 지형도」, 『외국문학연구』, 2007. 2.

한만수, 「식민지 시대 문학의 검열 방식에 대하여」, 『현대문학이론연구』, 2001. 6.

한만수, 「식민지 시기 교정쇄 검열제도에 대하여」, 『한국문학연구』, 2005 상반기.

한만수, 「1930년대 '향토'의 발견과 검열 우회」, 『한국문학이론과비평』, 2006. 3.

한만수, 「식민시 시기 한국문학의 검열장과 영웅인물의 쇠퇴」, 『어문연구』, 2006 봄.

한만수, 「식민지 시기 문학 검열과 비교연구의 필요성」, 『비교문학』, 2007. 2.

현택수, 『문화와 권력 : 부르디외 사회학의 이해』, 나남, 1998.

마르크스, K. 『자본 1-1』, 이론과실천, 1989.

버만, M., 『현대성의 경험』, 현대미학사, 1994.

부르디외, P., 『예술의 규칙 : 문학장의 기원과 구조』, 동문선, 1999.

부르디외, P., 『구별짓기 : 문화와 취향의 사회학』, 새물결, 2005.

필립 휠라이트, 『은유와 실재』, 문학과지성사, 1982.

<u>제 2 부</u>

시민지 시대 소설의 지형

염상섭 초기 소설론

—『만세전』을 중심으로

1. 『만세전』에 대한 몇 가지 의문

『만세전』이『삼대』와 더불어 염상섭의 대표작임은 의심할 여지가 없다. 그런 만큼『만세전』에 대해서는 이미 많은 연구가 이루어져 왔다.[1] 그러나 그럼에도 불구하고『만세전』은 아직 충분히 해명되지는 않아 보인다. 아마도『만세전』이 한편으로는 매우 모호하고, 다른 한편으로는 다층적인 작품이기 때문일 것이다.[2] 이를 단지 내적인 통일성의 결여라

---

1) 『만세전』 연구사에 대해서는 박상준의 「지속과 변화의 변증법」(『1920년대 문학과 염상섭』, 도서출판 역락, 2000, 159~196면)에 잘 정리되어 있다. 박상준은 이제까지의 연구 경향을 대체로 셋으로 나누어 살펴보고 있는데, 하나는『만세전』을『삼대』에 앞서『삼대』를 가능케 한 중요한 작품으로 보는 경향, 곧 염상섭의 작품을 통시적인 계열체로 보는 경향이고, 또 하나는『만세전』이 보이는 리얼리즘적 성취를 강조하는 경향이다. 그리고 마지막으로『만세전』의 근대 소설적인 면모를 강조하는 연구들로, 작품의 복합적인 전체상을 주목하는 경향을 들고 있다. 본고는 일단 이러한 박상준의 정리를 받아들이고자 한다.
2) 이를 박상준은 앞서 언급한 연구에서 "작품이란 오히려, 서로 긴장 관계에 있는 요소들의 부정합적인 충돌의 결과로서, 표면과 이면, 드러난 것과 은폐된 것, 추구되는 것과 떨

고 말을 할 수는 없을 것이다. 작품 자체가 완결성을 가지고 있어야 한다는 생각 자체가 소설에 대한 이데올로기일 수 있기 때문이다. 설혹 작품의 완결성이 작품의 예술성을 담보해준다고 할지라도 말이다. 작품의 가치는 작품의 완결성에만 기대지 않는다. 오히려 작품의 문학사적인 의미는 작품이 보이고 있는 혼돈에 있을지도 모른다. 혹은 이를 절대의 가치와 속악한 현실이라는 이분법을 안으로부터 해체하는 "겹의 시각, 성숙한 남성의 시각"3)으로 설명할 수도 있겠다.4)

여기서는 『만세전』을 다층적인 작품이라고 보고, 그 다층성이 어떻게 이해될 수 있는 가를 살펴보고자 한다. 그러기 위해 도대체 『만세전』에서 '무덤'이 의미하는 바가 무엇인가를 확인해 보고, 그리고 이인화의

처버리고자 하는 것들 사이의 유동적인 현상으로 존재한다."고 설명하고 있다. 박상준이 일반론으로 말한 것과는 달리 모든 작품이 그러하지는 않겠지만, 또 그러한지 그렇지 않은지가 작품 평가의 기준이 되지도 않겠지만, 최소한 『만세전』에 한해서는 박상준의 견해는 타당하다고 생각한다.

3) 정호웅, 「염상섭 문학의 현재성」, 『문예중앙』, 1997 여름, 265면.

4) 절대적 가치와 속악한 현실이라는 이분법을 안으로부터 해체하여 겹의 시각, 성숙한 남성의 시각을 보여준다는 정호웅의 판단은, 비평적인 어투로 쓰여 있기는 하지만 대단히 중요한 통찰이라고 하겠다. 이는 염상섭 이전의 작품 혹은 당대의 작품과 비교했을 때, 염상섭이 지니는 특징을 아주 잘 드러내고 있기 때문이다. 그리고 또한 염상섭의 문학을 절대적 가치와 속악한 현실의 대립이라는 이분법으로 파악하고자 해 왔던 연구의 경향에 대한 비판을 내재하고 있기도 하다. 우리네 삶이 이처럼 이분법으로 이해되지 않기 때문이다. 그러나 여기에서 또한 또 하나의 이데올로기, 자명성을 발견할 수 있음은 유감이다. 그것은 '성숙'이라는 말과 '남성'이라는 말 사이에 존재하는 연결 고리이다. 이 연결 고리는 결코 자명한 것이 아님은 물론이다. 여기에는 남성적 성숙과 여성적 성숙이 보이지 않게 대립되어 있으며, 이 경우 여성적 성숙이란 육체적·성적 성숙, 이제까지의 습관적인 사유대로 과일의 성숙함과 같은 그런 성숙을 말하고 있다면, 남성적 성숙이란 '정신적'인 것으로 이해되기 때문이다. 그렇기 때문에 겹의 시각이란 결국 성숙한 정신의 시각이고, 그리고 그것은 남성적인 것이 아니겠냐는 것이다. 이런 보이지 않는 이분법, 그리고 배제는 권력의 행위 방식이다. 그리고 그 속에서 '여성'으로서의 인간, 아니 인간인 여성을 발견하기는 어렵다. 사실 염상섭의 문학 속에서 여성의 '성숙'을 발견하기는 쉽지 않다. 이 여성적 성숙의 희귀성이 어디에서 연유하는 것인지에 대해서는 다른 연구가 필요할 것이다. 결국 정호웅의 경우, 염상섭의 시각과 연구자의 시각이 일치하는 '화해'의 세계를 구성하고 있다고 해도 될 것이다.

시선, 마지막으로 이 둘을 가능하게 하는, 아니 오히려 이 둘에 의해 규정 가능한 염상섭을 살펴보게 될 것이다. 그러나 이 작업은 어떤 새로운 만세전론이나 염상섭론을 낳지는 못할 것이다. 그런 점에서 이 글은 연구 논문이라기보다는 염상섭 초기 소설론을 쓰기 위한 사전 검토 작업의 일환이 될 것이다.

2. 『만세전』에서 발견된 현실의 의미

먼저 『만세전』에서 시작하자. 『만세전』에 대한 기존의 평가처럼 이 작품이 1920년대 사실주의 문학을 대표하는 작품의 하나이고, 그리고 뛰어난 리얼리즘적 성취를 보이고 있는 작품이라고 한다면, 『만세전』의 리얼리티가 어떠한 방식으로 성취되었는가, 그리고 어떻게 그러한 성취가 이루어질 수 있었는가가 해명되지 않으면 안 된다. 그렇기 때문에 여기서는 『만세전』의 리얼리티, 곧 『만세전』에서 이인화에 의해 발견된 현실을 먼저 살펴보고자 한다.

『만세전』은 두 개의 텍스트가 결합되어 있다고 해야 할 것이다. 하나가 이인화라는 텍스트, 곧 아내가 위독하다는 편지를 받고 동경을 떠나 서울로 왔다가 다시 동경으로 돌아가는 이인화라는 텍스트라고 한다면, 또 하나는 '발견된 현실'이라는 텍스트이다. 그런데 이 발견된 현실의 텍스트는 이미 여러 번 지적되었던 것처럼 외적으로는 상호 연관성을 지니지 않는 독립적인 단편들로 이루어져 있다. 그렇기 때문에 발견된 현실의 텍스트를 살펴볼 때, 이 텍스트들을 묶어주는 구성 원리가 무엇인가를 생각하지 않을 수 없다.[5] 그런데 이러한 상호 독립적인 '현실'의 텍스트는 기본적으로 이인화에 의해 '발견된' 현실이라는 점을 놓쳐서는 안 된다. 다시 말하지만, 발견된 현실의 '내용상'의 상관성 이전에 그것을 '발견하는' 이인화라는 '동질성'을 발견하지 않으면 안 된다는 것이다.

『만세전』에서 이인화에 의해 '발견된 현실'이 어떠한 의미를 지니고 있는가를 밝히기 위해서는 우선 『만세전』에서의 '무덤'의 의미를 확인하지 않으면 안 된다. 『만세전』에서 이인화에 의해 발견된 현실을 묶어주는 말은 이인화가 말한 '무덤'이기 때문이다. 염상섭이 『만세전』을 『신생활』에 연재할 때 붙였던 제목도 '묘지'였음을 생각한다면, '무덤'의 의미를 확인하는 일은 『만세전』 이해의 필수적인 단계라고 해야 할 것이다.

그러나 이 '무덤'의 의미는 생각보다는 파악하기 쉽지 않다. 일견 대단히 명확해 보이는 이 '무덤'이라는 말은 소설 속에서 대단히 모호하게 쓰이고 있기 때문이다. '무덤'의 의미를 어떻게 규정하는가에 따라 이인화를 통해 나타나는 소설의 지향이 다르게 이해될 것이기 때문에 기존

---

5) 이에 대해 하정일은 「보편주의의 극복과 '복수의 근대'」(『염상섭문학의 재인식』, 깊은샘, 1998)에서 구심적 구성이라는 개념을 사용하고 있다. 그리고 그 중심에 식민지 근대가 놓여 있다고 보고 있다. "『만세전』은 식민지적 근대에 대한 전면적 성찰을 보여주는 작품이다. (…중략…) 『만세전』은 식민지화가 초래한 사회적·경제적·심리적 효과는 무엇인가에 대한 집요한 천착으로 가득 차 있다."(55) 『만세전』에서 식민지적 근대, 근대의 조선적 특수성이 처음으로 전면적으로 성찰되어 있다고 본 하정일의 이해는 일단 타당하다고 보인다. 또한 서구의 근대를 단일한 근대로 설정함으로써, 그것을 하나의 '모범' 내지는 필연성으로 이해하고, 그에 따라 조선의 근대화 과정을 재단하려는 연구 경향에 대한 비판으로서 '복수의 근대'를 설정하고, 단지 '개념'으로서의 보편적 근대만을 인정하고자 하는 부분은 우리 문학 연구에 상당히 많은 시사를 제공하고 있다고 하겠다. 그러나 이 연구는 몇 가지 작품 해석에서의 오류를 드러내주고 있다. 무엇보다도 큰 오류는 『만세전』에서 최소한 형식적으로 개별적인 '현실의 텍스트'를 묶어주고 있는 존재인 '나−이인화'라는 작중 화자의 역할을 최소한으로 축소시킨 점이다. 그러나 『만세전』에 존재하는 '발견된 현실'은 어디까지나 '나'에 의해서 발견된 현실이고, 따라서 그 현실은 '나'에 의해 제약되지 않을 수 없다. 언제나 '반영'의 반영상은 '되비쳐주는 거울'의 성격에 따라서 변할 수밖에 없는 것이기 때문이다. 따라서 이인화라는 또 다른 텍스트를 무시하고서는 이 '발견된 현실'을 제대로 읽어낼 수가 없다고 생각한다.

의 논의와 중복됨을 무릅쓰고 '무덤'의 의미를 확인해 보고자 한다. 먼저 무덤이 언급되고 있는 대목을 보면 다음 세 부분이다.

(1) 나는 까닭 없이 처량한 생각이 가슴에 복받쳐 오르면서 몸이 한층 더 부르를 떨리었다. 모든 기억이 꿈같고 눈에 띄는 것마다 가엾어 보이었다. 눈물이 스며나올 것 같았다. 나는, 승강대로 올라서며, 속에서 분노가 치밀어 올라와서 이렇게 부르짖었다.

'이것이 생활이라는 것인가? 모다 되어져 버려라!'

찻간(車間) 안으로 들어오며,

'무덤이다. 구더기가 끓는 무덤이다!'라고 나는, 지긋지긋한 듯이 입술을 악물어 보았다. (…중략…)

'공동묘지다! 구더기가 우글우글 하는 공동묘지다!'라고 속으로 생각하였다.

'이 방 안부터 어불없는 공동묘지다. 공동묘지에 있으니까 공동묘지에 들어가기를 싫어하는 것이다. 구더기가 득시글득시글 하는 무덤 속이다. 모두가 구더기다. 너도 구더기, 나도 구더기이다. (…중략…) 엣 되어져라! 움도 싹도 없어져버려라! 망할 대로 망해버려라! 사태가 나든지 망해버리든지 양단간에 끝장이 나고 보면 그 중에서 혹은 조금이라도 나은 놈이 생길지도 모를 것이다.'

—나는 차가 떠나기 전에 자기 자리로 와서 드러누웠다. 등 너머에 누운 기생의 머리에서 가끔가끔 끼쳐오는 머릿내와 향긋한 기름내 분내를 코로 훅훅 맡아가며 눈을 감고 누웠었다.

'이것도 구더기 썩는 냄새다.'

나는 이런 생각을 하여 보면서도 코를 막으려고는 아니 하였다.[6]

(2) 다른 것은 그만두더라도 나의 주위는 마치 공동묘지 같습니다. 생

---

6) 『염상섭전집1 : 만세전 외』, 민음사, 83면. 여기에 실려 있는 『만세전』은 1924년 고려공사에서 발간한 『만세전』이다. 1924년 고려공사판을 저본으로 하는 이유는 일단 고려공사판에서 처음으로 완결된 『만세전』이 나왔고, 그리고 해방 이후에 발간한 『만세전』에는 개작된 부분이 많기 때문이다. 이하 인용 면수는 인용문 말미에 표시하기로 한다.

활력을 잃은 백의(白衣)의 민(民)=망량(魍魎)같은 생명들이 준동하는 이 무덤 가운데에 들어앉은 지금의 나로서 어찌 '꽃의 서울'을 꿈꿀 수가 있겠습니까. (…중략…) 대기와 절연한 무덤 속에서 구더기가 화석(化石)하는 것과 같은 질식이겠지요.(105)

(3) 차가 떠나려 할 제 김천 형님은 승강대에 섰는 나에게로 가까이 다가서며, "내년 봄에 나오면, 어떻게 다시 성례를 해야 하지 않니? 네겐 무슨 심산이 있니?" 하며 난데없는 소리를 묻기에,
"겨우 무덤 속을 빠져나가는데요? 따뜻한 봄이나 만나서 별장이나 하나 장만하고 거드럭거릴 때가 되거든요?" 하며 나는 웃어버렸다.(107)

『만세전』에서 '무덤'이라는 말이 나오는 대목은 이 세 부분인데, 모두 『만세전』의 후반부에 집중적으로 나온다.7) 이는 이인화가 서울로 오는 과정에서 겪은 일련의 사건들이 '무덤'이라는 말로 집약되고 있음을 뜻한다. 이 세 인용문을 거꾸로 살펴나가기로 하자. 이 인용문들은 맥락을 떠나서 이해되어서는 안 된다. 인용문 (3)부터 살펴보는 이유는 이 인용문이 이 소설을 맺는 부분이기 때문이다. 소설의 결말은 소설의 의미를 확정한다. 물론 의미는 언제든지 산포될 수 있지만, 그럼에도 불구하고, 소설의 결말은 그 산포된 의미를 한 군데로 모으도록 강제한다. 그것이 작가의 본래 의도이건 그렇지 않건 말이다. 그렇기 때문에 인용문 (3)은 실상 그 앞의 모든 부분을 제한하는 역할을 할 수밖에 없다. 이 인용 부분은 이인화가 아내의 장례를 마치고, 정자에게 편지와 함께 돈을 부친 후8) 동경으로 떠나는 장면으로 소설의 끝 부분이다. 여기서 중요한 것

---

7) 민음사 간 염상섭전집에 실려 있는 『만세전』의 분량은 총 97면이다. 그리고 '무덤' 이야기가 처음 나오는 부분은 73면째부터이다. 그러므로 '무덤'의 이야기는 실상 『만세전』의 끝부분에 나온다고 말할 수 있겠다.
8) 정자에게 편지를 한 후 얼마 만에 떠나는지는 나타나 있지 않다. 다만 '×'라는 기호로 그 사이의 시간적인 간격을 나타내고 있다. 이 기호는 시간적인 간격만이 아니라, 의미

은 형식적으로는 서울－조선을 떠나는 것을 무덤에서 벗어나는 것과 동일하게 놓고 있다는 점이다. 그러므로 서울, 혹은 조선이 '무덤'과 동격이 된다. 이렇게 될 때, 이 소설은 그것이 어떤 의미를 지니건 간에 '서울－조선'에 대한 부정적 태도를 드러낸다. 뿐만 아니라, 그가 부정하고 있는 '조선'이라는 곳은 그가 살아야 할 곳이 아니라, 버릴 수 있는 곳으로 나타난다. 그가 조선을 버릴 수 있다면, 무덤 밖으로 나갈 수 있다면, 이인화의 삶의 공간은 '망국의 조선'에 한정되어 있지 않음을 알 수 있다. 이 점은 중요하다. 이인화가 스스로 자신의 존재를 어떻게 규정하고, 또 자신의 삶의 공간을 어떻게 설정하고 있는가는, 바로 발견된 현실에 직접적으로 영향을 미칠 수 있기 때문이다.

인용문 (2)는 인용문 (3)에서 무덤이 곧 '조선'임을 확인시켜 주고 있다. 이인화가 말하는, "생활력을 잃은 백의(白衣)의 민(民)＝망량(魍魎) 같은 생명들이 준동하는 이 무덤"이라는 말은 조선이 곧 무덤이라고 말하는 것이기 때문이다.

이렇게 본다면, 이제 인용문 (1)도 같은 맥락에서 이해할 수 있을 것

론적인 간격도 지시한다. 다시 말하자면, 이 소설의 이야기는 'ｘ' 이전에 완결되는 것이다. 그리고 'ｘ' 이후는 일종의 덧붙임이다. 그리고 소설의 형식적인 구성을 완성하는 부분이기도 하다. 다시 말하자면, 동경에서의 출발이 이야기의 시작이므로, 소설의 끝 또한 되돌아감으로 맺어지지 않을 수 없는 것이다. 그러나 이러한 형식적인 결사(結辭)가 실제로는 의미론적인 결구를 이루고 있다는 점이 중요하다. 또 하나 눈여겨보아야 할 것은, 그럼에도 불구하고, 이 소설의 첫 구절과 이 결말이 대응되지는 않는다는 점이다. 소설의 시작은 '회상'이다. 하지만, 소설의 끝은 '현재', 곧 회상하는 현재로 되돌아오지 않는다. 이처럼 되돌아오지 않음은 이 소설을 '회상'이라고 여겨지지 않게 만든다. 그것은 회상이 아니라 '현재'로서 느껴진다는 것이다. 회상으로 시작했음에도 불구하고, 회상이 끝나지 않고, 현재로 돌아오지 않음으로써, '만세전'이라는 시기는 처음과는 달리 의미를 지니지 못하게 된다. 이를 어떻게 설명할 수 있는가는 난감하다. 작가의 실수인지, 아니면 의도적인 배치인지 알 수가 없다. 다만 중요한 것은, 소설의 시작이 회상으로 시작되어 그것이 '현재'의 일이 아님을 강조하고 있는 것과는 달리, 소설의 말미에서는 그것을 '현재화'하고 있다는 사실이다. 이 차이에 대해서는 좀 더 소설시학적인 세밀한 검토가 필요하다.

이다. 왜냐하면 인용문 (1)의 맥락 자체는 그리 투명하지 않아서, '무덤'의 의미는 그 자체로 규정되지 않고 있기 때문이다. 서울로 올라오기 위해 탄 부산 행 열차가 대전역에서 잠시 머무는 동안, 이인화는 순사 앞에서 공포에 질린 듯이 서 있는 두 청년, 그리고 무슨 까닭인지는 모르지만, 머리는 파발을 하고 때에 전 치마저고리에, 아이를 업은 채 포승에 묶여 있는 여인과 그 여자를 지키고 있는 순사들을 본다. 그리고 차에 올라타면서 위와 같이 말하고 있는 것이다.[9] 이 대목 자체로는 이인화가 왜 '무덤'이라고 하는지가 명확하게 알 수 없다. 인용문 (2)에 와서 비로소 '백의의 민=망량'이라는 등식으로 나타남으로써 명확해지는 것이다.

그리고 이러한 '망량'의 모습들은 그 이전에 그가 맞닥뜨린 모든 조선인들에게서 발견할 수 있다. 일본인보다 훨씬 악독하게 대하는 헌병 보조원, 숨길 수 없으면서도 굳이 자신을 일본인으로 숨기고자 하는 사람들이 그러하다. 유명한 목욕탕 장면에서 일본인들의 이야기를 통해 드러난 조선 사람들, 갓 장사가 다 그러하다. 그들은 스스로를 낮춤으로써 일신의 편안함을 구하는 것이다. 이인화는 갓 장사를 보면서 시작한 상념을 조선인 일반론으로 발전시킨다.

천대를 받아도 맞는 것보다는 낫다! 그도 그럴 것이다. 미친 체하고 떡

---

9) 이를 독서 체험에 의한 것이라고 할 수도 있다. 이인화는 이들을 보면서 "모든 광경이 어떠한 책 속에서 본 것을 실연하여 보여주는 것 같은 생각이 희미하게 별안간 떠올랐다."라고 말하고 있기 때문이다. 그 책이 무엇인가가 밝혀질 필요도 있다. 이는 단순히 영향관계를 확인하기 위해서가 아니라, '독서 체험'이 어떻게 소설 구성에 작용하는가를 밝히고, 또 이인화의 '사유의 방식'을 밝히기 위해서이다. 그 책이 어떠한 책이건 이렇게 말할 수 있는 것은, 그의 사유가 기본적으로 그가 읽은 책에 갇혀 있기 때문이라고 할 수 있다. 이는 『만세전』 이전에 쓴 작품에서 독서 체험을 확인하는 일과도 연관되어 있다. 이에 대해서는 이보영(1991)을 참조할 수 있다. 이보영은 초기 작품에서 염상섭의 독서 체험이 소설 구성에 얼마나 깊이 작용하고 있는가를 잘 드러내고 있다.

목판에 엎드러진다는 격으로 미친 체하고 어리광 비슷한 수작을 하거나 스라소니 행세를 하여 어떻든지 저 편의 호감을 사고 저 편을 웃기기만 하면 목전에 닥쳐오는 핍박은 면할 것이다. 속으로는 요놈 하면서라도 얼굴에만 웃는 빛을 띠면 당장의 급한 욕은 면할 것이다. 고식, 미봉, 가식, 굴복, 비겁, …이러한 모든 것에 만족하는 것이 조선 사람의 가장 유리한 생활 방도요, 현명한 처세술이다. …조선 사람에게 음험한 성질이 있다 하면 그것은 아무의 죄도 아닐 것이다. 재래의 정치의 죄이다. 사기 취재가 조선 사람에게 제일 많은 범죄라고 일본 사람이 흉을 보지만 그것도 역시 출발점은 동일한 것이다.(78)

사실 이러한 일반화는 여기에만 한정되지는 않는다. 『만세전』 여기저기에서 이러한 일반화는 산견된다.

조선 와서 보아야 술이나 먹고 흐지부지 하는 것밖에는 할 일이라고는 없는 것 같기도 하지만, 생각하면, 조선 사람이란 무엇에 써먹을 인종인지 모를 것 같다. 아침에도 한 잔, 낮에도 한 잔, 저녁에도 한 잔, 있는 놈은 있어서 한 잔 없는 놈은 없어서 한 잔이다. 그들이 찰나적 현실에서 벗어나는 것은 그들에게 무엇보다도 가치 있는 노력이요, 그리하자면 술잔 이외에 다른 방도와 수단이 없다. 그들은 사는 것이 아니라 산다는 사실에 끌리는 것이다. (to live)가 아니라 (to compel to live)이다. 능동이 아니라, 피동이다. 그들에게 과거에 인생관이 없고 이상이 없었던 것과 같이 현재에도 또한 그러하다. 그들은 자기의 생명이 신의 무절제한 낭비라고 생각한다. 조선 사람에게서 술잔을 빼앗아? ― 그것은 그들에게 자살의 길을 교사하는 것이다.

'마셔라! 마셔라. 그리고 잊어버려라!' … 이것만이 그들의 인생관이다.(94)

그러나 이것만은 사실이다. ― 조선 사람은 외국인에게 대하여 아무 것도 보여주지 않았으나, 다만 날만 새이면, 자릿속에서부터 담배를 피어문다는 것, 아침부터 술집이 분주하다는 것, 부모를 쳐들거나 내가 네 애비니, 네가 내 손자니 하며 농지거리로 세월을 보낸다는 것, 겨우 입을 떼어놓는 어린애가 엇먹는 말부터 배운다는 것, 주먹 없는 입씨름에 밤을 새이고 이튿날에는 대낮에야 일어난다는 것…, 그 대신에 과학적 지식이라고는 소댕 뚜껑이 무거워야 밥이 잘 무른다는 것도 모른다는 것을, 외국 사람에게 실물로 교육을 하였다는 것이다. 하기 때문에 그들이 조선에 오래 있다는 것은 그들이 우리를 경멸할 수 있다는 이유와 원인을 많이 수집하였다는 의미밖에 아니 되는 것이다.(57)

이인화는 이처럼 자신이 본 것들을 '조선인' 일반으로 환원시켜 설명하고 있다. 그렇다고 해서 곧바로 이를 이인화가 지닌 민족적 열등감이라고 보고, 그렇기 때문에 염상섭(스스로는 어떻게 생각했는지 알 수 없지만 결국에는)이 민족적 차이를 내세워 지배를 정당화하는 일본 제국주의의 식민지 지배 논리를 강화했다고는 말할 수 없다. 왜냐하면 『만세전』에서 조선인 일반으로 환원하는 대목은 여럿 나오지만, 그것을 곧바로 조선인 일반의 '민족성'으로 단정하지는 않고 있기 때문이다.10) 하정일이 고평하고 있듯이, 그 근본적인 원인은 '정치'에 있다. 따라서 이를 곧바로 '민족적 열등감'이라고 말할 수는 없는 것이다.

그러나 '민족적 열등감' 문제인가 아닌가를 확인하는 것보다 더 중요

---

10) 염상섭은 '본질적으로 주어진' 성격을 믿지 않는 듯하다. 그것은 본질적인 것이라기보다는 오히려 환경에 의해 결정되는 것이라고 보고 있다. 이는 「제야(除夜)」를 통해서도 확인할 수 있다. 「제야」에서 최정인은 자신이 타락한 일차적인 원인을 두 가지로 판단한다. 하나는 '피'의 문제이다. 파락호인 아버지, 그리고 기생 생활을 해 보지 못한 것을 아쉬워하는 첩인 어머니. 이 둘의 피가 자신에게 흘러들어와 있다는 것이다. 그렇기 때문에 편지의 말미에서 동생 정인이 그 피에서 구원받을 수 있기를 바란다. 그리고 또한 가지는 '환경'이다. 상호간에 완전히 자유방임하는 집안의 분위기, 그렇기 때문에 '아주머니', '아저씨'들의 환락의 장소였던 집안에서 자란 자신이 어떻게 그로부터 벗어날 수 있겠냐는 것이다. 이러한 유전과 환경에 의한 규정이란, 사실 초기 자연주의의 한 특징이기도 한데, 철저하게 인과론적이고 기계적인 설명을 요구했던 근대 초기의 사유 방식과 맞닿아 있다고 할 수 있다.

한 점이 있다. 이 대목을 해석할 때 중요한 점은 이인화가 어떠한 사유의 과정을 거쳐서 이 지점에 이르는가 하는 점이다. 여기서 생각의 전환이 필요하다. '무덤' 대목에서의 중점은 '백의의 민=망량'이라는 규정에 놓여 있는 것이 아니라, '그들이 왜 망량인가?'에 놓여 있다고 보는 것이 더 타당하다고 생각된다. 조선의 백성은 사유의 출발이 아니라 결과이다. 다시 말하자면, 조선의 백성이란 일단 이인화가 '본' 존재이고, 그리고 이인화에 의해서 '해석된' 존재라는 것이다. 그렇기 때문에 이인화가 조선인들을 위와 같이 파악한 데 대해 충분히 비판을 가할 수는 있지만,11) 중요한 것은 여기서의 핵심은 어떻게 이인화에게 '그렇게밖에' 보일 수 없었는가 하는 점이다. 그러므로 조선인이 망량인가 아닌가보다는 생명력이 있는가 없는가가 먼저 던져지는 질문일 것이다. 생명력이 없다면, 그것은 그것이 조선 민족이건 조선 민족이 아니건 상관이 없는 것이다. 곧 "생명력이 없다면, 도깨비와 같은 것이고, 그런 도깨비가 사는 곳은 결국 무덤일 뿐이다."는 전제가 있고, 그리고 "조선에 와서 보니, 과연 생명력이라고는 찾아볼 수 없다."가 결론이 된다. 그러므로 여기에는 그곳이 '조선'이라는 사실이 우선이 아니라, 생명력이 없는 자들이 사는 곳은 무덤에 지나지 않는다는 것이 우선인 것이다. 이렇게 볼 때, 그 대상으로 조선인이 떠오른 것은 어쩌면 아주 단순한 이유, 바로 그가 조선으로 돌아가고 있다는 그 이유 때문인지도 모른다.

　문제는 바로 이 지점에 있다. 그가 '무덤'을 말하는 것은 한편으로는

---

11) 이인화가 생각하는 '조선인'들이 조선인의 전형이라고는 말할 수 없을 것이다. 모든 조선인들이 그러한 것은 아닐 것이기 때문이다. 이를 두고 이인화의 역사의식의 결여라고 말할 수도 있다. 그리고 그런 점에서 충분히 비판이 가능하다. 다만 중요한 것은 이 비판은 '이인화'에 대해 행해지는 비판이지, 곧바로 염상섭에게 가해지는 비판이어서는 안 된다는 점이다. 우리는 여기서 일차적으로 이인화의 인식의 내용이 아니라, 방식에 초점을 맞추고 있다.

‘조선’과 ‘조선인’에 대해서이지만, 그러나 다른 한편으로는 앞에서 말한 것처럼 ‘인간’ 일반의 문제이기도 한 것이다. 이 이중성, ‘인간 일반’과 ‘조선인’이라는 이중성이 『만세전』 해독의 핵심이기도 한 것이다. 이 지점에서 다시 몇 대목을 살펴볼 필요가 있다.

『만세전』에서 두 번째로 눈에 띄는 대목은 이인화가 끊임없이 ‘일반화’를 하고 있는 부분이다. 다시 직접적이지는 않지만 이와 관련된 몇 대목을 살펴보자.

> 하고 보면 결국 사람은, 소위 영리하고 교양이 있으면 있을수록, (정도의 차는 있을지 모르나) 허위를 반복하면서 자기 이외의 일체에 대하여, 동의와 타협 없이는, 손 하나도 움직이지 못하는 이기적 동물이다. 물적 자기라는 좌안과 물적 타인이라는 우안에, 한 발씩 걸쳐놓고, 빙글빙글 뛰며 도는 것이, 소위 근대인의 생활이요, 그렇게 하는 어릿광대가 사람이라는 동물이다. 만일에 아무 편에든지 두 발을 모으고 선다면, 위선 어떠한 표준 하에, 선인이나 악인이 될 것이요, 한층 더 철저히 그 양안의 사이로 흐르는 진정한 생활이라는 청류에, 용감히 뛰어들어가서 兖我적으로 몰입한다 하면, 거기에는 세속적으로는 낙오자에 자적(自適)하겠다는 각오를 필요조건으로 한다.(23)

> 사람이란 자기보다 우월하거나 열등한 사람에게 대할 때같이, 자기의 지위나 처지라는 것을 명료히 의식할 때가 없다. (…중략…) 그러나 자기가 저편보다 낫다, 한 손 접는다고 생각할 때에 느끼는 자랑과 기쁨이, 자기를 행복케 하고 향상케 함보다는 저편보다 못하다 감잡힌다고 생각할 제에 일어나는 굴욕과 분개가 주는 불행과 고통과 저상(沮喪)이 곱이나 큰 것이다. 더구나 자존심이 강한 사람에게 대하여는, 보통사람보다도 열 곱 스무 곱 백 곱이나 큰 것이다.(46)

두 대목만을 예로 들었지만, 의외로 이런 대목은 여러 군데서 눈에 띈다. 이는 이 소설 전반을 뒤덮고 있는 이인화의 사유의 방식이다. 이인화는 끊임없이 "사람이란…"이라는 방식으로 말을 한다. 그것은 자신이 본 바를 인간이라면 누구나 가지고 있는 속성으로 이해하고자 하는 것이다. 그런데 이러한 인간 일반이라는 규정 아래에서는 조선과 일본, 혹은 조선인과 일본인이라는 구분은 커다란 의미를 지니지 못한다. 그들의 차이는 그들이 지니는 동일성보다 크지 않다.

그런데 이렇게 일반화하는 사유의 특징은 무엇일까. 이렇게 일반화하는 사유는 사유하는 자기 자신을 그로부터 완전히 벗어나 객관적인 위치에서 바라볼 수 있는 존재로 위치시키게 된다. 자신은 그 속에 존재하지 않는 것이다. 이를 코기토(Cogito)의 초월적 시점이라고 말할 수도 있겠다. 그런데 이렇게 되면서 생기는 효과는 무엇일까. 지금으로서는 이를 단정하는 힘들다. 다만 이렇게 됨으로써 실상 앞에서 규정한 '조선＝무덤'이라는 등식을 그대로는 받아들일 수 없게 된다.

『만세전』에서 이인화의 의식을 통해 나타난 이 이중성이야말로 사실 『만세전』을 문제적으로 만드는 것이라고 해야 할 것이다. 그렇기 때문에 『만세전』에 나타난 '조선'의 현실은 한편으로는 '조선의 현실'이지만, 그러나 또 한편으로는 '조선의 현실'만으로 한정되지 않는 일반적인 현실이기도 한 것이다. 이 일반성이 특수하게 '조선'이라는 구체성을 띠고 나타난 것에 지나지 않게 된다. 만일 이렇다고 한다면, 『만세전』에 드러나고 있는 현실은 끊임없이 '일반'과 '특수' 사이를 유동하게 된다. 그리고 최소한 『만세전』 속에서 이인화의 사유의 출발은 '일반'에 놓여 있다고 해야 할 것이다.

이러한 이중성을 인정할 때, 다시 우리는 '무덤'의 의미로 되돌아가지 않으면 안 된다. 앞에서 잠시 언급한 바 있지만, '무덤＝조선'이라고 한정되지 않을 수 있기 때문이다. 후자라고 한다면, 단지 조선만이 아니라,

생명력을 잃은 사람들이 사는 모든 곳은 결국 무덤과 같은 것이다. 그리고 이로써 이인화의 사유는 '민족'이라는 제한을 훨씬 뛰어넘어버리고 만다.

그러면 이인화가 무덤에서 벗어나 가는 곳은 어디일까. 그곳은 일차적으로는 '동경'으로 나타난다. 왜냐하면 이인화는 기말 시험을 미처 치르지 못한 상태에서 귀국을 한 것이므로, 다시 시험을 치러 돌아가야 하기 때문이다. 그리고 소설에서도 그가 가는 곳은 '동경'이다. 이렇게 본다면, 이 소설의 구조는 김윤식이 말한 대로 '원점 회귀형 구조'라고 해야 할 것이다. 그리고 원점 회귀형 구조에서는 결국 그가 출발한 곳으로 다시 되돌아간다는 사실이 중요하고, 그리고 돌아가는 그 곳, 곧 '동경'이 큰 의미를 갖게 된다. 이제 '동경'은 가치 지향점이 된다. 이렇게 보았을 때, 서울 대 동경의 대립구도가 형성되고, 이 대립은 조선 대 일본이라는 대립 구도와 동격이 된다. 그렇다고 한다면, 실상 이 소설은 이제까지 평가와는 다른 평가를 받지 않으면 안 된다. 이처럼 『만세전』을 원점 회귀형 구조로 보는 것은 지나치게 『만세전』의 형식에 구속되어 있는 듯하다. 앞에서 말한 대로, 이인화의 사유가 이중성을 띠고 있다고 한다면, 그가 가는 '무덤 밖'은 동경일 수 있지만, 또한 그렇지 않을 수도 있기 때문이다. 그렇다면 그곳은 단지 '조선이 아닌 곳', '비-조선'으로 나타난다. 굳이 동경이 아니어도 상관이 없는 것이다. 단지 그가 출발한 지점이 동경이라는 점에서 동경으로의 회귀가 결정될 뿐이다. 그리고 조선인이라는 규정과 인간 일반이라는 규정이 동시에 소설에서 작용하고 있음을 생각한다면, 그곳은 '비-조선'도 아닌, 단지 '비-무덤'이 될 것이다. 중요한 것은 그리고 무덤 '밖'도 일차적으로는 '동경'으로 나타나지만, 그러나 곧 그곳은 다시 '조선이 아닌 곳', 다시 말하자면 '비(非)-조선'으로 현상하며, 여기서 다시 이인화의 사유의 이중성을 생각한다면,

단지 '비-무덤'이 되는 것이다.

그렇다면 이제 '비-무덤' 생명이 있는 존재가 살고 있는 곳, 사람다운 사람이 살고 있는 곳이 어디인가가 중요한 문제가 될 터인데, 이 사람다운 사람이 살고 있는 곳이란 특정한 곳이 아님은 물론이다. 그리고 이인화에게 사람다운 사람이 된다는 것은 외적인 힘에 의한 것, 혹은 외적인 관계에 의해 규정되는 것이 아니라 전적으로 내적인 힘에 의해 규정되는 것이라고 한다면, 이제 이인화가 조선을 떠남으로써 무덤에서 벗어난다고만 해석하기는 곤란해지는 것이다.

여기서 다시 앞서의 인용문 (3)을 다시 볼 필요가 있다. 인용문 (3)의 맥락을 살핌으로써 또 다른 해석의 가능성을 찾을 수 있기 때문이다. 여기서 겨우 이제 무덤에서 벗어났다는 이인화의 말은 김천 형님의 물음에 대한 대답이다. 그런데 그 물음이 도대체 어떤 물음인가? "내년 봄에 나오면, 어떻게 다시 성례를 해야 하지 않니? 네겐 무슨 심산이 있니?"라는 물음이다. 김천 형님은 이인화에게 다시 장가를 가야하지 않겠냐고 묻고 있는 것이다. 그리고 이는 김천 형님과 같은 존재로서는 당연히 물어볼 만한 일이기도 하다. 아들을 낳기 위해서, 혹은 아들을 얻겠다는 핑계로 둘째 부인을 들인 사람이 김천 형님이기 때문이다. 여기서 나올 만한 이인화의 대답은 이미 이전에 준비되어 있다.

그러나 아들자식이란 그렇게도 낳고 싶은 것인지 나에게는 의문이었다. 무후(無後)한 것이 조상에 대한 죄라거나 부모에게 불효가 된다는 말부터 나에게는 이해할 수 없는 것이었다. 우연이든 필연이든 낳는 자식은 죽일 수 없으니까 남과 같이 길러놓기는 하여야 하겠지만, 그렇게 성화를 하면서 한 생명이 나타나올 기회를 인력으로 만들지 못해서 애를 쓸 것이 무엇인지, 사람이란 의외에, 호사객이라고 생각하였다. 한 생명을 애를 써서 나서 공을 들여 길러 놓는다기로 그것이 자기와 무슨 교섭이 있단 말인가. (…중략…) 그러나 종족을 연장하려는 것이 생물의 본능이라고 할지도 모른다. 하지만 종족의 보지(保持)나 연장(延長)이라는 의식으로 사람은 결혼을 원하는 것인가. 그보다는 한층 더한 충동이 보담 더 굳세게 사람의 마음속에서 움직이지는 않는 것일까.(66~67)

이렇게 생각하는 이인화로서는, 있는 자식조차 양자로 들이기로 약조하고 재산 분배 문제까지 모두 처리한 이상 다시 장가를 든다는 것은 무의미한 짓에 지나지 않는다. 그러면서 이인화가 하는 대답이 겨우 무덤에서 벗어난다는 것이다. 그렇다면 이인화가 벗어나는 무덤이란, 물리적인 공간으로서의 조선, 혹은 그 속에 살고 있는, 아니 그의 표현대로 어쩔 수 없이 살아가는 조선인이라고만 말할 수 있는 것이 아니다. 오히려 그를 구속하고 있던 모든 관계의 끈이 아닐까. 이를 굳이 봉건적인 관계라고는 말할 수 없다. 다음 대목도 이와 연관지어 생각할 수 있다.

「글쎄 되어가는 대로 하지요. 하지만 무어든지 내일은 내게 맡겨두시는 게 좋겠지요.」
　나는 이렇게 위선 한 마디 해 놓고 나의 계획을 대강 말하였다. 그리하여 자식은 요행히 잘 자라면, 김천 형님이 데려가거나, 만일 김천 형님이 아들을 낳게 되면 큰집 형님이 데려가는 대신에 내 앞으로 오는 것이 다소간 있으면 반분(半分)만은 양육비와 교육비로 제공하되, 장성할 때까지 김천 형님이 보관하기로 김천 형님과만 내약(內約)을 하게 되었다. 간단한 일이지만, 이렇게 온순하게 끝이 나니까, 한 시름 잊은 것 같고 새삼스럽게 자유로운 천지에 뛰어나온 것 같았다.(99. 강조는 인용자)

그가 우선 벗어던진 끈이란 그의 의지와는 상관없이 그를 묶고 있는 가족이라는 끈, 그 가운데서도 아내와 아들이다. 그는 아들을 양자로 내놓고, 재산 문제를 처리한 다음, "한 시름 잊은 것 같고 새삼스럽게 자유로운 천지에 뛰어나온 것 같았다.”고 말하고 있는 것이다. 이러한 새로운 천지란 아무런 구속 없이 자유로운(혹은 그렇다고 생각하는) 개인이 활동할 수 있는 공간이라고 해야 할 것이다.12)

아내가 죽은 후, 이인화는 아내가 남겨 놓은 아들을 김천 형님이나 큰집 형님에게 양자를 주기로 하고, 자신에게 돌아오는 재산의 반을 양육비와 교육비로 내놓기로 한다. 이렇게 함으로써, 그를 속박하고 있던 몇 가지 끈에서 벗어나게 되는데, 아내는 죽어 없어졌고, 아이는 양자로 주어버리고, 이제 남은 것은 반분한 재산일 뿐이다. 이렇게 그를 속박하고 있던 끈을 다 끊어버림으로써, 그는 이제 ‘자유로운’ 몸이 되었고, 그렇기 때문에 이인화는 ‘재혼’ 문제를 들고 나오는 김천 형님에게 대해 무덤에서 겨우 벗어났다고 말하게 된 것이다.13) 그렇다면 그에게 무덤이란 단지 조선만은 아니다. 오히려 그를 속박하고 있던 모든 것(여기서는 구체적으로는 아내와 자식이라는 가족 관계)이라고 해야 할 것이다. 또 이인화가 소설의 말미에서 정자에게 편지를 보낸다는 사실도 이와 연관지어 생각해 볼 필요가 있다. 서울, 조선에서 이인화를 묶고 있었던 끈이 애정 없는 아내, 그리고 피붙이라고 한다면, 동경에서 이인화를 묶고 있었던 것은 ‘정자’였다. 이인화 자신도 정자에 대해 애정을 가지고 있음을 부인

---

12) 물론 이인화는 정자에게 보내는 편지에서 아들에 대해 도의적인 책임, 정신적인 책임을 다할 생각이라고 말한다. 그러나 이러한 책임 의식이란 사실 관념에 지나지 않을까. 아들에게 책임을 지겠다고 말하면서 그것을 정신적인 책임으로 한정하는 것이야말로, 그가 자신의 아들에 대해 실제로는 책임을 지지 않겠다는 생각의 표명이라고 할 수 있다.

13) 의외로 이런 대목은 소설의 구석구석에 산재해 있다. 대표적인 또 하나의 예는 소설의 첫머리에서 김천 형님에게 전보를 받는 장면인데, 이인화는 전보를 받고는 ‘탁방’이 났구나 하고 안심을 하고 있다. ‘탁방(坼榜)’이라는 말은 과거에 급제한 사람의 성명을 게시하던 일로, 비유적으로 결말이 났음을 이르는 말이다. 그렇다면 이 또한 아내가 주어 왔던 구속과 그 구속에서 벗어날 수 있음에 대한 기대를 드러내고 있는 대목이라고 하겠다.

하지는 않는다.[14] 그렇다고 해서 정자와 결혼을 하겠다는 생각을 하고 있는 것도 아니다. 그는 이 문제에 대해서 대답을 유보하고 있는 것이다.[15] 사랑하지 않는다고 말하는 것은 자신을 속이는 것이고, 그렇다고 관계를 더욱 깊이 하는 것은 머릿살 아픈 일이 될 것이기 때문이다. 결국 이인화가 가지고 있는 욕망이란, 자유롭고 싶다는 욕망이다. 그리고 이를 뒷받침하고 있는 것은 '개인주의'라고 해야 할 것이다. 개인의 절대적인 자유에의 추구 말이다.[16]

정자에게 편지를 보내는 것은, 준 것도 아니고 또 주지 않은 것도 아닌 정자에게 숄 한 개를 준 때문에 편지가 오고, 그리고 초상 중에 정자

---

14) "'싫든 좋든 하여간, 근 육칠 년간이나, 소위 부부란 이름을 떼우고 지내왔는데…, 당장 숨을 몬다는 급전을 받고 나서도, 아무 생각도 머리에 돌지 않는 것은, 마음이 악독해 그러단 말인가. 속담의 상말로 기가 너무 막혀서 막힌 둥 만 둥 해 그런가? …아니, 그러면 누구에게 반해서나 그런다 할까? 그럼 누구에게?' (…중략…) '누구에게?'냐고 물을 제, 나는 감히 대답할 수가 없었다. 그럴 용기가 없었다고 하는 것이 가할지도 몰랐다. 그러나 뱃속 저 뒤에서는 정자! 정자! 하는 것 같았다. 그러나 죽을힘을 다 들여서 '정자다.'라고 대답을 하여 본 뒤에는, 또다시 질색을 하며 머리를 내둘렀다. 실상 말하면 정자가 아니라는 것도, 정자라고 대답하니만치 본심에서 나온 대답이었다. 그러면서도 자기가 지금 머리를 깎으려고 들어온 동기가 최초에 어디 있었더냐는 것은, 명료히 의식도 하고 부인치도 않았다."(14~15)

15) "영리한 계집애다. 동정할 만한 카페의 웨이트리스로는 아까운 계집애다, 라고 생각은 하였어도 이때껏 내 차지로 하여 보겠다는 정열을 경험한 때는 없다고 하여도 거짓말은 아니다. 원래가 이지적 타산적으로 생긴 나는, 일시 손을 대었다가, 옴칠 수도 없고 내칠 수도 없게 되는 때는, 그 머릿살 아픈 것을 어떻게 조처를 하나, 하는 생각이 앞을 서는 동시에, 무슨 민족적 거구(渠溝)가 앞을 가리우는 것은 아니라도, 기왕 외국 계집애를 얻어가지고, 아깝게 스러져가려는 청춘을 향락하려면, 자기에게 맞는 타입을 구하겠다는 몽롱한 생각도 없지 않아서 그리하였다. 그러나 숄 한 개가 인연이 되어, 편지까지 받게 되고 보니, 불쾌할 것은 없으나 다소 예상외인 감이 없지 않았다. 물론 어떠한 정도의 애착이 없는 것은 아니지만, 그러하다고 그것이 곧 생명의 내용인 연애도 아니려니와, 설혹 연애에 끌리어들어 간다 할지라도 그것으로 인하여, 공연히 자기의 생활에 파란을 일으키고, 공연한 고생을 벌어가며, 안가한 눈물과 환멸의 비애를 사고 싶은 생각은 없었다."(26)

16) 소설의 마지막에 정자에게 보낸 편지에서 이인화의 개인주의는 "만일 전체의 '알파'와 '오메가'가 개체에 있다 할 수 있으면 신생이라는 영광스런 사실은 개인에게서 출발하여 개인에 종결하는 것이 아니겠습니까."(106)과 같은 구절에 잘 드러나 있다.

가 보낸 편지에서는 구체적으로 이인화에게 앞날을 상의하고 있기 때문이다. "다시 자세히 보니까 암만해도 학비를 대어 달라거나 어떻게 같이 살아 보았으면 하는 의사를 은근히 비치"고 있는 정자의 편지에 대해 어떠한 방식으로든지 결말을 지을 수밖에 없었고, 그리고 아무래도 같이 살 수는 없다는 생각을 한 후에 결국 '절연'의 편지를 보내는 것이다. 그가 보내는 돈은 편지에서 학비에 보태 쓰라고 주는 돈이기는 하지만, 한편으로는 이제 더 이상 관계를 원하지 않는다는, 그리고 그 동안의 관계를 청산하겠다는 일종의 위자료인 셈이다. 결국 정자에게 편지를 보내 정자와의 관계를 정리함으로써, 이인화는 비로소 '무덤'에서 벗어날 수 있었던 것이 아닐까. 그렇기 때문에 '무덤'에는 앞에서 말한 의미에, 이인화라는 '개인'의 자유를 구속하는 모든 존재 혹은 관계라는 의미를 덧붙일 수 있다. 그러므로 실상 가장 넓은 의미에서의 '무덤'이란 바로 이것이라고 하겠다.

여기까지 왔다면 이제 다시 처음의 무덤 규정으로 되돌아가지 않을 수 없는데, 무덤의 첫 번째 의미로 파악된 조선의 현실의 발견은 실상은 여행이 가져다 준 우연한 결과에 지나지 않게 된다. 그가 조선을 들르지 않으면 안 되었기 때문에 조선의 현실이 발견된 것이다. 개인을 속박하는 제반 구속들이 조선의 현실에서 '조선'이라는 이름이 붙어서 나타난 것이라고 해야 할 것이다. 조선, 이인화가 들르는 몇몇 지점, 부산, 대구, 김천, 대전, 서울, 그리고 갓 장사 등은 조선의 구체성이고, 그의 시선에 의해 붙잡히는 풍경일 따름이다. 따라서 조선의 현실이란 하나의 결과라고 하지 않을 수 없다. 물론 그것이 조선이 아닌 것은 아니지만, 그러나 그렇다고 해서 조선으로 한정될 수 있는 것만도 아니다. 문제는 그의 시선에 잡히는 풍경에 어떠한 선택 / 배제의 원리가 작동하고 있는가 하는 점이다.

3. 이인화가 보이는 두 개의 시선

이제 『만세전』에서 어떻게 '조선의 현실'이 발견되는가를 보자. 앞에서는 발견된 '현실', 그 가운데서도 '무덤'에만 초점을 놓았다면, 여기서는 발견 자체에 초점을 맞추어 보자. 『만세전』에 나타난 '무덤'과 같은 현실은 이인화의 눈에 비친 풍경 혹은 현실이다. 이 현실의 내용은 따라서 이인화의 시선에 의해 제약되지 않을 수 없다. 절대적으로 객관적인 시선이란 존재하지 않으며, 다만 객관적인 것처럼 보이는 시선만이 존재할 수 있다는 사실을 인정한다면, 『만세전』의 현실을 그대로 '객관적'인 현실로 받아들일 수는 없는 것이다. 그것은 '부분적'인 진실일 수는 있어도, 객관적인 현실이라고 말할 수는 없다. 왜냐하면 현실 / 풍경이란 '발견된' 것이고, 그리고 그 발견이란 언제나 '단절'을 전제로 하고 있기 때문이다. 그렇기 때문에 우리는 최소한 이인화에 의해[17] 잘려진 '그림'만을 보고 있는 것이다. 그 그림 '밖에' 어떤 또 다른 그림이 존재하는지는 드러나 있지 않다. 그럼에도 불구하고 그 그림들이 객관적인 것처럼 보인다면, 그것은 이인화의 시선 때문이라고 해야 할 것이다. 이인화의 시선에 의해 잘려진, 그렇기 때문에 사물 자체일 수 없는 그 현실은 바로 그 시선으로 인해 '객관성'이라는 외양을 띠고 나타난다. 혹은 객관성이라는 효과를 낳는 것이다.

이 객관성은 우선은 '낯섦'의 시선 때문에 가능하게 된다. 『만세전』의 풍경을 보는 이인화의 시선은 처음 보는 풍물을 대하는 시선이다. 풍물이란 역사를 갖지 않는다. 왜냐하면 풍물에는 대비되어야 할 과거가 없

---

17) 이를 곧 염상섭의 시선에 의해 잘려진 것이라고 말할 수는 없다. 이인화의 시선은 '나'로 기술되기 때문에 염상섭의 시선처럼 느껴지지만, 그리고 또 염상섭 개인사와 일치하는 부분이 존재하기 때문에 그렇기도 하지만, 그러나 그럼에도 불구하고 염상섭의 시선은 이인화의 시선과 완전히 일치하지는 않는다.

기 때문이다. 그리고 그 풍경은 보는 자와는 무연(無緣)하기 때문이다. 그렇기 때문에 이인화의 눈에 비친 풍경은 객관적인 것처럼 보이고, 그리고 놀라움의 대상일 수는 있지만, 역사적 현실로서 자리하지는 못한다. 객관적인 것처럼 보이기는 하지만, 그러나 역사적이지는 않은 풍경. 이인화는 지금의 풍경을 과거의 풍경과 병치시키는 것이 아니라, 자신의 관념과 병치시킨다. 앞에 들었던 대목을 다시 상기해 보자. 갓 장사를 만난다. 그 갓 장사는 스스로 굴종이라는 방식을 택하면서, 자신을 어수룩하게 보이는 작은 책략을 씀으로써 일신의 편안함을 얻는다. 이런 갓 장사에게 대한 이인화의 시선은 철저하게 타자의 시선이다. 이인화는 갓 장사와 자신을 절대로 동일선상에 놓지 않는다. 이러한 시선은 기본적으로 '여행자'의 시선이며, 발견되는 대상과 자신 사이의 거리가 절대적인 자의 시선이기도 하다. 그리고 그러한 시선 속에서 풍경은 추해진다. '어찌 사람이 저럴 수가 있을까?' 이인화는 이렇게 자문한다. 그리하여 결론은 "사람이란…"으로 나는 것이다. 혹은 그 풍경이 아름다워진다고 해도 마찬가지이다. 그것은 낯선 풍경이며, 또한 안에서 바라보는 풍경이 아니라 '밖'에서 바라보는 풍경이다. 이러한 '밖에서' 바라보는 시선이 가능한 것은 이인화가 근본적으로 자신을 '밖'의 존재로 놓기 때문이다. 그는 자기가 출발했던 세계나 자신이 갔던 세계 그 어느 곳에도 자신의 발을 딛지 않는다. 그는 세계로부터 떠 있다. 그렇기 때문에 그 풍경은 언제든지 버릴 수 있는 풍경으로서 단지 '인상'만을 남기고, 그리고, 하나의 '인간론'을 남기고 사라지는 것이다. 그리고 바로 이러한 시선이 대상에 대해 '주관'을 개입시키지 않는 시선으로 그렇게 잘려진 대상을 객관적인 것처럼 보이게 하는 것이다.

하나의 풍경에서 하나의 관념으로의 이행. 풍경을 역사로 만드는 것이 아니라, 하나의 관념을 확인하는 증거, 혹은 관념의 현재화로 만드는 이 방식은 자신의 시선에 의해 잘린 그림, 그에 의해 '발견된 현실'을 부분적인 것도 아니고 제한적인 것도 아닌, 전면적인 것으로 만드는 효과를 낳는다. 하나의 사태에서 곧바로 일반론으로 '보편성'으로 나아감으로써, 이제 잘린 그림은 외부가 없는 '전체'가 된다.

물론 이인화가 이에 대해 아무런 태도도 취하지 않는 것은 아니다. 그러나 그 태도는 '분노'가 아니다.[18] 그것은 오히려 '환멸'이라고 해야 할 것이다. 그리고 그 환멸은 '인간'에 대한 환멸로 이어진다. 환멸이란 환상의 사라짐이다. 그리고 그로부터 나오는 환멸의 비애란 자신이 가지고 있던 환상, 혹은 이상이 더 이상 현실적이지 않다는 확인이라고 해야 할 것이다.[19] 그리고 그 환멸의 비애는 『만세전』 속에서 묘한 이중성을 띠고 나타난다. 그것은 형식적으로는 '인간'에 대한 환멸이지만, 그러나 근본적으로는 '조선'에 대한 환멸이기 때문이다. 물론 이인화는 일반화된 '조선인'의 성질을 종래의 정치 때문이라고 말하고 있고, 그로써 조선인의 현재를 설명하고자 한다. 그러나 그럼에도 불구하고 그것은 '조선'에 대한 환멸이다. 구체적으로는 '조선인'에 대한 환멸일 수밖에 없는 것이, 앞에서 말한 이인화의 방식대로, '보편성'으로 상승하여 나타날 때, 그것은 드러냄과 감춤의 이중성을 표출하게 되는 것이다. 그 환멸은 조선인

---

18) 물론 유명한 목욕탕 장면에서 이인화는 '분노' 비슷한 느낌을 갖기는 한다. 그러나 이러한 느낌은 이후에 지속되지 않는다.

19) 염상섭은 초기 평론인 「개성과 예술」에서 근대인의 갖게 되는 정서로서 '환멸의 비애' 혹은 '현실 폭로의 비애'라는 말을 사용하고 있다. "지금까지는 모든 것이, 미려한 것, 위대한 것, 경건한 것으로 보이든 것이, 일단 깨인 사람의 눈으로, 세밀히 해부하여 보고 검토하여 보면, 추악하고 평범하고 비속한 것으로 비추임을 깨달았다는 의미이다. (…중략…) 이러한 심리를, 보통 이름하여, 현실 폭로의 비애, 또는 환멸의 비애라고 부르거니와, 이와 같이 신앙을 잃어버리고, 미추의 가치가 전도하여 현실 폭로의 비애를 감(感)하며, 이상은 환멸하여, 인심은 귀추(歸趨)를 잃어버리고, 사상은 중축(中軸)이 부러져서, 방황 혼돈하며, 암담 고독에 울면서도, 자아 각성의 눈만은 더욱더욱 크게 뜨게 되었다. 혹은 이러한 현상이, 도리어 자아 각성을 촉진하는 그 직접 원인이 된 것이라고도 할 수 있다." 『염상섭전집12 : 평론·수필집』, 민음사, 1987, 34~35면.

에 대한 것이 아니고 인간에 대한 것이지만, 그러나 그 인간에 대한 환멸은 조선인에 대한 환멸로 나타나고 있는 것이다.

이러한 환멸의 이중성이 가능한 것은 이인화의 개인주의 이념 때문이다. 그리고 그러한 개인주의 이념의 핵심에 개인의 '주체성'이 있다고 해야 할 것이다. 철저하게 자율적인 개인이라는 사유만이 이러한 환멸의 이중성을 가능하게 해 준다. 왜냐하면 앞서의 인용에서 환멸의 대상이 되는 조선인을 그 지경으로 만든 것은 물론 이인화의 말대로 '재래의 정치' 때문이지만, 그러나 정치가 그들을 그렇게 만들 수 있었던 것은 바로 그들―조선인 때문인 것이다. 그러므로 그 주체가 개인으로 설정되건 혹은 집단으로 설정되건 모든 원인은 그 자신에게로 향할 수밖에 없는 것이다. 이처럼 개인의 내부로 원인을 돌림으로써, 이제 가능한 방법이란 '자각(自覺)' 이외에 존재할 수 없게 된다.

이처럼 이인화는 자신이 보는 구체적 현실을 인간이라는 추상의 차원으로 환원한다. 그리고 식민지 지배의 현실이라는 것은 결국은 사람과 사람 사이의 관계로 환원되고 만다. 그가 말하는 집단, 예컨대 노동자와 같은 것은 집단이 아니라 추상화된 개인에 지나지 않는다. 이러한 추상화 속에서, 구체성의 한 측면은 사상된다. 일차적으로 사상되는 것은 바로 '민족'인 것이다. 그가 발견한 것은 제국주의―식민지 관계에 놓여 있는 대립관계로서의 두 집단, 두 민족이 아니다. 그가 발견한 것은 사람과 사람 사이의 보편적인 관계이다. 그리고 그 관계 속에 개체의 성격이 투영된다. 추상적인 인간으로 환원시킴으로써 집단은 단지 개인의 집합이 되고 만다.

문제는 이러한 '집단'에 개인의 의지와 관련이 없이 소속된 존재, 그리고 그러한 집단 자체에 대해 질문을 던지는 존재가 등장한다는 것이다. 이러한 존재의 등장, 곧 '개인'이 존재의 등장은 곧바로 이 '민족'의 허구성으로 향해 나아갈 수밖에 없다. 염상섭의 『만세전』은 그 가운데 있는 것이 아닐까. 근대 초기에 '개인'을 지향했던 정신이, 개인이 필연적으로 맞닥뜨릴 수밖에 없는 집단과 마주쳤을 때, 나타낼 수 있는 반응이 바로 『만세전』일 수 있다는 것이다.

그렇기 때문에 염상섭의 환멸은 그 한 개인을 그토록 굴종적인 인간으로 만든 현실에 대한 것이 아니라, 바로 그러한 현실에 대해 '굴종적'인 방식으로 삶의 안위를 도모하는 그 개인에게 향하는 것이다. 그렇기 때문에 염상섭의 환멸은 인간에 대한 환멸이기는 하지만, 그 환멸의 구체적인 대상은 스스로 자신의 삶을 개척해 나가지 못하는 조선인이 될 수밖에 없는 것이다. 그리고 그는 그러한 한에서는 환멸의 대상에서 벗어나게 된다.

그러므로 이인화에게는 '반성'이란 존재하지 않는다고 할 수 있다. 적어도 헤겔적인 의미에서는 말이다. 그는 자신이 환멸을 느끼는 대상으로부터 철저하게 거리를 취함으로써, 그 대상을 자기화하지 않는다. 그가 조선에서 겪는 경험이란, 그것이 자신의 외화가 아닌, 무연한 세계로 상정한다. 그러한 자신과 무연한 세계 속에서 그가 경험할 수 있는 것은 추상적 개인(집단이라고 해도 마찬가지이다)이다. 그리고 그러한 한에서, 구체적으로 존재하는 집단, 집단 사이의 역관계, 혹은 구체적인 힘의 대립과 역사에 대해서는 맹목이 되는 것이다. 이처럼 자신의 존재, 행위, 의식에 대한 반성 이외의 반성이란 의미가 없다. 적어도 소설 속에서라면 말이다. 반성이란 돌이켜 성찰하는 것이고, 그리고 과거의 자기를 현재의 자기에 비추어 보는 것이며, 또한 과거로 시선을 돌리는 것이다. 그러나 이인화에게는 그런 의미에서의 자기반성은 존재하지 않는다. 아니 존재하기는 하지만, 그것은 자신의 개별적인 존재에 대한 반성, 이제까지 책상도령에 지나지 않았다는 정도의 반성, 현실을 너무나 몰랐다는 정도의 반성에 지나지 않는다. 결국 이인화는 자기 민족-조선인에 대한 비판으로 자신을 지킨다고 할 수 있다. 이렇게 '비판'을 통해서 자신을 자기 민족으로부터 분리시킬 때, 그 자신은 최소한 민족의 범주로서는 포괄되지 않는, 보편적인 인간의 위치에 도달하는 것이고, 그리고 그 보편적인 인간의 위치란 결국에는 그가 발견한 현실에서 빠져 있는 존재의 위치[20]에 서는 것이라고 하겠다.

우리가 염상섭의 보수주의를 말할 수 있다면 바로 이 지점이라고 할 것이다. 그것은 어쩌면 보수적이기 이전에 반동적일 수도 있다. 비판하는 자 스스로 비판받을 수 있다는 것, 혹은 비판하는 자 스스로 자신을 비판하지 않으면 안 된다는 것. 이 지점을 떠났을 때, 이인화는 '높은' 자리에서 내려다 볼 수 있게 되는 것이다.

4. 『만세전』, 그리고 염상섭

이제까지 살펴본 것은 『만세전』에서 '발견된 현실', 특히 '무덤'이 갖는 의미의 다층성과 그 현실을 '발견'하는 이인화의 시각이었다. 그러나 이러한 시각이 곧 염상섭의 시각이 아닐 수 있음은 상식이다. 그렇다면 『만세전』에서 확인될 수 있는 염상섭의 시각은 어떠할까.

여기서 『만세전』의 첫 대목을 다시 주목할 필요가 있다. 『만세전』의 첫 대목은 이러하였다. "만세가 일어나기 한 해 전의 일이었다."(11) 이후 서술되는 이야기는 만세가 일어나기 한 해 전의 일이었고, 그리고 그것을 서술하는 서술자는 '나'이다. 그러므로 『만세전』은 기본적으로 '회

---

20) 그것은 일본의 자리일 수 있다.

고’, 돌이켜봄이라는 행위이다. 모든 소설이 모두 다 과거의 기술이지만, 그러나 그것은 대부분 기술하는 시점의 문제일 뿐, 행위하는 시점의 문제는 아니다. 소설의 행위는 이미 과거에 일어난 일이지만, 그러나 그것은 다시 현재에 회상되는 것이고, 그럼에도 그것의 기술은 현재의 회상으로 이루어지기보다는 바로 현재인 것처럼 인식되는 것이다. 이처럼 대부분의 소설은 이러한 ‘현재화’의 모습을 띠고 있다. 곧 기술되는 이야기는 과거의 일이 아니라, 지금 현재 일어나고 있는 일로 인식되는 것이다. 따라서 작가로서는 이야기의 시작부터 끝까지를 이미 다 알고 있지만, 그럼에도 불구하고 그렇지 않은 듯이 표현하는 것이다.

그러나 “만세가 일어나기 전해의 일이다.”라고 규정하고 들어가고 있는 『만세전』은 이야기를 이미 ‘과거’의 것으로 한정하고 있는 것이다. 그리고 그것을 그렇게 한정하는 것은 바로 염상섭이다. 그렇다면 이와 같은 ‘과거’의 한정이 도대체 어떠한 의미를 지닐 수 있을 것인가. 그것은 무엇보다도 『만세전』에서 기술되고 있는 여러 사건들 혹은 풍경들이 이미 ‘과거’의 것으로 인식된다는 효과를 낳는다는 점일 것이다. 그리고 주지하다시피, 1919년 이후 일본의 통치 정책이 변화하였다고 했을 때, 이 소설은 그 이전, 그러니까 변화하기 이전을 보여주고 있는 것이다. 그러므로 이 소설 속에 그려지는 여러 가지 사건들은 ‘동시대’적인 것이라기보다는 이미 ‘과거’의 것으로 인식될 수 있는 것이다. 그리고 염상섭은 『만세전』에서 기술되고 있는 것이 지금이 아니라 과거라는 사실을 군데군데서 드러내고 있다. 학교 훈장인 김천 형님이 환도를 차고 있는 모습이 가능한 것은 만세 전이기 때문이다. 또한 “스물 두셋쯤 된 책상 도령님인 그때의 나로서는, 이러한 이야기를 듣고 놀라지 않을 수가 없었다. 인생이 어떠하니 인간성이 어떠하니 사회가 어떠하니 하여야, 다만 심심파적으로 하는 탁상의 공론에 불과할 것은 물론이다.”(40. 강조는 인용자)와 같은 대목도 그러하다.21) 이렇게 본다면 『묘지』를 『만세전』으로 개제한 이유는 '만세'보다는 '전(前)'에 강조를 두었기 때문이라고 보는 것이 타당할 것이다. 『묘지』라고 했을 때, 그것이 아무리 처음에 만세 전의 이야기라고 못을 박아 놓았다고 하더라도, 소설의 '현재성' 때문에 그렇지 않게 읽힐 수 있는 것이고, 검열 당국도 바로 그렇게 읽힐 것이라고 판단했던 것은 아닐까.

그러나 이러한 효과, 곧 『만세전』에서 기술되는 모든 일이 현재의 일이 아니라 과거의 일로 인식되는 효과가 실제로 발생했는가는 알 수 없다. 소설의 효과란 일률적이지 않은 것이어서 어떤 하나로 단정할 수는 없기 때문이다. 그러므로 실제의 효과가 아니라 가능한 효과를 따질 수밖에 없다. 가능한 효과를 생각한다면, 염상섭이 비록 『만세전』을 '과거'로 한정하고 있다고 하더라도 『만세전』은 '과거'로 읽히기보다는 현재로 읽힌다. 왜냐하면 '회상'으로 시작한 소설의 이야기는 그것이 회상으로 끝나고 있지 않기 때문이다. 소설의 마지막은 이인화가 다시 동경으로 떠나는 장면으로 끝나고 있다. 그렇기 때문에 현재의 시점에서 돌이켜본 과거는 아직 현재로 돌아오지 않은 상태에서 끝을 맺고 마는 것이다. 바로 이 때문에 소설의 처음에서 규정하고 들어간 '과거'는 잊혀지고, 『만세전』의 서술 내용은 현재인 것으로 인식되게 되는 것이다. 이러한 시제의 불일치, 혹은 소설 구성의 미숙성은 얼마만큼 의도된 것일까. 『만세

---

21) 염상섭이 '만세전'이라고 한정을 한 것은 염상섭으로서는 피치 못할 것이었는지도 모른다는 생각도 할 수 있다. 『신생활』에 연재되었을 때, 마지막 회가 전체 삭제되었음은 식민 통치자들에게 이 소설에서 그려지고 있는 여러 풍경들이 '부정적'인 효과를 낳을 수 있을 것이라고 보였음을 알 수 있다. 그러므로 만세 전과 후가 통치자들에게는 본질적인 차이가 없었던 것이고, 그럼에도 불구하고 염상섭은 이러한 문제를 피해가기 위해, '만세전'이라고 했을 수도 있는 것이다. 처음에 『묘지』라는 제목으로 연재하다가, 『만세전』으로 개제한 것도 이 때문일 수 있다. 염상섭으로서는 그것이 '지금'의 일이 아니라 '과거'의 일임을 분명하게 드러내고자 했던 것이다.

전』의 시작은 명확하게 의도로 읽을 수 있는 반면, 『만세전』의 끝은 그 의도성을 확인하기 힘들기 때문에 『만세전』 해석은 어려워진다. 『만세전』 결말의 '의도성' 여부에 따라 작가 염상섭의 기본적인 관점이 달라질 수 있기 때문이다. 그 의도성이 어떻건 『만세전』의 끝은 현재로 읽히게 됨으로써, 이인화와 염상섭 사이의 거리는 전혀 존재하지 않게 된다.

그렇다면 이인화에 대해 염상섭이 취하는 거리는 어느 정도일까? 『만세전』에서 염상섭이 이인화에 대해 취하는 거리는 점차 축소되는 것으로 보인다. 앞서 인용한 대목처럼, 처음에는 이인화를 과거의 존재로 규정하고 있다. 그러나 점차 이 거리는 의식되지 않게 되는데, 이 거리가 축소될 수 있기 위해서는 이인화가 소설 내에서 '변화'의 과정을 거치지 않으면 안 된다. 변화하지 않는 존재에 대해 거리가 변할 수는 없기 때문이다.

그러나 무엇이 변하는가? 변하는 것은 두 가지, 하나는 개인적인 삶의 변화, 그리고 또 하나는 의식의 변화일 것이다. 앞서 말한 것처럼 이인화는 그를 구속하고 있는 제반 관계에서 독립한다. 아내는 죽고, 가족 관계는 그야말로 자신을 가족과는 무연한 관계로 만들어버림으로써 무의미하게 만든다. 이처럼 이인화는 자신이 '개인'으로서 존립하기 위한 조건을 만들어내는 것이다. 그렇다면 이제 의식의 변화를 살펴보아야 할 것인데, 의식의 변화란 정자에게 보내는 편지에서 드러나는 것처럼 '결의(決意)'의 형식으로 나타난다. 그리고 이러한 결의란 사실 가능한 최대치라고 할 것이다. 개인에게서 출발하여 개인에게로 돌아오는 것이라면, 가능한 것은 개인의 결단일 뿐이다.

결국 염상섭이 이인화와의 거리를 좁힐 수 있었던 것은 소설에서 이인화가 돌아온 자리와 지금 현재의 염상섭의 자리가 일치할 수 있기 때문이다. 그리고 이는 『만세전』이 만세 '전'의 일이라고 하더라도 여전히 염상섭의 '현재'임을 말해주는 것이다. 그리고 이 속에서 '만세'란 이제까지 많은 연구자가 지적한 것처럼 기실 중요한 의미를 갖지 못하는 것이다. 왜냐하면 만세 '전'에 도달한 자리에서 염상섭은 한 걸음도 나아가지 못했기 때문이다.[22] 그리고 그 자리는 '보편적 개인', 자율적인 주체로서의 개인이라고 해야 할 것이다.

그러나 이는 염상섭이 어떤 자리에 스스로 있었는가를 확인하는 데 지나지 않는다. 문제는 이 자리가 어떻게 가능해졌는가 하는 점일 것이다. 그렇기 때문에 이제 마지막으로 한 대목을 짚고 넘어가지 않으면 안 된다. 그것은 이인화라는 존재에 대한 근본적인 질문이면서도 대답되지 않은 대목이다. 아니 어쩌면 대답하지 못한 대목일 수도 있을 것이다.

> "진정한 사랑은 그 사람의 행복을 비는 마음에서 나오는 것이요, 그 사람의 생활을 지배하고 운명의 진로까지를 간섭하는 것은 아니겠지요. 그러니까 사람이 사람을 구한다는 것은 潛越한 말이요, 외형으로는 아름다우나 사실상으로는 무의미하고 공허한 말이겠지요."
>
> (…중략…)
>
> "구한다는 사실이 이 세상에 없다 하면, 너부터 굶어죽을라! 그는 고사하고 여기 아해가 우물로 기어들어 가면 너두 쫓아가서 붙들겠구나?" 하고 형님은 웃으며 나를 치어다보았다.
>
> "그건 구제가 아니라, 의무지요!" 나는 구하지 않으면 너부터 굶어죽으리라는 말에 불끈해서, 약간 목청을 돋아서 한마디 한 뒤에 다시 뒤를 이었다.
>
> "(…중략…) 근본적 견지에서 사실을 엄정히 본다 하면 구제라는 말처럼 오만한 말도 없고 자선이라는 행위처럼 위선은 없겠지요. 만일, 구제한다 하면 무엇보다도 자기를 구제하고, 자기에게나 자선을 베푸는 것이 온당하고 긴급한 일이겠지요"(68. 강조는 인용자)

---

22) 이 점에서 『만세전』과 「개성과 예술」은 등가라고 할 수 있을 것이다.

　김천 형님이 둘째 부인을 얻으면서 사람을 '구제한다.'고 하는 데 대해 이인화가 비판하는 대목이다. 그런데 유의해야 할 대목은 강조한 대목이다. 김천 형님이 던진 질문은 두 가지이다. 집에서 대주는 돈이 없다면 네가 살아갈 수 있겠느냐는 것, 그리고 아이가 우물로 기어들면 구해주지 않겠냐는 것. 그런데 이 두 개의 물음에 대해 이인화가 보이는 대응이 주목할 만한 것이다. 이인화의 화를 돋운 것은 실상 첫 번째의 질문이다. 그러나 실상 이인화의 대답은 첫 번째 질문에 대해서가 아니라 두 번째 질문에 대해서이다. 첫 번째 질문은 대답되지 않은 채로 넘어가는 것이다. 왜 대답되지 않은 채로 넘어가는 것일까? 거기에 대해서는 대답할 수 없기 때문이 아닐까? 집안의 돈으로 유학을 하고 있는 이인화로서는 자기 존재의 약점을 찔린 것이다. 왜냐하면 집안에서 대 주는 돈이란 자기 현존재의 기반이기 때문이다. 중요한 점은 질문이 던져졌음에도 불구하고 대답이 존재하지 않는다는 이 사실을 어떻게 이해해야 하는가, 그리고 염상섭은 이 지점에 어떻게 도달했는가이다. 질문이 던져졌음에도 불구하고 대답이 존재하지 않는다는 것은 그 대답이 회피된다는 것이다. 그리고 그 대답이 회피되는 만큼, 모든 것의 처음이자 끝인 '개인'이라는 이인화의 주장, 처음부터 끝까지 지속되며, 그에 대해 작가에 의해 한 번도 부정되지 않았을 뿐만 아니라, 『만세전』의 마지막에서 이인화와 염상섭의 거리가 완전히 사라짐으로써 작가 스스로 동의하고 있는 주장 그 자체가 소설적 설득력을 상실하는 것이다. 이인화가 말하는, 그리고 염상섭이 보증하는 개인이란, 그토록 주체적이고 자율적인 주체로서의 개인이란, 실상은 타자의 존재에 자신의 존재를 의지할 수밖에 없는 타율적인 주체에 불과하게 되고 마는 것이다. 이처럼 이 대목은 『만세전』 전체를 부정하는 대목이라고 말할 수 있다.

　그러나 『만세전』을 떠나서 생각한다면, 『만세전』의 전과 후를 생각한다면, 바로 이 지점, 첫 번째 질문, 미처 대답되지 못 하였고, 대답할 수 없었을 질문이 제기된다는 점이 중요하다. 염상섭으로서는 이 질문에 대한 대답이 존재하지 않는다는 것을 의식하지 못하였을 것이다. 왜냐하면 『만세전』 속에서 이에 대한 질문은 이인화에 의해 회피될 뿐만 아니라, 그렇게 회피하는 이인화에 대한 어떠한 지적도 존재하지 않기 때문이다. 그럼에도 불구하고 염상섭이 이인화를 통해 바로 이 질문을 던진다는 점이 중요한데, 그 이유는 염상섭이 1920년대 중반을 거치면서 이 질문을 파고들어가고 있기 때문이다.[23] 그리고 이 질문을 파고들어갈 때, 염상섭은 더 이상 '자유로운 개인', 자율적 주체로서의 개인을 상정할 수 없게 된다. 『만세전』 이후에 『삼대』가 가능했다면, 바로 『삼대』에서 자유롭지도 못하고 자율적이지도 못한 개인을 그려내기 때문이다. 『삼대』가 식민지 시대의 삶을 '돈'과 '욕망'으로 묶어 그려냈다면, 그것은 『만세전』에서 미처 대답하지 못한 질문을 그가 파고들어갔기 때문인 것이다. 이제 '돈'은 자유로운 개인을 구속하는 존재가 아니라, 바로 자유로운 개인 자체를 가능하게 하는 존재로서 나타난다. 그렇기 때문에 『만세

---

23) 그러나 이 작업이 지속적으로 이루어지지는 않는 듯하다. 이는 연구자들에 의해서 고평되기도 하는 「E선생」과 같은 작품을 보아서도 알 수 있다. 「E선생」에서 이 질문은 전혀 던져지지 않는다. 「E선생」은 개인의 존재 기반을 지워버린 이인화의 다음 이야기라고 할 수 있다. 개인의 존재 기반에 대한 문제를 덮어버린 후에 가능한 모습은 어떠한 것일까? 바로 'E선생'이라고 할 수 있지 않을까? 「E선생」에서 'E선생'은 세계와 대립하는 듯이 보이지만 실상 세계와 대립하지 않는다. 왜냐하면 'E선생'에 비해 「E선생」 속에 나타나는 세계는 지나치게 작기 때문이다. 'E선생'은 세계와 대립하지 않은 채, 그 세계를 통과해 버린다. 'E선생'이 학교를 떠나고, 학교는 결국 처음 'E선생'이 들어왔을 때와 하나도 다름이 없이 처음의 상태로 되돌아가기 때문이다. 그러나 그렇다고 해서 '세계'의 강고함, '세계'에 대한 '개인'의 의지의 무력함을 말하고 있지도 않다. '세계'의 강고함이 드러나기 위해서는 'E선생'의 자성이나, 염상섭의 비판적 거리가 필요한데, 그 어느 것도 존재하지 않기 때문이다. 'E선생'은 세계를 그냥 통과해 버리고, 세계도 개인도 아무런 상처도 입지 않은 채로 그대로 유지되는 것이다. 이러한 관계란 근본적으로는 이인화와 그가 발견한 세계 사이의 관계와 하등 다를 것이 없다. 오히려 이인화에게는 있었던 자기 회의의 시선마저 사라지고 만다. 그렇다면 「E선생」는 염상섭이 『만세전』 이후에 나아갈 수 있었던 하나의 극단이라고 보아도 될 것이다.

전」을『삼대』에 이르는 한 도정으로 생각할 수 있지만, 그것은 일반적으로 지적되는 것처럼 '세계의 발견'이라는 점에서라기보다는 오히려 어쩔 수 없이 던져진 질문 때문이라고 해야 할 것이다. 그런 점에서『삼대』는『만세전』의 연장선상에 있는 것이 아니라,『만세전』을 뒤집음으로써만 가능했다고 하겠다. 그렇기 때문에 염상섭 소설의 결정적인 전환은『만세전』과『삼대』사이의 어느 지점, 염상섭이『만세전』에서 회피했던 질문을 다시 던지고, 그리고『만세전』을 뒤집는 지점에서 이루어진다고 보아야 할 것이다. 그리고 지점의 확인이 염상섭론의 새로운 과제가 될 것이다.

∷ 참고문헌

박상준, 「지속과 변화의 변증법」, 『1920년대 문학과 염상섭』, 역락, 2000.
이보영, 『난세의 문학 : 염상섭론』, 예지각, 1991.
정호웅, 「염상섭 문학의 현재성」, 『문예중앙』, 1997 여름.
하정일, 「보편주의의 극복과 ‘복수의 근대’」, 『염상섭 문학의 재인식』, 깊은샘, 1998.
게오르그 루카치, 『루카치 소설의 이론』, 심설당, 1998.

대중소설 혹은 근대소설
― 1920년대 최독견 장편소설의 의미

1. 글을 시작하며

박태원이 1934년에 발표한 「소설가 구보 씨의 일일」에는 이러한 대목이 있다. 구보가 어느 카페에서 옆자리 사람들의 이야기를 듣는다. 이들은 조선 소설에 대해 이야기를 하고 있었는데, 이들이 말하고 있는 걸작이라는 것이 윤백남의 소설이라든가 아니면 최독견의 『승방비곡』이라는 것이다.

박태원이 그린 것은 아마도 1930년대 지식인 사회의 한 풍경이었을 것이다. 굳이 지식인이라는 말을 쓰지 않는다면, '식자층(識者層)'이라는 낡은 용어를 사용해도 될 것이다. 소설을 읽고, 카페에 와서 술을 마시면서 '문학'을 논할 수 있는 계층이 일반 계층이 아님은 물론이다. 어쨌건 윤백남이나 최독견이 최고의 작가로 일컬어지고 있는 것을 보고 있는 '구보'의 시선은 우울하다. 명확하지는 않지만 적어도 윤백남이나 최독견의 작품을 '문학'이라고 할 만한 것이냐는 생각이 바탕에 깔려 있겠다. 염상섭이나 이광수와 같은 당대의 문학가들을 어떻게 이해하고 있는지는 알 수 없지만, 적어도 윤백남이나 최독견은 아니며, 그들이 최고의 작가로 일컬어지는 세태가 우울하다는 것이다. 이 '우울(憂鬱)'에 동의하건 안하건, 중요한 것은 경계가 그렇게 갈라져 있다는 사실이다.

이런 점에서 보았을 때, 최독견의 소설을 통해서 '대중소설'에 접근해 보는 것은 의미 있는 일로 생각된다. 하지만 이 작업이 단지 '대중소설'의 특징이나 본질로 이해되는 어떤 내용을 최독견의 소설에서 확인하는 일이라고 하다면 별로 의미가 없다. 왜냐하면 '대중소설'을 최독견의 소설에 갖다 대어 최독견의 소설이 대중소설임을 확인하는 일은 지금 급하게 요청되는 일이 아니기 때문이다. 오히려 당대에 이미 대중소설로 규정되어 있는 최독견의 소설을 통해 대중소설로 접근하는 편이 더 유리라 생각된다.

그러나 세칭 통속소설가 혹은 대중소설가로 알려져 있는 이들의 작품에 대해서는 거의 연구된 바 없다. 특히 최독견에 대해서는 그러하다.[1] 대중소설에 대한 논의가 시작된 지 그리 오래 되지 않았고, 또 대중소설 연구자들이 '본격적인 대중소설'이 발표되기 시작한 1930년대를 주 연구 대상으로 하고 있기 때문인 듯하다.

이러한 논의가 어느 정도 타당성을 갖는다고 생각하지만, 그러나 '대중소설'을 지극히 제한적으로 이해하고 있는 것이 아닌가 하는 생각이 든다. 나는 여기서 '대중소설'이 무엇인가 하는 대중소설의 본질론으로는 나아가지 않으려 한다. 무엇보다도 큰 이유는 모든 본질론은 사태를

---

1) 윤백남의 경우는 학위 논문 두 편(그것도 역사소설에 대한 논문이다)과 연구 논문을 비롯한 참고문헌이 10여 편 있지만, 최독견의 경우에는 거의 없다. 학위 논문의 일부분으로 다른 연구가 있고(이미향, 「일제 강점기 애정 갈등형 대중소설 연구」, 숙명여자대학교 박사학위논문, 1999), 정한숙의 「대중소설론」(『고려대인문논집』, 1976. 6), 서영채의 「1930년대 통속소설의 존재 방식과 그 의미」(『민족문학사연구』, 1993. 12)가 있다.

단순화할 위험을 갖고 있기 때문이다. 뿐만 아니라, 대중소설의 규정 자체에 이미 가치평가가 포함되어 있기 쉽기 때문이다. 다시 말하자면 대중소설이라는 개념을 기술적인 개념이면서 동시에 가치평가적인 개념일 수밖에 없다.

여기서는 일단 철저히 역사적으로 제한된 대중소설이라는 개념을 생각해 보기로 한다. 최독견이 대중소설 작가로 인정된 만큼 그의 작품에는 대중소설적인 요소가 있다고 전제한다. 그리고 대중소설적인 요소가 어떠한 것인지를 먼저 살펴보고자 한다. 그리고 이러한 대중소설적인 요소를 대중성으로 환원하였을 때, 그러한 대중성이 의미하는 바가 무엇인가를 탐색해 보고자 한다. 그리고 마지막으로 이러한 대중소설을 근거로 '근대성'에 대해 생각해 볼 것이다.

이 글에서는 「승방비곡」, 「난영」 그리고 「향원염사」 세 편의 작품(만)을 대상으로 하고 있다. 이 세 작품은 전적으로 자의적으로 선택한 작품들로, 1920년대 말에 최독견이 발표한 중, 장편소설이다. 이들 세 작품(만)을 선택한 이유는 단순하다. 이 작품들은 모두 중편 혹은 장편소설이다.[2] 대중소설 혹은 대중성과 연관시켜 생각할 때, 장편의 구조는 필수적인 것처럼 보인다. 적어도 '흥미'가 문제가 된다면 말이다. 이 때문에 단편은 배제하였다. 또 다른 작품들을 배제한 이유는 이 글이 '최독견론'을 염두에 두고 있지 않기 때문이다. 작가론을 쓰기 위해서라면 모든 작품을 다 다루어야겠지만 이 글은 최독견론이 아니다. 그러므로 여기서는 최독견이라는 이름은 단지 최소한의 공통성, 환원될 수 있는 최소한의 근원일 뿐이다.

---

2) 중・장편소설 전부 다 다룬 것은 아니다. 왜냐하면 1929년에 동아일보에 『황원행』이라는 작품을 연재했기 때문이다. 이 작품을 다루지 않은 이유는 특별히 없다. 다른 기회에 다루기를 기약한다.

2. 최독견 장편소설의 몇 가지 특징

1) 소재의 선정성 : 금기(禁忌), 난음(亂淫) 그리고 범죄

(1) 근친상간이라는 금기와 성적 욕망

세 편의 최독견 소설은 다루는 소재가 독특하다. 『승방비곡』에서 근친상간이라는 금기를 다루고 있고, 『난영』에서는 계획된 살인이라는 범죄가 다루어진다면 『향원염사』에서는 죽음에 이르는 난음(亂淫)이 소재가 되어 있다.

먼저 『승방비곡』을 보자, 『승방비곡』에서 가장 눈에 띄는 것은 '근친상간'이라는 충격적인 소재를 취하고 있다는 것이다. 근친상간은 금기, 곧 『승방비곡』의 주인공들의 행위를 규율하는 금기이다. 이때 근친상간이라는 금기에 의해 규율되는 행위는 무엇일까? 바로 자유로운 사랑이다. 자유연애가 근대적인 생각임은 물론이다. 자유연애론의 바탕에는 '자유로운 개인'이 존재한다. 그러므로 각 개인은 독립된 자기 결정을 할 수 있는 존재로 기존에 존재했던 어떠한 구속도 그의 행위를 제한할 수 없다. 자유연애를 불가능하게 하는 모든 사항은 고려해야할 사항이지만 그러나 절대적으로 받아들여야 할 것은 아니다. 그렇기 때문에 실상 자유연애란 어떠한 제한도 갖지 않는다고 해도 좋을 것이다. 그러나 이러한 자유연애가 불가능하게 되는 지점이 바로 '근친상간'이라는 금기이다. 사랑하는 두 사람이 사실은 아버지가 다른 남매간이라는 사실이 두 사람의 결합을 가로막는 유일한 조건이자 절대적인 조건이다. 이 근친상간이라는 금기는 소설 속에서나 소설 밖에서 '이해'의 대상이 아니다. 다시 말하자면, 작가도 이 금기 자체에 대해서는 아무런 질문도 던지지 않는다. 뿐만 아니라, 소설 밖의 독자도 마찬가지로 이 근친상간이라는 금기의 절대성을 받아들인다. 그러므로 『승방비곡』에서 근친상간은 두 주인공에게는 '운명'이며, 이로 인해 사랑을 성취하지 못하는 두 인물은 '비운'의 주인공이다. 그러나 이들은 '비극'의 주인공이지는 못하다. 그들은 이러한 운명에 맞서지 않는다. 그들은 이 운명을 자신의 것으로 받아들인다. 그렇기 때문에 이들은 비극의 주인공이 아니라 비운의 주인공, 혹은 비련의 주인공일 뿐이다.

금기로서의 근친상간이 작동하기 위해서는 욕망이 전제되어야 한다. 그리고 금기의 강도는 욕망에 비례한다. 결합에의 욕망과 결합에 대한 부정소설을 지배하고 있다. 그렇기 때문에 소설에서 성적 욕망은 양적으로 그리 많은 부분이 아니지만, 그럼에도 그 비중은 작지 않다. 남녀의 사랑, 그리고 그 사랑에 깔려 있는 혹은 그 사랑을 뒤덮고 있는 성적 욕망이 없이는 금기가 작동하지 않기 때문이다. 그리고 그 욕망이 클수록 당연히 금기의 강도도 세어질 수 있다. 그렇기 때문에 소설에서 많은 부분을 차지하고 있지는 않지만, '성' 혹은 성적 욕망이 차지하고 있는 비중이 작지 않다. 사실 소설 속에서 성적 결합은 한 번도 이루어지지 않는다. 이루어질 수가 없다. 왜냐하면 주인공의 성적 결합이 이루어지는 바로 그 순간, '근친상간'이라는 금기는 깨어지기 때문이다. 이제 소설에서는 거꾸로 금기가 성적 욕망을 강하게 만든다. 물론 근친상간이라는 금기가 주인공들이 성적 욕망을 강하게 만드는 것은 '주인공'들에게 해당하는 것이 아니라, '독자'를 향한다. 주의 깊은 독자라면 소설의 중간 중간에 등장하는 암시를 통해 이들의 관계를 '상상'할 수 있을 것이다.[3]

---

3) 소설 속에는 몇 번에 걸쳐서 이 두 사람이 결합할 수 없는 존재라는 사실이 암시된다. 금강산에 있는 절에서 일하는 사람들의 말을 통해서 중과 속인 사이에 아이가 태어나는 일이 비일비재하다는 것, 여주인공의 어머니의 알 수 없는 반대, 주지승과 남자 주인공 사이의 미묘한 관계 등을 통해 독자들은 이 두 주인공이 '아주 특별한' 관계를 가지고

그러므로 성적 욕망은 금기의 선을 넘어서고자 한다. 성적 욕망과 금기 사이의 대립, 그리고 그 경계를 없애려고 하는 것, 혹은 금기를 위반함으로써, 혹은 위반하고자 함으로써 생산되는 것을 에로티즘이라고 할 수 있을지 모른다.[4]

금기와 성적 욕망이 서로를 강화함으로써, 좀 더 정확하게 말하자면 이 소설의 경우 금기가 성적 욕망을 강하게 만듦으로써 성적 욕망은 소설 속에서 상당한 강도를 갖고 나타난다. 앞서 말한 것처럼 소설 속에서 성적 욕망의 직접적인 표출은 불과 몇 번에 지나지 않지만, 그럼에도 불구하고 소설 전체를 장악하는 강한 느낌을 주고 있다. 그 대표적인 장면을 보자. 두 사람은 금강산 여행 도중, 서로에게 호감을 느끼게 되는데, 폭우 때문에 우연히 하룻밤 한 방에 들게 된다. 젊은 남녀가 서로의 육체에 호기심을 가지지 않을 수 없는 일이고, 따라서 두 남녀 또한 성적 욕망이 불러일으켜진다. 그러나 그 성적 욕망은 정상적으로 해소되어서는 안 된다. 그렇다면 어떻게 해소될까. 상당히 재미있는 방식으로 해소된다. 남자 주인공은 성적 충동을 억제하기 위해 밤새 산을 싸돌아다닌다. 그리고서야 겨우 제어할 수 있었던 것이다. 반면 여성의 경우는 어떠한가. 여성의 성적 욕망이 직접적으로 표출되는 것은 억제된다. 그렇기 때문에 여성의 욕망은, '환상'이나, 백일몽, 혹은 꿈의 형태로만 표출

있을지도 모른다는 암시를 받게 된다.

4) 이렇게 말하는 이유가 바타이유가 말하는 바 에로티즘의 조건과는 명확하게 다르기 때문이다. 바타이유가 말하는 에로티즘은 다소간 의식적인 위반, 혹은 위반의 욕망, 혹은 위반의 몸짓이다. 이때 의식적이라고 하는 것은 무엇보다도 행위자의 영역이다. 그러나 이 소설에서 에로티즘이란 사실 행위자의 영역에 속하는 것이 아니라 관찰자, 곧 독자의 영역에 속한다. 이 점에서 결정적으로 차이가 있다. 그러나 그럼에도 불구하고, 어떠한 방식으로건 이 소설이 금기와 금기를 위반하고자 하는 몸짓을 드러내고 있다는 점에서 에로티즘을 불러일으킨다고 말할 수 있고, 또 바로 그 때문에 독자들의 호응을 얻었을지도 모른다. 바타이유의 에로티즘에 대해서는 G. 바타이유, 『에로티즘』(민음사, 1989) 참조.

된다.[5] 물론 이들의 성적 욕망이 억압되는 이유가 '근친상간' 때문만은 아니다. 남자 주인공의 경우, 그의 신분 때문에 성적 욕망은 배제되어야 한다. 그러나 여자 주인공의 경우 성적 욕망의 표출이 배제되어야 하는 특별한 이유는 없다. 따라서 여기에 작동하는 기제는 '여성' 일반에 대한 성적 억압이라고 할 수 있다.

(2) 성적 욕망과 난음(亂淫)

『승방비곡』은 몇 가지 조건에 의해 성적 욕망이 억압되는 양상을 나타내고 있었다. 근친상간이라는 금기를 위반할 수 없다거나, 아니면 사회적 신분에 의한 제약이라든가, 그것도 아니면 여성이라는 이름으로 성적 욕망은 억압되고 있었다. 이 억압된 성적 욕망의 자리를 차지하고 있는 것은 '성적 욕망'과는 구분되는 '사랑'이었고, 그것도 '지고지순한' 사랑, 혹은 대상에 대한(대상의 성격에 불구하고) 절대적인 사랑이었다. 이를 낭만적 사랑이라고 말할 수 있을지 모른다. 그러나 그럼에도 앞서 살핀 것처럼 그 속에 존재하는 성적 욕망은 감출 수 있는 것이 아니었다. 다시 말하자면 그 성적 욕망은 억압된 것이고 배제된 것이기는 하지만 그러나 자신의 존재를 뚜렷하게 각인하고 있는 것이었다. 성적 욕망이 전제되지 않고서는 『승방비곡』은 전개될 수 없기 때문이다.

---

5) 이 글의 전체 논지와는 상관이 없지만, 여기서 여성의 욕망이 이러한 형태로 표출되고 또 해소되는 모습은 상당히 흥미로운 부분이다. 사실, 1920년대 여성의 성적 욕망만이 아니라 성적 욕망 자체가 대단히 미묘하다. 1920년대의 담론에서 성적 욕망이란 새로운 것이다. 이 새로움은 그것이 배제의 대상임에도 불구하고, 바로 '배제'라는 형태로 나타난다는 것이다. 한설야의 초기작에서 보이는 관음증, 그리고 이태준의 초기작 가운데 하나인 「누이」에서 보이는 관음증 등이 그러하다. 이 소설들에서 관음증은 사실 핵심적인 것임에도 불구하고, 소설 내의 이데올로기로서의 '부정'의 형식으로만 나타난다. 어떻게 보면 실제로 이 부정되는 부분이 바로 독자들에게는 '중심'으로 인식될 수도 있었을 것으로 보인다. 『승방비곡』에서의 성적 욕망 또한 마찬가지이다.

이러한 성적 욕망은 이제『향원염사』에서는 거꾸로 선 방식으로 나타난다. 다시 말하자면 실상 구조는 동일하지만 뒤집혀진 형태로 나타난다는 것이다. 그 구조란 이 성적 욕망을 대하는 이데올로기적인 구조이다. 『향원염사』는 한 여인의 성적 방종의 고백기이다. 여기서는 두 가지가 중요하다. 하나는 성적 방종의 기록이라는 사실, 그리고 또 하나는 그것이 고백이라는 형태를 취하고 있다는 사실이다. 이 두 가지가 교묘하게 결합되어 사실 소설이 말하고자 하는 바, 혹은 말하고 있는 바가 이중성을 띠고 있는 소설이『향원염사』이다.

이 소설의 욕망은 그렇기 때문에 우선 '고백'의 욕망이다. 고백의 욕망은 어디에서 오는가. '고백'하고자 하는 욕망은 자신의 죄 씻음에 대한 욕망이다. 이러한 욕망이 기독교적인 것임은 물론이다. 기독교적인 욕망이란 무엇인가? 그것은 고백을 통해 스스로를 정화(淨化)하는 것이다. 그리고 그렇게 정화되는 것, 갱생하는 것, 새로운 삶을 얻는 것은 물론 '절대자'의 '용서'를 통해서만 가능하다. 그러므로 모든 고백은 '용서'를 전제로 한다.

그런데 최독견에서의 고백은 이전의 고백과는 다르다. 어떤 점에서 다른가? 최독견의 소설에서, 아니 소설과 소설이 소통되는 방식에서 고백은 이중의 역할을 수행한다. 소설 속에서 고백의 욕망이 끊임없이 출몰한다. 그럼에도 고백은 이루어지지 않는다. 소설 속에서 고백이 이루어진다면, 어쩌면 소설은 그 자리에서 끝나야 될지도 모르기 때문이다. 소설 속에서 고백은 어떤 상황에서 욕망되는가? 고백의 욕망이 생기는 것은 무엇보다 상황을 타개해 나갈 수 없을 때 일어난다. 그러므로 고백의 욕망이란 본래적인 욕망이 아니라 방편적인 것이다. 물론 이 방편이 생각될 수 있는 것은 고백이 '용서'를 전제하고 있기 때문이다. 그러므로 고백은 참회의 의미를 갖는다. 고백이 자기 폭로가 아닌 이유는 이 때문이 아닐까? 그런데 그럼에도 불구하고 주인공이 선택하는 방식은 '고백'이 아니다. 주인공은 한 번도 고백하지 않는다. 고백은 비록 생각되기는 하지만, 욕망되기는 하지만 결코 실행의 대상은 아니다. 고백을 하게 되었을 때 남는 것은 무엇인가? 하찮은 존재. 그야말로 하찮은 존재에 지나지 않는다. 그런데 그럼에도 불구하고, 소설은 고백의 형식을 취한다. 그것이 앞서 말한 것처럼 진짜 고백이 아니라, 소설의 형식으로서의 고백이기는 하지만 그럼에도 불구하고 고백의 형식을 취하는 것이다. 그렇다고 한다면 주인공이 용서받지 못하는 것, 결국은 죽음에 이르는 것은 고백의 부재 때문인 것이다. 고백은 죽음의 직전에 일어난다. 『향원염사』는 그런 점에서 유서이다. 남기는 글은 최후의 자기변명이다.

이러한 자기변명, 자기 자신이 저지른 일에 대한 후회의 형식 속에서 기술되는 이야기들은 모두 기본적으로 동일한 구조를 취한다. 다시 말하자면 새로운 남자를 만나고 남자와 관계를 갖고, 그리고 다시 새로운 남자를 만난다. 처음 등장하는 변 선생에서 시작하여 영환, 그리고 마지막에 죽음을 함께 하는 진국에 이르기까지 기실 구조는 동일하다. 이야기 구조가 동일하다는 것은 긴장감을 떨어뜨리기 십상이다. 반복이기 때문이다. 반복에서 오는 긴장감의 상실을 벗어나기 위해서는 무엇보다 우선 긴장의 강도를 끊임없이 높여가지 않으면 안 된다. 『향원염사』의 경우, 긴장감을 유지하기 위해서는 먼저 점차 긴장의 강도를 높이는 방식, 다시 말하자면 성을 점차 적나라하게 드러내는 방식, 새로운 유희를 취하는 방식을 취한다. 다시 소설 속에서 등장하는 성적 관계들은 상당히 적나라한 모습을 띠고 있다. 예컨대 석왕사에 놀러가서는 두 남자와 각기 성관계를 맺는 장면 등이 그러하다. 이렇게 끊임없이 강도를 높여나간다면 하드코어 포르노의 수준에까지 이르지 않으면 안 된다. 그러나 『향원염사』는 이러한 성적 판타지를 지속하지 않는다. 아니 못하였다고 할 수 있다. 왜냐하면 지금도 받아들여지기 힘든 노골적인 성 묘사를 당시에 감당할 수 없었기 때문이다. 그렇기 때문에 『향원염사』는 어떤 지점을 넘어서면 이제 지루해진다. 성적 판타지를 지속하기 위해 새로운 남성들을 끊임없이 등장시키는데(주인공의 상대 남성은 외국인으로까지 넓혀진다)[6] 이 새로운 남자와의 만남이 새로운 경험 양태를 제공하는 데까지는 이르지 못하기 때문이다. 남자와의 만남은 그저 단순한 반복에 불과하다. 남자들은 새롭게 등장하고, 그리고 그 남자들의 성격도 다르지만, 최소한 향원이 그들과 사랑하는, 연애하는 방식은 전혀 다르지 않다. 뿐만 아니라 주인공 향원 또한 관계를 통해서 변화하는 존재가 아니다. 향원이 뒤에 후회할 행위를 계속하고 있는 것이라고 한다면, 사실 소설은 끝에 후회하게 하기 위해 끊임없이 행위를 지속하게 하는 것이며, 절대로 '성장'하게 하지 않는 것이다. 그러므로 이제 소설은 난관에 부딪치게

---

6) 본론의 논지와는 깊은 관련이 없는 부분이기는 하지만, 이 외국인 남성의 등장은 매우 흥미롭다. 왜냐하면 오리엔탈리즘과 남성 판타지라 부를 만한 대목이기 때문이다. 이 소설에는 두 명의 외국인이 등장한다. 한 명은 미국인 스미스이며, 또 한명은 중국인 탕백린이다. 이 둘을 대하는 작가의 방식은 다르다. 탕백린의 경우, 소설 속에서 외국인이라는 느낌은 주지 않는다. 간혹 그가 외국인임을 밝히는 대목이 있지만, 그것은 아무런 의미를 갖지 않는다. 그러나 스미스의 경우는 조금 다르다. 이유는 두 가지. 하나는 서양 사람에 대한 일종의 동경심. 또 하나는 '힘'에 대한 욕구. 진국이 갑자기 추해 보이는 까닭은 그에게 힘이 없기 때문이다. 어느 순간 진국에게서 활력이 느껴지지 않는다고 판단되었을 때 생각나는 존재는 바로 스미스이다. 스미스를 통해 환기되는 '힘'이다. 그 힘은 단순히 동물성이나 야수성이 아니다. 동물성처럼 보이는 것이, 스미스에게는 동물성처럼 느껴지지 않는다. 왜 그럴까. 동물성을 감싸고 있는 것이 바로 '서양'이기 때문이다. 이 경우, '스미스'는 고유명사이면서 동시에 보통명사가 되어야 한다. 이 이행에는 몇 가지 조건이 필요하다. 이 작품에서 그 이행은 작가 자신에 의해 주어진다. 그것은 '서양사람'에 대한 동경이라고 말이다. 서양 사람에 대한 동경이라는 것이 이미 1928년의 시점에 확인되고 있다는 사실이 중요하다. 그리고 그 동경은 행위와 한 중요한 요소가 된다. 앞서 말했지만, 이러한 서양 사람에 대한 동경은 서양인의 '힘' 또는 '활력'과 동양인의 '동물성' 사이를 가른다. 힘의 근원이 다르기 때문에 달라지는 것이다. 이러한 차이가 본질적인 차이가 아님은 물론이다. 이는 인식의 차이일 뿐이다. 이러한 오리엔탈리즘은 '남성 판타지'와 깊이 연관되어 있는 것은 아닐까. 이렇게 함으로써 『향원염사』는 서구 중심주의와 '결핍된' 여성, '신비화된' 여성을 재생산한다.

된다. 소설이 진행되기 위해서는 성격의 발전이 존재하든가 아니면 새로운 사건이 전개되지 않으면 안 된다. 그러나『향원염사』의 경우 성격의 발전은 존재할 수 없다. 왜냐하면 마지막 순간에 '참회'를 하기 위해서이다. 또한 새로운 사건이 전개될 수도 있다. 새로운 사건이 전개된다고 하더라도 그것은 앞서 말한 것처럼 근본적으로는 동일한 사건이기 때문이다.

『향원염사』는 이처럼『승방비곡』의 전도 형태를 보이고 있다. 『승방비곡』이 성적 욕망을 억압하고 배제하면서도 실제로는 성적 욕망에 의해 지탱되고 있다면,『향원염사』는 성적 욕망을 전면에 배치하고 상당히 노골적으로 성적 욕망과 그에 따른 행위를 드러내주고 있지만, 실상 이를 지탱하고 있는 것은 '고백'이라는 장치이기 때문이다. 처음부터 '고백'의 형식을 띠기 때문에 고백 안에서 야기되는 행위는 이미 참회가 전제되고, 잘못이 전제된 행위인 것이다.

(3) 범죄와 욕망

『승방비곡』이나『향원염사』는 욕망을 가지고는 있지만 이것이 '범죄'로까지는 이어지지 않는다. 물론『향원염사』에서는 '범죄적'인 행위를 하기는 한다. 예컨대 '밀고'와 같은 행위 말이다. 하지만 이는 범죄라고 할 수는 없다. 적어도 상식적인 한에서는 그렇다. 그러나 욕망의 끝은 범죄로까지 나아갈 수 있다.『난영』의 핵심은 이러한 욕망에 의한 범죄이다.『난영』에서 일련의 범죄를 야기하는 욕망은 애정과 돈이다. 사랑하는 사람도 차지하고 싶고 돈도 차지하고 싶다. 매우 자연스러워 보인다. 바로 이 자연스러움이 핵심이다.

사건들은 복잡하게 얽혀 있지만, 그 어느 것도 이 사건들과 관련되어

있는 사람들 사이의 연관을 벗어나지 않는다. 다시 말하자면 사건은 일
련의 사람들 사이의 사적인 관계로 한정된다. 소설의 전반부는 사건을
따라가고, 후반부는 사건을 거슬러 올라가 서로 연관이 없어 보이는 사
건들 사이의 연관을 찾아간다. 이처럼 이 소설은 추리소설의 성격을 갖
고 있다. 추리의 핵심은 논리성이다. 소설 속에 존재하는 사항들은 '원칙
적'으로 논리적 연관을 갖는다. 그리고 이 논리적 연관이란 '본래' 주어
져 있는 것이다. 다시 말하자면 벌어진 사건이 존재하고, 그 사건은 확
인될 수 있는 것이다. 알려지기만 한다면, 그 사건에 대한 어떠한 '의문'
도 존재할 수 없다. 따라서 이러한 소설은 과연 어떻게 이러한 '실재'에
대해 접근하는가가 핵심이다. 실재에 어떠한 방식으로 접근하든, 핵심은
실재에 접근할 수 있다는 것이다. 그리고 그러한 실재에는 어떠한 인간
외적인 요소도 작동하지 않는다. 모든 것은, 그것이 아무리 비합리적인
행위라고 하더라도, 인간적인 존재에 기인한다. 외적인 요소의 배제, 철
저히 인간적인 요소만으로의 구성. 여기에 비인간적인 것, 혹은 초월적
인 것에 대한 욕망이 존재할 수는 없다. 문제는 그러한 욕망이 어떻게
현실화되는가, 혹은 그러한 욕망의 현실성을 작품 속에서 받아들이고 있
는가가 문제의 핵심이라고 하겠다. 곧 이 소설은 범죄의 욕망, 혹은 범
죄를 가능하게 하는 욕망에 초점을 두지 않고, 사건 자체에 초점을 맞춘
다. 그러므로 욕망은 뒤로 감추어진다. 그리고 그렇기 때문에, 다시 말하
자면 뒤로 감추어져서 부차적인 것으로 받아들여지기 때문에 그 욕망은
자연스러운 욕망으로 된다.[7] 그리고 자연스러운 것으로 받아들여진다는
것은 그러한 욕망의 존재를 보편화하는 것이고, 그리고 그럼으로써 '어

---

[7] 이 경우 욕망은 단지 '납득할 수 있는' 정도가 되면 된다. 범죄를 그럴 만했다고 인정하
든, 혹은 '아무리 그래도 그렇지.' 하고 말하든 말이다. 그러나 그 욕망에 초점을 두면
소설은 달라진다. 소설은 범죄를 뒤쫓는 것이 아니라 범죄를 가능하게 하는 욕망을 뒤쫓
는다. 최독견의 소설과 염상섭의 소설이 구분되는 지점을 여기라고 할 수 있을 듯하다.

쩔 수 없는' 것으로 받아들이는 것이다.

그렇게 『난영』에서 범죄의 바탕에 깔려 있는 욕망은 자연스러운 것으로 받아들여진다. 자연스러운 것으로 받아들인다는 것은 그 욕망의 정당성과는 관계가 없다. 돈에 대한 욕심을 '천박한' 것이며, 따라서 '부정적'이라고 말하기는 하지만 그 욕망의 현실성을 문제 삼지는 않는다. 누구나 다소간은 그러한 욕심을 가지고 있기 때문이다. 『난영』은 바로 그 지점에서 멈춘다. 그렇기 때문에 이 소설의 핵심은 어떠한 욕망으로 그러한 행위를 했는가가 아니다. 욕망과 행위 사이의 연관에 대한 의문은 없다. 만일 욕망과 행위 사이의 연관에 대해 의문이 생긴다면, 소설은 전혀 다른 방향으로 나아갈 수밖에 없다. 아니면 실패하는 것이다. 그 관계가 이해가 되지 않기 때문에 다시 말하자면 인과성이 확인되지 않기 때문에 소설은 그 인과성을 증명하거나 아니면 실패할 수밖에 없는 것이다. 욕망과 행위 사이의 인과성이 받아들여지기 때문에, 초점은 어떻게 그러한 행위가 '교묘하게' 벌어질 수 있었든가에 놓인다. 철저한 계획, 그리고 계획에 따른 실행. 우연적인 상황을 철저하게 이용하기. 이런 것들이 『난영』의 핵심이다. 소설은 치밀하게 계획된다.

이러한 특성과 밀접하게 연관되어 있는 부분이 '사법 제도'이다. 이 소설에서 사법 제도와 관련된 부분은 많지 않다. 왜냐하면 이 소설의 경우, 사법 제도에 의해 사건이 풀리지는 않기 때문이다. 그럼에도 불구하고, 사법 제도는 상당히 큰 의미를 갖는다. 이 소설은 살인 사건이 일어나고, 이 살인 사건을 해결하기 위해 관련자들을 심문하는 것으로 시작된다. 여기서 드러나는 것은 별로 없다. 다시 말하자면 사건 전개에 아무런 역할도 하지 못한다는 뜻이다. 그럼에도 불구하고, 참고인 조사를 벌이는 부분은 상당히 눈에 띈다. 이 부분은 대단히 건조하다. 냉정함, 간결함 등이 지배한다. 중요한 것은 모든 사태는 명백하게 드러난다는 점. 어떠한 비밀도 존재할 수 없다는 점. 이것이 중요한 것이 아닐까. 그렇다면 소설은 이제 세상의 한 부분의 가장 내밀한 지점까지도 백일하에 드러낼 수 있는, 아니 어쩌면 다른 방식으로는 세상에 드러나지 못할 내막까지도 드러낼 수 있는 하나의 글쓰기가 되는 것이다.[8]

2) 최독견 장편소설의 소설적 장치들

앞서 살펴본 세 가지 항목은 최독견의 소설적 핵심적인 내용이라고 할 수 있다. 하지만 최독견의 소설이 이러한 세 가지 항목으로 완전히 환원되지는 않는다. 최독견 소설은 훨씬 더 복잡한 양상을 띤다.

이러한 복잡한 양상들을 이야기하는 것은 대체로 소설적인 장치 때문이다.[9] 소설적인 장치들은 몇 가지 목적을 가지고 있는 것처럼 보인다. 하나가 소설을 전개시키기 위한 장치라고 한다면 다른 하나는 소설의 전개와는 상관없는 장치들이다. 전자의 대표적인 예는 『승방비곡』에서 발견할 수 있다. 『승방비곡』에서 두 주인공의 결합을 방해하는 가장 큰 이유는 앞서 말한 것처럼 근친상간의 금기이다. 그러나 근친상간의 금기만으로 이야기가 전개되지는 않는다. 그렇기 때문에 근친상가의 금기와는 관계없이 두 사람의 결합을 방해하는 요소가 필요한데, 이를 위해 여주인공을 소유하고 싶어 하는 제3의 인물이 설정된다. 돈 많은 바람둥이이다.[10] 이 인물은 여주인공의 사랑을 얻기 위해 가짜 납치극을 벌인다.

---

8) 그런 점에서 이러한 유의 소설은 '신문 기사'가 반드시 필요한 한 짝이 될 것이다. 최독견의 소설에서 신문기사의 인용이라는 방식이 자주 쓰이는 것도 이 때문이 아닐까.

9) 전적으로 그러한 것은 아니다. 최독견의 소설에는 소설의 통일성을 해치는 부분이 많이 나온다. 이를 작가 역량의 미숙, 혹은 1920년대 후반의 전반적인 문학적 역량의 부족이라고 해석할 수 있다. 그러나 다른 방식으로의 해석도 가능하다. 예컨대 『난영』에서의 맹활득의 존재는 상당히 독특하다. 무엇보다도 그가 가진 이데올로기 때문이다. 사회주의자의 통속적 해석이라고 할 수도 있는 이 인물은 염상섭의 『광분』에서의 진태의 모습과 비교할 수 있다. 『광분』의 경우 진태라는 인물은 마찬가지로 소설의 낯선 부분이다.

그런데 이 가짜 납치극을 해결하는 존재는 실상 남자주인공이 아니라 또 다른 존재이다. 예전에 이 바람둥이 때문에 사랑하는 사람과 결혼을 하지 못하게 되고, 또 동생까지 빼앗긴 남자이다. 그러므로 이 남자에게는 납치극을 해결하는 바람둥이를 징치하는 일이 '복수'가 된다. 이렇게 하여 『승방비곡』에는 소설의 핵심과는 다소 동떨어진 새로운 이야기가 들어가게 되는 것이다.

소설의 전개와는 상관없는 또 다른 장치는 독자의 호기심을 불러일으키기 위한 장치들이다. 이 장치의 핵심은 '엿보기'에 있다. 은밀한 사건이 벌어지고, 이 은밀함을 엿보는 알 수 없는 존재가 등장한다. 그런데 이 알 수 없는 어떤 존재는 사실 그렇게 비밀스러운 존재는 아니다. 이러한 장치는 이 글의 대상인 소설 세 편 전체에서 발견된다. 『승방비곡』에서 바람둥이의 가짜 납치극 와중에 하수인이 돈을 혼자 챙기려고 하는데, 이를 숨어서 바라보는 존재가 등장한다. 그런데 이 사람이 누구인가는 곧바로 드러난다. 그렇기 때문에 이러한 엿보는 장치는 소설 구성에서 핵심적인 의미를 갖지 않는다. 다시 말하자면 '명수'라는 인물이 우연히 엿보았다고 서술해도 되는 지점에서 누군가 어둠 속에서 엿보았고, 그리고 그 사람은 명수라는 식으로 서술되는 것이다. 이러한 장치 혹은 기법은 다른 소설에서도 자주 사용된다. 『난영』에서도 미행하고 엿보는 남자가 등장한다. 그런데 그 사람은 사실 여자였고 그보다 앞서 나온 누구였다는 식으로 기술되고 있다. 이런 기법이나 장치가 전혀 필요없어 보이는 『향원염사』에서는 조금 다른 방식으로 변용된다. 소설의 마지막 부분에 사라진 진국에게서 부산으로 내려오라는 편지가 온다. 그래서 향원이 기차를 타고 가는 도중에 누군가 뒤에서 어깨를 잡는다. 놀라

---

10) 이 인물이 대변하는 것은 '화폐'이다. 그것은 단지 단순한 조건이 아니라 그 자체이다. 왜냐하면 그의 행위는 화폐를 매개로 해서 이루어지기 때문이다.

서 보니 바로 진국이다. 이러한 장치가 왜 쓰였는가는 말할 필요도 없이 독자의 흥미를 끌기 위해서이다.

3. 대중소설 혹은 근대소설

이상에서 최독견 장편소설의 양상을 몇 가지 부분으로 나누어 살펴보았다. 논의가 다소 산만하기는 하였지만, 최독견 소설에 대한 논의가 거의 없는 실정에서는 어느 정도 어쩔 수 없는 일이었다고 생각된다. 이러한 양상들은 무엇보다도 우선 '대중소설'이라는 맥락에서 이해할 수 있다. 최독견 대중소설 작가라고 이해되었던 이유는 무엇일까. 혹은 최독견 소설의 대중성은 무엇일까.

그러나 우선 먼저 해명하고 넘어가지 않으면 안 되는 것은 최독견 소설에 대해 '대중성'이나 '대중소설'을 말할 때, '대중'이라는 의미이다. 사실 대중이라는 말은 적절하지 않다. 최독견의 소설이 독자들의 호응을 얻었다고는 말할 수 있지만, 그 독자들을 일반적인 의미에서의 '대중'이라고 말할 수 있을까는 의문이다. 대중의 첫 조건이 다수이고, 두 번째 조건이 내적 차이의 소멸이라고 할 때, 다시 말하자면 대중이란 어떤 이유에서건 그 차이가 소멸되고 동일성으로 화할 수 있는 존재이며, 또한 의식적으로는 스스로를 대중으로 자각하고 있지 않은 존재라고 할 때, 최독견의 독자를 '대중'이라고 할 수는 없기 때문이다. 최독견의 소설을 읽고 그의 작품에 열광하기 위해서는 몇 가지 전제가 필요하다. 무엇보다 우선 '읽고 쓸 수 있는 능력'을 가지고 있어야만 한다. 이 작품이 발표된 이후인 1928년에 동아일보 조사를 보면 당시 문맹률은 90%가 넘었다고 한다. 다시 말하자면 전 국민의 10%도 되지 않는 사람들만이 문자를 해독할 수 있었다는 것이다. 여기에 또 다른 조건, 단지 까막눈이 아닌 정도가 아니라 글을 읽고, 그것도 현대적인 글을 읽고 이해할 수 있는 능력을 가진 사람들을 생각한다면 그 수는 훨씬 줄어들 수밖에 없을 것이다. 당시 인구가 약 2000만 명이라고 본다면 약 150만 명 정도만 글을 읽을 수 있었다는 것이다. 이 가운데 글을 해독할 수 있는 사람이라고 한다면, 적어도 '근대적인 소설'을 읽을 수 있을 만큼의 능력을 가진 사람들을 생각한다면 이들 존재의 특수성을 어느 정도 추정할 수 있지 않을까 한다. 문자 해독이 아니라 '글'을 읽을 수 있는 존재, 그리고 신문을 구독할 수 있는 존재, 신문을 구독하지 않더라도 신문에 실린 소설을 찾아볼 수 있는 존재는 극히 소수였을 것이다.[11]

이들을 대표하는 특징은 무엇일까. 이들은 도시적인 존재들이다. 다시 말하자면 '근대'를 지향하는 존재들이다. 이때의 근대란 물론 엄밀한 의미에서의 근대라기보다는 '감각'으로서의 근대일 것이다. 그런 점에서 이들은 도시적인 존재들이다. 물론 이 도시적인 존재들은 도시인이라는 의미에서가 아니라 도시적 감각을 갖고, 도시를 지향하는 존재들이다. 그런 점에서 그들은 어느 곳에 존재하건(비록 시골에 산다고 하더라도) 그는 그가 존재하는 곳에서 존재하는 것이 아니라 그가 존재하지 않는 곳에 존재한다. 그들은 시골에 살지만 도시적인 삶을 영위 혹은 지향하며, 최소한 경성, 혹은 동경, 그리고 뉴욕과 런던, 파리에 존재하는 것이다.[12]

---

11) 1929년도 동아일보 독자 수는 37,802명, 조선일보 독자 수는 24,286명이었다고 한다. 유선영, 「한국대중문화의 근대적 구성 과정에 대한 연구」(고려대학교 신문방송학과 박사학위논문, 1993), 297면 참조.

12) 이러한 존재의 등장은 물론 여기가 처음이 아니다. 이미 신소설에서 나타난 바이다. 대표적인 작품이 이인직의 『은세계』이다. 이 소설이 이원화되는 것은 단지 세대의 변화가 아니다. 이 소설의 전반부와 후반부는 전혀 다른 시공간을 갖는다. 그 두 세계는 서로 연관이 없다. 그 점에서 의병에게 붙들려 의병에게 호통을 치는 두 남매는 '이방인'일 뿐만 아니라 외계인이다. 그들은 그가 존재하는 곳에 존재하지 않는다. 그들은 몸은 조선에 있지만, 그들의 정신은 뉴욕에 있는 것이다. 그리고 그만큼 그들은 형체가 없다.

이를 두고 근대적인 인간이라고 말할 수 있을 것이다. 이런 존재들이 비로소 신문 연재소설의 독자가 될 수 있는 것이다.

따라서 그의 소설에서 대중성을 말하는 것은 '흥미'의 조건 혹은 흥미를 유발할 것으로 생각되는 요소들에 대해서 말하는 것이 된다. 이런 제한을 염두에 둔 상태에서 최독견 소설의 대중성을 찾는 것은 그리 어렵지 않다. 독자의 호기심을 유발하기 위한 여러 가지 장치들, 그리고 근친상간이라는 금기나 연쇄 살인, 혹은 성적 판타지 등과 같은 소재는 여전히 독자들의 흥미를 불러일으킬 수 있는 요소라고 할 수 있다. 하지만 이러한 요소를 가지고 있다고 해서 곧 대중성을 획득하였다고 말하기는 어렵다. 오히려 무엇보다 중요한 점은 이 소설이 사건 위주로 구성되어 있다는 사실이다. 독자들은 사건의 성격에 초점을 맞추기보다는 사건의 진전 자체, 사건의 진행 자체에 초점을 맞추게 된다. 이처럼 사건 자체에 초점을 맞추게 됨으로써 소설은 몇 가지 제약을 갖는다. 소설이 무한정하게 늘어날 수 없는 것이라고 한다면, 소설은 일정한 시간적인 제약을 갖는다. 이 시간적인 제약이란 결국 소설에서 '시작'과 '끝'을 갖게 된다는 뜻이다. 소설이 시작과 끝을 가지게 될 때, 이러한 시작과 끝은 하나의 단위를 형성하게 된다. 이 하나의 단위 안에서 소설은 '통일성'을 가지려 한다. 그리고 소설을 제약하는 강한 힘으로 작용을 한다. '사건'이 발생하고 난 뒤, 그 사건의 맺음이 존재하지 않으면 안 된다. 의도적인 '열려 있음'이라고 하더라도 그것은 그 결말 자체가 열림의 성격을

그들은 너무 빨리 나타난 존재이기 때문이다. 이 점이 이인직의 가능성이자 한계였다면, 이들이 최소한의 육체를 갖게 된 것이 『무정』에서였다고 하겠다. 그리고 『무정』에 나타난 이들의 육체성(물론 이는 이형식에게만 한정된다)은 '교육'에 의해 담보된다. 『무정』의 전반부에서 이형식과 박영채는 물리적으로 동일한 공간에 존재하지만, 그러나 그들의 세계는 전혀 다른 세계이다. 이형식과 박영채가 어긋나는 이유는 바로 여기에 있다. 그들이 동일한 시공간에 존재하기 위해서는 누군가의 변화가 필요하고, 그 때문에 영채가 '재생'을 하는 것이다. 그리고 영채의 재생이야말로 『무정』의 핵심이다.

갖는다는 것이지, 결말이 없어도 된다는 것을 말하지는 않는다. 그러므로 일단 사건이 발생하면(사건이 발생하지 않는 소설을 생각할 수 있을까? 그것은 더 이상 '서사'에 속하지 않을 것이며, 따라서 '소설'일 수도 없을 것이다) 그 사건은 끝을 보아야 한다. 소설의 제약이란 이러한 '끝'을 요구할 수밖에 없다는 것이다. 그러나 이러한 사건의 시작에 따른 사건의 끝이란 어쩌면 최소한의 제한일 것이다. 이러한 사건의 시작과 그에 따른 끝이란 그 소설의 '근대성'을 혹은 소설이라는 근대적 장르를 형성하지 못할 것이기 때문이다. 문제는 어떠한 끝인가와 그 끝으로 어떻게 나아가는가에 있다고 할 터이다. 이러한 시간의 문제는 근대 소설의 핵심이라고 할 것이다. 고전 소설들이 원환적 구조를 가지고 있다면, 그리고 그 원환적 구조란 근본적으로 회귀이고, 정상적 상태로의 복귀이며, 따라서 일시적인 혼돈으로부터의 질서로의 회복일 뿐만 아니라, 그러한 질서가 '올바름'이라고 한다면, 근대 소설의 시간은 이러한 원환적 구조로부터의 이탈이라고 해야 할 것이다. 근대적 소설에서 회귀의 시간은 도래하지 않는다. 회귀의 시간, 복귀의 시간은 소설 속에 존재하지 않는다. 그렇기 때문에 그것은 소설 속에서는 하나의 유토피아일 뿐이며, 장소를 갖지 않는다. 그러므로 고전 소설에서 사건이 일시적인 질서의 와해에서 일어나는 것이라고 한다면, 그리고 그 끝이 와해된 질서의 회복에 있다고 한다면, 근대 소설에서는 회복되어야 할 질서가 존재하지 않는다. 근대 소설에서 여러 질서가 존재하지만, 그러한 질서들을 묶어주는 '절대적' 혹은 초월적인 질서는 존재하지 않는다. 다양한 질서들은(욕망에 의해 규율되는, 그리고 생산에 의해 규율되는, 그리고 유통에 의해 규율되는 다양한 질서는) 서로 습합되면서 서로의 공간을 확보하기 위해 대립하는 질서들이다. 어느 질서도 절대적 우월성을 갖지 않는다. 따라서 소설 속에서 사건은 이들 질서 가운데 어느 하나가 다른 질서를 뒤흔들면서 시작된다. 뿐만 아니라, 소설 속에서 이러한 질서들은 모두 자기 존재의 필연성을 확보하고 있다. 어느 것도 근본적으로 부정될 수 있는 질서는 없는 것이다.

이러한 생각에는 문제가 있기는 하다. 첫째는 다층적인 질서의 혼재와 맞물림에서 어떤 특정한 질서의 상대적 우월성을 설정할 수 있는가 하는 문제이다. 이는 소설의 질서 이전에 현재 질서에 대한 물음이라고 할 수 있는데, 문제는 이 두 세계, 곧 소설의 세계와 현실의 세계의 동일성을 확인할 수 없다는 것이다. 일단 소설 세계 안으로 한정한다면, 적어도 부르주아 시대의 소설에서까지는 이러한 소설 속에 존재하는 여러 질서들 가운데 지배적인 질서가 존재하지는 않는다는 것이다. 통속적인 혹은 대중적인 소설과 '본격적인' 소설 사이의 갈림이 존재한다면, 만일 그런 구분이 가능하다면, 그것은 아마도 소설 속에서 이러한 다층적인 질서의 혼재와 습합, 그리고 길항을 어떠한 방식으로 처리하는가에 있을 것이다. 좀 더 정확하게 말하자면, 소설 속에서 환원이 일어나는 것이 아니라, 소설 밖에서 이미 환원이 이루어진 상태라는 것이다.[13] 그렇기 때문에 통속적인 소설 혹은 대중소설들은 이미 시작에서부터 질서의 다층성을 허용하지 않는다. 그것이 허용한다면, 그것은 질서들이 서로 충돌하지 않는 한에서이다. 그렇게 함으로써, 대중소설들은 그 질서들을 용인한다. 그리고 용인되는 질서들이란 사실 가장 통속적인 질서들이다.

예컨대 『승방비곡』을 보자. 『승방비곡』에서 용인되는 질서란 무엇일까? 그것은 자유연애이다. 자유연애는 이 소설의 전제이다. 그리고 이 소설이 비운의 운명으로 끝난다면, 그것은 자유연애의 부정에서 오는 것이 아니라 자유연애가 막히는 데서 오는 것이다. 그러나 그와 동시에 이

---

13) 소설의 방식만을 살펴보자. 초기 프로 소설들은 사실 통속적인 대중소설의 구조와 다름이 없다. 왜냐하면 그 또한 세계를 하나의 질서로 환원하고 있기 때문이다. 그렇다고 해서 대중소설과 프로소설이 동일하다고 말하는 것은 아니다. 이는 다른 판단이다.

러한 자유연애를 가로막는 것이 바로 자유연애의 결과이기 때문이다. 그러나 거기에 존재하는 또 다른 원칙이란 무엇일까. 그것은 바로 지고지순한 사랑이다. 한 인간의 존재까지 변화시킬 수 있는 지고지순한 사랑, 죽음 앞에서 회개를 가능하게 하는 사랑, 이러한 사랑이 바로 그 옆에 존재하는 것이다. 그러나 앞서 말한 것처럼 이러한 사랑을 막는 금기, 혹은 낭만적 사랑과 자유연애 사이의 관계와 같은 것, 혹은 자유연애를 파탄에 이르게 하는 사회적 장치와 제도 등과 같은 것에 대해서는 소설은 질문하지 않는다. 그것들은 그대로 용인될 뿐이다.

소설이 이렇게 허다한 용인(대립이 아닌 병렬적 용인)으로 지속될 때, 소설 속에서 시간을 가능하게 하는 것은 사태를 헤쳐가자는 개인의 진정성이나, 사태 속에서 이루어지는 개인의 성숙이 아니라, 단지 사건 자체일 뿐이다. 앞서도 말했지만,『승방비곡』에서 관심은 과연 이 두 사람이 금기의 선을 넘어설 것인가, 이들이 사랑을 방해하는 음모는 어떻게 파헤쳐질 것인가에 놓이게 되고, '원인'에 대해서는 질문을 던지게 되지 않는 것이다. 여주인공을 납치하는 바람둥이 남자는 아주 단순한 공식의 결과이다. 이처럼 인물이 공식에 의해서 구성될 뿐만 아니라, 인물 자체가 소설의 사건의 진전에 종속되기 때문에 이 인물의 변화란 대단히 낯설게 된다. 그의 참회란, 혹은 그의 정신착란이란 얼마나 '비현실적'인 것인가?

그렇기에 소설 속에서는 끊임없이 여러 사건을 만들어내지 않으면 안 된다. 이 사건은 소설을 이루는 몇 개의 커다란 사건 가운데 하나일 수도 있는 반면, 그 반대로 지극히 작은 사건일 수도 있다. 이 소설을 대중소설이라고 할 수 있다면, 그 특징 가운데 하나가 바로 지나치게 많은 작은 사건일 것이다. 이 지나치게 작은 사건들이란 예컨대, 미행의 장면, 혹은 범죄를 지켜보는 익명의 존재 같은 것들이다. 이러한 존재들은 금방 밝혀진다. 그리고 사실 소설 속에서 이러한 사건은 존재할 필요가 없다. 필요가 있다면, 그것은 '흥미' 이상이라고 말할 수 없을 것이다.

『향원염사』의 경우 앞서 말한 것처럼 이와는 달리 동일한 이야기의 반복이라는 형식을 취한다. 그렇기 때문에 소설은『승방비곡』보다 훨씬 더 단순한 질서로 환원된다. 이 소설은 독자들에게 이중의 효과를 갖는다. 그리고 이러한 효과란 사실 두 가지 욕망의 타협이라고 할 수 있다. 그 하나가 독자가 지니는 성적 욕망에 기대는 것인데, 이 소설에서는 자유로운 성적 관계의 욕망과 관음증의 욕망으로 나타난다. 그러면서도 사회적으로 용인되는 도덕적 규범을 준수하는 '고백'이라는 형식을 취하고 있다. 결국 향원은 끊임없이 회개하고 결국에는 자살을 선택함으로써 독자들을 안심시킨다. 이러한 장치를 통해서 검열에서 벗어나면서 은밀한 욕망을 충족시킬 수 있는 것이다. 이러한 장치를 대중소설만의 장치라고는 할 수 없을지도 모른다. 그러나 대중소설의 중요한 한 장치임에는 틀림이 없을 것이다.

이제 다음 논의로 넘어가보도록 하자. 그러나 이번에는 '그럼에도 불구하고'라는 쪽으로 관점을 돌려보자. 그럼에도 불구하고 이 소설들을 '근대적'이라고 말할 수 있는가 하는 문제이다. 아니 좀 더 정확하게 말하자면 이 소설들 속에서 '근대'와의 연관성을 확인할 수가 있는가 하는 문제이다. 이에 대한 대답은 물론 '그렇다.'이다. 근대 속에서 형성된 소설이 어떻게 근대적이지 않을 수 있겠는가. 그러나 이제까지의 논의들은 대중소설의 전제로서의 대중의 형성이라는 점에서, 그리고 소설의 유통이라는 점에서만 근대성을 논의한 바 있다. 다시 말하자면 대중소설 발생의 조건으로서의 근대인 셈이다. 그러나 그 소설들 속에서 근대는 어떻게 나타나는가?

근대 소설이 무엇인가라는 질문 자체 또한 많은 논의를 요구하므로 여기서는 최독견 소설에서 '근대적'인 것에 대해서 간략하게 언급하는 것으로 그치도록 하자. 최독견의 소설들에서 근대를 찾는 일은 쉬운 일이다. 최독견의 소설이 지향하고 있는 독자들은 앞서 말한 대로 '도시적'인 사람들이다. 그렇기 때문에 그의 소설에서 '시골'은 나오지 않는다. 굳이 도시 상류층을 소재로 삼지 않았다고 하더라도 말이다. 그들의 생활을 그리면서 '근대적'인 풍경들이 함께 그려지고 있음은 당연하다. 그러나 이러한 풍속으로서의 근대가 근대임에 틀림없다고 하더라도 이것만으로 이들 소설의 근대성을 말할 수는 없다.

그렇다면 이러한 풍속의 지점을 넘어서는 근대를 어떻게 볼 수 있을까? 개별 작품을 논의하는 과정에서 말한 바 있듯이, 이들 소설에서 발견할 수 있는 근대는 두 가지가 아닐까 한다. 하나는 '추리'와 '사법제도'를 통해 드러나는 근대이다. 추리란 이미 발생한 하나의 사건을 '명백하게' 드러내는 과정이다. 명백해진다는 것은, 사건에 대한 이해가 사건의 '진상'과 일치한다는 것이다. 그리고 이 일치는 당연히 논리적인 추론을 통해서 가능한 것이다. 다시 말하자면 어떠한 사건이든 논리적인 추론을 거쳐서 명백하게 드러나지 않는 사건은 없다는 것이다. 그러므로 실재에 대한 인식의 가능성, 그것도 완전한 인식의 가능성이 추리 소설의 전제가 된다. 이를 두고 '근대적 사고'라고 말할 수 있지 않을까. 그러므로 추리 소설은 리얼리즘 소설과는 쌍생아적 관계에 있다고 해야 할 것이다. 둘 다 객관적 존재의 인식 가능성을 전제하고 있다는 점에서 그러하며, 또한 모든 현상들은 본질적인 내적 연관을 가진다는 점에서 그러하다.

또 하나, 『향원염사』(『난영』도 그러하지만)에서 잘 나타나고 있듯이, 자신의 생에 대한 장악력, 자신의 생을 책임지고 계획할 수 있는 능력을 전제하고 있다는 점에서 그러하다. 자신의 생을 자신의 책임 아래 계획

할 수 있는 능력이야말로 탈마법화된 세계에서의 인간의 능력이다. 그리고 최독견의 소설은 이 능력이 필요할 뿐만 아니라, 이 능력을 완전하게 구유할 수 있다는 전제 때문에 근대적이면서 또는 근대에 포섭되어 있다고 하겠다. 근대에서 근대를 넘어서는 일이란 어쩌면 이러한 능력에 대한 믿음을 회의하는 데서 출발하는 것이기 때문이다. 마르크스나 프로이트가 의심했던 것이 바로 이러한 존재가 아니었을까?

그러나 반면『승방비곡』에서의 인물들은 이러한 능력을 지니지 못하고 있다. 뿐만 아니라, 소설의 바탕에 이러한 작가의 논리가 깔려 있지도 않은 듯하다.『승방비곡』에 등장하는 인물들에게 부여되는 '숙명'을 근대의 알레고리로 읽을 수 없다고 한다면, 이들 인물은 철저하게 수동적인 인물들일 뿐이다. 그러나 그의 수동성이란 능력의 결여로부터 야기되지는 않는다. 왜냐하면 그들이 남매라는 사실은 그들의 행위에 의해 변경될 수 있는 어떤 것이 아니기 때문이다. 문제는 바로 여기에 있는데, 실상 이 글에서 다룬 세 편의 소설 가운데 독자들에게 가장 많은 호응을 얻었던 것으로 보이는 작품은『승방비곡』이라는 사실이다. 이를 어떻게 이해할 수 있을까?『승방비곡』에서 발견할 수 있는, 독자의 흥미를 유발할 만한 장치들이나 소재는『난영』이나『향원염사』에서도 발견할 수 있기 때문이다. 그렇다면 적어도 이러한 장치들에 의해서만 독자들의 호응을 얻었던 것은 아닐 것이다. 결국 이 세 편의 소설들 가운데서 유독 다른 양상을 보이는 작품이『승방비곡』이고, 그 차이를 작품의 배면에 깔려 있는 '근대적 인간'에 대한 이해의 차이에서 발견할 수 있다면, 오히려 독자들의 흥미를 유발시켰던 것은『승방비곡』의 인물들이 갖고 있는 '숙명'이었던 것으로 보인다. 그렇다면 이를 어떻게 이해할 수 있을까. 이는 물론 최독견의 작품을 살펴보는 것만으로는 해명될 수 없을 것이다. 무엇보다도『승방비곡』의 독자를 확인할 수 없다는 점에서 그러하다. 다만 『승방비곡』의 독자를 앞서 말한 특수한 계층의 독자라고 생각한다면, 해명의 단서는 1920년대 후반의 독자들의 성격을 이해하는 데서 찾아질 수 있을 것이다. 스스로 근대적인 존재라고 생각하고, 자신이 곧 모더니티라고 생각했던 그런 존재들에게 내재해 있는 전근대성 혹은 비근대성 말이다.

4. 맺는 말

글을 시작하면서도 말한 바 있지만, 대중소설 혹은 대중성에 연관된 논의를 한다는 것은 대단히 어렵다. 물론 가장 큰 어려움은 대중소설 혹은 대중성이라는 규정의 문제이다. 모든 규정은 언제나 경계를 가지기 마련이다. 그러나 실제로 그러한 경계는 대단히 불투명한 것이어서 때로는 규정 자체를 무화시키는 데까지 이르기 십상이다. 그렇다고 해서 모든 규정을 부정하고는 한 걸음의 논의도 진전시키기 어렵다.

이 글에서는 일반적으로 대중소설작가로 알려져 있는 최독견의 장편 세 작품을 살펴보았다. 그리고 이를 대중소설과 대중성 나아가 소설의 근대성으로까지 연결시켜 보았다. 잠정적으로 최독견 소설의 대중성은 단지 흥미를 불러일으키기 위해 취한 소재나 몇 가지 문학적 장치에 한정된 것은 아니라는 결론에 도달하였다. 오히려 대중성은 그보다는 소설의 전개 방식 그 자체에 있다는 것이었다. 그러나 이 결론이 곧바로 대중소설의 폄하로 이어지는 것은 아니다. 바람직한 소설의 제한된 양태, 무엇보다도 리얼리즘과 개인의 성숙이라는 관점이나 아니면 소설의 통일성이라는 관점에서만 본다면 최독견의 소설은 대중소설일 뿐만 아니라 폄하되어도 좋을 소설인 것은 사실이다. 그러나 소설이 발전하는 다양한 길을 생각한다면 최독견의 소설은 달리 평가될 수도 있을 것이다. 최독견 소설에 한정해 그 작품의 질을 생각하기 이전에, 그러한 작품이 나올 수 있었던 생산의 배경, 혹은 생산의 양식에 초점을 맞출 필요가 있다는 것이다. 물론 이 글에서는 아직 여기에까지는 이르지 못하였다. 다만 다양한 생각의 가능성들을 열어 놓으려 노력하였다. 이를 위해서는 무엇보다도 근대소설의 형성이라는 좀 더 커다란 사고의 틀을 가질 필요가 있다. 소설의 변화와 특정한 소설 형식의 정착이란 단지 대중소설이라는 틀만으로는 이해하기 곤란하기 때문이다. 이 글에서는 작품에 전제되어 있는 작가의 이데올로기의 측면에서만 가능성을 생각하여 보았다. 물론 대단히 초보적인 이해임에는 틀림없다. 이 이해가 소설이 내용적 형식으로까지 어떻게 연관되는가는 앞으로 해명해야 할 과제이다.

이밖에 몇 가지 남는 문제를 말하면서 논의를 맺고자 한다. 무엇보다 대중소설을 논할 때, 먼저 대중을 논하지 않을 수 없다는 점이다. 그 대중을 어떻게 생각하는가에 대해서도 논란이 많지만, 어떻게 생각하건 구체적인 '독자'의 모습을 재구하지 않으면 안 될 것이다. 그러나 아직 이에 대한 논의는 태부족이다. 단지 서구의 논의를 끌어들임으로써 대신하고자 하는 경향만이 보일 뿐이다. 두 번째 최독견의 소설을 소설사의 맥락 속에 위치 지우는 일이다. 최독견의 소설은 신소설과, 그리고 이광수의 『무정』과, 그리고 동시대의 염상섭의 장편들과 어떠한 연관을 맺고 있을까. 이 점이 해명되지 않는다면, 사실 앞서의 논의는 헛된 논의일 수도 있으리라 생각한다. 이를 해명하기 위해서는 개인적으로 몇 가지 계획을 가지고 있다. 그러나 이 또한 혼자만의 과제는 아닐 것이다.

::: 참고문헌 :::::::

강옥희, 『한국 근대 대중소설 연구』, 깊은샘, 2000.

김중현 외, 『대중문학의 이해』, 청예원, 1999.

대중문학연구회 편, 『대중문학이란 무엇인가?』, 평민사, 1995.

동국대학교 한국문학연구소 편, 『대중문학과 대중문화』, 아세아문화사, 2000.

박성봉, 『대중예술의 미학』, 동연, 1995.

서영채, 「1930년대 통속소설의 전개 방식과 그 의미」, 『민족문학사연구』, 1993. 12.

유선영, 「한국대중문화의 근대적 구성 과정에 대한 연구 : 조선 후기에서 일제시대까
　　　　지를 중심으로」, 고려대학교 신문방송학과 박사학위논문, 1993.

이미향, 「일제 강점기 애정갈등형 대중소설 연구」, 숙명여자대학교 박사학위논문, 1999.

이정옥, 「대중소설의 시학적 연구」, 서강대학교 박사학위논문, 1999.

장영우, 「대중소설의 유형과 그 특질」, 『동국대 한국문학연구』, 1998. 3.

정한숙, 「대중소설론」, 『고려대 인문논집』, 1976. 6.

바타이유, 『에로티즘』, 민음사, 1989.

통속과 계몽, 그리고 (제국)의 논리

— 이태준 장편소설 『청춘무성』의 경우

1. 글을 시작하며

몇 년 전 나는 이태준의 장편소설에 대한 글을 한 편 쓴 적이 있다.[1] 이미 오래 전의 글이어서 지금으로서는 그대로는 받아들일 수 없음은 물론이다. 내가 그 글에서 기획했던 것은 이태준의 장편소설과 단편소설 사이의 낙차였다. 이태준의 단편소설이 당대 최고의 단편으로 받아들여졌음에 비해, 장편소설들은 폄하되기 일쑤였다. 그 글에서도 밝힌 바 있고, 이미 많은 사람들이 알고 있듯이, 이태준은 장편소설을 일종의 '일탈' 혹은 '여기' 아니면 먹고 살기 위한 한 '방편'으로 여기고 있었다.

이태준의 장편소설에서 보이는 특징을 나는 아마도 통속과 계몽의 결합이라고 말했던 듯하다. 이미 많은 논자들이 지적했던 것처럼 이태준 소설의 통속성은 '삼각관계'에서 비롯한다. 아니 정확하게 말하자면 '삼

---

1) 채호석, 「이태준 장편소설의 소설사적 의미 : ≪불멸의 함성≫을 중심으로」, 『한국근대문학과 계몽의 서사』, 소명, 1999.

각관계'가 이태준 장편소설의 통속성의 핵심에 있다고 할 수 있을 것이었다. 문제는 삼각관계 자체가 아니라 삼각관계가 작동하는 방식일 터인데, 이태준 소설에서의 삼각관계는 세계에 대한 평면적 인식을 확대하는 하나의 방편으로서 사용되고 있다고 나는 그때 생각했었다. 다시 말하자면 이태준의 단편소설에서 보이는 '하나의' 특징2)인 세계에 대한 평면적 인식이 '장편소설'이라는 거대한 몸뚱이를 감당하기 위해서는 '서사'를 위한 장치가 필요했고, 바로 그 장치가 '삼각관계'라는 것이었다. 이쯤에서 본다면 '삼각관계'는 하나의 장치 이상은 아니게 된다. 삼각관계란 어차피 세 사람 사이에서의 일이고, 그리고 그 사이에서의 갈등의 일이다. 그러므로 서사의 목표는 갈등의 해소로 나아간다. 그런데 이러한 장치에서의 갈등이란 해결이 '지연'되지 않으면 안 된다. 삼각관계라고 하더라도 그 안에 있는 두 사람 사이의 관계가 '방해'받지 않는다고 한다면 서사는 진행되지 않을 것이기 때문이다. 그러므로 삼각관계는 엄밀히 말하자면 두 사람 사이의 관계를 방해하는 존재로서만 성립된다. 삼각관계 한 가운데 서 있는 존재가 심적인 갈등을 일으킬 수는 있지만, 이러한 갈등은 사실 이미 해소의 방향이 정해져 있기 십상이다. 왜냐하면 어떤 존재들이 결합에 이를 것인가는 이미 소설 초반에 전제되는 게 보통이기 때문이다. 다시 말하자면 독자는 이미 삼각관계의 해결 방향을 인지하고 있는 것이다. 그러므로 독자들은 어떤 인물과 어떤 인물이 맺어질 것인가에 대한 관심을 가지고 있지는 않다. 독자들의 관심은 어떻게 그 결말이 지연되는가, 다시 말하자면 어떤 방해 속에 놓이고 어떻게

---

2) 명료하게 하자. 이태준 소설 전반이 보이는 특징 일반이라기보다는 특정 소설에서 보이는 하나의 특징에 지나지 않는다. 다른 말로 하자면, 앞선 논의에서 다른 특징들에 대해서는 고려하지 않았다는 말이 되는 것이다. 그리고 바로 이 '하나의' 특징을 가지고 논의를 일반화하였던 데에 지난 내 논의의 한계가 있었다고 생각한다. 아마도 그 글이 별 반향을 보이지 않았다면 그것도 하나의 이유가 될 것이다.

그 방해를 넘어서서 행복한 결말에 이르는가에 대해서만 관심을 가지고 있다고 해야 할 것이다.3)

이태준 장편소설의 창작 원리를 이렇게 보았던 것은 그 나름대로 타당성은 있었다고 생각된다. 이태준 소설의 한 특징이 그의 소설 속에서 인식된 세계가 평면적인 세계, 다시 말하자면 시간성을 가지기 힘든 세계라는 점에서는 그러하다. 그의 단편 소설의 대다수가 이러한 평면적 세계 인식을 가지고 있음은 사실이다. 그렇기 때문에 이러한 평면적 세계 속에서는 시간성이 별로 커다란 의미를 갖지 못한다. 이는 단편소설이기 때문에 그렇기도 하겠지만, 거꾸로 말하자면 단편에 적합한 세계 인식을 가지고 있다고 보아도 될 것이었다.

세계가 눈에 보이는 것만은 아니라는 것, 그 밑에는 겉보기와는 전혀 다른 세계가 존재한다는 것, 바로 그것이 이태준 소설을 규정하는 하나의 특징이었다. 물론 이러한 인식 그 자체가 부정적인 것만은 아니다. 뿐만 아니라 사실 지난 논의에서 이태준 소설의 특징으로 든 이러한 세계 인식을 대표하는 작품이라고 했던 「아무 일도 없소」 같은 작품을 이태준의 대표작품이라고 말하기는 조금 어렵기는 하다. 결국 지난 논의는 결정적인 한계를 가지고 있었다고 해야 할 것이다. 이태준의 소설 속에서 대표적이라고 말할 수 없는 작품을 가지고 이태준의 '창작 원리'를 말해야했기 때문이다. 그러나 그럼에도 불구하고 이전의 논의를 전적으로 철회하고자 하는 생각은 없다. 제한된 범위 내에서는 여전히 타당하다고 생각하기 때문이다. 그러므로 논의를 진전시키기 위해서는 이태준

---

3) 이를 위해서는 주인공 누군가에게 결정적인 결점이 있어야 한다. 이 결점이란 인간적인 결점이어서 바로 그 '인간적임' 때문에 갈등과 방해가 '그럴듯한 것'으로 인식되게 된다. 그러므로 이 결점은 존재 자체에 대해 결정적인 결점이라고는 할 수 없다. 인물 자체가 지니고 있는 결정적인 결점이라면 더 이상 삼각관계는 진행되지 않는다. 왜냐하면 '이미―정해진' 관계 자체가 불안정하기 때문이다.

의 대표적인 작품으로 논의를 확대해야 할 필요가 있다.

이태준의 대표적인 작품을 뭐라 할 것인가에 대해서는 논란의 여지가 있지만, 대체로 「패강냉」, 「영월영감」, 「복덕방」, 「돌다리」, 「토끼 이야기」 정도를 드는 데는 별로 이의가 없으리라 생각한다. 일단 이들 작품으로 한정하여 논의를 한 걸음 진전시켜보자. 역시 문제가 되는 것은 세계 인식의 평면성을 여전히 지니고 있는가, 또 하나는 평면적 세계 인식에 수반하기 마련인 시간성의 부재, 혹은 제한을 마찬가지로 드러내고 있는가 하는 점일 것이다.

「패강냉」을 보자. 「패강냉」의 핵심은 '이미 흘러간 시간' 그러므로 다시 되돌아올 수 없는 시간이다. 그 시간은 다시 되돌아올 수 없기 때문에 과거로서 혹은 회상으로서만 존재한다. 평양 여인네들의 머릿수건이 바로 그것이다. 그것은 '기억'되거나 '회상'되는 존재일 뿐이다. 그러므로 그것은 여기 존재하지 않는다는 점에서 시간성으로부터 벗어난다. 시간성으로부터 벗어난 존재들은 아련한 추억의 세계에서만 존재할 수 있다. 그리고 그것은 '과거', 다시 돌아올 수 없는, 흘러가버린 과거이다. 그 과거는 단지 예외적인 존재들에 대해서만 현실감으로 다가올 수 있다고 해야 할 수 있을 것이다. 물론 이 흘러가버린 과거는 가치를 갖기는 하지만, 그 가치가 선택의 우선순위는 아니다. 이러한 과거를 불러일으키는 존재, 그것은 과거가 아무러한 가치를 가지고 있다고 하더라도 결코 되돌아올 수 없는 과거이다. 그러므로 그 과거는 현재 여기에 영향을 미치는 과거가 아니라, 시간 속에 정지하여 현실 속에서는 존재할 수 없는 그런 과거일 뿐이다. 그러므로 과거는 현재 속에 존재하기는 하지만 지금과 연속되어 있는 존재가 아니라 현재와는 무관한, 혹은 현재를 비추는 과거에 지나지 않는다.

이태준 소설의 아름다움, 혹은 가치는 바로 이 잃어버린 것에 대한 향수에서 나온다고 해야 할 것이다. 이 잃어버린 것이 다시 올 수 없음을 확인하는 자리, 그 잃어버린 것이 가치 있음을 확인하는 자리, 그러므로 지금 현재가 가치 부재의 공간임을 확인하는 자리라는 점에 이태준 소설의 아름다움이 있다. 이러한 가치 부재의 공간으로서의 현재는 시간성을 갖지 않는다. 오로지 '부재'로서만 정의되기 때문이다. 예외적인 존재에서만 과거는 현실로 나타나는데, 기생의 경우가 그러하다. 그러나 그 기생 역시 과거를 '과거'로 묻어두는 존재일 뿐이다. "죽은 자는 죽은 자로 하여금 장사지내게 하라."4) 현이나 기생은 과거를 조상하는 존재이고, 과거의 죽음을 장사지내며, 죽어버린 과거를 애도하는 존재이다. 그들은 그러므로 결코 현실 속에서 살지 않는다. 현실 속에서 살 때 그들의 삶은 누추해지고 만다.

이제 우리의 이야기의 핵심으로 되돌아 와보자. 이전에 했던 논의는 제한을 가진 것이었다. 세계 인식의 평면성이라는 점이었다. 그리고 이러한 평면성을 시간적으로 늘이기 위한 방법이 바로 삼각관계였다. 「패강냉」의 경우는 시간성을 가지지 않는다. 과거를 조상하는 자리에서 중요한 것은 그 느낌이라고 해야 할 것이다. 지나가버린 과거의 '본질'을 파헤쳐 들어가는 것도, 과거를 묻고 새로운 자리에 서는 것도, 그 어느 것도 「패강냉」과는 거리가 멀다. 그렇다고 해서 파국의 조짐을 발견해 내는 것도 아니다. 파국이 오지 않을 것임을 작가는 안다. 왜냐하면 현재라는 시간 속에서의 현실, 부정적 현실은 강고하기 때문이다. 누추하고 비루하나 강고한 현실. 아름다우나 다시 돌아올 수 없는, 가치 있는 과거. 「아무 일도 없소」의 세계의 이중성, 곧 겉보기의 현실과 그 이면에 존재하는 현실 사이의 이중성은 「패강냉」에서는 과거와 현재의 이중

---

4) 마태복음 8장 22절.

성으로 변화한다. 겉보기의 세계와 이면에 존재하는 세계가 모두 다 현실이라고 하더라도 그 사이에 아무런 연관관계가 존재하지 않았듯이, 과거와 현재는 아무런 연관성을 갖지 못한다. 세계의 변화에 대한 질문이 던져지는 게 아니라 변화한 현실, 누추한 현실 그대로, 그리고 찬란한 혹은 아름다운 과거는 과거 그대로 그저 의식 속에 병치되어 존재할 뿐인 것이다. 여기서 누추한 현재의 작동 원리, 혹은 기본 원리가 돈과 효율성이라고 하더라도, 그리고 그것이 비판받아 마땅한 현실원리라고 하더라도 여전히 그것은 현실인 것이다. 결국 「패강냉」은 「아무 일도 없소」와는 다른 모습을 보이지만, 그럼에도 불구하고 세계의 평면성이 문제가 되지 않는 대신 이제 시간의식의 단순함이 남는다.

2. 삼각관계, 그리고 '이자 관계' : 통속의 논리

세계 인식의 평면성을 넘어서는 방식, 이러한 평면적 세계를 시간 속에 끌어들이는 방식이란 결국 '서사'를 마련하는 것이고, 이를 위해서 가장 손쉬운 방식은 '삼각관계'를 마련하는 방식이다.

삼각관계는 흔히 '통속적'인 서사 방식으로 생각된다. 그리고 어느 정도 타당하다. 삼각관계(혹은 그 이상이어도 상관없지만, 그 이상의 모든 복잡한 관계는 삼각관계의 확대라고 할 수 있다)는 기본적으로 이자 관계에 근간을 두고 있다. 다시 말하자면 삼각관계는 이자 관계의 재확인이라고 할 수 있다. 삼각관계에 중심축이 있다는 점은 손쉽게 이해할 수 있다. 한 존재를 두고 두 명의 존재가 관련되어 있을 때에 삼각관계가 성립된다. 다시 말하자면 한 존재를 둘러싼 '쟁취'를 위한 투쟁이 삼각관계를 마련하게 되는데, 그 원인이 어디에 있는가는 삼각관계의 이야기 자체에는 중요하지만 실상 삼각관계 자체에는 그리 큰 영향을 미치지 않는다. 오히려 중요한 것은 이자관계가 근간에 놓여 있다는 점이다.

이 이자 관계란 사랑의 관계, 한 사람과 한 사람의 사랑의 관계이다. 이러한 관계는 삼각관계가 만들어지기 이전에 이미 전제되어 있는 관계이다. 이자 관계가 파괴되었거나, 아니면 더 이상 의미를 갖지 못할 때, 삼각관계는 존재할 수 없다. 그러므로 모든 삼각관계의 이야기는 뒤틀린 이자 관계에 대한 이야기라고 할 수 있다.

뒤틀린 이자 관계를 만들기 위해서는 이자 관계 외부에 원인을 마련할 수도 있고, 혹은 내부에 원인을 만들 수도 있다. 외부에 원인을 만들 때, 이는 혼사장애와 같은 모습을 띠게 된다. 이미 성립되어 있는 이자 관계를 해체하기 위해 외부로부터 힘이 개입해 들어오기 때문이다. 내부에 원인을 만들 때에는 기본적으로 삼각관계의 중심에 놓여 있는 존재의 인간적 결함이 원인이 된다. 다시 말하자면 이자 관계를 유지하기 어려울 만큼의 결함이 존재하는 것이다. 이 결함은 물론 인간적인 결함이다. 단지 하나의 원인만을 갖는 소설은 없지만 그럼에도 불구하고 두 가지 원인을 생각할 수 있다고 했을 때, 삼각관계가 다른 양상을 띠리라는 것은 쉽사리 생각할 수 있다. 두 사람 사이의 관계에 침입해 들어오는 제 3자가 단지 관계 외부에 있다면, 삼각관계의 진행은 이 침입해 들어오는 존재를 막는 방식으로 진행될 것이다. 반면 원인이 내부에 있다면 소설은 중심에 있는 존재의 '갈등'을 중심으로 진행되게 될 것이다. 이 갈등이란 지극히 인간적인 것이라고 할 터이다.

이자 관계가 삼각관계의 핵심이라면, 삼각관계란 '이자관계'가 정립된 이후, 혹은 이자관계가 정립되는 과정에서 생긴 현상이라고 할 터인데, 이때 이자관계란 결국 '연애—결혼'의 문제라고 해야 할 것이다. 이 연애—결혼의 문제가 비로소 표면에 떠오른 것은 물론 근대에 돌입하면서이다.

문제는 삼각관계가 이 이자관계를 근거로 하고 있다는 점이 아니라, 삼각관계가 지속적으로 등장한다는 사실이다. 삼각관계의 지속적 등장은 이자관계의 불투명성이 전제가 된다. 이자관계가 자연스러운 법칙이 아니라는 사실, 그것이 바로 삼각관계의 끊임없는 재등장의 이유가 되고, 아직까지 존재할 수 있는 이유가 되는 것이다. 이자관계는 실상 두 인간의 상호 관계의 평등성을 전제로 한다. 연애와 결혼 모두 그러한 것이다. 그러나 이 상호 관계의 평등함이란 한낱 가상에 지나지 않는 것이다. 이 이자관계에 '사랑'이라는 이름이 붙더라도 마찬가지이다. 사랑이 지속되기 위해서는 '연애'로 발전해야 하는데, 연애로 발전하기 위해서는 '정열'의 재연소가 불가결하다. 모든 사랑의 이야기가 최종적으로 '행복한 결합' 혹은 '안타까운 결별(대부분은 사별)'로 이루어질 수밖에 없음은 이 때문이다. 사랑의 이야기는 사랑의 완성에서 끝난다. 사랑의 이야기에는 사랑에 대한 회의가 없다. 사랑에 대한 회의는 사랑을 부정하기 위해서가 아니라 사랑을 긍정하기 위해서만 존재한다. 사랑은 '이미' 존재한다. 그러나 사랑의 방식은 항상 동일하지 않다. 삼각관계는 한편으로 이자관계를 의심한다. 사랑이라는 것이 일시적이지 않은가, 성적 매력이라는 것도 순간적인 것은 아닌가 하고 의심한다. 그러나 다른 한편으로 이 의심했던 이자관계를 다시 공인한다. 사랑은 '이자관계'이다. 사랑하는 사람끼리의 결합이 이루어지건 이루어지지 않건 간에, 사랑은 '이자관계'라고 말한다.

사실 이자관계라는 말은 없다. 아무도 사용하지 않는다. 이자관계는 그렇지만 존재한다. 이자관계는 근대적 개인이 등장하면서부터, 형식적으로만 평등한 개인들이 등장하면서부터, 그리고 계약이 성립하면서부터 성립한다. 아니 그때 성립한다. 그렇다면 이자관계의 기본은 계약관계이다. 사랑은 계약으로서만 존립한다. 사랑이 상호성을 요구하고, 권리와 책임을 갖는 것은 기본적으로 계약이기 때문이다. 그러므로 기본에 존재하는 것은 계약관계인 것이다. 자본가와 노동자 사이에는 형식적으로는 평등한 계약관계가 존재한다는 것, 실제로 존재한다는 것, 그러나 그 내용은 결코 평등하지 않다는 것, 그러므로 평등한 독립된 개체의 계약관계라는 것은 사실 하나의 이데올로기, 그러나 허구가 아닌 이데올로기에 지나지 않는다는 사실은 이미 밝혀져 있다. 최소한 근대적 개인을 둘러싼 자리에서 문제가 되는 것은 이 이중성, 혹은 모순이다. 평등의 외피에 갇혀 있는 불평등.

 사랑이 이자관계에 바탕을 두고 있다면, 그리고 이자관계가 겉보기로만 평등하고 독립된 개인의 계약관계라고 한다면, 사랑 역시 겉으로만 평등한 계약관계라고 해야 할 것이다. 사랑의 본질이란 이와 같은 것이다. 이자관계는 겉으로만 평등한, 사실 이부자리 속에서도 불평등한 관계이다. 삼각관계는 이 이자관계의 평등한 모습에 균열을 낸다. 삼각관계가 등장함으로써 이자관계의 평등성, 보편성, 사랑이라는 이름의 허울을 뒤집어본다. 거기에 계약관계, 불평등한 계약관계로서의 이중성이 존재한다는 것을 드러낸다. 사랑은 일순간만 존재하는 것이고, 그리고 사랑의 일상화인 연애는 이로써 사랑으로부터 독립된다. 그리고 그 연애야말로 근대적인 것으로 드러난다. 그러나 이 근대적인 연애 관계 속에 불평등이 숨어 있음은 삼각관계 속에서만 드러난다. 삼각관계는 이자관계의 불평등성을 폭로하며, 사랑이라는 환상을 폭로한다. 그러나 또한 다른 한편으로 이 환상을 또 다른 방식으로 완성함으로써, 폭로된 불평등성을 은폐한다. 불평등한 이자관계는 항상 관계가 깨질 위험에 처해 있는데, 삼각관계의 성립은 이로부터 오는 불안을 잠재우는 역할을 한다. 삼각관계 속에서 비로소 '사랑의 아름다움'이 확인되는 것이다. 삼각관계의 등장이 사랑의 비순수성 때문이라면 삼각관계의 해소는 사랑의 순수성을 재확인한다.

삼각관계는 바로 이 점에서 '통속'이 된다. 삼각관계는 근본적으로 이자관계를 바꾸려 하는 게 아니기 때문이다. 이자관계를 부정하는 삼각관계는 삼각관계로서의 성격을 상실하고 만다. 통속이 당대 독자의 기대치로부터 한 걸음도 벗어나지 않는 것이라고 한다면, 삼각관계가 확인하는 이자관계의 공고함이란 독자의 기대치 안에 있는 것이며, 독자들의 안녕을 확인하는 것이기 때문이다.

삼각관계는 그 출발이 이자관계에 있고, 그리고 이자관계의 핵심인 계약관계가 뒤틀린 형태로 표출되는 것이기 때문에 삼각관계 속에서는 두 가지 욕망이 항상 개입하게 된다. 하나가 상대에 대한 절대적 소유의 욕망이라고 한다면, 다른 하나는 현실적 힘으로서의 '돈'에 대한 욕망이다. 절대적 소유의 욕망은 대부분 '돈'의 힘에 의해 달성되는 것처럼 보인다. 삼각관계의 해소가 환상인 것은 이 '돈의 힘'을 부정하기 때문이다. 이 두 가지 욕망 가운데 어느 하나만 있으면 통속으로서의 삼각관계는 성립하게 된다.

삼각관계 속에서 갈등하는 존재는 이제 서로 다른 두 가치를 지향하게 된다. 그러나 그 지향 속에는 여전히 동일한 욕망이 자리 잡고 있다. 결국 삼각관계란 타자의 절대적 소유라는 자본주의적 욕망에 포섭되어 있는 것이다. 이 타자의 절대적 소유라는 자본주의적 욕망은 이자관계 속에서는 드러나지 않는다. 그러나 다른 한편 타자의 절대적 소유라는 욕망은 교환 가능성이라는 체제 속에서 달리 양상을 드러내게 된다. 타자는 이제 분할된다. 타자의 정신에 대한 욕망, 마음에 대한 욕망, 그리고 타자의 물질적 조건에 대한 욕망, 타자 자체에 대한 욕망, 이 모든 욕망들은 타자를 분할한다. 그리고 적절한 방식으로 분할된 타자는 교환가능성의 체계 속으로 들어간다. 사랑의 순수함을 위해 결혼 전의 애인을 '범하지' 않고 창녀촌을 찾는 '사랑스러운' 젊은이는 사랑하는 대상을 분할하여, 그 한 부분을 다른 대상으로 교체하는 것이다. 이렇게 함으로써 타자의 일부분은 상처받지 않은 그대로 남지만, 그러나 그 타자는 분할되고 분열된 존재로 된다. 삼각관계 속에서 나타나는 성적 욕망과 뒤틀린 방식으로의 해소는 결국 이 교환가능성의 체제의 현상 형태에 지나지 않는다.

3. 『청춘무성』에서의 삼각관계, 성립과 해소의 방향

중언부언하면서 통속의 문제로서의 삼각관계를 이야기한 것은 이 통속의 문제에 식민지 / 근대의 문제가 걸려 있기 때문이다. 통속으로서의 삼각관계란 그 관계가 형성되고 유지되는 현실이 제한되기 마련이다. 삼각관계가 성립되는 현실이 점차 넓어진다고 하더라도 그 현실은 삼각관계가 이루어지는 단순한 배경에 지나지 않게 된다.5) 소설 속에서 단순한 배경으로서 존재하는 현실은 삼각관계라는 바로 그 틀, 혹은 장치 때문에 자명한 것으로 나타난다. 소설 속에서 눈을 끄는 것은 삼각관계 그 자체일 뿐, 어떤 이유로 삼각관계가 형성이 되건 일단 형성이 되면 그

---

5) 삼각관계는 아니지만 통속으로 분류될 수 있는 최독견의 『난영』과 같은 작품들은 기본적인 애욕을 바탕으로 하여 끊임없이 배경으로서의 현실을 바꾼다. 그러나 배경이 바뀐다고 하더라도 '애욕'이라는 관계는 변함이 없고, 그것은 오로지 상대방의 '성'만을 추구하기 때문에 배경은 또 다른 의미, 곧 이국취미의 만족이라는 의미만을 지닐 뿐이다. 이는 마치 포르노에서 배경 설정은 다양하지만 결국 최종적으로 만족시키고자 하는 (거짓된) 욕정만을 따라나가기 때문에 배경은 의미가 없는 것과 마찬가지이다. 이에 대해서는 채호석, 「대중소설 혹은 근대소설 : 1920년대 최독견 장편소설의 의미」(『한국문학이론과 비평』, 2002. 9) 참조.

배경이 되는 현실에 대해서는 눈을 돌리지 않게 된다. 아니, 좀 더 적절하게 말하자면, 배경이 되는 현실 자체는 삼각관계에 의해 구성이 되는 것이다.

『청춘무성』에서의 삼각관계가 어떻게 구성되는지 살펴보도록 하자. 반복해 말하지만, 삼각관계 그 자체가 논의의 대상은 아니다. 삼각관계를 형성하는, 혹은 삼각관계에서 형성되는 현실이 논의의 초점이다.

『청춘무성』의 삼각관계는 삼각관계의 하나의 전형을 이루고 있다고 해도 과언이 아니다. 1940년에 이미, 지금―여기에서 수없이 반복 방영되는 드라마의 기본 구조를 여기서 발견할 수 있다고 해도 좋을 터이다.6)

『청춘무성』의 삼각관계는 원치원과 고은심, 그리고 최득주의 관계이다. 원치원은 일본에서 신학교를 나오고 지금 여학교에서 성경을 가르치는 20대의 선생이다. 그리고 양 옆에 고은심과 최득주가 있다. 원치원을 향한 이들의 사랑이 삼각관계를 형성하는 것은 당연한 일인데, 고은심과 최득주는 원치원을 향한 사랑의 진정성을 제외하고는 전적으로 대립되어 있다. 이들의 삼각관계가 어떠한 식으로든 진행되기 위해서는 이 관

---

6) 물론 삼각관계가 『청춘무성』에 의해 정립된다는 의미는 아니다. 왜냐하면 1917년 이광수의 『무정』에서 이미 삼각관계는 훌륭하게 구성되었기 때문이다. 채호석(1999)에서 말한 바 있듯이, 『무정』은 이후 많은 소설들이 따르는 하나의 모범이 되고 있다. 어떤 점에서는 많은 통속적 장편소설들이 『무정』의 반복 재생산에 지나지 않는다고 말할 수조차 있다. 이러한 반복재생산은 사실 하나의 희극이다. 그러나 이를 희극으로 보기 이전에, 『무정』의 단순재생산으로 보기 이전에, 왜 '단순재생산'되는가에 대해 관심을 가져볼 필요가 있다. 『무정』 이후의 많은 소설들이 『무정』의 재생산이라면 왜 끊임없이 재생산될 수밖에 없는가가 문제가 되기 때문이다. 어쩌면 바로 이 점이 우리 문학사의 중요한 장면일지도 모른다. 이에 대해 해명하는 것은 지난한 일이다. 이태준의 『불멸의 함성』으로 『무정』의 희극적 재생산을 채호석(1999)에서 다루어보았다면, 『청춘무성』을 다루는 이 글은 그 연장선상에 있다. 물론 목표는 '한국적'(이러한 말이 가능하다면) 통속소설의 성립 가능성과 존립 및 재생산의 가능성을 탐구하는 것이고, 이는 우리 역사의 특수성을 이해하는 하나의 방법이라고도 생각된다.

계를 해소하려는 노력이 있어야 한다. 관계를 해소하려는 노력은 대체로 열세에 놓여 있는 존재, 혹은 오해하고 있는 존재로부터 시작된다. 이미 원치원과 고은심이 서로 사랑을 고백한 관계이고, 최득주에 대해 원치원의 펼치는 사랑은 전적으로 종교심에 의거한 사랑이다. 그러므로 이 삼각관계에서 열세에 놓여 있는 존재는 최득주이다. 뿐만 아니라 부유한 가정의 자식인 고은심과는 달리, 최득주의 가정은 그야말로 파탄 일보 직전에 있다. 오빠는 3·1운동 이후 어디론가 사라지고, 그 때문에 어머니는 눈을 멀고, 언니는 기생이 된다. 그리고 최득주 또한 가족의 생계를 위해서 정기적으로 들르는 충청도 사람에게 몸을 파는 존재이다. 그 때문에 최득주의 경우, 세상을 향한 적개심으로 가득 차 있다.

원치원이 자신을 사랑한다고 생각했던 최득주가 원치원과 고은심과의 관계를 알고 나서 이 관계를 최악의 방식으로 해소하고자 한다. 다시 말하자면 자신은 이미 불가능하기 때문에 원치원과 고은심의 관계 또한 깨뜨리려는 것이다. 삼각관계에 내재해 있는 이자관계, 절대적 소유의 욕망이 발현되는 지점이다.

그런데 소녀 같은 '순수한' 애정과 '악마' 같은 광포한 애정의 대립은 기본적으로는 부와 빈의 대립에 의해 규정되고 있다. 그리고 부와 빈은 '순수함' 대 '불결함'의 대립으로도 나타난다. 이 대립 속에서 승자의 위치를 차지하게 될 것은 물론 전자이다. 통속 소설에서 삼각관계의 해소가 이미 정해진 길을 걷고 있다고 한다면, 바로 이 가치의 대립 때문이다. 물론 다른 조합도 가능하다. 가난한 '대신에' 아름다운, 부유하나 아름답지 못한 그런 대립을 가지고 있는 조합도 있을 수 있다. 문제는 실상 어떻게 조합되건 결국은 동일하다는 점이다. 각기 대립 속에서 어떤 위치를 점하건 간에, 여기서의 삼각관계는 '돈'과 '정신의 아름다움'에 의해 구조화되어 있기 때문이다. 그리고 이 바탕에 이자관계가 놓여 있다. 이자관계는 소설의 초반에 원치원의 입을 통해 드러난다. 세상 사람의 반이 여자인데, 그 가운데 자신의 짝은 단 한 사람, 자신이 사랑할 사람, 자신을 사랑해줄 사람은 오직 한 사람일 뿐이라는 것이다. 이를 고은심을 사랑하게 된 '종교인' 원치원의 생각으로 읽을 수도 있겠다. 그러나 이 이자관계의 절대화는 소설의 방향을 결정하는 중요한 기제가 되고 있다. 고은심 또한 원치원에 대해 그렇게 생각하고 있기 때문이다.

소설의 결말이 아름답고, 순수하고, 부유한 고은심과 원치원의 결합으로 끝나는 것은 당연하게 보인다. 아름답지 않고, 순수하지 않고, 부유하지도 않은 최득주가 승리할 수는 없는 것이다. 결국 예정되어 있던 대로, 최득주의 방해에도 불구하고 오랜 시간을 거쳐 원치원과 고은심이 결합하게 된다. 원치원-고은심, 원치원-최득주의 이원적인 이자관계는 원치원-고은심이라는 일원적인 이자관계로 정립되게 된다.

그러나 최득주에게서 전적인 부정성만을 발견할 수는 없는데, 최득주가 고은심과 같은 자리에 놓일 수 있는 것도 이 때문이다. 최득주는 비록 그릇된 방식으로기는 하지만, 원치원을 '진정으로' 사랑하고 있기 때문이다. 결국 사랑의 면에서 그 어느 쪽도 부정할 수 없다면, 결국 남은 방식이란 사랑이라는 이자적 관계를 절대적인 것으로 규정하는 것이다. 어떠한 과정을 거치건 간에 이미-하나인 원치원과 고은심의 결합은 절대적인 것이 된다. 그것은 세상에서 사랑할 수 있는, 사랑해야 하는 유일한 존재를 상정하는 것이다.

이러한 사랑관을 운명적인 사랑관이라고 말할 수 있다면, 이러한 운명적 사랑관에는 아무런 이유가 존재하지 않는다. 오로지 하나의 대상을 향한 절대적 동경만이 있을 뿐이다. 이러한 사랑이 존재하는가 그렇지 않은가, 아니 이러한 사랑이야말로 '진정한' 사랑인가 아닌가의 문제는 사실 그리 중요하지 않다. 소설 속에서 이러한 사랑이야말로 절대적이고 진정한 사랑이라고 말하고 있다는 점이 중요하다. 이러한 사랑을 설정함으로써, 다른 가능성은 모두 배제될 뿐만 아니라, 다른 사랑의 가능성 자체가 차단된다. 이제 남는 것은 어떠한 방식으로건 이 사랑이 맺어지는 일뿐이다. 이러한 이자관계가 상대에 대한 절대적인 소유의 논리이면서 동시에 철저하게 두 사람 이외의 존재들을 부차화시키는 논리에 바탕을 두고 있음은 물론이다.

그러나 여기에는 사실상 힘의 논리가 숨어 있다. 바로 '부'의 논리이다. 부가 곧바로 이 삼각관계에서의 궁극적인 '승리'를 가져다주지는 않는다. 절대적인 사랑의 논리 때문이다. 그러나 실제로 여기서 부는 승리의 바탕이 된다. 부는 하나의 조건처럼 보인다. 그러나 단지 조건만은 아니다. 원치원은 얼굴의 아름다움이냐, 아니면 정신의 아름다움이냐를 묻는 학생들의 물음에 물론 정신의 아름다움이라 답한다. 그러나 곧바로 얼굴도 아름답고 정신도 아름답다면 더욱 좋지 않은가를 되묻는다. 정신의 아름다움까지는 몰라도, 얼굴의 아름다움은 이제 자본으로 작동한다. 얼굴의 아름다움이 자본으로 작동하면서 아름다움은 이제 분할되고 자족적인 하나의 대상이 된다. 얼굴이냐 마음이냐를 묻는 질문이란 이미 이렇게 대상을 분할하고, 대상의 가치를 분할한다. 일단 분할되면 분할된 대상은 자립하게 된다. 이렇게 분할되어 자본으로 작동하는 아름다움은 이제 부와 마찬가지의 형식을 지닌다. 동일한 논리적 과정이 이제 뒤집혀서 다시 등장하는 것이다. 이제 부유함은 새로운 자본으로 관계 속에서 작동한다.

사실 여기가 결정적인 대목이라고 말할 수 있다. 부유함은 소설 속에서 이제 얼굴의 아름다움, 정신의 아름다움과 함께 자본으로서 기능한다. 이 자본이 없는 한 최득주는 원치원과 고은심 사이의 결합을 막을 방법이 없다. 비록 원치원과 고은심 사이의 결합이 '부'에 의한 것이 아니라고 하더라도 그러하다. 고은심과의 결합은 부의 논리 때문은 아니지만, 결국은 부의 논리가 승리함을 보여주는 것이다. 아니 '부'를 갖고 있지 않은 자의 패배를 보여준다고 하는 편이 옳을 것이다.

이 점은 다른 한 편으로 앞서 말한 바와 같은 이자관계의 절대성을 사실상 훼손한다. 얼굴이 아름답지 않았다면, 정상적인 가족관계를 갖고 있지 않았다면, 상대적으로 부유하지 않았다면 과연 원치원과 고은심의 이자관계가 유지될 것인가 묻는 것이다. 이 물음에 선뜻 답하기는 쉽지 않다. 답할 수도 없다. 왜냐하면『청춘무성』은 동시에 그렇다고, 그리고 아니라고 대답하고 있기 때문이다. 소설『청춘무성』의 문학적 가치를 논하는 자리가 아니라, 그 소설이 제기하는 문제, 아니 제기되는 문제를 풀고자 하는 자리라면 굳이 이거냐 저거냐로 결판을 낼 필요도 이유도 없다. 또 그렇게 결판이 날 수도 없다. 고은심과 원치원의 사랑의 이야기, 주변의 방해로 인한 결별, 그리고 방황과 재결합의 이야기는 사실 삼각관계에 의해서만 그 아름다움을 보장받을 수 있다. 그러나 한편으로 삼각관계가 아니었다면 고은심과 원치원 사이에서 작동하는 여러 가지 자본의 논리, 대상의 분할과 분할되어 자립하는 자본의 논리가 드러날 수는 없었을 것이다.

삼각관계가 이자관계의 본성을 폭로하는 기제가 된다고 말한 것은 이 때문이다. 이 이자관계 속에서 자본의 논리가 작동하기 때문에 이 이자관계가 불평등한 관계임이 명료해진다. 고은심이 자신을 하나의 물건처럼 주고받는 죠오지·함과 원치원 모두에게 저항하는 것은 남성의 이데올로기, 주고받을 수 있는 대상으로서의 여성이라는 이데올로기에 대한 저항이다. 그리고 바로 그 점에서 비록 단순화되고 부분적인 면은 있지만 지배이데올로기에 대한 저항의 측면을 갖는다. 고은심의 저항은 고은심을 놓고 '아름다운 아내와 문화저택'을 꿈꾸는, 아니 꿈꾸어도 좋지 않냐는 원치원의 이데올로기에 대한 저항이다. 그리고 이러한 저항은 원치원에 대한 고은심의 사랑이(최득주의 사랑도 마찬가지이다) 대상을 분할하지 않고 있다는 점에서, 최소한 바로 원치원 그 사람을 사랑하고 있는 것으로 나타난다는 점에서 사랑스러운 미모와 아름다운 정신, 게다가 물질적 부의 결합까지를 꿈꾸는 원치원의 사랑에 대한 저항으로서 작동한다. 그리고 이 저항이 작동하는 한, 고은심은 원치원과는 멀리 떨어진 곳에 존재한다. 원치원도 죠오지·함도 아닌, 두 사람의 힘이 미칠 수 없는 곳에 자리를 잡는 것이다. 그러나 이 자리는 불투명하고 불명료하다. 이 자리가 '공부'의 자리라고 말하는 것도『청춘무성』에서는 의미가 없다. 아마도『무정』에서라면 이 '공부'의 자리가 대단히 큰 의미를 차지할 것이다.『무정』에서의 애정의 삼각관계에서의 난관이 '공부'라는 계몽의 이데올로기로 극복되고 있다는 점은 이미 잘 알려진 사실이다.『청춘무성』은 이를 반복하기는 하지만 그에 대단히 큰 의미를 부여하고 있지는 않다. 이미 공부를 통해 구원할 수 있는 '민족'이란 존재하지 않기 때문이다. 그렇기 때문에 고은심과 원치원의 재결합은 결국 이자관계에서 고은심의 패배로 드러난다. 고은심의 행위가 부정했던 원치원과의 불평등한 관계가 다시 하나도 달라지지 않은 조건 속에서(물론 원치원은 고은심에게 '사죄'한다) 다시 성립되는 것이다.

그렇다면 고은심과 원치원 사이의 이자관계를 다시 성립시키는 조건에 대해서 생각해볼 필요가 있다. 카페 여급들의 이해를 돕는 사업을 하기 위해 자신의 몸을 팔아 돈 십만 원을 마련하려다 실패하고, 결국은 돈을 훔치려다 덜미가 잡힌 득주가 형기를 마치고 감옥에서 나왔을 때 다시 등장하는 원치원은 '금광쟁이'가 되어 있었다. 이 소설 속에서 가장 낯선 부분이 바로 이 부분이다. 금광쟁이가 된 원치원은 사실 소설 속에서 전혀 예비되어 있지 않았기 때문이다. 그리고 원치원과 '금광'

사이에는 넘기 어려운 벽이 있다.[7] 비록 득주가 몇 번 말한 현실 속을 살아가라, 현실에서의 힘을 가지라는 요구가 있었고, 그에 따라 원치원이 자신도 현재를 살아가야 하지 않겠냐는 반성을 보이는 대목이 있다고 하더라도 그렇다. 왜냐하면 소설 속에서 달리 원치원의 변화를 뒷받침해주는 부분이 없기 때문이다. 결국 원치원의 변화를 설명할 수 있는 논리는 소설의 내적 논리가 아니라 작가에 의해 주어지는 외적 논리가 된다.

원치원은 금광쟁이로 좋은 광산을 발견을 하지만 돈이 없어서 금을 캐내지는 못한다. 이때 우연히 눈에 들어온 것이 저수지를 만들 만한 적격의 자리였다. 저수지를 만들어 논을 풀면 상당히 많은 돈을 마련할 수 있을 것이라는 생각이었다. 군청을 설득하고, 전주를 모으고, 마을 사람들을 설득하고 그렇게 해서 저수지를 만들고, 몸을 다쳐가면서 홍수의 위험으로부터 지킨다. 이렇게 만들어진 저수지로 인해 원치원은 땅값의 4분의 1의 지분을 갖고 갑부가 된다. 결국 원치원을 갑부로 만들기 위한 과정이라 해야 할 터인데, 자본의 논리가 정확하게 작동하는 지점이다. 사실 이 부분은 거의 '환타지'에 가깝다고 해야 할 것이다. 현실적으로 불가능하다는 점에서가 아니라, 원치원의 눈에 개발의 가능성이 들어왔다는 점에서이다. 결국은 '돈'의 문제임이 확실해지고, 바로 이 점에서 최초의 삼각관계에서 삼각관계를 지배하고 있지는 않았지만 그럼에도 불구하고 삼각관계 내부에 존재했다고 말한 '돈의 논리'가 완성에 이른다. 삼각관계에서는 마치 아무런 역할도 하고 있지 않은 듯했던 돈의 논리가 소설의 마지막 장면에 가서야 비로소 자신의 모습을 전면에 드러

---

7) 원치원이 금광쟁이가 되는 것은 아마도 당대의 반영이라고 해야 할 것이다. 채만식의 『금의 정열』이 그러하고, 이미 1936년에 박태원이 「소설가 구보씨의 일일」에서 '서정시인마저 황금광이 되는 시대'라고 말하고 있기 때문이다. 그러나 금광쟁이가 당대의 반영이라고 하더라도 소설 속에서의 내적 필연성과는 거리가 멀다.

내는 것이고, 그렇게 함으로써 앞의 삼각관계, 나아가서는 그 관계의 비밀스러운 핵심이라고 할 수 있는 이자관계에까지도 돈의 논리는 작동을 하게 된다.

사실 여기서 '근대'를 말하기는 어렵지 않다. 돈의 논리가 작동된다는 점에서 직접적으로 '근대'에 닿아 있거니와, 돈이 현실을 지배하는 실질적 힘이라는 점에서도 그러하다. 여기에 소설 초반의 원치원과는 전혀 다른 '합리적 이성'의 소유자로서 원치원이 등장하게 된다는 점에서도 근대 이성의 논리가 관철된다고 하겠다. 비록 하나의 사건에 지나지 않지만, 근대적 합리성은 원치원이 개발의 가능성을 점치는 지점에서 명료하게 나타난다.

당연히 여기서 합리적 이성에 대한 믿음의 문제가 제기될 법하다. 합리적 이성이란 도구적 이성이고, 도구적 이성에서 목표란 이성의 제어 가능성과는 별개의 문제이기 때문이다. 이 지점을 살펴보는 것, 돈의 맹목성과 도구적 이성의 맹목성을 어떻게 제어하는가를 살펴보는 것이 마지막 과제가 된다. 그리고 그 속에서 우리는 식민지 / 근대의 이면을 볼 수 있을 것이다.

4. 식민지 / 근대와 (감추어진) 제국의 논리

식민지 시대에 자신의 존재에 대한 인식을 드러내는 일은 지난하다. 인식이 문제가 아니라 드러냄이 문제이기 때문이다. 식민지인으로서의 인식을 곧바로 드러내는 것은 1930년대 중반 이후 거의 불가능하다. 식민지인으로서의 자기 인식을 드러낼 수 있는 유일한 공간은 스스로를 부정하는 경우에만, 다시 말하자면 '황국의 신민'으로서 재탄생하기 위해 자신을 부정하기 위한 경우에만 가능하다. 물론 전적으로 불가능하지는 않았다. 뒤틀린 형태이지만, '국민문학'을 논하는 자리에서 식민지인으로서의 자기 인식을 얼마만큼 발견해 낼 수 있다. 그리고 틈틈이 이런 부분들이 눈에 띄기도 한다. 그러나 식민지인으로서의 자기규정이 제국주의에 대한 저항으로 연결되는 지점에서라면 발견할 수 없다. 물론 그렇다고 해서, 다시 말하자면 언급되지 않는다고 해서 전혀 없었다고 말할 수는 없다. 언표된 것이 전부라고는 할 수 없기 때문이다. 언표들 속에서 언표되지 않은 저항의 지점, 혹은 미끄러지는 지점을 발견하는 것이 우리의 과제의 하나라면 우리는 그 지점의 하나로서 괄호로 묶인 제국을 생각할 수 있다. 1930년대 후반에 엄연한 힘으로서 존재하였던 제국주의 일본을 괄호 친다는 것은 리얼리즘의 입장에서는 용납할 수 없는 것이지만, 현실 속에서 엄연하게 보일 때 보이지 않게 함으로써 부정하는 방법도 있다고 생각된다.[8] 그러나 보이지 않음은 또한 인식되지 않음이기도 하다. 인식하지 못하기에 드러나지 않은 것이다.

『청춘무성』에서 일본은 존재하지 않는다. 단지 지역으로서의 동경만이 존재할 뿐이다. 하지만 여기서의 동경은 이전의 문학에서 보이던 동경, 임화와 김기림이 가기 위해 현해탄을 건넜던 동경이 아니다. 이전 문학에서의 동경은 동경─일본이었고, 가능성의 공간이었으며, 현실로 존재하는 문명(『무정』)이었거나, 그렇지 않으면 일거에 세계성을 획득하여 식민지 조선인과 일본인의 구별이 존재하지 않는 환상의 공간(『만세전』), 또한 그랬기에 실제로 가서 보았을 때 문명의 찌꺼기만 존재했던 환멸의 공간(이상)이었다. 그것이 환상의 공간이건 아니면 환멸의 공간이

---

8) 이 점에 대해서는 「탈-식민의 거울, 임화」(고려대학교, 『한국학연구』, 2002. 12)와 「탈-식민과 (포스트-)카프문학」(『민족문학사연구』, 2003. 12)을 참고하기 바란다. 여기서 나는 이 '보이지 않음' 혹은 '삭제'가 어떻게 부정성으로까지 이어질 수 있는지에 대해서 시론적으로 고찰해 본 바 있다.

건, 동경-일본은 여기, 식민지 조선과는 다른 공간이었다. 그러나『청춘무성』에서 이런 공간으로서의 동경-일본은 존재하지 않는다. 동경은 동양에서 가장 발전된 공간이기는 하지만, 거기를 가기 위해서 낭만적 동경을 안고 현해탄을 건너거나, 아니면 가다가 현해탄에 빠져 죽어버리는 나비가 지향하는 공간은 아니다.『청춘무성』속에서 식민지와 제국주의 사이에 경계는 존재하지 않는다.

그렇다고 해서 제국을 괄호치고 바로 문명 자체라고 인식되는 서구와 맞대결하고 있지도 않다.『청춘무성』속에서 문명과 야만의 지리적 심상, 서구-일본-조선으로 이어지는 문명-야만의 지리적 심상은 없다.9) 동경-일본이 생활의 공간인 만큼이나 미국 또한 생활의 공간이다. 이 알 수 없는 생활의 공간에 대한 동경이 존재하지 않고, 미국 또한 동경의 대상이 아니기 때문에 미국, 그리고 미국으로 대표되는 서구의 문명은 그저 거기에 있는 존재에 지나지 않는다. 심리적 거리는 사라지고, 남는 것은 물리적인 거리, 공간적 거리뿐이다.

이렇듯『청춘무성』속에서는 제국이 사라진다. 제국이 사라지면서 제국은 이제 일상의 차원이 된다. 더 이상 일상과 제국을 구분할 수 없게 되는 것이다. 그러므로 제국은 보이지 않는다.『청춘무성』에서 제국이 보이지 않는 이유, 그렇기 때문에 '민족'도 보이지 않는 이유는 바로 이 때문일 것이다. 식민지 조선에서, 아니 이전의 이태준의 소설에서(적어도 『불멸의 함성』이나『제2의 운명』에서는) '민족'은 계몽의 대상이 되건, 실천의 주체가 되건 간에 항상 제국을 염두에 둘 수밖에 없었다. 민족을 말하는 순간, 혹은 조선어를 말하는 순간 제국이 전제되는 것이다. 그러나 『청춘무성』에서는 더 이상 민족은 없다. 민족이 감추어지는 것이 아니라

---

9) 고모리 요이치,『포스트콜로니얼』(삼인, 2003) 참조.

존재할 공간을 잃게 되는 것이다. 『제2의 운명』과 달리 계몽적 실천의 대상이 민족이 아니고, 실천의 방법이 교육이 아니다. 민족이라는 이름으로 공동성을 지니고 있었던 어떤 존재들은 『청춘무성』에는 없다. 그러기에 이제 『청춘무성』에서 사람들을 가르는 선은 민족적이라기보다는 계층적이다(계급적이 아니다). 이러한 구분은 이태준 초기 소설의 모습과 유사하다고 생각되는데, 이러한 구분 속에서 제국이 존재할 여지는 없으며, 제국의 그림자도 비치지 않는다. 제국은 없거나 아니면 보이지 않는 모습으로만 존재하는 것이다. 『청춘무성』에서 제국이 없는 존재인지, 아니면 보이지 않는 모습인지는 명확하게 하기 어렵다. 제국은 이제, 특정한 공간, 바다 건너, 혹은 관청에 존재하는 것이 아니라 모든 곳에 편재한다.

그러나 조금 더 살펴보면 제국의 존재를 찾을 수 없는 것은 아니다. 『청춘무성』 속에서 제국의 존재는 두 군데 정도에서 나타난다. 하나는 득주가 재판을 받는 장면이고, 다른 하나는 원치원이 저수지를 만들기 위해 찾아가는 공간이다. 이 두 공간의 공통점은 무엇일까. 두 공간 모두 '국가기구'라는 점이다. 뿐만 아니라 이 두 국가기구 모두 '합리성'에 바탕을 두고 있다는 점이다. 이제 제국은 침탈자, 억압자로서가 아니라 합리적인 제도로 일상 속에 자리를 잡는다. 합리적인 판결, 그리고 수리에 대한 합리적 판단. 여기서 제국은 권력을 가지고 지배하기는 하지만 억압하지 않는 존재가 된다. 이를 괄호 쳐진 제국, (제국)이라고 말할 수는 없을까? 제국은 일상 속에서 합리성으로만 드러나기 때문에 실천의 영역은 이 합리성 속에 남아 있는 비합리성의 수정일 뿐이다.

(제국)은 제국이 아니라 (제국)이기 때문에 본래적 속성, 팽창하는 자본주의로서의 속성조차 괄호 안에 들어간다. 자본은 아니 돈은 막강한 힘을 가지고 있는 것이기는 하지만, 실상은 중립적인 것, 다시 말하자면

하나의 수단과 같은 것으로만 현상한다. 그러므로 돈은 누가 어떠한 방식으로 쓰는가에 의해서만 가치가 부여되거나 부여되지 않는다. 작가는 돈이 막강한 힘을, 현실적인 힘을, 이상을 현실화하는 힘을 가졌음을 받아들이지만 그러나 돈 자체를 중립적인 수단으로 설정함으로써 문제를 돈을 사용하는 자에게 넘기고 있다. 돈이 문제가 아니라 어떻게 어떠한 목적으로 사용하는가가 문제가 되는 것이다. 그러기에 여기서의 돈은 자본이 아니다. 이태준은 돈에서 피의 냄새를 맡지 못한다. 돈은 그저 돈일 뿐. 사악한 존재에게는 돈이란 억압의 수단이지만 선량한 존재에게는 돈은 환상을 현실로 만들어줄 수 있는 가공할 만한 힘일 뿐이다.

앞서 말한 (제국)의 두 힘이 함께 작용하는 지점이 바로 '자선사업'이다. 선을 베푸는 사업. 최득주가 십만 원을 훔쳐 시작하고자 했던 일, 그리고 원치원이 50만 원이라는 거금으로 시작하는 일, 그 모두가 기본적으로는 자선사업이다. 최득주의 일이 어둠으로부터 사람들을 이끌어내는 일이라면, 원치원의 일은 꿈을 현실화시키는 일이다. 여기서 중요한 것은 자선 사업에서 피의 냄새가 지워진다는 것이다. 그리고 선량함의 향기가 난다는 점이다.[10] 그리고 자선 사업을 통해서 앞서 말한 것처럼 계급도, 민족도 아닌 다른 경계, 곧 계층이라는 경계가 등장한다. 계층이 문제가 되었던 것이 단지 이때만은 아니었겠지만, 다른 경계선들이 더 이상 현실적인 힘을 갖고 있지 않을 때, 민족과 계급이라는 구분이 더 이상 현실적으로 불가능할 때 나타나는 계층이라는 구분은 결코 민족과 계급이 불가능하기 때문에 대체하는 구분이 아니라, 민족과 계급을 지우고 나타난다는 점이 중요하다. 그리고 자선 사업, 혹은 구제사업이 갖는

---

10) 미처 찾아보지는 못하였지만, 자선 사업, 혹은 구제 사업이 그냥 갑작스럽게 등장하지는 않는 듯하다. 이보다 1년 앞서 나온 김남천의 『사랑의 수족관』에서도 자선사업의 이야기가 나오기 때문이다. 자선사업이 정부에서 권하는 혹은 획책하는 하나의 일이었다는 생각이 드는 것도 이 때문이다.

의미도 바로 여기에 있다고 하겠다. 그리고 그렇게 될 때, 제국은 더 이상 자본주의로서의 제국주의도, 혹은 지배자로서의 제국주의도 아닌 아무 것도 아닌 존재로 있을 수 있는 것은 아닐까.

5. 글을 맺으며

지금까지 다소 혼란스럽게 논의를 진행시켜왔다. 혼란스럽다는 점은 나도 인정한다. 나는 여기서 삼각관계, 통속, 삼각관계의 근간으로서의 괄호 쳐진 (이자관계), 『청춘무성』에서의 삼각관계 / (이자관계)의 바탕에 존재하는 돈의 논리, 그리고 돈의 논리가 소설의 끝에까지 관철되는 모습을 살펴보았다. 이 각각의 논의들은 충분히 따로 설명되고 논의되어야 할 문제들임에도 불구하고 그러지 못하였다. 연관이 없어 보이는 것들을 연관을 지어나가면서 많은 비약이 있었고, 혼란이 있었다. 게다가 이를 괄호 쳐진 (제국)의 논의로까지 확대하였기 때문에 혼란이 가중되었다고 생각한다. 좀 더 정리가 되어야겠지만, 지금은 이 정도 이상으로는 나아가지 못할 듯하다.

기실 나의 관심은 『무정』이 어떻게 재생산되는가였다. 틀림없이 『무정』은 재생산되고 있었고, 그리고 아직도 재생산되고 있다. 이태준이 장편을 쓸 때 『무정』을 직접적으로 염두에 두었는지는 알 수 없지만, 이태준 장편소설의 문법은 『무정』을 닮고 있다. 구조적 동일성을 지닌다는 말이다. 그러나 동일한 구조라고 하더라도 현상 형태는 다를 수밖에 없다. 그 차이가 이태준을 만들고 있다면 이태준에게 가혹한 일일까. 아니 오히려 구조적 동일성 속에서 보이는 차이가 이태준의 장편소설, 대체로는 통속으로 폄하되는, 그렇지 않으면 지나치게 강한 민족주의로 보이는, 혹은 이상주의로만 받아들여지는 이태준의 장편소설의 역사적 맥락을 규정하고 있다고 생각된다. 이태준 개인을 기린다든지, 이태준이 얼마나 뛰어난 작가였던가를 말하는 것과 이태준이 지니는 문학사적 의미를 읽어내는 것은 같은 일이 아니다. 이태준이 이광수를 반복하면서도 이광수가 아닌 지점에, 이광수보다 더 나아갔거나 혹은 덜 미친 지점에 이태준의 문학사적 의미가 있다고 생각된다. 사실 이렇게 해서 나는 임화의 뒤를 이어 이태준을 우리 소설사의 한 맥으로 설정하는 것이기도 하다.

그러나 이 의미는 아직은 불투명하다. 마지막 지점에 (제국)을 말하기는 하였지만, 아직은 추상의 수준에 머물러 있다. 무엇보다도 먼저 '자선 사업' 혹은 '구제 사업'과 관련된 역사적 현실부터 확인하지 않으면 안 된다. 그리고 던져진 수많은 논제들에 대한 집중적인 검토도 필요하다. 사실 출발은 『청춘무성』이어야 했으나, 그러지 못하고 나는 나의 이전 논의로부터 출발할 수밖에 없었다. 이것이 이 논문이 지닌 결정적인 한계가 될 것이다.

참고문헌

강옥희, 『한국 근대 대중소설 연구』, 깊은샘, 2000.

대중문학연구회 편, 『대중문학이란 무엇인가?』, 평민사, 1995.

동국대학교 한국문학연구소 편, 『대중문학과 대중문화』, 아세아문화사, 2000.

박성봉, 『대중예술의 미학』, 동연, 1995.

서영채, 「1930년대 통속소설의 전개 방식과 그 의미」, 『민족문학사연구』, 1993. 12.

이미향, 「일제 강점기 애정갈등형 대중소설 연구」, 숙명여자대학교 박사학위논문, 1999.

장영우, 「대중소설의 유형과 그 특질」, 『동국대 한국문학연구』, 1998. 3.

채호석, 「이태준 장편소설의 소설사적 의미 : ≪불멸의 함성≫을 중심으로」, 『한국근대
　　　　문학과 계몽의 서사』, 소명, 1999.

채호석, 「대중소설 혹은 근대소설 : 1920년대 최독견 장편소설의 의미」, 『한국문학이
　　　　론과비평』, 2002. 9.

채호석, 「탈-식민의 거울, 임화」, 『한국학연구』, 2002. 12.

채호석, 「탈-식민과 (포스트-)카프문학」, 『민족문학사연구』, 2003. 12.

고모리 요이치, 『포스트콜로니얼』, 삼인, 2003.

1930년대 소설에서의 돈과 육체

— 이상(李箱)의 소설을 중심으로

1. 들어가며

모든 근대(혹은 현대)가 자본주의는 아니겠지만, 적어도 근대의 시작이 자본주의와 함께 하였음은 주지의 사실이다. 자본주의는 굳이 마르크스나 엥겔스의 말을 빌지 않더라도 형식적으로 '자유로운' 인간, 봉건적인 제도에 속박되지 않는 '자유로운' 개인의 존재를 전제로 한다. 이러한 형식적으로 자유로운 존재들이란 자본에 자신의 노동을 팔 수밖에 없는 존재들이었다.

'노동'의 판매라는 형식적으로 자유롭고 평등한 계약은 '노동'을 소유한 '노동자'에 대한 자본의 포섭으로 나아갈 수밖에 없다. '노동'의 구입은 그 노동을 행할 수 있는 '노동의 주체'의 구입을 통하지 않고서는 불가능하기 때문이다. 이러한 자본에 의한 노동자의 포섭이야말로, 근대적인 사회의 사회적 관계의 핵심 가운데 하나일 것이다.

또 하나, '화폐'는 그 자체로는 사용가치를 갖고 있지 않은 대표적인

‘교환가치’이다. 화폐는 모든 것을 대신할 수 있는 존재로 나타난다. 이러한 교환가치의 대표자로서의 화폐는 이제 그 자체로 하나의 ‘물신’이 된다. 그것은 모든 것을 대체할 수 있고, 또한 모든 것으로 자신을 변화시킬 수 있는 존재이기에, 바로 그러한 변환 가능성에 의해 가장 강력한 존재가 된다. 이를 ‘화폐의 물신성’이라고 한다. 일단 ‘물신화된 화폐’에서 벗어나기 위해서는 바로 이러한 화폐의 물신성에 대해 인식하지 않으면 안 된다.

지극히 단순화된 ‘화폐의 물신성’에 대한 개략적인 이해를 이렇게 전제하지 않으면 안 되는 것은 바로 여기에 이 논문이 기초하고 있기 때문이다. 이 논문의 주제는 범박하게 말하면 한국 현대문학에서의 돈과 육체와의 관계이다. 좀 더 좁혀 말하자면, 한국현대소설에서의 돈과 육체와의 관계이다.[1]

언뜻 생각하기에 한국 현대소설에서 돈과 육체와의 관계를 다루고 있는 작품은 상당히 많다고 생각된다. 잘 알려져 있는 대부분의 작품들에서 돈과 육체와의 관계가 나타나지 않는 소설은 거의 없다고 해도 과언이 아닐 것이다.

하지만 문제는 거기 있지 않다. 돈과 육체의 관계가 드러나는 작품은 많지만, 그렇다고 해서 그 모든 작품들이 돈과 육체와의 관계를 천착해 들어가고 있지는 않기 때문이다. 우리가 쉽게 볼 수 있는 작품들에서 돈

---

[1] 김성수 선생님의 논의에서 도움을 받은 바, 돈은 적어도 세 가지 다른 모습을 띠고 있는 듯하다. ‘돈’과 ‘화폐’ 그리고 ‘자본’, 이러한 세 가지 얼굴을 갖는다. 엄밀한 구분은 아니지만, 대체로 ‘돈’이 가장 일상적인 용어로 일상의 감각을 담고 있다. 그리고 가장 감각적인 단어이이고 하다. ‘화폐’는 ‘추상화된 돈’, 교환가치로서의 성격이 좀 더 강조되는 듯하다. 반면에 ‘자본’은 좀 더 엄격하게 규정될 수 있다. 마르크스의 말처럼 ‘화폐’가 생산관계 속으로, 곧 상품의 생산과 소비라는 순환 고리 속으로 들어갔을 때, 다시 말하자면 ‘이윤’(마르크스의 표현대로 하자면 ‘잉여가치’)을 생산했을 때 비로소 ‘자본’으로 된다(K. 마르크스, 『자본』 1-1, 이론과실천, 1987, 제1장 참조). 이 논문에서는 ‘돈’과 ‘화폐’는 구분하지 않는다. 다만 ‘돈’(‘화폐’)와 ‘자본’은 조금 더 엄격하게 구분하여 사용하고자 한다.

과 육체와의 관계는 볼 수 있지만, 돈과 육체와의 관계 자체를 다루고 있지 않거나, 아니면 상당히 단순한 방식으로밖에 나타나 있지 않기 때문이다. 자본주의 사회에서 '돈'은 어디서나 존재한다. 그야말로 '미만(彌滿)해 있는' 존재라고 할 수 있다. 오히려 '돈'을 발견할 수 없는 곳이 드물다고 할 수 있다. 자본주의 사회가 어쨌건 '자본'에 의해 규정되고 있음을 생각한다면 이는 당연하리라. 그러나 대부분의 작품 속에서 '돈'이란 그저 '환경'과 같은 것으로 등장한다. 그것은 자본주의 사회를 살아가는 인간의 '본질'과는 무관한, 그저 인간을 밖으로부터 압박해 들어가는 존재 이상으로 나타나지는 않는다.

그렇다면 어떻게 해야 할까? 과연 소설 속에서 인간 존재의 본질로서의 돈 / 자본이 드러나고 있는 작품이 있을까? 충분하지는 않지만 이상(李箱)의 소설 속에서 그것을 발견할 수 있었다. 그렇기에 이 논문은 이상의 소설에 나타난 '돈과 육체'와의 관계에 집중하기로 한다. 물론 이를 위해서 그 '주변'을 먼저 탐색해 보고자 한다. 그 가운데서 이상의 소설이 지니고 있는 독자성, 혹은 고유함이 드러날 것이라고 생각한다.

물론 그렇다고 해서 이 논문이 이상의 소설에 관한 논문은 아니다. 다만 이상의 작품들 가운데서 돈과 육체와의 관계, 그리고 자본과 육체와의 관계에 대한 이상 나름의 천착을 발견할 수 있을 것이라는 가정 아래서 이상의 소설을 살펴보고자 할 뿐이다. 이상만이 유일하게 돈 / 자본과 육체와의 관계를 천착해 들어갔다고 단언하기는 힘들며, 또한 이상의 모든 소설이 그렇다고 말할 수도 없기 때문이다. 그렇다고 해서 이 논문이 모든 소설들을 다 감당할 수는 없다고 생각된다. 그렇기에 이 논문의 상당부분은 추상적이고 개괄적인 논의에 그치고 말 것이다. 그 다양한 양상들, 그것을 현상하는 구체적인 소설들을 모두 다루는 것은 이 자리가 아니라 다른 자리에서 가능할 것이다.

2. '거래되는 육체'의 두 가지 현상 형식

1) '가난', 필요와 욕망의 논리

돈과 육체의 관계는 과연 어떠한 방식으로 소설 속에서 현상할 수 있을까? 가능한 몇 가지 방식을 생각해 보도록 하자.

아마도 가장 많이 등장하는 방식은 '돈' 때문에 고통 받는 존재들의 이야기일 것이다. 모든 가난한 자들의 소설 속에서 이러한 모습을 발견할 수 있다. 굳이 예를 들 필요도 없을 것이다. 가난한 자들이 등장하는 소설이라면 거의 모두 이에 포괄될 수 있을 것이다. 이런 소설들 속에서 헐벗음과 굶주림의 원인은 '돈이 없기' 때문이다. 이때 돈이란 인간의 기본적 욕구를 충족시키는 재화를 살 수 있는 도구로서 나타난다. 그리고 그 이상은 아니다. 가난한 자가 주머니 속의 돈을 세고 있을 때, 그는 자신이 가진 돈을 수많은 다른 사용가치들과 견주어 보고 있는 것이며, 이때 돈을 확실하게 모든 교환가치의 대표자로서 기능한다. 그러나 바로 거기서 그치고 만다. 왜냐하면 이때 돈이 존재한다면 돈은 즉시 사용가치를 지닌 다른 존재로 바뀌게 될 것이기 때문이다. 그리고 이 다른 존재들이란 인간의 '요구'를 충족시켜주는 존재들일 것이다. 돈을 매개로 하지 않고서 이러한 사용가치(를 지닌 존재)를 자신의 손 안에 넣을 수 없고, 그렇기 때문에 돈이 필요하지만, 일단 다른 사용가치를 지닌 존재로 전화됨으로써 돈은 소기의 목적을 달성하고 사라진다. 자본주의 사회에서 확실히 '돈'의 매개성이 중요한 것이기는 하지만, 아직 그 돈은 일시적으로 등장하였다가 사라지는 존재 이상의 의미를 갖지 않게 된다. 돈에 대한 지향이 있음에도 불구하고, 그것은 그 자리에서 철저하게 '교환가치'로서만 등장한다. 그렇기 때문에 이런 유의 소설들에서는 인간이 가지고 있는 요구 혹은 필요와 그 요구를 충족시켜 줄 수 있다고 판단되는 구체적인 사물 사이의 관계가 더 강하게 나타난다.[2]

 '가난'의 경우, 이러한 필요가 욕망으로 전화하는 모습도 드러난다. 이때 욕망은 '결핍'에서 오는 것이지만, 이 결핍이 사회적 관계 속에서 오는 결핍이라는 점에서, 다시 말하자면 '매개된 욕망'이라는 점에서 필요와는 다르다.[3] 이러한 욕망은 '좀 더 좋은' 것을 요구한다. 이는 한편으로 다른 사람의 욕망을 욕망하고 있다는 점에서, 다른 사람들과 동질화되는 것을 뜻한다. 이러한 욕망이 충족되지 않았을 때, 이 욕망을 충족시키기 위한 방법으로 '화폐'를 원하게 된다. 그러나 이러한 욕망을 충족하고자 하는 행위는 다른 한편으로는 현존하는 자신과 유사한 존재들과의 '차이'를 꿈꾸는 것이기도 하다는 점, 다시 말하자면 '구별 짓기'를 행하고자 한다는 점에서 이중적인 의미를 갖는다고 할 수 있다.[4] 1920년대 초반의 최서해의 작품이나, 1930년대 후반 강경애의 「지하촌」과 같이 가난에 대해 자연주의적으로 묘사한 작품을 제외한다면 대부분의 '결핍'에 따른 욕망과 '가난'을 다룬 작품들은 대체로 여기에 속한다고 할 수 있다.[5] 이런 욕망이 가져다주는 실질적인 효과는 소설 속에서 그

---

2) 최서해의 소설들은 대체로 이와 같은 양상을 보여주고 있다. 최서해 소설에서 주인공들은 가난하지만, 이때의 가난은 '돈'의 부재를 의미하기보다는 좀 더 직접적으로 욕구를 충족시킬 수 있는 재화의 부재를 의미한다. 따라서 등장인물과 필요로 하는 재화 사이의 관계는 돈에 의해 매개되기보다는 직접적인 관계로 나타난다.

3) 이에 대해서는 르네 지라르, 『낭만적 거짓과 소설적 진실』(한길사, 2001)을 참조하였다.

4) 이러한 '차이' 및 '구별 짓기'에 대해서는 P. 부르디외의 『구별 짓기 : 문화와 취향의 사회학』(새물결, 2005)을 참조하였다.

5) 이런 욕망과 욕망에 대한 자의식(비록 깊이 파고들지는 못하지만)은 박태원의 「소설가 구보 씨의 일일」에서도 찾아볼 수 있다. 박태원의 「소설가 구보 씨의 일일」의 경우, '산책자' 등의 개념으로 이해되거나, '행복' 추구라는 측면에서 주로 논의되었지만, 그 속에 감추어져 있는 욕망에 대한 새로운 해석이 필요하다. 박태원이 보이고 있는 자본주의에 대한 '매혹'이란 실상 '매개된 욕망'에 지나지 않을 수도 있기 때문이다.

결핍을 채우기 위한 방법으로 '돈'을 추구하고, '돈'을 추구하기 위해 자신의 육체를 상품화시키는 모습으로 나타나게 된다.6)

확실히 자본주의 사회에서 돈과 육체의 관계를 가장 명료하게 나타내는 것은 돈에 의한 육체와 상품화, 곧 '육체의 거래'일 것이다. 그리고 이것이 자본주의 사회의 핵심이기도 하다.

2) 자본에 의한 노동의 지배와 노동의 상품화

소설 속에서 육체가 상품화되어 거래되는 양상은 어떻게 나타날까? 지극히 단순화시키는 감이 없지 않지만, 일단 두 가지로 생각해 볼 수 있을 듯하다.

첫 번째는 이미 많이 논의되었던 것처럼 '노동의 상품화'이다. 자본이 노동을 구입하고, 산 노동을 투입하여 죽은 노동을 산 것으로 만들고, 이를 통해 새로운 가치를 창출해 낸다는 것은 상식에 속할지도 모른다. 당연히 이런 노동의 상품화 양상은 물론 노동소설에서 쉽게 발견할 수 있다. 그러나 과연 그 양상이 돈/자본과 육체와의 관계로 파악해 낼만큼의 의미를 갖고 있는가는 의문의 여지가 있다. 왜냐하면 대부분 이런 소설들의 경우, 상품화 그 자체를 다루지 않고, 상품화에 따른 반응을 그리기 때문이다.

자본-노동의 관계에서 거래된 것은 노동이지만, 관계가 맺어지는 것은 노동자와 자본가 사이에서이다. 따라서 자본은 노동에 대한 지배를 행하면서 그 노동을 행하는 노동자에 대한 지배로까지 나아간다. 노동자에 대한 지배는 노동자에 대한 인격적 지배가 아니라, 노동을 하는 그

---

6) 염상섭의 『사랑과 죄』에서의 '정 마리아'가 이러한 존재의 대표라고 말할 수 있다. 『사랑과 죄』에서 정 마리아가 가장 돋보이는, 생동하는 인물인 이유가 바로 여기에 있다. 정 마리아와 같은 존재야말로 가장 '자본주의적'인 존재이기 때문이다.

육체를 포섭한다는 의미이다. 이 관계 속에서 자본가와 노동자, 혹은 중간 관리자와 노동자의 '인격적' 관계의 문제를 제기하는 것은 자본에 의한 노동 지배의 한 양상을 다루고 있는 것이기는 하지만, 어쩌면 핵심적인 문제제기가 아닐지도 모른다. 그 '인격적' 관계가 그야말로 '인격적으로' 이루어진다고 하더라도 여전히 본질은 변하지 않기 때문이다.

그렇기 때문에 노동자에 대한 비인격적 대우, 혹은 가혹한 노동의 강제, 더 이상 노동을 할 수 없는 노동자에 대한 폐기라는 자본의 움직임에 대해, 노동자로서의 혹은 인간으로서의 반응(때로는 개인적인 저항으로, 또 때로는 강력한 파업으로)을 확인할 수 있지만,[7] 그것은 최소한 지금의 맥락에서는 의미를 갖지 못한다. 노동자는 그 자신이 판 것은 노동이지 자신의 인격이 아니기 때문에 그에 저항한다. "노동자도 인간이다."라는 명제로 대표되는 이러한 저항은 충분히 있을 수 있는 것이고, 또 필연적인 것일지도 모른다. 그러나 이를 '돈과 육체의 관계' 속에서 논하기는 어렵다.

문제는 과연 소설이 노동의 상품화 자체를 다룰 수 있는가의 문제인데, 실제 소설 속에서 노동의 상품화 그 '자체'에 대해 문제를 제기하고 있는 소설은 그리 많아 보이지 않는다. 자본에 의한 노동의 지배에 따라 일종의 노동 규율이 형성되고, 노동자의 육체는 그에 복속될 수밖에 없다. 그리고 규율에 따른 노동은 육체의 리듬을 형성한다.

하지만 이런 노동의 규율에 따른 육체의 리듬, 규율화된 움직임을 보

---

7) 한설야의 『황혼』에서는 기업 이윤의 확보를 위해 강력한 구조조정을 행하려는 자본가의 논리를 잘 드러내고 있다. 자본가에 대한 노동자의 승리라는 '예정된 결말'에 이르기 위해, 구조조정 혹은 노동 시장의 유연화라는 자본가의 논리가 지나치게 '개인'인 사장의 문제로 환원되어 개인의 약점이 논리의 약점으로까지 나아가는 취약함을 보이고 있지만, 1930년대 소설에서 기술의 발전과 그에 따른 노동 강도의 강화, 그리고 산업예비군의 형성이라는 자본주의의 문제를 그나마 보여준 것은 한설야가 거의 유일하지 않을까 한다.

여주고 있는 작품은 그리 많지 않다. 아니 정확하게 말하자. 소설 속에서 그러한 규율을 발견하기는 어렵지 않다. 노동 소설에서 점심시간을 알리는 종이 울리고, 점심을 먹기 위해 식당이나 아니면 잔디밭으로 나가는 장면, 점심시간을 이용한 휴식, 혹은 간단한 놀이를 하는 장면 등은 쉽게 발견할 수 있다.[8] 그러나 실상 그러한 시간의 분할, 그리고 그에 따른 육체의 규율화가 도대체 어떤 의미를 가지고 있는가를 천착하는 작품을 노동소설에서는 찾아볼 수 없다.[9]

자본주의 사회에서 노동자의 일상적 삶의 방식이란 어쩔 수 없이 자본의 규율에 맞추어 질 수밖에 없다. 일정한 노동 시간과 휴식 시간(매일의 혹은 주간의)의 반복에 맞추어 일상생활이 규정된다. 샐러리맨의 출근과 퇴근, 노동자의 노동과 휴식, 그리고 휴일 또는 휴식 시간에 이루어지는 여러 가지 활동들. "이번 휴일에는 무엇을 할까?"라든가, 아니면 "내일이 휴일이니 몸이 그것을 기대한다." 정도의 반응은 확인할 수 있다. 그러나 이러한 일상의 리듬이 어떤 의미를 지니고 있는지, 아니 그런 리듬 자체가 자본에 의해 규율화된 것이라는 생각 자체를 소설 속에서 확인할 수 없었다.

이와는 달리 노동을 그 자체로 의미 있는 것으로 보려는 반응도 있다. 노동이 비록 자본에 의해 포섭되어 있지만, 그러나 노동 자체의 신성함과 같은 노동의 의미에 초점을 두는 소설들이 있다. 하지만 바로 그 점, 자본에 의해 포섭되어 있음에도 불구하고 갖는 노동의 신성함에 대한

---

8) 이 예는 김남천의 「공장신문」에서 뽑은 것이다.
9) 오히려 노동소설이 아니라 모더니즘 소설 속에서 근대적 시간 분할에 의해 규율화된 존재의 모습을 발견할 수 있다. 박태원의 「피로」 속에서 퇴근 시간에 우르르 쏟아져 나오는 샐러리맨의 모습들은 기본적으로 근대적 시간 분할에 의해 규율된 존재의 모습이라고 할 수 있다. 물론 「피로」에서는 아주 잠깐 그에 대해 생각할 뿐이지만, 그에 대해 생각한다는 것, 그리고 그 생각이 세상(자본주의적 세상)을 살아가는 '피로'와 연관되어 있다는 점에서는 가치를 부여할 수 있다.

강조는 노동 그 자체를 강조하고, 그에 따른 정신의 갱생을 요구함으로써 실질적으로 존재하는 자본에 의한 포섭이 보이지 않게 되는 경향이 있다.10)

3) '거래되는 육체' : 성의 매매

이제 또 다른 양상을 살펴보자. 육체가 상품화되어 거래되는 두 번째 양상은 넓은 의미에서의 성의 매매이다. 넓은 의미에서의 성매매는 '성적 행위에 대해 금전적 대가를 지불하고 성적 서비스를 받는 거래'를 뜻한다.11) 성적 행위가 무엇인지, 그리고 성적 서비스가 무엇인지 좀 더 명확하게 규정할 필요는 있으나, 중요한 것은 그것이 성매매로 불리든 아니든, 문제가 되는 것은 타인의 '성적 신체'를 화폐를 매개로 하여 잠정적으로 자신의 것으로 전유하는 행위 일체라고 할 때, 성매매라는 말을 넓은 의미에서 사용할 필요가 있다고 생각된다.

---

10) 한설야의 소설이 대표적이라고 하겠다. 한설야의 경우, '육체적 힘'에 대한 찬양, '육체노동'에 대한 찬양을 쉽게 발견할 수 있다. 볼셰비키 시대의 대표작인 「씨름」에서도 그러했을 뿐만 아니라, 1930년대 중반 이후 전향지식인이 무너져버린 주체를 회복시키기 위해서 하는 첫 번째 행위가 바로 '육체노동'이다(「임금」 등의 작품을 보면 확인할 수 있다). 그러나 육체노동 자체가 무너진 주체를 재건시켜 줄 수 있으리라는 것은 일종의 환상에 지나지 않는다. 여기에는 육체노동자에 대해 지식인이 가지고 있는 일종의 콤플렉스가 작용하고 있는 듯하다. 뿐만 아니라 '노동의 신성함'에 대한 즉자적인 해석도 확인할 수 있다. 이렇게 육체노동을 찬양하고, 육체노동을 통해서 주체를 재건하려는 모습은 실상, 그 육체노동 속에서 작동하고 있는 자본과의 관계, 자본에 의한 포섭에 대해서는 눈을 감게 만든다. 「임금」의 주인공이 자신이 하고 있는 노동관계 속에서 저항하지 못하고, '후미끼리'에 대해서만 말할 수 있는 것도 바로 이 때문이다.

11) 좁은 의미에서의 성매매는 '불특정인을 상대로 하여 금품 기타 재산상의 이익을 받거나 받을 것을 약속하고 성행위를 하는 것' 또는 '상호 익명을 전제하고, 금품 수수를 매개로 몸의 접촉을 통해 이루어지는 성교 중심의 성적 행위'로 규정될 수 있다. 이렇게 좁게 규정할 경우, 직접적인 성행위만을 성매매로 규정하게 된다. 그러나 이 경우 여기서 논의의 중심이 되는 카페 여급 등은 성매매의 당사자로 여겨지지 않을 수 있다. 뿐만 아니라, 화폐를 매개로 한 타인의 성적 신체의 잠정적인 구속은 성매매로 규정되지 않게 된다.

실제로는 여성에 한정되지 않지만 소설 속에서 이러한 성매매는 여성에 한정되어 있다. 이 논문에서 다루고자 하는 1930년대의 경우 남성이나 아이에 대한 성매매는 나타나지 않고 전적으로 여성으로 국한되어 있다.

이러한 두 번째 양상은 앞서 말한 노동자의 노동의 상품화와는 양상이 조금 다르지 않은가 한다. 엄밀히 논증되어야 할 문제이기는 하지만, 일단 두 양상 모두 타인의 신체를 돈을 매개로 하여 잠정적으로 자신의 것으로 전유하는 것이기는 하지만, 전유되는 것이 무엇인가는 차이가 나지 않는가 한다.

1930년대 소설 속에서 성매매는 대체로 '카페 여급'을 다루고 있는 작품에서 확인된다. 그런데 카페 여급의 경우 노동자와는 양상이 다르다. 노동자는 자신이 파는 것이 노동이지 노동하는 자기 자신이 아니라는 점에서 노동과 노동을 하는 육체, 그리고 그 육체의 실질적인 전유자를 구분할 수 있다. 하지만 카페 여급의 경우는 노동과 노동을 하는 육체, 그리고 그 육체의 전유자를 구분하기 어렵다.

노동의 경우, 노동하는 육체와 정신의 구분이 이론적으로는 가능하다. 물론 노동하는 육체에 따라 그 정신 또한 육체에 맞추어질 수밖에는 없지만 적어도 반복되는 노동을 하면서 정신은 별도로 작동할 수 있기 때문이다. 하지만 카페 여급의 경우, 이런 구분이 쉽지 않다. 카페 여급이 파는 것은 자신의 노동만이 아니라, 그 노동을 행하는 육체 자체이며, 또한 그 육체에 걸맞은 정신이기 때문이다.

그렇기 때문에 카페 여급을 다루는 경우, 육체와 정신의 분리와 분열보다는 정신 내부의 분열이 중심에 놓인다. 곧 여급을 찾아온 손님에 대해 웃음과 교태를, 때로는 육체를 팔아야 하고, 그리고 정신 또한 그렇게 지니지 않으면 안 되기 때문이다. 그러나 그러한 현실, 자신의 몸과

웃음을 팔아야 한다는 현실에 대한 저항이 있을 수밖에 없고, 이러한 저항은 육체와 정신의 분리가 아니라 정신 내부의 분열로 나타나게 되는 것이다.

이런 현실에 대한 반응이란 소설 속에서는 극히 단순하게 나타난다. 간단하게 말하자면 생활의 곤궁으로 육체를 팔 수밖에 없었고, 그러한 현실 상황에 대한 정신이나 마음의 반작용이란, "비록 몸은 팔렸어도, 정신만은 그렇지 않다."라는 주의주의적인 대응이거나, 아니면 "몸이 팔렸으니, 그게 현실이니 어쩌겠는가?"라는 자포자기적인 대응, 그것도 아니라면 자신이 몸을 팔고 있다는 사실 자체에 대해 별다른 의식을 갖고 있지 않은 데서 오는 무대응으로 나타난다.

뿐만 아니라, 이런 소설들에서 카페 여급의 육체를 구매하는 존재, 곧 손님은 나타나지만, 실제로 그 육체를 상품화하는 자본의 모습은 등장하지 않고 있다. 결국 자본과의 관계에서의 육체가 아니라, 상품화된 육체를 사는 손님과의 관계에서의 육체만이 나타날 뿐이며, 이는 육체의 상품화의 두 단계 가운데 단지 소비의 측면만을 보이는 것이며, 이로써 육체를 상품화하는 자본은 그 배후로 사라져버리게 된다. 물론 소비의 단계에서 비로소 상품으로서의 육체가 육체의 상품성을 부정할 수 있을지도 모른다.

이처럼 자본주의 사회에서 돈과 육체의 관계는 노동의 상품화 혹은 육체의 상품화라는 방식으로 소설 속에서 나타나는데, 문제는 소설 속에서 이러한 관계 자체에 대한 천착이 보이지 않는다는 점이었다. 실제로 이런 천착이 소설 속에서 가능한가 하는 질문이 던져질 수도 있을 것으로 생각된다. 소설이라는 것이 어쩔 수 없이 현실의 구체성을 다룰 수밖에 없는 것이고, 그려낼 수 있는 것이란 비록 자본과 육체 사이의 '관계'가 본질이라고 하더라도 어차피 현상으로 드러나는 양상밖에 없다고 생각한다면 소설에서 이러한 관계를 천착해 들어가는 것은 쉽지 않을 수 있다.

결국 소설 속에서 이러한 관계 자체를 탐구하는 것이 가능한가를 묻는 지점에 도달한 것인데, 이상의 소설 「지주회시」는 독특한 방식으로 이 관계를 천착하고 있는 것처럼 생각된다.

3. 「지주회시」[12) : 돈 / 자본의 순환 고리, 배제되면서 포섭되는 존재들의 이야기

1) 「지주회시」의 발화와 여러 층위

「지주회시」는 이상의 다른 작품들처럼 이해하기 쉽지 않다. 「지주회시」가 이해하기 쉽지 않은 이유는 여러 가지 있겠지만,[13) 여러 층위의 발화가 뒤섞여 있는 것도 그 하나의 이유라고 할 수 있다. 조금 길지만 발화의 여러 층위를 확인하기 위해 한 대목을 인용해 보도록 한다.

> 수염을깎고 첩첩이닫어버린번지에서나섰다. 딴은크리스마스가봄날같
> 이따뜻하였다. 태양이그동안에퍽자란가도싶었다. 눈이부시고−또몸이까

---

12) 「지주회시」는 『중앙』 1936년 6월에 발표되었다. 김윤식 엮음, 『원본·주석 李箱문학전집 2 : 소설』(문학사상사, 1991)이 있으나, 약간의 오류가 있어 『중앙』에 발표된 원본을 텍스트로 하였다. 인용의 경우에는 가능한 한 원문에 가깝게 하되, 의미를 해치지 않는 범위 안에서 현대어로 바꾸었다.

13) 여러 논자가 지적한 대로 띄어쓰기를 하지 않는 것도 하나의 이유이다. 이는 일종의 '낯설게 하기'로, 한글의 문법을 일부러 어기는 것임에는 틀림이 없다. 그러나 이것이 낳는 효과가 무엇인가에 대해서는, 그리고 그 연원에 대해서는 좀 더 논의가 필요하다고 생각된다. 김윤식, 『이상연구』(문학사상사, 1987), 『이상 문학 텍스트 연구』(서울대출판부, 1998) 참조.

칫까칫조하고-땅은힘이들고-두꺼운벽이더덕더덕붙은빌딩들을쳐다보
는것은보는것만으로도녁넉히숨이차다. 아내흰양말이고동색털양말로변한
것-기절은房속에서묵는그에게겨우제목만을 전하였다. 겨울-가을이가
기도전에내닥친 겨울에서 처음으로인사비슷이기침을하였다. 봄날같이따
뜻한겨울날-필시이런날이세상에흔히있는공일날이나아닌지-그러나바
람은뺨에도콧방울에도차다. 저렇게바쁘게씨근거리는 사람 무거운통 짐
구두 사냥개 야단치는 소리 안열린들창 모든것이 견딜수없이답답하다.
숨이막힌다. 어디로가볼까. (A取引店) (생각나는명함) (吳군) (자랑마라)
(24일 월급날이든가) 동행이라도있는듯이그는팔짱을내저으며싹둑싹둑썰
어붙인것같이얄팍한A취인점담벼락을뺑뺑싸고돌다가 이속에는무엇이있
나. 공기? 사나운 공기리라. 살을저미는-과연보통공기가아니었다. 눈에
핏줄-새빨갛게달은전화-그의허섭수룩한몸은금시에타죽을것같았다. 吳
는어느회전의자에 병마개모양으로명쳐있었다. 꿈과같은일이다. 吳는장부
를뒤져 주소씨명을차곡차곡써내려가면서미남자인채로생동생동(살고)있
었다. 調査部라는패가붙은방하나를독차지하고 방사벽에다가는빈틈없이
方眼지에그린그림아닌그림을발라놓았다. "저런걸많이연구하면대강은짐
작이나서렸다" "도통하면돈이돈같지않아지느니" "돈같지않으면그럼方眼
지같은가" "方眼지?" "그래도통은?" "흐흠-나는도로그림이그리고싶어지
데" 그러나吳는여위지않고는배기기어려웠던가싶다. 술-그럼 색? 吳는완
전히吳자신을활활열어젖혀놓은모양이었다. 흡사 그가 吳앞에서나세상앞
에서나그자신을첩첩이닫고있듯이. 오냐 왜그러니 나는 거미다. 연필처럼
야위어가는것-피가지나가지않는혈관-생각하지않고도없어지지않는머
리-콱막힌머리-코없는생각-거미거미속에서 안나오는것-내다보지않
는것-취하는것-정신없는것-房-버선처럼생긴방이었다. 아내였다. 거
미라는탓이었다.

 吳는주소씨명을멈추고그에게담배를내밀었다. 그러자연기를가르면서문
이열렸다. (퇴사시간)뚱뚱한사람이말처럼달려들었다. 뚱뚱한신사는吳와
깨끗하게인사를한다. 가느다란몸집을한吳는굵은목소리를굵은몸집을한신
사는가느다란목소리로주고받고하는신선한회화다. "사장께서는나가셨나
요?" "네-참이백명이좀넘는데요" "넉넉합니다면저오시겠지요" "한시간

쯤미리가지요” “에 – 또 에 – 또 그럼그렇게알고” “가시겠습니까”14)

여기에는 우선 이 소설의 주인공을 ‘그’라고 기술하는 화자의 발화 층위가 존재한다. 이 발화의 층위는 이 이야기를 ‘그’의 이야기로 기술함으로써 작가의 이야기가 아닌 것으로 만들 뿐만 아니라, ‘그’의 삶과 행동에 대한, 나아가 다른 등장인물들에 대한 객관적 기술을 포함한다. 이 소설에서의 서사는 기본적으로 이러한 발화 층위에 의해 결정된다.

두 번째 발화 층위는 ‘그’의 내면의 기술, 혹은 독백적 진술이다. 흔히 자유간접화법이라고 말해지는 화법을 사용하여, ‘그’의 내면으로 바로 들어간다. 이 내면의 발화는 첫 번째 층위와 거의 구분되지 않은 채로 사용된다. 실제에 대한 객관적 진술(첫 번째)과 그에 대한 주관적 진술이 복합된 채로 나타난다.

세 번째 발화 층위는 대화의 직접 기술이다. 위의 인용에서는 ‘그’와 ‘오(吳)’의 대화가 그대로 드러난다. 이 층위에서는 작가의 선택이 개입하지 않는다. 다만 특정한 맥락 속에서 등장인물들의 실제 발화가 인용되고 있을 뿐으로, 그렇게 실제 발화를 인용함으로써 다시 맥락을 형성한다.

네 번째 발화 층위는 첫 번째 발화 층위나 두 번째 발화 층위의 진술 중간에 개입하는 ‘그’의 의식이다. “吳는장부를뒤져 주소씨명을차곡차곡써내려가면서미남자인채로생동생동(살고)있었다.” 이 진술에서 ‘(살고)’는 작가의 의식임과 아울러 또한 ‘그’의 의식이기도 하다.

이처럼 네 개의 층위를 오르내리며 「지주회시」가 쓰이고 있기 때문에 이 네 층위를 구분하지 않고서는 「지주회시」의 의미를 투명하게 드러낼 수가 없다.

---

14) 이상, 「지주회시」, 『중앙』, 1936. 6, 232~233면.

2) 실제 차원의 서사와 인물들의 관계 방식

「지주회시」의 실제 차원의 서사, 그러니까 소설 속에서 일어났던 사건만을 정리해보자.

크리스마스 날(사실은 크리스마스 전날) 오후 '그'는 집을 나선다. 그리고 A취인점에 있는 친구 '오'를 찾아간다. 오의 사무실에서 뚱뚱한 신사(아내가 다니는 R카페의 주인)를 만난다. 오와 사무실에서 나와 차점에서 홍차를 마신다. 그리고 吳와 R카페가 아닌 다른 카페에서 오의 여자인 '마유미'와 술을 마신다. 새벽 두 시 방으로 돌아오나 아내(나미코)는 없다. 아내를 찾아 R카페로 찾아간다. 아내는 손님에게 양돼지라고 했다가 발길에 차여 2층에서 떨어졌다고 한다. 아내를 발로 찬 손님은 오가 다니는 취인점의 전무라고 한다. 경찰서에 찾아가 아내와 오와 R카페 주인과 취인점의 전무를 만난다. 오와 R카페 주인이 화해를 하라고 한다. 그는 아내를 데리고 집으로 돌아온다. 다음날 아내는 다시 경찰서로 갔다가 20원을 들고 들어온다. 아내는 그 돈으로 치마저고리를 해 입고, 구두를 하나 사자고 한다. 아내가 잠든 뒤 그는 그 돈을 갖고 마유미에게 술을 마시러 간다.

이러한 '현재'의 서사에 다시 과거의 사건이 개입한다. 이 과거의 사건들이 이 소설의 등장인물들 사이의 관계와 서로 대하는 태도를 형성한다.

먼저 그—오. 옛날의 친구이다. 같이 화가가 되기를 꿈꾸었으나, 오는 아버지 사업의 실패로, 그리고 그는 건강 때문에 화필을 접는다. 오는 자신의 삶의 방식을 바꾸어 인천에 있는 K취인점에 나가기 시작한다. 그리고 그에게 자신처럼 살라고 한다. 그는 100원을 가져오면 석 달 만에 600원을 만들어주겠다는 오의 말을 듣고 100원을 吳에게 맡기나 지금까지 넉 달이 지나도록 오는 돈을 돌려주지 않는다. "즉백원이석달만에꼭오백원이되는이야긴데꼭되었어야할오백원이그게넉달이었기때문에감쪽같이한푼도없어져버린신기한이야기"이다.

그와 오는 같은 곳에서 출발하여 완전히 서로 다른 길을 가고 있는 존재이다.15) 오가 세상을 향해 자신을 모두 다 열었다면, 그는 세상에 대해 자신의 문을 닫아버린 것이다. 이런 오에 대해 그는 경멸과 감출 수 없는 부러움을 함께 느낀다. "두루마기처럼기다란털외투-기름바른머리-금시계-보석박힌넥타이핀-이런모든꼿의차림이한없이그의눈에 거슬렸다. 어쩌다저지경이되었을까. 아니. 내야말로어쩌다가이모양이되었을까. (…중략…) 다만모든이런꼿의저속한큰소리가맹탕거짓말같기도하였으나또아니부러워할려야아니부러워할수없는 형언안되는것이확실히있는것도같았다." 그가 오에게로 돈 100원을 들고 달려간 것도 바로 이러한 부러움 때문인 것이다. 그는 한편으로 세속을 부정하면서(오의 모습이란 당대 지식인이 경멸하는 바로 그 '황금광'의 모습이다. 박태원도 「소설가 구보 씨의 일일」에서 이런 경멸할 만한 존재를 그린 적이 있다) 또한 세속을 살아가는 길을 배우고 싶었던 것이다. 바로 이러한 이중적 욕망이 그의 존재를 규정하고 있으며, 이러한 그를 통해 세상의 규정성과 부정성이 확인될 수 있다.

그-아내. 어쩌다가 부부가 되었는지는 모르나, 어느 땐가 아내가 그를 따라왔고, 1년 반 뒤에 아내는 가버렸다. 그리고 서너 달 전에 아내는 '왕복엽서'처럼 "낡은 잡지 속에 섞여서 배고파하는 그를 먹여 살리

---

15) 이 그와 오의 관계를 「거울」에 나오는 것처럼 한 존재의 서로 다른 두 자아로 해석할 수도 있을 것이라고 생각된다. 그렇게 볼 수 있는 여러 가능성이 있기는 하다. 그러나 이러한 해석은 기본적으로 이 「지주회시」라는 소설 전체를 하나의 알레고리로 보았을 때만 성립 가능한 해석이다. 소설이 구체적 현실(그것이 아무리 가공의 것이라고 하더라도)을 끌고 들어오는 지점에서 이런 알레고리는 더 이상 성립할 수 없게 된다.

겠다."고 돌아왔다. 아내는 그에게서 떠나 있는 동안 오와 함께 있었으며, 오는 아내를 갈취하고 아내를 버렸다. 그는 반쪽을 잃어버린 왕복엽서처럼 돌아온 아내의 몸에서 수많은 '지문'을 발견하고, 바로 그 때문에 밤마다 아내에게 폭행을 하는 것이다. 오에게 백 원을 들고 달려간 것도 기실 아내와 오 사이의 이야기를 '도전(盜電)'해서 들은 것이고, 아내는 제발이 저려 가만히 있었던 것이다. 그런데 기실 이 백 원은 아내가 다니는 R카페의 주인에게 빌린 것이기도 하다.

아내─마유미. 이 두 사람은 직접적인 관련은 없다. 마유미는 "그의 아내와 조금도 틀린 곳을 찾을 수 없는 너무 많은 그의 아내"의 한 사람일 뿐으로, 오가 착취하고 있는 황금알을 낳는 '게사니'16)와 같은 존재이다. 그러나 오는 오대로 이 마유미를 착취하고 있다고 생각하고 있지만, 마유미는 마유미대로 하나의 '끄나풀'을 갖고 있는 것이다. 결국은 서로가 서로를 이용하는 관계일 뿐이다. 그러나 마유미와 다를 바 없는 아내는 오와도 그런 관계를 맺지 못하고 있고, 그와도 마찬가지이다. 오와 마유미 사이의 관계는 오가 아내를 착취하고 있다는 점에서 그와 아내 사이의 관계와 기본적으로 다를 바가 없지만, 吳와 마유미가 일종의 거래 관계 이상이 아니라고 한다면, 그와 아내 사이에는 그런 관계가 성립하지 않는다. 아내가 나에게 돌아온 것, 그리고 아내에게서 다른 남자의 지문을 발견하면서 매일같이 아내를 두들겨 패는 것, 이것들은 그와 아내와의 관계가 오와 마유미와 같은 거래 관계가 아님을 말해주고 있는 것이다. 문제는 이런 그─아내의 관계가 그 자신에게 서로가 서로를 빨아먹는, 그래서 서로가 말라 들어갈 수밖에 없는 거미의 관계로 현상한다는 것이다. 파멸을 알면서도 다른 방도가 없어 파멸을 향해 나아가

---

16) '게사니'는 '거위의 방언'이다.

는 관계가 바로 그-아내의 관계이다.

3) 돈 / 자본의 순환 고리 속으로 뛰어들기 : '기생(寄生)'의 삶의 방식

그러나 이러한 서사로는 이 소설이 수많은 기교와 뒤틀기를 가지고 있음을 제외한다면 다른 소설들과 달리 나아가는 지점이 없다고 해야 할 것이다. 바로 여기서 「지주회시」는 한 걸음 더 나아가는데, 그 나아가는 지점은 아내가 받아온 20원의 위자료를 들고 그가 마유미를 찾아가는 데 있다. 이러한 행위를 하는 데는 인식의 전환이 깔려 있다. 이제까지 오, 나, 아내, 마유미(더 나아간다면 A취인점 전무나 R카페 주인 모두) 서로가 서로를 갉아먹는 존재로 인식하고 있던 그는 자기 자신만이 거미임을 확인하는 것이다. 그것은 자본주의적인 거래 관계 속에서 그 자신만이 배제되어 있다는 의식이기도 하다. 이러한 배제됨의 의식은 그가 불가피하게 선택한 것이기도 하고, 그 스스로 능동적으로 선택한 것이기도 하지만, 이 배제된 지점에서 비로소 돈 / 자본의 순환 고리를 발견할 수 있었던 것임은 사실이다.

그리고 이러한 돈 / 자본의 순환 고리에서 배제된, 체제에 기생하는 존재로서의 자신에 대한 의식은 곧바로 그러한 체제를 부정하면서 나아갈 가능성도 지니고 있다. 이상의 소설을 제외한 많은 소설들 속에서 이러한 배제된 존재들은 바로 자신을 배제한 체제 자체를 공격하는 방식을 취하거나, 아니면 어쩔 수 없이 그 속에서 살아가면서 존재와 의식의 모순을 경험하는 양상을 보인다. 그러나 「지주회시」는 최소한 이 지점에서는 벗어나고 있는데, 그것은 그가 비루한 자본주의적 체제 속에 자신을 '의식적'으로 끼워 넣으려 하고 있기 때문이다.

노한촉수—마유미—못의자신있는계집—끄나풀—허전한것—수단은없
다. 손에쥐인20원—마유미—10원은술먹고10원은팁으로주고그래서마유미
가응하지않거든 에이 양돼지라고그래버리지. 그래도그만이라면20원은그
냥날라가—헛되다—그러나어떠냐공돈이아니냐. 전무는한번더아내를층게
에서굴러떨어뜨려주려무나, 또20원이다. 10원은술값10원은팁. 그래도마
유미가응하지않거든양돼지라고그래주고 그래도그만이면20원은그냥뜨는
것이다부탁이다. 아내야또한번전무귀에다대이고 양돼지 그래라. 걷어차
거든두말말고층계에서내리굴러라.[17]

그는 적극적으로 '기생하는' 존재로서 그 기생을 위해 아내가 받은 위
자료(가장 자본주의적인 방식이기도 하다)를 들고 마유미에게로 찾아간다.

도대체 그가 20원을 들고 마유미에게로 가는 이유는 무엇일까? 그가
그 돈을 술값 10원, 팁 10원을 들고 마유미에게로 가는 이유는 무엇보다
도 우선 그 돈으로 마유미와의 관계를 맺기 위한 것이다. 이 관계가 오
—마유미의 관계가 동일한 것임에는 틀림이 없다. 오가 마유미에게 끊임
없이 무엇인가를 사주고 다시 되찾아오면서 마유미의 돈을 3원이고 4원
이고 가져오듯이, 마유미가 사용할 곳이 없는 자신의 돈을 오에게 주어
가며 오를 '끄나풀'로 삼듯이, 그 또한 마유미에게 팁으로 10원을 주면
서 마유미와 관계를 갖고자 하는 것이다.[18] 마유미가 그와의 관계를 맺
기를 거부한다면, 마유미가 응하지 않는다면, 그 20원은 헛된 투자에 지
나지 않는다.

마유미가 응하지 않는다면, 또 하나의 방식은 마유미를 '양돼지'라고

---

17) 이상, 「지주회시」, 242면.
18) 처음에는 이를 오에 대한 복수, 다시 말하자면 600원을 만들어주겠다고 100원을 가져
   가서는 그 100원마저 돌려주지 않는 오에 대한 복수로 보았다. 하지만 다시 생각해 보
   니, 여기에는 오에 대한 복수의 의미는 없는 것으로 생각한다. 오가 자신의 돈을 떼어
   먹었든, 아니면 투기로 날렸든 그것은 별로 중요하지 않을지도 모른다. 문제는 그 돈이
   돌아가는 방식이다.

욕하는 것이다. 이는 아내에게 일어났던 일을 그가 다시 의식적으로 반복하는 것이다. 아내에게 일어났던 일은 하나의 우연한 사고였으나, 이제 그는 그 사고에서 어떤 법칙을 읽어내고(위자료) 그것을 자신의 방식으로, 돈을 벌기 위한 수단으로 만드는 것이다. 그러고도 마유미가 반응이 없다면, 이제 종잣돈인 20원은 그냥 날아가는 것이고, 그러면 다시 종잣돈을 만들기 위해 한 번 더 아내에게 부탁을 하는 것이다. 층계에서 다시 굴러 떨어지기를 말이다.

그가 이런 방식을 택하는 것, 스스로를 배제된 존재에서 자본에 의해 스스로를 포섭해 들이는 방식을 택하는 것, 그렇게 함으로써 스스로 자본이 되고자 하는 것이야말로 이 소설이 다른 소설들과 달리 한 걸음 나아간 점이라고 할 수 있다.

그가 스스로를 거미로 인정하는 것은 실상 '거미'의 삶의 방식이 자본주의의 한 극점이기 때문이다. 그것은 돈을 투자하여 그것이 새끼를 치게 만듦으로써 그 돈을 자본으로 전화시키려는 것이며, 그러한 자본의 전화가 '기생'이라는 방식을 취하고 있는 것은 오가 하고 있는 '미두취인(米豆取引)'이라는 일이, 그리고 오가 마유미와 맺고 있는 관계라는 것이 기본적으로 '기생'의 방식이기 때문이다. 그리고 이러한 자본의 순환에 '기생하는' 방식이야말로 미두와 마찬가지로 자본주의의 한 극점인 것이다.

이러한 자본주의의 한 극점으로서의 '기생의 방식', 이는 주식 투자와도 같은 것이며, 자본주의 사회에서의 가장 큰 꿈인 금리생활자의 삶의 방식과도 통하는 것이다. 그러나 이러한 기생의 방식이란 극히 부정적으로 보이는 것인데, 왜냐하면 그것은 '건전한 노동'에 따른 소득을 부정하고 있기 때문이다. 모두가 금리생활자 혹은 기생자가 되는 일이란 그것이 가장 큰 꿈임에도 불구하고 결코 이루어질 수 없는 일이다. 왜냐하면 자본은 스스로 증식하는 듯한 외양을 보이기는 하지만 결코 스스로 증식하지는 못하기 때문이다. 그것은 어떠한 방식으로건 착취를 전제로 하고 있으며, 「지주회시」에서의 이 착취란 아내에게 다시 위자료를 받도록 만드는 것과 하등의 차이가 없을 것이다.

> 구데기만도못한아내는, 아프다면서재재대인다. "공돈이생겼으니써버립시다. 오늘은안나갈테야(멍든데고약사바를생각은꿈에도하지않고) 내일낮에치마가한감저고리가한감(뭣이하나뭣이하나)(그래서10원은까불린다음) 남저지10원은당신구다한켤레맞춰주기로"[19]

이러한 아내의 꿈이야말로 가장 소박한 꿈이고, 어쩌면 가장 정상적인 생각인지도 모른다. 그리고 그러한 소박함에 틀림없는 인간적인 가치가 있음에 틀림없다. 그러나 이렇게 돈을 '까불'리는 것, 돈을 소비하는 것은 자본주의적 세계로 포섭해 들어가는 방식일 수는 없다. 그것을 돈/자본의 순환 고리 속으로 되돌릴 때 비로소 아내가 받은 돈/위자료는 자본으로 전화될 수 있는 것이다.

이렇게 배제된 존재들이 자신을 배제하고 있는 세계에 대해 그들과 같은 방식으로 되돌려 주려 하는 시도, 그리고 그 시도가 실패할 수밖에 없다는 것, 그로 인한 손해를 벌충하기 위해서는 다시 한 번 아내가 상처받지 않으면 안 된다는 것, 그것을 알고 있으면서도 그렇게밖에 시도할 수 없다는 데 이 소설의 문제성이 있다고 하겠다. 그것은 배제된 자에 대한 동정심이라든가. 아니면 그래도 따뜻하게 사랑을 가져야 한다는 '통속적'인 결론에서 벗어나 있기 때문이다.

---

19) 이상, 「지주회시」, 241면.

4. 나가며

모더니즘 일반이 그러하다고 말할 수는 없지만, 적어도 식민지 조선에서의 모더니즘은 어쩔 수 없이 식민지의 모더니즘에 직면하지 않을 수 없었다. 모더니즘이 '모더니티'를 극한까지 밀어붙이는 것이라고 한다면, 그 한 전형을 이상의 소설에서 발견할 수 있었다. 카프의 사회주의 소설들과, 그리고 염상섭의 소설들과는 전혀 다른 지점에서 모더니즘은 출발하였고, 그리고 이상은 그 모더니즘을 극한에까지 밀어붙였다.

「지주회시」는 돈/자본의 순환 고리에서 배제된 존재가 '부정적인 방식'으로, 그러나 가장 '자본주의적인 방식으로' 자신을 돈/자본의 순환 고리 속에 포섭해 들어가는 모습을 드러내 주고 있다. 자본주의 사회에서 돈과 육체 사이의 기본적인 관계가 자본에 의해 포섭되어 들어가는 인간 존재의 문제, 상품화되는 인간 존재의 문제라고 한다면, 「지주회시」가 건드리고 있는 문제가 바로 그러한 문제였다고 할 수 있다.

박태원과 달라지는 지점이 바로 여기에 있다고 하겠는데, 박태원의 경우 이미 「소설가 구보 씨의 일일」에서 그러하였고, 『천변풍경』 이후로는 전면화 되듯이, 자본주의 관계 속에서 배제되는 존재, 혹은 희생당하는 존재들에 대한 '연민'의 시선 이상을 갖출 수가 없었다. 비록 1930년대 후반의 소설들에서 여전히 박태원 식의 특유한 화법과 세련된 기술을 발견할 수 있다고 하더라도 이러한 화법과 기술은 「소설가 구보 씨의 일일」과는 달리 '방법'이 아닌 '기법'에 지나지 않는 것이었다. 배제된 존재들에 대해 연민의 시선을 갖출 때, 소설은 통속의 언저리를 배회할 수밖에 없는 것이다. 이러한 연민의 시선이란 이미 1920년대 초에 겪었고, 최서해에 의해, 그리고 카프 소설이건 염상섭의 소설이건, '리얼리즘'의 시선에 의해 극복된 것이기도 하였다. 1930년대 후반의 '연민'의 시선의 재생이란 시대적 중압이라는 맥락에 의해 조금은 달리 해석될 수 있는 것이기는 하지만, 그리고 그런 점에서 함부로 폄하될 수 있는 것이 아니기는 하지만, 그러나 '연민'의 시선은 결코 부정적인 세계를 넘어설 수 있는 방법으로서는 성립될 수 없는 것이었다. '연민'의 시선 아래서 그려지는 배제된 존재들이란 바라보여지는 존재이지 결코 행위하는 '주체'가 아니기 때문이다. 적어도 '주체'로서 그리기 위해서는 '연민'의 시선을 넘는 '연대'의 시선이 필요하였을 것이다. 그러나 그렇다고 해서 1930년대 후반에 '연대'의 시선이 가능했다고 말하는 것은 아니다.

「지주회시」는 이러한 '연민'의 시선, 때로는 '자기 자신'에게도 돌려지는 '연민'의 시선에 빠져들지 않고 있다는 점, 연민의 시선에 빠지기 직전에 다소 위악적으로 그것을 부정적 세계에 되돌린다는 점, 또한 그 자신이 세계의 부정성을 의식하면서 그 세계에 '부정적 방식'으로 참여한다는 점, 바로 이러한 점 때문에 '박태원'의 소설이나, 끊임없이 '재생'을 꿈꾸는 다소는 위선적이었던 1930년대 소설과는 다른 곳에 있다고 하겠다.[20]

---

20) 뿐만 아니라 이상의 소설 가운데서는 가장 대중적이었고, 또 그 자신 '소설'이라고 말했으며, 가장 뛰어난 소설로 꼽히고 있는 「날개」보다 더 전위적일 수 있었다고 하겠다. 이상 소설론에서 다시 논해야 하겠지만, 「날개」야말로 이상에게는 「12월 12일」 이래 가장 실패한 작품일 수도 있기 때문이다. 이상이 「날개」 이후 다시 「종생기」의 세계로 (「종생기」의 세계는 「지주회시」의 세계이기도 하다) 돌아간 것도 그 때문일지도 모른다. 이상 소설의 다종성에 대해서는 이 자리에서는 논의하기 어렵다.

참고문헌

김성수, 『이상 소설의 해석 : 생과 사의 감각』, 태학사, 1999.

김윤식, 『이상 문학 텍스트 연구』, 서울대학교출판부, 1998.

김윤식, 『이상 연구』, 문학사상사, 1987.

김주현, 『이상 소설 연구』, 소명출판, 1999.

이경훈, 『이상, 철천의 수사학』, 소명출판, 2000.

차원현, 「1930년대 모더니즘 소설에 나타난 미적 주체의 양상」, 서울대학교 박사학위
　　　　논문, 2001.

K. 마르크스, 『자본』 1-1, 이론과실천, 1987.

P. 부르디외, 『구별 짓기 : 문화와 취향의 사회학』, 새물결, 2005.

R. 지라르, 『낭만적 거짓과 소설적 진실』, 한길사, 2001.

1930년대 후반 소설의 역사적 상상력
—『인문평론』을 중심으로

1. 들어가며

무릇 소설은 역사의 산물이다. 물론 모든 문학이 역사의 산물이기는 하다. 그러나 소설이 '역사적' 산물이라고 했을 때, 그때 '역사적'이라는 말은 시가 '역사적' 산물이라고 했을 때와는 다른 의미를 갖는다. 다시 말하자면 '시'와 '소설'은 모두 문학으로서 '역사적'으로 제한되고 규정 되지만, 시와 소설은 갈래적 차이 때문에 역사로부터 받는 규정성이 같 지 않다. 시는, 적어도 현대시는 뭐라고 하더라도 그 핵심에 개인(혹은 때 로는 집단)의 '정조(情調)'의 산물이다. 시를 세계의 자아화[1]라고 했을 때, 시는 어떤 역사를 대면하고 있는가보다는 그 역사를 어떻게 자기화하고 있는가에 중심이 놓일 수밖에 없다. 그렇기 때문에 시는 역사적으로 규

---

1) 이는 조동일의 용어이다. 이에 대해서는 조동일, 『한국문학 갈래 이론』(집문당, 1992)과 『한국 소설의 이론』(지식산업사, 1977)을 참조할 수 있다. 모든 시를 그렇게 말할 수 있는 가에 대해서는 논란의 여지가 있지만, 적어도 서정시를 그렇게 말할 수는 있을 듯하다.

제되고 있고, 역사적으로 한정될 수밖에 없기는 하지만(이는 모든 문학의 운명이리라), 그럼에도 불구하고 시는 '비역사적'이라고 말할 수 있다. 고유한 역사성을 지니지 않는다고 말하는 것이 아니라, 시는 고유한 역사성을 지니되 그 역사성은 시적 주체를 통해 간접화된 방식으로만 나타날 수 있다는 것이다. 시에서의 화자의 정서란 상당한 우회를 통해서만 비로소 역사적으로 규정할 수 있을 듯하다.

하지만 소설의 경우 소설의 역사성은 소설이 재현하고 있는 현실의 공간 때문에 우선 역사적으로 규정될 수밖에 없다. 물론 소설에서도 역사의 주체화가 나타나지 않을 수 없다. 혹은 소설 속에서 비역사적 공간과 시간이 등장할 수도 있다. 그러나 적어도 '현대' 소설이라고 한다면, 그리고 현대 소설이 '시간'에 대한 현대적 인식과 현실에 대한 객관적 인식이라는 근대적 인식론의 바탕 위에서 형성된 것이라고 한다면, 소설에서의 역사성은 소설이 재현하고 있는 현실 자체, 혹은 소설이 가공적으로 구성해내는 현실 바로 그 때문에 역사적이 된다. 물론 그 허구적 세계의 특성 때문에 시에서와 마찬가지로 우회적으로밖에 역사성을 드러낼 수 없을 수도 있다. 하지만 여기서는 그야말로 '일반적인' 소설을 말하고 있는 것이다.

'일반적인' 소설이라는 것이 그 자체로 성립할 수 있는가는 또 다른 문제이다. 특히 소설이 시와는 다르게 짧은 역사를 지니고 있고, 그렇기 때문에 일반적으로 소설이라고 했을 때, 현대소설을 지칭하고 있음을 생각한다면 더욱 그러하다. 현대소설과 고전소설은 모두 '소설'이라는 이름으로 불리기는 하지만, 그리고 그렇기 때문에 공통의 조상을 가질 수 있고, 또는 일종의 유사성(이 유사성은 '서사'에서 나온다)이 없다고는 할 수 없겠지만, 그럼에도 불구하고 현대소설과 고전소설은 그 종이 다른 별개의 것으로 인식되어야 한다. 소설이라고 했을 때 현대소설을 의미한다면 우선 그 속에서 일반적인 소설을 구분해 낼 수 있을 터이다. 그러나 그 럼에도 불구하고 이 '일반성'이라는 것이 모든 차이를 지워버리고 마는 것이라고 한다면, 조금 더 구체적으로 이 '일반성'은 특정한 소설이 생 산될 지점에서의 문학적 관습2)의 압력으로 해석할 수 있을 것이다. 이 경우 일반적인 의미에서의 소설이란 사실 어떤 특정한 소설이 생산되기 이전에 존재하고 있는 문학적 관습을 의미할 것이다. 특정한 소설은 그 이전까지의 문학적 관습의 압력에서 완전히 벗어날 수는 없는 것이다.

하지만 현대란 근본적으로 자기 부정을 지속의 원천으로 하고 있다. 현대의 바탕인 자본주의가 그러하듯이 현대 또한 그러한 것이다.3) 현대 의 산물인 소설 또한 그러하다. 전대를 부정하고, 당대를 묘사하기 시작 한 개화기의 소설에서부터 1930년대의 모더니즘 소설까지 한국 현대소 설은 자기 부정을 존립의 기반으로 하고 있었다. 물론 이러한 자기 부정 이란 바로 문학적 관습의 압력에 대한 부정이었으며, 모더니즘은 이전의 문학적 관습에 대한 부정이면서 또한 응고되려 하는 자기 자신에 대한 부정이었다.

1930년대 후반에서 1940년대 초의 한국 현대소설을 대상으로 하면서 굳이 이런 문학개론 식의 언급을 하지 않을 수 없는 것은 바로 이 시기 에 소설에 닥쳤던 '소설적' 과제가 여기에 말미암기 때문이다. 이 시기 의 소설은 여러 가지 이유로 하여 자기 자신만이 아니라 당대를 넘어서

---

2) 이는 '전통'이라고 말해도 별로 다름이 없다. 대체로 '전통'이라는 말이 선호되기는 하는 듯하다. 그러나 굳이 관습이라고 말한 것은 현대 소설이 지니고 있는 자기부정성을 강조 하기 위한 것이며, 다른 한편으로는 '전통'이라는 말 자체가 지니고 있는 모종의 규범성 의 환기에서 벗어나기 위해서이다.

3) 마샬 버만은 『현대성의 경험』(현대미학사, 1994) 1장에서 '모더니티'를 자신의 시대가 언 제나 새롭다고 느끼는 감각으로 규정한 바 있다. 테리 이글턴 또한 마찬가지로 현대 및 현대의 자본주의를 그렇게 규정하고 있다. 테리 이글턴의 『성스러운 테러』(생각의나무, 2007) 곳곳에(특히 1장, 11~78면을 참조하라) 이런 생각이 드러나고 있다.

지 않으면 안 되었기 때문이다. 아니 정확하게 말하자면 그것을 '요청받고' 있었기 때문이다. 소설이라는 갈래가 자기 자신을 부정하고 자기 자신을 넘어서려 하는 것은 현대 소설 일반의 과제였지만, 그리고 소설은 현대를 대상으로 함으로써 현대의 부정성을 드러내고, 그 속에서 새로운 가능성을 '가능성'으로나마 발견하려 하고 있었지만[4] 이 시기 현대소설은 내적으로뿐만 아니라 '외적으로도' 현대를 극복하지 않으면 안 될 요청을 받았기 때문이다. 이러한 요청은 '근대의 초극' 논리로 구체화되었으며, 또한 김남천에 의해 '소설의 운명'으로 규정되고 있었다. 굳이 한 가지를 덧붙인다면, 이는 이 글의 대상을 한정하는 이유도 되겠지만, 『인문평론』의 경우, 그 매체의 존립 근거가 바로 이러한 역사철학적 이행의 추구에 있었기 때문이다.

이 글에서는 1940년을 전후한 시기 『인문평론』에 발표되었던 소설들을 바탕으로 그 속에서 소설적인 '역사적 상상력'을 찾아보고자 한다. 여기에는 사실 몇 가지 전제가 있다. 가장 큰 전제는 앞서 말한 『인문평론』의 매체적 성격이다.[5] 『인문평론』 자체가 안팎이 일관되게 맞아 떨어지지 않는 매체이고, 바로 그 점이 『인문평론』의 고유한 점이라고 하더라도 『인문평론』의 기본적인 방향성은 '현대 넘어서기'에 있었기 때문이다. 물론 그 결과는 당대의 역사적 사실의 수리와 『국민문학』의 창간으로 이어지지만, 그럼에도 불구하고 『인문평론』에서는 당대의 지배이

---

4) 이는 루카치가 말하는 소설의 특징, 혹은 소설이라는 갈래의 역사적 숙명과도 상통한다. 루카치, 「소설의 이론」(『루카치 문학이론』, 세계, 1990), 166~173면 참조.

5) 나는 이를 두 편의 논문을 통해서 이미 살펴본 바 있다. 「1930년대 후반 문학비평의 지형도」(『외국문학연구』, 2007. 2)와 「검열과 문학장 : 1930년대 후반 한국문학에서의 검열과 문학장의 관계 양상」(『외국문학연구』, 2007. 8)에서 나는 『인문평론』의 매체적 특성과 '정치성'을 각각 논한 바 있다. 이 글은 이 두 논문의 연장선상에 있으며, 상당 부분 겹치기도 함을 미리 밝혀둔다. 특히 김남천의 「T일보사」를 논한 부분과 백철의 「전망」, 그리고 정비석의 「삼대」를 논한 부분이 그러하다. 그러나 논의의 방향이 다르고, 논의의 수준 또한 조금 차이가 있다.

데올로기와 구체적 현실의 차이가 발견되며, 비록 '호교론(護敎論)'적인 특성은 갖고 있다고 하더라도 그 차이를 진지하게 추구해 나갔던 것이다. 그렇다고 한다면, 소설 속에서 이러한 역사적 혹은 철학적 전망이 어떠한 식으로로든 드러날 것이라는 전제가 있으며, 그러하지 않은 소설 또한 매체가 갖고 있는 맥락 속에서 규정될 수 있으리라 생각하기 때문이다.

2. 현대 넘어서기의 몇 가지 길

1) 신세대의 사실 수리

『인문평론』에 실린 소설들 가운데, 새로운 시대에 대한 상상력이 그나마 가장 잘 드러난 소설을 꼽는다면 정비석의 「삼대(三代)」를 꼽을 수 있을 것이다. 정비석의 「삼대」는 제목에서 명확하게 드러나듯이 '세대론'의 입장에 선다.

> "누구는 30년대와 20년대 사이에 언어가 통치 않는다고 했지만, 형세의 생각으로는 오히려 문제의 출발점부터 부인하고 싶었다. 왜냐하면 오늘에는 벌써 30년대의 언어는 20년대에게는커녕 30년대인 그들 자신에게까지 통치 않을 것이다. 아니 언어란 언제나 질서를 설명할 수 있는 것이지 결코 무질서까지를 설명할 수는 없는 것이니까."

여기서 말하고 있는 '30년대'와 '20년대'는 이중의 의미를 띤다. 한편으로는 1930년대와 1920년대를 뜻하면서 1920년대와 1930년대를 시대적으로 구분하고 있음과 동시에 다른 한편으로는 30대와 20대를 의미하면서 세대론으로 나아가고 있기 때문이다. 적어도 정비석이 고유한 언어 사용 방식을 갖고 있지 않다면 그러하다.

1930년대와 1920년대를 구분하고 1930년대를 사는 20대와 1920년대에 갇혀 있는 30대를 구분할 때, 이 구분의 논리는 무엇일까? 이런 구분이 가능하자면 단 하나의 전제밖에는 없다. 그것은 바로 자신의 시대를 전적으로 새로운 시대로 규정하는 것이다. 문제는 이 새로운 시대의 특성이 무엇인가 하는 점에 있다. 새로운 시대의 특성은 바로 '무질서'이고, 이 '무질서'야말로 과도기 혹은 '전형기(轉形期)'의 특징인 것이다. 이런 무질서의 승인이 20대인 동생 '형세'가 낡은 시대에 속하는 30대인 형 '경세'와 다른 점이다. 새로운 시대에는 새로운 언어가 필요하다는 것, 이것이 「삼대」의 주장이다. 현민 유진오의 '신구세대 언어불통론'을 떠올리게 하면서, 그것을 구세대에게 다시 되돌리는 정비석의 논리는 당대 신세대의 논리 그 자체이다. 이 새로운 언어가 무엇을 지향하고 있는가는 신세대론 연구의 과제이지만, 적어도 여기서는 그 모습을 찾아보기는 힘들 듯하다.

동생인 형세의 논리는 단순하다. 지금은 새로운 시대이다. 적어도 낡은 시대가 물러서고 새로운 시대가 다가오는 과도기이다. 이 과도기의 질서는 '무질서'이다. '무질서'인 이유는 낡은 시대를 규정하는 언어로는 새로운 질서를 설명할 수 없고, 그렇다고 해서 새로운 언어가 아직 발견된 것은 아니기 때문이다. 그러나 그럼에도 불구하고 '사실'은 사실이다. 사실이 사실이니만큼 그것을 주관적으로 부정해서는 안 되고, 그것을 그대로, 사실 그대로 받아들여야만 한다. 이것이 형세의 논리이다. 여기서 백철의 '시대의 수리(受理)'론을 떠올릴 수 있음은 물론이다.6) 이 시대의

---

6) 물론 백철과 정비석 사이에는 차이가 있다. 동일하게 '사실 수리'를 말한다고 하더라도 그 차이는 간과할 수 없다. 이에 대해서는 백철의 「전망」을 말하는 자리에서 다시 언급한다.

수리가 전쟁 수리로까지 나아가고 있음은 당연하다. 새로운 시대와 새로운 사실에 대해 긍정하고 안 하고는 아무런 문제가 되지 않는다. 왜냐하면 그와는 "아무런 관계없이 사실은 사실대로 전개될 것"이기 때문이다. 시대의 일시적인 혼란, 전쟁이란 질서의 세계 다음에 오는 운명적인 무질서에 다름 아니고, 그렇기 때문에 그러한 무질서란 용인되어야 하는 것이다. 그러한 무질서 속에서야말로 새로운 시대가 열리기 때문이다.

이러한 인식 속에서 가능한 주체의 논리는 무엇일까? 그것은 '힘의 논리'이다. "적어도 오늘에 승리한 것은 오늘의 선"이며, "선이니 악이니 승리니 패배니 하는 것은 결국은 힘의 문제"인 것이다. 그리고 힘의 논리는 곧 '승자의 논리'이기도 하다. 니체의 통속화된 형태라고 할 수 있는 이러한 '승자의 논리'를 갖고 있는 새로운 세대인 형세가 형인 경세를 이해할 수도 없고 또한 이해하고자 하지도 않는다.

형세의 입장에서 이해할 수 없고 이해하려 하지도 않는 경세, '낡은 세대', 새로운 시대를 받아들이지 못하고 어정쩡하게 사실 주위를 맴돌고 있는 경세가 갈 수 있는 곳은 적어도 「삼대」 속에는 존재하지 않는다. 경세의 실종은 그 때문이다. 스스로 자기 존재를 무화시켜 버리는 것, 아니 작가인 정비석에 의해 존재가 무화되어 버리는 것, 그것이 새로운 시대를 받아들이지 못하는 낡은 세대가 갈 수 있는 유일한 길이다. 그리고 동생 형세는 경세의 실종 이후, '낡은 세계' 전체를 부정하고 새로운 세계로 출발한다. 그 새로운 세계가 바로 '북지(北支)'이다. 새로운 세대인 형세에게 낡은 세계는 아무런 의미를 갖지 못한다. 형인 경세보다 훨씬 더 이전의 세계를 살고 있는 우스꽝스러운 아버지, 그리고 그 세계의 미덕인 봉건적인 부덕(婦德)을 따르는 아내를 버리고 새로운 연인인 '미례'와 더불어 '북지(北支)'로 떠나기로 결정하는 것이다.

형세에게는 '미래'로 여겨지는 '미례'가 실제로 어떠한 '미래'를 열어

줄 수 있는지는 알 수 없다. '북지'가 실제의 공간이라기보다는 일종의 가상의 공간이기 때문이기도 하다. 북지는 '젊음'의 공간, 열정의 공간, 그리고 생산의 공간으로 여겨진다. 이런 상징성이 실제와는 그리 밀접하게 연관이 없음은 물론이다. 필요한 것은 실제의 '북지'가 아니라, 이미지로서의 북지이기 때문이다.

이렇게 미례와 함께 북지로 떠나는 형세에게는 어떠한 주저함도 없다. 주저함이란 사실 고민의 다른 이름이고, 고민이란 바로 지금 여기의 자리에서의 자신의 존재를 되돌아보는 데서, 그리고 자신의 존재의 미래를 넘겨다보는 데서, 그리고 그 불확실성에서 오는 것이다. 형세가 자신의 존재를 되돌아보지 않을 때, 형세에게 고민이 있을 수 없다. 가족을 비롯한 모든 존재들은 그저 '부정성', 낡은 세계의 존재에 지나지 않기 때문이다. 그들을 현실 속에서 없애버릴 수 없기에(사실 「만세전」에서 이인화에게 부인의 죽음은 하나의 '축복'이다) 그 스스로 발길을 옮기는 것이다. 내적인 고민이 존재하지 않는 이 소설은 '명랑하다.' 과거는 '조선'에 그대로 둔 채, 형세와 미례는 미련 없이 조선을 떠나는 것이다.

그러나 이 소설에서 눈여겨보지 않으면 안 될 점은, 신세대 형세가 자신의 존립 근거를 갖지 못하고 있다는 점이다. 젊음의 열정은 있을지 모르나 그에게는 '사실을 받아들이는 것' 이상의 어떠한 행동 방침도 존재하지 않는다. 그가 어떤 행동을 할 때, 그의 준거(물론 역-준거이지만)가 되는 것은 바로 '낡아빠진' 형 경세이다. 형세는 끊임없이 경세를 참조한다. 작가가 아직은 스스로 어떤 것도 구성할 수 없는 존재인 형세를 통하지 않고서는 '명랑한 전망'이 불가능하고, 그나마 낡은 세대를 참조해서만 가능하다면, 과연 그러한 '명랑한 전망'은 과연 명랑한 것일까? 낡은 세대를 참조하지 않고서는 자신을 세울 수 없으면서도, 그럼에도 낡은 세대를 더 이상 존재할 수 없도록 만드는 것, 자기 존립의 가능성이 없는 존재를 '북지'라는 상상의 전망 속에 던져 넣는 것, 거기에는 어떠한 상상력이 작동하는 것일까? 아니 과연 거기에 '상상력'이 존재하기나 하는 것일까? 현실 세계, 그리고 현실 세계 너머에 대한 상상력의 빈곤이 결국은 '사실의 수리'와 함께 조선에서 사라지는 방식으로 끝을 맺을 수밖에 없었던 것은 아닐까? 형세가 끊임없이 경세를 참조하는 그 지점에서 형세는 경세의 목에 올라탄 난장이[7])에 지나지 않다는 것, 그 스스로 아직은 어떠한 것도 구성할 수 없는 존재인 '형세'를 통해서만 '명랑한 전망'이 가능하다는 것, 그리고 그 명랑한 전망이 '모럴'을 획득하고 있지 못하다는 것, 바로 그것이 이 소설에서 주목하지 않으면 안 될 점이다.[8]) 형인 경세를 죽음을 찾아 가게 만들어 놓고 비로소 형세가 이 세계를 떠날 수 있는데, 이는 형인 경세에 대한 의존이 그만큼 크다는 것을 말해주는 것이다. 비록 부정되어야 하는 존재이지만, 그러나 바로 새로운 세대의 역-준거로서 끊임없이 존재할 수밖에 없는 구세대에 대한 인정, 인정 투쟁에서의 신세대의 패배(겉으로 드러나는 모습과 관계없이)야말로 이 소설의 감추어진 핵심이 아닐 수 없다. 작가 정비석이 이를 의식하지 못하고 있음은 물론이다.

---

7) 이는 서구 근대 논쟁에서 '근대'를 지칭하는 말이었다. 이에 대해서는 마테이 칼리니쿠스의 『모더니티의 다섯 얼굴』(시각과언어, 1998)의 1장, 23~29면 참조.

8) 정비석이 의식하고 있었는지는 알 수 없지만, 이 점에서 「삼대」는 앞서 있던 두 소설을 참조하고 있다. 하나는 채만식의 「치숙」이다. 「치숙」에서의 소년의 명랑한 전망과 '아저씨'의 무기력함은 「삼대」에서 형세와 경세로 나타난다. 물론 「삼대」는 「치숙」을 뒤집어 놓은 모습이어서 거기서 '아이러니'를 발견하기는 어렵다. '아이러니'로 제시된 것을 그대로 받아들일 때 발생하는 또 다른 웃음이 「삼대」에서 발생한다. 물론 이 '웃음'은 작가의 의도는 아닌 듯하며, 당대의 독자들이, 그리고 편집자와 일제 당국이 과연 이를 인식했을까는 잘 모르겠다. 또 하나의 참조점은 염상섭의 『삼대』와 「만세전」이다. 정비석은 염상섭의 '삼대'라는 제목을 차용하면서, 「만세전」의 세계를 되풀이한다. '낡은 것과의 결별'이 아내를 버리고, 아버지를 버리고 새로운 가능성을 찾아 떠나는 것으로 나타난다. 이는 일종의 상호텍스트성을 창조하는데, 이 상호텍스트성을 밝히는 것은 또 다른 주제이기 때문에 여기서는 그저 가능성만을 언급해 둔다.

2) 구세대의 강요된 전망

백철은 정비석의 「삼대」와는 달리 시대를 정면으로 대하고 있다. 그 작품이 바로 「전망」이다. 「전망」은 지나간 시대에 대한 향수이고, 새로운 세대에 대한 희망이다. 전망은 1937년 중일전쟁을 계기로 이전 시대와의 결별을 선언한다. 중일전쟁의 발발을 통해, 구세대의 죽음이 완성되는 것이다. 그 완성은 스스로 목숨을 끊은 김형오, 그리고 죽은 김형오가 남긴 아이를 통해 이루어진다. 나는 '충실한' 기록자의 역할만을 담당하며, '이 시대의 전락하는 인텔리의 전형적 타입'으로 "김형오와 같이 한 시대와 떠나는 데 목숨과 바꾸는 대신에 그 뒤에 오는 에피고넨은 자살을 못하는 대신 이와 같은 지독한 열병을 체험함으로써 한 시대와 이별을 고하는 것이다."

이 시대와의 결별 이후에 비로소 새로운 세대에 대한 전망이 놓일 수 있는데, 이 전망의 매개가 죽은 형오가 밝힐 수 없었던 형오의 아들이면서 또한 작가의 조카인 아이이다. 작가는 죽은 형오와 어린 형오의 아들을 대비하면서 거기서 시대의 유형을 발견한다.

> 한 사람은 같은 시대의 영웅을 장래에 약속하지만 하나는 옛날의 낡은 타입의 영웅을 사모하면서 자라났는데, 하나는 위대한 과학자를 목표하고 나가는 것이다. 김형오는 벌써 오늘에 올 타입이 아니고 과거를 대표한 인물이었다. 역시 이제부터는 영철 군과 같은 인물이 금후의 시대를 대표한 타입이다.

그리고 그러한 유형의 핵심에 "빛나는 지혜와 과학자의 이성과 냉정을 잃지 않"음이 있다. 이전의 형오가 영웅주의와 열정의 인물이었음에 비해 새로운 유형의 인물은 '빛나는 지혜'와 '과학자의 이성과 냉정'을 지닌 인물이다. 그리고 그러한 소년이야말로 작가에게 '화려한 전망'일 수 있다고 말하고 있다. 그러므로 김형오의 죽음은 '새로운 시대'를 자신의 것으로 받아들이지 못하는 낡은 세대의 죽음이며, 그의 진정성을 마지막까지 확인시켜 주는 것은 그의 '자살'이다.

백철의 「전망」을 이렇게 읽는 것은 작가가 말하고자 하는 메시지의 대강을 따라가는 것이다. 그러나 이 소설을 꼼꼼히 따져보았을 때, 그 속에서 많은 '혼돈'을 발견할 수 있게 된다.

김형오와 그의 아들을 통해 두 개의 유형을 설정하고, 새로운 유형에 전망을 갖는 것은 지극히 단순한 배치일 뿐이다. 이런 배치가 진정성을 얻기 위해서는 각각의 인간 유형, 특히 자살한 구세대의 인간 유형이 진정성을 갖고 있지 않으면 안 되기 때문이다. 이 인간 유형의 진정성을 물을 때, 이 소설은 자신이 본래 의미하고자 하는 바로부터 조금씩 멀어지게 된다. 소멸하지 않으면 안 될 시대의 인간 유형이란 "세계를 지배하고자 했으나 그에 실패한" 지극히 개인적인 욕망을 가진 존재에 지나지 않기 때문이다. 김형오나 화자와 같은 존재 곧, 1909년부터 1912년 정도에 태어난 존재들이란 세계를 제패하려 했으나, 그 자신 자기의 사상은 갖지 못하고, 한 번도 자신의 '믿음'을 갖지 못한 채, '들린' 존재로 살다가 그것이 '들림'이었음을 확인하고 절망한 존재들일 뿐이다.

이들이 지극히 개인적인 욕망을 갖고 있는 존재라고 했을 때, 그들에게 세계란 그저 우연히 맞닥뜨린 세계에 지나지 않게 된다. 그리하여 시대의 인간유형은 전혀 '시대성'을 갖고 있지 않다. 우연히 맞닥뜨려진 세계가 그 시대의 특정한 인간유형을 주조할 수 없기 때문이다. 그러므로 이미 주조된 인간과 그 인간이 살아가야 할 세계로서 주어지는 현실이란 실상 아무런 관련이 존재하지 않는다. 인간은 그저 그 속에 던져진 존재에 지나지 않게 된다. 그리고 그런 세계의 특정한 역사적 사건이란 그것이 아무리 화려한 것이라고 하더라도 개인에게는 그저 단순한 선택의 문제일 뿐이다. 개인으로서 할 수 있는 일이란 그 새로운 시대에 감격하며 시대를 받아들이거나 아니면 시대를 부정하고 절망하는 일일 뿐일 것이다. 형오는 전자의 방식으로부터 후자의 방식으로 이행해 온다. 그리고 그 이행에 1937년이 있다고 하더라도 거기에는 어떠한 관계의 필연성도 존재하지 않는다. 1937년이란 그저 하나의 계기에 지나지 않는다. 형오가 시대성을 갖지 못할 때, 형오의 아들이 시대성을 가질 리 또한 만무하다. 이렇게 시대성을 갖지 못한, 아니 가질 수 없는 인간 유형을 '시대적 인간 유형'으로 명명하는 것은 의도된 계산이거나 아니면 착각이다. 백철의 「전망」은 그런 착각 위에 서 있는 것이다.

문제는 이런 착각이 어떻게 일어날 수밖에 없는가인데, 가장 손쉬운 방식은 이를 백철 개인에게로 돌리는 것이리라. 백철이라는 존재가 그 이전에 보여준 다소 가벼운 몸가짐이 결국 '형오'라는 시대착오적(이는 1937년 이후에만이 아니라 1937년 이전에도 마찬가지이다) 인물을 창조해 내고, 그리고 그 인물을 죽이면서 새로운 시대를 맞이하는 자세를 갖추었다고 선언하기에 이르게 했다고 말하는 것이다. 물론 이러한 해석에 일말의 진실성이 없지는 않다. 그러나 이렇게 돌려버리는 것은 백철의 「전망」이 가지고 있는 문제를 그대로 반복하는 것에 지나지 않는다.

그렇다면 해석의 가능성은 어디 있는가? 오히려 거꾸로 해석해 들어가야 하는 것은 아닐까? 다시 말하자면 백철이라는 개인으로부터 시작하는 것이 아니라(마찬가지로 정비석이라는 개인에서 시작하는 것이 아니라) 1937년 이후의 '강요된 전망'과 그 강요된 전망의 '강요'를 '강요'로 받아들이지 않게 만들었던 시대적 특성에서 출발해야 하는 것은 아닐까?

시대, 아니 지배자가 새로운 '전망'을 강요하고 있을 때, 어떤 방식으로건 그 '전망'을 수용할 수밖에 없었던 작가들이 구세대건 신세대건 그

'전망'을 드러내고자 할 때 취할 수 있었던 방식이란 이런 시대착오적인 존재의 구성과 그로 인한 작가 자신의 착각이 아니었을까? 강요된 전망을 강요된 것이 아니라 스스로 선택한 것으로 믿고 싶었던 당대의 일군의 작가가 그럼에도 그 전망을 내재화하지 못하였을 때, 정비석의 「삼대」나 백철의 「전망」과 같은 명랑한 혹은 시대착오적 전망을 손쉽게 내세울 수 있었던 것은 아닐까?9)

3. 현대의 부정성과 반자본주의

『인문평론』에 실린 소설들 가운데 몇몇 작품을 제외하고, 이 시기 소설에서 1930년대 후반이라는 지표를 발견할 수 있는 소설은 극히 드물다. 「전망」이나 「삼대」와 같은 작품들은 오히려 그 드문 예에 속한다고 하겠다. 우리는 그저 소설 중간에 삽입되는, 당대에 대한 아주 적은 언표만을 발견할 수 있을 뿐이다. 뿐만 아니라 『인문평론』에 실린 소설들

9) 김남천에게도 세대론은 시대를 바라보는 하나의 창이었던 것 같다. 이러한 세대론이 가장 명료하게 드러난 것은 아마도 「사랑의 수족관」일 것이다. 한때 사회주의자였다가 이제는 병으로 죽어가는 형, 그리고 새로운 지식인, 기술자로서 시대에 대한 감상 대신에 '직분의 논리'에 충실하고자 하는 동생, 그리고 퇴폐에 빠져 들어가는 막내 동생. 「낭비」에서도 이러한 세대론은 기본적으로 작동하고 있다. 외견상 김남천의 세대론은 정비석이나 백철과 크게 다르지 않은 것으로 보인다. 기본적으로 세계가 달라졌고, 그 달라진 세계를 낡은 세대가 더 이상 감당할 수 없다는 점에서 동일하다. 그러나 결정적인 차이는 김남천이 어느 곳에서도 그 새로운 세계를 긍정하고 있지 못하다는 점, 그리고 어느 누구도 새로운 전망을 갖지 못하고 있다는 점이다. 「사랑의 수족관」에서 토목기사인 주인공이 근근이 현실 속에서 살아가고 있고, 그 다음 세대인 동생은 마음을 부지할 곳 없이 방황하고 있었던 것과 마찬가지로, 「낭비」에서도 자신의 존재의 문제를 헨리 제임스의 '부재의식'을 통해 설명해 보고자 하는 영문학도 관형이나, 그런 관형에 대해 선망과 멸시의 이중적인 감정을 가지고 있는 동생 관국이나 그 어느 누구도 자신의 시대에 대해 전망을 갖고 있지 못하다. 이런 점에서 본다면 관형이나 관국 모두 그저 자신의 방식으로 시대를 견디고 있을 뿐인 것이다.

속에서 새로움을 발견하는 것 또한 쉽지 않다. 시대적 지표를 지우면서, 소설들은 이전의 소설들의 압력을 '압력'으로 느끼는 것이 아니라 편안한 안주처로 받아들이는 듯하다. 그렇기에 『인문평론』에 실린 많은 소설들이 가난을 문제 삼고 있지만, 그 가난은 새롭게 해석된 가난도 아니고, 그렇다고 새로 발견된 가난도 아니다. 1930년대 리얼리즘과 모더니즘을 거쳐 왔으면서도 이들 소설들의 대부분은 1920년대 중반으로 되돌아간다. 리얼리즘의 성취도, 모더니즘의 실험적 정신도 이들 소설들 속에서는 찾아보기 어렵다. 임화가 비판했던 세태와 내성의 분리(이쯤 되면 세태와 내성의 분리라는 현상 자체가 임화의 비판과는 반대로 극히 시대에 대한 전투적인 대응 방식이었음이 확인된다)도 사라지고 만다. 물론 그렇다고 임화가 말하는 '본격소설'의 창조로 나아간 것도 아니다. 이들 소설들은 자본주의의 폐해를 비판하고 있지만, 그럼에도 자본주의를 넘어서는 가능성은 보여주지 못하고 있다. 이를 '소극성'이라 이름 붙인다면, '자본주의 비판'이라는 것(물론 그것도 대단히 손쉬운 20년대식의)은 당대의 지배이데올로기와의 일정한 타협 속에서 그것이 요구하는 전망을 회피할 수 있는 방식이었을지도 모른다. 그러나 그렇게 함으로써 또한 당대의 지배이데올로기를 일정하게 내면화하고 있는 혐의에서 벗어나기 어렵게 된다.

근대자본주의의 부정성을 부정적인 방식으로 드러내고자 한 소설 중에 주목되는 작품은 「T일보사」와 「낭비」이다.

김남천의 「T일보사」는 김남천이 자신의 소설론을 실험해 본 대표적인 작품이다. 「T일보사」의 내용은 간단하다. 시골 금융조합 서기를 하던 광세가 유산을 정리하여 1만 몇 천원을 들고 서울로 올라와 T일보사의 부사장에까지 이른다는 일종의 출세담이다.

이 소설에서 세계는 어떠한 의미도 지니지 않는다. 주인공 광세에게 존재하는 것은 '자본주의 사회에서의 출세'뿐이다. 이 논의의 맥락에서 중요한 점은 「T일보사」에서 이 출세를 가능하게 하는 것이 바로 일종의 '투기 자본'이라는 점이다.

주인공 광세의 삶의 방식은 기본적으로 '모험가'이다. 그는 주식 투자를 하지만, 주식 투자에 대해서 실상 알고 있는 것은 없다. 세계에 대해 알고 있는 바가 없을 때, 그럼에도 불구하고 그 세계에서 남보다 우위에 서고자 할 때, 그가 취할 수 있는 행동 양식이란 '모험'인 것이다. 이 모험의 바탕에 '자본'에 대한 이해가 깔려 있다. "저금통장에 금액만 표시된 채 일 년이 지나도 이 년이 지나도 기동하지 못하는 화폐는 없는 거나 마찬가지"이며, "당장에 말끔히 열어 버리고 맨 발가숭이로 재출발하든가 그렇지 않으면 통장 속에 기록된 숫자가 기관차처럼 활동하든가, 그 둘 중의 어느 것 하나를 취하자는 뱃심"이라는 것이다.

움직이지 못하는 화폐는 그저 종이쪽지에 불과하다는 생각, 이것이야말로 축적기를 지난 화폐의 자본화라고 할 수 있다. 그리고 그 자본화의 가장 좋은 방식이 바로 투기자본인 셈이다. 이 투기자본이란 '모험'이고 모험은 언제나 '위험(risk)'을 동반할 수밖에 없다. 위기를 동반한 위험을 감수하는 자가 자본가이고, 그리고 그것은 완전한 승리이거나 아니면 완전한 패배를 가져올 수밖에 없다는 이 '위험천만한' 생각이야말로 김남천에게는 '자본주의적인 것'이고 '자본주의의 핵심'인 것이다. 그러나 개별 자본의 위험이란 사실 총자본과는 아무런 상관이 없는 것이기도 하다. 자본의 운동이란 개별 자본을 중심으로 움직이는 것이 아니라, 총자본을 중심으로 움직이는 것일 수밖에 없다. 그렇기 때문에 이 자본주의의 핵심에 광세가 달려드는 방식이란, 경제부 기자의 예측에 대해 "옳다! 놈이 사야 된다면 나는 판다!"라는 위험한 방식이지만, 이 위험한 방식이야말로 개별 자본이 움직이는 방식의 핵심이 아닐 수 없는 것이다.

이처럼 자본주의의 핵심으로 투기 자본을 설정하고, 자본축적(=출세)

이외의 어떤 다른 것도 고려하지 않는 주인공 광세의 행위를 통해, 이러한 투기 자본의 위험성을 드러내주고 있는 이 소설의 이면에는 그러한 '투기성'과 다른 속성을 깔고 있다. 그리고 '투기성'에 대립되는 속성이란 결국 '계획성'인 것이다. 이렇게 본다면, 전시 체제 하에서의, 신체제 하에서의 고도의 '국방경제'를 내세우고 있는 일본 제국주의의 지배이데올로기를 이면에서 합리화하고 있는 것으로 읽힐 수 있다. 그러나 또 다른 면에서 본다면, 이런 '투기성'에 대한 '계획성'의 강조는 또한 김남천이 사회주의로부터 학습한 것이기도 하다. 그렇기 때문에 사회주의자로서의 김남천은 무리 없이, 당대의 계획 경제를 수용하는 데로 나아갈 수 있었던 것으로도 해석할 수 있다. 그리고 이러한 수용은 '자본주의'에 대한 사회주의적 이해에서 핵심적인 부분인 '계급' 관계가 사상됨으로써 가능한 것이기도 하다고 판단된다.[10]

그러나 이 소설의 세계는 지극히 협소한 세계이고, 오직 광세라는 주인공과 그가 획득하는 (투기) 자본에만 치중되어 있기 때문에, 이 소설은 작가의 본래 의도와는 전혀 다른 효과를 낳을 수도 있다. 광세는 제한된 틀 안에서 틀림없이 성공하고, 그것은 국제 정세, 좁게는 일본 정세의 변화의 틈을 타는 것이었고, 그런 점에서 '신체제'의 국면을 자본획득의

---

10) 사실 김남천의 문학론에서, 그리고 소설에서 '계급' 표지의 탈각은 이미 상당히 오래 전에 시작되었다고 볼 수 있다. 적어도 1937년 새로 소설을 쓰기 시작하면부터는 소설 속에서 더 이상 계급 표지는 등장하지 않는다. 대신 계급 표지를 대신할 수 있는 '계층' 표지가 주요한 표지로 등장한다. 소설 문학에서의 계급 표지의 탈각은 1930년대 후반만이 아니라 1990년대에도 발견된다. 1920년대 후반에서 1930년대 초에 이르는 카프문학을 지내온 후 나타나는 '계급 표지의 탈각'은 1990년대 소설에서 보이는 것과 동질적이다. 하지만 계급 표지 대신 등장하는 새로운 표지가 무엇인가는 역사적 상황에 따라 달라지는 듯하다. 1930년대 후반의 새로운 표지는 명확하지 않다. 1940년대 들어가면 확실히 '국민'이라는 표지가 새롭게 등장하지만, 그 이전까지는 명확하게 나타나지 않는다. 반면 1990년대의 새로운 표지는 '문화' 혹은 취향이다. 물론 소설들이 전부 그러하지는 않지만 '문화' 혹은 '취향'이 새로운 중요한 표지로 등장하는 것만은 사실이다. 윤대녕의 소설 「은어 낚시 통신」이 대표적인 예로 보인다.

장으로 받아들이는 '무분별한' 자본가들에 대한 비판의 의도도 없지는 않았을 것이다. 그러나 소설은 바로 그 제한된 틀 때문에 작가의 의도가 제대로 전달되고 있지 않다. 어떤 특정한 공간의 지니는 의미를 명확하게 하기 위해서는, 그 틀 속에서가 아니라 그 틀을 넘어서는 곳에서 바라볼 수 있어야 하는데, 다시 말하자면 '외부'를 갖고 있지 않으면 안 된다. 소설 속에서 그 '외부'는 작가의 '비판적' 시선에 따르거나, 아니면 「T일보사」의 경우 'T일보사'의 공간 밖을 그리지 않으면 안 되는 것이다. 그러나 「T일보사」에는 그 외부를 찾아볼 수 없기 때문이다. 외부를 갖지 않는 소설은 결국 그 자체로밖에 이해될 수 없고, 바로 이러한 점이 작가의 의도에도 불구하고 '투기 자본'과 그를 통한 '출세'의 옹호로도 읽힐 수 있는 것이다. 더욱이 주인공 광세에게 다른 어떤 부정적 표지도 주어지지 않음으로써 이런 경향은 강해진다. 이건 전혀 예기치 못했던 결과이기는 하지만, 그렇다고 이러한 결과를 가져온 것이 바로 '현실'이라고 단정하기도 그리 쉽지는 않아 보인다.11)

결국 이 소설의 해석에서 '외부'는 독자들에 의해 삽입되어야 하는데, 이 '외부'가 삽입될 수 있는 지점은 바로 투기 자본의 승리를 가능하게 해주었던, 소설 속에서는 광세의 투기가 성공할 수 있게 해 주었던(그러나 사실 광세를 몰락하게 만들 수도 있었던) '사건'에 있다. 이 사건이 무엇인가에 대해서는 좀 더 정밀한 실증주의적 해석이 필요하다. 다만 소설 속에서 확인할 수 있는 것은 당대의 일본을 뒤흔들고, 그리고 그에 따라 조선도 뒤흔들 만한 사건이었음은 틀림이 없는 듯하다. 그리고 그 사건이 1931년 만주사변에서 출발하여 1937년 중일전쟁을 거쳐 결국에는

---

11) 이 부분까지는 「검열과 문학장 : 1930년대 후반 한국문학에서의 검열과 문학장의 관계 양상」(『외국문학연구』, 2007. 8)의 분석에 전적으로 의지했다. 다음 부분은 이를 바탕으로 새롭게 해석한 부분이다.

태평양전쟁에 이르는 사건 가운데 하나라고 한다면, 이 '사건'과 투기 자본의 '성공' 사이에 미묘한 공모가 존재하는 것이다. 왜냐하면 이 '사건'은 이 소설이 쓰일 당시 '자본주의 폐해의 절멸'과 '새로운 세계'(신체제)의 건설을 향해 나아가는 과정의 하나였기 때문이다. 자본주의 폐해의 절멸, 자본주의의 비인간성을 넘어서는 일련의 과정 자체가 다른 한편으로 지극히 자본주의적인 투기 자본의 성공을 가져올 수 있다는 역설이야말로 이 소설에 '외부'가 개입하여 효과를 낳을 수 있는 유일한 지점이기 때문이다. 이렇게 보았을 때, 김남천의 소설은 한편으로 '자본주의 부정'이라는 지배이데올로기의 추상적 언명에 순순히 따라, 투기 자본의 부정성을 드러내줌과 동시에 다른 한편으로는 지배이데올로기와 그에 따른 일련의 사태(혹은 그 역의 순)가 자본주의의 강화로 나아갈 수 있음을 보여줌으로써 강요된 전망(외부)에 대한 부정을 행하고 있는 것으로도 읽힐 수 있는 것이다. 기실 이러한 정도가 당대에 가능했던 소설화 방식의 최대치였을지도 모를 일이다. 그리고 바로 그렇기 때문에 기실 소설적으로는 지극히 소설답지 못한 형태로 떨어져버리고 마는 것이다.

4. 시대를 '관념'으로 넘어서기와 그 실패

시대가 내리누르는 압력을 넘어서는 방식은 여러 가지가 있을 것이다. 중요한 방법 중의 하나, 어쩌면 가장 쉬운 방법 중의 하나가 바로 관념을 통한 넘어서기이다. 이런 작품 중에서 대표적인 작품이 김남천의『낭비』이다.12)

---

12) 4장은 논문 발표 때는 삭제했던 부분이다. 전체 논의 흐름에 조금 어긋나는 부분이 있고, 또 분석도 제대로 되지 않아 삭제했었다. 책을 새로 편집하면서 그 나름대로 의미

미완된 장편 『낭비』는 기본적으로는 「T일보사」를 넘어서지 못한다. 『T일보사』가 지극히 공식적인 자본주의 해석에 의해 당대의 부정성을 드러내고자 하고 있다면, 『낭비』는 관념적으로 이를 넘어서고자 한다. 『낭비』는 '생의 낭비'에 초점이 맞추어져 있다. 물론 이때 '생의 낭비'란 비생산적인 삶의 방식을 뜻하는 것이리라. '부르주아' 집안인 이관형과 그의 동생 이관국은 생산적인 삶을 살지 못한다.13) 『낭비』는 이런 비생산성의 삶에서 자기 나름의 방식으로 벗어나고자 노력하였던 이관형의 내·외면의 삶을 그리고 있다. 이관형의 노력이란 '논문 쓰기'인데,14) 이관형은 헨리 제임스의 소설에 대한 탐구를 통해 우회적으로 자신의 전망을 발견하고자 한다. 『낭비』는 그러나 이러한 노력이 '결과적'으로 실패로 끝나는 것으로 소설을 맺는다(물론 이는 「맥」에서 드러나는 바이다. 『낭비』는 미완으로 끝나기 때문에 연작의 하나인 「맥」에서 확인할 수밖에 없다).

이관형의 실패를 해석하는 방식은 여러 가지가 있을 터이다. 그리고 이관형의 실패가 확실히 당대 사회의 부정성, 학교라는 '신성한'(사실 이는 이데올로기에 지나지 않은 것이지만) 공간에조차 개입하고 있는 비학문적인 여러 사정들이 보이는 부정성(거기서 가장 큰 것은 물론 당대 지배이데올로기의 작동이다. 철학과 교수의 질문에서 확인할 수 있다)에 따른 것임은 사실이

는 있을 것으로 판단되어 새로 추가하였다.

13) 부르주아 2세 혹은 3세의 생산성 부재는 『낭비』만의 특징은 아니다. 염상섭의 『삼대』와 『무화과』 또한 이를 보여주고 있다. 물론 염상섭과 김남천은 동일하게 바라보고 있지는 않다. 또 『삼대』의 덕기를 부르주아 2세라고 불러도 될지는 약간은 의문이다. 그러나 부르주아가 아니라고 하더라도 자수성가한 부르주아 혹은 부르주아를 지향하는 계급의 2대 혹은 3대에서의 비생산성 혹은 몰락은 염상섭이나 김남천에게 마찬가지로 나타난다. 이것이 현실인지, 아니면 작가가 가지고 있는 현실 인식인지, 혹은 전망인지는 따로 논하지 않으면 안 될 것이다. 이 몰락에 대한 예감이란 식민지 자본주의에 대한 인식이며, 또한 자본주의 일반에 대한 인식에 바탕하고 있을 것이다.

14) 이에 대해서는 이미 여러 논문들이 그 의미를 천착한 바 있다. 채호석, 『김남천 문학 연구』(서울대학교 박사학위논문, 1999) 참조.

다. 그러나 이관형이 하고자 하는 일, 혹은 그의 욕망 또한 짚어보지 않으면 안 될 것이다. 1930년대 후반에 논문을 쓰고 대학의 교수가 된다는 것이 과연 무엇을 의미하는가에 대해 이관형은 묻고 있지 않기 때문이다. 이관형의 욕망에 대한 점검이 없이 이관형의 욕망을 좌절시킨, 결국 이관형을 '짙은 허무'로 이끌어가는 세계의 부정성에 대해 비판하기만 할 수는 없기 때문이다. 문제는 김남천이 이를 전혀 묻고 있지 않다는 점이다. 이는 대학이라는 신성한 공간에 대한 이데올로기의 재생산이며, 김남천(혹은 이관형)의 감추어진 욕망일 것이다. 그리고 이는 체제를 문제 삼지 못하고 체제 속으로 편입되어 들어가는 것에 지나지 않는다.

결국 김남천은 이관형의 욕망이 지향하는 방향을 문제 삼지 않은 채, 그들에게 보이는 비생산성만을 문제 삼고 있을 뿐인데, 『낭비』가 그나마 '소설성'을 획득할 수 있는 것은 바로 이들이 패배하고 있기 때문이다. 그리고 이 패배를 부르주아 집안의 2대의 몫으로 두고 있는 것이다. 그러나 이들의 패배가 혹은 이들이 보이는 허무가 과연 무엇에 의거하고 있는지는 묻지 않을 수 없다. 다시 말하자면, 그들의 허무가 바로 그들이 지니고 있는 '존재론적 기반'에 따른 것인가, 아니면 다른 것에 기반하고 있는 것인가 하는 질문을 던질 수밖에 없는 것이다. 여기서 김남천은 이중적인 모습을 보인다. 한편으로 그들의 허무는 그들이 지니고 있는 경제적인 '여유'로부터 나오는 것이며, 다른 한편으로는 '시대'로부터 오는 것이기 때문이다. 이 두 가지 원인 사이에서 김남천은 흔들리고 있다.

또 하나 지적하지 않으면 안 되는 것은 바로 김남천이 그들의 삶을 '낭비'라고 파악하고 있다는 점이다. '낭비'란 '생산성의 부재'를 뜻하는 것이며, 그렇다면 '낭비'의 대척점에는 '생산력' 혹은 '생산력의 효율적인 사용'이 놓여 있는 것이다. 이 '생산성'이란 그러나 또 무엇일까? 세계를, 혹은 세계의 흐름을, 혹은 세계 속의 존재를 '생산력의 효율적인 사용' 대 '낭비'로 파악하는 것이야말로 '근대적인' 사유가 아닌가? 결국 김남천은 '근대 자본주의'를 넘어서려 하고 있지만, 실질적으로 넘어서고자 하는 것은 근대 자본주의가 보이는 '부정성'뿐이지, 근대 자체는 아니지 않은 것은 아닌가? 물론 이를 김남천의 책임으로만 돌릴 수는 없다. '사회주의' 자체가 '근대적인 생산력'에 기반하고 있고, '생산력의 해방'으로 이해될 수 있는 부분이 없지 않기 때문이다. 결국 다시 '자본주의'와 '사회주의'를 물을 수밖에 없는 지점으로 되돌아온 셈이다.

또 하나 눈여겨보아야 할 작품이 유항림의 「부호(符號)」이다. 「부호」를 해석하기 위해서는 몇 개의 층위를 고려하지 않으면 안 된다. 첫 번째 층위는 '바바리아(야만)' 대 '지성'의 이분법이 작동하는 층위이다. '바바리아(야만)'는 당대의 일본 혹은 전쟁으로 향하는 나아가는 흐름일 것이다. 이렇게 이해하게 될 때에 이 소설은 사람들이 어떻게 '바바리즘'의 유혹에 빠져들 수밖에 없는가를 비판적으로 드러내는 작품으로 해석될 것이다. 두 번째 층위는 '소설 쓰기'의 층위일 것이다. 다시 소설 쓰기는 또한 두 개의 층위로 나뉘는데, 하나는 '알레고리'로서의 소설 쓰기이며, 또 하나는 자기 삶의 반영으로서의 소설 쓰기이다. 세 번째 층위는 '현실'의 층위이다. 이에 대해서는 조금 더 깊이 연구될 필요가 있지만, 여기서는 첫 번째 층위에만 초점을 맞춰보기로 한다. 왜냐하면 여기서의 주제는 '역사적 상상력'이기 때문이다. '바바리아' 대 '지성'의 이분법은 물론 '바바리아'에 빠지는 데 대한 부정적인 입장을 전제로 하고 있다. 소설에서 이는 주인공과 주인공을 떠나 '야만성'에 몸을 던진 주인공의 옛 애인의 대립으로 나타난다. 문제는 야만성에 몸을 던진 옛 애인의 행위가 용납될 수 없는 것임에도 불구하고, 그 자체 이유가 없지 않다는 점에 있다. '바바리아'가 부정적인 것이기는 하지만, 따라서 용납하기 어려운 것이기는 하지만, 그럼에도 불구하고 그에 대립되는 '지성'이 그를 강요하고 있지는 않았는가 하는 질문을 던지고 있는 것이다. 그렇다면 '지성'이 자신의 본래의 힘을 회복하는 것이야말로 가장 좋은 방법일 터인데, 실상 지성 자체가 그런 힘이 없지는 않은가 묻게 될 때 문제가 좀 복잡해진다. 소설은 결국 용납할 수도 용납하지 않을 수 없는 딜레마에 이르게 되며, 이때 어떤 방식으로든 '결단'을 할 것인가, 아닌가의 문제로 문제가 전환되게 된다. '바바리아' 대 '야만'의 이분법과 '결단'과 '비결단'의 이분법이 동시에 작동하고 있는 셈인데, 결단이 바바리즘에 이르고, 비결단이 지성의 끝이라는 점에, 곧 그 연관이 뒤집혀질 가능성이 전혀 없는 것이다. 결단하자니 바바리즘에 빠질 수밖에 없고, '지성'을 고수하자니 아무런 행위도 할 수 없는 지점이 바로 소설이 다가간 지점이다. 이 지점에서 할 수 있는 일이란, 바로 그 자체를 알레고리화하는 방법, 알레고리적인 소설 쓰기 방법밖에 없는 셈이다. 그러나 그러한 문학적 상상력으로 시대를 알레고리적으로 형상화하는 것이란, 결국은 '관념'과 추상화(알레고리에 필수적인)에 기대고 마는 것은 아닌가? 결국 그리하여 도달한 곳은 '어쩔 수 없음'은 아니었을까?[15]

5. 맺으며

1930년대 후반에서 1940년대 전반까지의 소설(『인문평론』을 중심으로 한)을 살피는 일은 사실 고역에 가까운 일이었다. 한 시대를 견뎌낸다는 것의 어려움을 확인할 수 있었을 뿐만 아니라 소설이 어느 정도까지 자

---

15) 바바리즘 대 지성이라는 대립 또한 좀 더 폭 넓은 고찰을 요한다. 서구적 지성, 혹은 근대적 이성의 끝이 결국에는 '전쟁'이라는 가장 비이성적인 폭력으로 귀결되고 있음에 주목한 프랑크푸르트 학파의 이론, 그리고 앞서 언급한 바 있는 T. 이글튼의 '테러리즘' 에 대한 연구는 중요한 이론적 바탕이 될 수 있을 것으로 생각된다.

신의 시대를 배반할 수 있는가도 확인할 수 있었기 때문이다. 시대를 견뎌내는 어려움이나 자신의 시대를 배반하는 일이나 모두 소설을 뒤틀리게 만드는 요소로서 작동하고 있었다. 여기서 다루지는 않았지만, 황순원의 「별」과 같은 작품을 이 시대 속에서 대하는 것도 새삼스레 소설이 갖는 맥락의 의미를 확인하게 해 주는 것이었다.

소설들 가운데서 여기서 다룬 몇몇 작품들을 제외하고는 『인문평론』이라는 잡지가 가지고 있던 시대적 맥락을 재구성하기는 대단히 어려웠다. 소설들 자체가 도통 그러한 작업 자체를 용납하고 있지 않았기 때문이다.

그러나 다른 한편으로는 어쩌면 당대의 현실이라는 것이 우리가 생각하고 있는 것처럼 그렇게 긴박하지 않았던 것인지도 모른다. 역사를 되돌아볼 때, 우리는 너무 자주 그 시대의 일상성을 놓치게 된다. 이미 주어진 역사적 해석의 무게 때문에, 그 역사성으로부터 벗어나 존재하는 일상들을 보지 못하게 되는 경우가 허다하다. 그러한 일상이 결국은 역사를 지탱하고 있다고 한다면, 그러한 일상을 확인하는 일은 대단히 중요하다.

하지만 문제가 당대의 소설들이 과연 어떠한 지평에서 어떠한 전망을 갖고 있었는지, 그리고 그 속에서 어떤 역사적이고 사회적인 상상력들이 작동을 하는지에 놓인다면, 지배이데올로기와 개인의 내면의 교차, 강요된 전망 앞에서의 이중성과 자기 방기 등을 확인하는 데 놓인다면, 이야기는 조금 달라진다.

이 글에서는 소설들 가운데서 이런 모습들을 보이는 소설들로 제한하여 살펴보고자 하였다. 여기서의 논의의 많은 부분은 이미 쓰인 필자의 글과 유사하다. 하지만 조금 맥락을 달리하여 새롭게 재해석해보고자 하였다. 그 재해석의 내용은 사실 이전에 쓴 글에서의 결론과는 조금 어긋나는 것이다. 「T일보사」에 대한 재해석도 그 가운데 하나이다.

재해석을 통해 드러난 것과 이전의 글에서 쓴 논리가 서로 상충하고 있음을 부정할 수 없다. 그러나 아직 그 두 해석 가운데서 어떤 것이 정말로 타당한 역사적 해석인지는 모르겠다. 아마도 이를 위해서는 조금 더 다른 작업이 필요할 듯하다. 예컨대 소설에 대한 확인을 바탕으로 『인문평론』이라는 잡지의 맥락 자체를 재구성하는 작업 말이다. 이미 발표한 두 편의 글에서 어느 정도 가능성을 확인해 본 바 있다. 그러나 아직 이 소론에까지, 아니 소설에까지 그 분석이 침투해 있지는 못하다. 이전의 분석이 소설의 분석이 아니라 논리의 분석이었다는 점 때문인지도 모르겠다. 바로 앞서 발표한 논문에서는 이 소설들과 『인문평론』이라는 잡지를 검열과 문학장의 재구성이라는 관점에서 해석해 보았다. 이 글에서의 주장이 얼마나 넘어갔는지는 잘 모르겠다. 다만 아닌 부분들이 있어 보충했고, 그 보충 때문에 이전과는 다른 주장에 이르게 되었다.

이제 시의 세계와 『인문평론』의 배치, 곧 편집에 대한 논문으로 『인문평론』에 대한 일련의 작업을 어느 정도 마무리할 예정이다. 두 편에 걸쳐 비슷한 내용을 반복하면서 약간의 편차를 두었던 것도 궁극적으로는 『인문평론』의 재구성이라는 기획의 과정으로 이해하고 싶다. 과연 마지막 결론이 어디에 이를지는 모르겠지만 말이다. 다만 시와 산문들에 대한 논의는 전면적으로 재검토해야 하지 않을까 한다.

『인문평론』에 실린 소설 총 목록

	호수	발행연월	작가	작 품	비 고
1	1	1939.10	李無影	第一課第一章	
2	1	1939.10	安懷南	煩悶하는 '쟌룩'氏	
3	1	1939.10	李孝石	一標의 功能	
4	1	1939.10	蔡萬植	興甫 氏	
5	2	1939.11	朴魯甲	秋風引	
6	2	1939.11	金南天	T日報社	
7	3	1939.12	鄭飛石	雜魚	
8	3	1939.12	白鐵	展望	생략.
9	4	1940.01	兪鎭午	봄	
10	4	1940.01	李無影	딸과 아들과	「第一課第一章」 속편
11	4	1940.01	白鐵	展望	
12	5	1940.02	朴魯甲	霧街	
13	5	1940.02	鄭飛石	三代	
14	5	1940.02	金東里	昏衢	
15	5	1940.02	金永壽	밤	
16-1	5	1940.02	金南天	浪費	
17	6	1940.03	韓雪野	摸索	
18	6	1940.03	李箕永	鳳凰山	
16-2	6	1940.03	金南天	浪費	
19-1	7	1940.04	蔡萬植	冷凍魚	
20	7	1940.04	李無影	흙의 奴隷	
21-1	7	1940.04	安懷南	濁流를 헤치고	
16-3	7	1940.04	金南天	浪費	
19-2	8	1940.05	蔡萬植	딸의 이름	「冷凍魚」 속편
21-2	8	1940.05	安懷南	濁流를 헤치고	완
22	8	1940.05	石仁海	山魔	
16-4	8	1940.05	金南天	浪費	
23	9	1940.06	李石薰	流浪	

24	9	1940.06	李根榮	崔 고집 先生	
16-5	9	1940.06	金南天	浪費	
25	10	1940.07	金東里	少女	
26	10	1940.07	朴魯甲	飽說	
27-1	10	1940.07	玄卿駿	流氓	
16-6	10	1940.07	金南天	浪費	
28	11	1940.08	李無影	閔權	
29	11	1940.08	安懷南	病院	
27-2	11	1940.08	玄卿駿	流氓	완
16-7	11	1940.08	金南天	浪費	
30-1	12	1940.10	李箕永	봄	『조선일보』 이후
16-8	12	1940.10	金南天	浪費	
31	12	1940.10	兪恒林	符號	신인특집
32	12	1940.10	金永錫	月給날 일어난 일들	신인특집
33	12	1940.10	李石澄	挑戰	
34	13	1940.11	韓雪野	波濤	
30-2	13	1940.11	李箕永	봄	
16-9	13	1940.11	金南天	浪費	
35-1	13	1940.11	尹世重	白茂線	생산소설 / 당선작
36	14	1941.01	趙城鎬	車輪	신춘문예 당선작
37	14	1941.01	兪鎭午	山울림	
35-2	14	1941.01	尹世重	白茂線	
30-3	14	1941.01	李箕永	봄	
16-10	14	1941.01	金南天	浪費	
38	15	1941.02	朴魯甲	눈 오던 날 밤	
39	15	1941.02	金永錫	新婚	
40	15	1941.02	黃順元	별	
35-3	15	1941.02	尹世重	白茂線	
30-4	15	1941.02	李箕永	봄	
16-11	15	1941.02	金南天	浪費	미완
41	16	1941.04	韓雪野	杜鵑	
42	16	1941.04	李無影	勝負	
43	16	1941.04	安懷南	봄이 오면	
35-4	16	1941.04	尹世重	白茂線	

∷∷∷ 참고문헌 ∷∷∷∷∷

강진호, 「1930년대 후반 신세대 작가 연구」, 고려대학교 박사학위논문, 1995.

권영민, 『한국계급문학운동사』, 문예출판사, 1998.

김동환, 「1930년대 한국 전향소설 연구」, 서울대학교 석사학위논문, 1987.

김윤식, 『임화 연구』, 문학사상사, 1989.

라영균, 「문학장과 문학성」, 『외국문학연구』 17, 2004. 8.

류보선, 「1930년대 후반기 소설 연구」, 『민족문학사연구』, 1993. 12.

조동일, 『한국소설의 이론』, 지식산업사, 1977.

조동일, 『한국문학 갈래 이론』, 집문당, 1992.

채호석, 「김남천 문학 연구」, 서울대학교 박사학위논문, 1999. 2.

채호석, 「임화와 김남천의 비평에 나타난 '주체'의 문제」, 『상허학보』, 2000. 11.

채호석, 「탈-식민의 거울, 임화」, 『한국학연구』, 2002 하반기.

채호석, 「탈-식민과 (포스트-)카프문학」, 『민족문학사연구』, 2003. 12.

채호석, 「과도기의 사유와 '국민문학'론」, 『외국문학연구』, 2004. 2.

채호석, 「1930년대 후반 문학비평의 지형도」, 『외국문학연구』, 2007. 2.

채호석, 「검열과 문학장」, 『외국문학연구』, 2007. 8.

루카치, G. 『루카치 문학 이론』, 세계, 1990.

마르크스, K., 『자본 1-1』, 이론과실천, 1989.

버만, M., 『현대성의 경험』, 현대미학사, 1994.

이글턴, T. 『성스러운 테러』, 생각의 나무, 2007.

칼리니쿠스, 마테이, 『모더니티의 다섯 얼굴』, 시각과언어, 1998.

휠라이트, 필립, 『은유와 실재』, 문학과지성사, 1982.

1940년대 일본어 소설 연구

―『녹기(綠旗)』를 중심으로

1. 들어가며

　　재조일본인(在朝日本人)은 상반된 두 측면을 동시에 가지고 있었다. 이들은 식민지 조선사회에서 지배민족으로 군림하면서 방약무인하게 행동했고, 이것은 마침내 통치당국에 의해 심각한 문제로 인식되기에 이를 정도였다. 그러나 지배민족으로서의 군림 이면에는 그늘도 있었다. 호적상 분명한 '내지인'임에도 불구하고, 조선에 거주하고 있다는 이유만으로 제국헌법의 직접적용을 받지 못했고, 따라서 제국의회에의 참정권조차 주어지지 않는 법적 정치적 차별을 감수해야 했다. 말하자면 이들은 일본 본국과 식민지 조선 사이의 '경계'에 있는 존재였다. 본국으로부터의 소외에 대한 불안의 한편에는 피지배 민족인 조선인에 대한 우월감(제국의식)이 자리하고 있었다. 또 다른 한편에서는 자신이 삶을 영위하고 있는 조선이라는 공간에 대한 '애집(愛執)'이 자리하고 있었다.[1]

　　브루스 버만이나 앤 스톨러 등은 이식민자의 공통된 특징으로 평소에

---

1) 이승엽, 「내선일체운동과 녹기연맹」, 『역사비평』, 2002. 2, 211면.

는 국가에 대한 불만이나 자신들의 이해관계 때문에 국가와 대립하고 있
다 하더라도 피식민자의 민족주의에 대해서는 국가권력과 바로 결탁하
는 습성을 들고 있는데, 이는 재조선 일본인에게도 해당된다고 할 수 있
다. 그러나 식민지에서도 본국과 똑같은 권리를 가지고 있던 백인 이식
민자의 경우와는 달리, 재조선 일본인의 경우에는 동화 정책이라는 명목
하에 형식적이긴 하지만 조선인과 동일한 총독권력 하에 있었고, 또한
식민지 법역 내에서의 '시민권'(citizenship) 역시 일본의 내지주민(內地住
民)에 비해 상당히 제한되어 있었다. 따라서 그들은 합병 직후, 특히 거
류민단의 폐지와 더불어 자치권을 빼앗긴 시점부터 총독부의 동화정책
에 대해 상당한 반감을 가지고 있었다. 더욱이 내선일체, 황민화(皇民化)
정책과 같은 새로운 국민통합 체제를 통해 식민지 조선인까지도 '강제적
균질화(=국민화)'의 과정으로 끌어들이려 했던 총력전체제 하에서는 재
조선 일본인의 모호한 법적, 정치적 지위가 더욱 부각되게 되었다.[2]

1940년을 전후한 시기 식민지 한국에서의 문학에 관한 문제는 기본적
으로는 '한국 문학'의 문제이다. 이 점은 변할 수 없다. 식민지 상태가
영원히 존재하지 않았고, 또한 그럴 수 없었기 때문이다. 뿐만 아니라
민족문학이라는 것이 문학의 변화 및 발전 과정에서 필연적으로 거쳐야
할 하나의 과정(그것이 영원히 지속되건, 혹은 일시적으로 존재하건, 또는 상상적
인 것이건)이기 때문이다. 따라서 민족문학으로서의 '한국문학'은 부정될
수 없다.

그러나 1940년을 전후한 시기의 한국에서의 문학을 단지 '민족문학으
로서의 한국문학'으로만 생각할 수는 없다. 왜냐하면 조선은 그곳에 살
고 있는 사람들의 생각과 의지와는 무관하게 '식민지'였고, 그렇기 때문
에 '형식적'으로 생각했을 때 조선은 '일본'의 한 부분에 지나지 않았기

---

2) 우치다 쥰, 「총력전 시기 재조선 일본인의 '내선일체' 정책에 대한 협력」, 『아세아연구』,
고대아세아문제연구소, 2006. 8, 15면.

때문이다. 『국민문학』에서 최재서가 '조선이라는 지역적 특수성'3)을 끊임없이 이야기할 수밖에 없었던 것도 바로 이 때문인데, 일본 제국에 속하지 않을 수 없는 데서 오는 정체성의 문제였기 때문이다. '형식적'인 것은 때로 '내용'으로 침입해 들어오기도 한다. 형식에 의해 내용이 규정될 수 있기 때문이다. 만일 그렇다면 1940년을 전후한 시기 '한국 문학'이란 '한국(에서의) 문학'일 수도 있게 된다. 국가적 혹은 민족적 독자성의 문제가 아니라, '지역성'의 문제가 되어버린 것이다.

물론 이는 '일본에 의한 조선 지배'를 일단 전제한 후에야 생각할 수 있는 것이다. '일본에 의한 조선 지배'라는 현실을 받아들이지 않거나 받아들일 수 없는 경우에는 '한국 문학'은 '한국(에서의) 문학'이 아닌 '한국(국가 혹은 민족) 문학'이 될 것이기 때문이다. 그러나 적어도 식민지 조선 안에서는 표면적으로는 전자가 지배적일 수밖에 없었고, 후자는 '암묵적'으로나 상정할 수 있었음도 사실이다. 1940년을 전후한 시기의 문학을 '한국 문학'이라는 틀만으로 생각할 수 없음은 이 때문이다.

그런데 이는 한국인들에 의해 만들어진 문학에만 한하는 이야기일까? 이 시기 조선에 살고 있었던 일본인이 쓴 문학 또한 이와 비슷한 운명에 놓여 있었던 것은 아닐까? 이 시기 재조선 일본인에 의해 쓰인 문학은 '일본문학'일까 아니면 '한국 문학'일까? 사실 이 소설들은 '일본문학'으로도 '한국 문학'으로도 받아들여지지 않고 있는 것으로 보인다. 아니 그보다 아예 연구의 대상에서 제외되어 있는 듯하다. 물론 이들 작가가

---

3) 최재서에 대해서는 다음과 같은 논문을 참고할 수 있다. 이은애, 「최재서 문학론 연구」, 서울대학교 박사학위논문, 1995; 이양숙, 「최재서 문학비평 연구」, 서울대학교 박사학위논문, 2003; 채호석, 「과도기의 사유와 '국민문학'론 : 1940년을 전후한 시기, 최재서의 문학론 연구」, 『외국문학연구』 제16호, 2004. 2; 채호석, 「1930년대 후반 문학의 지형 연구 : ≪인문평론≫의 폐간과 ≪국민문학≫의 창간을 중심으로」, 『외국문학연구』 제29호, 2008. 2.

몇몇 예외적인 존재(구보타 스스무[久保田進男]나 다나카 히데미츠[田中英光]와 같은)를 제외하고는 아마추어에 지나지 않았다는 점 때문인지도 모른다. 조선이건 일본이건 문단이 엄연히 존재했었기 때문에, 굳이 전문작가가 아닌 사람의 작품들에까지 생각을 넓힐 이유가 없었을지도 모르겠다. 그러기에는 한국문학 연구나 일본문학 연구가 해야 할 일이 너무 많았던 것일까?

그러나 조금 다른 측면에서 생각해 본다면 이들은 그들이 발표한 문학 작품의 질과는 관계없이 중요한 존재일지도 모른다. 앞서 인용한 글에서도 볼 수 있듯이 '재조선 일본인'들은 '경계인'이었고, 그렇기 때문에 그들은 어디에도 제대로 속하지 못하면서 또한 그 양쪽을 명료하게 하는 존재일 수도 있는 것이다. 따라서 굳이 '한국문학'이나 '일본문학'이라는 틀을 고집하지 않는다면, 아니 적어도 초점을 '민족주의적인 것'에 놓지 않는다면, 이들을 연구 대상에서 배제할 이유는 없다.[4] 오히려 이들의 문학을 '1940년을 전후한 시기'라는 특수한 상황에서 '식민지 조선'이라는 특수한 공간에서 나타난 '현상', 그것도 그들이 '경계인'이기 때문에 드러낼 수 있는 특수한 현상으로 적극적으로 이해할 수 있는 것

---

[4] 재조선일본인 작가에 대해서는 연구가 아주 없지는 않다. 윤대석의 『식민지 국민문학론』(역락, 2006)이나 가미야미호의 학위논문 「≪국민문학≫ 소재 소설에 나타난 '국민화' 연구 : 신생활의 이상과 균열을 중심으로」(한국외국어대학교 박사학위논문, 2009)에서 이들에 대한 연구를 찾아볼 수 있다. 특히 가미야미호의 연구는 연구자 역시 '재조선일본인'과 유사한 특수한 상황에서 이루어진 것이기 때문에 남다른 면이 있다고 생각된다. 결과적으로는 연구자 자신의 모호성이 연구의 모호성을 낳을 수밖에 없었다고 생각되지만, 그럼에도 불구하고 재조선 일본인 작가에 대한 '재조선 일본인'의 연구라는 점에서 그 시각을 면밀히 검토해 볼 필요가 있다. 상황은 반대이지만, 일본에서 활동한 조선인 작가도 동일한 문제를 안고 있다고 생각된다. 김사량이나 장혁주가 대표적인 경우이다. 물론 차이가 없지는 않다. 식민지 시대 일본과 조선의 관계에서 일본과 한국의 위치가 달랐고, 따라서 재일 조선인과 재조 일본인의 위상 또한 달랐다고 생각된다. 단지 그들이 가지고 있었던 지향만을 생각한다면, 아마 두 경우 모두 일본문학을 지향하고 있지 않았을까 한다.

이다.5)

이는 1940년을 전후한 시기의 '조선(한국)'을 특수한 시공간으로 보는 것이기도 한데, 이 시공간이 '일본도 아닌', 그렇다고 '한국도 아닌', 그 어느 쪽으로도 환원되지 않는 시공간이라는 점에서 '특수한' 시공간이라 할 수 있고, 또한 일종의 '혼종적' 공간으로 이해할 수도 있다는 점에서 특수한 시공간이기도 하다.6) 이런 전제 아래에서 '민족주의적'인 것이란 '민족'이라는 이름 아래 서로 상반된 것이 대치하지 않을 수 없었으며, 이런 대치가 문학에서도 일정하게 반영되었을 것으로 생각된다.

이 연구는 이런 전제에서 1940년을 전후한 시기에 『녹기(綠旗)』에 발표된 재조선 일본인의 소설을 연구 대상으로 한다. 재조선 일본인들이 쓴 소설은 『녹기』 이외에도 『국민문학(國民文學)』이나 『신여성(新女性)』 등의 잡지에 여럿 실려 있다. 이 가운데 『국민문학』에 실린 소설에 대한 연구를 제외하고는 연구된 바가 거의 없다. 그 가운데 굳이 『녹기』를 대상으로 하는 이유는 무엇보다 『녹기』(및 녹기연맹)가 갖는 의미가 매우 크다고 판단했기 때문이다. 자기 나름의 고유한 강령과 조직을 지니고 있었던 녹기연맹의 경우, 식민지 시대에 가장 큰 사상운동 단체였으며, 어

---

5) 논문의 초고를 완성하고 난 후, 한 일본문학 연구자에게서 다음과 같은 문헌들을 참고할 수 있다는 이야기를 들었다. 급하게 찾아보았지만 국내 도서관에서는 찾을 수가 없었다. 후속 연구에서 참고하고자 한다. 『＜外地＞日本語文學選』, 新宿書房, 1996; 『日本統治期 台湾文學 日本人作家作品集』, 綠蔭書房, 1998; 『リバイバル＜外地＞文學選集』, 大空社, 1998~2000; 『日本語植民地文學精選集』, ゆまに書房, 2000; フェイ·阮·クリーマン, 『大日本帝國のクレオール ― 植民地期台湾の日本語文學』, 慶應大學出版部, 2007; 木村一信外編, 『＜外地＞日本語文學論』, 世界思想社, 2007. 특히 『大日本帝國のクレオール ― 植民地期台湾の日本語文學』의 경우, 대만의 문학을 일본문학의 크리올(Creole)로 파악하고 있는 것처럼 보이기 때문에 1940년대 재조선 일본인 문학의 연구에 많은 시사점을 줄 수 있을 것으로 보인다.

6) 우치다 쥰은 앞의 논문에서 1935년 당시 경성에 있는 재조선 일본인의 수가 경성 전체 인구의 30%에 달하였다는 점을 들어 "이식민자가 집중되어 있던 도시부의 사회는 조선인, 일본인으로 구성된 다민족사회(multi-ethnic society)로 받아들이는 것이 적당할 것이다."(16)라고 말하고 있다.

떤 면에서는 일본 본토의 사상운동을 압도하여 선도적인 역할을 하고 있기도 하였다. 녹기연맹의 내선일체론은 기본적으로는 일본인과 조선인이 하나가 되어야 한다는 동화일체론(同化一體論)이기는 하지만, 기존의 평행제휴론(平行提携論)과 동화일체론 모두를 비판하면서 장기간에 걸친 동화를 주장하고 그 중심에 '고쿠타이[國體]'가 있어야 한다고 한 점에서 특징을 찾을 수 있다.[7] 『녹기』는 녹기연맹의 기관지이고, 녹기연맹이 사상운동단체였던 만큼, 『녹기』에 실리는 문학 작품들이 단지 잡지로서의 구색을 갖추기 위한 것은 아니었던 것으로 보인다. 오히려 그보다는 일반적인 잡지 편성의 방식을 최대한 활용하였다고 말하는 편이 나을 것이다. 따라서 기본적으로 녹기연맹의 입장에 동조하는 사람만이 작품을 실을 수 있지 않았을까 하며, 그렇게 본다면 『녹기』에 실린 작품들은 녹기연맹의 사상을 충실히 구현하려 하고 있는 소설들이라고 해도 좋을 것이다.

『녹기』에 실린 소설이 이 논문의 대상이기는 하지만 『녹기』에 실린 재조선 일본인의 소설 전부를 대상으로 하지는 않았다. 몇 가지 원칙으로 작품들을 선별하였는데, 우선 역사소설은 배제하였다. 역사소설의 경우, 이데올로기적 합리화에 매우 중요한 방식이기는 하지만, 그 '이데올로기'가 '역사'(혹은 역사 '비슷한 것', 곧 '역사'로 윤색된 과거)를 통해서 어떻게 작동할 수 있는가에 대해서는 또 다른 논의가 필요하기 때문이다.

다음으로 '전쟁'과 직접 관련되어 있는 소설, 전선에서 생긴 일의 '소설적' 기록 등은 배제하였다. 전쟁과 관련된 소설은 특수한 성격을 가지고 있어 '전쟁소설'이라는 한 부류로 묶어 다루지 않으면 안 될 것으로

---

7) 『綠旗』와 綠旗聯盟에 대해서는 다음의 문헌을 참고할 수 있다. 박성진, 「일제말기 녹기연맹의 내선일체론」, 『한국근현대사연구』 10, 한울, 1999; 이승엽, 「내선일체운동과 녹기연맹」, 『역사비평』, 2000. 2; 우치다 쥰, 「총력전 시기 재조선 일본인의 '내선일체' 정책에 대한 협력」, 『아세아연구』, 고려대 아세아문제연구소, 2008. 3.

생각된다. 전선이 갖는 특수성이 소설의 특수성을 낳을 뿐만 아니라, 전쟁소설의 경우 르포르타주와 구분하기 어려운 것이 사실이기 때문이다. 역사적인 것, 그리고 전쟁에 관한 것을 배재하고 남은 소설을 시기적으로 보면 아래와 같다.

> 葛仲浩太郎, 「약자군상(若者群像)」, 1937.01
> 田中早苗, 「새로운 어머니[新しい母]」, 1937.09
> 津田節子, 「어느 부인의 이야기[ある夫人の話]」, 1940.07
> 津田美代子, 「소매[袖]」, 1941.04
> 田中英光, 「조선의 아이들[朝鮮の子供たち]」, 1941.05
> 津田節子, 「할머니의 병[おばあさまの病氣]」, 1941.07
> 大木美奈子, 「처음[初もの]」, 1941.08
> 津田節子, 「즐거운 편지[樂しき便り]」, 1941.11
> 久保田進男, 「호박 노인[南瓜老人]」, 1942.07
> 久保田進男, 「쌍접기(雙蝶記)」, 1942.10[8]

기본적으로는 이 12편을 대상으로 하되, 목록에서 보이는 바와 같이 두 편 이상을 쓴 츠다 세츠코[津田節子]와 구보타 스스무[久保田進男][9]의 작품을 주 대상으로 하기로 하였다. 구보타 스스무의 경우, 두 편을 발표하였을 뿐만 아니라, 『국민문학』에도 소설을 싣고 있었음을 확인할 수 있었기 때문에 일단 조선에서 '작가'로 인정받고 있었다고 보인다. 츠다 세츠코의 경우는 『국민문학』에는 소설을 싣지 않은 것으로 보이지만, 세

---

8) 현재 발간된 영인본에서 확인할 수 있는 소설은 이상과 같았다. 영인본에 수록되지 않은 『녹기』 잡지가 있기는 하지만, 자료에 접근이 어려워 일단 이것으로 한정하였다.

9) '久保田進男'의 이름에 대해서는 두 가지 견해가 있다. 윤대석의 경우 '구보타 유키오'로 읽고 있고, 가미야 미호의 경우 '구보타 스스무'로 읽고 있다. 여기서는 가미야 미호의 견해를 따른다. 구보타 스스무는 일본 와카야마 현 출신으로 중학교를 졸업한 뒤, 일본에서 국민학교 교사로 15년간 근무하다 조선으로 건너와, 1940년 4월부터 함경남도 영흥군 복흥 공립국민학교 교장으로 재직했다고 한다. 가미야 미호, 앞의 논문 참조

편의 소설을 발표하였기 때문에 대상으로 하였다. 다나카 히데미츠(田中英光)의 경우 대표적인 재조선 일본인 작가이기는 하지만 한 편만 확인할 수 있었기 때문에 제외하였으며, 다른 작가의 경우 단지 한 편만을 확인하였기 때문에 작가적 특성을 확인하기 어려웠기 때문에 제외하였다.

2. 『녹기』에 실린 재조선 일본인 소설

1) 철저한 타자의 배제와 공허한 대타자에의 의지 : 츠다 세츠코[津田節子]

츠다 세츠코는 녹기연맹의 핵심 인물 가운데 하나였던 것으로 보인다. 그녀는 녹기연맹이 1934년에 설립한 세와[淸和] 여숙의 숙감(塾監)이었다고 한다.10) 항상 조선옷을 입고 있었다는 츠다 세츠코는 조선인의 생활 개선을 단지 내지화(內地化)하는 것으로 받아들이지 않고, 조선인의 좋은 것은 받아들이고 나쁜 것은 버려 새로운 일본인의 생활을 낳자고 주장하였는데, 이를 '경제적, 노동 효율적 측면'에서 좋아서 착용한 것으로 보기도 하고, 궁극적으로는 조선인의 생활을 일본식으로 개선하려는 것으로 볼 수도 있기는 하지만, '조선옷'을 입었다는 것이 갖는 함의가 그렇게 간단하지는 않을 것이다. 그럼에도 불구하고 츠다 세츠코는 "조선 부인의 언니로서의 책임과 자각"을 강조한 점이라든가, 세와 여숙에 혼혈인을 받아들이지 않았다는 점 등을 본다면 역시 한계가 있었음을 알 수 있다.11)

---

10) 숙장(塾長)은 츠다 요시에[津田よし江]이었지만, 사상적인 활동은 츠다 세츠코가 더 많은 활동을 한 것으로 보인다.
11) 츠다 세츠코에 관해서는 우치다 쥰의 앞의 글에서 많은 도움을 받았다.

츠다 세츠코가 가졌던 이러한 생각은 물론 츠다 세츠코만의 생각은 아니었고, 당시 재조선 일본인(나아가 일본인)이 가졌던 생각을 대표한다고 할 수 있다. 궁극적으로는 우월한 위치에 서 있을 수밖에 없다는 것이었는데, 유의해야 할 점은 이 생활 개선의 방향이 단지 '조선인'만을 향해 있었던 것은 아니라는 점이다. 또한 진정으로 조선인으로부터 좋은 점을 받아들이고자 했는가도 의문이다. '조선옷'을 입는 것만으로 그 진정을 알 수는 없기 때문이다. 이러한 점이야말로 '이론'이나 '이상'과는 다른 '현실'의 문제일 터인데, 이런 '현실'이 작가의 의지와는 관계없이 개입해 들어올 가능성을 가지고 있는 것이 바로 '소설'이라는 형식이다. 왜냐하면 소설이란 언제나 세부 묘사를 가지지 않을 수 없기 때문이다. 이 세부 묘사의 경우 작가가 생각지 않은 균열을 작품에 끌고 들어올 수 있는 것이다. 이 점을 염두에 두면서 츠다 세츠코의 소설을 살펴보기로 한다.

(1) 「어느 부인의 이야기」

츠다 세츠코가 『녹기』에 처음 발표한 소설은 「어느 부인의 이야기」이다.[12] 이 소설에서 주인공은 아마도 츠다 세츠코 자신인 것으로 보인다. 그에게 도움을 얻고자 하는 어떤 부인이 찾아오고, 그와 이야기를 나누면서 일종의 '지도자'의 위치에서 바라보고 있기 때문이다. 다시 말하자면 이 소설에서 그는 자신이 당시 가지고 있었던 현실적 지위 바로 거기에서 기술하고 있는 것이다.

그런데 이러한 기술은 츠다 세츠코가 실제로 세와 여숙의 숙감의 지

---

12) 츠다 세츠코가 다른 데 소설을 발표했는지는 아직 확인하지는 못하였다. 하지만 다른 데 많은 소설을 발표한 것은 아닌 듯하다. 이 점에서 구보타 스스무와 다르다.

위에 있고, 또 녹기연맹의 부인 운동에서 주도적인 위치를 가지고 있음을 알지 못하는 경우에는 사실상 받아들이기 어려운 것이라고 할 수 있다. 이 소설에서 주인공이 처해 있는 위치는 다른 설명이 없는 한 어떤 위치인지를 알 수가 없기 때문이다. 그럼에도 불구하고 화자의 위치에 대한 아무런 설명이 없이 이야기가 진행되는 것은 작가의 미숙함 때문일 수도 있지만, 다른 한편으로는 그 위치를 당연한 것으로 받아들이고 있었기 때문이기도 한 듯하다.

일본 동북 지방의 사투리를 사용하고 있는 어떤 부인이 찾아와서 10만원을 요구하는 데서 이야기는 시작된다. 이 부인은 조선에 와 살면서 무엇인가 깨달은 바가 있고, 조선의 하층민들을 위해 '산파'가 되기 위해 열심히 공부한다. 그리고 자신이 키워 자신의 조수로 삼을 만한 사람을 구하지만, 실상 실패한다. 왜냐하면 그들에게는 정신적인 준비가 되어 있지 않기 때문이다. 그리고 다시 새로운 조수를 구하고, 일을 시작하기 위해 10만원을 구하는 것인데, 결국 10만원은 구하지 못하고 돌아간다.

10만원을 만들어 가느냐 아니냐는 주목할 만한 것이 못 된다. 단지 필요하다고 해서 10만원을 만들어 줄 수는 없는 것이 당연하기 때문이다. 이 부인이 10만원을 요구하는 소설적인 이유는 이 부인이 지니고 있는 어수룩함, 혹은 다른 것을 돌아보지 않고 자신의 목적에만 충실한 충실성 혹은 맹목성 때문이다. 이런 현실을 제대로 파악하지 못하는 맹목성은 바르지 않은 것이지만, 이 맹목성이 목적에 대한 충실성의 다른 이름이라는 점, 그리고 그 목적이 바로 작가가 요구하고 있는 바를 실행하는 것이라는 점 때문에 소설적으로 의미가 있게 된다.

여기서 주목해야 할 점은 앞서 말한 것처럼 화자의 위치가 현실 속에서의 작가의 위치와 별반 다름이 없다는 점, 그리고 이 많이 배우지 못한 '부인'이 화자에게 감동을 주고 있다는 점이다.13) 이 점으로만 본다면 이 소설은 '식민주의적' 의식의 소산이나 내선일체론을 주장하고 있기보다는 '민중과 지식인'이라는 이분법에 의해 규정되고 구성된 소설로 보인다. 화자를 찾아온 부인과 화자 사이의 관계가 그러하기 때문이다.

그러나 그럼에도 불구하고 이 소설은 여전히 '식민주의적'인 소설이다. 왜냐하면 이 소설 속에서 '조선인'은 철저하게 배제되어 있기 때문이다. '조선인'은 단지 대상 이상의 존재가 아니다. 철저하게 배제된 존재, 단지 시혜의 대상으로서의 존재, 자신의 목소리를 가지고 있지 못한 존재가 '조선인'이다. 일본인으로서 조선에서 '이식민자'로서 살아갈 수밖에 없는 츠다 세츠코가 조선인을 철저하게 배제하고 있다는 점은 주목할 만하다. 조선인을 철저하게 배제함으로써 실상 지리적인 '조선'만 존재하고, 역사적 '조선' 혹은 생활의 '조선'은 존재하지 않기 때문이다. 그리고 이 지리적인 '조선'은 그냥 '일본제국'의 '연장(延長)'에 지나지 않게 되는 것이다. 결국은 최소한 이 소설에서의 츠다의 의식은 조선이란 일본 제국의 지리적 연장에 지나지 않는 것인데, 이 지리적 연장이 그야말로 '지리적인' 것으로 되기 위해서는 '조선'이라는 특징을 완전히 소거할 필요가 있었던 것이다.

또 하나 주목해야 할 만한 점은 이 소설에는 이식민자 내부에 존재하는 '차이' 혹은 '균열'이 드러나 있다는 점이다. 이식민자의 소비지향적

---

13) 이런 모습은 굳이 츠다 세츠코에게서만 발견할 수 있는 것은 아니다. 다시 말하자면, 이러한 태도가 특정한 이데올로기를 가진 사람들에게서만 찾아볼 수 있는 것은 아니라는 점이다. 양상은 다르지만 이태준의 소설 「밤길」 등에서도 마찬가지의 태도를 발견할 수 있다. 이런 태도는 암묵적으로 설정된 '민중과 지식인'이라는 이분법에 따른 것이리라. '민중과 지식인'이라는 이분법의 연원은 이미 계몽주의 때부터 있었던 것이다. 계몽주의적 설정이 과연 어떠한 것인가에 대해서는 논란의 여지가 있기는 하지만, 기본적으로 '민중과 지식인'이라는 이분법은 계몽주의의 고유함이라고 해도 좋을 것이다. 그 연원이 어쨌건 이러한 태도를 식민주의적 지식인만이 지닌 고유한 태도로 보아서는 곤란하다는 것이다.

인 삶에 대해서는 이 연구의 맨 앞에서 인용한 글에 이미 언급된 바가 있기는 하지만, 이 소설에서도 이를 쉽게 발견할 수 있다. 화자를 찾아온 부인이 실망한 '조수' 후보들이 바로 그들이다. 물론 초점은 이들이 일도 별로 하지 않고 돈을 받으려 한다는 점이며, 어려운 사람을 위해 산파 일을 하려는 부인과는 달리 산파 일이 갖는 의미에 대해서는 생각하지 않는다는 것이다. 이들은 부인의 뜻을 알지 못하는 존재로 비판을 받기는 하지만, 그렇다고 해서 이들이 '개조'의 대상이 되지는 않는다. 이 점이 중요한데, 자신이 행하는 일의 의미보다는 그로부터 나오는 '보수'에 관심이 있는 이들은 부인의 활동을 방해하는 존재로'만' 등장할 뿐이다. 다시 말하자면 소설적 이유에서 부인의 어려움을 강조하기 위해서만 등장하는 것이지 다른 이유는 없는 것이다. 문제는 이들이 소설 속에서의 다른 존재 이유를 갖고 있지 않음과는 달리, 앞서의 글에서 본 것처럼 이들은 내선일체의 과정에서 핵심적인 문제의 하나였던 것이다. 내선일체가 내세우는 것이, 조선과 일본의 동화이고, 그것도 일본 중심의 동화라고 했을 때, 이때 일본은 하나의 '동일성'을 지닌 존재, '하나'인 존재처럼 드러난다. 마찬가지로 조선인 또한 '하나'로 인식된다. 그러나 하나인 것으로 생각되는 '일본인' 속에 '다른' 존재들이 있고, 어쩌면 이들 존재가 훨씬 더 일반적이었을 가능성이 높다. 이런 존재들이 소설 속에서는 제한적인 효과만을 지니고 있지만 그럼에도 불구하고 이들의 존재가 소설 속에 드러나 있다는 것이야말로, 인정하고 싶지 않은, 지배자인 일본의 '하나임'을 부정하고 있는 것이라고 할 수 있을 것이다.

(2) 「할머니의 병」

이 소설은 「어느 부인의 이야기」와는 전혀 다른 면모를 보이고 있다.

무엇보다 이 소설에서는 '민중 / 지식인'이라는 이분법이 보이지 않는다. 뿐만 아니라 '일본인 / 조선인'의 구분도 없다. '조선인'은 단지 집에서 심부름하는 아이가 등장할 뿐이다. 이 소설에서는 할머니가 뇌일혈로 쓰러진 후, 집안에서 일어나는 사소한 일들이 그려진다. 주인공이 계속 할머니를 걱정한다는 것, 그리고 할머니는 뇌일혈로 몸이 불편한 와중에서도 '품위'를 잃지 않는다는 것이다. 결국 이 소설에서 중요한 것은 할머니가 보이는 '품위'라고 할 수 있는데, 이 품위란 오랜 시간에 걸쳐 쌓인 것으로, 일종의 예법처럼 되어 있다. 이를 '전통'이라고 할 수 있는데, 대부분의 전통이 그러하듯이 실질적인 내용을 가지기보다는 엄격하게 통제된 행동방식으로만 나타난다. 물론 다른 사람에 대한 깊은 애정, 사소한 것도 놓치지 않는 마음 쓰기가 바탕이 되어 있기는 하지만, 이런 마음가짐 자체가 '전통'을 구성한다고는 말할 수 없다.

그러나 이 소설을 다른 맥락 속에 넣고 보면 조금 달리 보인다. 앞서 보았던 「어떤 부인의 이야기」 속에 나오는 젊은 여성들과 비교해 본다면, 바로 그 여성들에게 결여되어 있는 것이 이 노부인이 지니고 있는 '품위'인 것이다. 결국 '참된 일본인상'의 정립, 그리고 그를 위한 교육이라는 세츠코의 기본적인 인식이 이 소설을 낳은 것은 아닌가 하는 생각이 든다.

이 소설에서 '조선인 / 일본인'의 구분이 존재하지 않는다는 것, 그리고 '민중 / 지식인'의 구분도 찾기 어렵다는 점은 달리 생각해 볼 수도 있다. 이 소설은 아주 평화로운 한 집안이 하나의 우주처럼 구성되어 있다. 이 우주의 바깥은 존재하지 않는다. 아이의 눈에 의해 그려졌기 때문도 아니고, 또 할머니의 병을 소재로 하고 있기 때문도 아니다. 이들은 그들 자신 외에는 아무 것도 바라보지 않고 있으며, 또한 아무도 그들을 바라보고 있지 않다. 이 소설에서는 그들이 그들 자신만을 바라보고 있으며, 그것이 하나의 세계, 틈이 없어 보이는 세계를 이루고 있는 것이다.

이런 우주는 실상 존재하지 않을 뿐만 아니라 존재할 수도 없다. 이 가정이 하나의 우주라고 한다면, 그리고 이 우주가 일본인다운 품위에 의해 지탱되고 있다고 한다면, 그것은 한갓 허위에 지나지 않는 것이다. 왜냐하면 그들의 가정을 지탱하고 있는 것은 실상 소설에서 단 한 번 나오는 존재, 소설 속에서 아무런 역할도 하지 못하는 존재, 아직 일본어가 서툴러서 그가 말하는 일본어를 이해하기 어려운 존재, 곧 조선인 '테이 상[貞さん]'이다. 소설 속에서 아무런 존재감도 없는 이 아이, 그리고 이 아이와 연결되어 있는 많은 조선인, 그리고 조선이라는 공간이 바로 이 가정을 떠받치고 있는 존재인 것이다. 이 소설 속에서 일본인 가정은 하나의 완전한 우주를 이루고 있는 것처럼 보이지만, 실상 그 완전함이란 지극히 제한된 완전함일 뿐이다. 물론 소설이 이 '테이 상'에 의해 무너지거나 하지는 않는다. 이 존재는 그저 아무 의미 없이 끌어들여진 존재이다. 하지만 일단 끌어들여진 이 존재, 알아차리지 못하는 가시 같은 존재는 이 완전한 우주의 불가능성의 표지이다.

(3)「즐거운 편지」

「즐거운 편지」는 젊은 일본 여성이 '개척의(開拓醫)'와 결혼하여 만주로 떠나서 선생에게 보내는 네 통의 편지로 이루어져 있다. 이 편지에서 화자는 젊은 여성으로서의 자신이 느끼는 감회들을 직접적으로 토로하고 있다. 편지 형식이라는 것이 이를 가능하게 하는데, 편지 형식을 통해 내밀한 의식을 그대로 전달할 수 있게 된다.14)

---

14) 물론 이는 '형식'에 의해 열린 가능성에 지나지 않는다. 이 내밀함을 진짜 내밀함으로

낯선 곳으로의 '이주(移住)'는 자신의 존재에 대한 성찰을 낳게 된다. 이 성찰이란 낯선 것들과의 대면 속에서 이루어진다. 낯선 것에 부딪치면서 비로소 '자신'이 어떤 존재인가를 묻게 되는 것이다. 이 존재에 대한 물음이 얼마나 깊은가에 따라 소설의 깊이가 결정될 터인데, 이 소설은 너무 쉬운 방식으로 이 물음에 답하고 만다. 성찰을 통한 '성숙'이라는 결론, 그리고 일본인으로서의 자각과 그에 따른 행복이라는 손쉬운 결론에 도달하고 마는 것이다. 그러나 어떤 소설이든 그 속에 삶의 '디테일'을 담고 있을 수밖에 없고, 이 삶의 디테일이 때로는 자기 존재에 대한 의식보다 좀 더 앞서 있거나, 아니면 자기 존재와 어긋난 모습을 나타내게 된다.

이 소설에서 화자는 낯선 존재들을 당혹스럽게 대한다. 전혀 다른 삶의 방식을 가지고 있고, 전혀 다른 의식주를 행하고 있으니 당연한 것이리라. 그러나 화자는 결코 이 낯선 것들과 직접적으로 대면하지 않는다. 다시 말하자면 낯선 것을 '낯선 것' 그대로 자기 밖에 방치해 두고, 그렇게 함으로써 자신을 지켜 나간다. 이런 자기 지킴이란 '간신히'라고밖에 말할 수 없는 것이리라. 왜냐하면 그가 쌓은 성곽이란 대단히 연약한 것이어서, 낯선 것이 좀 더 폭력적으로 다가올 때 쉽사리 깨질 수밖에 없는 것이다. 어쩌면 화자가 '낯선 것'을 '낯선 것'으로 그대로 두고, 자기 자신 속으로, 곧 자신이 살아왔던 생활방식과 그리 크게 다르지 않은 생활 방식을 선택하는 것도 이 때문이라고 할 수 있다. 그렇다면 마지막에 화자가 느끼는 '행복' 혹은 '기쁨'이란 아주 위약한 보호 장구만을 갖추고 있을 뿐이다. 그 위약함은 화자의 '우월성'에 기초해 있다.

한 예를 들어보자. 러시아인을 만났을 때, 화자가 가장 먼저 느끼는

오인하는 것은 위험하다. 그러나 이러한 형식에 의해 열린 내밀함의 가능성을 통해, 작가 의식의 내밀한 한 부분을 엿보는 것도 가능하다.

것은 '낯섦'이다. 특히 그들이 먹는 음식에 대해 그렇게 느끼는데, 이는
화자가 이제까지 관습에 따라 먹어 왔던 것과는 다른 데서 오는 낯섦이
다. 그리고 그런 점에서는 이해할 수 있다. 하지만 이 낯선 음식(사실은
완전히 낯선 음식인 것만은 아니지만)에 대해 화자의 태도는 어떻게 그런 것
을 먹을 수 있냐는 식으로 대하고 있다.

> 쌀, 소금, 설탕, 아지노모토[味の素]는 배급됩니다. 아침만은 빵으로 때
> 우고 싶다고 생각했지만서도 일본인에게는 빵은 배급이 없습니다. 어떻
> 게 손에 넣어도, 완전히 묘한 것이어서 놀랍니다. (…중략…) 러시아 사
> 람들은 이 빵을 굽지도 않고 버터도 바르지 않고 그냥 먹습니다.[15]

러시아 인을 대하는 이런 언급에서는 단지 차이만을 보고 있는 것은
아니다. 일본인으로서는 먹기 어려운 빵을 그냥 그대로 먹는다는 것이
다. 이와 같은 말에서 러시아 인에 대한 일종의 우월감을 발견하기는 그
리 어렵지 않다. 이 우월감은 '문명인'이 '야만인'을 보는 시각에서 느껴
지는 우월감과 크게 다르지 않지 않을까. 조리한 것에 대해 날 것이 갖
는 야만성 말이다. 이 말 속에는 '어떻게 그런 것을 그대로 먹을 수 있
지?' 하는 당혹감, 그리고 '확실히 그들은 세련되지 않았어!' 하는 우월
감을 발견할 수 있는 것이다.

다른 면에서 러시아 인은 비교의 대상이 되는데, 술집의 마담으로 일
하고 있는 한 러시아 여성과의 대화를 보자.

> 「동경은 천황님이 계시기 때문에 좋은 곳입니다.」 하고 말하자, 「천황

---

15) "お米、鹽、砂糖、味の素は配給です。朝だけはパンで濟ましたいと思ひましても日本人に
はパンの配給がありません。やつと手に入れても、とても妙なので驚いてます。中略) ロシ
ア人はこのパンを燒きもせずパダもつけずに食べてます。", 津田節子, 「樂しき便り」,
1941. 11, 145면. 강조는 인용자.

폐하, 좋습니까?」하고 물었습니다. 자세하게 말하면 복잡해지기 때문에
「세계에서 가장 훌륭한 분입니다. 일본은 천황폐하가 있어서 강한 것입
니다.」라고 말하자「그렇군요. 러시아, 황제 없습니다. 나쁩니다. 스탈린
죽였습니다.」라고 말하고 미친듯이「스탈린, 나쁩니다, 나쁩니다.」하고
부르짖었다.16)

  천황이 존재하기 때문에 일본이 강하다는 생각은 군국주의 이데올로
기임에 틀림없다. 그러나 여기에 러시아 인이 황제가 없어서 슬퍼하는
것이 덧붙여질 때, 여기에는 러시아와 일본의 차이라든가 하는 것들은
전혀 개입할 여지가 없어진다. 이는 시대착오적일지도 모른다. 러시아의
황제가 갖고 있는 위치와 일본의 천황이 가지고 있(다고 생각하)는 위치가
다를 수밖에 없기 때문이다. 황제라는 존재 자체가 일본의 우월성을 보
장해 주는 것은 아니다. 뿐만 아니라 어쩌면 이렇게 함으로써, 다시 말
하자면 자기 나라에 황제가 없는 안타까움을 일본에 황제가 있는 것에
대한 동경으로 그림으로써, 실제 일본 천황의 위치는 러시아 황제의 위
치와 다름없이 되어 버리기 때문이다. 그리고 이러한 위치에서 '팔굉일
우'의 대동아 건설이 이루어질 수 없음도 명백하다. 일본의 '팔굉일우'
이데올로기에 따르면 천황은 그 누구와도 비교할 수 없는 존재이기 때
문이다. 그러나 소설 속에서 이는 당연히 인식되지 않는다. 일본의 우월
성에 대한 강조가 그 조건에 대해 맹목적으로 만들고 있기 때문이다. 그
렇기 때문에 다음과 같은 언급이 가능해지는 것이다.

---

16) "「東京は天皇樣がいらつしやいますからいいところです。」と云ひますと、「天皇陛下いいで
  すか」とききました。詳しく話すとこんがらがるので「世界一番お偉い方です。日本は天皇
  陛下がいらつしやるので強いです。」といふと「ソウデス。ロシア、皇帝アリマセン。イケマ
  セン。スターリン殺シマシタ。」といつて氣が違つた樣に「スターリン、ワロイデス、ワロイ
  デス」と叫びました。" 津田節子,「樂しき便り」, 1941. 11, 147면.

선생님, 솔직하게 진심으로 저는, 행복하게 된다고 하는 것을 잘 알았습니다. 생활을 사랑하는 것의 행복을 잘 알았습니다. 나는 지금 나에게 주어진 이 행복을 '나'의 삶이라고 생각합니다.
'생활의 모든 것을 주군에게'
라고 하는 입장을 가르침 받은 행운을 이렇게 멀리 떨어져 보면서 절실히 느끼고 있습니다.
만약 제가, 보통 여자였다면, 모피가 싸서 기뻐하고, 초밥이 맛없어서 화를 내고 하면서 지냈을 것입니다."[17]

이런 우월감, 혹은 자기 존재에 대한 인식이야말로 이 소설이 노리는 바일 터이다. 이 소설이 앞의 소설들과 다른 점은 아직 그런 인식에 미치지 못한 다른 일본인에 대한 슬픔 혹은 분노와도 연결되고 있다는 점이다. 그런 일본인은 '보통 여자'이며, 모피가 싸다고 기뻐하고, 초밥이 맛없다고 화를 내는 그런 사람이며, 어쩌면 바로 이것이 '진실'에 가까운 것일지도 모른다. 식민지 조선에서 발표한 소설에서, 원론적으로만 따지면 일본인의 우월성과 '내선일체'를 강조하지 않을 수 없는 소설에서, 그리고 바로 그렇게 하기 위해서 츠다는 어쩔 수 없이 일본인의 '본' 모습을 그리지 않을 수 없었던 것이다. 바로 여기에 「어느 부인의 이야기」에서는 발견할 수 없었던 일본인에 대한 인식이 드러나고 있다.

술을 마시고 취한 일본인이 모두라고는 생각지 않습니다만 그렇게 생각하게 되는 것은 어쩔 수 없다고 생각합니다. 시장에서 만주인 점원과 시시덕거리고 있는 젊은 부인, 그리고 조금이라도 싸게 샀다고 득의에 찬 사람들을 보면 속이 끓어오르는 것처럼 화가 납니다."

---

17) "先生、素直で本氣な娘は、幸福んlなれるといふことがよくわかりました。生活を愛することの幸福がよくわかりました。私は今っわたしに与へられたこの幸福を'わたし'すまいと思ひます。生活のすべてを大君にといふ立場を教へていただいた幸をかうしてはるばると離れてみますとしみじみと感じます。" 津田節子,「樂しき便り」, 1941. 11, 147면.

술집에서 술이 취해 있는 일본인들을 보면서 화자가 느끼는 감정은 분노이다. 현재 일본이 처한 위치를 모르고 생활하고 있는 일본인들, 무자각한 일본인들에 대해 느끼는 감정이다. 물론 여기에는 앞서 본 바와 같이 자신은 그런 데서 벗어나 있다는, 그리고 개척의의 부인으로 만주에 와 있다는 자긍심이다.

그러나 다른 측면에서 본다면 이러한 술에 취해 있는 일본인, 점원과 시시닥거리는 젊은 부인, 조금이라도 싸게 샀다고 기뻐하는 사람들이란 화자가 보고 싶어 하지 않지만 볼 수밖에 없는 존재들이다. 그리고 이들의 존재야말로 '현실'인 것이다. 이런 현실에서 느끼는 분노, 그리고 그 뒤에 숨어 있는 불안감이야말로, 앞서 본 것처럼 러시아 마담을 만나 일본에는 천황이 있으니 위대하며 행복하다고 말하게 하는 근본 원인이 된다고 할 수 있다.

만주국을 세우고, 진주만 습격을 하기 바로 직전의 일본으로서 가장 필요한 것은 총력전이었다. 총력전이란 전선과 전후가 갈리지 않는 전쟁이며, 국가 총동원이 필요한 전쟁이다. 이런 전쟁 상황 속에서 '자각하지 못한', 그러나 '현실적인' 일본인의 존재야말로 가장 견디기 힘들고 낯선 것일 수밖에 없다. 이 소설은 그 부분을 천황의 존재와 새로운 행복에 대한 인식으로 서둘러 덮으려 하고 있지만, 그럼에도 불구하고 이런 현실은 보자기를 뚫고 나오고 있는 것이다.

2) 주체와 타자의 동일화 : 구보타 스스무[久保田進男]

『녹기』에 실린 구보타의 소설은 두 편이다. 구보타는 조선에 대한 인식이 깊고, 조선에 대한 애정을 많이 지녔던 작가로 알려져 있다.[18] 구

---

18) 윤대석의 앞의 책, 그리고 가미야 미호의 앞의 논문을 참고하였다.

보타가 쓴 소설 두 편은 「쌍접기(雙蝶記)」와 「호박노인[南瓜老人]」이다.

(1) 「쌍접기」

이 소설은 일본의 방적공장에서 근무하고 있는 한 관리직 남성의 눈으로 기술된다. 어느 날 누구의 소개도 받지 않고 직접 찾아온 한 여성이 있었다. 손이 모자랐기 때문에 "본래대로라면 중개인도 없이 혼자 자기를 소개하면서 오는 공원 등은 문간에서 돌려보내는 것이지만, 이때는 마음이 끌리는 것을 어쩔 수 없"[19]어서 이 여인을 만난다. 찾아온 여인은 조선 출생이었지만, 일본인다웠다.

> 그러나 도대체 어떻게 된 것일까? 도대체 어떤 과거를 가지고 있는 것일까. 나도 상당히 반도인— 이라고 해도 이 공장에 있는 여공이나, 이 거리에 있는 아주머니들이지만— 을 알고 있지만, 게다가 상당히 내지에 오래 살았던 사람들도 있지만, 게츠코(月子)만큼 철저하게 내지부인화(內地婦人化)하여, 말과 복장은 말할 필요도 없이, 표정까지 내지화한 여자를 알지 못한다.[20]

생각 끝에 공장장에게까지 의견을 물어 이 여인을 공원으로 받아들인다. 의구심이 있기는 했지만, "그러나 그녀는 날이 갈수록 참으로 선량한 여공이 되었다. 직장에서의 솜씨는 충분하였고, 동료 간의 교제도 좋았다. 근면하고 청소도 좋아하여, 실장은 어느 사이엔가 그녀의 포로가

---

19) "本來なれば、仲介人もない自己紹介の工手など、門前拂ひを喰はせるのだが、この際食指が動かざるを得なかつた" 久保田進男, 「雙蝶記」, 1942. 10, 160면.

20) "しかし一体どうしてだらうか、一体いかなる過去をもつているのだらうか、私も相當半島婦人—といつてもこの工場の女工さんか、この街のお母さんたちだか—をしてはいたが、しかも相當內地に永住した人たちも居たが、月子ほど徹底的に內地婦人化し、言葉服裝は言ふまでもなく、內地化した女を知らなかつた。" 久保田進男, 「雙蝶記」, 1942. 10, 164면.

되었다. 게다가 그녀는 청년학교의 공부도 빼놓지 않았으며, 바느질과 꽃꽂이까지 하였다.”21)

1년 이상 지난 어느 날, 갑자기 이 여인이 찾아와 그만 두겠다고 말한다. 이 또한 원래대로라면 끝까지 캐물어야 하겠지만, 화자는 이유를 묻지 않고 받아들여준다. 그러고 나서 그간의 사정을 알리는 감사 편지가 온다. 감사 편지에 따르면, 여인은 이웃에서 살던 3년 위의 남자와 결혼을 하였고, 남자는 중학을 졸업하고 소학교 선생으로 근무하였다. 그러다가 남자는 전쟁에 나갔고, 여자는 남자가 전쟁에 가 있는 동안 “용사의 부인”으로서 어떤 자세를 취해야 할까, 남자가 개선할 때에 어떤 모습으로 맞이해야 할까 고민하다가, 조금 더 일본의 삶에 가까워지기 위해 일본으로 건너왔던 것이었다. 편지를 읽고 난 화자는 그 둘을 “한 쌍의 나비”로 바라본다.

조선 여성의 일본인다움, 어쩌면 일본 여성보다도 더 일본인다운 이 여성에 대해 일종의 칭찬을 보내고 있는 이 소설이 ‘내선일체’라는 당시의 이데올로기에 대단히 적합한 소설이라는 것은 말할 필요도 없다. 남편을 전장에 보내고, 그런 남편에 걸맞은 아내가 되기 위해, ‘일본인’으로서 살기 위해 일본인처럼 되기 위해 노력을 한 한 조선 여성에 대한 찬탄은 ‘내선일체’가 어떻게 이루어져야 하는가에 대한 작가의 견해를 뒷받침하고 있기도 하다. 내선일체란 ‘일본인다워진다는 것’이다. 작가가 이 여성의 결혼을 조선에서 태어난 조선인과 역시 조선에서 태어난 일본인 사이의 결혼으로 구성했던 것도 ‘내선일체’의 한 과정으로 말하기 위한 것임도 확실해 보인다. 이 여성을 신비하게 포장하는 것, 조선

---

21) “しかし彼女は日が経つほどにまことに善良な女工となつていつた。職場での腕は充分だし、同僚間の交際も頗るよい。勤勉で掃除好きで、室長はいつの間に彼女の捕虜になつていた。” 久保田進男,「雙蝶記」, 1942. 10, 164~165면.

인이면서 일본인다운 것, 여공답지 않았음에도 불구하고 여공들과 사이가 좋으며, 솔선수범하고, 다른 누구보다 앞서 나아가는 것, 그리고 자신이 조선인이라고 말하지 않으면 조선인임을 알 수 없을 정도인 것, 이 모두 이 여인에게 체화된 '일본'을 드러내기 위한 작가의 전략이라고 할 수 있을 것이다. 합병하고 나서 조선에서 태어난 사람들이 일본인이건 조선인이건 관계없이 일본화하는 모습을 보여줌으로써, '조선'을 또 다른 일본으로 생각할 수 있게 해 주는 것이다.

그러나 조금 더 생각해 본다면, 이 소설이 일본인 남성과 조선인 여성의 결혼을 전제로 하고 있다는 점은 중요하다. 설명을 덧붙일 것도 없이, 이 결혼 관계 속에는 남성의 우위와 그에 순종하는 여성이라는 관계가 존재한다. 그리고 이 남성이 일본인 남성이고, 여성이 조선인 여성이라는 것에는, 주종 관계로까지는 말할 수는 없겠지만, 엄밀히 말하면 '우열' 관계가 존재한다고 할 수 있다. 부름에 응하는 것은 '남성'이고, 여성은 그 남성에 '다시' 응답하는 것이다. 결국은 일본인 남성의 매개를 통해서만 여성은 '일본다움'을 획득할 수 있는 것이다. 실제로 일본인 남성과 조선인 여성의 결혼이 조선인 남성과 일본인 여성의 결혼보다 더 많았는지는 통계를 확인할 수 없어 알 수 없지만, 일본인 남성과 조선인 여성의 결합이 자연스러운 것으로 느껴지는 것은 이런 상하 관계가 무의식에 고착되어 있기 때문이리라.[22]

이런 관계 속에는 식민 제국으로서의 일본과 식민지 조선의 관계와 남성과 여성의 관계가 얽혀 있다. 일반적으로 여성에 대한 인식이 담겨

---

22) 이런 무의식에서의 고착은 비단 식민지 조선에서만 발견되는 것은 아닐 것이다. 백인 남성과 흑인 여성의 결합이 흑인 남성과 백인 여성의 결합보다 훨씬 자연스럽게 받아들여지는 것도 이러한 무의식에서의 고착의 결과라고 할 수 있다. 참고로 염상섭의 경우, 이 반대의 결합에 눈을 돌린 바가 많다. 대표적인 작품으로 「남충서」라는 작품이 있다.

있는 것이다. 작가가 '소화 16년 12월 8일 이전의 일'23)이라고 제한을 하면서 "갑자기 퇴사를 해버린다거나, 무언가 우연한 계기로 전연 다른 사람과 같이 신세를 망친다거나, 참으로 젊디젊은 여자의 심리라는 놈은, 남자 마음의 가을 하늘보다도 덧없는 것에 지나지 않는다는 것을 나는 통감하고 있었던 것이었다."24)라고 말할 때, 이 속에는 여성에 대한 일반적인 인식이 깔려 있는 것이다. 다시 말하자면, 제한을 걸면서 말하지 않으면 안 될 만큼 이 작가에게 여성이라는 존재, 특히 젊은 여성이라는 존재는 알 수 없는 존재로 비치고 있는 것이다.

(2) 「호박노인」

이 소설 역시 배경은 일본 오사카이다. 어떤 이유로인가 학교 선생일을 그만 두고 공장에서 일하고 있는 시마[志摩]는 출퇴근길에 한 조선 노인과 끊임없이 마주친다. 처음에 인사할 기회를 놓친 시마는 어떻게 인사를 해야 하나 전전긍긍한다. 그러던 차 우연한 기회에 노인과 인사를 나누게 되는데, 노인은 이미 시마에 대해 어느 정도 알고 있었다. 나이 차이는 나지만 십년지기처럼 된 노인은 시마에게 한 가지 부탁을 한다. 노인은 조선에서 어떤 사립학교를 운영하고 있는데, 노인에게 아들이 없어 시마에게 그 학교를 맡기려고 하는 것이다. 시마에게 공장은 일생을 의탁할 장소가 아니라고 하면서. 시마는 즉답을 하지 못하고 큰 숙제로 여긴다. 그 후 1년이 지나고, 출장을 갔다가 노인을 찾은 시마는 노인은 '감기'로 앓아누운 것을 알게 된다. 노인의 곁에는 오사카에서 결혼한

---

23) 1941년 12월 8일. 곧 일본이 진주만공습을 감행해 태평양전쟁이 시작된 날이다.

24) "突如退社をして始末足り、何かのはづみでまるで別人の如に身を持ち崩してしまつたり、まことにうら若き女性の心理といふ奴は、男心の秋の空よりもなほはかなく宛にならないものだといふことを私は痛感していたのであつた。" 久保田進男, 「雙蝶記」, 1942. 10, 165면.

여자 사이에 낳은 딸이 있다. 딸은 노인의 바람이 시마에게 학교를 맡기는 것이라고 말한다. 시마는 결국 이 부탁을 받아들인다.

> 그러나 내선(內鮮)의 문제는, 시마에게는 너무 지나치게 크다고 해도, 이 훌륭한 동아의 주춧돌의 한 알의 모래를 이룬다고 해도 그것은 시마에게는 구할 수 없는 일인지도 모른다. 그것이 우연이라고 할까, 참으로 사소한 일로부터 그의 머리 위에 내려왔다. 그것과 현재 시마가 하고 있는 일, 시마는 생각하는 것이었다.[25]

조선에서 많은 자산을 가지고 있다가, 실패하고 사립학교 하나만을 남기고 자신의 말대로 "길을 잃어서" 오사카에 와서 오사카에서 태어난 여자와 결혼을 하고, 딸 하나도 죽은 처의 호적에 넣은 채 혼자 살아가고 있는 '호박 노인'이 자신의 학교를 시마에게 맡긴다는 이 소설에서 사실 위와 같은 발언은 대단히 돌출적이다. 시마가 조선에 있는 학교를 맡는다는 것이 어떻게 '내선일치'의 문제일 수 있을까? 아니 어떻게 그렇게 받아들일 수 있을까? 일종 비약처럼 느껴진다. 물론 일본에서 살아가고 있는 사람에게 조선으로 건너간다는 것이 작은 일은 아님에 틀림이 없고, 조선에서 학교를 운영한다는 것은 곧 '새로운 인간'을 만들어내는 교육의 일이기 때문에 그 속에 먼 장래를 생각하지 않을 수 없을 것이다. 그러나 그럼에도 불구하고 이런 시마의 인식은 비약으로 느껴진다. 소설 속에서 이 발언이 나오기까지 그 전에는 이와 관련된 어떤 언급도 없었기 때문이다. 노인이 부탁을 했을 때도, 노인이 시마가 전에 선생이었다는 것을 알고 있고, 그 때문에 자신의 학교를 맡아달라는 것

---

25) "しかし內鮮の問題は、志摩にはあまり大き過ぎるとしても、この輝やしい東亞の基石を盛るとしてもこれは志摩には求めて得られない仕事かもしれない。それが偶然といふか、まことに些々たる事から彼の頭上に降り來た。それと現在の彼の行ひつつある仕事と、志摩は考へるのであつた。" 久保田進男,「南瓜老人」, 1942. 7, 187면.

일 뿐이었다. 사실 노인이 시마에게 학교를 맡길 생각을 하였다는 것 자체가 소설 속에서는 일종의 비약인지도 모른다.

그러나 그런 비약을 감행하면서까지 앞과 같이 쓰지 않을 수 없었던 것이 1942년이라는 상황이었을지도 모른다. 이 비약은 실제로 조선과 일본 사이에 아직 그만큼 큰 거리가 놓여 있다는 것을 반증하는 것일 수도 있다.

3. 이식민자의 두 개의 정체성 전략과 식민주의

글의 맨 앞에서, 두 개의 인용을 통해 1940년 전후를 살아가는 재조선 일본인을 이식민자로 볼 수 있으며, 이들의 정체성 또한 동일하지 않음을 본 바 있다. 츠다 세츠코와 구보타 스스무의 소설을 통해서 이식민자로서의 자기 자신과 식민지(인)를 대하는 두 개의 다른 시선을 확인할 수 있었다.

츠다 세츠코의 소설에서 확인한 것은 츠다 세츠코가 의식적으로는 아니지만 철저하게 타자를 배제하고 있다는 점이었다. 자신의 정체성 확보를 위해 우선적으로 선택한 길이 타자의 배제인 셈인데, 츠다 세츠코가 선택한 이 전략은 굳이 조선인에게만이 아니라 중국인, 러시아인에게까지 마찬가지로 적용되는 것이었다. 츠다 세츠코의 소설에서는 일본인을 배제한 다른 민족의 경우 차이를 별로 두지 않는 것처럼 보인다. 철저하게 소설에서 배제되거나 아니면 낯선 것으로서 부정되고, 그리고 낯선 것은 저열한 것으로 놓인다.

츠다 세츠코는 이렇게 타민족(타국민)을 철저하게 배제하거나 낯선 것으로 만들면서 자기 정체성을 확보하려 했던 것인데, 이렇게 타자를 배제하고, 혹은 부정하면서 자신의 정체성을 세우려는 것은 일견 타당한 하나의 과정일 수는 있다고 보인다. 그러나 이렇게 부정에 의해 얻어지는 정체성이 자기 내용을 부정적으로밖에 지닐 수 없음을 생각한다면, 이러한 부정성은 정체성 형성의 한 부분에 지나지 않을 것이다. 이런 부정성 너머 적극적으로 자기 정체성을 형성하려 할 때에 무언가 내용이 갖추어지지 않으면 안 되는데, 그 내용이라는 것이 「할머니의 병」에서 보이는 것과 같은 일본인의 품위, 절제된 생활 속에서 갖추어지는 품위일 것이며, '천황 폐하'인 것이다. 이런 품위, 그리고 '천황 폐하'의 이름 아래서 비로소 일본인 내부에 대한 부정적 시선이 작동하는 것이다. 이 부정적 시선은 '모두 다 그런 것은 아니다.'라는 식으로 제한된 부정이며, 이러한 부정 역시 그 이유에 대한 천착을 하고 있지 않다는 점에서 지극히 자연스러운 것, 아직 인식이 부족하기 때문에 있을 수 있는 것으로 가정된다. 그러나 이렇게 지극히 자연스러운 것이 부정적인 의미에서라도 자연스러운 것인 한, 그것은 일본인으로서의 정체성에 균열을 가져오는 것이다. 왜냐하면 그것이 자연스러운 것으로 받아들여지는 한에서 그것은 본래적인 것으로 인식되며, 본래적인 것으로 인식될 때, 이 본래성은 츠다 세츠코(및 내선일체론자)가 가지고 있는 일본인의 절대적 우위성과는 어긋나는 것이기 때문이다.

또 다른 한 편으로 내용을 이루어야 할 일본인 품위란 지극히 형식적인 틀 속에서만 얻어질 수 있는 것이며, '천황 폐하'의 경우 단지 그 존재만으로 내용이 이루어질 수는 없는 것이다. 그렇기 때문에 츠다 세츠코의 자기 정체성 전략의 형성은 아직 내용을 갖추지 못하고 있는 것이며, 단지 '천황 폐하'로 드러나는 '대타자'에 전적으로 의존할 수밖에 없는 것이다 그러나 이 '대타자'의 본래 모습이 무엇인지 명확하지 않은 한, '대타자' 자체에 의하기보다는 '대타자'와의 '관계'에 의존할 수밖에 없는 것도 사실인 것이다.

결국 츠다 세츠코의 경우, 타민족(타국민)의 존재의 철저한 배제 혹은 부정으로써 자신의 정체성을 확보하고자 하는데, 이는 '일본인'으로서의 정체성 확보에도 실패하고 있을 뿐만 아니라, 그 일본인의 정체성 자체에 균열을 가져온 것이다. 더욱이 츠다 세츠코가 '이식민자'인 한에서 츠다 세츠코에게서 이식민자로서의 자기 정체성에 대한 인식은 보이지 않는다. 최소한 소설 속에서 타민족은 같이 살아가야 할 존재이기는 하지만 더불어 살아갈 만한 존재는 아닌 것으로 나타난다. 이는 츠다 세츠코에게는 조선에 와 있는 혹은 만주에 가 있는 일본인들이 '이식민자'로서의 정체성이 필요한 것이 아니라, '일본인'으로서의 정체성이 필요한 것이며, 어쩌면 이는 자신의 정체성 확보에 실패한 주체가 어쩔 수 없이 택하게 되는 전략이었을지도 모른다.

2장의 서두에서 "또한 진정으로 조선인으로부터 좋은 점을 받아들이고자 했는가도 의문이다. '조선옷'을 입는 것만으로 그 진정을 알 수는 없기 때문이다. 이러한 점이야말로 '이론'이나 '이상'과는 다른 '현실'의 문제일 터인데, 이런 '현실'이 작가의 의지와는 관계없이 개입해 들어올 가능성을 가지고 있는 것이 바로 '소설'이라는 형식이다. 왜냐하면 소설이란 언제나 세부 묘사를 가지지 않을 수 없기 때문이다. 이 세부 묘사의 경우 작가가 생각지 않은 균열을 작품에 끌고 들어올 수 있는 것이다."라고 말한 바 있는데, 츠다 세츠코의 경우 '조선옷'을 입는 것은 실상 조선(인)에 대한 애정 혹은 진정과는 관계없이, 오히려 일본인들'에 대한' 일종의 과시, '차이'를 드러내기 위한 하나의 방식으로 보인다. 그렇지 않으면 츠다 세츠코의 소설에서 보이는 철저한 '배제'를 설명할 수 없게 된다.

어쩌면 바로 이 점, '조선옷'을 입으며 조선인의 좋은 점을 배우고자 한다고 하지만, 실상 조선옷을 입고 조선을 배워야 한다고 말하면서 소설 속에서의 체험된 현실에서는 철저하게 '조선인'을 배제할 수밖에 없었던 것, '이식민자'이면서도 '일본인'으로서의 정체성을 추구할 수밖에 없었던 조선의 '이식민자'의 본 모습일지도 모른다.

구보타 스스무의 경우는 이와는 조금 다른 모습을 보인다.[26) 구보타의 경우 적극적으로 '조선인'을 일본에 편입하고자 하는 전략을 취한다. 「쌍접기」에서는 적극적으로 일본인다워지고자 하는 조선 여성을 통해 일본인이 된다는 것이 무엇인가를 드러내려 하고 있다. 일본인 자신의 눈으로 보았을 때 일본인과 구별하기 어려운 존재, 그래서 일본인보다 더 일본인다운 존재가 「쌍접기」의 게츠코이다. 그러나 일본인보다 더 일본인답다는 것은 무엇을 의미하는가? 그것은 어떤 추상적인 '일본인다움'을 생각했을 때, 그 본질에 조선 여성이 비슷하게 다가가 있다는 것, 나아가서는 그 추상적인 '일본인다움'을 더욱 확실하게 체현하고 있다는 것을 의미하는 것이 아닐까? 그러나 이렇게 일본인의 타자가 일본인다움을 훨씬 더 체현하고 있다고 한다면, 그것은 일본인에게는 그런 일본인다움이 조금은 결여되어 있다는 것이 아닐까? 일본인다움의 이상이 일본인이 아니라 조선 여성에게서 구체적으로 나타난다는 인식은 바로

---

26) 최소한 『녹기』에 실린 소설에 한해서는 그렇다. 구보타 스스무는 『국민문학』을 비롯한 다른 매체에도 소설을 발표하였기 때문에 논의를 더 진전시키기 위해서는 다른 소설들을 살펴보지 않으면 안 된다. 이는 이 연구의 범위를 넘어서는 것이고, 일종의 '구보타 스스무 작가론'에서 해명할 문제이기 때문에 여기서는 고려하지 않기로 한다. 다만 윤대석과 가미야 미호의 논문을 통해 본 구보타 스스무는 이와는 조금 다른 모습을 보여주는 듯하다. 『국민문학』에 실린 구보타 스스무의 소설들은 '교사'의 입장에서 쓰인 것이 많고, '교사'라는 입장은 '교사—학생'이라는 고전적인 계몽주의적 의식 구조와 바로 맞닿아 있다고 하겠다. 이런 '교사—학생'의 의식 구조와 '식민자—식민지인'이라는 관계가 겹쳐짐으로써 '식민자=우월한 자=교사', '식민지인=열등한 자=학생'이라는 의식 구조가 성립될 수 있는 것일 터인데, 『녹기』에 실린 소설에서 이러한 구도는 발견하기 어렵다. 이를 해명하는 것이 '구보타 스스무 작가론'의 과제가 될 것이다.

그 내부에서의 본래성의 부재를 의미하는 것이리라. 식민지 조선 여성으로서 일본인과 결혼하여 일본인과 같이 되고자 하는 게츠코로서야 일본인다움을 체득하는 것이 삶의 한 전략일 수 있고, 그리하여 일본인보다 더 일본인다워지고자 노력하는 것은 그에 따른 당연한 일이기는 하지만, 그를 일본인으로 편입시키기 위해 일본인의 경우 그러한 일본인으로서의 정체성을 우선 부정당할 수밖에 없게 되는 것이 구보타 스스무의 소설이 보이고 있는 바이다.

「호박 노인」의 경우도 이와 유사한 모습을 보이고 있다. 이 소설 속에서 호박 노인은 시마에게 어떤 압박감을 주는 존재, 가까이 하고 싶지만 쉽사리 가까이 할 수 없는 존재로 처음 나타난다. 그리고 이 노인은 소설의 마지막에서까지 화자인 시마를 압도하고 있다. 단지 연령의 차이, 혹은 경험의 차이가 가져오는 것이 아니라, 드러나지 않는 경륜과 포부의 차이라고 말해야 할 것이다. 이 경륜과 포부의 차이란 '미래'를 보는 시각의 차이인데, 시마가 이 노인에게서 결국 발견하게 되는 것은 조선과 일본이 하나 되는 방법에 대한 인식의 폭의 차이인 것이다. 시마가 내선일체의 문제를 아직 큰 문제로 생각하고 있을 때, 노인은 시마에게 자신이 조선에서 경영하는 학교의 경영을 맡길 만큼 크게 생각하고 있다는 것이다. 그러나 이러한 포부의 차이, 미래 기획의 차이는 이 소설 속에서 그리 명확하게 드러나지는 않는다. 그렇기 때문에 시마에게 학교 경영을 맡기는 것이 소설 속에서는 '비약'으로 나타날 수밖에 없는 것이다.

이와 관련해서 이 두 소설이 일본이 배경이라는 점 또한 간과할 수 없다. 이식민자로서 조선에서 소설을 쓰고 학교 교장 생활을 하고 있는 구보타 스스무가 굳이 일본을 배경으로 소설을 쓸 수밖에 없었던 것은 무엇 때문일까? 무엇보다 구보타 스스무에게 조선이란 아직 소설의 배경이 될 만큼 구체성을 확보하고 있지 못했던 것은 아닐까? 조선이 구보타 스스무에게 구체성을 확보할 수 없었다면, 구보타에게 이식민자로서의 정체성 확보란 존재하지 않는 것이다. 그는 어떠한 방식으로건 다민족 사회에서의 정체성, 그것도 일본인으로 하나 되는 정체성을 확보하고자 하였고, 그것이 일본인보다 더 일본인다운, 그리고 일본인보다 훨씬 더 일본적인 미래를 꿈꾸는 두 조선인에게 그 역할을 맡기게끔 되었던 것이다. 그러나 이렇게 함으로써 일본인으로서의 정체성에 균열을 가져오는 결과를 낳고 말았던 것은 아닐까.

4. 글을 맺으며

이상으로 『녹기』에 실린 소설들을 츠다 세츠코와 구보타 스스무의 소설을 살펴보았다. 츠다 세츠코나 구보타 스스무는 기본적인 인식 곧 '내선일체'는 공유하고 있지만, 소설 쓰기에서는 많은 차이를 보이고 있다. 츠다의 전략이 결과적으로 철저하게 타자를 배제하고 공허한 대타자에 의지함으로써 더불어 살아간다는 내선일체 및 팔굉일우와는 어긋나는 모습을 보이고 있다면, 구보타 스스무의 경우는 츠다의 경우처럼 타자를 배제함으로써 정체성을 확보하고자 하는 대신에, 적극적으로 일본인보다 일본인다운 조선인을 보여줌으로써 조선인 또한 일본인답게 될 수 있음을 드러내고자 하였다.

그러나 이 두 경우 모두 일본인으로서의 정체성을 확보하는 데서는 실패하고 있다. 더욱이 조선에 와 있는 이식민자로서의 인식은 거의 보이지 않는다고 할 수 있다. 이들이 이식민자임에 틀림이 없다면, 이들의 경우 이식민자로서의 자기 정체성 확보에는 실패했다는 의미가 된다. 이

식민자로의 불투명한 정체성을 '일본'으로 회귀함으로써만 얻어질 수밖에 없었던 것이 이들 이식민자가 가지고 있는 근본적인 문제였던 것일지도 모른다.

다시 말하자면 이들은 자신들이 '이식민자'라는 것을 부정하고 있으며, '일본인'으로서의 정체성을 추구하고 있다고 볼 수 있다. 그러나 이때 확보되는 '일본인으로서의 정체성'이 바로 그들이 '이식민자'이기 때문에 얻을 수 있었던 것은 아닐까. 조선의 일본인 이식민자가 조선인에 대한 상대적 우월성을 현실 속에서 일상적으로 경험하고 있었고, 또한 조선인과의 관계를 거의 가지지 않음으로써 뒤집혀진 '게토'를 형성하고 있었다고 한다면, 바로 이러한 삶의 조건이 그들로 하여금 '일본인'으로서의 정체성을 확보할 수 있게끔 하였던 것이라고 할 수도 있는 것이다. 그럼에도 불구하고 의식의 조건인 '이식민자'라는 존재 조건이 '망각' 혹은 '회피'됨으로써만 이 정체성이 가능하다고 하는 것은 이 정체성의 불안정성을 말하고 있는 것이기도 하다. 실제로 일본이 패전했을 때에 일본인들이 보여주었던 혼란은 이를 잘 보여주고 있다.[27] 일본의 패전 직전의 츠다 세츠코나 구보타 스스무의 행적을 알 수 없기 때문에 이후의 일들에 대해서는 확언할 수는 없다. 그러나 이들이 조선에 있었다면, 조선이 아니라도 최소한 본국에 있지 않았다면, 이들 또한 상당한 혼란을 겪었을 것으로 생각된다. 패전 이후의 그들의 행적을 추적해 본다면 이들이 본국으로 돌아갔을 때 어떤 정체성으로 살아갔는지를 확인할 수 있을 것이긴 하지만, 지금으로서는 아직 그것을 연구할 단계는 아니다.

이상에서 살핀 츠다 세츠코와 구보타 스스무가 재조선 일본인 작가

---

27) 패전 후 일본인들의 모습의 일부를 살펴볼 수 있는 작품으로 허준의 「잔등(殘燈)」을 들 수 있다. 그들에게 모국인 일본의 패전, 그리고 식민지인이었던 조선인과의 관계의 역전은 그들을 대단히 혼란스럽게 만들었고, 이는 물적 토대 혹은 존재 조건이 순식간에 붕괴되었을 때 나타날 수 있는 현상이라고 하겠다.

전체를 대표하고 있다고는 말할 수 없다. 게다가 츠다 세츠코의 경우 전문적인 작가도 아니었던 것으로 보인다. 따라서 이들의 소설을 살펴 내린 결론이 전체 재조선 일본인(작가)에게 해당한다고 말하기는 어려울 것이다. 다만 이들 소설을 살펴보면서 '이식민자'로서의 정체성이 무엇인가에 대해 질문을 해 볼 수 있었다. 이는 단지 이들 속에서 '식민주의'를 발견하는 데서 그칠 문제는 아니라고 생각된다. 그들에게서 식민주의를 발견하는 일은 사실 그다지 어려운 일이 아니다. 문제는 그들이 '식민주의'를 가지고 있었다는 점, 혹은 그들이 자신의 정체성 확보에 실패하고 식민주의의 균열을 드러냈다는 점에 있는 것이 아니라, 그들이 '이식민자'라는 점, 그들이 혼종적 시공간에서 조선인(작가)과 함께 살고 있었다는 점에 있다. 이들을 '이식민자'로, 경계인으로 규정하고, 이들에 대한 연구를 한다는 데 대해 비판이 있을지도 모르겠다. 그러나 이들을 살펴보면서 조금 더 유연하고 조금 더 생산적인 새로운 시각이 필요하다는 생각이 들었음은 사실이다. 이는 '재조선 일본인'에게만 한정된 문제가 아니기 때문이다. '재일 조선인'에게도 같은 시각으로 바라볼 수도 있다. 물론 결코 '재조선 일본인'과 '재일 조선인'을 동일하게 보자는 것은 아니다. 다만 '친일과 반일'이라는 다소 맹목적 시각에서 벗어날 수 있지 않을까 조심스럽게 생각해 볼 뿐이다.

::: **참고문헌** :::

綠旗聯盟, 『綠旗』(영인본), 청운출판사, 2008.

가미야 미호, 「≪國民文學≫ 소재 소설에 나타난 '국민화' 연구 : 신생활의 이상과 균
　　　열을 중심으로」, 한국외국어대학교 박사학위논문, 2009.
박성진, 「일제말기 綠旗聯盟의 內鮮一體論」, 『한국근현대사연구』 10호. 1999. 6.
우치다 쥰, 「총력전 시기 재조선 일본인의 '내선일체' 정책에 대한 협력」, 고려대학교
　　　아세아문제연구소, 『아세아연구』 131호, 2006. 8.
윤대석, 『식민지 국민문학론』, 역락, 2006.
윤해동 외 엮음, 『근대를 다시 읽는다1 : 한국 근대 인식의 새로운 패러다임을 위하여』,
　　　역사비평사, 2006.
이승엽, 「내선일체운동과 녹기연맹」, 『역사비평』 제50호, 2000. 2.
이은애, 「최재서 문학론 연구」, 서울대학교 박사학위논문, 1995.
이양숙, 「최재서 문학비평 연구」, 서울대학교 박사학위논문, 2003.
채호석, 「과도기의 사유와 '국민문학'론 : 1940년을 전후한 시기, 최재서의 문학론 연
　　　구」, 『외국문학연구』 제16호, 2004. 2.
채호석, 「1930년대 후반 문학의 지형 연구 : ≪인문평론≫의 폐간과 ≪국민문학≫의
　　　창간을 중심으로」, 『외국문학연구』 제29호, 2008. 2.

제 3 부

식민지 시대 비평의 지형

식민지 시대 비평의 지형

1. 들어가며

지형이란 무엇인가? 지형이란 "땅의 생긴 모양이나 형세"를 말한다. 땅의 높고 낮음 그리고 그런 이유에서 자연스럽게 형성되는 물길 등을 이르는 말이다. 이걸 그림으로 그린 것이 지형도(地形圖)인데, "지표의 형태 및 지표에 분포하는 사물을 정확하게 상세하게 그린 지도"를 말한다. 그리고 이런 지형의 형성과 변화 등을 연구하는 학문이 지형학(地形學)이다.

다 아는(안다고 생각하고 있는) 이야기이다. 그런데 굳이 왜 다시 하는가? 이 논문이 목표하고 있는 바가 바로 식민지 시대 문학 비평의 '지형'을 그리는 것, 곧 식민지 시대 문학 비평의 '지형도'를 만드는 것이기 때문이다.[1]

---

[1] 이 글은 2008년 한국근대문학회 학술 심포지엄에서 발표한 논문이다. 이 발표를 청탁 받았을 때 주어진 발표 제목이 '식민지 시대 문학 비평의 지형'이었다. 가제목이었기 때문에 제목을 바꿀 수도 있었지만 바꾸지 않았다. 무언가 새로운 생각을 할 수도 있을 것 같았기 때문이다. 그리고 그렇게 해 보려 노력하였다. 결과는 물론 생각과는 전혀 다르

식민지 시대 문학 비평의 '지형도'를 그린다는 것은 비유임에는 틀림없다. 비평 행위를 포함한 인간의 행위가 자연과 같지 않으니, 지형도를 그린다거나 아니면 지형학을 한다거나 하는 것이 근본적으로는 불가능하기 때문이다. 그럼에도 굳이 '지형'과 '지형도'를 말하는 것은 이것이 문학 비평 연구에 새로운 시각을 열어줄 수도 있다고 생각하기 때문이다.2) 물론 그에 따르는 어려움은 피할 수 없을 것이다. '지형'이 일종의 비유이기는 하지만, 그리고 그렇기 때문에 비유를 밀고 나갔을 때의 난점이 있기는 하지만, 일단 조금 더 나아가 보기로 한다.

지형의 상태를 살피기 위해서는 무엇보다 먼저 살펴볼 대상의 범위를 설정해야 하고, 그리고 기준을 확정해야 한다. 가장 일반적인 지형도라고 할 수 있는, 등고선으로 높낮이를 표시한 지도의 경우, 같은 높이에 있음을 말하기 위해서는 기준이 있지 않으면 안 되기 때문이다. 도대체 무엇을 기준으로 높고 낮음을 판단할 것인가? 비평의 지형도를 그린다고 했을 때 첫 번째 어려움이 바로 여기에 있다. 지형도를 그리려고 하는 것은 어떤 방식으로든지 높낮이를 판단할 수 있는 기준을 설정한다는 것이며, 바로 이 기준을 마련한다는 점에서 비평의 지형도를 그리는 자체가 의미가 있을 수도 있다. 그러나 기준의 마련은 시작이 아니라 결과일 수도 있을 것이다. 기준선을 마련하지 못하였을 때 선택할 수 있는 방법은 시작점을 찾는 것이다. 어떤 '사태'의 시작이 아니라, 지형 탐색의 시작점 말이다. 이렇게 생각하면 어떤 점도 시작점이 될 수 있을 것이다. 어차피 드러내야 할 것이 전체의 지형이고, 그렇다고 한다면 어디서 시작하건 결과는 마찬가지일 것이기 때문이다.

게 나왔다.
2) '지형' 또는 '지형도'라는 말이 여기서 처음 사용된 것은 당연히 아니다. 이미 많은 논문들이 '지형'이라는 말을 사용하였다. 그러나 지금까지의 논문에서 '지형'을 단순한 비유 이상으로 밀고 나간 논문은 (과문한 탓인지는 모르겠지만) 아직 없다.

두 번째 말해두지 않으면 안 될 점은 '지형'이란 기본적으로 공시태라는 사실이다. 특정한 시점(물론 그 시점은 조금 확대될 수도 있을 것이다)에서의 지형을 말할 수밖에 없다. 어떤 시점에서 어떤 비평들이, 혹은 쟁점들이 도드라지는가를 살피게 된다. 이런 방식은 매우 큰 장점을 가지고 있으며, 많은 비평 연구들이 이런 방식을 택해 왔다. 예컨대 '1930년대 후반의 비평 연구'라고 했을 때, 기본적으로 1930년대 후반, 실질적으로는 4, 5년에 걸치는 시간이 동일한 시점으로 설정된다. 4, 5년간은 일종의 공시태로 인식되는 것이다. 그리고 이때 당연히 그 이전의 시간과 그 이후의 시간(1930년대 초반 혹은 '일제 말기')과는 다른 지형을 가지고 있는 것으로 인식된다. 그렇기 때문에 특정한 시점을 설정하는 일은 사실 문학사(비평사)에서의 시대 구분과 밀접하게 관련되어 있다. 기본적으로 문학사(비평사)에서의 변화를 전제로 하고 있는 것이다.

이는 일정한 시점에서의 지형이 시간의 흐름에 따라 변화를 겪을 수밖에 없음을 뜻한다. 지형이라는 말이 비유적으로 사용된다고 하더라도 마찬가지이다. 이를 우리는 '비평사'라고 말하는 것이다. 이는 누구나 무의식적으로 인지하고 있는 바라고 생각된다. 다만 여기서 비평사와 '지형'의 관계를 조금 더 명료하게 해 두자는 것이다. 비평의 지형에서 출발했을 대, 비평의 지형의 변화의 과정을 비평사라고 할 수 있다고 말이다.

그런데 비평사를 비평의 지형의 변화의 과정으로 바라보게 되면 비평사는 재구성될 수밖에 없다. 왜냐하면 이제까지의 비평사는 비평가의 '행위'의 역사이거나 아니면 '이념'의 역사, 그것도 아니면 '논쟁'의 역사였기 때문이다.3) 부분적으로 이론의 역사를 탐색해 간 경우가 없지는 않지만, 대단히 드물며 제한적이었다고 생각된다.4) 그러나 지형의 변화

---

3) 논쟁의 역사로서의 비평사를 대표하는 것이 김영민의 『한국근대문학비평사』(소명, 1999)와 『한국현대문학비평사』(소명, 2000)이다.

자체를 역사로 놓고 본다면, 행위, 이념, 의지, 이론 그 어느 것도 아닌 비평의 역사가 만들어질 것이다.

비평사가 비평의 지형의 변화를 드러냄으로써 구성될 수 있다면, 이 작업은 여러 시점의 비평들을 겹쳐 놓음으로써 이루어질 수 있지 않을까. 비평사를 쓰는 작업이 곧 지형학이 되는 것이다. 물론 이러한 일, 곧 여러 시기의 비평의 지형을 겹쳐 놓는 일은 그리 쉽지 않다. 앞서 지형을 드러내기 위해서는 일종의 기준 같은 것이 필요하지 않겠냐고 말한 바 있는데, 비평의 지형을 겹쳐 놓을 때 이 기준이 과연 일관성을 가질 수 있는지, 아니 일관되어야 하는지 하는 문제가 제기될 수 있기 때문이다. 땅의 생김새라면 하나의 기준을 마련할 수도 있겠지만, 비평의 경우는 조금 다르지 않을까? 비평의 지형을 말하는 기준 자체의 변화를 생각지 않을 수 없기 때문이다.

그렇다면 식민지 시대의 비평의 지형을 살피는 일은 먼저 식민지 시대 비평의 지형을 살피는 데 필요한 기준의 변화를 추적하는 일에서부터 시작하지 않으면 안 되게 되었다. 지형을 살피는 기준의 변화 자체가 비평사의 일부분을 이룰 수도 있기 때문이다. 만약에 그러하다면 지형을 살피는 기준의 변화를 드러낼 수 있는 또 다른 개념이 필요할 것이다.

지형이라는 비유에서 조금 더 확대해 보자. '지평'이라는 말이 있다. '대지의 편평한 면'을 이르기도 하고, 편평한 대지의 끝과 하늘이 맞닿아 경계를 이루는 선인 '지평선'을 뜻하기도 한다. 비유적으로는 '사물의 전망이나 가능성 따위'를 이르기도 한다. 그렇다면 '비평의 지평'이라는 말을 사용할 수 있을 터인데, 이 대 비평의 지평이란 어떤 특정한

---

4) 이론의 역사로서의 비평사를 서술한 저서는 아직 없는 것으로 보인다. 여러 이유가 있겠지만, 이론의 역사라고 할 만큼의 비평이 이루어져 있지 못했던 사실 때문이기도 하고, 달리는 이론의 역사라는 것이 연구자의 관심을 끌지 못하고 있기 때문이라고 생각된다.

시점의 비평이 지닌 비평의 '가능성의 한계'를 의미한다고 할 수 있을 것이다.5) 어떤 특정한 시점의 비평이란 어떤 한계를 가지게 되는데, 이 한계는 거꾸로 말하면 일련의 비평(가)들이 지니고 있는 일종의 공감대, 혹은 암묵적인 전제라고 생각할 수 있을 것이다. 지평이 넓어지거나 좁아지거나, 아니면 달라지거나 한다는 것은 이러한 공감대 혹은 암묵적인 전제의 변화를 말하는 것이리라.

여기서 비평의 지형의 변화, 비평의 지형학을 기술할 수는 없을 것이다. 우리에게는 아직 '지평'조차 마련되어 있지 않기 때문이다. 이 자리에서는 비평의 장면 몇 개를 들어 비평의 지형학이 가능할지 탐색해 보고자 했다. 여기서 선택된 비평의 장면 세 개6)는 대단히 임의적으로 선택한 것이다. 굳이 세 개일 필요도 없다. 더 많아질 수도 있고, 더 적어질 수도 있다. 연구의 결과에 따라 배제되어야 할 것도 있을 것이다.

2. 『인문평론』의 지평

첫 번째로 선택한 비평사의 장면이 『인문평론』이다. 『인문평론』이

---

5) 어떤 가능성의 한계라는 의미를 내포하고 있는 말로, 푸코가 사용했던 '에피스테메'라는 말을 떠올릴 수 있을 것이다. 하지만 푸코의 에피스테메는 몇 세기에 걸치는 시간이 하나의 시점이 되고 있어 여기서 사용하기는 너무 큰 개념이기 때문에 사용하지 않았다. 그리고 '가능성의 한계'라고 했는데, 이때 한계라는 단어가 부정적인 의미로 사용된 것은 아니다. 그보다는 '경계'라는 의미가 더 강하다고 할 수 있다. 그럼에도 '한계'라고 말한 것은 '경계'가 그 경계의 밖을 생각하고 있음에 비해서, '한계'는 그 밖을 생각할 수 없기 때문이다.

6) 학술대회 발표문에서는 네 개의 '지평'을 들었다. 그러나 그 가운데 김동리의 '순수문학'이라는 지평은 적절하지 않다고 판단해 삭제하였다. 김동리의 이념이 본격적으로 비평을 통해 나타난 것은 1945년 이후라고 판단하였고, 1930년대 후반에 김동리를 하나의 지평으로 언급하는 것은 해방 후의 김동리를 해방 전으로 끌어오는 오류를 범할 수도 있다고 생각하였기 때문이다. 논거가 보충되면 다음 논문에서 함께 이야기할까 한다.

1939년에서 1941년에 걸쳐 나왔으니, 식민지 시대 비평에서는 맨 마지막 장면이라고 말할 수 있을 것이다. 그럼에도 여기서 맨 처음 다루는 데는 몇 가지 이유가 있다. 우선 '국민문학'을 제외한다면 『인문평론』은 식민지 시대의 마지막 장면이다. 이 마지막 장면에는 그 이전의 비평의 결과들이 녹아 있으리라는 전제가 가능하다. 두 번째로는 이제까지와는 다른 새로운 상황에 직면한 결과라는 점을 지적해 둘 필요가 있다. 물론 이 새로운 상황이란 '국민문학'으로 이어지는 정치·사회적 상황이다. 그렇기 때문에 『인문평론』의 비평들이 보이고 있는 모습들은 그 이전의 비평들을 검토하는 출발점이 될 수 있으리라 생각한다.

　『인문평론』은 단순하지 않은 잡지이다. 『인문평론』은 몇 개의 겹으로 이루어져 있다.[7] 먼저 『인문평론』의 외피를 구성하는 것으로서 최재서의(사실은 최재서로 추정되는) <권두언>이 있다. 이 <권두언>은 『인문평론』의 지향을 명확하게 드러내고 있다. <권두언>을 통해 본 『인문평론』의 지향이란, 기본적으로는 당대의 요구, 그러니까 '신체제(新體制)'의 요구를 받아들이면서 한편으로는 끊임없이 초조하게 그 '텅 빈 담론'을 채워나가려고 하였고, 다른 한편으로는 그에 문학적 실천을 결부하려 하였다. 이 <권두언>에서 찾아볼 수 있는 문학적 실천이란 물론 신체제 논의에서 벗어난 것은 아니었다. 그러나 중요한 점은 그 문학적 실천의 담론에서 <권두언>이 설정하고 있는 '문학'(좋은 / 훌륭한 문학)의 '경계' 이다. 이 경계가 1930년대 비평의 한 모습을 보여준다고 판단된다. 『인문평론』의 안을 구성하는 것은 물론 『인문평론』에 실린 비평과 작품들

---

7) 나는 이전에 도대체 『인문평론』이란 무엇인가 하는 의문을 가지고 『인문평론』에 관련된 몇 개의 글을 발표한 바 있다. 일련의 연구 과정이었기 때문에 부분적으로는 내용이 겹칠 수밖에 없었지만, 각기 조금 다른 시각에서 『인문평론』에 접근해 보려 하였다. 이 장에서의 논의는 기본적으로 이 연구들의 결과(특히 「1930년대 후반 문학 비평의 지형도」) 에 따른다.

이었다. 『인문평론』의 '안'은 『인문평론』의 외피인 <권두언>처럼 그렇게 투명하지는 않다. 실제 비평이란 <권두언>과 같은 선언문과는 달리, 당대의 모색을 드러낼 수밖에 없었고, 작품 또한 그 주저함을 크게 넘어서지 못하고 있었다. 비평들이 어떠한 방식으로든지 신체제를 합리화하면서, 그 속에서 존재의 방식을 모색하고 있었음에 비해, 소설들은 '현실' 속에서 그런 모습들을 그려나가지는 못하고 있다.[8] 이 '미치지 못함[不及]'이 『인문평론』의 안을 구성하고 있었다.

『인문평론』이 여러 겹인 것은 『인문평론』에 <구리지갈>이라는 독특한 글쓰기가 있었기 때문이다. (이를 '안의 안'이라고 말한 바 있다.) <구리지갈>은 익명으로 쓰인 '비평에 대한 비평' 곧 메타-비평(meta-criticism)이다. 이 <구리지갈>은 『인문평론』의 한 가운데 있으면서도 『인문평론』으로부터 독립되어 있는 듯한 모습을 보인다. 『인문평론』에 실려 있는 비평에 대해서조차 비판의 날을 세우고 있기 때문이다. <권두언>이 당대의 정치적 요구를 수용하면서, 그리고 그에 맞추어 '문학'의 위치를 규정하고 있었음에 비해, <구리지갈>은 그 내부에 있으면서도 그와는 전혀 다른 기준, 곧 '과학성'과 '보편성'을 주장하고 있었던 것이다. 『인문평론』의 밖은 물론 당대의 정치적 요구와 『인문평론』이 발간되는 맥락일 것이다.

결국 『인문평론』은 최소한 두 개 이상의 서로 다른 지평에 걸쳐 있는 셈이었다. 이 두 지평 가운데 어떤 것이 진짜 『인문평론』인지를 묻는 것은 최소한 이 자리에서는 무의미할 것이다. 그 두 개 이상의 지평이 공존하고 있는 것이 바로 『인문평론』이기 때문이다. 그런데 이들 지평은 서로 연관되어 있기는 하지만 확실하게는 다른 지평이라고 할 수 있다.

---

8) 이에 대해서는 「1930년대 후반 소설의 역사적 상상력」에서 다루었다.

첫 번째 지평은 좋은 문학과 나쁜 문학을 가르는 경계이다. 『인문평론』에서는 이 '좋은 문학 / 나쁜 문학'은 '(좋은) 문학 / 대중 문학'으로 구분된다. <권두언>이 드러내고 있는 문학의 지평이 바로 이것이다. 문학은 대중의 말초적 신경을 자극하거나 대중의 흥미에 영합해서는 안 된다는 것이다. 이런 지평이 언제 생겼는가는 좀 더 추적을 해야 할 것이지만, 최소한 1920년대 초반 '동인지' 문학이 성립하는 시기까지는 거슬러 올라갈 수 있을 것이다.

두 번째 지평은 '문학과 정치의 관계'이다. 문학이 정치에 종속되기를 요구하는 외적인 이데올로기적 억압 / 요구에 맞서, 문학이 '정치적'일 수 있고, 또 정치적이기는 하여야 하지만 그럼에도 불구하고 문학이 정치에 종속될 수는 없다는 것, 이것이 『인문평론』 전체를 관통하고 있는 생각이다. (특히 「권두언」에서 선명하게 나타나지만, 다른 글들에서도 확인할 수 있는 생각이다.) 이 지평이 문제가 되는 이유는 첫째, 이 외적인 이데올로기가 『인문평론』에서는 신체제의 논리, 곧 지배이데올로기이지만, 그러나 그보다 약간 앞서서는 마르크스주의였고, 김동리에게는 거의 모든 이념으로 나타나기 때문이며, 둘째, 이 생각은 근대를 관통하고 있는 것처럼 보이지만, 실상 1920년대 후반과 1930년대 초에 걸쳐 전면적으로 부정되었던 이데올로기이기 때문이다.

3. '내용과 형식 논쟁'의 지평

두 번째는 잘 알려져 있는 이른바 '내용·형식 논쟁'[9]이다. 이 논쟁의

---

9) '이른바'라는 말을 붙인 이유는 이 논쟁이 '내용과 형식'에 관련된 논쟁 이상이기 때문이다. 이하 '내용·형식 논쟁'이라고만 말한다.

내용은 잘 알려져 있지만, 그래도 다시 한 번 짚어보도록 한다.

'내용·형식 논쟁'을 '내용·형식' 논쟁으로 만든 것은 바로 김기진의 다음과 같은 언급 때문이다. 김기진은 월평에서 박영희의 소설에 대해 작심한 듯 상당히 직설적으로 비판한다. 어떤 이유가 있었는지는 모르지만, 어찌 되었건 짚고 넘어갈 것은 짚고 넘어가자는 것이 김기진의 생각이었던 듯하다. 논쟁을 유발했던 김기진의 글을 보도록 하자.

> 그러나 작가는 "인생이란 무엇이냐? 생활이란 무엇이냐? 빈부의 차별이란 정당한 것이냐? 아니다. 우리는 빈곤하다, 우리는 무산 계급자다. 무산 계급은 자계급(自階級)의 적과 투쟁하지 않으면 안 된다."는 것을 말하기 위하여 너무도 쉽사리 간단간단하게 처리하였다. 그 결과 이 일편은 소설이 아니요, 계급의식, 계급투쟁의 개념에 대한 추상적 설명에 시종하고 말았다. 일언일구가 이것을 설명하기 위하여서만 사용되었다. 소설이란 한 개의 건축이다. 기둥도 없이, 서까래도 없이 붉은 지붕만 입히어 놓은 건축이 있는가?
>
> 비단 이 일편뿐만이 아니라 회월 형의 창작의 거개 전부가 이와 같은 실패에 종사하고 마는 것은 작가로서의 태도가 너무도 황당한 까닭이다. 작자는 먼저 어떤 한 개의 제재를 붙들고서 다음으로 어떤 목적지를 정해 놓고 그리고서는 그 목적지에서 그 제재로 붙잡은 사건을 반드시 처분하고야 말겠다는 계획을 갖고 그리고서는 붓을 들어 되든 안 되든 그 목적한 포인트로 끌고 와 버린다. 그런 까닭으로 그곳에는 여러 가지 부자연한 것이 있고 불충실한 것이 있고, 모순된 것이 있게 된다. 이것이 회월 형의 창작상 근본적 결함이다. (…중략…) 따라서 작자는 최후의 '계급 운운'의 말을 쓰기 위하여 명진이를 썼고 이 글을 썼다고 보았다.[10]

그리고는 글의 말미에서 다음과 같이 말하고 있다. 김기진의 비판의

---

10) 김기진, 「문예월평」, 『조선지광』, 1926. 12.

핵심이 간명하게 드러난다.

> 회월 형은 이것을 선전문학으로 썼을 것이다. 그러나 선전문학도 문학
> 으로서의 요건―소설로서의 요건을 구비하지 않으면 안 될 것이다.[11]

김기진의 논리는 '소설 건축설'로 일단 요약할 수 있다. 소설은 하나의 건축이고, 건축이라고 한다면 갖추고 있어야 할 것은 다 갖추고 있어야 한다는 것이다. 박영희의 소설이 붉은 지붕(=이데올로기)만 선명하고, 그 이데올로기를 뒷받침해 줄 수 있는 토대를 갖지 못하고 있다는 것, 다시 말하자면 소설의 마지막 장면으로 나아갈 충분한 근거를 갖고 있지 못하다고 김기진은 말한다. 결국 김기진은 박영희에게 어떤 소설이라고 하더라도 소설은 '소설'이어야 한다고 말하고 있는 것이다.

김기진에게 이 입장은 중요했던 것으로 보인다. 그러나 정확하게 그 논리가 어디에 닿아 있는지는 알 수 없다. 왜냐하면 이로부터 두 개의 논리가 가능하기 때문이다. 첫째, 선전문학도 소설이어야 한다는 것은 소설이 갖추어야 할 최소한의 조건이 있어야 한다는 것을 뜻한다. 이때 소설이란 프로문학 이전의 소설을 말함은 물론이다. 김기진이 염두에 두고 있는 것이 그 이전의 곧 1920년대의 소설일지, 아니면 서구의 소설과 일본의 소설을 통해서 습득한 '소설'의 감각을 말하는 것인지는 확실하지 않다. 그러나 틀림없이 김기진이 염두에 두고 있는 것은 프로 소설 이전의 소설임이 확실하다. 이렇게 파악했을 때, 김기진은 프로문학가로 활동을 하고 있지만, 기본적으로는 프로문학 이전의 '문학인' 혹은 '소설가'의 입장을 견지하고 있는 것으로 된다. 두 번째는 김기진이 독자를 염두에 두었을 가능성도 있다. 독자가 받아들이지 못하는 소설이 선전문

---

11) 김기진, 앞의 글.

학으로서의 '기능'을 할 수 있겠냐는 것이다. 따라서 독자에게 다가갈 수 있는 소설, 독자가 이해할 수 있는 소설, 감득할 수 있는 소설을 써야 한다는 것이다. 김기진이 어떤 이유에서 박영희를 공격했는지는 정확하게는 알 수 없으나 이 글만 본다면 전자의 입장으로 받아들여진다. 박영희도 바로 이 점을 지적하고 있기 때문이다.[12]

박영희는 김기진의 비판에 대해 역사 상당히 격렬한 어조로 답하고 있다. 박영희 비판의 특색은 '권위'를 끌어들이는 것이다. 이후 많은 카프 비평가들이 사용하고 있는 방식인데, 권위를 통해 자신의 논리를 정당화하거나 방어하는 것이다. 어쨌건 김기진의 '소설 건축설'에 대해 박영희는 '문학 치륜설(齒輪說)'로 맞선다. 레닌의 유명한 글 「당 조직과 당 문학」에서 그 근거를 끌어들이고 있는 것이다.

> 진실한 프로적 문예는 현대 무산계급의 ××과 그 ××× 지시하는 것이라야 한다는 것은 오래 전부터 필연적 모토가 되어 있는 것이다. 그러므로 「아당(我黨)의 기관지와 문학」이라는 논문에서 ××× 이렇게 말하였다.
> 문학적 활동은 "프롤레타리아의 모든 일의 한 부분이 되어야 한다. 노동계급의 ××로 하여금 발동할 기계 안에 있는 한 작은 치륜이 되어야 한다. 문학은 조직되고 안출(案出)하며 통일되며 ×××× 아당의 모든 일 가운데의 한 부분이 되어야 한다.[13]

사실 이와 같은 박영희의 대답은 김기진이 비판한 논점을 벗어나고 있는 것이기는 하다. 논쟁이 생산적으로 확장되지 않은 이유는 물론 외부의 '당'의 개입 때문이기는 하였지만, 두 사람 사이에 있는 이 어긋남,

---

12) 하지만 후에 김기진이 제출하는 대중화론을 보면 김기진이 첫 번째 이유만으로 박영희를 공격하지는 않았던 듯하다. 김기진은 대중에게 다가가기 위해 대중화론을 전개하고 있기 때문이다.
13) 박영희, 「투쟁기에 있는 문예비평가의 태도」, 『조선지광』, 1927. 1.

이론의 어긋남이 아니라 출발의 어긋남 때문이기도 하다.

　박영희가 김기진의 건축론에 대해 제시하고 있는 또 하나의 반박은 시기 상조론이다. 1927년이라는 현단계[14]에서 '완성된 작품'을 만들 단계가 아니라는 것이다.

> 　프롤레타리아의 작품은 군의 말과 같이 독립된 건축물을 만들려는 것이 아니다. 상론(上論) 말과 같이 큰 기계의 한 치륜인 것을 또 다시 말한다. 프롤레타리아 전 문화가 한 건축물이라 하면 프롤레타리아 예술은 그 구성물 중에 하나이니 서까래도 될 수 있으며 기둥도 될 수 있으며 기왓장도 될 수 있는 것이다. 군의 말과 같이 소설로서 완전한 건물을 만들 시기는 아직은 프로 문예에서 시기가 상조한 공론(空論)이다. 따라서 프로 문예가 예술적 소설의 건축물을 만들기에만 노력한다면, 그 작가는 프롤레타리아 문화를 망각한 사람이니 그는 프로 작가는 아니다. 그는 다만 프로 생할 묘사가에 불과하다.[15]

　박영희 글의 제목처럼 현단계는 '투쟁기'이고, '투쟁기'에 완전한 프로문학을 생각한다는 것은 불가능하다. 그러니 무엇보다도 투쟁을 위한 문학을 제작해야 하며, 그를 위해서는 프롤레타리아 전 문화, 나아가 프롤레타리아 혁명 운동의 한 부분이 되어야 한다는 것이다. 이는 카프의 방향전환에서 나타났던 '혁명의 무기로서의 문학'이라는 선언을 부연한 것에 지나지 않는다. 1927년 방향 전환의 과정에서 문학의 존재 의의는 '문학'에 있지 않고, '무기'에 있었던 것이다. 박영희는 그렇기 때문에 문학이 서까래건, 기둥이건, 붉은 지붕이건 아무 상관이 없다고 말할 수

---

14) 이 단계는 사회 운동이 '자연발생적 단계에서 목적의식적 단계로 나아가는' 방향 전환의 단계이기도 하였다. 그러나 박영희가 방향전환만을 문제 삼고 있는 것 같지는 않다. 오히려 박영희는 혁명 이전 단계의 모든 프롤레타리아 문학에 대해 말하고 있는 것으로 보인다.

15) 박영희, 앞의 글.

있었던 것이다. 그리고 이 점에서 문학은 하나의 건축이 아닌 커다란 건축의 한 부분 혹은 '치륜'이 될 수 있을 것이다.

박영희와 김기진의 논점이 어긋나고 있기는 하지만, 이 논쟁은 이 점에서 대단히 중요한 의미를 가진다. 앞장에서 보았던 '문학과 정치'의 관계에서 『인문평론』의 최재서를 그나마 지탱해 주던 것, 곧 문학은 정치적일 수는 있지만, 문학이어야 한다는 논리는 문학과 정치의 일차적인 분리를 전제로 했기 때문이다. 파시즘의 이데올로기와 마르크시즘의 이데올로기는 극과 극에 있기는 하지만 이 둘 모두 문학을 정치의 '무기'로 삼고 있다는 점에서는 동일한 모습을 지니고 있었던 것이다. 그리고 '혁명의 무기'로서의 문학, 정치의 수단으로서의 문학은 이 시기 아주 명확한 이론적 형식을 가지고 등장을 하게 된다.16)

이에 못지않게 중요한 것이 '문학 유산'의 문제이다. 사실 엄밀하게 문학 유산의 문제로 제기되지는 않았지만 문학 유산의 문제는 이 논쟁의 바탕에 깔려 있는 것이다. 박영희가 김기진에 대해 다음과 같이 말할 때, 박영희는 자신의 의도와는 관계없이 프롤레타리아 문학 건설의 핵심적인 문제를 짚고 있었던 것이다.

> 김 군은 "소설이란 한 개의 건축이다. 기둥도 없이 서까래도 없이 붉은 지붕만 입혀 놓는 건축이 있는가?"라고 말하였다. 물론 소설을 예술적으로 완성시키는 데는 혹 완전한 문화주택을 건설하는 데는 그야 기둥이나 서까래만 필요한 것은 아니다. 그 외에도 많이 있으니 양회, 철근, 콘크리트, 유리, 진흙… 등. 그 외에도 더 완전한 소위 문화주택을 만들

---

16) 물론 '내용·형식 논쟁'이 최초라고는 말할 수 없다. 이인직에서 시작해 이광수에서 일단락되는 계몽주의의 시기에 문학은 이미 계몽의 도구인 바 있다. 그러나 이 시기는 아직 전근대적 사유로부터 완전히 벗어나지 않았던 시기이고, 따라서 계몽의 '도구'로서의 문학은 '정치의 도구'로서의 문학보다는 오히려 전근대적 문학관과 친연성을 가지고 있다고 할 수 있다.

려면 색소 있는 커튼도 필요한 것이며, 세공을 가한 벽도 필요한 것이며, 전등도 필요할 것이니, 그 외에도 한이 없이 필요할 것이다. 사치와가공은 무한한 것이다. 그러므로 그 발달을 상금(尙今)껏 해 온 것이 부르주아 문학의 묘사법의 대부분이다.[17]

그러나 군의 그 '실감'은 사회적 표준이 없이 누구의 작품이고 묘사가 부족해서 실감이 없다는 결론에 도달한 것을 보면 확실히 군의 논거는 예술지상적 초계급적 개인주의적이라고 보게 된다. (…중략…) 부르주아의 문예작가가 사회를 묘사함에 부르주아 작품은 비로소 민중에게 신념을 얻게 된다. 그러나 프롤레타리아 문예작가는 부르주아 사회의 암면(暗面)을 폭로해서 사회를 묘사하는 것이 아니라 사회××××× 한다. 따라서 프로문예 비평가는 계급××과 ××××× 대하여 작품의 대하여 작품의 적극적 전개를 위해서 지시하며 혹은 책하는 것이니, 전자는 예술가적 비평가요, 후자는 문화비평가인 것이다. 문화비평가는 계급을 초월한 예술의 독립성을 생각하지 않는다.[18]

다소 복잡하게 반복적으로 이야기하고 있어 핵심이 잘 드러나지는 않지만, 박영희가 김기진에게 묻고 있는 것은 이런 것이다. 네가 선전문학도 선전문학 이전에 소설이 되어야 한다고 말했는데, 그때 말하는 '소설'이라는 게 도대체 누구의 소설이냐는 것이다. 결국 김기진이 가지고 있는 소설에 대한 관점은 기존에 김기진이 학습했던 소설들, 어쩔 수 없이 부르주아적인 소설이 아니냐는 것이다. 그렇다면 그런 관점으로 새로운 문학(프로문학)을 평가할 수 있겠느냐, 그것은 불가능하다는 것이다. 이것이 한편으로는 비평가의 관점의 문제이기는 하지만, 다른 한편으로는 이전 문학의 계승에 관한 문제이기도 하다. 김기진이 생각하는 프로문학과 박영희가 생각하는 프로문학의 사이에 건널 수 없는 큰 강이 있음도 여

---

17) 박영희, 앞의 글.
18) 박영희, 앞의 글.

기서 명확해진다. 프로문학이 전적으로 새로운 문학인지, 아니면 이전 문학의 계승인지에 대해 김기진과 박영희는 전혀 다른 입장을 가지고 있었다고 보인다.[19] 물론 이 논쟁에서 김기진과 박영희가 그 점에 대해 명확하게 인식하고 있었던 것 같지는 않다. 김기진이나 박영희나 이를 '묘사'의 문제로 받아들이고 있기 때문이다.

> 동지 미카엘 골드 씨의 단편 「A Great Deed Needed」, 「큰 행적을 요구하였다」라는 것은 참으로 힘 있는 작품이다. 그것은 예술적은 아니다. 그러나 프로문화적이다. 프로문예는 예술적 예술을 요구하지 않는다. 그 내용은 동맹파업을 실행한 노동자군이 가로(街路)로 부르짖으면서 ×××××××××××× 빵을 집어먹는 것이다. 이러한 작품이야말로 기둥도 없고 서까래도 없고 문지방도 없는 널빤지와 같은 작품이다. 그러나 그 작품의 정신은 프로적 견지에서 사회적이며 집단적이다. 그 작품의 정신은 비록 기둥은 없을지언정 무산계급을 위하여서는 ××××××. 이 작품은 어떻게 해서 ××××××다는 것을 군 같으면 요구하였을 것이다. 그러나 그 원인은 쓰지 않더라도 이미 사회 현실적으로 표현된 사실이다. 또한 상점에 ×××××× 노동자를 볼 때에 군은 그 노동자가 그러한 행동을 감행할 때까지의 심적 고민과 과정을 묘사로서 요구할 것이다. 그러나 이미 그것도 사회 자체가 훌륭하게 우리에게 묘사하여 보여주었으니 또 다시 길게 쓸 필요가 없는 것이다. 같은 이유에서 일 무산노동자(「지옥순례」에서)가 기갈에 원인해서 ××하였다 하면 그 노동자가 현대 사회조직으로부터 어떻게 암연한 구렁텅이로 빠져들어 가는 것을 가장 ×××으로 쓰는 것이 그 노동자의 생활을 기록하는 것이다. 그러나 그것은 노동자의 생활을 참관하자는 것이니 그 노동자의 생활의 전개는 아니다. 다만 그러한 작품은 '도스토예프스키' 식으로 묘사법인 것이다.

---

19) 바로 이 점에서 이 논쟁을 볼 때, 루카치와 표현주의자들 사이의 논쟁, 그리고 루카치와 '정통' 마르크스주의자들 사이의 논쟁을 참조해 볼 필요가 있다. 이 논쟁들도 다양한 측면에서 진행되었지만, 기본적으로는 문학 유산의 수용 문제, 그리고 새로운 현실 상황에서의 적합성 문제였기 때문이다.

마지막으로 또 하나의 논점이 존재한다. 사실 이를 지평이라 부를 수 있을지는 잘 모르겠지만, '내용·형식 논쟁'을 재검토할 때 반드시 짚고 넘어가지 않으면 안 될 부분이라고 생각한다. 이 논점은 문학의 존재와 유통에 관한 문제이다. 김기진이 소설은 하나의 건축물이라고 말했을 때, 김기진의 생각은 소설이 하나의 완결된 구조물이어야 한다는 것이었다. 하나의 완결된 구조물이란 결국 그 내부에 담아야 할 것을 충분히 담고 있지 않으면 안 된다는 것이며, 소설이 '외부'가 없을 수는 없지만, 그럼에도 불구하고 자체 내에 내적인 연관성과 결말로 나아가는 '내적' 필연성을 가져야 한다는 것이었고, 이는 소설을 그 자체로 존재하는 '무엇'으로 사유하였음을 말한다. 소설이란 일종의 허구성을 가지고 있는데, 이 허구성이란 소설의 틀을 결정하는 것이다. '허구' 내부에서 상호 연관된 하나의 세계가 드러나야 하는데, 박영희의 소설들은 그 상호 연관된 세계의 모습을 지니고 있지 못하다는 것이 김기진의 판단이었다.

박영희의 소설이 과연 그랬을까를 검증해 볼 필요는 있지만 문제가 되는 것이 김기진의 판단의 타당성이 아니라 그 타당성의 전제가 되고 있는 사유의 방식이라고 한다면 박영희의 소설들과 굳이 대조할 필요는 없으리라. 이에 대해 박영희는 항상 문학 작품은 그것을 읽는 대중, 혹은 문학 작품이 영향을 미쳐야 할 대중과의 관계 속에서만 존재하며, 또 그렇게 존재하지 않으면 안 된다고 보고 있다. 앞서의 인용에서도 보이듯이 박영희는 '묘사'가 불필요한 소설 가운데 훌륭한 소설이 존재한다고 말하고 있는 것이다. 박영희가 이를 '묘사'로 제한하고 있음은 아직 문학에 대한 사유가 깊지 않아서이겠지만, 그럼에도 불구하고 박영희는 그 묘사의 부분이 현실의 독자, 프롤레타리아의 '경험'에 속하기 때문에 굳이 '묘사'를 할 필요가 없다고 보고 있는 것이다. 이는 작품에는 '외부'가 존재하며, 작품이 '작품'으로서 작동을 하기 위해서는 이 '외부'에 의해 '내부'가 채워져야 한다는 의미로 다시 해석할 수 있다. 이는 두 사람이 상정하고 있는 독자가 다르기 때문이기도 한데, 이 대립 혹은 차이는 나중에 대중화 논쟁에서 재연된다.

김기진과 박영희의 논쟁을 단지 '내용·형식 논쟁'이라고 부를 수 없음은 이 때문이다. 위에서 언급했던 것들을 각각 하나의 지평이라고 말할 수 있다면, 이 논쟁은 몇 개의 지평이 쉽게 분간할 수 없을 만큼 얽크러져 있는 논쟁이다. 이 논쟁, 그리고 나중에 있었던 '대중화 논쟁'에서 김기진이 패한 것은 사실이지만, 실상 그 패배의 시기는 불과 4년에서 6년 정도에 불과하였다. 그 이전이나 그 이후(그리고도 오랫동안 최소한 1980년대가 되기 이전까지는), 사실 김기진의 사유가 지배적이었음은 물론이다. 김기진이 1930년대 중반 이후 비평에서 뚜렷한 두각을 드러내지 못한 것도, 그리고 박영희가 아주 손쉽게 '전향'을 선언하였던 것도, 그리고 카프 해산 이후 임화와 김기진이 골몰하여 새로운 문학론을 모색할 수 있었던 이유도 여기서 기원을 찾을 수 있을 것이다.

4. 최재서의 「리얼리즘의 확대와 심화」의 지평

1936년도는 식민지 시대 한국문학사에서 매우 중요한 시기이다. 중요한 문학적 사건이 이 해에 많이 일어났기 때문이다. 한설야가 『황혼』을 쓴 시기가 이때이고, 이상이 「날개」를 쓰고, 박태원이 『천변풍경』을 발표하기 시작한 시기가 바로 1936년이기 때문이다. 물론 신진 작가들의 새로운 소설들이 발표되기도 하였다. 최명익의 「비오는 길」이나 허준의 「탁류」, 그리고 김동리의 「무녀도」가 대표적인 작품이다. 이러한 작품들이 발표되었다는 것은 문학사에서 중대한 변화가 일어나고 있었다는 점을 말해주고 있지만, 비평의 관점에서 더욱 중요한 것은 최재서의 「리얼리즘의 확대와 심화」일 것이다. 이상의 「날개」와 박태원의 『천변풍경』, 이 두 작품을 모더니즘이라고 보는 데에는 약간의 주저가 있지만, 중요한 점은 최재서가 이 두 작품을 모두 리얼리즘이라는 이름으로 평가하고 있다는 사실이다. 좀 길지만 인용해 보자.

소설가는 카메라적 기능에 있어서 카메라를 따르지 못하나 그 반면에 카메라가 가질 수 없는 기능을 가지고 있다. 즉 소설가는 카메라인 동시에 이 카메라를 조종하는 감독자일 수 있다. 소설가는 카메라적 활동에 있어 거지만 완전히 개인적 편차를 초월할 수 없으나 그 감독자적 활동에 있어선 주관의 습관성을 떠날 수 없고 또 떠날 필요도 없다. 카메라를 어떤 장면으로 향하고 또 어떤 질서를 가지고 이동하느냐 하는 것은 결국 개성이 결정할 것이고 또 그 결정이 개성에 의거하였다는 데에 예술의 ○○성과 가치가 있다.

소설가는 이카메라를 가지고서 자신의 심리적 타입에 따라 외부 세계로 향할 수도 있고 또 자기 자신의 내면세계로 향할 수도 있다. 전자의 경우에 있어서 사태는 비교적 단순하나 후자의 경우에 있어선 대단히 미묘하다. 그것은 관찰자와 피관찰자의 관계가 동일인 내에 있기 때문이다. 그나마도 자기의 생활과 감정을 그대로 솔직하게 토로하는 신변소설가라든지 자서전적 시인의 경우라면 별로 문제는 없을 것이다. 그러나 「날개」의 작가와 마찬가지로 자기 자신 내부에 관찰하는 예술가와 관찰 당하는 인간(반생활자로서의)을 어느 정도까지 구별하여 자기 내부의 인간을 예술가의 입장으로부터 관찰하고 분석한다는 것은 병적일는지는 모르나 인간 예지가 아직까지 도달한 최고봉이라 할 것이다. 이것은 자의식의 발달─의식의 분열을 전제로 하는 것이니 물론 건강한 상태는 아니다. 그러나 의식의 분열이 현대인의 스테이터스 0(現狀)이라면 건실한 예술가로서 할 일은 그 분열 상태를 정직하게 표현할 일일 것이다. 마치 외향적 타입의 작가가 카메라를 가지고 외부 세계를 촬영한 듯이 그는 자기의 카메라를 가지고 자기 자신의 내면세계를 촬영하여야 할 것이다.

그 때에 그의 카메라 위에 주관의 막이 가리어져서는 아무 가치도 없다. 예술 재료로서의 생활 감정과 그 감정을 취급하는 예술가의 센티멘트는 판이한 물건이다. 과학자와 같이 냉엄한 태도를 가지고 자기 자신의 생활 감정을 다룰 줄 모른다면 그는 차라리 그 재료를 버림이 가할 것이다.
　이리하여 외부 세계를 묘사하는 데에 카메라적 정신을 가지는 것은 비교적 용이하나 자기의 내면세계를 그리는 데에 그 정신을 가진다는 것은 곤란할 뿐만 아니라 경우에 따라선 잔인한 일일 것이다. 박 씨가 혼잡한 도회의 일각을 저만큼 선명하게 묘사한 데 대해서도 존경하지만 더욱이 이 씨가 분쇄된 개성의 파편을 저만큼 질서 있게 카메라 안에 잡아 넣는 것에 대하여선 경복치 안을 수 없다.[20]

　최재서가 두 작품을, 확대이건 심화이건 '리얼리즘'으로 보았다는 점, 그리고 그것을 리얼리즘의 '확대'와 '심화'라고 보았다는 점, 바로 이 점이 중요하다. 최재서가 이 두 작품을 모두 리얼리즘으로 보았을 대, 최재서는 이 두 작품이 모두 '현실'을 묘사하고 있다는 점을 근거로 들었고, 다만 그 '현실'이 무엇인가에 따라 두 작품이 갈라지고 있다고 판단하고 있다. 그런데 최재서가 말하는 이 '현실'이란 사실 이미 그 이전의 비평에서 계속 사용되고 있는 개념이었다. 카프의 비평에서 프롤레타리아 리얼리즘에서 시작하여 사회주의 리얼리즘으로 나아가는 과정에서 핵심이 바로 '현실'이었고, 이때의 현실이란 '계급'에 의해 분할된, 그리고 계급투쟁에 의해 규정될 수 있는 현실이었으며, 인식하는 주체의 '외부'에 객관적으로 존재하는 현실을 의미하고 있었다. 그러나 최재서가 이상과 박태원을 이야기하면서 제시한 '현실'이란 이와는 전혀 다른 현실인 것이다. 최재서에게 '현실'이란 더 이상 '계급 대립'을 내포하고 있지 않았으며, 주체에 의해 바라보여질 수 있는, 인식될 수 있는 모든 것

---

20) 최재서, 「리얼리즘의 확대와 심화」, 『조선일보』, 1936. 11. 2.

이라는 의미를 가지고 있었다. 최재서가 의도적으로 그러했는지는 확인할 수 없지만, 최재서가 '현실'을 기존의 문학적 관습과는 전혀 다른 의미로 사용함으로써, 최재서는 기존의 비평과 전혀 다른 비평의 지평을 제시하고 있는 것이었고, 이후 전혀 다른 두 개의 지평이 공존할 수밖에 없었다.

뿐만 아니라 최재서는 이상과 박태원의 작품이 리얼리즘의 '심화'와 '확대'라고 이야기함으로써 기존의 리얼리즘의 논의를 전체적으로 부정하는 모습까지 보이고 있다. 이를 거꾸로 말하자면 기존의 리얼리즘이란 지극히 축소되어 있을 뿐만 아니라 깊이도 부족한 것이었다고 최재서는 말하고 있는 것이다. 이를 앞서의 논의와 연관시키게 되면, 최재서는 기존의 리얼리즘론에서 말하는 현실이라는 것이 실제로 존재하고 있지만 극히 제한적인 현실일 뿐이라고 말함과 아울러 기존의 리얼리즘에서 말하는 현실을 새로운 현실의 밖으로 내치기도 하는 것이다. 현실은 이전의 문학에서 말하는 것처럼'만' 존재하는 것은 아니라고 말하고 있는 것뿐만이 아니라, 더 나아가 아예 그러한 현실은 현실이 아니라고 말하고 있는 것이기도 하다. 더욱이 최재서는 이러한 새로운 현실 개념에 의해 새로운 리얼리즘을 제시하고 있음에도 불구하고 그것이 '새롭다'는 말은 하지 않고 있다.

최재서에 의해 제기된 새로운 '현실'은 실상 카프 내부에서 문제가 되기 시작한 '생활'과 밀접한 관련을 가지고 있다고 보인다. 최재서의 '현실'이나 전향 문학에서 등장하는 '생활'은 기실 동일한 지평이라고 말할 수 있다.

5. 결론을 대신하여

이 논문의 출발점에서 식민지 시대 비평의 지형을 그리기 위해 우선 기준을 만들고자 한다고 하였고, 그 기준으로 삼을 만한 것으로 비평의 지평이라는 것을 제시하고, 지평의 변화를 읽을 수 있을 만한 몇 개의 예를 들어 보았다. 그리고 지평이라 할 만한 몇 가지를 확인할 수는 있었다. 사실 확인하고 보니 그것은 이미 이전에 논의가 마무리 된 것들인 듯하다. '지평'이라 말하였으나 과연 그것을 지평이라고 할 만한 것인지도 조금은 미심쩍다. 처음 목표한 지점과는 조금 어긋난 지점에 도달한 것 같다는 생각도 든다. 어쨌건 몇 개의 논쟁 혹은 논의들을 검토하면서 확인할 수 있었던 사실은 최소한 '정치와 문학의 관계 설정'이라는 지평, 혹은 쟁점이 1900년대 이후 식민지 시대를 관통하고 있었다는 사실이다. 이 점에서는 가장 비정치적인 문학을 주장했던 김동리도 자유로울 수 없을 것이다. 김동리의 '순수문학론'이 가능했던 것은 그 이전의 '정치적 문학'이 있었기 때문이다. 그리고 김남천이 발자크적인 것과 톨스토이적인 것 사이에서 고민하고, 발자크적인 것으로 경도되어 갈 때, 거기에도 이 지평은 깊게 개입하고 있었다. 해방 직후의 군정 기간, 그리고 1970년대에서 1980년대에 이르는 시기 또한 이 지평이 하나의 지평으로 자리 매김 될 수 있으리라 생각한다.

문학/비문학의 구분과 좋은 문학/나쁜 문학의 구분, 그리고 고급 문학/저급문학, 본격문학/대중문학의 구분이 서로 엉키면서 작동하고 있었다는 점도 또 하나의 지평을 구성할 수 있을 것이다. 아니 어쩌면 이 각각이 하나씩의 지평이 될지도 모르겠다. 그리고 마지막으로 '현실'에 대한 인식, 아니 '현실'이 무엇인가에 대한 인식의 변화도 또한 기억되어야 할 것이다. 최재서는 '현실'을 재설정함으로써 리얼리즘과 모더니즘의 대립을 완전히 무화시켜 버렸기 때문이다. 이 경우 리얼리즘 문학과 리얼리즘이 아닌 문학만이 존재할 뿐, 모더니즘의 자리는 없어지기 때문이다. 그렇기 때문에 리얼리즘과 모더니즘의 대립으로 이해되었던 1930년대 후반을 재편하는 새로운 지평을 열었음도 사실이다. 그리고 그렇게 함으로써 기존의 리얼리즘이 가지고 있었던 정치적 성격을 완전히 배제했음을 볼 때, 이 지평은 '정치와 문학'이라는 지평과 깊이 연관을 맺고 있다고 해야 할 것이다.

그러나 이 논문에서 기껏 확인한 것은 그것들이 '지평'으로 구성될 가능성이 있다는 정도일 뿐이었다. 이 지평들의 연관을 밝히는 일, 그리고 이를 통해 각 시기의 지형도를 그리고, 지형도를 겹침으로써 지형과 지평의 변화로 비평사를 이해하는 일은 여전히 남아 있는 작업이 되었다. 다만 기존의 비평사와는 다른, 좀 더 역사에 가까운 비평사를 구성하기 위해서는 새로운 지평의 등장, 그리고 그로 인한 지형의 변화를 확인하지 않으면 안 된다는 것은 확인할 수 있었다. 그러나 실제로 비평의 지형을 확인하기에는 너무 적은 예만을 다루었음은 사실이다. 또 그 의미도 아직은 확실하지 않다. 과연 그것들이 지평을 구성할 수 있는지조차 모르겠다. 몇 개의 '지평'을 말하기는 하였으나, 돌이켜 보면 각각의 '지평'에 조금씩 다른 의미를 부여한 것은 아닌가 하는 의구심도 든다. 다만 이러한 과정이 식민지 시대의 비평을, 나아가 지금 여기에 이른 비평의 흐름을 제대로 이해하기 위한 과정임에는 틀림없다는 생각을 한다. 다듬고 수정하는 일들은 다음의 과제가 될 것이다.

참고문헌

김영민, 『한국근대문학비평사』, 소명, 1999.

김영민, 『한국현대문학비평사』, 소명, 2000.

김윤식, 『한국근대문예비평사연구』, 일지사, 1976.

손정수, 『개념으로서의 한국근대비평사』, 역락, 2002.

신철하, 「김기진의 문학 연구 : 문학과 이념의 관련 양상」, 한양대학교 박사학위논문, 1997.

이상갑, 『근대민족문학비평사론』, 소명, 2003.

이양숙, 「최재서 문학 비평 연구」, 서울대학교 박사학위논문, 2003

이은애, 「최재서 문학론 연구」, 서울대학교 박사학위논문, 1995.

채호석, 「김남천 문학 연구」, 서울대학교 박사학위논문, 1999.

채호석, 「과도기의 사유와 국민문학론」, 『외국문학연구』, 2004. 2.

채호석, 「1930년대 후반 문학비평의 지형도」, 『외국문학연구』, 2007. 2.

채호석, 「1930년대 후반 문학의 지형 연구」, 『외국문학연구』, 2008. 2.

한경희, 「일제의 전시시기와 문학(자)의 도구화 : 『인문평론』 권두언을 중심으로」, 『국어국문학』, 2002. 12.

루카치 외, 홍승용 역, 『문제는 리얼리즘이다』, 실천문학사, 1987.

탈-식민의 거울 임화

1. '노예의 언어'와 반란

1930년대 후반의 지식인들에게 닥친 위기는 명확한 것이었다, 지식인 일반이 그러하였겠지만, 마르크스주의를 신봉하던, 혹은 스스로를 마르크스주의자라고 규정하였던 지식인들에게 위기는 더욱 심각한 것이었다. 이 위기는 직접적으로 혹은 징후로 드러나고 있다. 만주사변(1931)에서 시작하여 중일전쟁(1937)을 거쳐 태평양전쟁 발발(1941)과 태평양전쟁의 종식(1945)에 이르는 기간, '전향'이 강제되기 시작하였기 때문이다.

실질적인 전향이건 위장 전향이건 '전향'이라는 포즈를 취하는 경우, 이 전향의 포즈가 단지 포즈로서 그칠 수 없으며, 실질적인 힘으로서 작용하리라는 것은 자명한 일이다. 전향은 사용할 수 있는 언어의 일부분을 포기하는 일이며(예컨대 '프롤레타리아트'라는 단어) 이러한 언어의 제한은 사유의 제한을 가져오기 때문이다. 이렇게 하여 사용할 수 있었던 것은 '노예의 언어'이다. 그리고 이러한 시기에 글을 쓰는 일이란 이러한 노예의 언어를 통해, 노예 상태로부터 벗어나고자 하는 모순적인 행위일 수밖에 없었다. 1930년대 후반의 모든 글-쓰기에서 이러한 모순을 발견하기란 그리 어렵지 않다. 이러한 글-쓰기란 쓰는 사람과 읽는 사람의 '상상'의 일치를 전제로 하고 있는 것이다. 문제는 이 일치가 '상상된 것'이라는 점이다.

1930년대 후반의 임화의 비평은 기본적으로 이 '왜곡된 글-쓰기' 혹은 '노예의 언어'에서 벗어날 수가 없었다. 복자로 처리될 수 있었던 때는 어쩌면 이보다는 행복한 시기였을지도 모른다. 복자의 존재, 지워진 글자는 그 흔적을 남기기 때문이다. 그리고 그 흔적으로부터 지워진 글자는 상상적으로 복원해 낼 수 있었다. 정확하게 복원이 되었는가를 따질 필요는 없다. 지워짐 자체가 이미 효과를 낳기 때문이다. 그러나 노예의 언어는 그것을 노예의 언어로 인식하지 않는 한 노예의 언어가 아니라 주인의 언어이다. 노예의 언어를 노예의 언어로 받아들이게 될 때, 비로소 노예의 언어는 노예의 언어로부터 해방의 언어로 전화되는 것이다.

탈-식민[1]의 관점이란 그러므로 이 노예의 언어를 노예의 언어로 인식

---

[1] 나는 여기서 '탈-식민'이라고 계속해서 사용한다. 물론 '탈-식민'은 post(-)colonial의 역어이다. 포스트식민(주의)나 탈식민(주의) 혹은 포스트콜로니얼이라고 말하지 않고, 굳이 '탈-식민'이라고 쓰는 것은 '포스트(-)콜로니얼'이 가지고 있는 함의를 그대로 유지하면서도, 포스트모더니즘이나 후기 구조주의에 의해 전유된 포스트콜로니얼리즘으로부터 일정한 거리를 두기 위해서이다. '포스트(-)콜로니얼리즘'이란 일종의 이론 투쟁의 장이기 때문이다. 이 이론 투쟁의 장에서 포스트콜로니얼리즘을 자기 이론으로 전유하려는 여러 입장들이 대립하고 있다. 마르크시즘, 포스트마르크시즘, 포스트모더니즘, 해체주의, 페미니즘이 서로 대립하면서 또한 서로 습합하고 있는 장이 바로 포스트(-)콜로니얼리즘이라는 장인 것이다. (바트 무어-길버트, 릴라 간디, 애쉬크로프트, 그리피스와 티핀 등이 이러한 입장을 취하고 있다.) 그러나 또한 '탈-식민'은 de-colonial만은 아니다. de-colonial은 명확한 방향을 지니고 있기는 하지만, 그러나 이 말은 대상의 특성을 유지하는 데는 의미가 있겠지만, 대상 담론이 지니고 있는 이중성, 그리고 그러한 담론을 대하는 존재의 이중성을 간과할 위험이 있기 때문이다. '탈-식민'은 이러한 이중성을 최대한으로 흡수하고자 하기 위해 의도적으로 사용된 용어이다. 그렇기 때문에 이 용어는

하는 관점이다. 탈-식민의 글-읽기란 노예의 언어에서 주인의 언어만이 아니라 노예의 언어를 읽어내는 일이며, 또한 주인의 언어에서 노예의 언어를 징후적으로 인식하는 일이다.[2] 물론 이런 모든 과정은 인식자의 '위치'에 의해 규정된다. 그렇기 때문에 모든 '탈-식민'의 논의는 이 새로운 글쓰기의 주체를 규정하는 조건 및 주체의 의식으로부터 자유롭지 않다. 그러므로 노예의 언어에 대한 논의는 또한 그 논의의 '노예성'에 대해 민감하게 될 수밖에 없다.

또한 탈-식민의 식민은 단순한 '지역'의 문제가 아니다. 그리고 지역의 문제임에도 불구하고 지역을 넘어서는 문제, 지리적인 문제만이 아니라 또한 심리적인 문제이기도 한 문제로서의 '식민'이다. 이때 'post'는 무엇보다 시간적인 '후'이지만, 그러나 그 '후'는 바로 '후'이기 때문에 '여전히-그러함'과 '더-이상-아님'을 함축한다. 그리하여 '포스트'라는 접두사 대신에 '탈'이라는 접두사를 사용하는 것은 이 여전히 그러함과 더 이상 아님 가운데서, 지금 여전히 그러하지만 그러나 더 이상 그러하고 싶지 않음을 뜻한다. 그리고 이 글에서 탈-식민의 관점이란 이 의미로 한정된다.

임화의 문학사 관련 글들 가운데 가장 먼저 발표된 것은 「조선 신문

'post(-)colonial'과 같지만 또한 같지 않다고 하겠다. 'post(-)colonialism'의 의미, 그리고 차이에 대해서는 Bill Ashcroft, Gareth Griffiths and Helen Tiffin이 함께 쓴 *Key Concepts in Post-colonial Studies*(London and New York : Routledge, 1998)을 참고하기 바란다. post-colonialism에 관련된 여러 항목들을 정리하고 있는 이 책은 post-colonialism에 접근하기 위한, 그리고 post-colonialism 내의 여러 입장들의 차이를 간명하게 알 수 있는 좋은 책이다. 이 외에 개설서로, 릴라 간디, 『포스트 식민주의란 무엇인가』(현실문화연구, 2000), 바트 무어-길버트, 『탈식민주의 : 저항에서 유희로』(한길사, 2001)와 Bill Ashcroft, Gareth Griffiths and Helen Tiffin, 『포스트 콜로니얼 문학 이론』(민음사, 1996) 등의 책이 도움이 된다. 이 밖의 번역이나, 연구 논문에 관해서는 참고 문헌을 참고하기 바란다.

2) 이를 호미 바바는 '미미크리(mimicry)'라고 규정하고 있다. 미미크리에 대해서는 Homi K. Bhabha, "Of mimicry and man : the ambivalence of colonial discourse" in *The Location of Culture*(London and New York : Routledge, 1994)에 잘 설명되어 있다.

학사론 서설 : 이인직으로부터 최서해까지」(이하 「서설」)로, 1935년도에 발표되었으며, 『개설 신문학사』가 쓰이기 시작하는 것은 1939년, 그리고 「소설문학 20년」(이하 「20년」)과 「조선문학 연구의 일 과제(신문학사의 방법)」(이하 「방법」)가 쓰이는 것은 1940년도의 일이다. 그리고 해방 후, 「조선 민족 문학 건설의 기본 과제에 대한 일반보고」(이하 「일반보고」)[3]가 쓰인다.

물론 임화의 문학사(론)은 문학사에 대한 글만으로 한정되지 않는다. 본격소설론이나 통속소설론, 리얼리즘론 또한 이와 깊은 연관을 갖고 있다. 그러나 여기서는 일단 문학사론에 초점을 놓고자 한다. 탈-식민의 관점에서 가장 먼저 주목되는 것, 그리고 주목할 수밖에 없는 것이 '이식 문학사론'이기 때문이다.

나는 임화의 문학사론을 포함한 임화의 글들을 모순 속에서 혹은 혼동 속에서 살펴보고자 한다. 그리고 이 혼동이란 임화를 비롯한 식민지 지식인의 존재, 아니 '식민'이라는 조건으로부터 나오는 것이라 가정한다. 탈-식민이란 이러한 조건의 인식이다. 그러나 식민의 조건이란 생각만큼 그렇게 간단하지는 않다. 행위자가 이 조건을 의식할 수도 있고 그렇지 못할 수도 있기 때문이다. 뿐만 아니라 그 효과는 행위자의 의식과는 관계가 없기 때문이다. 나는 이런 조건과 그에 대한 의식, 그리고 그 행위의 효과 등을 여기서 살펴볼 것이다. 이러한 조건, 의식, 그리고 효과는 물론 '추론'이다. 이 추론이 어떠한 방식으로 검증될 수 있을지는 잘 모르겠다. 다만 다양한 해석의 한 가능성을 열어 두는 데 만족하기로 하겠다.

---

3) 이 두 글 모두 『건설기의 조선문학』(조선문학가동맹 중앙위원회 서기국 편, 백양당, 1946)에 실려 있다.

2. 거울과 창(窓) : 두 개의 식민 모국

1) 모방과 넘어서기 : 민족문학과 세계문학, 그리고 제국의 문학

"네 칼로 너를 치리라." 김남천은 「경영」과 「맥」에서 최무경이라는 인물을 통해 이렇게 말하고 있다. 오시형의 전향을 이해하기 위해, 그리고 오시형과 현실적으로 결별하기 위해, 그렇게 함으로써 오시형을 넘어서기 위해 최무경은 오시형의 사상적 궤적을 밟는다. 이 사상적 궤적을 뒤밟는 행위는 대단히 중요하다. 왜냐하면 이러한 뒤밟는 행위는 모방이되 그 바탕에는 원본과 동일하게 되지 않으려는 욕망, 탈-식민의 욕망이 깔려 있기 때문이다. 그렇기 때문에 이 모방은 아이러니가 된다. 원본과 비슷하되 같지 않게 되기, 원본-임과 동시에 원본-아님을 꿈꾸기이기 때문이다.

그러나 흉내내기를 통한 넘어서기에는 위험이 내재해 있다. 모방의 대상과 일치될 수도 있기 때문이다. 모방을 포기하지 않는 한, 이 위험으로부터 벗어날 수 있는 길은 단 한 가지, 원본에 대한 거리를 '의식적으로' 유지하는 것이다. 최무경에게서 그 길(실제로 행해지지는 않았지만)이 가능할 수 있었던 것은 그가 오시형으로부터 '버림'받았기 때문이다.[4] 자신이 오시형과 절대로 '동일화' 될 수 없다는 조건에 대한 인식이야말로 최무경의 '모방'이 '원본'이 되지 않을 수 있는 가능성을 마련하고 있는 셈이다.

최무경이 현재 서 있는 자리는 근대 문학인들 전체, 아니 지식인 전체

---

4) 이 최무경이라는 존재가 갖는 의미, 1930년대 후반에 이제까지 자신이 걸어온 길을 '반성'하는 새로운 주체의 의미에 대해서는 채호석, 「김남천 문학 연구」(서울대학교 박사학위논문, 1999. 졸저, 『한국근대문학과 계몽의 서사』, 소명출판, 1999 재수록)를 참조하기 바란다.

가 도달한 자리이다. 그 과정에 싸움과 타협이 있었고, 환상과 환멸이 있었다. 목숨을 부지하고 있는 존재도 있지만 그 속에서 죽어간 이들도 있다. 일찍이 이광수가 그러하였다. 이광수만이겠는가? 염상섭이 그러했고, 또 이상이 그러하지 않았는가? 이 점에서 계몽주의자들이건 아니건, 모더니스트건 리얼리스트건 차이가 없다. 이 차이 없음을 임화는 '본격소설에의 지향'이라고 말하고 있다. 본격소설이란 결국 '성숙한 자의 문학'을 말함이다. 환경과 성격의 조화(갈등을 내포한). 주인공과 세계의 싸움. 그 싸움의 결말이 비록 주인공의 패배일지라도 그 속에서 '인간'의 운명을 드러내 주는 문학. 이 점에서 사실 이들의 문학은 차이가 없었던 것이다. 모방을 통한 넘어서기란 황혼녘에 발견한 가능성이다. 이 점에서 최무경이 보여준 모방을 통한 넘어서기의 욕망은 임화를 바라보는 하나의 틀이 될 수도 있다.

「신문학사의 방법」은 이러한 흉내 내기(그리고 넘어서기)를 '이식(移植)'이라고 말하고 있다. 이 옮겨심기(transplantation)를 통해 임화가 도달한 곳은 어디일까?

> 이 개혁(민주주의적 개혁―인용자)은 주지와 같이 역사적으로 조선 시민 계급의 손으로 실천될 것이었다. 그러나 이 과제를 수행할 시민 계급의 연령은 극히 어리고 이 개혁이 실천될 희망은 먼 장래에 예상할 수밖에 없는 시기에 조선은 일본에 예속되고 말았다. 동시에 이 개혁의 실천과 그 임무를 담당한 시민계급의 손으로만 건설될 수 있는 조선 민족문학은 미처 건설의 기도가 착수되기도 전에 일본 제국주의의 문화적 지배 밑으로 예속되고 만 것이다.
>
> 요컨대 문학상에 있어서도 민주주의적 개혁을 통과하지 않고 조선문학은 일본 제국주의 지배 하에서 근대문학의 수립과정을 걸어 나오게 되었다는 변칙적이고도 기이한 운명의 길을 더듬게 되었다.
>
> 봉건사회의 문학으로부터 일약(一躍)하여 제국주의 치하 식민지 민족

의 근대로서의 비약, 이것이 오늘날까지 우리가 영위해오던 온갖 문학 생활의 본질이었다.

그러므로 조선 신문학의 40년 역사는 단순히 제국주의 치하에서 식민지 민족이 영위한 문학이었다는 의미에서만 특이한 것이 아니라 문학사적 발전의 법칙으로 보아서 민족적으로는 민족문학 수립의 역사적 계기요, 문학적으로 보면 근대문학 성립의 현실적 계기였던 근대적 시민적 개혁의 과제를 해결하지 아니하고 고유한 봉건적 문학과 외래한 문학이 기계적으로 연결 접합되었다는 사실에서 변칙적인 것이었다.

조선 신문학사상에 나타나는 온갖 부자연성, 비법칙성은 모두 여기에 기인하는 것이다. 결국 제국주의에 의하여 유린된 문학의 혼란과 황폐의 한 표현에 불관한 것이었다. 그러므로 신문학의 전사(全史)를 장식하는 여러 가지 유파와 각양의 사조가 혹은 교체되고 혹은 서로 투쟁하였음에 불구하고 문학사상에 있어 민주주의적 개혁의 과제의 해결은 그대로 보류되어 있었고, 이 과제가 보류되어 있는 한 모든 문학유파와 사조의 변천은 견실한 민족문학으로서의 성격을 형성하기 어려웠다. 우리는 신문학사의 각 유파와 사조의 변천이 유행의 변화와 같았고 모두가 모방과 같은 감을 주었음을 역력히 기억하고 있다. 신문학의 역사가 이러한 감을 준 원인은 물론 여러 곳에 구할 수 있으나 근본적인 이유는 민주주의적 개혁에 의하여 신문학 전체가 민족 생활 가운데 충분히 뿌리를 박지 아니했기 때문이다.

이러한 현상은 결국 우리 민족의 기구한 운명과 변칙적인 역사 생활의 소산이나 그와 동시에 신문학은 또 조선민족이 변칙적으로나마 근대화의 길을 걸어가고 있었다는 사실의 표현임은 움직일 수 없는 일이다.5)

임화는 근대문학과 민족문학을 실상 구별하지 않고 있다. 단지 어떠한 관점에서 바라보는가의 차이만 있을 뿐이다. 이러한 근대문학으로서의 민족문학, 혹은 민족문학으로서의 근대문학이란 '해방 후'에 비로소 가

---

5) 임규찬·한기형 편, 『카프 시대에 대한 회고와 문학사』, 카프비평자료총서 I, 태학사, 1989, 282~283면. 강조는 인용자.

능한 것인지도 모른다. 그러나 그 욕망 혹은 민족문학·근대문학으로 나아가는 방향성이란 이미 해방 전에도 있었다고 할 때(이렇게 상정할 경우에만 문학'사'가 성립될 것이다) 해방 전의 모든 문학적 과정에 대한 이해는 근대문학·민족문학으로의 경향성이라고 할 것이다.

민족문학과 근대문학의 일치, 전적인 동일성의 문제는 개념 자체가 논란의 대상이기 때문에 여기서 다루고 싶지는 않다. 다만 나는 여기서 근대문학과 민족문학의 동일성이 해방 이전에도 성립할 수 있을까 의심한다. 해방 전의 민족문학과 해방 후의 민족문학은 전혀 다른 효과를 낳기 때문이다. 내가 판단하기에 해방 전에 '근대문학=민족문학'은 성립하지 않는다. 왜냐하면 해방 전의 민족문학은 이중의 의미를 지니기 때문이다. 민족문학이 해방 후의 의미에서의 민족문학일 수 있지만 다른 한편으로 지방문학으로서의 민족문학일 가능성 또한 존재한다.

1930년대 후반 민족문학의 가능성이란 단지 이념적인 차원의 것만이 아님은 물론이다. 이광수의 친일 또한 '민족'의 이름으로 행해졌던 것이 아니겠는가? '자치권'의 획득이라는 의미에서의 '민족'이란 독립의 욕망으로서의 '민족'과는 상이하다고 할 수 있다. 그러므로 해방 전 임화의 글에서 나오는 '민족문학'이라는 개념이 어떠한 것이었는가, 다시 말하자면 임화가 어떠한 의도에서 '민족문학'이라는 말을 사용하였는가와는 관계없이, '민족문학'이라는 말이 갖는 전혀 다른 효과를 생각할 수 있다는 것이다. 그리고 이는 발화의 의도의 문제가 아니다. 즉 임화의 민족문학 발언의 의도와 관계없는 새로운 효과를 발견하게 되는 것이다.6)

---

6) 이는 물론 논란의 여지가 많은 해석이다. 왜냐하면 1930년대 후반 임화가 사용한 '민족문학' 개념을 이렇게 이해하는 연구는 아직 없었기 때문이다. 이렇게 이해하기 위해서는 '민족문학'이라는 개념을 다층화하여야 하는데, 임화에 대한 연구자들의 지향성 때문에 이렇게 이해할 가능성이 닫혀져 있었던 것은 아닌가 한다. 물론 이러한 해석에 대해서도 충분한 논의가 필요하다. 여기서는 '민족문학'에 대해 논하는 것이 아니므로, 해방 전 임

다시 앞의 인용으로 돌아가 보자. 임화가 이렇게 선명하게 스스로를 제국주의의 문학적 지배 아래 예속되어 파행적인 길을 걸어왔다고 말하는 이유는 물론 '제국주의 잔재의 청산'이라는 과제를 염두에 둔 것이다. 그러나 이러한 선명함이란 사실 상황이 강제한 것일 수도 있다.

이와는 달리 해방 전에 사용한 '민족문학'은 일종의 노예의 언어로서 기능하게 된다. 그러므로 이 말 속에서 진정한(물론 이 '진정한'이라는 말의 의미 또한 논란의 여지가 많지만 어쨌건) 민족문학을 인식할 수도 있겠지만, 그러나 또한 이를 주인의 언어로 받아들일 수도 있는 것이다. 노예의 언어가 아니라 주인의 언어로 이해할 때, '민족문학'은 지방 문학으로서의 의미를 갖는다. 제국의 한 변방 말이다. 그리고 이에 따라 '제국문학'7) 이 성립된다. 그리고 민족문학은 제국문학에 의해 재배치된다.

그러나 중요한 점은 '제국문학'과 민족문학의 이항만이 존재하는 것이 아니라는 점이다. 왜냐하면 제국문학과는 다른 '세계문학'이 존재하기 때문이다. 해방 전의 임화에게서 제국문학이란(실제로 임화는 이를 제국문학이라 말한 적은 없다) 일본문학을 가리키는 반면 세계문학 혹은 문학 일반이란 서구의 문학을 지칭하기 때문이다. 그리하여 민족문학은 제국문학과 세계문학과의 연관 안에서만 의미를 가질 수 있게 된다. 결론을 미리 말하자면 이식문학론이란 세계문학의 반열에 올라서야 한다는 당위성, 그리고 그럼에도 불구하고 제국문학에 의해 제약되고 있는 현실성 사이에 존재하는 민족문학에 대한 규정이다. 그리고 그러한 민족문학은 여전히 제한적인 의미에서의 민족문학이며(왜냐하면 아직 독립되어 있지 않

화가 사용한 민족문학이라는 개념의 함의에 대해서는 다른 장을 빌어 새롭게 논하도록 하겠지만, 그러나 이러한 해석을 뒷받침해 줄 수 있는 것이 바로 1970년대 민족문학이라는 개념을 전유하기 위한 투쟁이다.
7) 여기서 말하는 '제국문학'이란 '제국주의 문학'과는 구분되어야 한다. 전자가 그 이데올로기와 상관없이 중심 / 주변의 의미를 갖는다면 후자는 '이념'을 내포한다.

기 때문에), 그리고 아직은 제한적인 의미에서의 세계문학(왜냐하면 민주주의적 개혁의 부재로 인해 '파행성'을 띠고 있기 때문에)일 수밖에 없다.

해방 후에 쓰인 글에서 일본문학이 강조되는 것은 바로 이러한 맥락에서이다. 이처럼 제국문학과 세계문학의 자장 안에 민족문학이 배치될 때, 조선문학의 파행성의 원인은 제국이다. 제국은 현재 존재하는 모든 악의 절대적 기원이다. 이를 두고 굳이 피해의식이라고 말할 필요는 없다. 또 결국 해방 후의 민주주의적 개혁의 주체가 해방 전의 민주주의적 개혁의 주체와 동일한 것이 아니냐고 묻는 것도 무의미한 일이다. 오히려 그 효과가 무엇인가를 묻는 편이 의미가 있다. "모든 원인을 제국으로 돌림으로써 생기는 효과란 무엇인가?" 해방 전에 노예의 언어 때문에 명료하게 지적할 수 없었던 적을 명확하게 함으로써 야기되는 효과는 '주체의 부재'이다. 파행의 원인이 여기에 있지 않으므로 주체는 여기가 아니라 저기에 존재한다. 이제 여기에서 주체여야 하지만, 그 주체여야 할 존재들은 자신의 주체성을 갖지 못하고 있는 것이다. 해방 전에 제국에 의해 객체로서, 야만적 존재로서, 계몽의 대상으로서 재생산되었기 때문에 이제 주체로서 서기는 어려운 것이다. 그러나 그럼에도 악의 원인으로서의 '제국주의'를 상정하지 않을 수 없었던 것이 해방 직후의 상황이라고 해야 할 것이다.

2) 세계문학의 '존재'와 제국문학의 '부재'

해방 후의 논의에서 주체는 '부재'의 상태였다. 악으로서의 '제국주의'의 힘이 절대적인 것으로 상정되었기 때문이다. 임화의 논의는 결국 해방 전에는 이러한 절대악을 넘어설 수 있는 주체가 존재하지 않았다고 말하는 것이다. 이는 1930년대의 주체 논의가 보여주고 있는 모습과는 사뭇 차이가 난다. 해방 이전에 제국주의는 적어도 표면적으로는 '노예의 언어' 때문에 절대악, 악의 궁극 원인으로 상정될 수 없었다. 그렇기 때문에 남는 것은 결국 자기 자신의 문제일 뿐이었다. 세계의 타락은 구원될 수 없지만 자기 자신은 구원될 수 있기 때문이다. 주체 재건을 둘러싸고 임화와 김남천 사이에 논쟁이 있기는 하였지만, 임화나 김남천 모두 자신을 '문학 주체'로 상정하고 현실 주체를 지우는 방식을 택하였다는 점에서는 동일하다. 그렇지만 이러한 문학인으로서의 주체 규정, 그리고 그에 따른 주체의 재건이란 실상 현실 속에서의 실천을 배제하는 주체 규정이고, 그리고 가능한 '실천'의 공간을 '문학'으로 한정하는 것이었다. 그리고 임화가 말한 시민 주체는 사실 보편주체로 기능하는 주체였다.[8]

그런데 이 보편 주체, 혹은 시민 주체란 어떠한 존재일까? 해방 전 임화의 글 속에서 식민지 대 식민 모국이라는 이항 대립, 그에 따른 '민족적' 자각이 보이지 않는 것은 '노예의 언어' 때문일 수도 있다. 그러나 어쩌면 그것은 노예의 언어가 아닐지도 모른다는 의심을 품을 수 있다. 민족 주체는 없고 단지 보편적 주체로 승격되는 시민 주체만이 있는 것이다. 이는 임화에게만 해당하는 일은 아니다. 동시대인이었던 김남천은 물론이고, 염상섭에게서조차 발견되기 때문이다. 식민지와 식민 모국의 대립이 전근대와 근대의 대립으로 치환될 때, 그리고 어느 순간 식민 모국이 '밖'이 아닌 '안'으로 바뀔 때, 시선의 전환의 전환이 일어날 때, 바로 그때 등장하는 것이 「만세전」의 이인화인 것이다.

임화에게도 사정은 그리 다른 것 같지 않다.[9] 사실 현해탄은 일종의

---

8) 이에 대해서는 채호석, 「임화와 김남천의 비평에 나타는 '주체'의 문제」, 『한국근대문학과 계몽의 서사』, 소명, 1999를 참조하기 바란다.

9) 김윤식이 '현해탄 콤플렉스'라고 부른 것은 이러한 복합 심리를 지칭하는 말일 것이다. 김윤식, 『임화 연구』, 문학사상사, 1989 참조

관문이다. 전근대에서 근대로 나아가는 관문 말이다. 현해탄 너머에 존재하는 것은 '근대'이다. 이 관문이 표나게 드러나는 것이 이인직의 『혈의루』요, 이광수의 『무정』이며, 염상섭의 「만세전」이다. 물론 현해탄의 양상은 각기 다르게 나타난다. 『혈의루』에서 현해탄은 외적인 힘에 의해 넘어서게 되는 것이라고 한다면, 『무정』에서는 주인공의 '선택'에 의한 것이다. 그리고 그 너머에 '문명'이 존재하는 것이며, 현해탄을 되건너올 때, 조선에서의 '근대'가 시작된다. 이미 많이 지적되어 있듯이, 『혈의루』의 마지막 부분에 '훈계'가 있을 수 있었던 힘은 바로 '현해탄'의 경험에 있었던 것이다. 그러나 염상섭의 경우는 이와는 다르다. 이미 그것은 '존재의 조건'인 것이다. 「만세전」에서 이인화의 삶은 조선에 있지 않고, 일본에 있다. 그리고 그 일본이란 무덤으로 비유되는 조선의 '밖'인 것이다. 그런데 이인화는 이를 '밖'으로 인식하기보다는 이미 '안'으로 인식하고 있다. 그러므로 이인화에게 여행은 조선에서 일본을 거쳐 다시 조선으로 돌아오는 것이 아니라, 거꾸로 일본에서 시작하여 조선을 거쳐 일본으로 되돌아가는 것이다.10)

그러나 임화의 주체론은 시민주체(가장된 보편주체)로 마감된다. 더 이상의 논의가 불가능하였음은 물론이지만, 더 이상의 논의가 불필요하였을지도 모른다. 일단 시민으로서 자신을 규정함으로써, 임화는 이제 시민 내부에 존재하는 차이, 혹은 시민이라는 이름으로 강제되는 차이의

---

10) 이 차이는 대단히 큰 차이이다. 염상섭의 「만세전」이 중요성이 조선 현실의 발견에 있다는 점, 그리고 염상섭 개인으로는 내면에서 현실로의 이행이라는 점에 있지만, 그와 맞먹는 중요성이 바로 일본을 '안'으로 인식한다는 데 있다고 하겠다. 이에 대해서는 채호석, 「<만세전>과 무덤」(『한국근대문학이론과비평』, 2001. 3)을 참고하기 바란다. (이 글에서는 아직 '안'과 '밖'의 대립에 대해서는 명확하게 의식하고 있지는 않았다. 이 '안과 밖'의 대립이라는 측면에 대해서는 새로운 글을 준비 중이다.) 그러나 그럼에도 불구하고 이인화는 '내지인'이 아니다. 그는 여전히 피식민인 주체이다. 이 피식민인 주체, '식민지 주체성'은 이인화에게서 보이는 것처럼 복합적이다. 이러한 존재는 자신이 '피식민인'이라는 사실을 잊지 않고 있다.

배제를 생각하지 않아도 되었던 것이다. 이러한 시민 주체론은 노예의 언어로부터 야기된 것이기는 하지만, 노예의 언어가 이제 현실적인 힘으로써 작용하는 장면이라고 해야 할 것이다. 그리고 임화가 도달한 곳은 절망의 계곡이다. 왜냐하면 시민 주체란 사실 존재할 수 없기 때문이다. 아시아적 정체성이 완미(完美)한 시민 사회의 발달, 민주주의 개혁을 가로막고 있었고, 그리고 이러한 민주주의 개혁의 부재로 인해 시민은 형성되지 않기 때문이다.

1930년대 임화의 모든 비평은 이 자리에서 멈춘다. 임화가 적어도 몇 가지 전제를 버리지 않는 한 이로부터 벗어나기는 힘들었기 때문이다. 그리하여 임화의 비평은 다양한 형태를 취하기는 하지만, 그럼에도 불구하고 그 속에 '변화'는 존재하지 않는다. 그것은 변화가 아니라 다양한 변주라고 해야 할 것이다. 그 바탕에는 '근대=서구'의 동일성이 존재하며, 그 동일성 한 가운데 '조선=동양'이 있다.

그러나 이러한 삽입은 동일성을 파괴한다. 동양과 조선은 이질적이기 때문이다. 임화는 부끄러움 없이 이식이라고 당당하게 말했지만[11] 이 이질성 때문에 낯선 장치를 보충하지 않으면 안 되었고, 이러한 장치들이 다시 균열을 가져오면서 새로운 배치를 낳게 된다. 이 낯선, 이질적인

---

11) '영향'이 비판을 받지 않는 대신, '이식'이 매도되는 이유는 무엇일까? 이를 자기 기원에 대한 욕망, 혹은 자생성(自生性)의 환상이라고 할 수 없을까? 영향 받아서 생성된 것도 아니고, 가져와서 새로 심은 것도 아니라면, 남는 것은 '씨앗'이 있다는 것이고, 그리고 그것이 '환경' 아래서 자라났다는 자생성의 환상만이 남을 뿐이다. 그리고 그것은 자신의 기원을 타자에 두지 않고 그 자신에게 두려는 욕망과 그렇다는 환상일 것이다. 그렇다고 해서 물론 '이식'을 전적으로 긍정하는 것은 아니다. 다만 '이식'에 대한 비판에는 기원에 대한 환상과 자생성의 욕망이 숨어 있다는 것이다. 마찬가지로 '이식'에 대해서도 말할 수 있다. 신문학을 온통 서구문학의 이식으로만 사유하고자 하는 것은 타자를 자기로 환원시켜 들어가는 자기동일성의 욕망이 전도된 모습이기 때문이다. 그것은 스스로를 타자에게 환원시켜 들어가는 '타자와의 일체'의 욕망이다. 그리고 이 욕망의 대상은 단순한 '타자'가 아니라 '보편성'으로 존재한다.

배치의 하나는 '매개항'의 설정이다. '전통'의 항목에서 설정하고 있는 매개란 교섭의 주체이다. "외래문화와 고유문화의 유산의 교섭이 인간을 매개체로 하"며, 매개자로서의 인간은 "계층적 성질"에 의해 제약된다. 곧 "그들의 물질적 지향이 외래문화와 고유문화의 문화 교류, 문화 혼화에서 새로운 문화 창조의 형태와 본질을 안출한다." 그러므로 문화 교섭의 결과는 "문화 담당자의 물질적 의욕의 방향"에 따라 결정되며, 다시 이는 그 땅의 사회 경제적 풍토인 것이다.[12] 임화는 여기서 유물론적인 입장을 끝까지 유지하고자 한다. 그러나 이러한 노력은 이식 문학론 내부에서는 균열을 일으킨다. 왜냐하면 이 경우 이식은 더 이상 이식이 아니며 이식이 아닌 영향을 두고 굳이 이식이라고 강조해 말할 필요는 없기 때문이다. 그러므로 매개자로서의 문화 담당층을 배제하든가, 아니면 전적인 이식을 배제하든가 둘 가운데 하나를 취하지 않았으면 안 되는 것이었지만, 임화는 그 둘 모두를 취하고 있었던 것이다. 예컨대 환경 대목 말이다.

임화가 말하는 환경이란 조선문학을 둘러싸고 있는 문학적 환경이고, 이러한 문학적 환경 가운데 가장 큰 영향을 발휘한 것은 물론 서구문학이요, 그 다음에 영향을 발휘한 것은 일본문학이다. 전적으로 서구문학의 영향과 모방, 이식으로 점철되어 있는 조선문학에서 서구문학과 일본문학이 어떠한 영향을 주었는가를 밝힌다면 신문학사를 해명할 수 있다고 말하고 있다.

> 신문학이 서구적인 문학 '장르'(구체적으로는 자유시와 현대소설)를 채용하면서부터 형성되고 문학사의 모든 시대가 외국 문학의 자극과 영향과 모방으로 일관되었다 하여 과언이 아닐 만큼 신문학사란 이식 문화의

---

12) 임화, 「신문학사의 방법」, 『문학의 논리』, 학예사, 1940, 832~833면.

역사다. 그런 만치 신문학의 생성과 발전의 각 시대를 통하여 영향 받은 제 외국문학의 연구는 어느 나라의 문학사상의 그러한 연구보다도 중요성을 띠우는 것으로, 그 길의 치밀한 연구는 곧 신문학의 태반의 내용을 밝히게 된다.

일례로 신문학사의 출발점이라고 할 육당의 자유시와 춘원의 소설이 어떤 나라의 누구의 어느 작품의 영향을 받았는가를 밝히는 것은 신문학 생성사의 요점을 해명하게 되는 것이다.13)

너무나 명징하지 않은가? 논란의 여지가 없다. 그런데 문학 담당층은 어디 갔을까? 사라져 버렸다. 존재하지 않는다. 존재의 여지도 없다. 존재의 여지도 없는 곳에서 새로운 공간이 만들어졌던 것일까? 그런데 사실 더 흥미로운 대목은 다음 대목이다.

여기서 우리가 봉착하는 것은 서구문학의 직접 연구보다도 내지문학(內地文學) 내지 명치 대정(大正) 문학사의 상세한 연구의 필요다.

신문학이 서구문학을 배운 것은 내지문학을 통해서 배웠기 때문이다. 또한 내지문학은 자기 자신을 조선문학 위에 넘겨준 것보다 서구문학을 조선문학에게 주었다.14)

여기가 사실 이식문학론의 감추어진 핵심이 아닐까? 서구문학의 매개자로서의 일본문학 말이다. 문학 담당층의 문제, 무엇을 모방하였고, 근대정신이 무엇인가를 묻는 문제 이전에, 바로 여기에 핵심적인 문제가 있는 것이다.

임화는 일본을 '매개'로서 파악한다. 매개는 자신을 변화시키지 않는다. 그러므로 일본은 거울이 아니라 일종의 '창(窓)'이라 해야 할 것이다.

---

13) 「신문학사의 방법」, 827~828면.
14) 「신문학사의 방법」, 829면.

그리고 그것은 모방하여야 할 대상도 비판받아야 할 존재도 아니다. 임화는 이상(李箱)과는 다른 자리에 서 있었다. 아니 다른 자리에 서 있기를 원하였다. 이상이 일본의 동경의 문학이 마치 진짜인 것처럼 생각하였을 때, 그리고 일본으로 건너가 동경에서 가솔린 냄새만을 맡았을 때, 모조 근대의 모습, 추악한 근대의 뒷모습을 보았을 때, 이상이 느꼈던 환멸을 임화는 더 이상 느끼지 않는다. 왜냐하면 그는 이미 '동경'은 가짜라는 것을 알아차렸기 때문이다. 그렇기 때문에 일본문학이란, 혹은 일본이란 서구문학의 혹은 서구의 매개에 지나지 않는다고 보았던 것이다. 일본을 통해서 받아들인 것이 아무리 많더라도 일본은 투명한 창에 지나지 않게 된다. 이 투명함이야말로 임화가 일본에 대해 느끼고 있는 곤혹스러움의 징후라고 할 것이다. 명민한 임화가 느끼지 못하였을 리 없다. 뒤에서 말하고 있는 것처럼 임화는 그 창이 투명하지 않은 것이 아니며 또한 그 창에는 창틀이 있다는 사실을 알고 있다. 그러나 그럼에도 불구하고 일본을 하나의 '창'으로 만들어야 했던 이유는 무엇일까? 그것이 '현실'이거나 '사실'이라고 말해서는 곤란하다. 그런 창, 창틀이 없는 창은 없기 때문이다.

임화는 「신문학사의 방법」에서 조선 신문학의 정신을 근대정신이라고 본다. 근대정신을 지닌 문학이 '근대문학'임은 물론이지만, 이를 굳이 '신문학'이라고 부르는 이유의 하나는 과거 문학과의 결정적인 단절을 확인하기 위해서이다. 그러나 또 하나의 이유는 조선 근대 문학의 차별성 때문이다. 임화는 이를 두 가지로 말한다. 하나는 문학 담당층의 존재, 그리고 다른 하나는 아시아적 정체성.15) 그러나 문학 담당층이 사라

---

15) 아시아적 정체성 논리는 1930년대 후반의 지식인들이 공유하고 있던 논리이다. 특히 김남천과는 전적으로 일치했던 것으로 보인다(이에 대해서는 채호석, 「김남천 문학 연구」에서 간략하게 다룬 바 있다). 따라서 이를 현재의 관점에서 비판할 수는 있지만, 왜 그런 논리를 가졌느냐고 비판할 수는 없다. 자기 시대의 관점에서 벗어날 수 있는 존재

진 마당에서 존재하는 것은 아시아적 정체성뿐이다.

이 아시아적 정체성 논리를 비판하기는 그리 어렵지 않다. 아시아적 정체성 논리가 '오리엔탈리즘'의 소산이기 때문이다. 그러나 문제는 아시아적 정체성 논의 '안'에서 얼마나 밖을 바라볼 수 있는가이다. 그런데 임화는 조선문학의 파행성을 해방 후에 제국주의 침략에 의한 것으로 보고 있다. 이 제국주의 침략에 의한 파행성과 아시아적 정체성으로 인한 파행성은 같지 않다. 단지 어느 쪽에 중심을 두는가의 문제가 아니다. 중심의 변화는 전체의 변화를 가져오기 때문이다. 임화는 이 두 가지 명제 가운데 어떠한 것이 '진짜'인지 묻지 않는다. 둘 다 진짜이거나 아니면 둘 다 가짜이다. 사실 아무런 상관이 없다. 왜냐하면 중요한 유일한 것은 근대성뿐이기 때문이다. 근대성이란 임화에게는 선험적인 것이었고, 또 자명한 것이었다. 그렇기 때문에 그는 근대성에 대해 아무런 의심도 품지 않는다. 그리고 그 내용에 대해서도 의심할 여지가 없었다. 그것은 그 자신에게뿐만 아니라 누구에게도 '동일한' 것이었다. 그것은 누구에게도 물을 필요가 없었고, 또 대답할 필요가 없었다.

그러나 다른 측면에서 보자면 해방 이전의 조선문학의 근대 지향성이란 실천적인 의미를 지닌다. '이식'이란 조선문학의 세계적 보편성 및 조선문학의 근대성, 혹은 근대적 발전을 전제하고 있는 것이다.[16) 그리고 이러한 조선문학의 근대성, 그리고 세계적 보편성은 '조선적인 것'에

는 위대한 존재이거나 아니면 비극적 존재이다. 아시아적 정체성론에 대한 비판과 반비판에 관하여는 박희병, 「임화의 이식문학론 비판」(서울대학교 한국문화연구소, 『한국문화』, 1998. 12)와 오현주, 「임화의 문학사 서술에 대한 고찰」(『현상과인식, 1991 봄·여름)을 참고할 수 있다.

16) 이에 대해 최원식은 이를 프로문학의 이식성(혹은 동시대성)을 근대 문학 전체로 과잉되게 일반화한 것이라고 파악한다. 프로문학을 제외하고는 이러한 동시대성을 절대로 확보할 수 없었기 때문이다. 최원식, 「프로문학과 프로문학 이후」, 민족문학사학회, 『프로문학의 재조명』(민족문학사학회 2002년 심포지엄 자료집) 참조.

대한 부정으로서 작동할 수 있었다. '이식'을 통해서 임화는 '조선적인 것'을 떠나 비로소 조선문학을 세계문학의 반열에 올릴 수 있었던 것이다. 그리고 이를 위해, 혹은 이러한 과정의 결과로 일본문학은 하나의 투명한 창으로서 존재하게 된다.

투명한 창으로서의 일본문학은 어쩌면 단지 매개자이기 때문만은 아닐지도 모른다. 일본을 매개자로 만드는 것은 다른 측면에서 보자면 일본을 배제하는 것이기도 하기 때문이다. 임화가 아무리 일본문학 연구의 중요성을 말하더라도 사정은 동일하다. 임화는 일본문학에 대해 조선문학에 던진 질문을 던지지 않는다. 문학 담당층이 누구인가? 그리고 어떻게 '변형'되는가? 이렇게 함으로써 일본문학은 서구문학과는 전혀 다른 성격을 갖게 되는 것이다. 바로 이것이 창의 이중적 효과인 것이다. 일본문학이란 그것이 제국의 문학이었음에도 불구하고, 식민 모국의 문학이었음에도 불구하고 임화에 의해서 그저 매개적인 존재로만 이해되고 있는 것이다. 아니 조금 더 정확하게 말하자면 임화는 그렇게 이해하고 싶어 하는 것이다. 그렇게 함으로써 일본은 이제 적어도 문학에서는 식민 '모국'의 문학이 아니라, 조선문학의 마찬가지로 '변방'의 문학에 지나지 않게 된다. 바로 이 점이 해방 후 임화의 기술과 결정적으로 다른 지점이다.

그러나 이 이식이라는 방법을 통해서 임화는 과연 조선문학을 세계문학으로 만들 수 있었을까? 세계문학이 이식을 통해서 이루어질 수 있기 위해서는 세계문학으로서의 서구문학이 선재(先在)하지 않으면 안 됨은 물론이다. 결국 임화는 조선문학을 세계 문학으로 끌어올리기 위해 세계문학으로서의 서구문학을 전제하지 않으면 안 되었다. 이 서구문학은 곧 세계문학이었으며, 세계문학이란 또한 '보편적인 문학'일 수 있었다. 이 보편성에 귀일되는 문학을 성립시키기 위해서는 '이식'이 필수적이었던 것이다. 보편성이란 자신의 태생을 잊어버릴 때 가능해진다. 그리하여 세계문학으로서의 서구문학은 보편 문학의 성격을 지님으로써 그것이 지니고 있는 물질적 토대(이는 임화가 상정한 것이다)를 망각하게 된다. 또한 서구의 지방 문학이 제국주의를 통해 자신을 보편성으로 끌어올려 세계적인 문학이 될 때, 곧 자신의 지방성을 세계성으로, 보편성으로 주장할 때, 조선=동양이라는 국지성은 거세되어야 할 것으로 존재한다.17)

이렇게 일본의 문학은 투명한 창에서 모든 악의 근원으로까지 변화된다. 그러나 임화는 이에 대해 아무런 해명도 하지 않는다. 그 어느 쪽에 있건 일본문학은 조선문학이 성립하는 데 작용한 하나의 거울이다. 거울이 자기 인식을 가능하게 하는 타자라고 한다면, 그 타자에 비친 자기 자신을 통해 자기를 인식하는 것이다. 임화에게 이 일본이라는 거울은 한편으로는 투명한 창이었고, 다른 한편으로는 보고 싶지 않은 거울이었던 것이다. 그렇기 때문에 임화는 이 거울을 1945년 이후 깨어버리고자 했던 것이다. 그런데 깨어버리기 위해서는 '거울'을 거울로 받아들이지 않으면 안 된다. 한 때는 투명했던 거울, 존재하는지도 몰랐던 거울, 아지 투명한 것으로 받아들이고 싶었던 거울, 자명성으로 존재했던 거울을 '투명하지 않은 어떤 것'으로 드러내지 않으면 안 되었고, 이 때문에 해방 후 표나게 일본문학의 '악'영향을 말했던 것이다.

---

17) 임화 평전에서나 해야 할 말이지만, 임화는 여기서 더 나아가지 않는다. '이식'을 통한 근대성의 획득, 그리고 세계적 보편성의 획득을, 뒤늦게 타율적인 방식으로 근대화의 길을 걸을 수밖에 없었던 모든 나라의 운명으로 파악하고 있는 임화는 바로 그것을 '운명'이라고 말하면서부터 다른 길에 대한 모색을 하지 못하기 때문이다. 조선의 근대 문학이 나아갈 길은 운명처럼 주어져 있기 때문에 그 길은 자명하다. 이 운명이라는 자명함에 맞서는 존재를 비극적인 존재라고 한다면, 임화는 비극적인 존재에 미치지 못함은 사실이다.

3. 두 개의 거울, 그리고 거울 깨뜨리기
: 맺는말을 대신하여

1930년대 후반에 들어와서 비로소 작가 비평가들이 조선의 '현실'을 인식하기 시작했다는 논의는 앞서 한 바 있다. 그런데 도대체 조선의 현실이라는 것은 무엇이었을까? 1930년대 종합잡지인 『조광』을 살펴보면 눈에 띄는 점 하나가 있다. 당대의 국제정세의 분석이 매우 상세하게 이루어지고 있다는 점이다. 뿐만 아니라 반복적으로 동시대의 외국문학에 대해 소개를 하고 있다. 이러한 국제정세 분석과 외국문학 소개가 얼마나 적실한 것인가는 여기서 따져 볼 수 없다. 오히려 '적실성'의 문제보다는 1930년대 지식인들에게 국제정세라는 것은 '필수적'인 교양이었다는 점이 중요하지 않을까. 다시 말하자면, 어쩌면 당시의 지식인들은 지금만큼이나, 아니 지금보다 훨씬 더 국제적인 시대를 살았던 것 같기도 하다. 다시 말하자면 '동시대'로 느꼈던 것이다. 1920년대, 그리고 1930년대 작가들에게 국제성이란 동시대적이었던 것이다. 서구의 소개란 결국 우리 문학에 관한 이야기로도 받아들였던 것이다. 카프의 경우도 마찬가지이다. 일종의 시대착오라고 말할 수도 있다.

그러나 시대착오라는 점을 인정한다는 것과 그들이 조선이 아닌 세계와 동시대적인 감각을 가지려고 노력했다는 것, 아니 동시대적인 감각을 가지고 있었다는 것은 다른 이야기로 보아야 할 것 같다. 그들은 그만큼 세계 동향에 민감했고, 그리고 그것을 '자신'의 이야기로 받아들였던 것이다. 이러한 시대착오는 필수적인 시대착오가 아니었을까. 1930년대 후반에 '현실'에 발을 딛기 시작했다는 것, 비로소 조선을 인식했다는 것은 그러므로 이러한 시대착오를 교정하는 것이었다. 그러나 달리 말하자면 시대착오를 교정함으로써 '동시대적인 감각'을 상실하는 것이기도 하다.

그렇다면 새롭게 인식된 조선의 현실이란 어떠한 것이었을까. 이미 1936년에 이상은 일본에 가서 환멸을 말한 바 있다. 경성만이 아니라 동경도 일종의 모조품에 지나지 않았다는 것. 이 인식은 대단히 중요한 인식이다. 왜냐하면 현실에 발을 딛고 있는 어느 누구도 동경이 모조품이라고 말하지는 않았기 때문만이 아니라, 그들의 눈에 '동경'이 들어오지 않았기 때문이다. 바로 이 점이 핵심이다. 조선 작가들의 눈에 동경이 들어오지 않았다는 것 말이다. 현실에 발을 딛고 있음에도 불구하고 동경이 눈에 들어오지 않았다는 것은 앞서 말한 이중의 거울 가운데 하나가 없었다는 말이다.

왜 '동경'은 존재하지 않았을까? 다시 한 번 우회해 보기로 하자. 1922년에 염상섭은 「만세전」을 쓴다. 「만세전」의 핵심은 무엇일까? '구더기'가 들끓는 '무덤'으로서의 조선? 그럴지도 모른다.[18] 맞는 이야기이다. 「만세전」의 이인화는 '조선'을 '무덤'으로 발견한다. 그러나 좀 더 생각해 보자. 「만세전」에서 이인화는 무덤으로서의 조선을 '발견'하는가. 어쩌면 '발명'하고 있는 것은 아닐까. 조선이 무덤으로 보이기 위해서는 조선을 비추어줄 거울이 있어야 한다. 그 거울은 무엇이었을까? 너무도 명백하게 그 거울은 바로 '동경(東京)'이었던 것이다. 이상이 깨어버린 것은 바로 그 '동경'이라는 거울이다. 동경이라는 거울을 깨어버림으로써 이상은 사실 그 이전까지 그가 말했던 모든 것을 부정하였던 것일 수도 있다. 동경의 거울이 깨지는 것은 사실 '뉴욕'과 '런던'이라는 거울이 깨어지는 것이기도 하기 때문이다. 이상이 동경이 아니라 런던에 갔다면 그의 거울은 깨어지지 않았을까? 아니면 더욱 맑아졌을까. 아마도

---

18) 채호석, 「염상섭 초기 소설론 : <만세전>과 '무덤'」(『한국문학이론과 비평』, 2001. 3)을 참조하기 바란다.

깨어졌을 것이다. 왜냐하면 그 거울이란 실상 동경이나 런던에 '실존'하는 것이 아니었기 때문이다. 그 거울은 일종의 '환영'이었던 것이다. 이 환영을 알지 못한 존재들이 바로 이광수에서 염상섭을 거쳐 임화와 김남천에 이르는 존재들이었던 것은 아닐까.

그러나 거울은 사실 하나가 아니다. 임화에게 거울은 두 개다. 하나가 '일본'이라면 또 하나는 '서구문학'이다. 그리고 이 서구문학은 단지 거울일 뿐만 아니라 또한 '기원'이기도 하다. 이렇게 서구문학은 '아버지'가 된다. 이 아버지로서의 서구문학이란 프로이트가 말했듯이 존경의 대상이자 부정의 대상이기도 하다. 존경과 부정은 동일하다. 아버지를 존중하기 때문에 아버지 살해 욕망을 갖는 것이다. 그러나 임화는 아버지를 동경하기는 하지만, 그리고 그 아버지와 자기 자신이 같은 존재라고, 자신의 기원이 아버지에게 있다고 끊임없이 주장하지만 아버지를 살해하지는 못한다. 아버지 살해는 감추어진 욕망이었을까? 아버지로서의 서구문학을 부정하지 못했던 이유는 무엇일까? 바로 일본문학 때문이 아니었을까? 일본문학이라는 거울을 부정하기 위해서, 일본문학에 대해 너나 나나 모두 서구문학의 아들에 지나지 않느냐고 말하기 위해서, 기껏해야 '형' 정도가 아니겠냐고 하는 것이 아니었을까? 아버지로 향하는 욕망에서, 아버지의 승인을 받기 위한 욕망 속에서 이제 장자(長子) 살해의 욕망이 생겨난 것은 아니었을까? 스스로를 아비라고 칭하는 장자를 살해하기 위해서 아비의 모습을 오롯하게 드러내고자 했던 것은 아니었을까?

임화가 이렇게 일본을 배제하면서 획득할 수 있었던 것은 서구와의, 좀 더 정확하게 말하자면 서구 소설과의 직접적인 대면이었다. 서구와 직접적으로 대면함으로써, 서구와 조선을 동일 세계에 놓음으로써[19] 성립될 수 있는 것은, 비교의 거울이 하나로 줄어든다는 것이다. 다시 말하자면 비교의 대상은 '오로지' 하나이다. 그 거울에 비추어본다면 사실 일본의 소설이란 조선의 소설과 거의 다르지 않은 것이 아닌가. 어차피 서구 소설의 이식으로서 형성된 소설의 양식이란 그것이 이식이기 때문에 그 기원은 서구에 있는 것이고, 둘 다 서구에 도달하지 못했다고 한다면 하등의 차이가 없다는 것이다. 그렇기 때문에 이제 가능하다면 문명과 야만의 이중구조만이 성립될 뿐이다.

고모리 요이치가 말한 대로, 일본이 <서구＝문명 / 일본＝반개 / 조선＝야만>이라는 구도를 성립시킴으로써 식민지적 무의식과 식민적 의식을 갖게 되었다면[20] 조선의 입장에서는 어떠한 구도가 성립될 수 있을까?

---

19) 이상은 결코 '동시대'를 사고하지 않았다. 이상에게 조선이라는 공간은 결코 서구와 동일한 시간대가 아니었다. 시간적인 갭이 존재했던 것이다. 이 시간적인 갭을 넘어서기 위해서는 '모험'이 필요하였고, 그 모험의 가장 낮은 지점에 「날개」가 있었다고 한다면, 그 반대편에 「동해」나 「종생기」가 있었다고 해야 할 것이다. 이 모험의 가장 낮은 지점에 「날개」가 있다고 말하는 것은 「날개」가 '소설'이라는 이야기이다. 이상 자신이 말하고 있지 않은가? 비로소 '소설'을 썼다고 말이다. 물론 이상은 이와는 다른 의미로 말한 것이겠지만, 자신이 비로소 '소설'이라는 것을 썼다는 이 언명을 다른 맥락에서 풀어보았을 때, 이상은 그 이전까지는 '소설'이라는 것을 쓰지 않았다는 말이기도 하다. 그렇다면 그 이전의 것은 무엇이었을까? 소설이 아닌 그 어떤 것? 그리고 「날개」가 소설이라면 그것은 또 무슨 이야기인가? 「날개」론이 씌어져야 하겠지만, 「날개」가 소설인 것은 「날개」가 가지고 있는 근본적인 서사, 곧 계몽의 서사 때문일 것이다. 「날개」의 핵심은 '날자'라는 외침에 있는 것이 아니라, 기원으로의 회귀로부터 다시 자신을 인식해 나가는 그 과정에 있는 것이며, 그 과정을 '스스로 새롭게 구성하는 성숙의 기획'이라고 볼 수 있는 것이다. 이미 마르크스와 맬서스와 엥겔스를 알고 있는 존재인 '나'는 의도적으로 퇴행해 들어가는 것이며, 그 퇴행 속에서 자신이 살고 있는 세계를 낯설게 만들고 있는 것이며, 그리고 그럼으로써 세계를 자기 속에서 반성하고 있기 때문이다. 이 반성하는 의식이야말로 '소설'이 아니겠는가? 적어도 헤겔적인 의미에서는 말이다.

20) 고모리 요이치는, 『포스트콜로니얼 : 식민지적 무의식과 식민주의적 의식』(삼인, 2002)에서 일본 제국주의를 식민지적 무의식과 식민적 의식을 통해 살펴보면서, 문명－반개(半開)－야만의 구도를 설정하였다. 일본은 스스로를 반개의 위치에 놓고 있어 한편으로는 서구를 거울로 삼는 자기 식민지화와 다른 한편으로는 여타의 지역을 야만으로 설정함으로써 제국주의적 침략을 정당화하고 있다고 보고 있다. 이렇게 본다면 일본의 경우, 두 개의 타자를 갖는데, 이 두 개의 타자에 대해 일본은 모두 타자성을 없애고자 한다. 한편으로는 서구와 동일시함으로써 식민지적 무의식을 갖게 되며, 다른 한편으로는 야만에 대해 식민주의적 의식을 갖게 된다.

조선은 '야만'이기 때문에 그들이 직접적으로 경험하는 존재인 일본을 '문명'이라고 받아들이지만, 그러나 그 일본의 문명이라는 것이 '사이비'라고 생각하게 됨으로써 '야만→ 사이비 문명 / 실질적 야만→ 진짜 문명'이라는 구도를 성립시키는 셈인데, 이때 일본을 조선과 다름없는 야만으로 규정함으로써 일본의 우월성을 부정할 수 있었던 것이다. 그러나 이 또한 여전히 서구의 보편성을 전제하고 있는 것이기 때문에 어떻게 되었건 아버지-서구라는 거울에 비친 모습이란 기괴하게 일그러진 모습, 성숙하지 못한 어린애의 모습이면서 또한 성숙을 지나쳐 늙어버린 모습, 애늙은이의 모습, 이상 식으로 말하자면 '동해(童骸)'였던 것이다.21)

이러한 타자로서의 일본, 거울로서의 일본이란 사실, 서구보다 훨씬 더 가까운 곳에 있었다. 적어도 식민지 지식인에게 일본은 어쩌면 '낯선 곳'이 아니었을지도 모른다. 일본은 그리고 자신을 '타자', '낯선 존재'로서 인식하기를 바라지 않았다. 물론 그 내부에 '차이의 절대성'이 존재하기는 하였지만 말이다. 일본 제국주의의 전략이 여타 서구 제국주의의 전략과 달라지는 지점이 바로 여기이다. 일본의 식민주의가 내적으로는 받아들일 수 없음에도 불구하고 '동일성'을 표방할 수밖에 없었다면, 그리고 그 속에서 끊임없이 이를 부정하는 차이를 만들어낼 수밖에 없었다면, 해방 후 임화가 취한 전략이란 이러한 일본의 전략을 그대로 모방하는 것이다. 곧 애써 만들어내고자 한 차이를 지우는 것이고, 다른 한편으로 일본이 지우고 있는 차이를 재발견하는 것이었다.

---

21) 이 점에서 임화와 김남천의 인식은 이상의 인식과 일치한다. 이상은 「동해」에서 바로 이러한 애늙은이의 모습을 그린다. 문학적 인식과 이론적 인식이 일치하는 지점이 바로 여기이다. 임화나 김남천이 이론으로서 인식한 것을 이상은 소설로 실천한다. 이와 연관해서 본다면, 「종생기」란 이미 늙어 죽어버린 '동해'의 이야기이며, 「날개」란 조로로부터 벗어나기 위해 새삼스럽게 다시 유아로 의식적으로 퇴행하는 이야기인 것이다. 이상에 대해서는 별도의 논문을 준비 중이다.

　이러한 모방의 전략이란 사실 제한적일 수밖에 없다. 그것은 모방이란 원본과 같아질 수 없음에도 불구하고 원본을 닮아갈 수밖에 없는 위험을 가지고 있기 때문이다. 그렇기 때문에 임화의 글에서 이식이 아무리 '긍정적인' 전략으로 받아들여진다고 하더라도 그것은 궁극적으로는 일본과 서구의 차이를 발견해 내고, 그리고 그 차이를 위계로 환원시키고, 그리고 그렇게 함과 동시에 일본과 조선 사이의 차이를 지움으로써 실상 모두를 서구의 식민지로 만드는 것에 지나지 않는다. 임화는 일본의 제국적 속성을 지우기 위해, 일본과 스스로를 서구의 변방으로 위치 지웠던 것이다. 그리고 그렇게 함으로써 재생산된 것은 결국 오리엔탈리즘에 지나지 않았다.

∷∷ 참고문헌 ∷∷∷∷

*Post-colonialism 관련

Bill Ashcroft, Gareth Griffiths and Helen Tiffin, *Key Concepts in Post-colonial Studies*, London and New York : Routledge, 1998.

Hutcheon, Linda, 강우성 역, 「식민주의와 탈식민주의적 상황 : 산적한 난제들」, 『외국문학』, 1995. 5.

Mishra, Vijay and Hodge, Bob, 유은주 역, 「탈(-)식민주의란 무엇인가?」, 『부산대효원영어영문학』, 1996. 2.

Tiffin, Helen, 성경준 역, 「탈식민주의 문학과 반언술행위」, 『외국문학』, 1992. 6.

강상중, 『오리엔탈리즘을 넘어서』, 이산, 1997.

고모리 요이치, 송태욱 역, 『포스트콜로니얼 : 식민지적 무의식과 식민주의적 의식』, 삼인, 2002.

김성곤, 「탈식민주의 Post-colonialism 시대의 문학」, 『외국문학』, 1992. 6.

김성곤, 「탈중심 경향과 postcolonialism 문학 : 탈식민주의와 문화적 제국주의」, 『성균관대인문과학』, 1997. 3.

김예보, 「탈식민적 글쓰기와 김소월」, 『국민어문연구』, 2001. 8.

나병철, 『근대서사와 탈식민주의』, 문예출판사, 2001.

노용무, 「김수영 시 연구 : 포스트식민주의 관점을 중심으로」, 전북대학교 박사학위논문, 2001.

더글러스 로빈슨, 정혜욱 역, 『번역과 제국 : 포스트식민주의 이론 해설』, 東文選, 2002.

릴라 간디, 이영욱 역, 『포스트식민주의란 무엇인가』, 현실문화연구, 2000.

민경숙, 「프란츠 파농과 포스트콜로니얼 문화」, 『龍仁大人文社會科學硏究』, 1997. 7.

박명진, 『한국 희곡의 근대성과 탈식민성』, 연극과인간, 2001.

박영산, 「탈식민주의 문학이론 고찰」, 『동신대인문논총』, 1997. 12.

빌 애쉬크로프트, 개레스 그리피스, 헬렌 티핀 공저, 이석호 역, 『포스트 콜리니얼 문학이론』, 민음사, 1996.

성민송, 「탈식민주의 영역과 문학담론」, Athenaum, 1999. 1.

송승철, 「탈식민주의 비평 : 비판과 포섭 사이에서」, 『안과밖』, 2002 상반기.

송승철·장시기, 「이론의 자의식 : 식민성과 국적성」, 『안과밖』, 2002 상반기.

송현호, 「근대 초기 문학에 나타난 탈식민주의와 페미니즘」, 『아주어문연구』, 1994. 12.

송현호, 「만해의 소설과 탈식민주의」, 『국어국문학』, 1994. 5.

송현호, 「채만식의 탈식민적 경향에 대한 고찰」, 『관악어문연구』, 1993. 11.

스피박, 「국제적 틀에서 본 프랑스 페미니즘」, 유제분 편, 『탈식민페미니즘과 탈식민 페미니스트들』, 현대미학사, 2001.

스피박, 「세 여성의 텍스트와 제국주의에 대한 비판」, 『외국문학』, 1992 여름.

스피박, 「하위주체가 말할 수 있는가」, 『세계사상』 4, 1998. 9.

스피박과의 대담, 「가야트리 스피박 : 탈식민주의 비평가」, 『외국문학』, 1992 겨울.

오민석, 「탈식민주의, 프란쯔 파농, 그리고 <감자>」, 『단국대논문집(인문사회과학)』, 1998. 12.

이미영, 「탈식민주의 비평의 조건 : 에드워드 사이드와 헤테로피아의 변증법」, 연세대 학교 석사학위논문, 2001.

조보라미, 「최인훈 소설의 탈식민주의적 고찰」, 『관악어문연구』, 2000. 12.

지봉근, 「바바의 탈식민 이론 연구 : 차이의 정치학」, 중앙대학교 박사학위논문, 2002.

차미령, 「김승옥 소설의 탈식민주의적 연구」, 서울대학교 석사학위논문, 2002.

하정일, 「민족문학론의 역사와 탈식민성」, 『비평』, 2000. 11.

*임화 문학사 관련 논문

김윤식, 『임화 연구』, 문학사상사, 1989.

김윤식, 『한국문학의 근대성과 이데올로기 비판』, 서울대학교출판부, 1987.

나병철, 『모더니즘과 포스트모더니즘을 넘어서』, 소명출판, 1999.

민족문학사연구소 편, 『민족문학과 근대성』, 문학과지성사, 1995.

박희병, 「임화의 이식문학론 비판」, 서울대 한국문화연구소, 『한국문화』, 1998. 12.

신승엽, 「이식과 창조의 변증법」, 『창작과비평』, 1991 가을.

오현주, 「임화의 문학사 서술에 대한 고찰」, 『현상과인식』, 1991 봄·여름.

이상경, 「임화의 소설사론과 그 미학적 근거에 대한 비판적 검토」, 『창작과비평』, 1990 가을.

이 훈, 「임화 '신문학사'에 대한 연구(1)」, 『문학과 논리』, 1991. 10.

임규찬, 「임화의 문학사를 바라보는 최근의 관점과 비판」, 『한길문학』, 1991 겨울.

전승주, 「임화의 신문학사 방법론에 관한 연구」, 서울대학교 석사학위논문, 1988.

한기형, 「임화의 문학사 서술에 대한 관점의 몇 문제」, 김학성·최원식 외, 『한국 근대 문학사의 쟁점』, 창작과비평사, 1990.

안함광 비평에서의 '주체'와 '식민성'에 대한 연구
—「조선문학 정신 검찰 : 세계관·문학·생활적 현실」을 중심으로

1. 들어가며

이 연구의 목적은 아주 단순하다. 1930년대 후반에 쓰인 안함광의 평론 한 편을 집중적으로 살펴보는 것이다. 그 평론은 「조선문학 정신 검찰」(『조선일보』, 1938. 8. 23~31)이다. 평론 한 편을 대상으로 하는 연구는 아직은 낯설다. 소설 작품이나 시 작품의 경우, 작품 한 편을 집중적으로 검토하는 연구는 많지만, 과문한 탓인지 아직까지 평론 한 편을 대상으로 한 연구는 없는 것으로 알고 있다.

사실 여기에는 이유가 없지 않다. 소설 작품의 경우 한 편의 비평문에 비해서는 상대적으로 완결되어 있다. 시도 그보다는 덜하지만 역시 마찬가지이다. 자족성과 완결성을 가진 작품의 경우, 그 자체의 구성 논리도 충분히 연구 대상이 될 만하다. 하지만 평론의 경우, 상대적으로 완결성이 떨어짐은 사실이다. 뿐만 아니라 그 내부에 미적인 구조를 갖고 있지 않음이 보통이다. 특별한 경우, 한 편의 평론이 아름다운 운문처럼 읽힐 수는 있겠지만, 이는 평론의 일반적인 모습은 아니다.

그렇기 때문에 평론의 경우, 자체가 지닌 형식적 아름다움을 추구할 수 없다. 다만 이론적 완결성만을 확인할 수 있을 뿐이다. 그런데 이 이론의 완결성이란 사실 짧은 한 편의 평론으로서는 성취하기 어렵다. 소설이나 시 작품이 독자와 공유하는 현실 속에서 여백으로 비어 있는 부분이 확충될 수 있다면 평론의 경우는 다른 '평론'에 의해서만 그 여백을 채울 수 있다. 아마도 이 때문에 평론 한 편에 대한 집중적인 연구는 아직 나오지 않은 듯하다.

그러나 평론 한 편도 충분히 연구의 대상이 될 만하다. 한 작가의 비평 활동을 연구의 대상으로 삼을 때, 이 연구는 사실 한 편의 평론에 들어 있는 많은 부분들을 버리고 만다. 따라서 평론문 속에 있는 여러 미묘한 부분들을 놓치고 만다. 그런데 평론 한 편도 나름의 완결성(이론적이건 그렇지 않건)을 지니고 있다고 한다면, 이 평론이 '말하는 바'에는 각 부분들이 작용을 하리라는 것은 분명하다. 이 점에서 평론 한 편을 대상으로 하는 연구도 충분한 의미가 있지 않겠는가.

안함광에 대한 연구는 일련의 연구 기획 가운데 하나이다. 나는 1930년대 후반의 비평에서 보이는 미묘한 흐름들을 좇고 있다. 이 미묘한 흐름들이란 비평가들 스스로도 미처 인식하고 있지 못한 자기 논리이다. 일견 일관되어 보이는 비평가의 논리들은 세밀하게 추적해 보면 결코 일관된 모습을 보이지는 않는다. 순간순간의 변화, 주저함 등이 표면적으로 또는 이면적으로 드러나고, 이러한 변화의 주저함의 효과는 사후에야 비로소 확인된다. 어느 날의 작은 몸짓이, 무심코 던진 비평적 언어가 사실은 나중을 예비하였던 것으로 밝혀진다. 그것은 어쩌면 그 자신을 놀라게 할지도 모른다.

안함광의 비평 가운데 「조선문학의 정신 검찰」을 택한 이유는 이 평문이 이미 많은 연구자들에 의해 주목을 받았기 때문이기도 하지만, 또한 이 글이 안함광의 비평 활동에서 하나의 분기라고 생각했기 때문이다. 안함광이 친일의 모습을 띠는 「조선문학의 진로」보다 1년 여 앞서 쓰인 것이고, 이 평문에서부터 전환이 예비되어 있었다는 게 내 가설이다.

좀 더 구체적인 이유는 나 자신이 해온 일련의 연구(김남천과 임화의 비평에 대한 연구, 그리고 그들 비평 속에서 나타나는 '주체'에 대한 연구)[1]와 밀접한 연관을 맺고 있기 때문이다. 「조선문학의 정신 검찰」은 임화와 김남천의 주체 재건론에 대해 비판하고 그 대안으로서의 '주체 건립'론을 제안한 평문이다.

하지만 김남천과 임화의 '주체' 개념에 대한 연구는 이 연구의 직접적인 전제가 되지는 않는다. 앞선 연구에서 임화나 김남천이 말하는 주체가 보편적 주체이며, '부르주아적 주체'라는 결론을 내린 바 있다. 충분히 논증되지는 않았지만 지금도 그 결론은 유효하다고 생각한다. 하지만 그 연구의 성과 자체에 대해서는 회의가 든다. 그 글을 쓸 당시, '주체'의 문제는 중요하였지만 그것이 낳은 효과는 거의 없기 때문이다.[2]

그렇기 때문에 이 연구에서는 안함광이 말하는 주체가 어떠한 계급적 성격을 가지고 있는가에 대해서는 천착하지 않기로 한다. 첫 번째 이유는 앞서 말한 대로, 임화와 김남천의 주체를 밝히는 것이 큰 효과를 낳

---

1) 채호석, 「임화와 김남천 비평에서의 '주체'의 문제」, 『한국근대문학과 계몽의 서사』, 소명, 1999.

2) 개인적으로는 상당히 논쟁적인 주장이라고 생각했다. 앞의 글에서 세운 가설이 맞다면, 1930년대 후반에서 1940년대 전반(어쩌면 1940년대 후반)에 이르는 시기의 문학이 전면적으로 재고되어야 하기 때문이다. 뿐만 아니라 백여 년에 걸치는 한국 근대문학의 역사를 재구성할 수도 있으리라고 생각하였다. 하지만 반향은 크지 않았다. 어떤 논문 한 편에서 인용한 것만을 보았을 따름이다. 그것도 '맥락'은 사상된 채, 결론만이 언급되었을 따름이다. 나는 결론보다는 논문이 제기하였던 문제가 더 중요하다고 생각하고 있음에도 말이다. 제기된 문제가 논의된다면 사실 그 결론은 폐기되어도 좋다고 생각하고 있다.

지 못했기 때문이며, 둘째는 안함광의 경우, 임화나 김남천처럼 주체의 문제에 집중하고 있지 않기 때문이다. 그러나 그럼에도 불구하고 주체의 문제는 중요한데, 안함광과 김남천의 차이를 선명하게 드러내 보여주기 때문만이 아니라, 바로 그 '주체'의 성격 때문에 안함광이 「조선문학의 진로」로 '논리적'으로 넘어갈 수 있었기 때문이다. 그리고 바로 이 점이 내가 이 글에서 밝히고자 하는 점이다.

그러므로 이 연구에서 나는 무엇보다도 먼저 안함광이 말하는 '주체 재건이 아닌 건립'이라는 주장이 갖는 의미를 다양한 측면에서 살펴보고 자 한다. 그리고 이에 따라 다양한 논점이 제기될 수 있을 것이라고 생 각한다. 그리고 이를 「조선문학의 진로」에 나타나는 식민주의적 요소와 연관시키고자 한다.

안함광이 '친일'의 모습을 보였다고 하는 것은 쉬운 일이다. 하지만 그 친일이 어느 정도의 필연성을 가진 것인가, 혹은 어떠한 인식에 기반 하고 있는가를 살피기는 쉽지 않다. 이와 연관된 과제로 '식민성'의 해 명이 한 과제가 된다.[3] 이 식민성의 해명은 생각만큼 쉽지 않다. 식민성 을 해명하는 일은 '친일'의 해명과는 다른 차원에 있다. 식민성이란 단 지 일본 제국주의의 식민주의를 받아들이는 것 이상이기 때문이다. 안함 광이 당대 논자들을 비판할 때 그 한 가닥은 식민성에 연결되어 있는데, 이때 식민성이란 '친일'과는 대립되는 것으로 나타나기도 한다. '국민문 학'의 입장에서, 대동아공영권을 받아들이는 입장에서 '영국·미국 제국

---

[3] 식민성에 대한 연구는 '탈식민주의(postcolonialism)'에 의해 촉발되었다. 그 이전에 '식민 성'에 대한 연구가 없지는 않았다. 소위 '친일문학'에 대한 연구는 기본적으로 '식민성' 에 대한 연구였기 때문이다. 그러나 이러한 식민성에 대한 연구들은 그 식민성을 '외적 인 것'으로 간주하고 있다는 점에서 한계를 가진다. 친일문학에 대한 선구적인 업적인 임종국의 『친일문학론』(평화출판사, 1966)을 비롯하여 많은 친일문학론들이 이에 속한다. 하지만 이처럼 식민성을 외적인 것으로 보는 시각은 식민성의 '제거' 또한 외적 작업에 의해 가능한 것으로 볼 위험이 있다.

주의', '영미 귀축(鬼畜)'에 대한 '성전(聖戰)'이란 곧 근대 서구 제국주의에 의해 강요된(혹은 자발적으로 수용된) '식민성'에 대한 저항이기도 하기 때문이다.

1930년대 후반 안함광의 비평을 검토하면서 또 하나 염두에 두지 않으면 안 될 것은 '카프'라는 상처이다. 포스트-카프 문학인들[4] 어느 누구도 이로부터 자유로울 수 없다. 카프 시기의 문학이 준 상처는 개인의 자존심에 준 상처이면서, 또한 다양한 문학적 모색에 가해진 위해이기도 하다. 문학 활동에 외부로부터 강제가 왔다는 것 자체가 아니라, 그 강제에 좋건 싫건 따를 수밖에 없었던 데서 오는 상처가 전자라고 한다면, '운동으로서의 문학'이 더 이상 존재하지 못하게 된 것이 또 하나의 상처이기도 하다. 전자가 개인의 상처라면 후자는 우리 근대문학 발전의 과정에서 얻은 상처이다. 이로써 상당히 오랜 기간에 걸친 근대문학 모색의 과정이 끝나는 것인지도 모른다.[5] 이후 지금에 이르기까지

---

4) 'post-KAPF 문학인들'이라는 말은 대단히 어색하게 느껴진다. 나도 여기서 처음 사용하는 용어이다. 이 용어가 정착이 될지 안 될지는 이 용어가 지닌 적합성에 의해 결정될 것이다. 따라서 여기서는 잠정적으로만 사용한다. 하지만 지금으로서는 이보다 더 적절한 용어는 생각나지 않는다. 기존에는 그저 **KAPF** 작가들, 혹은 전향 작가들, 프로문학가(프로작가)들과 같은 용어를 사용하였다. 하지만 이러한 용어들은 카프 해산이 갖고 있는 '획시기성'을 잘 드러내주지 못할 뿐만 아니라, 암묵적으로 카프의 해산의 의미를 약화시키고, 1930년대 전반과 1930년대 후반의 차이를 단지 '상황의 악화' 정도로만 이해하게 만든다. 그러나 카프의 해산은 이보다는 훨씬 큰 의미를 갖고 있다. 무엇보다도 '문학'의 개념이 변화하는 것이다. 1930년대 전반의 카프의 문학과 카프 해산 이후의 문학은 '전혀 다른' 문학으로 이해되어야 한다. 바로 이 점에 카프 해산의 획시기성이 있다고 하겠다. 카프의 해산과 병행한 다른 문학적 변화도 있었다. 이에 대해서는 1930년대 후반을 다루는 자리에서 시론적으로나마 밝힌 바 있다. 지금의 나로서는 이 생각은 틀렸다고 생각한다. 하지만 1935년을 전후한 시기를 근대 문학사에서의 시대를 가르는 분기점으로 생각하는 데는 변함이 없다.

5) 이렇게 말하자니 사실 조금 주저되는 면이 없지 않다. 나는 최근에 우리 근대 문학사에 대해 하나의 의문을 품게 되었다. 1920년대 소설을 살피면서, 1920년을 전후한 시기로 이행기를 마감하는 대부분의 문학사의 시각이 한번 의심을 품어볼 만한 것이라는 생각이 들었기 때문이다. 근대문학의 이행기에 대한 논의는 대체로 근대문학의 기점 논의로 모아졌다. 그런데 의외에도 근대로의 이행기의 하한선은 쉽게 합의되는 듯하다. 1919년

의 모든 문학은 이 시기까지 이루어졌던 모색의 반복이라고 할 수도 있을 것이다.

이 상처로부터 벗어나는 간단한 방법은 자신의 과거를 전면적으로 부정하는 것이며, 과거와는 전혀 다른 삶을 사는 것, 그리고 전혀 다른 세계관 속에서 사는 것이다. 백철이나 박영희가 보여준 삶의 궤적이 이를 잘 드러내준다. 그들에게 상처가 있었는지 없었는지는 잘 모른다. 그러나 그들은 삶의 지반을 바꿈으로써 상처를 덮으려 하였다.

비평가만 따진다면 김남천이나 임화, 안함광 모두 이런 방식으로 상처를 덮으려 하지는 않았다. 1938년을 전후한 시기 이들 논의의 핵심에 '주체'가 있음은 이 때문이다. 주체의 논의는 재건이건 혹은 건립이건 간에 현재 '주체'라 할 만한 것이 없음을 말한다. 그리고 이 '주체'라는 용어에 마르크시즘의 그림자가 짙게 깔려 있음은 물론이다.

이 점에서 본다면 1930년대 후반에서 1940년대 초에 이르는 시기는 포스트-카프 문학인들에게 외적으로 강제되는 새로운 이념과 어느 정도 내재화되어 있던 이념인 마르크시즘이 헤게모니를 위해 싸움을 벌이는 시기라고 할 수 있다. 이 싸움의 결과는 물론 참담하다. 포스트-카프 시

의 3 · 1운동과 일본 정책의 변화, 토지조사사업의 일단락, 이광수의 시대에 뒤이은 '동인지 시대', 그리고 그를 통해 표출된 문학의 자율성에 대한 인식. 아마도 이 정도가 1920년을 전후한 시기를 이행기의 하한선을 잡는 이유가 될 터인데, 이렇게 보았을 때, 1920년대 이후의 문학에 대해서는 이제 '근대문학'이라는 기준을 적용하게 되는 것이다. 그리고 그에 따라 '가치 평가'가 내려지게 된다. 그러나 근대 100년을 생각한다면, 우리는 조금 더 이행기를 길게 잡아야 할지도 모른다는 생각이 최근에 들었다. 아직은 생각이 명료해지지는 않았다. 문학사에서의 시기 구분은 대단히 중요한 문제이기 때문에 조심스럽다. 결국 근대문학사에서의 시기 구분 문제는 연구자의 자기 인식의 문제와 밀접하게 결부되어 있는 것이다. 그리고 그 점에서 먼저 연구자의 자기 인식, 그리고 안함광의 식으로 표현한다면 '주체의 정신 검찰'이 요구될 것이다. 그리고 나서야 비로소 기준이 마련될 수 있을 것이라 생각한다. 다만 예전의 견해보다 하한선을 한 10년 정도는 더 잡아야 하지 않을까 생각하고 있을 뿐이다. 그렇다면 1930년 혹은 1935년 전후가 하한선이 될 것이다.

기를 대표하는 비평가인 김남천, 임화, 안함광 어느 누구도 이 싸움에서
새로운 이념의 헤게모니를 인정하지 않을 수 없었기 때문이다.

2. '주체건립'론의 시대적 효과와 의미

1) '주체 건립'과 '텅 빈 주체'

안함광이 '주체 건립'을 말한 것은 「조선문학의 정신 검찰」에서이다.
안함광은 다음과 같이 말하고 있다.

> 좌우간 상술한 바에 의하여 재건에 의욕하는 바 상정적(想定的) '주체'
> 의 성격이 재건을 운위하기 이전의 '주체' ─ 경향문학파 당시의 주체의
> 성격을 목표로 할 것도 또는 할 수도 없는 것이라는 것을 성찰할 수 있
> 게 된다. 사리(事理)가 이렇게 될 때 엄밀한 의미에 있어 '주체 재건'이란
> 말은 응당 '주체 건립'이란 명제로 고쳐져야 할 성질의 것이라고 이해되
> 어진다.6)

안함광이 비판하고 있는 비평가가 김남천과 임화임은 물론이다. 김남
천과 임화가 주장하는 주체의 '재건'에 대해 '건립'으로 맞서고 있는 것
이다.7)

---

6) 김재용·이현식 엮음, 『안함광 평론 선집 2』, 박이정, 1998, 42면. 이하 모든 인용은 이
   선집에서 하며, '선집 2 : 42'로 표기한다. 의미가 명확하지 않은 경우만 한자를 노출하
   였으며, 특별한 경우를 제외하고는 모두 한글맞춤법에 맞게 표기하였다. 명백한 오식인
   경우에는 수정하였다.
7) 후술하겠지만, 안함광의 이러한 주체론은 선도적이라기보다는 추수적인 성격을 띤다. 임
   화와 김남천에 의해 주체의 문제가 제기된 이후 비로소 안함광은 '주체'의 문제를 제기
   한다는 것이다. 이러한 추수적 성격에 대해 '창조적' 비평가가 못된다고 말할 수는 있어

그런데 안함광의 '주체 건립론'은 약간 모호하다. '주체 건립'이 두 가지 의미를 갖고 있기 때문이다. 하나는 이전에는 주체라 할 만한 것이 없었음을 뜻한다. 카프 시절의 문학인들이란 엄밀한 의미에서의 주체라고 할 수 없다는 것이다. 또 다른 의미는 인용문에서 보이듯이 경향문학파 당시의 '주체'는 재건의 목표가 되지 않는다는 것이다. 이 차이는 실상 그리 크지 않을 수 없다. 다만 여기서는 안함광이 주체에 대해 지니고 있던 관념이 명료하지 않았다는 사실만 지적하고 넘어가도록 하자.

그렇다면 카프 시기의 문학인들을 주체로 인정할 수 없는 이유는 무엇일까? 조금 길지만 다음의 인용문을 보자.

한데 저간(這間) 이 땅 위에서 구두선(口頭禪)되는 바 '주체의 재건'이란 것을 종전과 같이 막연히 부르고 막연히 받을 것이 아니라 좀 더 구체적으로 해명하기 위하여 '재건'을 운위하기 이전, 다시 말하면 '붕괴' 이전의 '주체'란 대체 어떤 것이었던가를 생각해 볼 필요는 없을까!

'재건'을 운위하기 이전, (좀 더 명확히는 조선문학에 있어 경향문학 정신이 지배 세력이던 당시를 지칭해 하는 말이라고 규정해도 좋다!) 이렇게 생각해 볼 때 왕시 조선 신흥문학의 응결적 중심세력이던 그 자체가 앞에서 말한 바와 같이 국제적 시대사상에 대한 단순한 존경적(이 말은 '신념적 혈육화'와의 상대적 성격으로서 사용하고 있는 것임은 두말할 것도 없다) 이데올로그들의 집합적 성격에 불과하였다는 사실은 지금에 있어 운위되어지는 바 '재건' 필요 이전의 '주체'의 성격도 결국 우리가 희구하는 바 예술적 창조의 주인공적 위치의 것이 못된 것이었다는 것을 말하고 있음이나 아닐까!

다시 말하면 이전에는 실천에 의하여 혈육화된 주체적 인식, 주체적 세계관을 가지고 있던 것이 그 이후 일익(日益) 가압(加壓)되는 객관적 제약 때문에 분열되어진 것이 아니라 좀 더 간단히 말하자면 이전에는 문

도, 그 자체로 비판받을 이유는 없다. 문제는 추수적이라는 데 있는 게 아니라, 추수성 때문에 이론상의 혼란이 야기된다는 점에 있다.

학과 생활이 합리적으로 통일되었었던 것이 급변하는 외부적 제압에 의하여 일원적으로 분열되었다는 것이 아니라 그와는 반대로 애초부터 문학과 생활의 합리적 통일을 갖고 있지 못하던 소시민적 지식인이 오늘이라는 시대적 특질과 예술적 창조기에로의 전환에 있어 그 적응성 행동성 자유성의 보다 가혹한 박탈을 받게 되었고 동시에 자신의 무력을 더욱 절실히 느끼게 된 데 불과하다.[8]

정리하자면,

1) 카프 시절 '주체'라고 이름붙일 만한 존재는 없었다,

2) 당시의 문학가들은 국제적 시대사상(마르크시즘)을 단순히 존경하였을 뿐, 그 시대사상을 '주체적'인 것으로 만들지 못했으며,

3) 문학과 생활을 합리적으로 통일시키지 못한 '소시민 지식인'이었을 뿐이다.

4) 그러므로 재건되어야 할 주체는 없고, 새롭게 주체를 세워야 한다는 것이다.

카프 시절부터 '조선'과 '소련'의 차이에 주목하였고, 그에 따라 조선에서의 특수성에 따라 '농민문학론'부터 시작하였으며, 사회주의 리얼리즘의 도입에 대해서도 비판적이었던 안함광으로서는 어쩌면 당연한 귀결일지도 모른다.[9]

그런데 이러한 주장에는 몇 가지 전제가 깔려 있음에 주의해야 한다.

첫째, 카프 시기와 지금의 시기는 다르다고 판단하고 있다는 점이다. 물론 안함광만 다르다고 생각하고 있지는 않다. 그러나 다른 비평가들이 대체로 '상황의 변화'에 주목한다면 안함광의 경우 질적인 차이를 보고

---

8) 선집 2 : 41.
9) 근래에 씌어진 김재용의 「비서구 주변부의 자기 인식과 번역 비평의 극복 : 안함광론」(『한국학연구』, 2002 하반기)이 이에 주목하고 있다. 안함광이 보여준 이러한 노력, 자세 등은 안함광을 높이 평가하는 한 근거가 된다.

있는 듯하다는 점에 주목해야 한다. 안함광은 이 질적인 차이를 '예술적 계몽기에서 예술적 창조기로의 전환'이라는 말로 규정한다.

> 그러던 것이 예술적 계몽기에서 예술적 창조기에로의 전환에서 연유되는 바 예술적 인식의 주체적 파악에 대한 내재적 필요와 상사(相俟)하여 객관적 정세와 공세는 주체화되지 못한 세계관 앞에 최후의 위기를 제공했다. 말하자면 현실에 대하여 적응성과 자유성을 상실했다. (…중략…) 이같이 자유주의적 지도원리까지가 폐기되어지는 이상, 그와 근원적으로 대립되어지는 사상원리는 두말할 것도 없는 일이니, (…중략…) 이리하여 애초부터 실천에 의하여 혈육화된 저장적(貯藏的) 인식과 주체화된 세계관을 갖고 있지 못하던 조선문학은 그 생리적 유약과 상사(相俟)하여 급격히 변해진 객관적 특질 때문에 혼미와 무력의 일로를 밟지 않을 수 없게 되었다.10)

'예술적 계몽기로부터 예술적 창조기로의 전환'이 무엇인지는 위의 문면으로는 그렇게 명확하지는 않다. 다만 계몽기에 작가들이 예술적 인식을 주체적으로 파악하지 못했고 따라서 자기의 예술이 아닌 타자의 예술을 자기 것으로 오인(誤認)하고 있었다고 한다면, 예술적 창조의 시기에는 예술적 인식의 주체화를 통해 '형상적 인식'으로 나아간다고 판단하고 있는 듯하다. 결국 핵심적인 요건은 '세계관의 주체화'일 터인데, 이는 후술하기로 하자.

그래도 여전히 불투명한 점은 이때의 예술이 어떤 예술인가 하는 점이다. 프로 예술만을 말하기에는 말하는 바가 일반론에 가 있고, 그와 달리 예술 일반론으로 받아들이기에는 맥락이 허용하지 않는다. 안함광이 전략적으로 단어를 사용하고 있는 게 아니라고 한다면, 안함광은 '예

---

10) 선집 2 : 40~41. 강조는 인용자.

술적 창조기'의 요구라는 것을 일반적인 원칙으로 받아들이면서 포스트-카프의 예술을 논의하고 있다고 보아야 할 것이다.

그렇다면 안함광은 실상 '포스트-카프'의 예술에 대해 이야기하고 있음에도 불구하고 어느 순간엔가 '포스트-카프'의 예술이 아니라 예술 일반론에 대해 말하고 있는 것이다. 그리고 바로 그럼으로써 '포스트-카프'의 예술을 예술 일반으로 환원시키게 된다.[11] 뿐만 아니라 이제 '운동으로서의 문학(예술)'이라는 관점은 더 이상 존재하지 않는다.

두 번째, 안함광에 따른다면 현금의 시기는 자유주의와 사회주의(공산주의) 모두 패퇴하는 시기이다. 자유주의까지 폐기되니 사회주의(공산주의)야 말할 것이 무엇이겠느냐는 것이다. 이를 단지 '정세'의 차이에 대한 인식으로 받아들일 수도 있다. 이 시기까지는 말이다.

그러나 이후에 쓰인 글들을 참고한다면, 실상 이 대목은 자유주의의 폐기뿐만이 아니라, 사회주의의 시효 소멸까지를 말하는 듯하다. 물론 그렇다고 해서 '동아협동체론'과 같은 식민주의 이데올로기를 받아들인다는 의미는 아니다. 단지 안함광은 '생활'에서 시작하자고 할 뿐이었을지도 모른다. 이념이 현실성을 잃었을 때, 기존의 이념이 한낱 허구에 지나지 않으며, 그 이념을 지니고 있었던 존재들 또한 '주체'가 아니라 그저 허수아비에 지나지 않았다고 느꼈을 때, 이념의 발원지로서의 현실로 들어가고자 한 것이며, 가장 구체적인 현실인 '생활'에서 출발하고자 한 것이다. 그러나 '현실'이 '생활'로 대치될 때, 그 의도와는 전혀 다른 효과를 낳을 수도 있음은 물론이다.[12]

---

11) 나는 이 자체에 대해 판단을 내리는 것은 아니다. 타당할 수도 있고 타당하지 않을 수도 있다. 프로 예술 또한 예술이 아니냐 하는 관점에서라면 받아들일 수 있지만, '계급적인 예술' 혹은 나아가 '운동으로서의 예술'을 생각한다면 그렇지 못할 수도 있다.

12) 1930년대 후반의 많은 비평가들이 '생활'에서 출발하자고 말했다. 이때 생활이란 '구체적'인 현실, 눈에 보이고 감각되는 현실, 바로 눈앞에 펼쳐지는 현실, 그리고 먹고 살아

2) '문학과 생활의 일치'라는 딜레마

그런데 문학과 생활의 일치란 카프 시기와 포스트-카프 시기에 각기 다른 의미를 가질 수밖에 없음은 물론이다. 카프 시기에 문학과 삶의 일치란 '운동으로서의 문학'을 전제로 할 수밖에 없다고 한다면, 포스트-카프 시기의 문학과 삶의 일치란 더 이상 운동으로서의 문학을 염두에 둘 수 없는 것이다. 따라서 '문학과 생활의 일치'란 그 기표의 동일성에도 불구하고 전혀 다른 기의를 가질 수밖에 없다. 이러한 효과의 차이를 안함광이 눈치 채고 있지 못했을 리는 없다.

이러한 제한성을 '의식의 능동성'13)으로 넘어설 수 없음은 확연하다. 안함광의 의식의 능동성론이 나름의 이론적 바탕을 가지고 있음은 물론이다. 우선 먼저 의식의 능동성론은 잘 알려진 마르크스의 「포이에르바하에 관한 테제」, 곧 세계의 해석보다는 세계의 '변혁'에 대한 요구, 헤겔 철학의 긍정적 유산으로서의 능동적 정신에 기반을 둔다. 둘째, 의식의 능동성은 '조선'과 같은 특수한 상황에서는 더욱 요구된다. 왜냐하면 마르크시즘의 유입은 '현실적 조건'은 가지고 있었지만, 결코 서구와는 동일한 발전 단계를 지니고 있지 못했기 때문이다. 이렇게 발전이 지체

가는 현실이다. 임화도, 김남천도 결국 '생활'로 돌아가고 만다. 그리고 생활로 돌아가는 순간, '현실'은 '사실'로 바뀌었고(임화, 「사실의 재인식」), '역사적 현실'은 멀어지고 말았던 것이 1930년대 후반 비평가(작가들도 마찬가지이지만)의 비극이라고 하겠다. 다만 김남천의 경우, '이렇게' 쉽게 넘어가지는 않는다. 김남천은 여전히 땅 속에 묻히는 보리를 말했고, 새로운 이념이 나타나지는 않았으며, 역사의 '피안'이 보이지 않는다고 말하고 있기 때문이다. '국민문학의 논리'를 말하는 바로 그 지점에서 말이다. 김남천의 이 비관론이 김남천을 어느 정도 지켜주었다고 생각한다.

13) "사회적 경제적 조건의 선진과 후진을 불문하고 '존재'에 대한 '의식'의 능동성이란 다 같이 필요한 것이 사실이지마는 그가 보호적 정책 밑에 제한되어지는 경우와 그 반대의 경우와의 사이에는 필연으로 그 발휘적 성격도 달라질 것이라는 것은 자명의 리(理)다. (…중략…) 좌우간 후진사회면 후진사회일수록 '존재'에 대한 '의식'의 능동성은 보담 많은 荊刺性[원문대로]과 절박성을 요구하면서 있다는 것은 각국의 사상적 발전이 그를 실증하는 바 있다고 생각한다." 선집 2 : 37.

되는 곳에서는 의식의 능동성이 더욱 요구된다는 것이다.14)

발전의 지체를 의식의 능동성으로 극복하고자 하는 욕망은 현실 속에서의 인간의 '꿈' 혹은 욕망과는 동일하지 않다. 지체의 극복이 의식의 능동성을 낳기는 하지만 곧바로 의식의 능동성이 지체를 극복하기란 난망하기 때문이다.

안함광에게서 의식의 능동성은 일관된 주제이다. 이 주제는 '의욕의 세계' '신념적 그룹' '픽션(허구성)'에의 요구 등으로 변주된다. 이러한 의식의 능동성과 '문학과 생활의 합리적 통일'이라는 요구는 다분히 서로 상충되어 보인다. 안함광도 실제로 이를 알고 있다. 그러나 안함광은 내재된 이 괴리를 이론적으로 좁히려 하지 않는다. 그렇기 때문에 전혀 다른 곳에서 활로를 찾는다.

김남천에 대한 비판의 대목을 보자.

> 한데 그 '주체 건립'의 길은 필연으로 시대적 고민의 근본적 조건과의 혹종의 교섭을 생각하지 않을 수 없게 된다. (…중략…) 남천 씨의 '고발 문학론'을 단적으로 논의하는 자리에서 (…중략…) 그 '주체 재건'이란 결국 문학 이전의 세계에 있어서의 생활적 기초와 생활 능력 없이 결코 가능한 일이 못 된다는 뜻을 말한 적이 있다.15)

문학 이전의 세계에서의 생활적 기초와 생활 능력 없이 결코 가능한

---

14) 이러한 요구에 직선적인 발전사관, 진보사관이 깔려 있음은 물론이다. 그러므로 조선의 현실은 실천의 특수성을 요구하기보다 '의식의 능동성', 곧 능동적인 의식을 통한 '따라잡기'를 요구하게 된다. 이러한 요구가 근대주의적인 것임은 물론이다. 이러한 근대주의적 욕망으로부터 벗어나지 않는 한, 조선의 특수성론이란 큰 의미를 갖지 못하게 된다. 뿐만 아니라, 안함광과 김남천, 임화 사이에 어떠한 근본적인 차이도 없음을 말해 준다. 이 점에서 이들을 '근대주의자'라고 말할 수 있다. 김남천의 근대주의에 대해서는 채호석, 「김남천 문학 연구」(『한국 근대 문학과 계몽의 서사』, 소명, 1999) 참조

15) 선집 2 : 42. 강조는 인용자.

일이 못 된다고 말하고 있다. 김남천에 대한 이 비판은 김남천이 고발문학론에서 문학을 통해 세계관을 확립할 수 있다고 말하고, 문학하는 과정이 곧 세계관을 확립하는 과정이라고 말한 바에 대한 비판이다. 김남천이 이렇게 말할 때, 김남천은 문학인과 생활인을 분리하고, 스스로를 문학인으로 정립함으로써 실제로는 생활인으로서의 자신을 부정하는 모습을 보이고 있으며, 안함광이 바로 이러한 문학과 생활의 분리를 비판하고 있음은 물론이다.

그러나 이러한 비판에서 '문학 이전의 세계에 있어서의 생활적 기초와 생활 능력'을 요구할 때, 그 생활적 기초와 생활 능력이란 무엇일까에 대해서는 의심을 품어볼 만하다. 이 대목은 이론적인 대목이 아니라 현실적인 대목이기 때문이다. 문학인으로서, 비평가로서 글을 쓸 수 있다는 것은 이미 시대적 제한을 받아들이는 것이다. 그리고 그럼으로써 존재할 수 있는 것이다. 다시 말하자면 생활적 기초란 작가에게 다시 '혁명적 문인'이 되거나 그렇지 않다면 '생활 현실에 뿌리를 박으라'는 것이다.

안함광이 말하는 바 생활에 뿌리를 박으라는 요구는 '예술의 창조성'을 획득할 수 있는 하나의 길이다. 그러나 이러한 요구는 기묘한 논리의 혼동에 기반하고 있는 것이다. 작가에 대한 요구와 작품에 대한 요구의 혼동 말이다. 작가에게 네가 가지고 있는 세계관이 정말로 삶에 뿌리를 박고 있는가를 묻는 것은, 그 세계관의 현실 적합성을 묻는 것이다. 반면 창조적 예술이 생활을 기반으로 해서만 나올 수 있다는 것은 예술 작품의 형상에 대한 요구이다. 이 두 요구가 '생활'이라는 말을 근거로 동일한 요구로 나타나고 있는 것이다. 아주 자연스럽게 흘러가는 듯한 안함광의 논리의 허점은 바로 이 '생활'의 파악에 있다.

이러한 논리적 오류가 단지 여기서만 나타나는 것은 아니다. 백철에 대한 비판에서도 마찬가지의 오류를 보인다. 백철의 휴머니즘론의 한 허점은 작품의 개성과 작가의 개성을 혼동하는 것이었다. 그러나 이에 대한 안함광의 비판도 마찬가지의 오류에 빠져든다. 작가와 작품을 구분하고 있지 않은 것이다. 작가가 세계관을 주체화함으로써 비로소 '전형'이 획득된다고 했을 때, 이러한 오류가 발생한다.

이러한 오류의 근원이 어디에 있는가는 알 수 없다. 다만 카프 시기의 문학에 대한 생각에서 '운동으로서의 문학'이 빠져 있다는 것이 한 커다란 이유가 될 것이라고 생각한다.

안함광이 요구하는 것은 삶과 문학의 일치이다. 카프의 볼셰비키화 시기에 요구했던 것은 자각들에게 '전위'가 되라는 것이었다. 김두용의 말처럼 대중의 한 가운데, 운동의 한 가운데 있지 않으면 안 된다는 것이다. 그때에야 비로소 문학인은 '운동가'로서 존재할 수 있으며, 문학 또한 운동일 수 있다. 김남천이 「물」을 둘러싸고 임화와 한 논쟁에서 '작품을 직접적으로 규정하는 것으로서의 작가의 실천'을 말한 것도 이 때문이다. 작가의 실천이, 조금 유연하게 말한다면 작가의 삶이 작품을 규정한다는 것이다. 김남천이 1930년대 후반에 이로부터 벗어나는 방법은 생활인과 문학인을 나누고, 그 둘 사이의 연관을 끊는 것이었다. 김남천이 발자크, 괴테의 예를 든 것도 바로 이 때문이다.

안함광은 이러한 구분을 비판하고 있다. 그 점에서 안함광은 볼셰비키화 시기의 논리에 여전히 사로잡혀 있는 것이다. 그런데 이 점 때문에 안함광을 비판하고 싶은 생각은 없다. 내 관심은 '평가'에 있지 않기 때문이다.

중요한 것은 이 논리, 생활에서의 실천, 혹은 작가의 실천과 문학이 떨어질 수 없는 관계에 놓여 있다는 것이고, 바로 그렇기 때문에 작가의 실천이 불가능해질 때 안함광으로서는 빠져나갈 곳이 없다는 점이다. 그러나 카프 시기처럼 전위가 되라고 요구할 수는 없다. 안함광은 카프 시기의 주체로 되돌아갈 수는 없기 때문에 김남천을 비판하고 있는 것이다.

그러므로 이 작품과 작가의 분리를 부정하는 한, 안함광에게는 두 가지 길밖에 없는 것이다. 하나는 자신이 말하고 있는 의식의 능동성으로 현실을 넘어서는 것. 그러나 이는 '로맨티시즘'에 빠질 위험이 존재한다. 그렇지 않다면 '현실'을 받아들이고 그 한계 안에서 행동하는 것. 안함광이 로맨티시즘을 부정하면서 받아들인 길은 두 번째 길이다.

안함광은 당대를 "정치적 지도성과 문학적 지도성이 또한 다르다는 원칙적인 진리를 현실면에서 굴신성 있게 구체화해 나가야 할 시기"[16]라고 규정하면서 "현실에 대한 인식의 문제는 현실에 대한 실천의 문제"이지만 과거 카프 시기처럼 "직선적인 의미에서 또는 그러한 각도에서 현금 작가에게 그를 요청할 수는 없"으므로 "오직 사회적 정세의 변천을 솔직히 자인하고 그 사실의 정확한 인식을 토대로 하여 근소하면 근소한 대로나마 죄 되지 않는 '행동의 세계'를 가질 것에 대한 요청"[17]하고 있다. 이 적으나마 '죄 되지 않는 행동의 세계'란 결국 현실의 위압에 순응하는 것에 지나지 않는다. 이에 대해,

> 미하든 추하든 또는 선하든 악하든 생활적 현실에 굳게 발을 붙이고 면밀히 돌아보고, 통틀어 그와 합리적인 포용의 태도를 취한다는 것은 다름 아닌 생활적 현실에 대한 길항의 태도임과 동시에 세계 인식에 대한 주체화의 과정이며 작가의 주체적 진리는 객관적 진리와의 합일을 지향하는 것이 아닐 수 없다.[18]

---

16) 선집 2 : 47.
17) 선집 2 : 44~45.
18) 선집 2 : 46.

고 말한다고 하더라도 별로 달라지는 바는 없다.

3) 내면화되는 '식민성'

이러한 현실에의 순응, 혹은 생활에의 경사 속에서 안함광은 주목할 만한 발언을 한다. 일본과 조선의 차이에 대한 언급이다.

> 물론 '주체 재건'이란 말이 불리워지기 시작한 동경 문단의 경우에 있어서는 그 말은 아무 모순 없이 사용되어질 수 있는 명제다. 그렇다고 하는 것은 그곳에 있어서는 국제적 시대사상을 수용한 바 현실적 조건과 작가의 주체적 생활과가 합리적으로 통일 교섭되어진 심화면(深化面)을 제시한 바 있어 결코 조선의 문학 운동과 동시일에 논단할 수 없는 상이한 특성 위에 연유된 것이기 때문이다.[19]

안함광의 글에서 '일본' 문학의 현상에 대한 진단이 나오는 경우는 극히 드물다.[20] 인용한 부분이 유일한 것이라고 해도 좋다. 굳이 안함광이 일본의 예를 끌어들인 이유는 무엇일까? 김남천이나 임화가 말하는 '주체 재건'이 '조선적 현실'에서는 의미가 없다는 것, 주체 재건이 아니라 주체 건립이라고 주장하기 위해서일까? 아마도 직접적인 이유는 그렇다고 생각된다.

그러나 이러한 발언의 바탕에 있는 안함광의 생각은 무엇이었을까? 우리가 여기서 간취하지 않으면 안 될 것은 이러한 일본 문단에 대한 언급은, 실상 일본 문단이 하나의 '평가 기준'으로서 작용하고 있음을 의

---

19) 선집 2 : 42.
20) 『안함광 선집』 1, 2에 실려 있는 글(해방 전의 안함광의 글 거의 대부분이 실려 있다)에서 일본의 문학에 대해 이야기하는 대목은 많다. 특히 1938년 이후에 가면 대단히 많아진다. 하지만 일본문학의 현상 자체에 대해 말하는 대목은 그리 많지 않다.

미한다는 사실이다. 물론 여기서 '차이'를 말한다고 생각할 수도 있다. 그러나 그 차이란, 문학운동의 과정에서 조선과 일본의 단순한 차이가 아니라 하나의 위계를 만들어내고 있는 것이다. 일보의 문학 운동을 조선의 문학 운동과 '동시일에 논단할 수 없는' 이유는 일본이 현실적 조건과 작가의 주체적 생활을 '합리적으로 통일 교섭'하였기 때문이며, 그에 비해 조선의 경우는 이러한 합리적 통일을 가진 바 없기 때문이다.

이렇게 본다면 안함광에게 일본의 문학이란 혹은 일본의 문학 현상이란 하나의 전범이자 모범으로서 여겨지고 있다고 판단해도 좋을 듯하다. 일본의 부정성과는 관계없이 일본문학은 조선의 문학보다 '앞서' 있는 것이다. 이 앞섬을 어떻게 해석할 것이냐가 이제 문제가 될 터인데, 앞섬에 따른 뒤처짐의 의식이란 결국 '따라잡기'의 욕망을 낳을 뿐이 아니겠는가?[21]

만일 이렇다고 한다면 1930년대 후반 안함광의 글에서 발견되는 일본 작가 또는 작품의 경우도 단순히 비교의 대상 정도로 볼 일은 아니다. 실제로 어떤 작품을 참고하고 있는가는 달리 검토되어야 하고, 작품 자체를 놓고 세밀하게 검토되어야 하겠지만, 앞서 말한 것처럼 일종의 '거울'로서 작용하고 있는 듯하다. 일본 작가의 작품이 하나의 거울로서 등장하기 위해서는, 그리고 그에 우리 자신을 비추어 보기 위해서는 (반면교사가 아니라면) 그 거울은 하나의 '준거'일 수밖에 없는 것이다.

물론 1930년대 전반기에도 안함광의 글 속에는 일본의 작가나 서구의 작가들이 언급되고 있기는 하다. 그러나 그 언급은 전혀 다른 맥락 속에서 이루어지기 때문에 결코 같다고 할 수 없다. 1930년대 전반기의 경

---

21) 이는 임화가 「신문학사의 방법」에서 '일본'을 단지 '매개자'의 역할로 축소시키고 있음과 대비가 된다. 물론 임화의 경우도 그렇게 단순하지 않음은 물론이다. 이에 대해서는 「탈-식민의 거울, 임화」(『한국학연구』 17, 2002)를 참고하기 바란다.

우, 하나의 거울로서 받아들여지는 것은 일본의 문학이라기보다는 혁명에 성공한 '소비에트'의 문학이었다. 소비에트의 문학이 하나의 전범으로 언급될 수 있다면 그것은 바로 혁명에 '성공'했기 때문이고, 조선의 문학이 앞으로 지녀야 할 모습이기 때문이다. 그에 비추어 일본의 문학이란 동시대의 문학에 지나지 않는다. '혁명 소비에트 → 일본 / 조선'의 양상이다. 안함광이 말하는 대로 소비에트 러시아와 조선 사이에(물론 일본과도) 발전의 차이가 존재하기 때문에 사회주의 리얼리즘을 그대로 받아들일 수는 없다고 말하고, '유물변증법적 리얼리즘'을 주창하기는 하지만, 그럼에도 혁명에 성공한 국가로서의, 따라서 하나의 준거로서의 소비에트 러시아가 존재하는 것이다.

하지만 1930년대 후반이라면 다르다. 소비에트 러시아는, 그리고 혁명은 하나의 '꿈'일 수 있지만, 그러나 그것은 '꿈'에 지나지 않는다. 안함광의 주장처럼 '사실'을 받아들여야 하는 것이다. 사실을 받아들일 때, 핵심은 그 '사실'이 어떠한 사실이냐일 터인데, 여기서 세계사에 대한 인식이 문제가 된다.

서구의 경험이 하나의 경험일 뿐 필연적인 발전 경로가 아니라면, 그리고 소비에트 러시아가 역시 하나의 경험이지 준거가 아니라면, 그리고 '동양'의 새로운 질서가 수립될 수 있다면 이제 달라진다. 새로운 질서의 수립이라는 점에서, 동양사의 가능성이라는 점에서 일본은 단지 후발 자본주의, 혹은 후발 제국주의가 아니라, 동양사의 맹주, 맹주가 아니더라도 중심축이 될 수 있는 것이다. 이때 일본의 위치가 완전히 달라짐은 당연한 일이 아닐까? 이전에는 하나의 경험, 비슷한 길을 걷고 있는, 동일한 목표를 갖고 있는 국가였다고 한다면, 이제는 주도적인 위치를 차지하고 있는 국가로서 존재하는 것이다. 따라서 먼저 '전향'이 있었고, 먼저 문학 운동 단체의 해산이 있었던 일본은 조선과는 다른 차원에 속해 있는 국가가 된다. 따라서 '(서구)/일본→조선'이라는 새로운 틀이 만들어지는 것이다.

그렇다면 앞서 말한 '주체 건립'이라는 주장도 다시 생각해 볼 필요가 있다. 안함광이 생활과 문학의 일치를 말하고, 그리고 사실의 정확한 인식과 현재의 사실의 합리적 포용을 말할 때, 이 새롭게 건립되어야 할 주체는 도대체 어떤 의미를 가지고 있을까? 이전에는 마르크시즘을 자기의 것으로 하지 못한 존재, 단지 이론을 수입하고 현실과는 관계없이 앵무새처럼 되뇌었던 존재, 그렇기 때문에 이념에 '들린 존재'만이 존재했다면, 새로운 주체란 이제 이념을, 세계관을 자기 것으로 만드는, 그래서 안함광의 표현대로 한다면 '신념'을 지닌 주체[22]여야 한다. 그런데 이 주체화해야 할 '세계관'이라는 것이 안함광에게는 불투명하다. 그러므로 세계관은 주어지는 것이 아니라 만들어지는 것이어야 하는데, 그 태반이 바로 '생활'이며 '사실'인 것이다.

결국 일본을 하나의 준거로 삼으면서 식민성을 내면화하는 과정이 있기 위해서는, 이전에는 '신념적 주체'가 존재할 수 없다. 단지 텅 빈 주체, 이념을 존경하기만 하는 존재, 그렇기 때문에 이념과 삶 사이에 괴리를 지닌 존재, 현실에 발을 딛지 않고 '들려' 떠 있는 존재가 필요한 것이다. 이러한 존재만이 비로소 새로운 '주체'가 될 수 있다. 그리고 그 새로운 주체란 결국은 식민성을 내면화한 주체, 식민지 주체일 수밖에 없는 것이다.

---

22) 안함광에서의 '신념'이란 일상적인 우리의 어법과는 조금 다르게 사용된다. 이 '신념'에 대립되는 것은 '존경'이기 때문이다. 존경이 그대로 받아들이는 것을 의미한다면 신념이란 자기 것으로 만드는 것, '주체화'를 의미한다.

3. '텅 빈 주체'에서 신체제 문학론으로 이르는 길
: 「조선문학의 진로」

안함광이 식민성을 내면화하기 위해 주체의 자리를 비워놓은 것은 아닐 터이다. 그리고 안함광의 말처럼 '존경적인 주체', 이념에 '들린' 주체가 카프 시기의 문학인들의 모습일지도 모른다. 그리고 그러한 한에서는 안함광의 분석은 타당하기도 하다. 김남천이나 임화는 카프 시기를 비판하면서도 그 시대의 삶을, 실천을 인정하였다. 그리고 그 점에서 김남천이나 임화는 오류를 범하고 있는지도 모른다.

그러나 문제는 그것이 아니다. 카프 시기의 주체에 대해 포스트-카프 문학인들이 어떻게 판단하고 평가하는가에 따라 식민성을 내면화하는 모습이 달라진다는 점이 중요하다. 김남천의 경우, 1930년대 후반이라는 현실 속에서 한 개인에게 닥쳐오는 엄청난 위압을 견디기 위해 생활인과 문학인의 분리라는 길을 택했다. 비록 생활인으로서는 타매(唾罵)되어 마땅한 존재일지라도 '문학'은 그렇지 않을 수 있다고 믿었고 믿고 싶었던 것이다. 물론 김남천은 성공적으로 그 길을 따라나가지는 못하였지만 말이다.

그러나 안함광의 경우, 생활과 문학의 분리를 인정할 수 없었고, 그 때문에 끝까지, 그 길이 어디에 이어질지라도 그 길을 걸어나가려 하였다. 그 결과는? 물론 신체제론에의 합류이다. 그 구체적인 모습이 「조선문학의 진로 : 문학과 생활」인 것이다.

「조선문학의 진로」에서는 이제 과거의 모든 행위들이 신체제를 위한 것으로 호도된다.

이러한 의미에서 보다 실질적으로 또는 근저적인 자태에서 신시대 질서 창건에 가담함에 의하여 진정한 국민으로서의 문화인적 임무를 다하려는 의욕이 조선서는 휴머니즘론, 행동주의 문학론, 지성론, 모랄론……등등으로 체현되어진 바 있었다고 생각해 볼 수는 없는 일일까?"[23]

라고 자문하고 있다. 그리고 곧바로 "앞에서 말한 휴머니즘론, 행동주의 문학론, 지성론, 모랄론…… 등등은 이러한 신중한 용의와 진실한 태도로서 신질서 창건에 가담하려 한 것임에 불외(不外)하다."[24]고 단언한다.

이제 일본의 통제주의(이것이 제국주의적인 침략의 이데올로기임은 말할 것도 없다)는 외적인 사상으로서가 아니라 조선의 현실에 기반한 것으로 받아들여진다. 여기에 '조선적 특수성'론을 다시 끌어온다.[25] 조선에서의 자본주의 발달의 지체, 시민사회의 미성숙을 넘어설 수 있는 길이 '신체제론'에서 발견되는 것이다.

개인의 생활 태도에서 본다면 조선이란 곳은 좀 더 정당한 의미에서의 인디비듀얼리즘의 수련을 철저히 받았어야 할 곳이다. (…중략…) 진정한 의미의 개인주의적 정신이 일반 개인의 생활태도에서는 절실히 요청되어지는 바 있다. 또 문화면에서 생각자면 그는 주로 외래문화의 급속한 수입에서 연유되어진 것이기는 하지만 개성적 자주성의 결여에 의한 문화의 허다한 블랭크를 보전할 필요도 있다. (…중략…) 허나 이런 것은 결코 사회의 지도 원리로서의 개인주의에로 복귀함에 의하여 기획되어질 성질의 물건이 아니다. 사회의 지도 원리로서의 그것은 이미 역사적

---

23) 선집 2 : 60.
24) 선집 2 : 61.
25) 조선적 특수성론이란 아주 넓은 외연을 가지고 있다. 조선의 자본주의 발달의 지체, 급격한 자본주의화, 압축된 근대화로 인해 야기된 제반 문제에서부터 조선 혁명의 특수성론으로 이어지고 있으며, 다른 한편으로는 '동양사'의 일부분으로서의 의미도 갖게 된다. 안함광이 농민문학을 제창할 때 그가 내세운 조선적 특수성이 전자였다면, 이제 내세우는 조선적 특수성이란 후자에 가까운 것으로 생각된다. 이 점에서 '조선적 특수성'이라는 언표가 갖는 다양한 함의를 갈라내는 작업은 1930년대 후반을 이해하기 위해서는 꼭 필요한 작업이라 생각된다.

임무를 수행해 버린 것이 아닐 수 없겠고, 가사 미래까지를 지도해 나가는 것이라손 치더라도 그가 리드하는 미래 위에 축복을 약속할 수는 없는 일이다. (…중략…) 그러나 개인주의의 완전한 제도상의 표현이 반드시 생활의 완전한 행복을 의미하는 것은 아니라는 의미에서 오늘의 통제주의가 보다 완전히 수행되어질 것이 오히려 필요하다고는 생각할 수 없는 일일까?"26)

그리고 이제 모든 '개념'을 버릴 것을 요청한다. 이념에 들렸던 주체에게 그 이념을 벗어던지고 '텅 빈' 주체가 되라고 요구하는 것이다. 텅 빈 주체일 때만 비로소 '새로운 주체'로 다시 태어날 수 있기 때문이다. 이제 이렇게 됨으로써 안함광의 사유 속에서 비로소 '주체 건립'완성되는 것이다.

이제 일본 제국주의의 행위는 모두 긍정된다. 새로운 주체는 자기 정당성을 갖고 있으며, 이 정당성을 관철하기 위해서는 '전쟁'도 용인된다.27) "자체 정위(定位)의 대외적 관철"이란 평화적으로만 해결될 수 없기 때문이다.

이런 상황 속에서 문학의 임무란 단지 현실을 올바르게 인식하는 데 그치지 않는다. 현실을 초극하려는 의지가 필요하게 된다. 현실 초극의 의지는 이 시기에만 요구되었던 것은 아니다. 그러나 '현실 초극의 의지'란 그것이 '의지'인 한 아직 내용을 갖지는 못한다. 내용을 갖지 못한 의지는 내용을 필요로 하는데, 그 내용이란 의지에 의해서 규정되는 것은 아니다. 따라서 현실 초극의 의지는 '어떠한' 방향으로도 나갈 수 있게 된다. 안함광의 현실 초극의 의지가 나갔던 방향, 그 내용은 바로 다음과 같다.

---

26) 선집 2 : 66. 강조는 인용자.
27) 선집 2 : 68~69 참조.

이에 문학은 인생의 다양한 착종상을 묘파할 의무도 있는 것이며 또는 특수한 것의 세계적 신장의 자태를 창조할 필요도 있는 것이다. 더욱이 동양의 신질서—그는 본질상 세계적 신질서의 서곡이라 하지 않는가! 정치에 의하여 초벌 ○경된 황무지에 원리의 씨를 가꾸며 전체를 종합하여 선도하는 위치에서 협동하는 것이 문화 또는 문학의 임무라고나 할까![28]

---

28) 선집 2 : 69~70. 강조는 인용자. '○'은 글자를 확인할 수 없는 부분으로 편자의 표시이다.

::: 참고문헌 :::

구자황, 「안함광의 문학론 연구」, 성균관대학교 석사학위논문, 1993.

구재진, 「1930년대 안함광 문학론 연구」, 서울대학교 석사학위논문, 1992.

김재용, 「비서구 주변부의 자기 인식과 변역 비평의 극복 : 안함광론」, 『한국학연구』 17, 2002. 하반기.

김재용, 『민족문학운동의 역사와 이론2』, 문학과지성사, 1996.

류보선, 「안함광 문학론의 변모 과정과 리얼리즘에 대한 인식」, 『관악어문연구』 15, 1990. 12.

민족문학사연구소 편, 『민족문학과 근대성』, 문학과지성사, 1995.

이상갑, 「1930년대 후반기 창작방법론 연구」, 고려대학교 박사학위논문, 1994.

이현식, 「1930년대 후반 사실주의 문학론 연구」, 연세대학교 박사학위논문, 1990.

이현식, 「1930년대 후반 안함광 문학론의 구조」, 『민족문학사연구』 5, 1994. 7.

과도기의 사유와 '국민문학'론
—1940년을 전후한 시기, 최재서의 문학론 연구

1. 문제의 소재

세계의 정세는 시시각각으로 변하고 독파간(獨波間)에는 벌서 무력충돌이 발생하야 구주의 위기를 고하고 있다. 그러나 동양에는 동양으로서의 사태가 있고 동양 민족엔 동양 민족으로서의 사명이 있다. 그것은 동양 신질서의 건설이다. 지나(支那)를 구라파적 질곡으로부터 해방하야 동양에 새로운 자주적인 질서를 건설함이다. 이리하야 바야흐로 동양에는 커다란 건설이 경영되면서 있다. 정치적 공작에 경제적 재편제에 산업 개발에 치수 관개에 교통 시설에 교육 개선에 모든 인력과 물력(物力)이 놀랄 만한 능력을 발휘하면서 신질서 건설의 대목표를 향하야 일로매진하고 있다. 이때를 당하야 문학자는 무엇을 하여야 할 것인가?[1]

이 글은 1939년 10월 창간된 『인문평론』의 <권두언> 첫 대목이다.

---

1) 『인문평론』, 1939. 10, 2면. 이후 자료를 인용할 때는 한글맞춤법에 맞춘다. 또 한자도 문맥을 파악하기 위해 반드시 필요한 경우가 아니라면 한글로 고쳐 쓴다. 필요한 한자는 ( ) 안에 병기한다. 또한 특별한 지시가 없는 한 모든 강조는 인용자의 것임을 밝힌다.

<권두언>이 시대적 상황에서 자유롭지 않다는 점을 감안한다 하더라도, 이 대목이 의미하는 바는 지극히 명료하다. 세계의 정세가 시시각각으로 변하고 있고, 그 속에서 구라파(歐羅巴), 서구는 몰락의 위기에 놓여 있으며, 동양은 일본을 중심으로 새로운 '자주적인 질서'를 건설하지 않으면 안 될 상황에 처해 있다는 것이다. 이 달리 해석할 여지가 없는 명료한 발언이 『인문평론』의 창간호에 실려 있다는 사실은 『인문평론』이 창간된 1939년도 후반의 상황에서 어떠한 공적인 발언도 '억압'에서 자유롭지 않았음을, 나아가서는 억압을 내면화할 가능성이 있었음을 잘 드러내 주고 있다.

물론 이를 피할 수 없는 발언, 그야말로 특수한 상황에서 잡지를 발간하기 위해 치러야 했던 하나의 '허식', 혹은 "최소한의 타협"2)에 지나지 않는다고 말할 수 있다. 솔직히 그런 언사라도 비추지 않으면 어떻게 잡지를, 그것도 한글로 된 잡지를 낼 수 있겠냐고 말이다. 인용하지 않은 이 글의 뒷부분에서, 문학의 '사명'이 곧 '직접적인 도구'가 되는 것이라고 말하고 있지 않음에 비추어 보아 그렇게 해석할 수도 있다.

하지만 이 창간호의 목차를 살펴보고, 거기에 실려 있는 논문들을 본다면 그렇게 단순하게만은 생각할 수 없게 된다. 『인문평론』 창간호의 첫 논문은 서인식(徐寅植)의 「문화에 있어서의 전체와 개인」이다. 최재서는 『인문평론』 1939년 12월호에 쓴 「평론계의 제문제」에서 "목하 일본 사상계의 중심적 제목이 되어 있는 동아협동체론을 취급한 최초의 논문"으로, "서 씨의 사색이 더 원숙되기를 기대하는 것이 온당하다"3)고

---

2) 김동식, 「최재서 문학 비평 연구」, 서울대학교 석사학위논문, 1993, 10면. 이렇게 판단한 이유는 김동식이 최재서의 친일의 출발을 언제부터라고 확정짓기 곤란하다고 하면서, 일단 『국민문학』의 창간(1941. 11)으로부터 잡고 있기 때문이다. 그러나 사실 최재서의 친일은 『인문평론』 시기부터라고 말할 수 있다. 이는 논의 과정에서 명확해질 것이다.
3) 『인문평론』, 1939. 12, 49면.

말하고 있다. 이 대목은 중요하다. '동아협동체론'을 『인문평론』에서 처음으로 취급하였다는 점 말이다. 이것이 사실인지 아닌지는 그렇게 중요하지 않다. 이 글을 실을 때 최재서가 그렇게 인식하고 있었다는 점이 중요하다. 서인식의 논문이 '최초의' 논문인지 아닌지는 실증적인 문제이지고, 30년대 후반의 평론들을 면밀하게 고찰해보면 그 판단의 진위야 손쉽게 밝혀지겠지만, 그렇다고 최재서의 '인식'의 중요성, 편집자로서의 인식의 중요성은 감쇄되지 않는다. 최재서는 이 글을 실을 때, 이제까지는 조선 내에서, 조선인에 의해서 '동아협동체론'이 본격적으로 취급되지 않았다고 판단하고 있었기 때문이다. 다음에 실린 박영희의 「전쟁과 조선문학」도 이에서 크게 벗어나지 않는다. 최재서가 인용에 따르면 박영희는 전쟁문학이란, "정책의 예술화가 아니라 일본정신의 예술화와 문학화인 것이다."[4]라고 말하고 있다.

편집인으로서 최재서가 창간호에 서인식의 글과 박영희의 글을 실을 때, 그리고 연말 평론계를 리뷰하는 자리에서 이 두 글을 상당히 중요하게 다루고 있을 때, 최재서가 생각하고 있었던 것은 무엇일까? 그저 '어쩔 수 없는' 행위라고만 이해할 수 있을까? 아니면, 서인식과 박영희를 언급하는 대목에서 느껴지는 것처럼 일종의 '자부심'을 가지고 있었던 것은 아닐까? '새 시대'를 열어나가는 기획으로서 말이다. 만일 그렇다면 그 자부심의 정체는 무엇일까?

이처럼 『인문평론』은 '친일'에서 자유롭지 않다. 아니 그보다는 '앞서' 나가고 있다고 하는 편이 더 옳을 것이다. 그러나 그렇다고 해서 『인문평론』 전체를 '친일'로 몰고자 하는 것은 아니다. 오히려 이 사실은 『인문평론』이 지니고 있는 문제성을 드러내준다. 이 점은 『문장』의 경우도

---

4) 『인문평론』, 1939. 10, 40면.

그리 다르지 않다. '고전(古典)'과 동양적인 것으로의 귀환이란 '우리 것'을 찾는 행위라는 점은 명확하다. 그 '우리 것'의 의미가 긍정적이든 부정적이든 그러하다.『문장』은 근대화의 속도에 매몰된 정신의 사유를 지연시키는 것이기도 하였기 때문이다. 그리고 그 한에서는 의미가 있다. 왜냐하면 근대화의 속도가 늦추어질 때 비로소 '반성적' 사유가 가능하기 때문이다. 그러므로 이 반성적 사유를 행하였다는 의미에서가 아니라 반성적 사유의 공간을 만들어주었다는 의미에서『문장』은 의미를 갖는다. 그러나 이 반성적 사유의 공간에서 이루어진 것이 곧바로 반성적 근대화, 혹은 성찰적 근대화를 가능하게 한 것은 아니었다. 혹은 성찰적 근대화의 가능성을 지니고 있다고 하더라도 '친일'에서 자유롭지는 않다. 왜냐하면『문장』이 찾아 나선 '우리 것'이 '동양적인 것'으로 환원된다면, 환원될 수 있다면 '친일'에 포섭될 가능성을 언제나 지니고 있기 때문이다. 문제는『인문평론』이 만든 공간,『문장』과는 달리 '근대주의자'들이 만들어낸 공간의 모순된 논리이다.『인문평론』이라는 제약된 공간 속에서 다양한 근대주의들이 충돌을 하고 있기 때문이다. 범박하게 말해 '근대주의자'5)들이 보였던 다양한 모색이 일시적으로 접합되어 있던 지점이 바로『인문평론』이었다고 하겠다. 물론 이들은 해방 후에는 다시 자신의 길을 걷는다.

　　친일의 문제 또한 그리 단순하지는 않다. 친일이 문제적인 것은 단순

---

5) 내가 여기서 근대주의자라고 할 때, 구체적으로는 최재서, 임화, 김남천 등을 떠올린다. 이에 대해서는 「김남천 문학 연구」(서울대학교 박사학위논문, 1999), 「탈-식민과 (포스트-)카프문학」(『민족문학사연구』, 2003. 12)에서 부분적으로 언급한 바 있다. 사실 상황은 조금 더 복잡하다.『인문평론』만을 생각한다면, 거기에는 사회주의에서 출발한 김남천과 임화, 그리고 어느 정도는 사회주의를 부정하면서 출발한 최재서가 동서(同棲)하고 있기 때문이다. 한편으로 이들은 사상적 출발이 다르기는 하지만, 또 다른 한편으로는 이성(비록 서구적이라는 제한은 있다고 하더라도)의 힘을 믿었던 존재들이며, ·또한 역사의 '발전'을 믿었던 존재들이기도 하다. 그런 점에서 해방 직전 이들이 보였던 동일성과 차이는 면밀히 검토되어야 한다.

히 아직 일제 잔재가 청산되지 않았기 때문만은 아니다. '친일'이라는 실 뭉치 속에는 아직 풀리지 않은 실마리들이 수없이 엉켜 있다. 그 각각은 서로 적당한 지점에서 매듭을 만들고 있고, 이 매듭들이 이 실 뭉치 속에 있으면서 실이 풀리기를 방해하고 있는 것이다. 그러므로 어쩌면 어느 매듭 하나를 푼다고 해서 이 실 뭉치가 자연스럽게 풀려나간다고 보는 것이야말로 소박한 생각일 것이다. 이 실 뭉치를 풀기 위해 모든 매듭을 풀어야 하지만, 그렇게 풀어버렸을 때 남는 것은 수없이 많은 실 조각뿐일 수도 있다는 점을 생각해야 한다. 친일 문제의 청산이란 '고발'과 '단죄'로만 이루어지는 것은 아니다. 그것은 역사를 새로 쓰는 일이기도 하고, 또 역사를 새로 만드는 일이기도 하다. 좀 더 정확하게 말하자면 친일이 엉켜 있는 '근대'라는, '조선의 근대'라는, 그리고 '세계 자본주의 변방의 근대'라는 이 뭉치 전체를 던져 버리지 않으면 안 된다. 그러나 그것은 지금 불가능하다. 왜냐하면 '혁명', 근본적인 혁명, 이전의 모든 관계를 뿌리째 바꾸는 변화, 말 본래의 의미에서의 '래디컬(radical)'한 변화가 아니고서는 불가능하기 때문이다.

그러므로 지금 남은 일, 아니 할 수 있는 일이란, 이 매듭 전체를 풀어내는 것도, 이 실 뭉치 전체를 '과거' 속으로 던져버리는 것도 아니다. 지금 해야 할 일이란 이 '매듭'을 확인하는 것이다. 도대체 어떻게 어떤 실들이 이 하나의 매듭으로 묶여 있는가를 확인하는 일이다.

그 하나의 길로 나는 '최재서'라는 존재를 선택했다. 최재서에게서 '친일'과 관련된 최소한 서너 개의 실마리들이 매듭을 이루고 있다고 판단했기 때문이다. 하지만 성급하게 그 매듭을 풀 생각은 없다. 정직하게 말하자면 그 매듭이 풀어졌을 때, 나 자신의 존재가 무화될 수도 있기 때문이다.[6] 우선은 매듭을 확인하는 게 순서이리라.

기왕의 최재서 연구들도 모두 하나 혹은 그 이상의 매듭을 확인하고 있다. '낭만주의',7) 편집인,8) '주지주의', '모더니즘',9) 그리고 '친일' 등이 그에 속한다. 그리고 그 매듭들은 어느 정도 서로 겹친다. 예컨대 주지주의적인 문학관의 경우, 모든 연구들이 언급하지 않을 수 없는 매듭이라고 하겠다.10) 하지만 이러한 지점들이 놓치고 있는 부분들이 있다고 판단된다. '친일'이란 그것이 감정적인 것이든, 아니면 이론적인 것이든 어쩔 수 없이 '상황 논리'라는 것이다. 물론 이때 상황 논리는 최재서의 친일 활동을 묵인하는 '어쩔 수 없었다.'의 논리를 뜻하는 것은 아니다. 오히려 비평 행위라는 것이 지극히 현실적인 행위라는 점을 의미한다. 비평가는 비평 행위를 통해 현실에 개입해 들어간다. 작품과 독자, 또는 작가와 독자 사이에 개입하는 행위이다. 이 개입은 언제나 작가(작품)와 독자 양쪽을 모두 겨냥한다. 메타-글쓰기로서의 비평은 이미 존재하는 문학을 두고 그 소통에 개입하여 자신의 흔적을 남기는 행위이다. 그런데 그 소통이란 현실, 혹은 상황에 의해 규정되는 것일 수밖에 없다. 친일은 그러므로 특정한 역사적 상황 아래에서 선택된 행위이다. 그러므로 문제가 되는 '상황'을 판단하지 않으면 안 된다.

---

6) 내 존재의 무화라는 느낌은 나 자신 김남천이나 임화, 최재서와 마찬가지로 '근대주의자'라는 자의식을 가지고 있기 때문이다. 그러므로 이들 근대주의자들에 대한 연구는 또한 나 자신에 대한 연구이기도 하다. 내가 처음 그렇게 느꼈던 것은 최재서와는 다른 길을 걸었던, 그러나 최재서와 마찬가지로 '근대주의자'였던 김남천을 보면서였다. (이에 대해서는 채호석, 「김남천 문학 연구」를 참조 바란다.)

7) 김윤식, 『한국근대문학사상연구1』(일지사, 1984).

8) 김동식, 「최재서 문학 비평 연구」(서울대학교 석사학위논문, 1993).

9) '재현' 개념의 문제를 중심으로 리얼리즘과 모더니즘의 관련 문제를 다루고 있는 권일경의 「1930년대 모더니즘 소설관의 실재관과 '재현' 개념에 관한 고찰」(『관악어문연구』, 1996)이 대표적이라 하겠다. 이밖에도 김활의 『모더니즘 문학론과 질서』(한신문화사, 1993) 등도 이에 속한다고 하겠다.

10) 최재서의 친일에 대해서는 다음과 같은 연구들이 있다. 임종국, 『친일문학론』(평화출판사, 1963); 송민호, 『일제말 암흑기 문학 연구』(새문사, 1991); 채진홍, 「최재서의 친일문학론 연구」(『한남어문학』 17·8, 1992); 이은애, 「친일문학에 대한 일고찰」(『덕성여대 논문집』 26, 1996); 성윤자, 「최재서의 친일문학론 연구」(서울대학교 국사학과 석사학위논문, 1999).

그러나 한 가지 주의하지 않으면 안 될 점이 있다. 파악되어야 할 '상황'은 최재서가 판단한 '상황'이지, 지금 이 자리에서 판단되는 상황이 아니라는 점이다. 지금 이 자리에서의 판단이 절대적 진리성(그런 게 있다면)을 갖추고 있지 못하다면 지금 여기서의 판단과 그때 거기에서의 판단을 비교할 수는 없는 것이다. 이를 현실 인식이라고 해도 좋다. 모든 행위는 현실 인식을 바탕으로 한다. 지금 여기서 그 판단의 정합성, 혹은 정밀성 등을 말할 수는 있지만, 그것이 당시 최재서의 현실 인식 혹은 상황 판단을 바꾸어 놓지는 않는다.

이렇게 전제한다면, 최재서가 맞닥뜨린 상황은 어떠한 것이었을까? 아니 좀 더 정확하게 말하자면, 최재서가 자신의 행위의 의미를 부여하는 '상황'이 어떤 것이었을까? 그것을 어디서 찾을 수 있을까? 나는 그 '상황'에 대한 인식이 '현대'에 대한 인식에 바탕을 두고 있다고 생각한다. 결론부터 미리 말하자면 최재서의 문학론의 변화, 혹은 친일 문학론으로의 전환은 바로 '현대'에 대한 해석의 변화에서 비롯한다. '현대'를 어떻게 받아들이는가에 따라서 그의 논리가 결정되는 것이다. 그리고 자신이 받아들인, 혹은 인식한 현대의 논리에 충실하고자 했던 비평가가 최재서였다고 생각한다. 그 논리 충실성이 비록 '친일문학'이라는 길로 들어서게 했더라도 말이다. 그가 만약 저급한 비평가가 아니라면 그것은 그가 도입해 들어온 서구의 문학이론, 혹은 그가 소개한 서구의 문학 때문이 아니라, 바로 자신의 논리에 충실했던 점 때문이리라.[11]

---

11) 최재서의 친일을 두고, "가치중립적이어야 할 대학이 식민지 학생이라는 변별성으로 인해 가치전도 현상이 일어날 때, 그것은 '꿈'과 '고독'으로 길들여진 그에게는 견딜 수 없는 것이었고, '차별로부터의 도피'를 위해 그는 신체제의 문학 질서로 달려갔던 것이다."라는 평가도 있다(이은애, 「최재서 문학론 연구」, 서울대학교 박사학위논문, 1995, 21면). 이런 판단은 몇 가지 전제가 필요한데, 무엇보다도 먼저 최재서가 대학을 가치립적인 것으로 생각했다는 데 대한 논증이 있어야 한다. 그러나 최재서가 그렇게 생각했다는 것을 증빙해 주는 자료는 존재하지 않는다. 오히려 이보다는 편집자로서의 권력

2. 두 개의 '현대': 혼돈의 시대, 혹은 질서의 시대

앞서 비평이 현실에 개입하는 행위라고 말한 바 있다. 최재서는 비평과 관련하여 대단히 주목되는 발언을 하고 있다. 바로 비평과 위기의 '동근성(同根性)'이다.

> 크리티시즘은 결정과 판단을 의미하는 라틴어 Criticism에서 나온 말이어서, 첫째로 '어떤 물건의 특질에 대하여 판단을—특히 불리한 판단을 내리는 동작'이고, 둘째로 '예술이나 문학 작품의 특질과 성격을 평가하는 예술'이기 때문이다.[12]

> 위기를 의미하는 구라파어 '크라이시스'(crisis)는 원래로 의학상 용어로서 병세의 진행 중 치사(致死)와 회복이 분기되는 결정적 전환을 의미한다.[13]

서로 다른 맥락에서 언급되기는 하지만, 비평과 위기라는 말이 같은 근원에서 출발한 말임을 인식하고 있음을 알 수 있다. 이처럼 최재서에게 비평이란 여러 다른 의미를 갖기는 하지만, 근본적으로는 '위기 상황'을 전제로 하고 있다고 하겠다. 그렇기 때문에 비로소 비평 행위가 의미를 갖게 되는 것이다. 그리고 최재서의 당대, 최재서가 말하는 현대는 분명히 일종의 위기 상황이라고 할 수 있다.

을 놓치지 않기 위해 친일로 나아갈 수밖에 없었다는 김동식(「최재서 문학비평 연구」, 서울대학교 석사학위논문, 1993)의 견해가 여러 제한성에도 불구하고 정합적인 것으로 판단된다. 김동식의 논문이 지닌 제한성에 대해서는 이양숙의 「최재서 문학비평 연구」(서울대학교 박사학위논문, 2003)이 참고할 만하다.

12) 최재서, 「비평과 월평」(동아일보, 1938. 4). 『최재서 평론집』, 청운출판사, 1961, 130면. 이후 이 책에서 인용하는 경우, 『평론집』으로 표기하고 인용 면수만 밝힌다.

13) 최재서, 「문학 정신의 전환」, 『인문평론』, 1941. 4, 8면.

그런데 최재서의 경우 이 '현대'의 규정이 항상 동일하지는 않다는 점이 중요하다. 왜냐하면 비평 논리의 변화란 두 가지 가능성을 가지고 있기 때문이다. 하나는 비평이 개입하는 상황이 동일한데 비평이 달라질 수 있다. 이 경우 스스로 자신의 비평이 개입해야 하는 상황에 맞지 않는다고 판단하였다고 추론할 수 있다. 그러나 상황이 달라졌다면 그 상황에 맞추어 비평도 달라질 수밖에 없다. 이때 비평은 여전히 자신의 임무를 충실히 수행하고 있다고 판단할 수 있다. 최재서는 『인문평론』을 발간하는 시기와 그 이전의 시기에 각기 다른 현대 규정을 내리고 있다.

현대에 대한 명료한 규정은 최재서의 초기 평문인 「현대 주지주의 문학이론」과 그 속편인 「비평과 과학」에서부터 보인다. 현대 주지주의 문학론을 대표하는 영국 비평가 네 사람, 리차즈(I. A. Richards), 엘리엇(T. S. Eliot), 리드(H. Read), 루이스(W. Lewis)를 소개하고 있는 이 글에서 현대는 '과도기'로 규정된다.

> 또 한 가지 일치하는 점은 그들이 서로 약조라도 한 듯이 건설적 문학이론을 갖지 않는다는 점이다. 이것은 그들의 정력이 19세기적 전통을 파괴하는 데 집중되어 있다는 사실로써 설명할 수 있을 것이다. 그러나 더 큰 원인은 현대 사회 자체의 특질 — 과도기적 혼돈성이라고 나는 생각한다.[14]

> 현대가 혼돈하다는 말은 바꾸어 말하면 현대가 의거할 만한 전통과 신념을 잃었다는 말이다. 이 잃어진 전통과 신념에 대신할 만한 전통과 신념을 탐구하고 모색하는 정신이 곧 불안과 초조를 특징으로 삼는 현대 정신이다. 그리고 현대인은 이 엄청난 대용물을 과학 가운데서 구하려 한다.[15]

---

14) 『평론집』, 54면.
15) 『평론집』, 68면.

> 말할 것도 없이 우리는 과도기에 서 있다. 이 과도기의 성질과 내용을 일일이 나열할 필요는 없을 것이다. 다만 우리가 현재에 당면하고 있는 과도기는 국부적이나 지역적 과도기가 아니라, 세계인류가 생활의 근저로부터 동요를 받고 있는 과도기라는 것을 부언하면 그만이다. 그로부터 생겨나는 혼미, 의혹, 분열, 반항, 질시, 증오, 파괴,―우리는 지금 아낌없이 생을 낭비하고 있다.16)

이들에 나타나 있는 최재서의 생각을 정리해보자.

하나, 현대는 과도기이며 혼돈의 시기이다. 혼돈의 이유는 이전 시대의 '질서'가 더 이상 힘을 갖지 못한다는 의미이다. 최재서의 말처럼 의거할 만한 전통도 신념도 없는 시대이다. 그리하여 인간의 삶은 '생의 낭비'에 지나지 않는다.

둘, 과도기란 말 그대로 한 시대에서 다른 시대로 넘어가는 이행의 시기이다. 이러한 이행의 시기는 독자적인 성격을 가지지 않는다. 그야말로 낡은 것은 이미 힘을 잃었지만 새로운 것은 아직 명료하게 나타나지 않은 시기이다.

셋, 따라서 필연적으로 과도기의 의식은 '질서'를 지향한다. "우리가 진실로 요구하는 바는 억압을 기초로 하지 않고 타협을 기초로 한 질서이다."17) 그러나 아직 그 질서가 눈에 보이지 않을 때, 현대인이 가질 수 있는, 가져야 하는 태도는 모든 것을 받아들이는 '수용적 태도'도 그렇다고 모든 것을 절대적으로 거부하는 '거부적 태도'도 아닌 '비평적 태도'이다. 이는 전자에 비하면 파괴적이고 후자에 비하면 소극적이기 때문에 '소극적 파괴'이다.18)

---

16) 『평론집』, 83면.
17) 『평론집』, 82면. 주지주의적 경향이란 이런 혼돈한 세계를 질서지우고자 하는 욕망의 소산이다.
18) 최재서, 「풍자문학론」, 『평론집』, 192면.

넷, 최재서는 '나는 생각한다.'고 말하고 있다. 현대 사회에 대한 판단이 '자신의' 것임을 강조하고 있는 것이다. 이러한 강조가 의미하는 바는 그가 말하는 '현대'가 바로 자신의 현대라고 말하는 것이다. 이를 세계사의 보편성이라고 말할 수 있고, 그 점에서 최재서는 세계인이라고 하겠다. 이러한 세계사적 보편성에서는 '차이'가 주목되지 않고, 일반성이 강조된다. 그리고 그 점에서 최재서는 이들 주지주의자들과 동시대에 서 있는 것이다. 최재서가 그들을 비판하건 혹은 받아들이건.[19]

그러나 1940년대에 들어서면 이러한 현대 규정은 미묘한 변화를 보인다.

> 이러한 들린 사람들이 현대적으로 의의가 있는 것은 그 사람들이야말로 역사를 움직일 수 있기 때문이다. 현대와 같이 사회가 고도로 질서화하고 인간이 극도로 궤변화한 시대에 있어 역사를 전환하고 가치를 창조한다는 것은 보통한 의도와 보통한 능력으로선 불가능한 일이다.[20]

> 그러나 문명에 의하여 인간이 인간성을 거세당하고 모든 행동이 지적으로 궤변화된 현대에 있어서 이러한 순수 행동의 탐구는 결코 의미가 없는 일은 아니다. 다만 이것을 소설의 유지라는 좁은 범위에 한하고 본대도 성격 창조가 극도로 곤란하게 된 이때에 행동을 그 협잡물로부터 유리하여 일종의 순수상태에서 그것을 실험하고 탐구한다는 것은 퍽 의미 있는 일이라 하겠다.[21]

---

19) 이런 동일성을 '거짓된' 동일성이라고 말하기는 쉽다. 그러나 이러한 '허위의식'을 비판하는 것으로는 아무런 의미가 없다. 이런 동시성이 때로는 특정한 역사적 국면에서는 '긍정성'으로 작용하기 때문이다. 이에 대해서는 채호석, 「탈-식민과 (포스트-)카프문학」(『민족문학사연구』, 2003. 12)에서 아주 간략히 언급한 바 있다.

20) 최재서, 「소설의 서사시적 성격−말로의 작품 성격」(현대소설연구5), 『인문평론』, 1940. 6, 46면.

21) 위의 글, 61면.

현대에 와서 기예의 발달은 우선 인간을 육체적으로 거세하였고, 복잡한 사회 제도는 그를 정신적으로 궤변화시켰다. 따라서 현대에 있어 위인이라고 하는 것은 그 인간성 그 자체에 있는 것이 아니라 기계와 기구를 이용하는 그 교지(狡智)에 있는 것이다. 이리하여 인간은 인간적 자질에 있어서 저하하는 동시에 소설의 성격으로서 불모화하고 있다.[22)

1940년 6월에 쓰인 이 글 「소설의 서사시적 성격 — 말로의 작품 성격」은 '현대소설연구'의 일환으로 앙드레 말로의 작품을 소개하는 글이다. 그렇기 때문에 그 자신의 말은 상대적으로 적은 편임에도 불구하고, 세 번에 걸쳐 현대를 규정하고 있다. 여기에 나타난 최재서의 현대 규정을 앞서의 현대 규정과 비교하면서 살펴보도록 하자.

앞선 현대 규정에서 현대는 혼돈의 시기였다. 그러나 여기에 와서 현대는 '혼돈'이 아니라 '질서'의 시대이다. 혼돈의 시기이건 질서의 시기이건 간에 모두 부정적인 것임에는 틀림이 없지만, 그럼에도 부정성의 내용은 달라진다.

둘, 앞선 현대 규정에서 현대는 '과도기', 곧 이행의 시기였기 때문에 그 자체의 특정한 성격을 가지고 있지 않다. 과도기란 한 시기와 다른 시기 사이에 존재하는 시기일 뿐이기 때문이다. 시기의 성격을 말한다면 앞서 말한 '혼돈'밖에는 없다. 그러나 1940년대의 현대 규정은 자기 고유의 성격을 지니고 있다. 복잡한, 그러나 매우 고도로 질서화된 시기라는 것이다. 물론 앞서의 시대적 특정으로서의 혼돈이 인간의 정신적 측면에서의 혼돈을 가리키고 있고, 뒤의 '질서'란 사회의 특성을 말하고 있다고도 해석할 수 있다. 그리고 그것이 어쩌면 훨씬 사실에 가까운 것

22) 앞의 글, 63면.

일지도 모른다. 그러나 미묘한 차이라고 하더라도 차이는 존재한다. '강조'되고 있는 것이 다르기 때문이다.[23] 앞선 사회 속에서는 이전 시대의 부정성은 명료하지만 그러나 새로운 시대의 전망은 없었다. 왜냐하면 의거할 만한 '전통'도 '신념'도 존재하지 않기 때문이다. 그러나 1940년대에 최재서가 파악하는 현대란 지극히 질서화된 세계이다. 그 세계 속에서 인간들은 '궤변화'[24]되고 있다. 모든 인간들의 사념이란 한낱 헛된 관념의 유희에 지나지 않게 된 것이다. 육체성의 거세란 이러한 정신의 궤변화와 짝을 이루는 것이다.

셋, 그러므로 1930년대 요구되었던 태도가 비평적 태도, 소극적 파괴의 태도라고 한다면, 이 시대에 요구되는 것은 행동하는 존재, 파괴적인 존재이다. 헛된 관념이 아니라 무엇엔가 들려 있는 존재, 그리고 그에 따라 거침없이 행동하는 존재 말이다. 최재서가 말로의 작품을 높이 평가하는 것도 바로 이 때문이다. 그가 말하고 있는 것처럼 "역사를 전환하고 가치를 창조한다는 것은 보통한 의도와 보통한 능력으로선 불가능한 일"이며, 이를 행할 수 있는 인간은 "그 신념이 편집 관념에까지 강화되어서 전 주의가 그 일점에 집중됨을 따라 거기에 강렬한 패션이 짝하고 따라서 과감한 행동에 나가지 않고는 그 편집 관념에서 벗어날 수 없으리만치 모노마니아화 한 사람이라야 비로소 가능한 일"[25]인 것이다.

---

23) 문제는 현대 인식의 정합성이 아니라, 그 인식으로부터 출발하는 '행위'의 차이에 있다고 생각한다. 혼돈의 세기에 요구되는 것이 '질서'이고, 그리고 그 '질서'를 '과학'에 의해 확립할 수 있다고 판단했던 것이 변화 이전의 최재서라고 한다면, 현대를 '질서'로 보고 그 질서를 깨뜨려야 한다고(물론 새로운 질서를 위해) 생각하고 판단한 것이 '국민문학'론이기 때문이다. 이러한 최재서의 변화를 지성의 포기, 그리고 신념으로의 대체라고 판단한 연구자도 있지만(이양숙, 2003), 신념으로의 대체를 인정한다고 하더라도 '왜' 그렇게 되었는가는 규명되지 않으면 안 된다.

24) '궤변화'가 정확하게 무엇을 말하는지는 불명료하다. 일반적인 의미에 비추어본다면, 현실과의 관계의 부재, 현실 정합성으로부터의 일탈, 그리고 언어를 위한 언어 또는 지적인 유희 정도로 해석할 수 있을 듯하다.

넷, 1930년대의 현대 규정이나 1940년대의 현대 규정 모두 '변화'를 요구하고 있다는 점에서는 동일하다. 그러나 그 변화의 성격은 같을 수 없다. 1930년대 현대 규정에서는 혼돈 속에서 새로운 질서를 찾아내는 것, 혹은 현대에 새로운 질서를 부여하는 것이다. 그리고 이러한 새로운 질서란 현대 이전의 시기에만 대립된다. 그러나 1940년대의 규정에서는 이제 부정되어야 하는 것은 '현대'라는 시기이다. 그리고 새로운 질서가 요구된다면 그 질서는 더 이상 '현대적'이지 않게 된다. 최근의 근대성 논의의 말투를 빌자면 앞선 의식이 근대의 완성을 요구하는 것이라고 한다면, 뒤의 의식은 근대의 '초극'을 열망하고 있다고 할 것이다.

근대의 초극에 대한 논의는 이미 많은 연구자들에 의해 이루어졌기 때문에 여기서 피하도록 하겠다. 다만 이러한 현대 규정의 차이와 관련해서 한 가지만을 짚고 넘어가기로 하자. 1940년대 들어 최재서가 현대를 하나의 시기로 특징지웠던 이유는 무엇일까? 사실 이 점이 우리의 근본적인 관심이기도 하다. 나는 그것을 '현재 의식'이라고 생각한다. 현대가 아니라 현재, 바로 자신이 존재하는 시기에 대한 의식 말이다. 1930년대의 현대 규정 속에서 최재서의 현재는 '현대' 한 복판에 있다. 그리고 그 현대는 세계사적 보편성을 획득한다. 앞서 이야기한 것처럼 이 세계사적 보편성, 혹은 세계인으로서의 의식이 지닌 허구성을 말할 필요는 없다. 이 점에서 최재서는 그가 비판한 프로문학과 한 치의 다름도 없다. 왜냐하면 프로문학가들 또한 자신을 세계인으로서 인식했기 때문이다. 이 점에서 최재서의 사유는 프로문학가들의 사유와 일치한다.

그러나 1940년대에 들어오면 최재서의 '현재'는 더 이상 '현대'에 있지 않다. 아니 좀 더 정확하게 말하자면 '현대의 끝'에 와 있다. 최재서

---

25) 앞의 글, 47면.

는 이를 '전형기(轉形期)'[26]로 규정하며, 후에는 '전환기'[27]라고 일컫는다. 전형기나 전환기 모두 현대의 끝에 있는 시기이다. 이런 점에서는 이러한 명명은 현대를 과도기라 칭했던 1930년대의 현대 규정을 떠올리게 한다. 다시 말하자면 1930년대의 과도기적 혼돈을 드러냈던 '현대'는 1940년대에 들어와서는 '고도 질서 사회'로서의 현대와 새로운 시대로의 전환을 목전에 두고 있는 '전형기' 혹은 '전환기'로 분리되는 것이다. 이렇게 분리됨에 따라, 1930년대에 20세기, 구체적으로는 1차 세계대전 이후를 지칭하던 현대가 르네상스 이후 1930년대에 이르는 근대 전체를 포괄하게 된다.

최재서는 이런 전형기가 가능하게 된 것을 조선의 현대 문화 자체가 가지고 있는 모순이라고 말하고 있는데, 이 대목은 사실 미묘하다. 왜냐하면 '조선'의 문제 혹은 일본을 포함한 동양의 문제와 서구 세계를 포괄하는 전 세계의 문제가 복합적으로 얽혀 있기 때문이다. 문화생활과 문화주의 사이의 모순으로 일컬어지는 조선 문화의 분열상은 단지 문화생활과 문화주의의 분열만이 아니라 문화생활과 문화주의 자체가 한계에 도달했다는 데서도 연유한다. 최재서가 말하는 문화주의의 한계란 근대 그 자체의 한계이다.

> 그러나 오늘날 우리는 한 걸음 더 나가서 국가적 입장에서 이러한 문화주의를 문제 삼게 되었다. '문화를 위한 문화'의 무한한 추구는 경제에 있어서의 '영리를 위한 영리'의 무한한 추구와 마찬가지로 근대 개인주의의 일 분지(一分枝)라는 것을 알 수 있다. (…중략…) 합리주의의 적자로서 발달한 근대 자본주의가 드디어 합리주의적 경리로선 통제할 수 없는 데까지 강대하여졌다는 데서 현대의 위기를 본다.[28]

26) 최재서, 「전형기의 문화 이론」, 『인문평론』, 1941. 2.
27) 인문사(人文社)에서 1943년 발간한 책의 제목이 『轉換期の朝鮮文學』이다.

다시 말하자면 현대는 자기 치유력을 상실한 지점에까지 이르고 있는 것인데, 바로 이 점 때문에 전환의 '세계사적 보편성'이 성립할 수 있게 된다.

사실 이러한 인식은 최재서의 것만은 아니다. 김남천이나 임화도 이에서 크게 벗어나지 않고 있기 때문이다. 최재서와 임화, 그리고 김남천이 모두 『인문평론』을 주도하여 나갔던 것도 이 때문일지도 모른다. 적어도 그들에게 공통점이 있었던 것이다. 그러나 이들이 공유하고 있는 인식은 각기 다른 쪽으로 방향을 잡고 있다. 근대의 위기라고 할 수 있는 세계사적 위기에 공감하면서도 임화가 '본격소설'에 그리고 김남천이 '주체 없는 리얼리즘'에 향해 있었다고 한다면, 그리고 김남천이 자본주의와 개인주의가 낳은 폐해를 청산해야 한다고 하면서도 아직은 '피안'을 보지 못하였다고 한다면, 최재서는 그 피안을 발견한 것이다. 그 피안은 물론 대동아공영권이고, 동아협동체론이었다.

3. 시대 인식의 변화, 그리고 그 틈

최재서의 친일문학으로의 전환은 이처럼 '현대'에 대한 인식의 변화와 함께 한다. 이러한 변화를 일으킨 가장 직접적인 요인은 물론 일본 제국주의의 군국주의 논리임에 틀림없다. 그러나 이를 지성의 파탄[29]이나 "논리의 포기와 신념의 획득"[30]이라고는 말할 수 없다. 왜냐하면 변화하고 있는 현대에 대한 인식이 앞서 본 것처럼 '단절'의 관계가 아니

---

28) 최재서, 「전형기의 문화 이론」, 『인문평론』, 1941. 2, 21면.
29) 이은애, 앞의 논문, 96면.
30) 김윤식, 『한국근대문예비평사연구』, 일지사, 1973, 430면.

라 '재정립'의 관계를 보이고 있기 때문이다. 뿐만 아니라 1930년대 획득했던 논리의 상당 부분은 1940년대에도 지속되고 있다. '지성'에 대한 강조가 그러하고, 또 개성과 성격 논의도 마찬가지이다. 그러나 또 그렇다고 해서, 1930년대에 이미 최재서가 친일로의 길을 준비했다고도 말할 수 없다. 2장에서 말한 것처럼, 비평이라는 행위 자체가 '위기'를 전제하고 있는 것이고, 현실 속에 존재하는 제반 위기를 어떻게 '질서화'하는가에 따라 그 대응의 방식이 달라지기 때문이다.

하지만 이러한 전환이 아무런 '틈'도 없이 진행되지는 않았다고 해야겠다. 사실 1930년대의 비평에서도 완전히 정합적인 논리를 보여주고 있었던 것은 아니다.[31] 그러나 '전형기'에 보여주는 틈은 논리적 틈이면서도 또한 다른 한편으로는 여전히 존재하는 비판적 지성이 개입함으로써 생기는 균열이기도 하다.

첫 번째는 「전형기의 문화 이론」에서 보이는 틈이다. 이 틈은 다분히 논리적인 층위에서 벌어지고 있다. 앞서 살펴본 것처럼 이 평문은 문화생활과 문화주의의 분열을 현대 문화의 분열이라 규정한다. 문화주의의 문제는 앞서 살핀 대로 문화의 자율성을 극도로 추구하는 경향이 결국에는 삶으로부터 유리된 문화를 낳고 있다는 것이었다. 그리고 이러한 문화주의의 문제는 조선의 문제, 일본의 문제가 아니라 세계성을 띤 문제였다. 그러나 문화생활의 경우는 전혀 다른 층위에 존재한다. 문화생활의 위기란 지극히 '동양적인' 것이다.

> 따라서 문화생활이란 구미류의 생활 형식을 지극히 표면적으로 모방하여 안가한 향락에 제공하는 동시에 실생활이나 전통의 좀더 중대한 반면에 대하여 전연 무지하거나 그렇지 않으면 무관심주의를 가장하는 것

---

31) 이에 대해서는 김윤식, 『한국근대문학사상연구1』(일지사, 1999) 참조.

이 소위 문화생활의 실체다.[32]

'문화생활'과 '문화주의'의 분열이란 '조선적'인 것, 혹은 좀 더 넓게는 '일본적'인 것이다. 이를 '역사성'이라고 말할 수 있다. 최재서는 이를 '동양'이라는 것으로 묶고 싶었던 것은 아닐까? 그리하여 동양 대 서양이라는 이원론적 대립 구도가 형성된다. 그런데 이런 동양 대 서양이라는 이원론적 대립 구도 밖에 존재하는 존재들이 있다. 독일과 이탈리아가 그렇지 않은가? 따라서 여기에 작동하는 최재서의 사유는 이중적이다. 이는 후발 자본주의 국가의 문제와 그야말로 '동양'의 문제가 걸려 있는 것이다. 독일에 존재하였던 '문화생활', 프랑스 본받기와 같은 것은 여기서 문제가 되지 않는다. 또 하나의 문제는 근대 자본주의 혹은 합리주의의 문제로 보편화되고 있다는 것이다. 따라서 문화주의와 문화생활의 분열이라는 것은 본래적인 문제가 되지 않는다.

결국 문화주의의 문제일 뿐이다. 그럼에도 불구하고 최재서는 문화의 분열이라 말한다. 여기에 국제주의자로서의 최재서의 문제가 있다. 최재서는 '조선적'인 것 혹은 '동양적'인 것에서 출발하지만, 그가 본질적으로 문제 삼고 있는 것은 '세계적'인 것이다. 그러므로 분열하고 있는 것은 최재서이다. 세계적인 문제, 자본주의와 합리주의가 낳은 문제, 자본주의와 합리주의, 그리고 각 부문의 자율성이 극한으로 치달을 때 생기는 문제, 합리주의의 문제를 합리주의가 처리하지 못한다는 문제에 최재서는 골몰한다. 조선적 특수성, 일본적 특수성은 빠져버린다. 어느 새 일본과 조선은 세계사의 반열에 올라 있다.

최재서는 조선과 구라파가 동일하지 않고 동일할 수 없다고 말하는 동시에 그는 다시 조선과 구라파는 '동일한' 문제를 사유하고 있다고 말

---

32) 최재서, 「전형기의 문화 이론」, 19면.

하는 것이다. 아니 정확하게 말하자면 최재서는 조선의 문제를 세계적인 문제의 보편성으로 끌어올리고 있는 것이다. '문화생활'이 문제가 되었던 것이, 서구 문물을 받아들이면서 필연적으로 생긴 지극히 후진적인 생활모습이었기 때문이라고 한다면, 사실 이 문제는 최재서가 말하는 것처럼 별 문제가 아닌 것이다. 그들이 충격을 받기는 하겠지만 본래 '문화 의식'을 갖지 못한 존재들이기 때문에 그들은 곧바로 원래의 생활로 돌아갈 것이기 때문이다. 이게 후발 자본주의의 문제라고 한다면 문화주의의 문제는 선·후발 가릴 것 없이 근대적인 문제이다. 최재서는 명료하게 문화생활과 문화주의를 구분하고 있고 이를 분열이라고 말한다.

왜 그렇게 말했는가는 이 글의 뒷부분에 가면 명료해진다. 서구가 존재하고, 그를 표면적으로 모방하거나 아니면 그에 철저하게 동화하여 국제주의자가 되는 것 모두가 문제인 것이다. 그런 존재들은 자신의 땅 — 전통이라는 집 — 을 떠나 방황하는 존재들이다. 그들은 각각 속중(俗衆)과 지식인으로 대변된다. 새롭게 건설되어야 할 '국민문화'란 이런 대립을 일소하는 것임과 동시에 집을 떠나 방황하는 존재들을 집으로 불러들이는 일이다.

그러나 그 집은 누구의 집인가? 전통이라는 집, 누구의 전통인가? 최재서에게 전통이 존재했던 적이 있었던가? 최재서는 진심으로 그가 돌아갈 집, 그가 살 집, 전통이라는 집을 마련한 적이 있었던가? 최재서가 민중과 지식인의 분열을 치유하고자 하는 것은 지극히 타당해 보인다. 그러나 민중과 지식인의 분열이 '국민'이라는 이름으로 통합될 수 있는 것일까? 혹은 민중과 지식인의 대립이 '국민문화'라는 이름으로 해소될 수 있는 것일까? 그리고 마지막으로 물을 수 있다. 그 '국민'이란 도대체 누구인가?

또 하나의 틈은 「문학 정신의 변화」에서 발견된다.

우리가 구라파에서 건너오는 위기의 소리를 처음으로 들었을 때 우리는 사태를 바로 인식하였다고는 할 수 없었다. 그것은 마치 청천에 우뢰(雨雷) 소리를 들은 어린애 모양으로 그 정신적 효과를 받았을 뿐이지 그 객관적 실체에 대하여 자기가 명확한 인식을 가지지 못하였던 것이 사실이다. 즉 우리는 구라파의문화가 한두 독재자의 반달리즘에게서 위협을 받고 있다는 지극히 단순한 해석을 가졌을 뿐이었다. 그것은 우리들의 귀에 문화위기를 들려준 사람들이 대부분 영불(英佛) 계통의 평론가나 작가였음을 생각하면 그럴 법도 한 일이다. 현재에 있어서도, 아니 사태가 절정에 도달한 현재에 있어서야말로 이런 유의 해석은 영미의 저널리즘에 지도적이 아닌가? 그러나 전후 십 년 동안 몸소 겪어온 비상시 체험을 통하여 우리들은 별다른 해석을 가질 수 있게 되었다.

화근은 결코 한두 독재자의 개인적인 야망에 있는 것이 아니라 이러한 독재자로 하여금 무대의 전경에 나서게 한 역사의 회전 그 자체에 있었다는 것을 깨달았다. 따라서 우리들은 개인적인 감정을 훨씬 덜 가지고 사태를 직시할 수 있게 되었다. 이것은 우스운 일 같기도 하나 그러나 퍽 중요한 일이다.[33]

여기서 주목해야 할 지점은 두 가지이다. 하나는 인식의 변화를 어린 아이와 성인 사이의 거리로 보고 있다는 것이다. 문화의 위기가 시작된 것은 1932년, 1933년 정도부터라고 말하고 있다. 독재자에 의한 문화의 유린, 반달리즘의 횡행. 이것이 처음의 인식이라고 했을 때, 이를 최재서는 어린아이의 인식이라고 하였다. 어린아이의 인식이란 사태의 전모를

---

33) 「문학정신의 전환」, 『인문평론』, 1941. 4, 5~6면. 1941년 4월호 <권두언>은 「문화부에 망(望)함」, 「전환의 자주성과 자각성」, 「통제와 문인의 본분」, 세 가지이다. <권두언>을 편집자가 쓰는 것이 일반적인 관례라고 한다면 『인문평론』의 <권두언>은 최재서가 쓴 것이라고 보다도 좋을 것이다. 물론 <권두언>이란, 특히 이 시대의 <권두언>이란 그 자신의 것이라고 말할 수는 없다. <권두언>은 한편으로는 편집의 지평이기도 하겠지만, 다른 한편으로는 '타협' 혹은 외적 권위에의 종속(적극적이든 소극적이든)이라고 말할 수 있기 때문이다. 그러므로 이 <권두언>의 '언어'를 그대로 최재서의 언어라고 단언하는 것은 어리석다. 그러나 그렇다고 '그'의 언어가 아니라고 할 수도 없을 것이다. 그렇게 두 가지 언어가 서로에게 스며들어간다.

알지 못하는 자의 인식이다. 그만큼 불구적이라고 말할 수 있을 것이다. 그렇다면 '지금'의 인식은 '어른'의 인식이다. 뿐만 아니라, 아직 그때는 사태의 '발단' 시기에 지나지 않는다. 그렇다면 어린애들이 '호들갑'을 떤 것에 지나지 않는다는 것이다. '지금' 사태는 절정에 달해 있고, 이제 최재서는 새로운(별다른) 인식을 갖는다. 그 인식의 출발점은 그 '호들갑' 이 누구의 것이었냐를 인식하는 것이다. 그것은 '영·불(英佛)'의 지식인 들 혹은 '영·미(英米)'의 저널리즘의 '지도적' 인식일 뿐이다. 인식의 변 화는 '가름'에 있다. 그 가름은 정확하게 세계 제2차 세계대전의 대립과 일치한다. 영·불·미 그리고 한두 독재자 사이의 차이이다. 그리고 그 한두 독재자란 물론 독일의 히틀러와 이탈리아의 무솔리니일 것이다. 이 들이 '독재자'임이 변하지는 않는다. 그리고 이들의 '비합리성'도 변하지 않는다. 최재서의 인식에서 말이다. 변하는 것은 그들이 역사의 '대표자' 라는 것이다. 헤겔식으로 말하자면 역사의 담지자이다. 그들은 역사의 간지를 대행하는 존재에 지나지 않는다. 그들의 '행위'를 볼 것이 아니 라 그들이 그렇게밖에 행할 수 없는, 혹은 그들의 행위(비합리적이고, 비문 화적이고, 폭력적이라고 하더라도)가 산출할 역사적 전환을 보아야 한다는 것이다.

그런데 또 하나 짚고 넘어가야 할 점이 있다. 이 점은 최재서의 감추 어진 의식이다. 최재서는 이를 대단히 중요한 인식의 변화라고 말한다. 그렇게 인식하는 것이야말로 중요한 일이라는 것이다. 그런데 여기에 덧 붙이는 말이 중요하다. 최재서는 '우스운 일 같기도 하나'라고 덧붙인다. 자기 자신의 말에 대해 '누군가가' '우스운'일이라고 생각하거나 말할 것을 알고 있는 것이다. 혹은 그 자신일지도 모른다. 최재서의 머리 한 구석을 지배하고 있는 것이 바로 자기 자신의 논리가 우스운 것, 한심한 것, 받아들이기 어려운 것이라는 생각이다. 왜 이런 생각을 하게 된 것일까? 나는 그것을 명확하게는 알 수 없다. 다만 지금까지 말한 그의 '전환의 의식' 혹은 '의식의 전환'이 아직은 그 자신의 것이 아닐 수도 있다고는 말할 수 있다. 다시 말하자면 그로서는 받아들이고 싶고, 또 받아들이기도 하였지만 여전히 자신의 논리가 아니거나, 혹은 자신의 논리라고 하더라도 설득력이 없다고 생각하는 것이다. 그렇기 때문에 그는 '우스운'이라고 덧붙이는 것이다. 물론 우스운 일이라고 말하는 것은 아니다. 누군가 자신의 논리의 허약성을 꿰뚫어 볼 수 있을 것이라고, 그렇게 되면 자신은 '우스운' 꼴을 당하고 만다고 생각하는 것이다. 그렇기 때문에 그는 '퍽 중요하다'고 강변하는 것이다. 이쯤 된다면 '국민문화'의 논리나 '국민문학'의 논리는 한편에서는 필연성을 가지고는 있지만, 그러나 여전히 아직은 '자신에게 강요하는' 논리의 차원을 넘어서지 못하고 있다고 해야 할 것이다.

4. 맺는말을 대신하여

이 글에서 내가 밝히고 싶었던 것은 '친일문학론'으로 전환하는 과정의 필연성이었다. 그 과정은 '지성의 파탄'도 아니고, 그렇다고 '논리의 포기와 신념의 획득'도 아니었다. '현대'에 대한 인식의 변화가 그 출발이었다. 아니 정확하게 말하자면, 최재서 문학론의 변화는 '현대' 개념의 변화와 나란히 간다고 해야 할 것이다. 어느 것이 먼저였느냐는 확정할 수 없다. 내가 현대 인식의 변화가 출발이었다고 말하는 것은 시간적인 차원 혹은 계기적인 차원이라기보다는 논리적인 차원이다. 다양하게 변화하는 최재서의 문학론의 근저에 '현대'에 대한 의식이 놓여 있다는 것이었다. 이를 근대적인 의식이라고 말해도 좋다. 자신의 시대를 변화의 시대, 전환의 시대, 새로운 시대라고 인식하는 것이 근대적인 인식의 한 양상이라면 말이다.

물론 이로써 최재서의 문학론의 변화를, 친일문학론으로의 경사를 모두 설명할 수는 없다. 이미 여러 가지로 말해진 설명에 하나를 덧붙인 정도일 것이다. 다만 이렇게 본다면, 비록 이 논문에서는 전혀 검토하지 않았지만, 왜 최재서가 개성론에서 성격론으로 중심을 이동했는지, 왜 주지주의론에서, 혹은 심리주의 소설에서 행동주의 소설로 이행해 갔는지, 그리고 왜 서사시에 대한 지향을 드러내고 있는지를 설명할 수 있다. 시대의 인식이 다르면 그에 따라 요구하는 바도 달라지기 마련이다. 혼돈의 시대에 요구되는 인간 유형과 전환기에 요구되는 인간 유형이 동일할 수는 없다. 현재를 시대적 전환기로 인식할 때, 다시 말하자면 새로운 시대상이 아주 흐릿하게나마 눈앞에 보일 때, 그리고 그 새로운 시대상이 현대의 분열을 치유하는 길이라고 받아들였을 때, 그가 남보다 앞서 나갔던 것 자체가 문제는 아닌 것이다. 그 속에서 최재서는 '서사시적 통합'의 세계를 발견하고 싶었고, 그 세계로 나아가기 위해 그는 현대인으로서 '강렬한 성격'에 대한 욕망을 동시대인과 같이 한다고 믿었을 뿐이다. 그런 점에서 그는 마지막까지도 세계인이고자 했다. 동아협동체론, 대동아공영권론, 그리고 국민문학을 '세계사적 과제'로 인식하고 있다는 점에서 그러하다.

그러나 여전히 과제는 남아 있다. 근대 자본주의와 근대 사회의 폐해를 부정했던, 그리고 새로운 시대를 갈망했던 그리고 마찬가지로 세계인이고자 했던 김남천이나 임화가 지향했던 바는 전혀 달랐기 때문이다. 이를 '카프의 경험'으로 해석할 수 있을지도 모르겠다. 아니면 개인적 기질의 차이라고 말할 수 있을 수도 있겠다. 하지만 본질적인 문제는 그것이 아니다. 최재서의 문학론을 이해한다는 것이, 혹은 최재서라는 비평가 혹은 이론가를 이해한다는 것이 단지 '최재서'라는 존재를 이해하기 위해서가 아니기 때문이다. 굳이 논리적 '전환'을 말하고자 했던 것도 이 때문이다. 문제가 되는 것은 1930년대 후반의 문학사적인 의미이다. 그 의미를 밝히지 못한다면 친일의 미묘한 차이를 밝히는 것은 한낱 호사가의 취미에 불과할 것이다. 최재서가 문제가 되는 지점이 최재서 개인이 아니라 일군의 작가, 비평가에게 동시에 문제가 되는 지점이었다는 점, 그리고 최재서의 문제 해결의 방식이 단지 개인적인 방식이 아니라 일련의 흐름 속에서 얻어진 것이라는 점, 그리고 최재서의 경우 본격적인 근대문학이 시작되는 지점34)에서부터 문학 활동을 시작하였다는 점, 그리고 바로 그렇기 때문에 일련의 신세대 작가 비평가들과 동일한 지반을 가지고 있다는 점 등이 문제인 것이다. 그리고 바로 그러한 의미에서 1930년대 한국문학 연구는 여전히 출발점에 서 있다고 해야 할 것이다. 이미 수많은 연구 성과가 있음에도 불구하고 말이다.

> "나는 울창한 삼림 속을 진종일 헤매고 끝끝내 한 나무의 인상을 훔쳐 오지 못한 환각의 사람이다. 무수한 표정의 말뚝이 공동묘지처럼 내게는 똑같이 보이기만 하니 멀리 이 분주한 초조를 어떻게 점잔을 빼서 구제하느냐."(이상, 「동해(童骸)」)

---

34) 이에 대해서는 채호석, 「탈-식민과 (포스트-)카프문학」을 참조하기 바람.

::: 참고문헌

구중서, 「친일문학」, 『한국 근현대 문학 연구 입문』, 한길사, 1990.

권영민, 『한국민족문학론 연구』, 민음사, 1988.

권일경, 「1930년대 모더니즘 소설의 실재관과 '재현' 개념에 관한 고찰」, 『관악어문연구』, 1996.

김동식, 「최재서 문학 비평 연구」, 서울대학교 석사학위논문, 1993.

김상선, 「최재서론 : ≪국민문학≫지를 중심으로」, 『한국근대문학과 그 미래상』, 중앙대학교 출판부, 1992.

김승환, 「친일문학의 논리와 사상」, 구중서·최원식 편, 『한국근대문학 연구』, 태학사, 1997.

김윤식, 『한국근대문학사상연구1』, 일지사, 1984.

김춘식, 「최재서 비평 연구」, 동국대학교 석사학위논문, 1992.

김 활, 『모더니즘 문학론과 질서』, 한신문화사, 1993.

김흥규, 「최재서 연구」, 서울대학교 석사학위논문, 1972.

성윤자, 「최재서의 친일문학론 연구」, 서울대학교 국사학과 석사학위논문, 1999.

소영현, 「최재서 문학비평 연구」, 연세대학교 석사학위논문, 1996.

송민호, 『일제말 암흑기 문학 연구』, 새문사, 1991.

이은애, 「최재서 문학론 연구」, 서울대학교 박사학위논문, 1995.

임종국, 『친일문학론』, 평화출판사, 1963.

진정석, 「최재서의 리어리즘론 연구」, 『한국학보』, 1997.

1930년대 후반 문학비평의 지형도

―『인문평론』의 안과 밖

1. 들어가며

　문학과 시대성의 관계에 관한 담론들은 지금 와서는 대단히 진부한 것으로 여겨지고 있다. 문학이 시대와 아무런 관련이 없으랴마는, 그 관계를 천착해 들어가는 것이 지금으로서 어떤 의미가 있느냐는 것이다. 현실 세계 이상으로 가상공간이 '현실'로 느껴질 뿐만 아니라, 현실과 구분이 모호해지고, 리오타르의 말처럼 모든 것이 시뮬라크르에 지나지 않는 포스트모던의 현재에서[1] 문학의 시대성을 말하는 것은 어쩌면 우스운 일일지도 모른다.

　그러나 그럼에도 불구하고 여전히 문학이 당대에 대한 '발언'이었던 것은 엄연히 '역사적'인 사실이다. 그 '역사성'은 지금 소비재로서의 문학이 '역사성'을 가지고 있는 것만큼이나 역사적이다. 1930년대를 '역사

---

1) 리오타르, 『포스트모던적 조건 : 정보사회에서의 지식의 위상』(서광사, 1992) 참조.

적'으로 바라보고자 하는 것도 이 때문이다. 식민지 시대에 대한 연구가 현재에 불가능한 발언을 대체하는 경우도 있었고, 그 때문에 연구자의 내밀한(혹은 공공연한) 욕망이 투영되기도 하였지만, 언제나처럼 그런 대체와 투영은 그저 연구의 '시작'에서만 유효할 뿐이다. '역사적으로' 바라본다는 것은 그것을 그것이 생산되고 소비되는, 혹은 만들어지고 수용되는 당대의 맥락 속으로 집어넣는다는 것이다.

이 논문의 직접적인 연구 대상은 잡지 『인문평론』이다. 1939년 10월에 창간되어, 1941년 4월 종간할 때까지 총 16호가 간행된 월간 잡지인 『인문평론』을 연구 대상으로 삼은 데는 사실 대단한 목적이 있지는 않다. 문학 작품, 혹은 문학적 담론이라는 것이, 항상 콘텍스트 속에서 의미를 갖는다고 한다면, 이제까지 작가별로 혹은 주제별로 살펴왔던 문학 작품 혹은 문학 담론들은 『인문평론』이라는 특정한 콘텍스트 내에서 이제까지와는 다른 의미를 가질 수 있지 않을까 생각했다.

여기에는 1930년대 후반 가장 중요한 두 종의 잡지인 『문장』과 『인문평론』의 경향적 차이 또한 영향을 미쳤다. 『문장』이 비-근대 혹은 반-근대의 지향을 보이고 있음은 이미 많은 연구자들에 의해 논의가 되었다.[2] 일종의 근대 넘어서기의 한 과정으로서, 근대를 반성하는 1990년대의 연구자들의 관심이 반영되어 있다고 하겠다. 하지만 『인문평론』에 대해서는 상대적으로 관심이 덜하였다. 『인문평론』의 중심인물들이 최재서, 임화 등을 비롯한 '근대주의자'들이었기 때문이리라. 이런 상황에서 도대체 『인문평론』이란 콘텍스트는 무엇인가를 밝혀보고 싶었다.

『인문평론』의 콘텍스트를 밝히고 싶었던 이유 가운데 또 하나는 이제까지 '단일한 것'으로 판단되어 온 『인문평론』의 단일성에 대해 의심이

---

2) 대표적인 논문이 황종연의 「한국문학의 근대와 반근대 : 1930년대 후반기 문학의 전통주의 연구」(동국대학교 박사학위논문, 1992)일 것이다.

들었기 때문이다. 『인문평론』이 앞서 말한 것처럼 다른 잡지들과는 다른 점을 보이고 있으며, '상대적'으로 동일성을 가지고 있었던 것은 사실이다. 그러나 그러한 상대적 동일성의 전제가 오히려 『인문평론』의 실제를 보지 못하게 만들고 있었다고 생각된다. 『인문평론』을 콘텍스트 속에 놓아 맥락화한다는 것은, 그 자체를 하나의 의미를 가진 '실체'로 보지 않고, 맥락 속에서 의미가 구성되는 것으로 본다는 것이다. 그렇기 때문에 『인문평론』이라는 하나의 존재를 구성하고 있는 다양한 층위의 맥락을 확인하고, 그 맥락 속에서 『인문평론』이라는 상대적 동일성을 지닌 존재가 가지고 있는 비동일성을 확인하고, 그 비동일성 속에서 1930년대 후반의 복잡 미묘함을 드러낼 수 있는 것이다.

『인문평론』이라는 콘텍스트를 드러내기 위해서는 사실 많은 작업이 필요하다. 우선 무엇보다도 먼저 매체로서의 『인문평론』이 어떤 맥락 속에 있는가를 확인해야 한다. 『인문평론』은 '문학'에 한정되어 있지 않다. 문학 평론이 실리고, 문학 작품들이 실린다는 점에서 문학에 중심이 놓여 있기는 하지만, 『인문평론』은 실상 '인문학' 전반을 포괄하고 있으며, '시대정신'을 포착하고자 했다. 1930년대 후반에 문학 전문 잡지도 아니고 그렇다고 종합잡지도 아닌, 굳이 말하자면 '인문학' 잡지인 『인문평론』이 창간된다는 것 자체가 해명되어야 할 사항이다. 다시 말하자면 『인문평론』이라는 잡지는 문학을 둘러싼 제반 학문의 관계에 대해 새로운 경계선을 긋고 있는 것이며, 이에 따라 새로운 문학/문화 지형이 만들어진 것이라고 보인다.[3]

---

3) 좀 더 구체적으로 생각해보면, 일단 잡지라는 측면에서 『인문평론』은 일종의 새로운 경계구획이라고 여겨진다. 이는 단지 이데올로기에 관련되어 있지만은 않다. 『문장』이 '문학' 그것도 '순문학'을 중심으로 주로 작품을 싣고 있었던 데 비해, 그리고 『조광』이 종합잡지로서의 성격을 지니고 있었음에 비해, 『인문평론』은 대중적인 종합잡지와도 구별되면서 또한 『문장』과는 달리 인문학 전반을 아우르고 있었던 점을 생각한다면, 이렇게

이 작업이 『인문평론』을 둘러싼 콘텍스트를 밝히는 일이라면, 다른 하나의 작업은 『인문평론』 자체의 콘텍스트를 밝히는 일이다. 물론 이는 '편집'과 관련되어 있다. 『인문평론』에는 문학 평론, 사회 역사 평론, 그리고 문화 각 분야 월평, 시, 소설 등이 포함되어 있을 뿐만 아니라, 그 외에 여러 고정란을 가지고 있다. 또한 잡지의 지향을 밝히고 있는 <권두언> 그리고 <편집후기>가 앞뒤로 배치되어 있음은 물론이고, 그 안에는 '익명 비평'인 <구리지갈(求理知喝)> 같은 다소 독특한 고정란도 있다. 이들이 어떻게 배치되는가에 따라 『인문평론』의 콘텍스트가 결정된다. 한 편의 시가, 한 편의 소설이 어떤 <권두언> 아래서, 그리고 어떤 평론들과 함께 어떤 위치에 수록되는가는 낱개의 작품으로 볼 때와는 상당히 다른 의미를 가질 수밖에 없으며, 이것이 독자들이 실제로 읽는 작품이라고 할 것이다.

『인문평론』 전체를 아우르는 논리는 이런 콘텍스트를 완전히 재구성하고 난 다음에야 가능하기 때문에 여기서는 일단 초점을 <권두언>과 <구리지갈>에만 한정하기로 하였다. 우선 <권두언>에 초점을 맞춘 이유는 이러하다. 나는 <권두언>이 이중의 역할을 할 것으로 생각하였다. 하나는 대외적인 발언으로서 '시국'에 대한 발언이 있을 것이다. 아마도 이는 어쩔 수 없는 일이었을 것이다.4) 1930년대 후반, 중일전쟁이 이미

아울러지는 '인문학'(문학과 역사, 그리고 역사철학 등)이라는 새로운 틀을 통해서만 길을 모색할 수 있었으며, 바로 이러한 결합, 문학과 역사철학의 결합이 『인문평론』의 새로운(물론 전혀 새롭지는 않지만) 구획이라고 할 수 있다. 이는 또한 일본에서의 근대 초극 논의가 주로 역사철학을 중심으로 이루어지고 있었던 사실과도 연관되어 있다. 하지만 이러한 논의는 일단 이 논문이 씌어지고 난 다음의 과제이다.

4) 식민 지배이데올로기의 강화 및 식민지 단속을 가장 잘 드러낸다고 할 수 있는 「皇國臣民ノ誓詞」가 만들어진 것이 중일전쟁이 발발한 해인 1937년 10월이다. 『인문평론』을 비롯한 당대의 잡지들에는 모두 권두에 실려 있다. 이 서사의 내용은 다음과 같다.

　1. 我等ハ 皇國臣民ナリ　忠誠以テ君國ニ報ゼン
　2. 我等皇國臣民ハ　互ニ信愛協力シ　以テ團結ヲ固クセン

발발하였고, 곧 이어 태평양 전쟁으로 이어지는 시기에 당대의 문학과 문화에 대해 비판적으로 접근할 뿐만 아니라 선도적인 역할을 담당하고자 하는 『인문평론』으로서는 '당대'에 대해 발언하지 않을 수 없을 것이다. 문제는 이러한 발언을 얼마나 믿을 수 있는가 하는 점인데, 일단 이러한 발언을 '노예의 언어'로 이해할 수 있지 않을까 생각했다. 만일 노예의 언어라고 한다면, 이를 그대로 받아들이는 것은 '오해'를 낳을 수밖에 없다. 그러므로 적절하게 노예의 언어를 걸러내지 않을 수 없다. 물론 노예의 언어는 단지 '가장(假裝)'이 아니기 때문에, 그리고 언어 자체가 사유에 영향을 미치지 않을 수 없음을 생각할 때 완전하게 노예의 언어를 걸러낼 수는 없다. 다만 노예의 언어로 그려진 다른 것, 다시 말하자면 겉으로 드러난 바와는 다른 것, 도저히 직접적으로는 표현될 수 없는 욕망을 읽어낼 수 있을 뿐이다. 또 다른 하나는 문학 내부에 대한 대내적인 발언이다. 노예의 언어를 뒤집어서 읽을 수 있다면, 대내적인 발언, 당대에 대해 비판적인 발언을 읽어낼 수 있을 것이다. 또한 <권두언>은 『인문평론』이라는 잡지에 대해서도 '대내적'인 발언이기도 할 것이다. <권두언>은 편집 방침을 규정하고 있다고 예상할 수 있다. 물론 이는 예상할 수 있는 가설에 지나지 않는다. 실제로 편집 방침을 규정하고 있는지는, <권두언>과 『인문평론』에 실린 글들을 서로 대질해 보아야 하기 때문이다.

하지만 다음 장에서 상세하게 검토하겠지만, <권두언>에서 '노예의 언어'를 발견하기는 어려웠다. 노예의 언어가 아니라면, 만일 그것이 '진정'이라면, 노예의 언어처럼 보이지만, 실제 의식 자체가 노예의 의식이라면? 그렇다면 도대체 거기서 무엇을 읽어내야 하는 것일까? 이것이

---

3. 我等皇國臣民ハ　忍苦鍛錬力ヲ養ヒ　以テ皇道ヲ宣揚セン

<권두언>을 논문의 주요 대상으로 삼은 구체적인 이유이다.

이 논문의 두 번째 대상은 <구리지갈>이다. <구리지갈>은 '求理知喝'로 한자로 표기되어 있다. 아마도 'critical'을 음차(音差)한 것이리라. 한자를 굳이 해석하자면, '참된 이치를 추구하는 지성의 외침 / 꾸짖음' 정도라고 할 수 있겠다.5) <구리지갈>은 글쓴이의 이름을 밝히지 않은 익명의 메타-비평이다. 동시대의 평론들을 비판적으로 검토하고 있다. 본래는 이 <구리지갈> 난에 대해서는 커다란 관심을 가지고 있지 않았다. 그러나 『인문평론』의 <권두언>과 함께 살펴나가면서 <구리지갈>이 단순하게 파악될 수 있는 난이 아니라고 판단했다.6) 이름을 밝히고 있지 않다는 점에서, 다른 평론들과는 달리 『인문평론』을 대표한다고 할 수 있을 것이다. 이 <구리지갈>의 논조는 대단히 신랄하다. 때로는 인신공격이라고 볼 수 있을 만큼의 어조를 보인다. 『인문평론』 편집인은 왜 굳이 메타-비평을 하면서 '익명'을 내세웠을까? 익명은 그것이 편집인의 견해임을 나타내기도 하지만, 어떤 점에서는 실명을 밝히고 하기 어려운 비판을 하기 위한 것이라고 할 수 있다. 바로 이 점에 <구리지갈>의 중요성이 있다고 하겠다. 뿐만 아니라 문학에 대해서는 서로 다른 견해까지를 보이고 있다. 그러나 실상 이 난들의 논조가 같지 않다고 한다면 이를 어떻게 이해할 수 있을까? 이 점이 여기서 해명해야 할 또 하나의 과제였다.

---

5) 웹 검색에서 '求理知喝'로는 검색 결과가 없었다. 웹 검색을 전적으로 믿을 수 없기는 하지만, 『인문평론』 편집자들의 조어(造語)로 보아도 큰 문제는 없을 듯하다.

6) 『인문평론』에는 이름을 밝히지 않는 난이 몇 개 있는데, 그 중 하나가 앞서 말한 <권두언>이다. 그리고 <편집후기>도 있는데, <편집후기>는 그 호 잡지에 실린 글들에 대한 간단한 소개문이기 때문에 거기서 어떤 '인식'을 발견해 내기에는 무리가 있었다. 이 밖에도 <갈추어(葛秋語)>라는 또 다른 난이 하나 있다. 이는 문화를 뜻하는 'culture'의 음차일 것이다. 그러나 이 항목은 뚜렷한 자기 목소리를 가지고 있지 못하고 있을 뿐만 아니라, 상당수는 집필자의 신원을 드러내고 있다는 점에서 다른 항목들과는 구분된다. 그렇기 때문에 이 논문에서는 대상으로 삼지 않았다.

<권두언>과 <구리지갈>을 세밀하게 검토하면서 『인문평론』이라는 콘텍스트의 일부분을 확인해 보고자 하는 것이 이 논문의 목적이다. 물론 앞서 말한 것처럼 이것만으로는 『인문평론』을 시대 속에서 재구해내기는 어렵다. 결론에 가서 말하겠지만, 그럼에도 불구하고 <권두언>과 <구리지갈>은 『인문평론』이라는 콘텍스트를 재구해 내는 데 핵심적임이 드러날 것이다.

2. <권두언>의 논리와 이중성

1) <권두언>의 논리 : '시국과 문학인의 자세'

<권두언>[7]은 총 16호 발행된 『인문평론』의 가장 앞에 실려 있다.[8] 처음에는 한 가지 제목으로 쓰이지만, 뒤에 가면 두세 가지의 주제로 쓰인다. 대강의 내용을 보이기 위해 제목만을 적어보면, 「건설과 문학」, 「문화인의 책무」, 「회고」, 「하춘」, 「신세대론의 진의」, 「신질서와 인간 문제」, 「국책과 문학」, 「신중앙정부의 수립」, 「신질서와 문학」, 「사변 3주년 기념일을 맞이하며」, 「구라파 신질서와 동양 신질서」, 「창간 일주년을 맞이하여 ; 동아작가대회를 제창함 ; 문학의 자숙」, 「말의 인플레 ; 고전의 재음미 ; 신체제 운동의 실천화」, 「문학 정신대 ; 문학의 명랑화」, 「문장

---

7) 『인문평론』의 <권두언>을 분석한 논문으로 한경희의 「일제의 전시시기와 문학(자)의 도구화 : 『인문평론』권두언을 중심으로」(『국어국문학』 132, 2002. 12)가 있다. 이 논문에서는 권두언을 구체적으로 분석함으로써, 권두언이 드러내고 있는 일제의 제국주의 이데올로기에의 순응을 밝히고 있다. 그러나 이 <권두언>과 지배이데올로기와의 직접적인 관련만을 밝히고 있을 뿐, 그 콘텍스트는 밝히지 않고 있다.
8) 물론 특별한 경우에는 다른 글이 앞서기도 한다. 하지만 이는 '聖壽萬歲'처럼 의례를 위한 글들이기 때문에 아무런 의미도 없다.

보국 ; 국민사기의 문제 ; 문단에 생기 동하라」, 「문화부에 망함 ; 전환의 자주성과 자각성 ; 통제와 문인의 본분」

<권두언>의 제목에서 보아 알 수 있듯이, <권두언>의 기본 논조는 '시국에 대처하는 문화인 또는 문학인의 자세'에 집중되어 있다. 이는 앞서 말한 것처럼 당연한 것이다.[9] 그러나 이 속에서 소위 '노예의 언어'를 발견할 수 있다는 생각은 잘못된 것이었다. 사실 전혀 그럴 수 없었다. 오히려 <권두언>에서 발견한 것은 '정직하게 시대에 순응하려 하였으나 그렇게 할 수 없었음'이다. '그렇게 할 수 없었음'이지 '그러고 싶지 않았음'이 아니다. 사실 가설을 세울 때 볼 수 있다고 생각한 것은 바로 '그러고 싶지 않았음'이다. 아니 보고 싶었는지도 모른다. 적어도 한 시대의 문단의 한 부분을 장악하고 있었던 『인문평론』에 기대하는 바가 많았는지도 모른다. <권두언>에서 '노예의 언어'를 발견하지 못했으니, 그 속에서 어떤 이질성과 착종성을 찾는 것은 불가능하였다.

'순응에 대한 욕망과 그의 불가능성'은 <권두언> 곳곳에서 드러난다. 아니 정확하게 말하자면 <권두언>을 전체로 놓고 차례대로 읽어나갔을 때 발견할 수 있다. 먼저 첫 <권두언>을 보자. 첫 <권두언>의 제목은 「건설과 문학」이다.

---

9) 이 점에서 보면 『문장』도 별로 다르지 않다. 참고로 『문장』 창간호의 권두언인 <권두(卷頭)에> 「시국과 문필인」을 보도록 하자. "우리 문필인의 시험관은 연구실 속에 있지 아니하마. 우리가 발견하고, 지적하고, 선양할 바 대상은 민중 속에 있고, 전국가적인 사태에 있고, 시대라거나, 세기란 방대한 국면에 있는 것이다. 이제 동아의 천지는 미증유의 대전환기에 들어 있다. 태양과 같은 일시동인(一視同仁)의 황국 정신은 동아 대륙에서 긴 밤을 몰아내는 찬란한 아침에 있다. 문필로서 직분을 삼는 자, 우물 안 같은 서재의 천정만 쳐다보고서야 어찌 민중의 이목된 위치를 유지할 것인가. 모름지기 문필을 무기 삼아 시국에 동원하는 열의가 없언 안 될 것이다." 기본적인 논조는 『인문평론』과 다름이 없다. 다만 『문장』의 경우, 창간호를 제외하고는 <권두언>을 싣지 않고 있다는 점이 특기할 만하다. 그렇기 때문에 『문장』의 경우, 이 첫 번째이자 마지막인 <권두언>은 『인문평론』과는 달리 그저 요식적인 권두언이었다고 말할 수 있을 것이다. 물론 이렇게 해서 생긴 거리가 과연 어떠한 것인지는 재고를 요한다.

세계의 정세는 시시각각으로 변하고 독파(獨波) 간에는 벌써 무력충돌이 발생하여 구주의 위기를 고하고 있다. 그러나 동양에는 동양으로서의 사태가 있고 동양 민족엔 동양 민족으로서의 사명이 있다.[10] 그것은 동양 신질서의 건설이다. 지나(支那)를 구라파적 질곡으로부터 해방하여 동양에 새로운 자주적인 질서를 건설함이다. 이리하여 바야흐로 동양에는 커다란 건설이 경영되면서 있다. 정치적 공작에 경제적 재편제(再編制)에 산업 개발에 치수 개관에 교통 시설에 교육 개선에 모든 인력과 물력(物力)이 놀랄 만한 능력을 발휘하면서 신질서 건설의 대목표를 향하여 일로매진하고 있다. 이때를 당하여 문학자는 무엇을 하여야 할 것인가?

(…중략…)

그러나 문학의 건설적 역할이란 말과 같이 쉬운 것은 아니다. 혼돈한 정세에서 의미를 따내고 그로써 새로운 인간적 가치를 창조한다는 것은 단순한 시국적 언사나 국책적인 몸짓과 같이 용이한 것은 아니다. 우선 새로운 질서에서 탄생되는 새로운 성격 하나를 창조하는 것[11]만 하여도 전선(前線)에 분투하는 전사에 뒤지지 않는 위대한 건설적 행동임을 우

---

10) 참고로 말하자면, 이는 일본이 말하고 있는 동양사론의 핵심이다. 동양은 동양 나름의 역사를 가진다. 다시 말하자면 서구의 '세계사적 보편성'을 인정하지 않겠다는 것이다. 서구의 세계사적 보편성이란 물론 의심해 보아야 할 대상이다. 서구 발전의 보편성, 자본주의 혹은 시민 사회 발전의 보편성이 존재하는가의 문제와 서구가 곧 자본주의적 발전의 '모범 / 규범'인가는 다른 문제이다. 이 문제가 혼동되면, 동양사론의 오류나 임화나 김남천과 같은 근대주의자 / 서구주의자의 오류를 낳게 된다. 따라서 반성 자체의 의의는 인정되어야 한다. 그러나 선택지가 유일하게 두 개는 아니다. 서구는 보편적 발전의 한 특수현상으로 인식될 수 있다. 그 자체가 보편이 아닌 것이다. 김남천과 임화가 어떻게 인식하였는가는 진지하게 논의되어야 한다. 또한 최재서의 경우, 근대주의자로서 어떻게 '극적인' 전환을 하고 있는가를 살펴보아야 한다. 아직까지는 명확한 이유는 밝혀져 있지 않다. 김동식의 논문도 하나의 참고가 될 수 있을 터이지만, 김동식의 경우 이를 '개인적 성향'으로 해석하고 있어 한계를 보인다. 이은애의 경우나 다른 연구자의 경우는 평범한 해설 이상을 넘어서고 있지 못하고 있다. 김윤식이 '결단'이라고 말하는 것도 마찬가지이다. 결단이 알려 주는 것은 사실 아무 것도 없다. 해석이 필요한 것은 '결단' 자체, 혹은 이성의 포기가 아니라, 결단에 이르는 '과정'이 아닐까? 최재서 연구사 및 최재서의 친일문학론에 대해서는 채호석, 「과도기의 사유와 국민문학론 : 1940년을 전후한 시기, 최재서의 문학론 연구」(『외국문학연구』, 2004. 2) 참고.

11) 이 부분을 볼 때, 이 글은 최재서가 쓴 것으로 강하게 추정할 수 있다. 최재서가 「성격에의 의욕」(창간호)에서 말하고 있는 부분이 바로 이 점이기 때문이다. 이에 대해서는 채호석, 「과도기의 사유와 '국민문학론'」 참조.

리는 알아야 한다.

"혼돈한 정세에서 의미를 따 내고 그로써 새로운 인간적 가치를 창조"하는 것이 문학인 또는 문화인의 과제인 것이다. 그 '의미'가 무엇인가는 차치해 놓고서라도 여기서 주목할 만한 점은 이미 의미가 해석되어야 할 '혼돈할 정세'가 존재할 뿐만 아니라, "모든 인력과 물력이 놀랄 만한 능력을 발휘하면서 신질서 건설의 대목표를 향하여 일로매진하고 있"을 때, "문학자는 무엇을 하여야 할 것인가?"라고 묻고 있는 것이다. 문학인이 나아가야 할 방향은 이미 정해져 있는 것이다. 다시 말하자면, 현실에 대한 대강의 해석은 이미 주어져 있는 것이고, 문제는 구체적으로 어떻게 하여야 하느냐는 것이다. 이런 질문의 순서는 한편으로는 카프의 슬로건에 강박적으로 따라가지 않을 수 없었던 많은 카프 문인들을 떠올리게 한다. 불과 몇 년이 지나지 않고서 작가들은 다시금 전혀 다른 슬로건에 강박되지 않을 수 없었던 것이다.[12]

나아가야 할 방향은 이미 주어져 있고, 거기에 어떻게 해서는 따라가지 않으면 안 되는데, 그 구체적인 방안은 마련되지 않는 상태. 바로 이것이 『인문평론』이(혹은 편집자가) 맞부딪치고 있는 상황이라고 보인다. 사태가 일단 이렇게 되어 있다면, 당국에서 제시하는 방향(예컨대 '신질서 건설')이나 구체적인 내용 혹은 슬로건이 변화할 때마다, 거기에 맞는 새로운 질문을 던지지 않을 수 없었던 것이다. 『인문평론』의 <권두언>이 당국에서 새로운 슬로건을 제시하거나 방책을 제시할 때마다 전전긍긍하는 모습을 보이고 있음은 이 때문이다. 이런 예는 <권두언> 거의 전

---

12) 이렇게 본다면, 카프 해산, 좀 더 정확하게 말하자면 카프 제2차 검거 이후 중일전쟁에 이르는 시기야말로 가장 혼란스러운 시기일 수 있었지만, 다른 한편으로는 강박적 주술에서 벗어날 수 있었던 유일한 시기였는지도 모른다.

체에서 찾아볼 수 있다. 몇 개의 예를 더 보도록 하자.

금일 문예인이 국책에 협력할 것이 힘 있게 강조되면서 있다. 이것은 무엇을 의미하는 것인가? 또 어떻게 해서 그것은 가능한가? 깊이 생각할 필요가 있는 문제이다. (…중략…) 따라서 현대 문예인은 문학 이외에 광범한 관찰과 연구가 필요할 것이다. 한 국책을 이해하려면 그것을 확립시킨 국민적 요구와 또 그 배후에 있는 국가적 운명이라는 것까지도 성찰하여야 하고 또 그 국책이 현실적으로 수행될 심리적·경제적 지반에 관한 지식도 있어야 하고 더욱이 그것이 직면하게 되는 국제정세에 대하여 잠시도 관찰을 게을리 할 수 없는 일이고 다라서 이 양자 사이에 일어나는 모든 문제를 조정하기 위한 정치에 대하여서도 견식을 가져야 할 것이다.13)

거(去) 8월 23일 경무국장 담으로써 풍속 경찰 취체의 요강이 발표되었다. 요강에 의하면 요리옥(料理屋) 흥행업자 등 소비 계급을 상대로 하는 영업자를 단속함으로써 소비자 자신에게 시국인식을 철저화하는 동시에 낭비를 억제하고 실질 건전한 생활 신체제를 목표로 한 것이 명백하다. 이것은 7월 이래로 실시되어 오는 사치품 제조 판매 제한과 아울러 전시 국민 생활의 체제를 확립하려는 것으로서 그 의의는 자못 중대하다.

이상의 두 취체는 어느 편이냐 하면 차라리 부유한 일부 향락계급을 상대로 하는 것이기 때문에 문인에게는 새로운 충극(衝戟)을 준 바 극소하였으리라고 확신하는 바이나 이와 같이 국민생활이 근본적으로 재검토를 받는 이때를 당하여 문인도 그 문학에 있어서 반성하고 자숙하는 기회를 가지는 것이 마땅한 일이다.14)

따라서 국민은 그 중에서도 특히 문화인은 일일이 당국의 지시를 기다려서 행동을 취한다는 묵은 관념을 버리고 스스로 나아가서 자기의 직능

---

13) 「국책과 문학」, 『인문평론』, 1940. 4.
14) 「문단의 자숙」, 『인문평론』, 1940. 10.

에 따라 대정익찬을 실질 유효화할 길을 발견치 않아서는 아니 될 것이
다. 이리하여서만 신체제 운동은 실천화되는 것이다.15)

조금 장황한 인용은 되었지만, 사태의 변화, 그리고 그에 따른 일본의
정책의 변화가 어떤 영향을 미치고 있는지는 확실하게 드러났을 것이라
고 생각된다. 중일전쟁의 발발 이후, 중국에서의 신정부의 수립, 동아 신
질서 건설론, 동아협동체론, 오족협화론(五族協和論), 그리고 신체제론 및
그에 따른 협력과 통제의 요구에 대해 <권두언>은 끊임없이 그를 따라
가면서, 그것들을 어떻게 실천할 것인가에 대해 말하고 있는 것이다. 물
론 그 실천의 내용이란 특별한 것은 없다. 어떻게 사태가 요구하는 바를
문학권 또는 문화권 내에서 실천해야 할 것인가 하는 '자세'만을 말하고
있을 뿐이다.

그럼에도 불구하고 실상 그 실천은 그리 쉽지 않았던 것 같다. 앞서
말한 것처럼 적극적으로 순응하고 협력하고자 했으나, 그 협력이 생각하
고 있는 것만큼 이루어지지 않고 있다는 것이다. 그리고 그에 대해 <권
두언>은 실행에 대한 강박과 실행이 이루어지지 않고 있음에 대한 불안
감을 동시에 내비치고 있다. 이를 명료하게 보여주는 하나의 예만 들고
가도록 하자.

시국의 진전에 따라서, 더욱이 신체제 운동 이래 국내의 모든 체제가
재편성되면서 있는데, 문단은 어떠한가?
(…중략…) 이 점에 대한 세인의 인식은 과연 어떠한가? 여기서 명확
한 판단을 내리기를 삼가거니와 대체로 보아 문단이 근래 만연히 움직이
고 있다는 것은 피치 못할 판정이 아닐까 한다. 그것을 무엇보다도 단적
으로 표시하고 있는 것은 평론의 외축(畏縮)이다. 시국의 통찰과 문단의

15) 「신체제 운동의 실천화」, 『인문평론』, 1940. 11.

양심과를 대질시키면서 조선문학이 걸어 나갈 바 진실한 길을 탐구하고
건설하는 본격적인 평론에 이르러선 참으로 한심할 만큼 요요(寥寥)한
형편이다.16)

『인문평론』 종간호에 실린 「전환의 자주성과 자각성」이라는 제목의
<권두언>이다. "시국의 진전에 따라" 문단이 "자동적이고 또 의식적으
로" 변화하지 않으면 안 된다고 말하고 있다. 한편으로 '순응의 욕망'을,
다른 한편으로는 그 욕망이 적절하게 성취되고 있지 않음을 명료하게
드러내고 있는 대목이라 하지 않을 수 없다. 변화하고 있기는 한데, 그
것이 자발적이고 의식적이지 않다는 말은 문단이 비자발적으로 움직이
고 있다는 것을 말한다. 그리고 비자발적이고 무의식적인 움직임은 자연
그 '속도'가 떨어질 수밖에 없는 것이다. 바로 이 점에 대해 <권두언>
은 일종의 조급성을 드러내고 있다. 사태를 따라가는 것이 아니라, 사태
를 앞서나가며 시대를 이끌어가야 할 문학으로서 시대 자체에조차 뒤처
져 있다는 이 인식이야말로 강박과 조급성이라고 해야 할 것이다.

그렇다면 이렇게 적극적으로 순응하고 협조하고자 하나 그렇게 하지
못하였던 이유는 무엇일까? 이를 분석해 내기 위해 필요한 작업은 두 가
지 정도일 것이다.

첫째, 순응의 욕망이 어디로부터 왔는가를 파악해야 한다. 물론 시대
적 상황의 악화나 강제를 하나의 원인으로 들 수 있다. 하지만 그것만으
로 모든 것이 해석되지는 않는다. 무엇보다 순응의 욕망이란 단지 상황
의 변화에 따른 어쩔 수 없는 움직임이 아니기 때문이다. 바로 앞서 인
용한 글에서 나타난 '평론'에 대한 요구를 보아도 쉽게 알 수 있다. "시
국의 통찰과 문단의 양심과를 대질시키면서 조선문학이 걸어 나갈 바

---

16) 「전환의 자주성과 자각성」, 『인문평론』, 1941. 4.

진실한 길을 탐구하고 건설하는 본격적인 평론"이 부재하다고 <권두언>은 말하고 있는 것이다. 그러므로 순응과 협력에의 욕망은 외적인 상황에 따른 어쩔 수 없는 변화라고 보기보다는 시대의 변화를 바라보는 일종의 논리적 결과라고 해야 할 것이다. 이를 해명하기 위해서는 무엇보다 편집인이었던 최재서의 논리의 변화를 추적해 들어가지 않으면 안 되지만,17) 이 자리의 초점은 이것이 아니기 때문에 다른 자리로 미루도록 하자.

2) 순응에의 욕망과 불가능성의 의미

이 자리에서 좀 더 중요한 것은 이 '불가능성'이 어디에 연원하고 있는가 하는 점이다. 근본적으로 이 불가능성은 신체제 논리 자체에 있다고 보인다. 이미 많은 연구자들에 의해 지적된 바 있지만, 신체제 논리의 경우, 이론이 현실을 이끌었기보다는 현실의 변화에 끌려간 부분이 많기 때문이다. 곧 현실을 합리화하기 위한 이론의 구성이라는 형식을 취하고 있었다는 것이다. 어쩌면 이는 모든 논리가 지닌 근본적인 한계일지도 모른다. 헤겔이 말했던 것처럼 미네르바의 올빼미는 황혼에서야 나는 것이기 때문이다. 무릇 모든 이론이란 현실에 뒤쳐져 있는 것이고, 현실을 추수하는 것이다. 그런 점에서 본다면 신체제 논리 자체가 사후적으로 구성되었다는 점으로 이 문제를 해결하기는 어렵다. 이는 단지

---

17) 나는 이전에 이 순응의 욕망이 가지고 있는 논리성의 문제를 김남천, 임화, 그리고 최재서에게서 확인한 바 있다. 이들 가운데 최재서는 『인문평론』의 편집인이었고, 김남천과 임화는 『인문평론』에 깊이 관여한 것으로 알려져 있어 이 점에서 이들의 논리가 어느 정도는 『인문평론』의 논리, 또는 <권두언>의 논리에 작동하고 있었던 것으로 생각할 수 있다. 이 가운데 특히 최재서의 논리는 <권두언>의 논리에 깊이 관여되어 있을 것이다. 최재서의 경우, 전환기에 대한 인식의 변화가 체제 순응의 논리에 깊이 관여되어 있는 것을 확인할 수 있었다. 앞의 「김남천 문학 연구」 및 「과도기의 사유와 '국민문학'론」 참고.

<권두언>에만 한정된 문제가 아니라, 모든 이론가들에게 닥친 문제였기 때문이다.[18]

바로 여기에 핵심적인 문제가 있다. 누구나 이미 만들어진, 현실을 지도할 수 있는, 체계적이고 내용을 갖춘 이론을 갖고 있지 못할 때, 앞날이 불투명하기는 마찬가지이다. 그러나 바로 여기서 제국과 식민지의 가상적 동일성이 파괴되는 것은 아닐까?

제국이 끊임없이 사후적으로 합리화할 수 있는 이론('이론'이라기보다는 '성명(聲明)'이라고 해야 정확하겠지만)을 만들어내면서, 현실과 이론의 불일치를 그리고 간극을 메워 나가고 있을 때, <권두언>의 필자는 식민지인으로서 이를 만들어나갈 수 있는 조건을 가지고 있지 못하였던 것은 아닐까? 조선은 1930년대 일본이 만주로 진출하여 만주국을 건설하면서 일종의 이중적 지위를 가지고 있었다.[19] 조선은 식민지였지만, 만주에서는 유사-제국으로서의 성격을 가질 수 있었던 것이다. 물론 이를 위해서는 '조선=일본'이라는 등식이 필요하였다. 그리고 형식논리적으로 이는 성립되어 있었다. 조선은 더 이상 일본 밖의 존재가 아니었다. <권두언>에서도 이는 확인된다. 1940년 1월 <권두언>인 「하춘(賀春)」에 보면 조선문학에 대한 '내지인'들의 관심을 말하면서 "다음으로 우리는 우리의 문학이 전국적으로 소개될 것을 예상하면 할수록 우리의 문학적 실

---

18) 니시다 키타로[西田幾多郎]의 철학이 일본의 제국주의 논리의 철학적 기반이 되었고, 여기에 다나베 하지메[田辺元]나 와츠지 데츠로[和辻哲郎]의 이론들이 결합되었다고 하는 것이 일반적인 이해이다. 물론 이는 일본의 사상사에서 밝히고 있듯이 사실일 것이다. 그러나 그 이론 때문에 1930년대 후반의 일련의 사태가 발생했던 것은 아니라고 생각된다. 일본의 일부 역사학자들이 지적하고 있듯이, 중일전쟁과 태평양전쟁은 따로 독립된 사건이 아니라 하나로 이어져 있는 사건이며, 그 시작은 만주사변인 것이다. 만주사변에서 시작해 제2차 세계대전의 패전에 이르는 일련의 연속되어 있는 사태를 일본 역사학자의 일부는 '15년 전쟁'이라고 부름으로써 그 연속성을 환기시키고 있다.

19) 만주에 대한 논의들은 문학 연구에서는 한수영, 김재용, 김철 등의 논의가 대표적이다. 이에 대한 논의는 한수영, 『친일문학의 재인식』(소명출판, 2005)을 참고할 수 있다.

력을 충실히 할 필요가 있다."[20]고 말하고 있기 때문이다. 물론 여기서 말하는 전국에는 일본과 조선이 포괄되어 있다. 뿐만 아니라, '민족'과 '국민'을 구분하여 논하고 있는 데서도 이는 확인된다.[21] 동아 신질서를 논의할 때에도 조선은 빠질 수 있었다. 왜냐하면 조선은 일본의 '안'에 있었기 때문이다. 적어도 그 순간에는 말이다. 그렇기 때문에 동아 신질서는 '일·만·지(日滿支)'로 구성되는 것이었고, 조선은 그 사이 어디에도 없었다. 나는 이것을 '조선=일본'의 가상적 동일성이라고 말하고 싶다. 가상적 동일성이란 말 그대로 동일하지 않은 것을 동일한 것으로 '상상'하는 것이다. 그러니 이때 '국민' 혹은 '국가'란 일종의 가상적 동일성의 의식의 소산이라고 해야 할 것이다.

하지만 그럼에도 불구하고 조선은 여전히 '조선'이었고, 일본은 '내지(內地)'였다. 동일한 언어를 사용하지도 않았고, 또 동일한 '황민(皇民)'으로 받아들여지지도 않았다. 여전히 조선인과 일본인 사이의 현실적인 차이는 존재했다. 임금에서도 그러했고, 개인적인 영달에서도 마찬가지였다. 이광수의 적극적인 친일도 바로 이 동일성의 확증을 위한 것이었다.[22] 명목상으로는 동일했으나 실질적으로는 동일하지 않았던 것일까? 그보다는 실질, 명목 모두에서의 차이였다고 생각된다.

---

20) 원문에는 '없다'로 되어 있으나 문맥상 '있다'가 옳기에 바로잡았다.
21) '민족'과 '국민'이 각기 다른 방식으로 사용되고 있음에 유의할 필요가 있다. 우리의 경우, '민족'과 '국민'의 분리는 쉽게 받아들여지지 않는다. 한편으로는 통일신라 이후 1000년 이상 유지되어 온 민족-국가 단일체의 역사적 현실 탓도 있겠지만, B. 앤더슨이 말하는 '상상의 공동체'로서의 '민족'이란 개념도 참고할 수 있겠다. 하지만 <권두언>에서는 '민족'과 '국민'이 엄격하게 구분되어 사용된다. 조선과 일본이라는 말도 사용되지만, 여기서 '조선'이라는 말은 '지역'을 나타낼 때 이외에는 거의 사용되지 않는다. 아주 부분적으로 '민족'을 뜻하기도 한다. 그리고 이에 대해서는 어떠한 회의의 모습도 보이지 않는다. 물론 <권두언>과 같은 짧은 글에서 그런 회의의 모습을 찾아본다는 것도 어렵기는 하다.
22) 이에 대해서는 이경훈, 「이광수의 친일문학 연구 : 그의 정치적 이념과 연관하여」(연세대학교 박사학위논문, 1995) 참조.

신체제의 논리를 수립해 나가는 과정 속에서 바로 이 차이가 개입하였던 것은 아닐까? 그렇게 해서 제국과 식민지의 가상적 동일성의 안으로부터 파괴되고 있었던 것은 아닐까? 그렇기 때문에『인문평론』의 <권두언>은 순응의 욕망과 그 불가능성 사이에서 그 나름대로 '고투(苦鬪)'하고 있었던 것은 아닐까? 물론 하나의 가설이다.

만일 제국과 식민지의 동일성이 이 지점에서 안으로부터 파괴되고 있었다면, <권두언>의 추수성과 조급성, 그리고 그에 대한 반동은 부분적으로 설명될 수 있을 것이다. 그러나 과연 이 반동으로부터 어디로 더 나아갈 수 있을지는 모르겠다. 도대체 그 불일치가, 동일성의 내파(內破)가, 그리고 그 반동이 새로운 무엇을 낳을 수 있을 것인가? 결국 하나의 해석에 지나지 않는 것은 아닐까? <권두언>의 필자가 최재서였다면, 그리고 그가『국민문학』으로, 일본어 글쓰기로 나아갔다면, 일본어 글쓰기로 나아간 이유 가운데 하나로 바로 이 불일치의 자각을 들 수 있을지도 모른다.

3. 『인문평론』의 〈밖〉

1) 가상적 동일성의 파괴와 '문학인'의 자리

『인문평론』의 밖에는 무엇이 있었을까? 너무 불투명한 질문일지도 모르겠다. 『인문평론』의 밖에 있는 것들이 하나둘이었겠는가? 사실 이렇게 말할 때에, 나는 기존의 논의들에 기대어『문장』을 생각하고 있었다. 처음에는 말이다. 『문장』과『인문평론』. 1930년대 후반의 문학의 양대 지주. 근대와 반-근대(혹은 비-근대). 이런 틀 속에서『인문평론』의 밖을 생각하였다. 그러나 과연 그럴까? 이러한 구도는 타당한 것일까? 아니 전적으로 타당한 것일까?

어느 정도는 타당하겠지만 '전적으로'는 아니다. 『문장』과 『인문평론』으로 잘라 말할 때, 거기에는 일종의 '권위 부여'가 존재한다. 이 권위 자체를 의심할 수는 없다. 이 권위는 『인문평론』의 편집진들이 『인문평론』을 창간할 때부터 스스로에게 부과한 것이기도 하기 때문이다. 그러나 그렇게 권위를 부여함으로써 사실 다른 많은 것들이 '제거'되는 것은 아닐까? 나는 아직 <권두언>의 차원에서 말하고 있다. 그리고 적어도 <권두언>에서 『문장』은 『인문평론』과 대립되고 있지는 않다.

<권두언>에서 '화자'는 끊임없이 스스로를 '대표자'로 만들어 나간다. <권두언>의 목소리는 일차적으로는 『인문평론』 편집인의 목소리라고 할 수 있을 것이다. 하지만 또한 『인문평론』을 넘어서는 존재의 목소리이기도 하다. 이는 여러 곳에서 확인할 수 있다. <권두언>의 목소리가 『인문평론』의 편집인의 목소리라는 것은 <권두언>이 『인문평론』의 권두언이기 때문에 당연한 일이다. 그러나 『인문평론』을 넘어서는 목소리라고 하는 것은 <권두언>이 『인문평론』이라는 하나의 잡지의 편집인으로서 『인문평론』에 대해, 혹은 문단에 대해 말하는 것이 아니라, 문단을 이끌어나가는 존재로서 말하고 있다는 것이다. 그런 점에서 본다면 <권두언>의 목소리는 『인문평론』을 문단의 선도자, 혹은 선각자로서 의미 규정하고 있다고 해야 할 것이다.

하지만 여기서 중요한 것은 그 목소리가 『인문평론』을 넘어서 있다는 데 있지 않다. 오히려 중요한 점은 <권두언>의 목소리가 자신을 '보편자'로서 구성하고 있지 못하다는 데 있다. 상정될 수 있는 '보편자'의 입장에서 말하기 위해서는 일본이 말하고 있는 '동아 신질서' 혹은 '신체제'의 논리에 맞서지 않으면 안 된다. '동아 신질서' 혹은 '신체제'의 논

리는 그 스스로 밝히고 있듯이 세계사적 보편성을 거부하고 있기 때문이다. 세계사적 보편성이 서구라는 특수자를 '보편자'로 만듦으로써 제국주의적 침략을 호도하는 일종의 정신의 보호막이자, 침략의 의식적 도구로서 사용되었다는 점을 부정할 수는 없다. 그러나 그럼에도 불구하고 이 보편자의 정신이란 '근대'가 만들어낸 가장 뛰어난 개념이 아닐까 생각한다. 그것이 어떠한 방식으로 현실적으로 '적용'되었는가의 문제와는 다르다. 보편자란 스스로를 보편자로서 규정하기 위해, 끊임없이 스스로를 뛰어넘지 않을 수 없는 반성하는 정신이기 때문이다. 이런 보편자의 목소리가 '일시동인(一視同仁)'과 '왕도정치'를 내세우는 신체제의 논리와 결합하기는 대단히 어려운 것이다.

<권두언>의 목소리는 뿐만 아니라 동양이라는 특수한 지역 안에서의 '보편자'의 위치에도 서지 못한다. 그런 보편자는 신체제 속에서 오직 '천황'만이 가질 수 있기 때문이다. 일본 제국주의자들의 경우, 스스로를 천황에게 양도함으로써 그런 자리에 오를 수 있었다. 어쩌면 '참칭(僭稱)'일 수도 있을지는 모르겠지만 말이다.

<권두언>의 목소리가 그런 특수한 보편자의 위치에도 설 수 없는 것은 '가상적 동일성'의 파괴 때문이 아닐까. 보편자의 입장에 서기 위해서는 자신을 최소한 제국과 식민지의 가상적 동일성 안에 놓아야 하기 때문이다. 그러나 '실제로' 그렇게 하는 것은 불가능하다. 기껏해야 당대에 나갈 수 있었던 지점은 '식민지인'으로서의 자신을 버리고 '제국의 인(人)'이 되는 지점에 지나지 않았기 때문이다.

'보편자'로서 자신을 세우지 못할 때, <권두언>의 화자가 설 수 있는 자리는 어디였을까? 그것은 '문화인' 혹은 '문학인'의 자리이다.

근대전은 소위 총력전이라서 최후의 승패는 결국 총후국민의 저력에 의하여 결정된다고 한다. 이리하여 사변에 대한 책임은 문화인의 어깨 위에도 매한가지로 놓여져 있지만, 아무래도 문화인의 직접적인 활동이 기대되는 것은 사변처리에 있어이다. 더욱이 우리의 당면한 것이 단순한 전화의 뒤처리라는 소극적인 것보다는 모든 반국체적인 사상을 물리치고 참으로 자주적인 문화를 건설한다는 적극적인 것임을 생각할 때 문화인으로서 중대한 책무를 느끼지 않을 수 없다.[23]

‘문화인의 책무’라는 말은 이미 <권두언>의 초반부터 나오는 말이다. 그러나 ‘문화인’이란 무엇인가? 아니 문화인이란 무엇인가가 아니라, ‘문화인이란 어떻게 기능하는 언어인가?’가 중요할 것이다. ‘문화인’이 그 자체로 어떤 의미를 가지기보다는 콘텍스트 속에서 작동하기 때문이다. 총력전 체제에서 문화인의 중요성이란 그렇게 간단한 성질의 것은 아니다. 왜 굳이 문화인이라는 규정 속에서 자신의 자리를 잡았을까? 여기에는 다음과 같은 질문이 내포되어 있다. 왜 ‘문학인’이 아니고 ‘문화인’인가? ‘문학인’을 넘어서 ‘문화인’이라는 규정 속에서 의미될 수 있는 것은 무엇인가? 이러한 규정은 새로운 경계 지움인가? 아니면 이미 존재하는 경계를 인정하는 것인가? 이 문제는 ‘문화인’이라는 규정이 언제부터 중요하게 사용되었는가 하는 계보론적 질문이라고 할 것이다. 이 계보론적 질문에 대한 대답이 완전히 마련되고 나서야 비로소 이에 대답을 할 수 있겠지만, 일단 잠정적으로 정리해 보도록 하자. ‘문학’의 관점에서 본다면, 문학인을 문화인으로 놓는다는 것은 경계를 넓히고, 새로운 경계 속에서 사유하게 하는 것이다. 그러나 다른 한편으로 이는 ‘정치’로부터 ‘문학’을 분리함으로써, 스스로 정치의 자리에 설 수 없음을 고백하고 있는 것이다. 그런 차원에서야 ‘사변 처리’에서 소극적인 입장이 아니라

---

23) 「문화인의 책무」, 『인문평론』, 1939. 11.

'적극적인' 입장을 취한다고 해서 달라질 것은 없지 않을까?

이렇게 해서, '문화인'의 자리에 섬으로써 제국의 '정치'로부터 자신을 분리한다. 제국의 정치란 자신의 영역, 곧 '문화'의 영역 밖에 있게 된다. 물론 '관심'을 가지고 면밀하게 주시하고, 그에 발맞추어 나가야 할 것이지만, 그렇다고 해서 자신의 영역으로 끌어당길 수는 없다. 만일 그렇다면 <권두언>은 제국과 식민지의 비동일성, 제국인과 식민지인의 비동일성, 가상적 동일성의 파괴를 '정치와 문학의 분리'로 감출 수 있었던 것은 아닐까? 자신이 주체가 되지 못하고, 될 수 없고, 끊임없이 밀려드는 '현실'과 그 현실에 대한 수많은 '성명'을 따라갈 수밖에 없을 때, 그리고 그렇게 할 수밖에 없는 궁극적인 원인이 제국과 식민지의 비동일성 때문이었다고 할 때, 스스로 '문화인(문학인)'의 자리에 섬으로써, '정치'와 자신을 갈라놓음으로써 이 비동일성에 대해 눈감을 수 있었던 것은 아닐까?[24] 그리고 문학인 혹은 문화인으로 자신을 규정하고 나면 비로소 '교양론'이 가능해진다.

이런 점에서라면 『인문평론』의 '근대주의'를 굳이 『문장』의 비-근대 혹은 반-근대와 대립된 자리에 놓을 필요는 없을 것이다. 적어도 이 점에서는 『인문평론』과 『문장』은 동일한 위치에 있다고 생각된다. 물론 그렇다고 해서 『문장』과 『인문평론』의 차이를 볼 필요가 없다는 말은 아니다. 다만 '근대'와 '비-근대 / 반-근대'의 대립 혹은 경계와 '정치'와

---

24) 단순하게 보면 이는 김남천이 문학과 정치를 갈라놓으면서, 그리고 자연인과 문학인의 구분을 말하면서, '문학인'으로서 자기를 정립하는 것과 유사하다. 그러나 결정적인 차이가 있다고 생각된다. 김남천이 '문학'과 '정치'를 가르고, 자신을 '문학인' 혹은 '작가'로 규정하는 것은 자기 내부의 분열을 봉합하고, 외적 강제로부터 '문학'을 구하고자 하는 노력의 일환이었다. 자연인으로서의 개인은 비판받을 수 있지만, 그로 인해 곧바로 문학이 비판받아서는 안 된다는 것이다. '전향자'로서의 자신과 '문학인'으로서의 자신을 분리하고자 하는 이 논리는, 정치의 영역으로 나아가지 못하였기 때문에 생긴 제국과 식민인의 동일성의 내파를 봉합하기 위해 취하는 <권두언>의 위상 정립 논리와는 상거(相距)가 크다. 김남천에 대해서는 채호석, 「김남천 문학 연구」 참조.

'문학'의 대립/경계 가운데서 1940년을 전후한 시기에 어떤 것을 더욱 중요한 분할 논리로 생각할까에 대해서 다시 한 번 생각해 볼 필요가 있다는 것이다.[25]

2) 또 다른 〈밖〉과 타자

앞서 이런 문학인/문화인으로서의 자기 정립이 '교양론'을 낳는다고 말했다. 이 점에서 본다면 앞서 인용한 「문화인의 책무」가 실렸던 바로 그 호에 〈교양론 특집〉이 실리는 것은 우연이 아니다.[26] 일단 문학인으로서 자신을 규정할 때, 문학인 혹은 문화인이 다른 존재들과 자신을 구별할 수 있는 변별적 자질이 무엇이었을까? 그것이 바로 '교양'인 것이다. 문학인/문화인이 단지 '전문가'에 그치지 않고, 정치와 분리해 문학/문화의 영역을 설정하면서 그럼에도 불구하고 그 자리가 정치와 마치 맞먹는 자리처럼 생각할 수 있었던 것은, 그리고 타자에 대해 계몽의 자세를 취할 수 있었던 것은 바로 이 때문이다.

그렇다면 이제 이런 문학/문화는 '교양'의 존재 유무에 따라 다시 타자를 형성한다. 문학/문화라고 말하기는 하나, 엄밀한 의미에서 문학/문화라고 말하기 어려운 것. 그것이야말로 이제 진정한 타자로 나타난다. 거기에 '통속 문학/문화' 혹은 '대중문학/문화'라는 이름을 붙일 수 있을 것이다. 신체제론이 강화되고 통제가 강화되는 바로 그 시기에

---

25) 물론 이러한 과정이 아무런 문제없이 이루어지지는 않는다. 다음과 같은 부분은 곤혹스러움이 잘 묻어나는 대목이다. "사실 문학자는 정치에 대한 야심이 없는 것이 사실이고 또 정치적 관심을 안 가지고도 문학을 해 나갈 수 있다면 그에서 더 좋은 일은 없으리라. 그러나 그것은 더욱이 현재와 같은 시국 하에선 아마도 문학자의 꿈이리라."(「국책과 문학」, 『인문평론』, 1940. 4)

26) 『인문평론』 1939년 11월에 실린 〈교양론 특집〉에는 다음 다섯 편의 교양론이 실린다. 최재서, 「교양의 정신」; 박치우, 「교양의 현대적 의미」; 이원조, 「조선적 교양과 교양인」; 유진오, 「구라파적 교양과 작가」; 임화, 「교양과 조선문학」.

도 통속과 에로는 끊임없이 재생산되었던 것으로 보인다. 그리고 <권두언>은 '동양 신질서', '신체제'의 이름으로 그들에게 명한다. "회개하라! 그러면 천국이 곧 너희들의 것이리라!"

사실 통속과 에로가 진정한 문학의 타자였던 것은 이미 오래 전부터의 일이다. 문학이 자본의 논리 속으로 들어가 하나의 '상품'으로 전화되는 순간, 문학은 통속과 에로로 향할 수밖에 없다. 그것이 대중을 마취시키건 아니면 진정한 대중성을 획득하건 관계없이 철저하게 자본의 논리에 따르는 문학은 등장할 수밖에 없다. '순문학'의 권위로 이들을 비판할 수는 있지만, 이들의 존재를 절멸시킬 수는 없었던 것이다. 상품으로서의 문학, 그리고 그 내용으로서의 통속성이란 어쩌면 내외가 가장 잘 합치되어 있는 존재일 수 있다. 문학이 상품인 한 상품으로서의 가치를 가져야 하기 때문이다. 그리고 '통속'이란 상품적 가치의 다른 이름이라고 하겠다. 오히려 '순문학'이 존재의 역설 속에 놓이게 된다. 순문학이 자본주의가 가져온 비인간성을 비판하고 거부하지만 순문학 자체가 바로 자본주의적 논리의 핵심인 상품인 것이다. 스스로의 존재를 부정하는 역설. 그리고 다시 그 자본주의 비판이 상품성이 되는 문학.

문학을 비롯한 모든 것을 상품화하고자 하는 자본주의적 논리는 '신체제' 자체까지도 자본주의적 전략으로 수용한다. '신체제' 자체가 상품화가 되는 것이다. '신체제'는 어떤 것에도 붙을 수 있는 보편적인 기호가 된다. 아무런 내용을 갖추고 있지 않은 보편적인 기호. 진정성을 핵심으로 하는 『인문평론』의 <권두언>의 논리로서는 이 또한 받아들일 수 없다.

우리는 간간 국책적 문학이라는 말을 듣는다. 만일에 그것이 국책에 일시적으로 영합하는 문학이라든가 또는 국책에 편승하여 그것을 잠시 이용하는 것이라면 우리는 그것을 단호하게 배격치 안항서는 아니 된다. 그것은 가장 신성한 곳에서 가장 신성한 것을 모독하는 것이 되기 때문이다. 그것은 도저히 문화인의 할 바가 아니다.[27]

다만 문학이 인간의 감정생활을 주로 취급하는 관계상 전시 하에 문학이 자칫하면 의혹시(疑惑視) 될 염려가 다분히 있는 것은 인정치 않을 수 없다. 문학이 인간의 감정과 본능을 미사려(未思慮)하게 전시함으로 말미암아 자연히 불건전한 기풍을 조장한다는 것은 깊이 생각할 문제이다. 근래에 와서 소위 정치(情痴) 문학이 문제가 되는 것은 이 때문이다.[28]

그러나 근래에 와서 이 말들이 저널리즘에서 좀 남용되는 듯한 감이 없지 않을 뿐더러 더욱이 사상가나 문예가들이 아무 용의도 없이 다만 편리한 시국적 표어로써 차용하는 경향이 있으니 이것은 크게 경계해야 할 것이다. 국민이 이 말의 범람으로 말미암아 사상적 인플레에 식상이 되든가 해서는 큰일이다.[29]

그럼에도 불구하고 대중성의 요구는 신체제 시기에는 조금 다른 모습을 취할 수밖에 없다. 전적으로 대중성을 거부할 수는 없었던 것이다. 문학의 임무라는 것은 대중을 계몽하는 데 있으며, 그 계몽의 핵심에 '신체제의 논리'가 있기 때문이다. 대중에게 다가들지 못하는 문학이란 혹은 예술이란 신체제 속에서는 아무런 가치를 가질 수 없는 것이다. <권두언>의 곤혹스러움이 바로 여기에 있다. <권두언>은 이 곤혹스러움을 곳곳에서 드러낸다.

이때에 문학은 직역봉공(職役奉公)의 정신을 체득하여 우수한 작품 생

---

27) 「국책과 문학」, 『인문평론』, 1940. 4.
28) 「문단의 자숙」, 『인문평론』, 1940. 10.
29) 「말의 인플레」, 『인문평론』, 1940. 11.

산에 매진할 것이나, 그러나 문인의 직역을 다만 사색과 집필에만 국한한다는 것도 편협의 비방을 면치 못하리라. 문인은 다만 작품을 통하여 미지의 독자와 상대할 뿐만 아니라 직접 청중과 상대하여 같이 국민적 공기를 호흡하며 국난 타개를 꾀하는 데서 또한 새로운 사명을 발견할 것이다.[30]

권두언이 한편으로 '통속'을 부정하고, 또 다른 한편으로는 신체제 자체가 아니라 신체제라는 기호에 저항할 때, 그로부터 산출되는 것은 무엇일까? 정치와 문학의 관계에서, 선전문학과 순문학의 경계에서, 예술의 영원한 가치와 선전적, 교화적 성능 사이의 경계에서 <권두언>은 위험한 줄타기를 하고 있다. 이 위험한 줄타기야말로, 혼란된 시대, 전환기를 살았던 문학인이 어쩔 수 없이 행할 수밖에 없었던 것이리라. 하지만 여기서는 그보다는 문화인 / 문학인으로서 자신을 규정하면서, 안팎으로 이루어지는 위협에서 스스로를 보호하고자 할 때, '문학 / 문화'의 영역은 지극히 좁게 설정될 수밖에 없었다는 것이다. 그렇기에 권두언이 분리해 내고자 했던 것은 한편으로는 정치이고, 다른 한편으로는 문학 안의 타자였다. 정치의 분리가 정치의 욕망의 실현 불가능성, 제국인과 식민지인의 가상적 동일성의 파괴를 감추는 기제가 되었다면, 문학 안의 타자를 설정하고, 그것을 밖으로 내치는 것은 그렇게 설정된 '문학'을, '문화'를 구원하고자 했던 것이다. 그러나 그렇게 해서 구원될 문학 혹은 문화란 도대체 무엇일 수 있을까?

---

30) 「문학 정신대」, 『인문평론』, 1941. 1.

4. 『인문평론』의 〈안〉의 〈안〉 : 〈구리지갈〉

1) 『인문평론』 내부로 향하는 비판

〈권두언〉과 마찬가지로 〈구리지갈〉 또한 거의 대부분 익명으로 쓰여 있다. 〈구리지갈〉은 당대의 비평에 대한 비평이다. 곧 메타-비평인 셈이다. 일 년 동안 쓰인 비평에 대한 정리는 매년 연말에 이루어지고 있고, 또 신년호에도 보통 '전망'이 쓰인다. 그런데 〈구리지갈〉은 매호 쓰인다. 그 바로 전달에 있었던 비평들에 대한 아주 짤막한 비평이다. 그렇기 때문에 이 비평은 체계성을 갖추고 있기보다는 다른 비평들의 약점, 혹은 비평가의 허점을 파고든다. 뿐만 아니라 비판의 수위도 대단히 높다. 일종의 '촌철살인(寸鐵殺人)'을 목표로 하고 있는 듯하다. 심할 경우 비평가 개인의 명예를 훼손할 수 있을 정도까지 나아간다. 그런데 눈에 띄는 점은 이 비평이 『인문평론』의 내부로도 향하고 있다는 점이다. 『인문평론』의 주요 필자뿐만 아니라, 『인문평론』에 실린 비평에 대해서도 가차 없는 비판을 가한다.[31] 이러한 비판은 세대를 가리지 않는다.

신인으로 등장한 윤규섭에게 『인문평론』의 월평을 맡기고, 〈구리지갈〉에서는 "신인이여! 이런 능력이나 감상력을 가지고는 신세대의 가치는 샘스러 문학하는 사람의 위신조차도 갖추고 있지 못한 것임을 알라!"[32]고 인신공격에 가까울 정도로 비판하고 있는 것이다. 문제는 그럼

---

31) 본격적으로 〈구리지갈〉을 탐구해 보기 위해서는 〈구리지갈〉이 비판하고 있는 제 비평가들의 평문을 함께 읽어나가지 않으면 안 된다. 이는 1930년대 후반의 비평계를 가로지르는 일이 될 것이다. 물론 해야 할 일이기는 하지만, 아직까지 내 논의가 거기까지 미치지는 못하고 있다.

32) 『인문평론』, 1939. 12.

에도 불구하고 여전히 윤규섭에게 『인문평론』의 월평을 맡기고 있는 것이다.

신세대는 물론 구세대에 대해서도 명확하게 선을 긋고 있다. 박영희를 비판한 대목을 보자. "이는 경향문학 당시엔 김기진을 이데올로기를 무시한다고 곤봉을 휘둘러 꼼짝을 못하게 한 자인데 그 뒤엔 예술은 상실되고 이데올로기만 얻었다고 개탄하더니, 작금엔 다시 이데올로기와 문학은 밀접한 관계뿐 아니라 후자는 전자의 수단이 된다고 생각함에 이르렀다. 그러나 이렇게 삼단도(三段跳)를 하는 동안 언제나 불분명한 건 온다간다 하는 호령뿐으로 이론적 근거가 전혀 결여되어 있는 점이다." 나아가 '분발하라'고 하기까지 하고 있으니 이는 조롱하는 말로 받아들여진다. 일종의 연민까지 느껴진다. 그런데 이 박영희는 『인문평론』 창간호에 전쟁과 관련된 글을 쓰고 있고, 게다가 창간호의 <편집후기>에서는 이 글을 대단히 칭찬하고 있다.

그렇다면 동시대 비평가에 대한 평들은 어떠한가? 김오성에 대한 비판을 잠깐 보자.

> 한동안 '로고스'니 '파토스'니 하는 미키 키요시[三木淸]의 조박(糟粕)을 씹던 김오성 씨 이번에 철학의 정신을 가지고 등장하였다. (…중략…) 미키 키요시는 상상력의 논리라는 것이나 들고 나왔지만 그런 것조차도 없이 그저 창조적이요 비약적인 철학 정신이라고만 떠들어대니 이야말로 너무나 비과학적이다.[33]

김오성에 대한 비판은 신랄하다. 첫 번째와 마찬가지로 김오성에 대한 비판은 신랄하다. "미키 키요시의 조박을 씹던 김오성 씨"라는 표현은

---

33) 『인문평론』, 1940. 1.

당자에게는 대단히 불쾌한 표현이 아닐 수 없을 것이다. '조박'이라는 말은 원래 '술재강'이라는 뜻으로 "옛 사람이 다 밝혀서 지금은 새로운 의의가 없는 것을 이르는 말"이다. 남이 다 해 놓은 것을 그저 반복하고 있는 것이니, 이론을 지녀야 할 평론가에게는 대단히 무례한 말일 수밖에 없다.

이러한 비판은 『인문평론』의 핵심 멤버들에게도 마찬가지로 행해진다. 먼저 임화에 대한 비판을 보자.

> 그러나 임화에게는 「동경문단과 조선문학」(『인문평론』 6월호)과 같은 태도도 있다. 이것은 한 말로 말하면 팔방미인의 태도다. 팔방미인적 태도는 용의주도와는 물론 다르지만, 처세책이나 사교술로서도 상책은 아니다. 동경문단의 형편도 너나 할 것 없이 빤히 알고 있는 일, 거기서 조선문학의 소개문을 쓰고 실리고 하는 사유도 유리 속을 들여다보듯이 환하게 알 수 있는 일, 여기에 무슨 까닭으로 평자는 당당하지가 못하고 좌고우면(左顧右眄), 쓸데없이 페이지만 거듭하는가. (…중략…) 동경 문단의 일시간인 무사려한 유행에 휩쓸려서 공연한 ○○○○만 퉁기고 있지 말고 착실히 제 공부들이나 하는 것이 여하(如何)?[34]

이런 비판은 『인문평론』의 실질적인 편집인이었던 최재서에 대해서도 마찬가지로 적용되고 있다. 역시 1940년 7월호의 <구리지갈>이다.

> 최재서는 너무 쳐져 붙어서 실제적이기는 하지만 전기, 역사, 생산 장면 등 소재들만 소반에 받쳐서 권하는 품이 현상 타개의 적은 구체책은 될 수 있을지 모른다. 그러나 읽고 나면 어쩐지 비평가를 한 사람 잃어버리고 선량한 편집자를 대신에 습득했다는 느낌이 없지 않다. 이것도 좋은 일은 아니니 좀 더 문제를 근본적으로 생각해 볼 일. 그중 딱하긴

---

34) <구리지갈>, 『인문평론』, 1940. 7. '○○○○' 부분은 영인본에서 확인할 수 없었던 부분이다.

임화다. 수년 전, 세태소설론 시대와 꼭 같은 소리다. 비관이 절망이 되었달 뿐이요, 그 전날의 소설계의 폭격이 지금은 급강하 폭격의 태세를 취한 것 같지만 그 실은 일종의 맹폭인 것이 조금 달라졌을 뿐이다. 그러나 맹폭이란 패배한 병사의 마지막 발악이거나 그렇지 않으면 자기 초폭(焦爆)의 은폐수단임을 알라! 이러한 절망의 히스테릭한 되풀이와 '현상 타개의 길'과 무슨 관계가 있는가.

이런 공격들이 핵심을 파고들었는지는 차후 문제이고, 일단 『인문평론』 자신을 포함한 모든 비평적인 글에 대해서 날을 세우고 공격하고 있다는 점이 눈에 띤다. 이런 '날 섬'은 무엇을 의미할까? 논리적 결벽성이라고 해야 할까? 아니면 새로운 논리를 구성하지 못하는 데 대한 자기 방어 기제의 발동이라고 해야 할까? 그도 아니면 조급성? 어쨌건 중요한 것은 이렇게 날선 비판이 『인문평론』 자신에게 향함으로써, 『인문평론』의 논리, <권두언>의 논리뿐만 아니라, 『인문평론』에 실린 여러 비평적 글들에 대해서도 '거리'를 확보하고 있다는 점이다. 이것을 '안의 안'이라고 할 수 있지 않을까? 일종의 '자의식'과도 비슷한 것이리라. 어쩔 수 없이, 가능한 한 최대한으로 모색은 해 나가고 있지만, 그것이 '최선'은 아니라는 점, 최선의 길은 아직 보이지는 않지만, '권두언'과 『인문평론』의 글들 '너머'에 있으리라는 점. 이런 것들을 드러내주는 자의식의 표출이라고 할 수도 있을 것이다. 여하튼 이렇게 함으로써 '안의 안'이 만들어졌음을 주목하지 않을 수 없다.

2) 현실 인식, 과학 정신 그리고 시국의 논리

그렇다면 과연 <구리지갈>의 바탕에 존재하고 있었던 것은 무엇일까? 다시 말하자면, 무차별적 공격의 근거는 무엇일까? <구리지갈>에는 틀림없이 '현실에 대한 인식'이 존재하고 있다. 그러나 그 '현실'이 무엇인지는 알 수 없다. 이 '현실'이 무엇인지에 대해서 <구리지갈>은 거의 한 마디도 하지 않는다. 그저 '괴물 같은 현실'을 말하고 있을 뿐이다. 물론 <구리지갈>은 비평에 대한 비평이기 때문에 현실 자체를 논의할 머리가 없음은 사실이다. 그리고 그 현실을 대하는 비평가의 '자세' 혹은 '논리'에 대해서만 말하는 것으로도 충분할 것이다. 그러나 그렇기 때문에 시대를 직접적으로 말하지 않고 측면으로 '우회'하는 것이다. 사실 이 '우회'가 있기에 <구리지갈>의 날 선 비평이 가능했을 수도 있다.

물론 이는 한편으로는 분량의 제약 때문일 수도 있다. 현실을 말하기에는 허여된 분량이 너무 적었을 수도 있다. 그러나 충분한 지면이 제공된다고 하였을 때, 과연 <구리지갈>이 현실을 말할 수 있었을까? 아마도 그렇지 못하였으리라고 생각한다. 그것은 한편으로 <구리지갈>이 현실을 그저 '괴물 같은 현실' 이상으로 파악하지 못하였기 때문일 것이고, 다른 한편으로는 그 '괴물 같은 현실'을 말할 수 없는 정말 커다란 제약(검열) 때문이었을 수도 있다. 임화나 김남천 등을 보아서는 이 제약은 아마도 전자가 아니었을까 생각한다.[35] 결국 양적 제약이 <구리지갈>의 특성을 낳았기보다는 <구리지갈>의 특성이 '그만한' 양밖에 되지 않았다고 해야 할 것이다.

양을 놓고 본다면 <권두언>이나 <구리지갈>이나 제한된 분량을 갖

---

35) <구리지갈> 가운데는 김남천이 쓰지 않았을까 생각되는 몇 개의 글이 있다. 임화에 대한 비판에서 거의 김남천의 논리 그대로를 반복하는 경우가 그러하다. 또 달리 김남천에 대한 비판이 나오는 대목에서는 임화의 글로 여겨지는 것들도 있다. 전체 중에 얼마만큼이 될지는 모르지만 적어도 반 이상은 임화와 김남천에 의해 씌어지지 않았을까 하는 생각이 든다. 물론 이는 막연한 추측에 불과하다. <구리지갈>의 필자를 확정하는 문제는 별도의 고찰을 요한다.

고 있기는 마찬가지이다. 그러나 그 기능은 전혀 다르다고 생각된다. <권두언>이 잡지의 맨 앞에서 '잡지의 시대성'을 담보하면서 잡지에 실리는 모든 '내용'들을 규정하고 있다면, <구리지갈>은 아무런 구속을 받지 않을 뿐만 아니라 잡지의 내용에 대해 아무런 규정성도 행하지 않는, 다시 말하자면 일종의 '해방된 공간'으로 있었던 것 같다. 익명을 무기로 한 '말-논리의 해방 공간' 말이다. <권두언>이 '과잉규정'되어 있었다고 한다면, <구리지갈>은 '과소규정'되어 있었다고 해야 할 것이다.

그렇다면 이러한 <구리지갈>이 내세우고 있는 모토는 무엇이었을까? 당대의 비평에 요구하는 것은 무엇이었을까? 그것은 '과학정신'이었다. 과학정신이 "사실을 사실대로 보는" '실증주의' 이상의 것이라면, 그것은 무엇일까? 사실을 사실대로 보는 것이 결국에는 사실에 매몰되는 것이고, 그에 따라 사실의 '추인'으로 나아가는 '보수적' 성격을 지니고 있는 것이라고 한다면, 역시 '과학정신'이란 사실들 '속에' 존재하는 법칙의 인식은 아니었을까? 인식까지는 가지 못한다고 하더라도 적어도 이 법칙을 인식하려는 비평가의 정신이라고 할 것이다. 이 '과학정신'이 <구리지갈>의 핵심이라고 했을 때, <구리지갈>은 새로운 현실에 그저 '좌단'을 표할 수는 없었을 것이다. <권두언>이 열심히 시국을 좇아나가고 있을 때에 <구리지갈>은 그로부터 한 발을 빼고 바라보기를 원했던 것이다. 그러나 그렇다고 해서 이러한 과학정신이 "현실은 모순과 대립으로 가득 찬 다양의 현실임에 틀림없을지나 그 본질에 있어선 항상 일원적인 발전을 걷고 있다"고 하여서 "작품과 비평의 다양성을 일원적 태도에까지 끌고 간다는 것"을 '과학적 교권주의'라고 비판하고 '섬세한 정신'을 요구할 때, 이는 틀림없이 과거의 카프 비평의 태도를 부정하고 있는 것이다. 실증주의에 대해서도 그리고 과거의 카프 비평에 대해서도

거리를 두고 있는 이 과학정신이 무엇을 의미하는 것인지는 명확하지
않다. 과거의 논리에 매몰되지 않으면서 <권두언>의 현실추수에도 빠
지지 않을 수 있는 '제3의 길'을 모색하고 있었던 것이 『인문평론』의
'안의 안'이었던 <구리지갈>의 논리였으며, 이는 『인문평론』의 내심이
었는지도 모른다.

물론 <구리지갈>이 전적으로 '안의 안'을 구성하고 있었던 것만은
아니다. 거기에는 시국에 끌려가는 모습조차 존재한다. 전망이 상실되었
을 때, 그 속에서 오직 남아 있는 것은 시국을 대하는 태도뿐이었다고
했을 때, <구리지갈>의 이중성이 나온다. 그것은 노예의 언어일 수도
혹은 아닐 수도 있다. 이 판단은 사실 곤란하다. 1940년 2월의 <구리지
갈>을 보자.

> 문예평론가들이 이렇게 정초부터 신변쇄설에 저미(低迷)하고 있는 동
> 안에 문화 평론가는 팔을 걷고 나섰다. 이갑섭 씨의 「동아협동체 이론」
> (『조선일보』)은 남의 논설을 소개한 정도에 불과하지만 ○가 있고 읽을
> 만한 글이다. 씨는 제가의 설을 인용하면서 일지사변에 대한 처리책의
> 자원 추구주의를 넘어서 지나의 민족주의에 부딪치게 된 현실을 이야기
> 한 다음 제국의 요구가 오로지 도의적 기초 위에 선 자유 연대의 신조직
> 이라는 고노에[近衛] 성명을 강조하였다. 그러고 나서 그 협동체를 지배
> 할 전체주의를 비합리적으로부터 변증법적에로 지양하는 과정을 말하였
> 는데 이것이 가장 중대한 부분이었다. 그 안에는 물론 민족 단위의 문화
> 협동체라는 관념이 포함되어 있는데 이 협동체 안에서 조선 문화가 가질
> 지위와 의의는 어떠한가? 필자여 분발하라!

> 문화협동체론에선 동양문화와 서양문화의 종합이 가장 중요한 일정이
> 라 한다. 그러나 서인식 씨의 「동양문화의 이념과 형태」(『동아』)를 보면
> 동양문화를 세계사적으로 끌어올린다는 것이 얼마나 지난한 사업인가를
> 잘 알 수 있다. 니시다 씨나 고야마[高山] 씨의 동양문화론을 읽고 이 사

업에 대한 모처럼의 용맹심이 좌절되지 않는다면 다행이다.

니시다 키타로나 고야마 이와오의 동양문화론, 특히 니시다의 동양문화론은 일본의 동아협동체 이론의 밑바탕이 된 논문이다. 니시다의 동양문화론은 한 마디로 말하기는 어렵다. 가라타니 고진에 따르면 니시다의 동양문화론은 현실을 인정할 수 없어서 내놓을 수밖에 없었던 논리, 다시 말하자면 견딜 수 없는 현실, 그러나 어쩔 수 없는 현실을 견뎌내기 위해, 그 현실을 '정당화'하는 논리라는 것이다.[36] 그럼에도 불구하고 니시다의 동양문화론이 실질적인 논리적 기초가 되고 있었음은, 그리고 그의 의지와는 관계없이 실질적으로는 침략의 이데올로기가 될 수밖에 없었던 것은 역사적인 사실이다.

<구리지갈>의 필자로서도 이를 거부할 수 없었던 것은 물론이리라. 그러나 그 속에서 그 이론의 허점, 곧 조선에 대한 입장의 불분명을 짚어내고 있다고는 할 수 있으리라. <권두언>에서 일본과 조선을 아울러 '우리'라고 말할 수밖에 없기는 했지만, 아니 그것은 어쩌면 <권두언> 필자의 진정이었는지도 모르지만, 그럼에도 불구하고 여전히 '조선'의 위치의 불안정성은 그대로 남아 있었음을 확인할 수 있는 것이다. 동양문화 속에서 '조선 문화'의 고유성을 찾는 일, 그것은 '동일성'의 논리 속에서 보이는 차이를 발견하고자 한 것일 수 있다. 그러나 물론 이는 단지 가정일 뿐이다. 역시 동일성의 논리 속에서도 위계화된 차이는 존재할 수 있는 것이기 때문이다. 문제는 이 '동일성'의 논리를 거부할 수 없었던 역사적 상황 속에서 이 '위계화된 차이'를 위계화되지 '않는' 차이로 볼 수 있는가 하는 문제이다. 이 과제는 사실 『인문평론』의 안과

---

36) 가라타니 고진, 『언어와 비극』, 도서출판b, 2006. 니시다의 사상 전반에 대해서는 허우성의 『근대 일본의 두 얼굴 : 니시다 철학』(문학과지성사, 2000)을 참고할 수 있다.

밖 어디에서도 요구할 수 있는 것은 아니었다. 『문장』이 그 차이를 ‘조선적인 것’ 혹은 ‘현실로부터 멀리 떨어진 것’에서 찾으려 하고 있음에 비해, 『인문평론』의 경우, 그것을 여전히 내부에서 찾을 수밖에 없었으며, 그것이 <권두언>과 마찬가지로 <인문평론>이 가지고 있는 ‘보편성’의 욕망에서 비롯한 것이라고 할 수 있겠다. 그리고 이 보편성의 욕망이란, <구리지갈>에서는 <권두언>과는 달리 ‘과학정신’이라는 이름을 얻고 있는 것이다. 과학정신, 합리적 사유 그것이 개별성을 혹은 특수성을 넘어설 수 있는, 그리고 이 미증유의 사태를 이해할 수 있는, 그들에게 허용된 단 하나의 위치였을 것이다. 그리고 그것은 지배이데올로기가 가지고 있는 신화성을 넘어서는 ‘계몽’의 정신이었다.

그러나 문제는 이 ‘과학정신’이 ‘현실성’을 갖고 있지 못하다는 데 있다. <구리지갈>에서 하고 있는 고백, 타인의 입을 빌어 하고 있는 다음의 말은 아마도 <구리지갈> 필자의 불안이라고 보아도 틀림이 없을 것이다.

> “문예평론도 이삼 년래로 모색을 거듭하면서 시대적인 현실은 무슨 종처(腫處)나처럼 다치지 않으려고 모든 평론가들이 피하여 왔는데 문제는 이런 상태로 몇 해를 가느냐 하는 데 있다. 평론가가 과거의 타성으로 현실 회피를 이대로 계속하여 간다면 아마도 현실의 주먹이 그 벽을 뚫고 달려들리라. 좌우간 시대와 사회에 대한 확고한 신념이 없이는 평론 한 줄도 못 쓸 세상이다.” 어느 다방에서 들은 대화의 일절이다. 다방에서만 사라지기엔 너무도 엄숙한 말이다.[37]

‘현실의 주먹이 그 벽을 뚫고 달려들’ 것이라는 불안, 현실의 중압에 깔려버릴지도 모른다는 불안감이야말로 <구리지갈> 필자의 고뇌였을

---

37) <구리지갈>, 『인문평론』, 1940. 4.

것이다. 그리고 그 고뇌 속에는 그렇게 하지 못하는, 기껏해야 포즈밖에는 잡을 수 없는 자신들의 무능력에 대한 자괴감 또한 있었을 것이다.

<구리지갈>이 나갈 수 있었던 지점은 바로 여기까지이다. 이후 <구리지갈>에서 보이는 모습이란 더 이상 또 다른 '안'을 구성하고 있지는 못하다. 오히려 어떤 점에서는 대안 없이 '물고 뜯는' 모습조차 보이기도 한다. 궁지에 몰린, 힘을 다한 맹수처럼 그를 포위하고 그에게 달려오는 보이지 않는 적 때문에 주변을 물어뜯는 그런 모습 말이다. 그리고 1년 뒤, <구리지갈>은 <권두언>과 거의 같은 자리에 놓이게 된다. 『인문평론』에서 '안의 안'이 사라지는 것이다.[38]

5. 맺으며

『문장』과 아울러 『인문평론』은 1940년을 전후한 시기를 가늠하는 하나의 시금석이다. 『문장』이 전적으로 '문학'에만 한정하고 있음에 비해, '인문학'을 건설하고자 한 『인문평론』은 역사철학과 문학을 모두 아우르고 있다는 점에서 좀 더 문제적이라고 할 수 있다. 『인문평론』을 하나의 콘텍스트로 보고, 『인문평론』 내부에서 형성되어 있는 콘텍스트, 곧 <권두언> — 실제 실린 글 — <구리지갈>로 이어지는 내부의 콘텍스트와, 『인문평론』의 '밖'을 구성하고 있는 '시대적 요청'과 '비문학성'이

---

38) "원리의 추구 이것은 오늘날 문학이 당면한 최대의 급무이다. (…중략…) 문제는 신체제의 원리를 우리 문학에서 어떻게 받아들이느냐 하는 원리의 추구가 지금에 필요한 것이 아니냐. 만약 신체제의 원리를 문학적으로 받아들이고 문학적으로 천양(闡揚)하는 노력이 없이 그저 신체제와 문학만 떠드는 것으로 능사필(能事畢)이라고 한다면 그것은 문학인이 아니라 한 개의 '정객'에 지나지 못하는 것이다."(<구리지갈>, 『인문평론』, 1941. 2)

구성하고 있는 콘텍스트를 살펴보았다. 이를 각기 '밖'－'안'－'안의 안'으로 명명할 수 있지 않을까 하는 것이 이 연구의 기본 전제였고, 어느 정도는 이를 확인할 수 있었다. 물론 이 콘텍스트를 좀 더 세밀하게 확인하지는 못하고, 다만 그런 콘텍스트의 구성 가능성만을 확인해 볼 수 있었다.

확실히 <권두언>과 <구리지갈>에서 차이는 있었고, 이는『인문평론』(및『인문평론』에 가담했던 비평가, 문학인들)이 갖고 있는 이중성이었으며, 시대적 압박 앞에서 보일 수 있는 이중성이었다. 이를 좀 더 확실하게 밝히기 위해서는 지금 한 것보다는 훨씬 많고, 어려운 작업이 요청된다. 우선『인문평론』과『문장』을 맞세워 놓을 필요가 있다. 개략적으로 검토해 본 결과『문장』에는『인문평론』과 같은 복잡한 콘텍스트를 일단 '형식'이라는 측면에서는 가지고 있지 않았다. 물론 내용상의 콘텍스트는 재구해 보아야 할 것이다. 이 재구해야 할 내용상의 콘텍스트는『인문평론』자체에도 해당한다. 여기서 한 것은 기껏해야 <권두언>과 <구리지갈>만을 확인했을 뿐이다.『문장』이외에도『조광』을 비롯한 다른 잡지들과 맺는 관계 또한 살펴보지 않을 수 없다. 무엇보다 중요한 것은『인문평론』이 '당대'와 맺는 콘텍스트일 것이다. 기본적으로는 <권두언>과 <구리지갈> 그리고『인문평론』안에 실려 있는 글들이 참조하고 있는 '현실'과 맺는 관계를 확인할 필요가 있다. 도대체 어떤 방식으로 당대의 현실 속에서 맥락화되고 있는지, 그리고 얼마만큼 그것이 작용－반작용하고 있는지를 세밀하게 살펴보아야 한다. 이 모두가 앞으로 남은 과제이다.

∷ 참고문헌 ∷∷∷∷∷

김동식, 「최재서 문학 비평 연구」, 서울대학교 석사학위논문, 1993.

김윤식, 『한국근대문예비평사연구』, 일지사, 1976.

김윤식, 『한국근대문학양식논고』, 아세아문화사, 1990.

이경훈, 「이광수의 친일문학 연구 : 그의 정치적 이념과 연관하여」, 연세대학교 박사학위논문, 1995.

이은애, 「최재서 문학론 연구」, 서울대학교 박사학위논문, 1995.

채호석, 「김남천 문학 연구」, 서울대학교 박사학위논문, 1999.

채호석, 「탈-식민과 (포스트-)카프문학」, 『민족문학사연구』, 2003. 12.

채호석, 「과도기의 사유와 '국민문학'론 : 1940년을 전후한 시기 최재서의 문학론 연구」, 『외국문학연구』, 2004. 2.

한경희, 「일제의 전시시기와 문학(자)의 도구화 : ≪인문평론≫ 권두언을 중심으로」, 『국어국문학』, 2002. 12.

한수영, 『친일문학의 재인식』, 소명출판, 2005.

허우성, 『근대 일본의 두 얼굴 : 니시다 철학』, 문학과지성사, 2000.

황종연, 「한국문학의 근대와 반근대 : 1930년대 후반기 문학의 전통주의 연구」, 동국대학교 박사학위논문, 1992.

가라타니 고진, 『언어와 비극』, 도서출판 비, 2006.

1930년대 후반 문학의 지형 연구
― 『인문평론』의 폐간과 『국민문학』의 창간을 중심으로

1. 들어가며

1930~1940년대의 문학에 접근할 때, 언제나 긴장할 수밖에 없다. 1930~1940년대가 당대의 문학인들에게 강요했던 '선택' 때문일 것이다. 비록 문학인이 아니라고 하더라도 삶은 언제나 끊임없는 선택이다. 그러나 문학인에게는, 아니 자신의 존재가 '시대적'이라고 생각했던 문학인들에게는, 그리하여 어떠한 발언이건 자신의 발언이 시대적일 수밖에 없다고 생각하였던, 그리고 그렇게 발언하고자 하였던 문학인들에게는 이 '선택'의 의미는 크지 않을 수 없었다. 1930~1940년대를 돌아본다는 것은, 그리고 그 시대의 문학을 들여다본다는 것은 이런 '선택'을 바라보는 것이며, 또 다른 한 편으로 그 '선택'에 맞서는 일이기도 하다. 그리고 이는 이미 확인된 그 이후의 역사를 거슬러 올라가 그 선택의 자리에 우리 자신을 놓아보는 일이기도 하다. 그렇기 때문에 이러한 되돌아봄은 긴장을 수반할 수밖에 없는 것이다. 그들이 어떤 선택을 했건 간

에 그러하다. 그들의 선택이 비난 받을 만한 것이라고 하더라도 마찬가지이다. '진정성'을 문학인들에게 요구할 경우 그들의 선택이 '진정성'에 의한 선택이었다면 우리는 쉽사리 그 선택을 비난할 수 없는 것이다. 우리 또한 그런 선택의 과정 속에 있어 왔고, 또 지금도 선택하고 있지 않은가. 그렇기 때문에 그들의 '선택'의 과정을 들여다보는 것은 또한 지금의 우리를 돌아보는 것이기도 하다.

이런 되돌아봄의 긴장이란 다른 한편으로 당대에 대한 섣부른 판단을 막고자 하는 일이기도 하다. 1930년대 말에서 1940년대에 이르는 시기의 문학에 대해서는 여전히 '평가적'인 입장이 강하게 작용하고 있다. '친일'인가 아닌가의 판단 말이다. 친일인가 아닌가는 어떤 점에서 보자면 대단히 명확하다. 기준을 어떻게 잡는가가 문제가 되기는 하겠지만, 넓게 잡았을 때, 당대에 글을 썼던 문인들 가운데 '친일'의 굴레에서 벗어날 수 있었던 사람은 없다. 좁게 잡는다면 그야말로 '적극적'으로 친일을 하였던 몇 사람(여기에 이광수, 최재서, 현영섭 같은 이를 넣는 데 대해서는 아무도 반대할 수 없을 것이다)을 제외한다면 모두다 친일을 하지는 않았다고 말할 수 있다. 친일 여부를 결과를 놓고 말한다면, 당대에 발표된 글들은 모두 '일제의 검열이 허용하는 범위' 안에서 글을 썼기 때문에 친일의 굴레에서 벗어날 수 없으며, 글쓴이의 '진정성'을 놓고 말하려 한다면, 이광수조차 '민족적'인 진정성으로 글을 썼기 때문에 정말 친일인가를 두고 논란이 가능하다. 그러니까 문제는 '기준'을 설정하는 지금 우리의 문제이지, 어쩌면 당대의 문제가 아닐지도 모른다. 게다가 '친일'이란 일종의 주술과 같은 것이어서, 일단 친일인가 아닌가를 결정하고 나면 이제 '친일'이라는 객관적인 사실이 논의되기보다는 '친일'을 했다는 것 자체가 시선의 편향을 낳게 된다. 어떤 이들을 친일에서 구제하고자 하는 논의들이나, 혹은 친일의 문제를 '양'으로 환원하고자 하는 논의들 모두 사실은 이로부터 자유롭지 못하다.

이 글에서 밝히고자 하는 것은 『인문평론』과 『국민문학』의 연속성과 비연속성이다. 『인문평론』과 『국민문학』은 모두 최재서가 주관하였던 잡지이다. 『인문평론』이 폐간되고 난 이후 최재서가 『국민문학』을 창간하였음은 잘 알려져 있다. '최재서'라는 동일성이 『인문평론』과 『국민문학』을 묶고 있으리라는 것은 지극히 자연스러운 생각이다. 그러나 실상 그 '최재서'라는 연속성은 과연 어떤 점에서 확보되고 있을까? 그게 첫 번째 의문이었다. 그저 막연히 한 문학인에 의해 주관되었던 잡지라는 점에서 갖고 있는 연속성에 대한 관념은 아니었을까?

그러나 『인문평론』과 『국민문학』은 또한 비연속적이기도 하다. 『인문평론』이 폐간된 이후에야 비로소 『국민문학』이 나올 수 있었다는 점이 이를 말해준다. 『인문평론』(『문장』도 마찬가지이지만)이 폐간되어 생긴 빈 공간을 메우는 것이 『국민문학』이었다고 할 수 있을 것이다. 그러나 실제로 『인문평론』이 만들어냈던 공간을 『국민문학』이 채우는 것은 불가능한 일이었을 것이다. 『인문평론』의 공간을 『국민문학』이 채울 수 있었다면 『인문평론』이 폐간되고 『국민문학』이 창간되는 대신에 아마도 『인문평론』이 다른 모습으로 변했을 것이기 때문이다. 이 『인문평론』과 『국민문학』이 점유했던 공간의 차이가 또 확인해야 할 지점일 것이다.[1]

이 두 개의 잡지가 차지하고 있었던, 아니 정확하게 말하면 창출해낸 공간을 생각할 때, 또 하나 중요한 점은 이 두 잡지가 제시하고 있는 담

---

1) 나는 이미 두세 개의 이전 논문을 통해 『인문평론』이 확보하고 있는 공간을 확인하고자 하였다. 물론 그때는 '공간'이라는 말을 사용하지는 않고 '맥락'이라는 말을 사용하였다. 사실 '맥락'이라는 말과 '공간'이라는 말은 사용 방식이 전혀 다르다. 하지만 서로 연관되어 있기도 하다. '공간'은 '맥락'에 의해 규정될 수 있기 때문이다. '맥락'을 강조할 때 『인문평론』이 놓여 있는 '위치'의 발생을 강조하게 되는 반면에 '공간'이라고 말할 때는 그러한 위치 자체의 의미에 초점을 놓게 된다. 여기서는 위치 자체에 초점을 놓고자 한다. 물론 여기서는 이전에 쓴 논문과는 조금 다른 해석도 가능해질 것이다.

론의 틀이다. 사실 입장의 차이란 이 틀의 차이, 혹은 틀이 만들어내는 공간에 비한다면 그리 중요하지 않을 수도 있다. 이 담론 틀의 동일성 속에서라면 입장의 차이란 결국 동일성으로 환원되기 때문이다. 『인문평론』과 『국민문학』의 연속성과 비연속성을 찾아보고자 할 때 이 틀이 어떻게 변하고 있는지도 검토해 보고자 한다.

　이런 논의 방식은 '친일인가 아닌가?'라는 문제설정으로부터는 벗어나 있다. 모든 존재들이 일종의 구성적 공간 안에서 살아갈 수밖에 없고, 이런 구성적 공간이란 힘의 역관계에 의해 만들어지는 것이다. 그러므로 무엇보다 우선 이러한 구성적 공간의 형성에 대해 살펴보지 않으면 안 된다. 예컨대 이태준의 「石橋[돌다리]」를 친일적이라고 말할 수 있다면 그것은 그 작품 자체의 내용에 의한 것이 아니라 바로 그 작품이 '일본어'로 『국민문학』에 실렸다는 사실 자체 때문일 것이다. 그렇기 때문에 그 내용 자체 또한 그러한 맥락 속에서만 인식될 수밖에 없는 것이다.

　이 논문에서는 일단 『국민문학』이라는 잡지를 실증적으로 재구해 보고자 한다. 그리고 그 재구 속에서 '문학'이 어떻게 구성되고 있는지, 또 『국민문학』이라는 잡지 자체가 이전과는 다른 맥락 속에서 어떻게 재구성되고 있는지를 실증적으로 살펴보고자 한다.[2]

---

[2] 이러한 문제 설정에 대해 『국민문학』과 최재서를 '무중력의 공간' 안에 넣고 있는 것은 아닌가 하는 의문이 제기되었다. 어느 정도는 타당하다. 실제로 이 논문의 결과를 놓고 볼 때는 이에 대해 부정할 수 없다. 그러나 이때 '무중력의 공간'이 만일 '친일'이라는 '중력 공간'을 회피하는 것이라면 그것은 어느 정도 이 논문이 의도했던 바이기도 하다. 그러나 만일 '무중력 공간'이 당대의 '시대성'으로부터 벗어나 있다는 지적이라면 그렇지 않다고 생각한다. 시대성이 어떻게 관철되는가 그리고 그에 대해 어떻게 대응하는가에 대해서는 다양한 접근 방식이 있을 수 있다. 결과가 미약함은 변명할 여지가 없지만, 이 논문이 결코 당대의 지배 권력과의 관계에 눈을 돌리지 않은 것은 아니다. 다만 이 논문에서는 이를 『국민문학』이라는 (권력에 의해 구성된) 공간'이라는 시각으로 접근하고자 하였지만, 이를 제대로 밝혀내지 못하였을 뿐이다.

2. 『국민문학』〈좌담회〉의 구성적 역할과 '문학'의 위상

『국민문학』을 살펴보면 가장 눈에 띄는 부분은 〈좌담회〉이다. 〈좌담회〉에서 과연 무엇이 논의되고 있는가 자체가 하나의 구성적 공간을 구축하고 있기 때문이다. 따라서 〈좌담회〉에서 제기되고 있는 문제가 무엇인가를 눈여겨 볼 필요가 있다.

아래 표는 『국민문학』에서 이루어진 좌담회를 정리한 표이다. 이를 보면 대담과 정담을 포함해 모두 26회의 좌담회가 이루어지고 있음을 알 수 있다. 대담과 정담을 뺀다고 하더라도 총 22회의 좌담회가 열리고 있다.

1	1941.11	座談會	朝鮮文壇の再出發を語る
2	1942.1	座談會	日米開戰と東洋の將來
3		座談會	文藝動員を語る
4	1942.2	座談會	大東亞文化圈の構想(大東亞戰爭特輯號)
5	1942.3	座談會	半島基督教の改革を語ろ
6	1942.5·6	座談會	半島學生の諸問題
7	1942.7	座談會	軍人と作家・徵兵の感激を語る
8	1942.10	座談會	北方圈文化を語る
9	1942.11	座談會	國民文學の一年語る
10	1942.12	座談會	明日への朝鮮映畵
11	1943.1	國語問題會談	
12		現地座談會	平壤の文化を語る
13	1943.2	座談會	詩壇の根本問題
14	1943.3	座談會	新半島文學への要望
15	1943.4	座談會	義務教育になるまで
16	1943.5	座談會	農村文化のために(勞動文學特輯)
17	1943.6	座談會	戰爭と文學
18	1943.7	座談會	映畵『若き姿』を語る
19	1943.8	座談會	國民文化の方向

20	1943.9	文學鼎談	
21	1944.5	座談會	決戰美術動向
22	1944.6	座談會	軍と映畵－朝鮮軍報道部作品『兵隊さん』を中心に
23	1944.12	座談會	總力運動の新構想
24	1945.1	座談會	處遇改善を廻りて
25	1945.2	鼎談	思想戰の現段階
26	1945.3	對談	言論打開の道

이 표를 통해 알 수 있는 것처럼 좌담회의 주제는 '문학'에 한정되지 않는다. 이는 눈여겨보아야 할 점이라고 생각된다. 『국민문학』이 엄연하게 '문학'이라는 표제를 달고 있음에도 불구하고 『국민문학』에서 다루는 주제가 '문학'에 한정되지 않고 있기 때문이다. 이는 여러 각도에서 살펴볼 수 있을 터이다.

가장 중요한 점은 『국민문학』에서 '국민문학'이란 새롭게 구성되어야 하는 문학이다. 그리고 이 '국민문학'이란 '민족문학'을 넘어서서 '새로운 국민'을 창출해내는 과제를 갖게 된다. 근대문학이 민족문학이면서 또한 국민문학으로 성립되었던 것이 '일반적'이라고 한다면,3) 『국민문학』에서는 서로 다른 '민족'을 하나의 '국민'으로 창출하는 과제를 갖게 된

---

3) 여기서 일반적이라고 말하는 이유는 그것이 '결코' 일반적이지 않기 때문이다. 근대문학이 '근대 민족 국가'의 성립과 더불어 성립하였으며, 어떤 경우에는 '근대 국민 국가'의 형성에 하나의 기반이 되었음은 이미 잘 알려져 있다.(이에 대한 대표적인 논의로는 베네딕트 앤더슨, 『상상의 공동체』를 참조할 수 있다. 그러나 이는 서구의 '근대'의 성립 시기에 한정된 논의일 수밖에 없다. 서구의 국민－민족 국가가 자본주의의 본성에 따라 '제국주의'로 확장되지 않을 수 없을 때, 이때 '국민－민족 국가'는 그 개념상 위기에 처할 수밖에 없다. 뿐만 아니라 식민지에서는 '민족문학'은 '국민문학'으로 성립하지 않는다. '민족'과 '국민'이 지니는 범주의 상이성이 식민지에서는 극명하게 드러나게 된다. 서로 다른 민족(물론 이는 근대에 들어와서 성립되는 상상적인 것이지만)이 하나의 '국가'와 하나의 '국민'이 되어야 하는 것이다. 이와는 정 반대의 상황이 '분단' 상황이라고 할 수 있다. 이는 하나의 '민족'으로서 '상상되는' 존재들이 두 개의 '(준)국가'로 성립되어 있는 상황이다.

다. 근대문학이 민족문학으로서 국민문학을 구성했던 것이 근대 초기의 역사적 상황이라고 한다면, 여기서는 민족문학을 넘어서는 '국민문학'을 창출해 내지 않으면 안 된다. 게다가 이때의 '국민문학'은 '근대' 자체를 넘어서고자 하는 욕망(그 욕망이 진실한 것이건 아니면 하나의 이데올로기에 지나지 않는 것이건 간에)까지 그 안에 담고 있지 않으면 안 된다. 결국 새로운 '국민'의 형성은 근대적인 국민의 개념을 넘어서는 새로운 '국민'을 만들지 않으면 안 되었던 상황이다. 그렇기 때문에『국민문학』에서는 이미 규정되어 있는 '국민문학'이 아니라, 새롭게 형성되어야 하는 '국민문학'을 지향하고 있었고, 자연스럽게 '국민'을 형성하는 제반 문제(당면한 현실의 문제를 포함하여)를『국민문학』은 다루지 않을 수 없었던 것이라고 보아야 할 것이다.[4]

이제 조금 구체적으로 좌담회의 실질적인 내용을 살펴보도록 하자. 좌담회들은 큰 주제 아래 몇 가지 논점들을 중심으로 진행되었다. 좌담회의 특성상 대체로 논점들은 어느 정도는 정해져 있었을 것으로 생각되지만, 좌담을 정리할 때 삽입된 부분도 있었을 것이다. 물론 이는 확인

---

4) 아마도 이러한 현실적인 요구와 아울러 최재서 자신의 요구도 포함되어 있었을 것으로 생각된다. 이 점에서 본다면 바로『인문평론』의 구성과의 연관성이 눈에 띄게 두드러지게 된다.『인문평론』이 '문학'만이 아니라 '인문학' 전반을 포괄하고 있었다면,『국민문학』또한 인문학 전반이라고까지는 말할 수 없다고 하더라도 현실적인 문제를 상당히 포괄해 들이고 있다는 것이다. 그러나『인문평론』이 포괄하고 있는 영역과는 다소 다른 영역을 포괄하고 있다는 점 또한 눈여겨보지 않으면 안 된다.『인문평론』이 '역사철학'을 비롯한 '인문학'과 '교양'의 영역에 주안점을 두고 있었고, 이를 통해 '전환기'에서 새로운 가능성을 모색하고 있었음에 비해,『국민문학』에서는 이런 점들은 대단히 약화된다.『인문평론』과 마찬가지로『국민문학』또한 최재서의 '정치화'의 욕망이 반영되고 있기는 하지만,『국민문학』의 경우 이 정치화의 욕망은 대단히 직접적으로 드러나고 있다고 생각된다. 사실 식민지에서 발간된『국민문학』에서 더 이상의 논의를 할 수는 없었을 것이다. 새로운 세계를 맞이하기 위한 새로운 '지도이념'의 창출이『인문평론』이 지향하고 있었던 바라고 한다면,『국민문학』은 더 이상 이런 지도이념의 창출을 목표로 하지 않고 있는 것이다. 그에 따라 이미 정립된 '지도이념'에 따른 이념의 재생산이거나 그를 구체화하는 정도에 머물 수밖에 없었고, 이는 '식민지'의 매체가 갖고 있었던 제한성이라고 할 수 있을 것이다.

하기 곤란하다. 여기서 중요하게 생각하는 것은 어떤 하위 논점들이 설정되고 있는가 하는 점이다. 좌담회 전체의 주제 아래, 중요하게 문제 삼을 내용들이 하위 항목으로 설정되었을 터인데, 바로 이 점에서 하위 논점들을 살펴볼 필요가 있다. 하위 논점들의 설정 방식 자체가 충분히 논의의 대상이 될 수 있기 때문이다.

앞서 말한 것처럼 『국민문학』의 좌담회는 '문학'의 영역에 한정되지 않고, 문화를 비롯한 다른 영역에까지 확대되어 있기 때문에 일단 구분하여 볼 필요가 있다. 『국민문학』이라는 잡지의 명칭에 걸맞게 좌담회에서 큰 비중을 차지하고 있는 주제는 문학과 문화 관련 주제들이다. 먼저 문학이 주제가 되고 있는 좌담회를 살펴보도록 하자.

문학(문예)이 논의 대상이 되고 있는 좌담회를 순서대로 보면 다음과 같다.

(1)	朝鮮文壇の再出發を語る	革新の目標 / 宣傳文學か國策文學か / 過去への反省 / 國民文學としての朝鮮文學 / 自己批判 / 作家と時代の苦しみ / 國民化の具體的方案 / 作家の組織と動員の問題 / 作家の活動と發表機關
(2)	文藝動員を語る	文藝動員の意義 / 動員と自己修養 / 朝鮮文學の動き / 自由主義の淸算 / 國家と文藝 / 動員の方法と目標 / 綜合企劃 / 組織の問題
(3)	軍人と作家・徵兵の感激を語る	たうとうやってきた / 國語を知らぬ人も / 徵兵と軍自身の感激 / 理屈なしの'万歲'で / 文化はとう変える / 神話と歷史と / 題材は轉かってゐる / 徵兵、識りたい話 / 農村の人たちの氣持 / 土臺石は土臺石で / 文學と軍人崇拜 / 日本の戰爭文學 / 痛い處ではあるが / 戰爭文學も書ける / ことあげしてもよい / 國民文學と外國文學 / 南方へ行きたい
(4)	國民文學の一年語る	時局の攖み方 / 生活者としての作家 / 浪漫精神と粗雜と / もひとつの根本的な問題 / 日本的世界觀の流れ / 構えの文學 / 構えにも種類がある / 自然性と文化性 / 再び構えについて / 朝鮮文學の位置 / 內地人の半島作家 / 特殊性の問題 / 歷史小說是非 / 詩壇の場合 / 当局者として
(5)	詩壇の根本問題	國語詩壇の現狀 / 國語で書かうとする氣持 / 國語詩壇の萌芽時代 / 大東亞戰爭になってから / 詩壇と指導者と / 朝鮮詩壇の輪廓 / 特殊性と普遍性 / 革新心理的過程 / 詩人としての革新 / 暗さと明るさと / 東京詩壇の現狀 / 詩の世間進出など / 新刊詩集あれこれ—

(6)	新半島文學への要望	朝鮮文壇の現狀 / 國語創作の問題 / 朝鮮文學と中央文壇 / 半島の知識人 / 半島の作家たち / 議論と演劇 / 歷史文學へ / 古代に還れ
(7)	戰爭と文學	文學を見る尺度 / 志賀直哉について / 氣魄とひけ目 / 詩の散文化 / 素人文學について / 戰記と戰爭文學 / 銃後と前線 / 錬成と古典 / 文學の效用 / 處士への愛情 / 詩型の破壞と倉曹 / 現地での生活 / 草葬の詩歌 / それでは我々も
(8)	國民文化の方向	新しい日本文學 / 本源に歸れ / 國語と朝鮮 / 皇道朝鮮研究委員會といふもの / 徵兵と文學
(9)	(文學鼎談)	作家の生活について / 文學の本質的なもの / 評論について / 現實をみる眼 / 朝鮮のもつ美しさ、日本のもつ美しさ / 文學に於ける日本精神 / 作品の貧困 / 現代日本文學の研究 / 戰時の美意識について / 素材の問題 / 再び生活をみる眼について

이들 일련의 좌담회를 놓고 볼 때, 몇 가지 특징적인 점을 들 수 있다. 첫 번째는 '조선문학'의 위치이다. 식민지 시대 '조선문학'이라는 개념은 내연과 외포 모두에서 명료하게 정의되지 않는다. '조선문학'은 그것과 비교될 수 있는 다른 무엇에 의거해서만 비로소 규정될 수 있는데, 이 일련의 좌담에서 '조선문학'의 위치는 이중적으로 규정된다.

첫 번째 규정은 '국민문학으로서의 조선문학'이다. 식민지 시대 '국민문학으로서의 조선문학'이라고 했을 때, 물론 '국민문학'을 규정하는 '국가'는 제국주의 일본이다. 일본의 식민지로서의 조선의 문학은 '국민문학'일 수밖에 없다. 문제는 이런 규정 자체가 아니라 1941년 11월『국민문학』의 창간호에서 이 문제를 새삼스럽게 제기하고 있다는 점이다. 물론『국민문학』이 창간되는 지점에서 '국민문학'을 표방하고 나선『국민문학』으로서는 형식적으로라도 이를 짚고 넘어가지 않을 수 없었을 것이다. 그러나 달리 본다면 '국민문학으로서의 조선문학'이라는 규정 자체가 여전히 명료하게 받아들여지고 있지 않다는 사실의 반증일 수 있다. 이때 '국민문학'을 놓고 굳이 그것을 '문학'이 아니라 '국민문학'이라고 규정할 때, '국민문학'과 관련된 논의의 한 부분에 선전문학과 국책문학의 구분이 놓여 있다.

선전문학과 국책문학의 구분이 논의된다는 점 자체가 '국민문학'을 둘러싼 문학 담론의 재구성이 요구되고 있음을 보여 준다. 이 '국민문학'이 '국책문학'으로서 요구될 때, 국책문학으로서의 국민문학이 놓여 있는 담론의 장은 이전의 카프 문학론의 장과 밀접한 연관을 가지고 있다. 1930년대 중반까지 카프의 문학론의 장이 형성되어 있었고, 카프에 대한 비판의 핵심 가운데 하나는 그것이 '혁명을 위한 도구로서의 문학'이라는 점에 있었다. 다시 말하자면 카프의 문학에 대한 비판이 '문학의 자율성'을 옹호하는 입장에서 제기되었던 것인데, 1930년대 중반 카프의 해산 이후 이 문학의 자율성은 소위 '친일문학'으로 넘어가지 않고자 하는 마지막 저항의 지점으로 작동하고 있었던 것도 사실이다.[5] '선전문학인가 국책문학인가'라는 질문은 바로 이러한 담론의 맥락 속에서만 가능한 질문인 것이다. 선전문학이 아닌 국책문학으로서의 국민문학이란 카프의 '혁명의 무기로서의 문학'을 거부하는 입장에서 가능한 것인데, 이는 반 카프의 입장에 서 있었던 최재서로는 당연한 질문이라고 할 것이다. 문제는 그럼에도 불구하고 '국민문학'이라는 요구를 거부할 수 없었다는 것이다. 결국 '문학의 자율성'이라는 측면에서 '국민문학'의 요구는 이전의 '프로문학'의 요구와 동일한 것으로 간주될 수 있었고, 이 부분을 어떤 방식으로든지 자신에게만이 아니라 작가들에게 해명하고 나서지 않을 수 없었다. 문학의 자율성이라는 근대적인 문학관을 가지고 있었던 많은 작가들에게 '(제국주의 일본의) 국민문학으로서의 조선문학'이란 '프로문학'만큼이나 낯선 것일 수 있었다.[6] '선전문학이 아닌

---

5) 이에 대해서는 『문장』과 관련된 일련의 연구 성과를 참조할 수 있다. 특히 황종연, 「한국문학의 근대와 반근대 : 1930년대 후반기 문학의 전통주의 연구」(동국대학교 박사학위논문, 1992)와 차승기, 「1930년대 후반 전통론 연구 : 시간-공간 의식을 중심으로」(연세대학교 박사학위논문, 2003)를 참고할 수 있다.

국책문학으로서의 국민문학'과 '국민문학으로서의 조선문학'이라는 이러한 규정은 제국주의 일본의 식민 담론인 '국민'의 개념 속에 이질적으로 받아들여지는 '일본'과 '조선'이 함께 속할 수밖에 없었기 때문이리라. 일본인에게 '국민문학'이란 제국주의 일본의 문학이라는 점에서, 그리고 '일본 정신'에 의해 관철되는 문학이라는 점에서 상대적으로 명료하게 받아들여질 수 있었음에 비해,7) 조선인에게는 '(제국주의 일본의) 국민' 이라는 말에서 이 괄호 속에 들어 있는 규정이 감성적으로 받아들이기 어려운 부분이었던 듯하다. 그렇기 때문에 일본 문학인들에게 '국민문학'은 상당히 자연스럽게 '국책문학'으로 받아들여질 수 있었음에 반하여 조선 문학인들에게는 그것은 '타국의 문학을 자신의 문학'으로 받아들이는 일이었고, 제국주의 일본의 요구처럼 '일본정신'을 체득하지 못한 상태에서는 그것은 '선전문학'으로 인식될 수밖에 없었던 것이다.

'조선문학'에 대응하는 또 하나의 개념은 '일본문학'이었는데, 역시 여기서도 '조선문학'과 '일본문학'은 이중의 의미를 갖게 된다. 이념형으로서의 '근대 국민 국가'의 경우, '민족문학'과 '국민문학'은 동일성을 획득할 수 있는 반면, 실제로서의 식민지 조선에서 '조선문학'은 '민족문학'이면서 '지방문학'으로서 이중의 위상을 지니고 있었다고 해야 할

---

6) 직접적으로 관련되는 논의는 아니지만, 채만식의 경우 관념으로서의 마르크스주의의 절대성을 제국주의 이데올로기의 절대성으로 대체하면서 친일로 넘어갔다는 한수영의 논의의 맥락을 함께 생각해 볼 수도 있을 것이다. 이에 대해서는 한수영, 『친일문학의 재인식』(소명출판, 2005) 참조.

7) 물론 일본인들에게 '국민문학'이 자연스럽게 받아들여졌을 것이라는 판단은 잠정적인 판단이다. 실제로 그러하였는가에 대해서는 조금 더 살펴볼 필요가 있다. '제국주의 일본'의 내부에도 일본의 '제국주의'를 부정하는 여러 세력들이 있었을 뿐 아니라, '국민'의 '국민됨'을 규정할 수 있는 실질적인 내용 또한 그렇게 명료하지는 않았기 때문이다. 천황의 성격을 둘러싼 극렬한 대립이 있었고 '국체'라고 하는 개념이 지니는 모호성(이론적이라기보다는 심정적인 특성)이 일본 내부에서도 논란의 대상이었다는 점에서 이를 확인할 수 있다.

것이다. 여기에 ‘국민문학’과 ‘외국문학’이라는 또 하나의 이분법이 작동하게 되면 ‘조선문학’의 위상은 대단히 모호해진다. ‘국민문학’의 내부에서는 ‘일본문학’과 구분되는 ‘조선문학’으로 규정되면서, 또 한편으로는 ‘외국문학’과 구분되는 ‘국민문학’으로서는 ‘일본문학’과 구분되지 않는 ‘조선문학’이 성립할 수밖에 없기 때문이다.

바로 이 점이 ‘조선문학’이 지닌 난감한 지점이 아닐 수 없었다. 이는 식민지 조선의 문학인들에게만이 아니라 일본의 문학인에게도 마찬가지였다. 이론적으로 조선문학은 ‘일본문학’이지만 그렇다고 해서 ‘일본문학’과 ‘조선문학’의 동등성을 인정할 수는 없었기 때문이다. 한편으로 끊임없이 ‘동조동근(同祖同根)’을 외치면서도 다른 한편으로는 민족적 ‘차이’를 고수할 수밖에 없었던 것이 일본의 입장이었다. 어쩌면 이 지점은 제국주의 일본의 식민 담론에 존재하는 가장 큰 균열의 지점이었다고 할 수 있다. 『국민문학』의 일련의 좌담회에서 이 난감한 균열의 지점에 대해 조선 문학인이나 일본 문학인 모두 인식하고 있었음을 확인할 수 있다.8)

『국민문학』으로서 이 난감한 지점을 건너 뛸 수 있었던 것이 바로 징병제의 실시였다. 징병제의 실시는 비로소 제국주의 일본이 식민지 조선인을 ‘국민’으로서 받아들인다는 징표였다. ‘국민문학으로서의 조선문학’이 갖고 있던 딜레마는 이로써 해소되는 것처럼 보인다. 많은 문학인들이 징병제를 환호했던 것도, 그리고 조선 청년들을 전쟁에 ‘기꺼이’ 내보냈던 것도 바로 ‘국민으로서의 인정’ 때문이었다는 점은 이미 잘 알려

---

8) 이 균열 지점에 주목하고 있는 대표적인 논의로는 윤대석, 「1940년대 ‘국민문학’ 연구」(서울대학교 박사학위논문, 2006)를 들 수 있다. 이와 아울러 일본 내부에 존재하였던 ‘민족’ 논의에 대해서는 오구마 에이지의 『일본 단일민족신화의 기원』(소명출판, 2003) 또한 참고할 수 있을 것이다. 이 책에 따르면 일본 내부에서 ‘단일 민족 신화’는 상황에 따라 달리 인식되었으며, 내부에 갈등이 있었다고 한다.

진 사실이다.9) ‘징병제’는 조선인을 ‘대일본’의 국민으로서 받아들이는 것이고, 그렇기 때문에 ‘감격’과 ‘만세’로 받아들여야 했던 것이다. 그리고 나면 <군인과 작가, 징병의 감격을 말한다>의 마지막처럼 ‘남방에 가고 싶다’라는 다분히 낭만주의적인 욕망을 표출할 수 있게 된다. 제국의 국민이 됨으로써 비로소 제국의 욕망을, 비록 그것이 허위의 욕망, 거짓된 욕망이라고 하더라도 기꺼이 자신의 욕망으로 안도하면서 받아들이게 되는 것이고, 그리고 일본의 ‘국민’으로서 ‘남방 진출’이라는 욕망을 함께 나눌 수 있게 되었던 것이다.10)

또한 이렇게 되면서, ‘조선문학’과 ‘일본문학’은 이제 ‘하나의 국민문학’의 ‘지방문학’으로서 규정되게 된다. ‘조선문학’이 ‘반도 문학’이라는 새로운 이름을 얻게 되는 것도 이 이후이다. ‘신반도 문학(新半島文學)에의 요망(要望)’이 좌담회의 주제가 되었던 것도 이러한 위치의 재조정 때문에 가능하였다. 이 좌담회에서의 논의 주제는 ‘조선문단의 현상, 국어창작의 문제, 조선문학과 중앙문단, 반도의 지식인, 반도의 작가들, 의론과 연극, 역사문학으로, 고대로의 귀환’ 등이었는데, 여전히 조선문학이라는 개념이 사용되고 있기는 하지만, 그를 대체할 수 있는 개념으로서 ‘반도 문학’이 함께 논의되고 있다. 이런 재조정이 ‘일본문학’과 ‘조선문학’의 위상의 동일성을 확보해주고 있기는 하지만, 그러나 그렇다고 해서 내부의 ‘차이’가 사라졌던 것은 아니며 사라질 수 있었던 것도 아니다. 왜냐하면 ‘조선’은 ‘반도’로 대체되어 ‘지방’의 성격을 띠었지만, 그럼에도

---

9) 이에 대해서는 김윤식의 『이광수와 그의 시대』(솔출판사, 1999)가 잘 설명하고 있다.

10) ‘남방 이데올로기’는 전형적인 ‘식민주의 이데올로기’이다. 이는 ‘남방’을 이국적인 정취를 지니고 있는 존재로 상정하면서 또한 야만으로 규정한다. 야만이 지니고 있는 이 이국적인 정취와 매력의 재생산은 일본의 침략을 정당화하는 이데올로기로서 작동하였다. 이에 대해서는 권명아, 「태평양 전쟁기 남방 종족지와 제국의 판타지」(『상허학보』, 2005. 2)를 참조할 수 있다.

불구하고 여전히 반도문학(조선문학)은 '중앙 문단'의 외부에 존재하는 '지방의' 문단이었기 때문이다. 여전히 '반도 문학'은 '조선적 특수성' 혹은 '지방색'을 갖고 있는 것으로 인식되었고, 이를 해결하기 위한 방법으로는 '반도문학(조선문학)'에 '일본 정신'을 이식함으로써만 가능하였지만, 이식이 어느 정도 성공했는지는 알 수 없다.11)

이런 일련의 흐름이 대동아공영권의 구상과 맞물려 있음은 의심할 여지없다. 조선과 대만이라는 식민지를 '일본'과 같은 국가로 설정하고, 그 주변에 만주와 중국, 그리고 남방을 놓는 구상은 '조선문학'을 국민문학으로서 규정하는 것, 그리고 다시 조선문학을 '반도문학'이라는 지방문학으로 규정하는 것과 정확하게 맞물려 있는 것이다. 다만 문학이 현실의 언어를 사용할 수밖에 없었다는 점에서 다소 뒤늦을 수밖에 없었던 것도 현실이라고 할 수 있다.12)

그러나 문학 또는 문화와 관련된 논의들을 제외하고, 다른 논의들이 어떤 의미를 가질 수 있을지는 다소 불명확하다. <일미 개전과 동양의 장래>, <대동아문화권의 구상>, <북방권 문화를 말한다>, <국민문화의 향방>, <총력운동의 신구상>, <사상전의 현단계> 등의 좌담회 주제는 물론 문학과 관련이 없다고 말할 수는 없을 것이다. 전체적인 구상에서 충분히 논의할 만한 내용이기는 하였지만 '기독교' 관련 논의나 '학생' 문제, '의무교육' 문제는 문학과는 직접적인 연관을 갖고 있지는

---

11) 물론 이는 공식적인 이데올로기 차원에서의 문제이다. 실제의 일상적 삶 속에서 어떻게 '일본적'인 것들이 작동을 하고 있었는지(물론 그 '일본적인 것' 자체가 논란의 대상이기는 하지만) 실증적인 조사가 필요하다. (어떤 이유에서건) 자진해서 친일을 한 사람들도 있었을 뿐만 아니라 그 이후 오랫동안 '일본으로부터 유래된 것'(이를 일제 잔재라고 말할 수도 있겠지만)들이 많이 남아 있었음은 사실이기 때문이다.

12) 문제는 과연 이러한 균열과 그 균열의 봉합 과정에서 나타나는 새로운 균열을 어떻게 조선의 작가들이 이용할 수 있었을까 하는 점인데, 이는 이 논문이 해명하고자 하는 바가 아니기 때문에 다음 기회로 넘긴다.

않다고 판단된다. 물론 '국책문학'의 '내용' 항목으로서는 충분히 다룰 만한 것이기는 하였다. 결국 『국민문학』은 당대의 주요 논점들을 쫓아가고 있었지만, 그 논의들을 '선도'하거나 새로운 이념적 지평을 열 수 있을 만한 것은 아니었다.

이는 이러한 좌담회에 '전문가'와 아울러 '전문가라고 할 수 있는' 관계 당국자(주로 실무책임자인 '부장(部長)')이 참석하고 있었다는 사실과도 연관이 있다. 새로운 담론(비록 그것이 지배이데올로기를 재생산하는 것이었다고 하더라도)을 구축해 나가기보다는 기존 담론의 확인하고 추종하는 데 머물 수밖에 없었다. 물론 이전에도 지배 정책이 결정되고, 그에 따른 논의들이 나왔음은 물론이다. 그러나 단순 재생산이나 확인을 넘어서서 지배 정책과 이념의 내실을 확보하고자 하는 노력 또한 없지 않았음을 생각할 때 지배이념과 지배 정책을 확인하는 선에서 그치고 있다는 점은 『국민문학』 좌담회가 보이는 큰 특징이다.

총독부 관리가 포함되어 있음으로 해서 낳을 수 있는 효과는 무엇보다도 국가 시책에 대한 정확한 이해일 것이다. 그런 점에서 총독부 관리의 참석은 일종의 좌담회에서의 담론을 외적으로 규제하게 된다. 공인으로서 참석하고 있는 총독부의 관리들은 개인의 의견이라기보다는 '총독부'의 의견을 반복할 수밖에 없기 때문이다. 그리고 이들은 어떠한 방식으로건 '검열자'로서 존재하게 된다. 물론 실질적인 검열은 하지 않았겠지만, 그들이 '공식적인 직위'를 가지고 참석한다는 것만으로도 논의는 충분히 제한될 수 있었다고 생각된다.

그러나 이를 거꾸로 해석할 가능성도 존재한다. 다시 말하자면 『국민문학』과 같은 잡지에 총독부에서 파견하지 않을 수 없다는 사실은 담론의 열린 공간에 대한 불안감, 혹은 통제하지 않으면 안 될 필요성을 지속적으로 확인시켜 주고 있다는 사실이다. 이들의 존재가 좌담회 논의의 공식성과 '국책성'을 담보하여 줌과 동시에 바로 그들이 참여할 수밖에 없다는 사실이야말로 이 공식적인 담론의 불안성(해석의 다양성 혹은 해석에서 나타날 수 있는 많은 가능성)을 반영하고 있다고 볼 수도 있는 것이다. 끊임없이 주지시키고 공식적으로 확인시킬 수밖에 없었던 것이 '국민문학'이라는 정책 방향이었던 것이다.

결국은 관리들의 참석은 '열린 공간'으로서의 좌담회를 성립시키지 못하고, 공식적인 입장의 상호 확인으로 그치고 말았으며, 다른 한편으로는 '열린' 논의 자체에 대해 당국이 갖는 불안감도 표출되어 있다고 할 수 있을 것이다.

3. 『인문평론』에서 『국민문학』으로

1) 『인문평론』의 계승자로서의 『국민문학』

'『인문평론』의 계승자로서의 『국민문학』'이라고 했지만, 엄밀하게 말하면 적절하지는 않다. 『인문평론』이 맡았던 역할이 자의에 의해서건 타의에 의해서건[13] 폐기되고, 이를 대신하는 '문학' 잡지로서 『국민문학』이 창간되었기 때문이다. 그럼에도 불구하고 '『인문평론』의 계승자로서의 『국민문학』'이라는 제목을 붙인 것은 『인문평론』과 『국민문학』 사이에 일정한 연관성이 있다고 판단되었기 때문이다. 『인문평론』과 『국민

---

13) 이도 사실은 타의에 의한 것이다. 『문장』과 함께 『인문평론』이 폐기되는 것은 '국어(일본어) 상용'의 문제와 밀접하게 연관되어 있다. 뿐만 아니라 『문장』이나 『인문평론』이 보여준 기본적인 세계 인식의 문제와도 연관되어 있다. 『문장』과 『인문평론』의 폐간, 『삼천리』의 『대동아』로의 개편, 『동양지광』의 창간, 그에 비해 『조광』의 지속 등은 1940년을 전후한 시기의 잡지 재편이라는 관점에서 살펴보아야 할 문제이다.

문학』은 완전히 별개의 잡지이기는 하지만, 다음과 같은 점에서 일정한 '연속성'을 갖고 있다고 생각된다.

첫 번째는 무엇보다도 『인문평론』과 『국민문학』의 편집자의 동일성이다. 잘 알려져 있듯이 『인문평론』은 물론 『국민문학』 모두 최재서가 편집을 맡았다.14) 편집자의 동일성은 잡지라는 매체에서 대단히 중요하다. 1940년대에 과연 잡지의 편집자가 얼마만큼의 편집권을 갖고 있었는가는 다른 연구가 필요하지만, 『국민문학』이 유일한 잡지도 아니었고,15) 또 총독부의 기관지로서의 성격을 갖지도 않았기 때문에 제한된 틀에서지만 잡지 편집자의 역할은 충분히 하고 있었을 것으로 생각된다. 편집자의 동일성은 잡지라는 매체에서 대단히 중요하다. 매체의 방향을 결정하기 때문이다. 잡지의 기본 체제, 실리는 특집(『국민문학』에서는 주로 좌담회가 이를 담당했다)의 종류, 원고의 청탁, 개별적인 글의 방향 등이 편

14) 최재서는 『국민문학』을 창간할 당시만 해도 창씨개명을 하지 않았다. 최재서의 창씨개명은 1944년 4월이다(『국민문학』만을 놓고 보면 그렇다). 최재서의 창씨개명 후의 이름은 '石田耕造'이다. 하지만 조금 불명확한 점이 있다. 최재서의 창씨개명 후의 또 하나의 이름은 '石田耕人'이다. 그런데 이 이름은 『국민문학』만을 놓고 살펴보면 1942년 12월에 처음 등장한다. '石田耕造'라는 이름을 처음 쓸 때, 그 뒤에 작은 글씨로 '崔載瑞'라고 부기되어 있다. 그런데 '石田耕人'라는 이름이 처음 등장하는 1942년 12월의 글에는 최재서라는 표시는 없다. 그러나 최재서가 '石田耕造'로 창씨개명한 직후인 1944년 5월에 '石田耕人'이라는 이름을 소설 「非時の花」를 발표하는데, 여기에는 '崔載瑞'라는 부기가 달려 있다. 그러니까 '石田耕人'는 또 하나의 최재서의 이름인데, 1942년 10월부터 1944년 3월까지는 최재서라는 이름과 '石田耕人'라는 이름을 동시에 사용한 셈이 된다. 동시에 두 개의 이름을 사용하는 것은 조심스러운 접근을 요한다. 특히 잡지 편집자로서는 더욱 그렇다. 일단 '石田耕人'이 최재서의 다른 이름이라고 한다면, 최재서가 두 개의 글을 쓰고 있는 동안, 최재서는 두 개의 퍼소나를 가지고 행동한 셈이 된다. 그리고 그렇다고 한다면 최재서라는 이름을 쓴 글과 '石田耕人'라는 이름을 쓴 글 사이의 격차를 해명해 보아야 한다. 최재서와 관련된 기존의 연구들을 충분히 찾아보지 않아서 이에 대한 연구가 있는지는 모르지만, 일단 이 논문에서의 핵심적인 문제는 아니기 때문에 다음 기회에 확인해 보려 한다.

15) 물론 『국민문학』은 '문학'이라는 이름을 달고 있는 유일한 잡지이긴 하였다. 유일한 '문학' 잡지이기 때문에 다른 잡지보다 좀 더 편집권에 제한을 받았을 가능성은 있다. 하지만 문학 작품이나 문학 관련 글이 실렸던 유일한 잡지는 아니기 때문에 편집권이 심하게 제약되었으리라고는 생각지 않는다.

집권과 연관이 있기 때문이다. 그런 점에서 편집자의 동일성은 『인문평론』과 『국민문학』 두 개 잡지의 연관성을 한 층 강화시켜 준다. 기본적으로 『인문평론』의 <권두언>과 『국민문학』의 방향은 일치함을 확인할 수 있다.

또 하나는 두 잡지 지식인들을 대상으로 하는 (준)종합지를 지향하고 있었다는 점이다. 이 시기에 발간되고 있었던 종합지의 대표격으로는 『조광』을 들 수 있을 터인데, 『국민문학』이나 『인문평론』은 『조광』 정도의 종합잡지로서의 성격은 갖지 않고 있었지만, 모두 '문학'이라는 틀을 넘어서고 있었다. 『인문평론』이야 잡지 이름 자체가 '인문학'을 지향하고 있었지만, 『국민문학』의 경우 잡지의 명칭이 '문학'을 포함하고 있었음에도 불구하고 문학과 관련되지 않은 글도 싣고 있었다. 물론 '문학'만으로 잡지가 꾸려질 수 없었기 때문이라는 설명도 가능하겠지만, 『문장』과 같은 경우 거의 전적으로 '문학'만으로 이루어져 있었던 점을 생각한다면, 『문장』과 『인문평론』 폐간 이후 발간된 문학잡지인 『국민문학』은 『문장』보다는 『인문평론』에 가깝다고 해야 할 것이다. 이 점이 『국민문학』을 『인문평론』의 계승자라고 말한 두 번째 이유이다.16)

마지막으로 한 가지 덧붙인다면, 『인문평론』이나 『국민문학』이나 모두 고급독자를 지향하고 있다는 점이다. 이 부분은 자체로는 큰 의미를 지니지 않는다. 역시 1940년대 잡지 지형의 재편을 검토해야 할 일이지만, 특정한 독자들을 대상으로 한다는 점은 그리 중요하지 않다. 이 부분이 의미를 갖는 것은 고급 독자를 대상으로 하는 점에 잡지 편집 체제에 영향을 미치기 때문이다. 고급 독자의 지향은 실리는 글(작품들을 포함

---

16) 이것이 편집자인 최재서 탓인지 아니면 '시대적 요구' 탓인지는 지금으로서는 확인하기 어렵다. 이는 당대에 나온 잡지 전체를 놓고 살펴보아야 할 문제이다. 잡지 시장에서 각 잡지들은 적절한 역할 분담을 하게 되는데, 이러한 역할 분담이 1940년대 어떤 방식으로 이루어져 있는가는 따로 연구할 필요가 있다.

해서)의 내용과 수준을 제한하게 된다. 『국민문학』이 얼마만큼 작품의 수준을 제한하고 있는지는 정확하게는 알 수 없지만, 이전에 『인문평론』이 가지고 있던 이분법, 다시 말하자면 '고급문학 대 대중문학'의 이분법이 여전히 작동을 하고 있다고 보인다.[17]

굳이 여기서 엄밀히 말해 전적으로 별개인 두 잡지 『인문평론』과 『국민문학』의 연속성을 말하는 이유는, 『국민문학』이 전혀 새로운 공간에서 만들어진 것이 아니라는 점을 강조하고 싶어서이다. 어떤 권력도 절대적으로 새로운 공간을 만들어낼 수는 없다. 그렇게 하고자 한다면 그것은 무모한 일이기 때문이다. 결국은 기존의 지형을 이용하여 새로운 지형을 만들어낼 수밖에 없다. 현존하는 문학 공간(의 일부분)을 폐쇄하는 것은 그리 어렵지 않은 일이다. '전시하(戰時下)'라는 상황 속에서 이는 더욱 쉬운 일이다. 그러나 새로운 문학 공간을 만들어내는 것은 이와는 전혀 다르다. 이때 '선택'의 문제가 나오는데, 최재서와 『인문평론』은 그런 선택된 공간이었던 것이다. 이 선택은 한편으로는 최재서의 '욕망'과 밀접하게 관련되어 있을 것이다. 최재서가 편집자로서 『인문평론』이라는 매체를 시작하고, 그리고 그 매체가 닫혔을 때 새로운 매체를 욕망하리라는 것은 당연한 일이다. 『인문평론』에서 보이듯이 편집자로서의 최재서의 욕망은 시대를 앞서나간다는 것이었다. 최재서에게 『국민문학』이라는 새로운 공간이 열렸을 때, 최재서는 『인문평론』 때의 기본 틀을 기본적으로는 유지하고 있었다고 판단된다. 그 기본 틀이란 잡지의 지향,

---

17) 물론 이는 어느 정도는 자의적인 판단이다. 이를 확정하기 위해서는 1940년대 문학 작품 전체를 살펴보지 않으면 안 된다. '실질적으로' 각 매체(잡지와 신문, 그리고 단행본)에 실리는 작품들의 수준이 차이를 보이고 있음을 확인해야 한다. 과문한 탓이겠지만, 이에 대해서는 아직 연구가 없는 것으로 보인다. 물론 아주 엄밀하게 구분하기는 어려울 것이다. 하지만 작품들을 주제별로 분류해 본다면 어느 정도의 경향성은 발견할 수 있을 것으로 생각된다.

대상 독자, 그리고 문학관이라고 할 수 있다. 이 점에서 『국민문학』은 『인문평론』의 연속선상에 있다. 다시 말하자면 『인문평론』이 열어 놓은 공간을 활용하고 있다는 것이며, 『인문평론』이 했던 역할을 계승하는 것이었다. 아마도 지배 당국자로서도 이를 충분히 인식하고 있었을 것으로 판단된다. 다른 사람이 아니라 최재서를 선택한 것이 이를 방증한다. 『문장』과 『인문평론』이 열어놓은 공간 가운데서 『문장』이 아니라 『인문평론』을 선택한 것이고, 『문장』과 『인문평론』을 『인문평론』의 공간을 중심으로 재편하고 있는 것이다. 이는 『인문평론』이 열어 놓은 공간이 지배 당국자에게도 의미 있는 것이었으며, 또한 그 형식상 일정하게 동의하고 있었다고 판단할 수 있을 것이다.

2) 『국민문학』이라는 새로운 공간

앞서 『인문평론』과 『국민문학』의 연계성을 살펴보고, 이를 '계승자'라고 말하였지만, 계승자이기는 하지만 『국민문학』이 '적자'는 아니다. 『인문평론』을 계승하고 있지만, 『인문평론』을 어느 정도 부정하면서 『국민문학』이 발간되기 때문이다. 『인문평론』의 '개편'이 아니라 『인문평론』의 폐간과 『국민문학』의 창간이 이를 잘 보여준다. 그러니까 『인문평론』과 『국민문학』의 연계성은 의식적인 것이라기보다는 무의식적인 것, 혹은 인식되지 않은 것이라고 해야 할 것이다.

『인문평론』의 폐간되면서 『인문평론』이 차지하고 있던 공간은 빈 공간이 된다. 물론 『문장』이 폐간되면서 만들어진 공간도 있다. 『인문평론』과 『문장』이 폐간되면서 만들어진 공간을 어떤 방식으로건 『국민문학』이 채우게 되는데, 이를 『국민문학』이 채우면서 공간 자체가 변형된다고 생각된다. 『문장』과 『인문평론』이 차지했던 공간이 재편되지 않는다면

『문장』과『인문평론』의 폐간과『국민문학』의 창간을 통한 재편의 계획
은 의미가 없기 때문이다. 따라서『국민문학』의 창간을 통해서 재편되면
서 새롭게 형성되는 공간이 어떤 모습을 띠고 있는가가 중요해진다.

　『인문평론』의 공간은 다양한 맥락 속에서 구성되어 있었다.『인문평론』
은 어떤 단일한 매체라기보다는 다소 복합적인 매체였다. 이는 1930년대
후반이라는 특수한 역사적 상황이 반영된 결과였다.『인문평론』은 최재서
가 주관했으며,『인문평론』을 통해 주로 활동하던 사람들은 서인식이나
김오성, 이원조, 인정식 같은 사회비평가, 역사철학가, 경제학자 등을 포함
하여 문학 쪽에서는 임화와 김남천이 있었다. 이런 복잡한 인적 구성은
『인문평론』이라는 매체 구성의 맥락의 복합성을 드러내어 준다.

　『인문평론』의 '밖'을 구성하였던 것은 물론 '신체제'와 같은 제국주의
일본의 지배 방식과 지배이데올로기였다. 제국주의 일본의 지배방식이
일관되지 않았고, 그를 떠받치는 이념 또한 일정하지 않았다. 이에 관한
연구에 따르면 지배이념이나 지배이데올로기는 사태를 이끌어가기보다
는 사태를 추인하는 방식으로 전개되었다고 한다. 따라서 '신체제' 같은
새로운 지도 체제도 명확한 이념을 바탕으로 성립되기보다는 제국주의의
대외적 확장이라는 필연적인 과정을 뒷받침하는 제도로 마련되었으며,
그 구체적인 내용은 주어지기보다는 현실의 사태에 맞게 구성되어야 할
것이었다.『인문평론』의 밖을 구성하였던 또 하나는 '대중문학' 혹은 '저
급문학'이었다.『인문평론』은 엄격하게 스스로를 이들과는 구분되는 존
재로 상정하고 있었다. 이는 그 이전에 존재하였던 '순수문학' 혹은 '고
급문학'의 우월성을 그대로 유지시켜 나가고자 하는 바람이었다고 생각
된다.『인문평론』의 안을 구성하였던 것은 김오성이나 인정식, 이원조 등
과 같은 사람들의 글과 작품이라고 할 수 있다. 물론 이 내부에서도 차이
는 존재했지만18) 이 차이는 전체를 생각할 때 그리 크지 않은 것이었다.

『인문평론』에서 중요한 점은 '안의 안'을 구성하는 존재가 있었다는 것이다. 일종의 '내부 비판'이면서 또한 『인문평론』의 권두언이 지향하는 바, 혹은 『인문평론』에 실린 새로운 논리(신체제에 영합하는, 그러나 새로운 길을 모색하는)들에 대한 저항이기도 하였다. 이런 다양한 맥락들이 『인문평론』의 안과 밖을 구성하고 있었으며, 이 맥락 속에서 『인문평론』의 고유한 공간이 마련되었다. 그리고 이러한 『인문평론』의 공간은 『문장』과는 대비되는 것이었다.[19]

『인문평론』과 『문장』이 폐간되었을 때, 이들 두 잡지가 점유했던 문학적 공간은 비어 있었다. 『국민문학』은 이 비어 있는 공간을 메우고 재배치하기 위해 창간되었다. 아니 그것이 목적이 아니라고 하더라도 『국민문학』이 '문학' 잡지인 한에서는 그 공간을 메울 수밖에 없었다. 하지만 실질적으로 그 공간이 메워질 수는 없는 일이었다. 그 공간이 그대로 메워진다면 『인문평론』과 『문장』의 폐간과 『국민문학』의 창간은 무의미하기 때문이다. 그렇다면 어떤 방식으로건 『국민문학』은 비어 있는 공간을 메우면서 그 공간 자체를 재배치하지 않을 수 없었을 터인데, 이 메움과 재배치를 『국민문학』과 『인문평론』의 비교를 통해 살펴보고자 한다.

『인문평론』에서 가장 중요한 부분은 <구리지갈>이었다. <구리지갈>은 『인문평론』의 내부에서 『인문평론』을 비롯해 여러 매체에 실린 비평

---

18) 소설 작품에서의 차이는 작지 않아 보인다. 『인문평론』에 실린 주요한 단편에 관한 논의는 채호석, 「1930년대 후반 소설의 역사적 상상력」(『국어국문학』, 2007. 12)과 「검열과 문학장 : 1930년대 후반 한국문학에서의 검열과 문학장의 관계 양상」(『외국문학연구』, 2007. 8)을 참고하기 바란다.

19) 이에 대한 상세한 논의는 채호석, 「≪인문평론≫의 '안'과 '밖'」(『외국문학연구』, 2007. 2)을 참조하기 바란다. 「≪인문평론≫의 '안'과 '밖'」에서는 '맥락'이라는 관점에서 살펴보았다. 이 논문에서는 '공간'이라는 말을 사용한다. 물론 비유적으로 사용되는 말이지만 『인문평론』이 폐간되고, 『국민문학』이 창간되는 과정 및 변화 등에 대해 설명하는 데는 '공간'이라는 비유를 사용하는 것이 더 적당하다고 생각하였다. 물론 '공간'은 '맥락'에 의해 구성된다.

들을 비평하는 '메타-비평'의 공간이었다. 이 난이 중요한 이유는 단지 메타-비평이면서『인문평론』자체까지 비판하고 있다는 점이 아니라, 그 비판의 거점 때문이다. <구리지갈>은 다소 원론적이며서, 또한 '보편적'인 자리에서 여러 비평들을 메타-비평하고 있었다. 물론 이 '보편적인' 자리 자체가 가능한가 하는 의문을 가질 수는 있으며, 원칙적으로 '보편적인' 자리는 가능하지 않다. 다만 중요한 것은 1930년대 후반에 <권두언>을 통해 보이는 외부로부터의 압력, 기본적으로는 '일본'의 위치에서 행해지는 사고와 판단(<권두언>을 포함하여)에 대해 '보편적인' 입장과 원칙을 고수함으로써, 비록 적극적으로는 아니지만 소극적으로나마, 당대의 '지배이데올로기'에 대한 비판이 가능했다는 사실이다.『인문평론』이 존재 이유가 있었고, 그리고 또한 폐기되어야 할 이유가 있었다면, 그것은 바로 이 <구리지갈>과 같은 메타-비평의 공간이었을 것이다.

『국민문학』에는 물론 이러한 공간이 마련되지 않는다.『인문평론』이 폐간되고,『국민문학』이라는 새로운 매체가 창간되는 것도 이 때문일 것이다. 그러나 그렇기 때문에『국민문학』의 공간은 '폐색(閉塞)된' 공간이다. 이 폐색된 공간에서 숨을 쉴 수 있는 여지는 그리 많지 않다.『국민문학』에서의 최재서의 비평들이『인문평론』에서의 최재서의 비평과 질을 달리함도 이 때문이다.『인문평론』에서 최재서의 비평이 차지하였던 공간은 '소설론'이었다. 물론 이 '소설론'을 통해서 최재서의 사유의 변화를 볼 수 있음은 사실이지만, 그럼에도 이는 '간접적인 방식'이었다고 해야 할 것이다. 하지만『국민문학』으로 오면서 최재서의 비평은 변한다.[20]

또 하나,『인문평론』시절에 존재했던 균열 가운데 하나는 '문학'과

---

20) 최재서의 비평의 방식의 변화와 매체의 변화 사이의 관계에 대한 연구는 좀 더 행해져야 한다. 이는 최재서에만 해당되지는 않는다. 현재 1930년대 후반에서 1940년대 초에 이르는 비평에 대한 연구가 아직 '매체'와의 관련성 속에서는 이루어지지 않고 있는 듯하다.

'비문학'의 사이의 균열이었다. 이는 '문학'의 재생산이었다. '문학'이
'문학'으로서 재생산되기 위해 공고하게 구축하는 '문학'이라는 성이었
다. 이는 '문단'이라는 이름으로 재생산되었다. 『국민문학』에서 과연 이
'문단'은 재생산되는가? 문단은 재생산되는데, 이 문단의 재생산은 내부
에서만이 아니라 외부에서 강제된다. '조선문인보국회(朝鮮文人報國會)'가
바로 이러한 새로운 '문단'이다. 이 문단은 이전과는 달리 변형 재생산
된다. 이 새로운 문단 속에서 '문인'들은 공식적인 '문인'이 된다. 문인
들이 스스로 구성했던 조선문인협회가 '조선문인보국회'로 재생산되는
것이다. 이 재생산 속에는 기존의 '지위'에 대한 인정이 포함되어 있다.
이 인정이 없이는 '문인'으로서 존재하지 않는다.

두 번째 균열은 '문학' 내부에서도 '고급문학'과 '저급문학'의 구분이
었다. 이때 저급문학이란 '상업문학'이고, '대중문학'이고 저열한 문학이
었다. 그리고 그 내부에 물론 '특정한 이념의 혹은 목적의 수단으로서의
문학'이 포함되어 있었다. 그러나 이제 이러한 구분은 40년대는 사라지
게 된다. 1930년대 후반 문학이 그토록 부정하고 싶어 했던 '계급문학'
의 목적성, 혹은 수단성은 1940년대에 재생산된다. 이념이라는 것이 어
떻게 작동되는 것인지가 중요한데, 이념만이 문제가 아니라 이념에 관여
하는 방식이 문제라고 한다면, 결국은 카프 초기의 극좌적인 문학 이해
가 이 시기에는 극우적인 방식의 이해로 바뀌게 되는 것이다. 결국은 부
분적인 동일성으로 회귀하는 것이다. 1930년대 후반 『인문평론』과 『문
장』이, 특히 『인문평론』이 1930년대 초반의 카프에 대한 각기 다른 지
양이라고 한다면, 『국민문학』에 와서는 지향하는 이념만 달라진 채 그대
로 그 '방식'은 재생산하고 있는 것이다. 이를 문학이 아니라거나 혹은
문학답지 못한 것이라고 말할 필요는 없다. 문학의 존재 방식이 언제나
고정되어 있을 이유는 없기 때문이다. 다만 1930년대 초반의 카프 이후,

포스트-카프의 시대에 『인문평론』이 카프 비평가들을 대부분 수용하면서 그것을 지양하고자 하였다면(김남천의 일련의 발자크 연구와 임화의 신문학사가 실리는 곳이 바로 『인문평론』이었다), 『국민문학』에 와서는 다시 이전의 문학의 존재 방식을 되풀이하는 것이다.

『국민문학』을 통한 공간의 재배치에서 중요한 점은 『인문평론』의 필진과 거의 겹치지 않는다는 사실이다. 간단하게 표를 만들어서 시, 소설, 수필, 좌담 상관없이 등장하는 회수만을 살펴보았다.21)

崔載瑞	35			비평가, 소설가
金鍾漢	19			시인
牧羊	17	李石薰		소설가
佐藤淸	17		일본	시인
杉本長夫	16		일본	경성 법전(法專) 교수
近藤時司	13		일본	경성제국대학 예과 교수
金村龍濟	11	金龍濟		시인
兪鎭午	11			소설가
川端周三	11		일본?	시인
田中英光	11		일본	소설가
寺本喜一	10		일본	경성제국대학 법문학부 교수, 시인
金史良	9			소설가
則武三雄	9		일본	소설가
鄭人澤	9			소설가
石田耕人	9	崔載瑞?		
黑田省三	9		일본	
宮崎淸太郎	9		일본	소설가
奧平修一郎	7		일본	소설가
靑木修三	7		일본	

---

21) 표는 아주 정확하지는 않다. 『국민문학』 총목차를 작성하고, 이를 바탕으로 검출하였다. 목차를 작성하면서 한자로 변환할 때 생긴 오류가 있어 정확하다고는 말할 수 없으나 대충은 맞다. 임의로 4회 이상 등장하는 사람만 확인하였다.

이름				
鄭飛石	7			소설가
楠田敏郎	7		일본	경성일보 편집국장, 소설가
咸世德	7			극작가
辛島驍	7			경성제국대학 법문학부 교수, 조선문인협회 이사장, 경성공업경영전문학교 교장
吳禎民	7			평론가, 매일신보 신춘문예(43), 창씨명 山田映介
石田耕造	7			최재서
寺田瑛	6		일본	경성일보 학예부장
李無影	6			소설가
津田剛	6		일본	綠旗聯盟 주간, 『綠旗』 발행인
朱永涉	6			시인
香山光郎	6	李光洙		
吳泳鎭	6			극작가, 조선영화주식회사
吳本篤彦	6	?		소설가, 신인추천
高承齊	5			경제학자
萩原淺男	5		일본	
尹喜淳	5			화가, 미술평론가
吳龍淳	5			평론가
趙容萬	5			소설가
靑木洪	5	?	?	소설가
岩谷鍾元	5	郭鍾元		평론가
平沼文甫	5	?		평론가
大島修	5		일본	시인
白鐵	5			평론가, 창씨명 白矢哲世
久保田進男	5		일본	소설가, 조선문인협회 현상소설 2등 입선
兒玉金吾	4		일본	시인
城山豹	4		일본	시인
城山昌樹	4	?		시인
德田馨	4		일본	평론가
金士永	4			소설가, 조선문인협회 현상모집 입선
松月秀雄	4		일본	경성제대 법문학부 교수
柳致眞	4			극작가
飯田彬	4		일본	소설가
趙宇植	4			평론가
芳村香道	4	朴英熙		평론가, 소설가

위에서 확인한 『국민문학』의 필진들의 특징을 살펴보면, 제일 먼저 눈에 띄는 점이 일본인들이 대단히 많이 참여하고 있다는 점이다. '국민문학'이니 일본인과 조선인의 경계가 없어져야만 했고, 그렇기 때문에 일본인들 또한 『국민문학』 등을 통해 작가로 등단하였다.

앞서도 말한 바 있지만, 『국민문학』의 시기, '국민문학'이라는 개념 자체가 갖고 있는 불안정성 때문에 '조선문학'의 개념이 재편될 수밖에 없었고, 실제로 이에 따른다면, '조선'은 '민족'을 지칭하는 것이 아니라 '지역(지방)'을 지칭하는 것이기 때문에, 조선에 살고 있는 일본 문학인들의 문학 또한 '조선문학'이 될 수밖에 없었다. 『국민문학』은 창작에서도 조선문인과 일본문인의 글들을 대체로 고르게 실었는데, 비율을 비슷하게 하려 상당히 애쓴 흔적도 보인다. 이렇게 '조선문학'이 국민문학의 한 지방적 문학으로 재편되고, 새롭게 등장하는 '신인'22)들과 재선 일본인(在鮮日本人) 문인들23)이 참여한다.

또 한 가지, 경성 제국대학 교수가 많이 참여하고 있다는 점이다. 이 점은 『인문평론』 시기에는 전혀 찾아볼 수 없었던 사실이다. 『인문평론』의 시기까지 '內鮮一體'의 구호는 있었어도, 『인문평론』이나 그 밖에서나 이를 잡지를 통해서 실질적으로 구현하고자 하지는 않았던 것이다. 그런데 경성 제국대학이 식민지 조선의 유일한 제국대학으로서 갖고 있는 위상을 생각할 때,24) 한편으로는 『국민문학』은 이들을 충분히 활용함으로써 '내선일체'를 현실화하고, 또한 권위를 획득할 수 있었던 것으

---

22) 오정민, 오용순, 주정섭 등의 작가를 말하며, 임종국은 이들을 가리켜 '국민문학 제2기생들'이라고 하였다. 임종국, 『친일문학론』(증보판3쇄, 2005, 민족문제연구소), 418면 참조
23) 대표적인 작가가 田中英光이다. 田中英光은 『국민문학』에 11회나 글을 발표한다. 『국민문학』을 대표하는 작가 10인 중의 한 사람이다.
24) 경성제국대학에 대해서는 이충우, 『경성제국대학』(다락원, 1980)과 정선이, 『경성제국대학 연구』(문음사, 2002)를 참고할 수 있다.

로 보이며, 다른 한편으로는 『국민문학』에 기꺼이 참여하는 것으로 보아 『국민문학』이 당대에 가지고 있었던 '권력'을 짐작할 수 있게 해 준다.

이를 통해서 본다면, 『국민문학』은 『인문평론』과 『문장』의 폐간이 만들어 준 공간을 소위 '국민문학 제2기생'들이라고 불리는 신인들과 재선 일본인 작가들로 재편하고 있다고 할 수 있다. 이는 한편으로는 『인문평론』과 『문장』에 글을 실었던 문학인들을 배제하는 것이기도 하며, 또한 일종의 '길들이기'였던 것 같기도 하다. 다시 말하자면, 『국민문학』은 기존의 문인들에게 새로운 '국민문학(조선문학도 아니고 일본문학도 아닌)'에 포섭될 것인가 말 것인가를 판단하게 하였고, 또한 그들을 신인들과 재선 일본인 문학인들로 대체함으로써, 기성 문인들의 공간을 좁히기도 하였다. 그리고 끊임없이 기성 문인들에게 『국민문학』에의 참여를 요구하였던 것 같기도 하다. 이를 통해 '일본어 글쓰기'에 주저하던 문인들로 하여금 『국민문학』의 '국민문학'에 참여하게 함으로써 그들에게 일종의 '낙인'을 부여했던 것 같기도 하다.

이를 방증해 주는 예로 한 가지만 들어보도록 하자. 1942년 3월 김남천은 「등불」을 발표한다.[25] 이 소설은 '숙련의 아름다움'을 그리고 있는 소설이다. 김남천의 '전향'의 양상을 어느 정도 알 수 있게 해 주는 소설인데, 김남천은 이 소설 속에서 '문학인'으로서가 아니라 '생활인'으로서 살아가는 어려움과 부끄러움 등을 그리고 있다. 그 뒤에 역시 『국민문학』에 발표되는 「或る朝」와 마찬가지로 소극적인 전향의 모습을 보여준다.[26] 하지만 지금 이 맥락에서 중요한 것은 「등불」의 제일 첫 대목인 <인문사 주간 족하> 부분이다. 이 부분에서 김남천은 인문사 주간, 그

---

25) 1942년 3월호는 '조선어판'이다. 김남천의 「등불」도 한글로 씌어졌다.

26) 이에 대해서는 채호석, 「김남천 문학 연구」(서울대학교 박사학위논문, 1999)를 참고하기 바란다.

러니까 최재서에게 보내는 편지글을 쓰고 있는데, 최재서가 소설을 여러 차례 소설을 청탁했음에도 소설을 주지 못하고 있음에 대해 미안한 마음을 드러내고 있고, 그에 따라 「등불」이라는 소설답지 않은 소설을 쓴다고 말하고 있다.

주목할 점은 김남천의 '미안한' 마음이 아니라, 최재서가 여러 차례 김남천에게 청탁을 하였으며, 김남천이 이런저런 이유로 청탁을 거절했다는 사실이다. 최재서는『인문평론』시기에 같이 활동했던[27] 김남천에게『국민문학』에 글을 쓰라고 했고, 김남천은 이에 대해 어떤 이유에서이든지 이를 거절하고 있었다는 점이다. 최재서의 청탁은『국민문학』으로 재편된 문단에 이전의 활동가였던 김남천을 끌어들여, '국민문학'의 맥락 속에 김남천을 집어넣으려 하고 있었던 것이다. '동참'을 요구함과 동시에 대상이 되는 작가에게는 '낙인'이 찍히는 것인데, 김남천의 경우, 「등불」과 「或る朝」를 씀으로써, 그의 전향을 명백하게 하게 되었다고 할 수 있다.

이태준의 경우도 이와 유사하다. 이태준은『국민문학』에 김남천과 마찬가지로 두 편의 소설을 쓴다. 한 편은 「夕陽」(1942. 2)이며, 또 한 편은 「石橋」(1943. 2)이다. 그런데 이 두 작품은 모두 일본어로 쓰인다. 「夕陽」의 경우는 확인되지 않지만, 「石橋」의 경우는 平本一平의 번역으로 게재된다. 이태준이 「돌다리」를 자신의 번역이 아니라 타인의 번역으로 발표하는 것은 이태준의 입장에서는 일본어로 소설을 쓰지 못한다고 말함으로써 일본어 글쓰기를 회피하는 것이지만, 최재서로서는『문장』의 주간이었던 이태준을『국민문학』에 끌어들임으로써 '문단의 재편'을 완수하고 있는 것이다. 한설야가 「血」과 「影」 두 편의 소설을 발표하고 있음도

---

27) 김남천은『인문평론』의 주요 필자였으며, 명확히 밝혀지지는 않았지만『인문평론』의 메타-비평란인 <구리지갈>의 필자이기도 하였던 듯하다.

이와 같은 맥락이라고 할 수 있다. 이처럼 『국민문학』은 『인문평론』(그리고 『문장』)의 폐간이 낳은 공백을 '국민문학'이라는 새로운 맥락으로 재편하고 있었던 것이다.

4. 맺으며

이상 『국민문학』을 통해 『인문평론』과 『문장』이 폐간됨으로써 생긴 빈 공간을 『국민문학』이 어떻게 채우고 있는가를 살펴보았다. 『국민문학』 자체만을 놓고 본다면, 친일적인 '국민문학'이라는 이름으로 '친일적인 글들과 작품'을 실었다는 것 이외에는 특별하게 말할 만한 바가 없다. 『국민문학』에 대한 연구가 그리 많지 않았던 것도 바로 이 때문이라고 할 수 있다.

하지만 『국민문학』을 『인문평론』과 『문장』에 이어지는 문단의 재편, 문학장의 재구성으로 바라보게 될 때, 그리하여 '문학'의 영역에서 『문장』과 『인문평론』의 폐간에 따른 형성된 공간을 『국민문학』은 의식적이건 무의식적이건 재편하면서 새로운 공간을 만들어나갔던 것이다.

물론 이 새로운 재편에 따른 문제가 없었던 것은 아니다. 『국민문학』이 만든, 혹은 재편한 공간이라는 것 또한 여러 맥락 속에서 형성된 것이기 때문이다. 대표적으로 '국민문학'이라고 함으로써 생겼던 혼란을 들 수 있다. 『국민문학』이 만들어지면서 '공식적으로' '국민문학'이라는 범주를 둘러싸고 공식적으로 문제가 제기되지 않을 수 없었고, 『국민문학』은 이를 어느 정도 정리하지 않을 수 없었다. 그러나 그 정리 자체가 어떤 점에서는 '국민문학'의 이데올로기에 균열을 일으키는 것이기도 하였다.

이 논문에서는 이러한 점들을 실증적으로 검토하고자 하였으나, 한계가 너무 많다. 무엇보다도 큰 한계는 『국민문학』 내부에 존재하는 균열들을 그 텍스트들로 확증하지 못하였다는 점이다. 예컨대 최정희의 「野菊抄」와 같이 최근 논란이 되고 있는 작품이나, 장편 「태백산맥」을 비롯한 김사량의 작품들이 제기하고 있는 문제들을 살펴보지 못하였다. 모든 것을 한 번에 해명할 수는 없는 일이지만, 이 문제들을 포함하지 못한 것은 이 연구의 가장 큰 결점이 될 것이다. 그럼에도 『국민문학』의 총목차를 정리한 일28) 등, 몇 가지 실증적인 확인 부분은 그나마 후속 연구에 도움이 되지 않을까 생각한다.

---

28) 『국민문학』 총 목차는 <부록>으로 싣는다. 충실히 정리하고자 하였으나, 다시 보니 몇 가지 부족한 점들이 발견된다. 교정에서도 오류가 있을 것으로 생각된다.

▪▪▪ 참고문헌 ▪▪▪

권명아, 「'대동아 공영'의 이념과 가족 국가주의 : 총동원 체제하의 '남방' 인식의 변화를 중심으로」, 『동방학지』, 2004. 3.

권명아, 「태평양 전쟁기 남방 종족지와 제국의 판타지」, 『상허학보』, 2005. 2.

김윤식, 『이광수와 그의 시대』, 솔출판사, 1999.

김재용, 『협력과 저항 : 일제말 사회와 문학』, 소명출판, 2004.

사에구사 도시카스 외, 『한국 근대문학과 일본』, 소명출판, 2003.

오구마 에이지, 『일본 단일민족신화의 기원』, 소명출판, 2003.

윤대석, 「1940년대 '국민문학' 연구」, 서울대학교 박사학위논문, 2006.

이충우, 『경성제국대학』, 다락원, 1980.

임종국, 『親日文學論』(증보판3쇄), 민족문제연구소, 2005.

정선이, 『경성제국대학 연구』, 문음사, 2002.

차승기, 「1930년대 후반 전통론 연구 : 시간-공간 의식을 중심으로」, 연세대학교 박사학위논문, 2003.

채호석, 「김남천 문학 연구」, 서울대학교 박사학위논문, 1999.

채호석, 「1930년대 후반 문학비평의 지형도 : ≪인문평론≫의 안과 밖」, 『외국문학연구』, 2007. 2.

채호석, 「검열과 문학장 : 1930년대 후반 한국 문학에서의 검열과 문학장의 관계 양상」, 『외국문학연구』, 2007. 8.

채호석, 「1930년대 후반 소설의 역사적 상상력」, 『국어국문학』, 2007. 12.

한수영, 『친일문학의 재인식』, 소명출판, 2005.

황종연, 「한국문학의 근대와 반근대 : 1930년대 후반기 문학의 전통주의 연구」, 동국대학교 박사학위논문, 1992.

부록 :『국민문학』총 목차

발간년월	글의 성격	필 자	제 목	비 고
1941.11	卷頭言		朝鮮文壇の革新	
		尾高朝雄	世界文化と日本文化	
	(詩)	佐藤淸	雪 / 空 / 玄齋	
		津田剛	革新の論理と方向：世界, 日本, 半島の革新について	綠旗聯盟主幹
	(詩)	朱耀翰	手に手を	
			タンギ	
		芳村香道	臨戰體制下の文學と文學の臨戰體制	朝鮮文人協會幹事長
	(詩)	金村龍濟	東方の神神	
		崔載瑞	國民文學の要件	
		杉木長夫	勇士を思ふ	
	映畫時評	尹仞子		
		林學洙	自畫像	
		金東仁	朝鮮文壇と私の歩んだ道	
		咸大勳	朝鮮演劇の現狀	國民演劇研究所所長
		平間文壽	半島の音樂家を語る	朝鮮音樂協會理事洋樂部長
	座談會	辛島驍	朝鮮文壇の再出發を語る －革新の目標 / 宣傳文學か國策文學か / 過去への反省 / 國民文學としての朝鮮文學 / 自己批判 / 作家と時代の苦しみ / 國民化の具體的方案 / 作家の組織と動員の問題 / 作家の活動と發表機關	城大法文學部敎授
		寺田瑛		京日學藝部長
		白鐵		毎新學藝部長
		芳村香道		文人協會幹事長
		李源朝		評論家
		崔載瑞		本社側
	隨筆	寺田瑛	あの時この時	
		徐斗洙	午前三時のたは言	
		岸加四郎	出版檢閱餘滴	
		姜世馨	伯林生活の思出	

1941.11	創作	李孝石	薊の章	
		田中英光	月は東に	
		李石薫	靜かな嵐	
		鄭人澤	清涼里界隈	
		宮崎清太郎	父の足をそげて－朴先生のこと	
1942.1	卷頭言	主幹	戰捷の春 / 大東亞戰爭の意義 / 智識動員の擴充	
	座談會	黑木剛一	日米開戰と東洋の將來 －アメリカの獨りよがり / アメリカのは看板海軍 / アメリカの弱點 / アメリカの人種的弱體性 / 十對六の逆轉 / 戰局の歸趨 / 物の見方が変った / 飽くまで高度國防國家體制で / 思想戰であり文化戰である / 東亞文化建設は十年位で / 日本の優秀性	在城海軍武官
		倉島至		總督府情報課長
		白山青樹		三千里社長
		鈴木武雄		京城帝大法文學部教授
		沈明燮		基督教朝鮮監理教○朝鮮本部主事
		古川兼秀		警務局保安課長
		俞鎭午		普成專門法科科長
		崔載瑞		本社側
		荻原淺男	古典に現れたる日本精神	京城帝國大學法文學部助教授
	(詩)	椎木美代子	折折に	
		森田芳夫	日本文化と半島	
		矢鍋永三郎	大東亞戰爭と文化生活	
		星出壽雄	演劇統制諸問題	本府警務局事務官
	ラジオ時評	朝山健赫		
	新春詩壇	竹內てるよ	玉順さん	
		金鍾漢	園丁	
		金圻洙	古譚	
		田中初夫	連峰雲	
		趙宇植	海に歌ふ	
		寺本喜一	私はみがく大和に通ふ床を	
		鄭寅燮	西洋文學への反省－回顧と展望	
		白鐵	旧さと新しさ－戰時下文藝時評	
	音樂時評	大場勇之助		
		崔載瑞	子よ安らかに－亡兒剛に贈る	
		山田新一	半島の美術家を語る	

1942.1	座談會	辛島驍	文藝動員を語る －文藝動員の意義 / 動員と自己修養 / 朝鮮文學の動き / 自由主義の淸算 / 國家と文藝 / 動員の方法と目標 / 綜合企劃 / 組織の問題	京城帝國大學敎授
		嶋元勸		京城日報編輯局長
		寺田瑛		京城日報學藝部長
		津田剛		綠旗聯盟主幹
		長崎祐三		京城保護觀察所長
		白鐵		每日新報學藝部長
		古川兼秀		總督府保安課長
		本多武夫		總督府圖書課長
		星野相河		綠旗聯盟
		松本泰雄		總督府保安課
		矢鍋永三郎		總力聯盟文化部長
		八幡昌成		放送局第二放送部長
		林和		評論家
		崔載瑞		本社側
	映畫時評	AIZ		
	新春隨筆	船田亨二	旅の落穗	
		津田節子	友だち	
		韓植	大乘的風習論	
		飯島滋治郎	朝鮮の食物	
		山澤三造	寫眞と敎養	
		伊達平野	私事公事	
		椔本龜生	樂浪婦人の一面	
		崔貞熙	德壽宮の朝	
	葉書問答		今後如何に書くべきか?特に貴下の興味を感ずる主題は?	
	創作	韓雪野	血	
		湯淺克衛	金海きよ子	
		兪鎭午	南谷先生	
		那珂孝平	職場だより	
		金史良	ムルオリ島	
1942.2 (大東亞戰爭特輯號)	卷頭言		シンガポール遂に落つ－科學を制御する精神力	
		奧平武彦	大東亞戰爭の大目的とその性格	城大敎授
	(詩)	佐藤淸	獅港	
		高承濟	戰時最低生活의 問題	

1942.2 (大東亞戰爭特輯號)	座談會	秋葉隆	大東亞文化圈の構想 －大東亞共榮圈內の民族と文化 / 大東亞圈の指導原理 / 先ず物質的な文化から / 宗教の問題 /國語の問題 / 言語の交流 / 大東亞文學圈 / 映畵の問題	城大教授
		辛島驍		城大教授
		津田剛		綠旗聯盟主幹
		森田梧郎		總督府編輯課
		崔載瑞		本社側
	我戰はん! 大東亞戰爭の詩	金村龍濟	宣戰の日に	
		百瀨千尋	英東洋艦隊擊滅の歌	
		鄭芝溶	異土	
		杉本長夫	梅の實	
		兒玉金吾	神の弟妹	
	葉書問答		大東亞戰爭に依って何を教えられたか?この機會に我々の改むべき点は?	
	創作	李泰俊	夕陽	
		朴魯甲	白日	
		鄭飛石	寒月	
		朴英鎬	更生一家	戲曲
		安壽吉	圓覺村	
1942.3	卷頭言	主幹	大東亞建設と我等	
		兪鎭午	知識人의 表情	
		崔載瑞	私の頁	
		金午星	朝鮮의 開拓文學－在滿朝鮮人作品集『싹트는 大地』를 評함	
		金鍾漢	一枝의 倫理	
	詩	柳致環	首	
		李庸岳	길	
		呂尙玄	孔雀	
		牧洋	聖地巡拜錄	
	座談會	葛城弘基	半島基督教の改革を語ろ －基督教は亞細亞から / 財政的獨立 / 國家と基督教 / 基督教の日本的顯現 / 半島基督教の改革 / 指導者素質問題 / 朝鮮基督教派合同	延專教授
		全弼淳		朝鮮長老會
		沈明燮		朝鮮監理教本部
		丹羽淸次郎		朝鮮基督教○○
		原口貢		本府保安課事務官
		松本卓夫		延專副教授
		松本泰雄		本府保安課
		崔載瑞		本社側

1942.3	隨筆	金起林	健忘症	
		桂鎔默	手帖抄	
		禾谷春洙	基督教와 新體制運動	
		鄭人澤	山과 마을과	
	創作	李無影	文書房－宮村第七話	
		金南天	등불	
		民村生	市井	
		咸世德	酋長이사베라	戲曲
1942.4	卷頭言	主幹	斷絶と持續	
		松月秀雄	若き世代に与ふる書	京城帝國大學法文學部教授
		佐藤清	詩の誠實性について	
		朱永涉	國民演劇の樹立	
	詩	楫西貞雄	野にて	
		德田馨	戰爭のモラル	
	(詩)	川端周三	紛雪	
	文藝時評	崔載瑞	私の頁	
		金鍾漢	合唱について	
	新しい國民文學の道	李孝石	私はかう考へてゐる	
		田中英光	わが創作信條	
		鄭人澤	作家心構へ・その他	
		杉本長夫	國民詩の方向について	
		鄭飛石	作家の立場から	
		松本卓夫	日本基督教の誕生	延禧專門學校教授
		李無影	加藤武雄先生へ	
		金鍾漢	佐藤春夫先生へ	
	新刊紹介	星野相河	津田剛著生活哲學槪說	
		前川勘夫	重松韺修著朝鮮農村物語	
		高承濟	文定昌著朝鮮の市場	
	小說	久保田進男	連絡船	朝鮮文人協會懸賞小說・二等入選
		鄭人澤	色箱子	
		田中英光	黑蟻と白雲の思ひ出	
		木山捷平	訪問	
		青木洪	妻の故鄕	

1942. 5·6	卷頭言	主幹	太陽を仰げ	
		崔載瑞	徵兵制實施の文化的意義	
		趙演鉉	ツアラツストラを思ふ	
		德田馨	歷史小說について	
	詩	金鍾漢	風俗	
	北進隊 それから	柳致眞	北進隊餘話	
		大東碩夫	父,李容九を語る	
		大和塾記	北進隊を企劃して	
	詩	川端周三	鷽の歌	
	名士· 徵兵感激の 感激を語る	徐春	吾は五兒の父	每新主筆
		兪鎭午	突擊の心理	作家
		毛允淑	くやしかつた	詩人
		松村紘一	御民われ	詩人
		張德秀	あへてことあげす	○○○
		崔貞熙	子をつれて	作家
		趙容漢	一死國に殉ぜよ	作家
		八幡昌成	長男の劍舞姿が	京城第二放送部長
		芳村香道	國民的文化の樹立	文人協會幹事長
		金浩永	てつかぷとの歌	大陸廣告社長
		白山靑樹	朝鮮神宮の前で	大東亞社長
		正久宏至	半島人の人的資源	
	美術時評	山田新一	鮮展のことなど	
	特輯：大東 亞共榮圈と 半島	印貞植	東亞共榮圈の食糧問題と半島の農業	
		川合彰武	朝鮮工業の現勢	
		靑山信介	半島人海外進出の現在及び將來	
	科學者隨筆	野村孝文	東大門の陰と線	
		二瓶久	南方への誘ひ	
		齋藤辛太郎	機業地明暗物語	
	座談會	木山炳圭	半島學生の諸問題 －昔の學生と今の學生 / 向學心 / 學問に對する信念 / この學生を見よ！/ 明るい指導 / 學生の思想傾向 / 社會の雰圍氣 / 靑年の自發性と指導者意識 / 用語の問題	徽文中學校長
		古川兼秀		本府保安課長
		本多武夫		本府學務課長
		屈內朋		景福中學校長
		東原寅爕		延禧專門校長
		松月秀雄		京城帝大交手
		增田道義		京城法專校長

1942.5·6	創作	安東益雄	若い力	朝鮮文人協會懸賞當選小說
		牧洋	夜	靜かな嵐・第二部
1942.7	卷頭言		半島の精進	
		崔載瑞	新しき批評のために	
		兪鎭午	作家・李孝石	
		金村龍濟	日本への愛執-林房雄氏の『轉向』『靑年』『壯年』に就て	
	生活時評	寺田瑛	服裝の道義	
	座談會	淺井中佐	軍人と作家・徵兵の感激を語る-たうとうやってきた / 國語を知らぬ人も / 徵兵と軍自身の感激 / 理屈なしの′万歳′で / 文化はとう変える / 神話と歷史と / 題材は轉かってゐる / 徵兵、識りたい話 / 農村の人たちの氣持 / 土臺石は土臺石で / 文學と軍人崇拜 / 日本の戰爭文學 / 痛い處ではあるが / 戰爭文學も書ける / ことあげしてもよい / 國民文學と外國文學 / 南方へ行きたい	朝鮮軍參謀
		馬杉少佐		朝鮮軍參謀
		牧洋		作家
		靑木洪		作家
		木下俊		作家
		田中英光		作家
		崔載瑞		本社側
		金鍾漢		本社側
	徵兵の詩	金鍾漢	幼年	
		中野鈴子	あつき手を擧ぐ	
		李庸岳	鯉	
		倉武周藏	建軍の本義	朝鮮軍報道部長　陸軍少將
		琴川寬	徵兵制度實施と女子敎育	京畿高女校長
	時の橫顔1	記者	小供とねころんで文化動員を考える-ある日の倉島情報課長さん	
	美術時評	山田新一	鮮展回想	
		靑木洪	ひりさとのうた	
	映畫時評	須田靜夫	文化映畫のつまらなさ	
		鄭人澤	旅信抄	
	科學者隨筆	三須英雄	半島農業とホルモン	
		中村總七郎	干拓のことども	
		廣田豊	農業の地方的色彩	
		山田一郎	錬成の堝坩：鑛山便り	
		白川哲夫	城大理工學部をのぞぐ	

1942.7	徵兵問答		朝鮮軍當局回答	
	新刊紹介	鄭人澤	寺田瑛氏著話の不連續線	
		月田茂	金東煥抒情詩집集海棠花	
		田中英光	則武三雄著鴨綠江	
		前川勘夫	鈴木武雄著朝鮮の經濟	
	小說	趙容萬	船の中	
	シナリオ	林庸均	春の嵐	
		宮崎淸太郎	子と共に	
1942.8	卷頭言		內鮮文學交流	
		松月秀雄	鍊成の槪念	
		崔載瑞	朝鮮文學現段階	
		金鍾漢	新しき史詩の創造	
	古典硏究	田中英光	太平記について	
	おらが庭			
	徵兵制實施紀念論文	田中龍圭	徵兵制實施と學徒の覺悟	當選論文・首席 / 京城師範普通科
		淸道忠雄	徵兵制と我が學徒の覺悟	當選論文・佳作 / 京畿中學
		森田芳夫	徵兵令制定の前後	
		吉岡貞藏	小鹿島更生院長の殉職記	
	山河隨筆	三根謙一	東海紀行	京日社會部長
		齋藤龍本	冠帽峰の氣溫と植物分布	登山家
		則武三雄	夏の鴨綠江	文筆家
	詩	杉本長夫	闖入者	
	小說	(故)李孝石	皇帝	金鍾漢 역
		吉川江子	旅の便り	
		久保田進男	麥飯記	
	シナリオ	吳泳鎭	べべンイの巫祭	
1942.10	卷頭言	崔載瑞	編輯者の地位と使命	
	文學者と世界觀の問題			
		齋藤淸衛	打開されべき道	
		高承濟	文化政策の理念	
		渡部學	朝鮮國民學校論	
	名作硏究	牧洋	不屈の精神－グリーゼの「怒濤」を讀んて	

		崔水弘	國家と文化と經濟	
		眞山周榮	徵兵制と我が學徒の覺悟	當選論文・佳作次席 / 岩手醫專
		大池一郎	共産主義と戰爭	
	座談會	島山喜一	北方圈文化を語る －北方文化圈の範圍 / 日本文化の位置 / 北方文化の流れ / 人種的分布 / スキタイ文化と樂浪文化 / 代案的民族とその文化 / 言語系統 / 信仰系統 / 文化の交流 / 日本へのルート / 北方文化の特質 / 北方の武と南方の文	京城帝國大學教授
		藤田亮策		京城帝國大學教授
		末松保和		京城帝國大學助教授
		河野六郎		京城帝國大學講師
		崔載瑞		本社側
		石井漠	崔承喜と趙澤元	
		中田晴康	明日への朝鮮映畫を描く	
1942.10	溫古隨筆	金惠永	陶瓷蒐集今昔談	
		榧木龜生	樂浪調査から歸って	
		笠井周一郎	陶片漫語	
		藤浪 珠子	昆蟲記	
	詩	麥滋	笛について	
		則武三雄	くもと空	
		朱永涉	ゴムの歌	
		渡邊克己	出生讚	
		城山昌樹	ふるさとにて	
		尼ケ崎豊		
	現地報告	柳致眞	昌城屯にて	
	小說	李北鳴	鐵を掘る話	
		青木洪	ふるそとの妹	
1942.11	創作の一年	兪鎭午	國民文學といふもの	
	評論の一年	白鐵	決意の時代	
	詩壇の一年	寺本喜一	半島詩壇の創成	
		荻原淺男	國文學研究案內1	
		秋月孝久	半島兒童の遊戲	
		辛導曉	朝鮮文人協會の改造に就きて	
	名作研究	徐斗銖	防人のこころ	
	國民錬成の記	竹內一郎	小國民の錬成	京城日出公立國民學校
		中村正衛	わがねがひ	羅津公立國民學校

		黑田省三	朝鮮通信使史話1	
	當選論文・佳作三席	岩村光	徵兵制と我が學徒の覺悟	京畿中學校午年生
	當選論文・佳作四席	平山勝義	徵兵制と我が青年の覺悟	
	(詩)	金村龍濟	秋の囁き	
1942.11	座談會	森浩	國民文學の一年語る－時局の摑み方 / 生活者としての作家 / 浪漫精神と粗雜と / もひとつの根本的な問題 / 日本的世界觀の流れ / 構えの文學 / 構えにも種類がある / 自然性と文化性 / 再び構えについて / 朝鮮文學の位置 / 內地人の半島作家 / 特殊性の問題 / 歷史小說是非 / 詩壇の場合 / 当局者として	朝鮮總督府圖書課長
		兪鎭午		作家
		白鐵		評論家
		杉本長夫		詩人
		宮崎淸太郎		作家
		田中英光		作家
		牧洋		作家
		崔載瑞		本社側
		金鍾漢		本社側
	自作自題	趙容萬	「船の中」について	
		吳泳鎭	「ベベンイの巫祭」に關するノオト	
		李無影	「文書房」への手紙	
		牧洋	靜かな嵐	
		宮崎淸太郎	「子と共に」を語る	
		木山捷平	朝鮮の印象	
	(創作)	鄭人擇	濃霧	
	(創作)	崔貞熙	野菊抄	
	(創作)	田中英光	吳王渡	
1942.12	大東亞戰爭一週年を顧みて		新しき決意	
	大東亞戰爭一週年を迎へて(詩)	寺本喜一	決意の言葉	
		杉本長夫	意決	
		金鍾漢	待機	
	大東亞戰爭一週年を迎える(私の決意)	香山光郎		作家
		辛導驍		京城帝大教授
		芳村香道		評論家

연월	구분	필자	제목	비고
1942.12	大東亞戰爭一週年を迎える(私の決意)	田中英光		作家
		東原寅變		評論家
		宮崎淸太郎		作家
		津田剛		國民總力聯盟宣傳部長
		兪鎭午		作家
		田中梅吉	來るべき古典主義の文學－大東亞文藝復興の中核的建築として	
		齋藤淸衛	敎養と時局	
		鈴木隆盛	國語力の鍊成	總督府繼○修官補
		石田耕人	文藝時評	
		黑田省三	朝鮮通信使史話2	
	座談會	森	明日への朝鮮映畫－歩き出すまで/新會社の抱負/映畫人の鍊成/樂しい國策映畫を/「スペーインの夜」など/面白くない理由/朝鮮映畫の性格/俳優について/シナリオの問題/メカニックの現階段/文學と映畫と/素材のことなど/地方色の受理/映畫と風俗と	圖書課長
		高井		軍囑託
		中田晴康		
		李軒求		
		吳泳鎭		
		西龍元貞		
		安夕影		
		崔載瑞		
		金鍾漢		
		崔載瑞	詩人としての佐藤(淸)先生－『碧靈集』の出版を機として	
		杉本長夫	詩誌「赭土」の頃など	
		田中英光	朝鮮を去る日に	
	(創作)	韓雪野	影	
		趙容萬	森君夫妻と僕と	
		卞東琳	淨魂	
		宮崎淸太郎	父－S氏の歌の手帖	
1943.1	卷頭言		戰捷の春	
		時枝誠記	朝鮮に於ける國語－實踐及び硏究の諸相	
		森田梧郎	國語敎育の変遷	
		飯田彬	國語にそだてる	
	(詩)	佐藤淸	曇徵	
		安含光	朝鮮文學の特質と方向について	

	國語問題會談	近藤時司		京城帝大豫科敎授
		寺本喜一		總力聯盟文化課長
		李無影		作家
		琴川寬		京畿高女校長
		牧洋		作家
		黑田省三	朝鮮通信使史話3	
	美術時評	尹喜淳	美術の任務	
	對談	津田剛	文化と宣傳	總力聯盟宣傳部長
		崔載瑞		本誌主幹
	職域に誓ふ	森田芳夫		總力聯盟編輯課長
		中田晴康		朝○所長
		李元榮		每日新報社政經部長
		津田剛		總力聯盟宣傳部長
1943.1	現地座談會	小泉顯夫	平壤の文化を語る －歷史の都、平壤 / 風流の都、平壤 / 內鮮文化の交流 / 問題の玉蟲廚子 / 最近の思想傾向 / 國語常用の問題 / 祖先に歸る	平壤博物館長
		高橋知也		平南學務課長
		田中		城南國民學校校長
		高峰暉		每新平南支社長
		深井民次		平南高等課長
		朴相億		朝鮮莫大小工業組合聯合會理事長
		延原崇寧		平壤師範學校(李崇寧)
		崔載瑞		本社社長
		居世三徹		本社平南支社長
		崔載瑞	西鮮から北鮮へ	
	愛國 百人一首			
	國語普及・現地報告	城山昌樹	全州券番	
		城山昌樹	全州完山國民學校	
		小山元昭	京城大和塾	
		朱永涉	平壤大和塾	
	(創作)	李泰俊	石橋	平本一平 譯
		吉川江子	湯本まで	
		金南天	或る朝	
	戲曲	咸世德	エミレエの鐘	鄭人澤 譯

	卷頭言		捷ちぬくために	
1943.2	座談會	佐藤清	詩壇の根本問題 －國語詩壇の現狀 / 國語で書かうとする氣持 / 國語詩壇の萌芽時代 / 大東亞戰爭になってから / 詩壇と指導者と / 朝鮮詩壇の輪廓 / 特殊性と普遍性 / 革新心理的過程 / 詩人としての革新 / 暗さと明るさと / 東京詩壇の現狀 / 詩の世間進出など / 新刊詩集あれこれ－	
		金村龍濟		
		寺本喜一		
		趙宇植		
		杉本長夫		
		崔載瑞		本社側
		金鍾漢		本社側
	詩と言葉	則武三雄	最近の諸作品	
		朱永渉	生きた言葉	
		平沼文甫	言葉の問題	
		川端周三	文語と口語	
		近藤時司	愛國百人一首評釋	
		小川太郎	和歌に依る朝鮮の表現	
		山田一郎	知性人の哀愁	
		吳禎民	劇作家の希望	
		デユルクハイム	歐羅巴文化の理念	
	きさらぎ詩集	安倍一郎	日月回歸	
		柳虔次郎	若き師の歌へる	
		一色豪	或る讀書兵	
		楊明文	富士山に寄す	
		芝田河千	征ける友に	
		黒田省三	朝鮮通信使史話4	
	國語普及・現地報告	久保田進男	咸南永興	
		鞘野久米藏	桃源國民學校	
	新刊紹介	前川勘夫	人文社 編 大東亞戰爭と半島	
		韓雪野	李箕永 著 春(一名生活の倫理)	
	對談	倉茂	軍人精神について	報道局長
		崔載瑞		訊く人
	文化陣營			
		寺田瑛	井上正夫からの手紙	
	(創作)	金史良	太白山脈	連載小說
		久保田進男	農村から	
	戲曲	咸世德	エミレエの鐘	

1943.3	座談會	菊池寬	新半島文學への要望 －朝鮮文壇の現狀 / 國語創作の 問題 / 朝鮮文學と中央文壇 / 半 島の知識人 / 半島の作家たち / 議論と演劇 / 歷史文學へ / 古代 に還れ	
		橫光利一		
		河上徹太郎		
		保高德藏		
		福田淸人		
		湯淺克衛		
		崔載瑞		本社側
	美術時評	尹喜淳	美術時評	
		高承濟	大東亞文化の創造	
	文芸時評	金鍾漢	新進作家論	
	(詩)	川端周三	潮滿つる海にて	
		黑田省三	朝鮮通信使史話5	
	演劇時評	吳洋	回顧と展望	
		近藤時司	愛國百人一首評釋	
		坂本藤太郎	義務敎育は國民に何を期待する や	
	文化陣營			
		鄭人澤	滿洲開拓地紀行－大梨溝屯を中 心に	
	創作	飯田彬	山靜かなれば	
		念念行	汐入雄作	
		金史良	太白山脈	
1943.4	卷頭言		天長節奉祝	
	座談會	松月秀雄	義務敎育になるまで －內地の場合 / 外國の例 / 民衆 の要望 / 當局の苦心 / 就學率の 目標 / 徵兵制と義務敎育制 / 家 庭への要望 / 校長の立場から / 女子不學の弊	京城帝大敎授
		高橋濱吉		本府敎學官
		野中齋之助		壽松國民學校校長
		咸尙勳		評論家
		崔載瑞		本誌主幹
		加藤灌覺	申叔舟	
	美術時評	尹喜淳	個人展を巡る	
		吳禎民	このひとすぢ－或る友人への返 事	
	演劇時評	牽牛生	「阿娘」の風格	
	文藝隨想	德田馨	滿洲文學のこごなど	
		黑田省三	朝鮮通信使史話6	
	詩壇時評	平讓介	きらさぎ詩集を評す	

연월	구분	저자	제목	비고
1943.4		近藤時司	愛國百人一首評釋	
		福田淸人	日本文學報國會の皇道朝鮮研究委員會	
	文化陣營			
		鄭飛石	國境	
	(創作)	李無影	土龍－間道旅裏第二話	
		金史良	太白山脈	連載小說
		吳泳鎭	孟進仕邸の慶事	シナリオ
1943.5	(詩)	佐藤淸	帝國海軍	
	新人創作特輯	金士永	聖顔	
		安東益雄	晴風	
		李源庚	海賊プリイ・ヘイズ	戲曲
	文學賞の作家達	寺田瑛	朝鮮藝術賞の李無影君	
		寺本喜一	總督賞の金村龍濟君	
		杉本長夫	聯盟賞の牧洋君	
	勞動文學特輯	崔載瑞	勤勞と文學	
		和田義臣	紙芝居と朝鮮	
	座談會（勞動文學特輯）	李家英作		移動劇團第二〇
		岡田順一		朝鮮映畫配給社
		柳致眞	農村文化のために	劇作家
		須志田正夫		朝鮮映畫配給社
		崔載瑞		本誌主幹
	勞動文學特輯		朝鮮の農民に何を讀ますべきか－はがき回答・到着順	
	國學者列傳	山崎良幸	荷田春滿	
		安東益雄	道場生活の一端－咸北總力戰道場訪問記	朝鮮文人報國會派遣
		佐藤二九男	婆子,庵を燒く	
		近藤 時司	愛國百人一首評釋	
	文報の頁			
		黑田省三	朝鮮通信使史話7	
1943.6	(詩)	井上康文	朝鮮半島	
	小說	金史良	太白山脈	連載小說
	演劇時評	吳禎民	現代劇場の魅力	

	新綠詩集	則武三雄	漢江	
		柳虔次郎	迎春歌	
		趙宇植	家族頌歌	
		朱永燮	飛行詩	
		城山昌樹	海邊五章	
	美術時評	佐藤九二男	丹光會の人人	
	小說	牧洋	北の旅	
	決戰文學の確立（朝鮮文人報國會）	辛島驍	戰ひつつある意識	理事長
		柳致眞	戰ふ國民の姿	小說戲曲部會長
		崔載瑞	思想戰の尖兵	評論隨筆部會長
		松村紘一	勝たねばならめ	詩部會長
		百瀬千尋	捨身奉公	短歌部會長
		山田凡二	心のゆとり	俳句部會長
	戲曲	李源庚	海賊プリ・イヘイズ	
1943.6		山部珉太郎	原始林の精	詩人. 鐵道國運送課勤務
		印貞植	農民文學門外觀	農村經濟研究家
		田中初夫	朝鮮閨秀雜記	詩人. 放送局囑託
		汐入雄作	讀書と京城人	作家.○○○○○
		椎木美代子	買物袋	歌人
	國學者列傳	徐斗銖	賀茂眞淵	
	映畫時評	西龜元貞	望樓の決死隊	
		平沼文甫	推進か便乘か	
		近藤時司	愛國百人一首評釋	
		黑田省三	朝鮮通信使史話8	
	錬成の頁	大島修	行者たち－全羅南道皇民指導者養成所を訪ねて	本誌特派
		盧天命	女人錬成－咸南女子訓練所參觀記	本誌特派
	座談會	上田廣	戰爭と文學 －文學を見る尺度／志賀直哉について／氣魄とひけ目／詩の散文化／素人文學について／戰記と戰爭文學／銃後と前線／錬成と古典／文學の效用／處士への愛情／詩型の破壞と倉曹／現地での生活／草葬の詩歌／それでは我々も	
		井上康文		
		辛島驍		
		兪鎭午		
		牧洋		
		杉本長夫		

1943.6	座談會	宮崎淸太郎		
		崔載瑞		
		金鍾漢		
1943.7	小說	金史良	太白山脈	
	詩	山部珉太郎	海によびえる	
		安部一郎	靜かな軍港－鎭海にて	
		川端周三	日本海周邊	
	小說	崔載瑞	報道演習班	
	朝鮮軍報道班員の手帖：かれらは何を見たか何を把んだか	趙宇植	出發	
		牧洋	行軍	
		山田信一	若鷲二人	
		鄭飛石	射擊	
		則武三雄	突擊	
		李東珪	野營	
		尹喜淳	朝鮮美展摸索性	
		佐藤淸	奥平武彦氏のこと	
		三根謙一	新聞の生理	
		杉本長夫	蒼沼貞風のこと	
		黑田省三	朝鮮通信使史話9	
	國學者列傳	須藤桼雄	本居宣長	
	新刊紹介	佐藤淸	崔載瑞評論集：轉換期の朝鮮文學	
		兪鎭午		
		杉本長夫		
		秋田雨雀	韓植詩集：高麗村	
		月田茂	朝鮮文人協會編：朝鮮國民文學選集	
	辻小說	牧洋	豚追遊戲	
		鄭飛石	化の皮	
	座談會	丸山定夫	映畫『若き姿』を語る	
		黃澈		
		龍崎一郎		
		韓相稷		毎新記者
		岩井金男		朝映
		崔載瑞		
		金鍾漢		

1943.8	辻詩	金鍾漢	草莽	
		崔載瑞	徵兵誓願行−感激の8月1日を迎へて	
	詩	佐藤淸	慧慈	
	座談會	加藤武雄	國民文化の方向 −新しい日本文學 / 本源に歸れ / 國語と朝鮮 / 皇道朝鮮研究委員會といふもの / 徵兵と文學	
		福田淸人		
		立野信之		
		古谷綱武		
		兪鎭午		
		李無影		
		寺本喜一		
		崔載瑞		
		金鍾漢		
	わが 文學精神	吳貞民	善意の集結	
		末田晃	文學耐乏の精神	
		趙演鉉	自己の問題から	
		德田馨	文學の試鍊	
	國學者列傳	近藤時司	平田篤胤	
		西村眞太郎	同語異音	
		丸山定夫	私は旅行者ではない	
		松岩聖根	禊	
	新刊評	佐藤淸	金鍾漢詩集『たらちねのうた』評	
	新人推薦	岩本善平	燧石	
		芝田河千	君に	
		添谷武男	(短歌)たたかびにしあれば	
	連載小說	金史良	太白山脈	
	小說	汐入雄作	銃を持って	
		久保田進	續農村から	
1943.9		長屋尙作	時事有感−徵兵制・戰局・文學者など	軍報道部長
		高承濟	新文化と人間形成	
		吳禎民	倫理の系譜−小說選集を讀んで	
	評論	朴赫	現代への決意−作家の文學者的態度について	新人推薦・

1943.9	詩	杉本長夫	燈臺	
			蔓の生命	
	文學鼎談	牧洋	－作家の生活について／文學の本質的なもの／評論について／現實をみる眼／朝鮮のもつ美しさ、日本のもつ美しさ／文學に於ける日本精神／作品の貧困／現代日本文學の研究／戰時の美意識について／素材の問題／再び生活をみる眼について	
		金鍾漢		
		吳禎民		
		須志田正夫	朝鮮映畵の現狀	
		咸世德	演劇コンクールをまへに	
		鈴木多三郎	書籍買切制と讀書人	
		中尾淸	金剛山に禊して	
		水晶峰人	みそぎ日記	
	連載小說	牧洋	蓬島物語	
	小說	上田廣	花の名	
		吳本篤彥	矜恃	新人推薦(‘矜持’의 잘못?)
	連載小說	金史良	太白山脈	
1943.10	創作特輯	香山光郎	加川校長	
		岩倉政治	若者	
		鄭人澤	かへりみはせじ	
		宮崎淸太郎	蒼い顔	
		飯田彬	たたかひ	
		田中英光	忘れえぬ人々	
		金史良	太白山脈	連載小說(終)
	詩	徐廷柱	航空日に	
		崔載瑞	大東亞意識の自覺め－第二會大東亞文學者大晦より還りて	
	大東亞文學建設のために	小林秀雄	文學者の提携	日本
		田平	大東亞文學建設綱領の樹立	滿洲
		謝希平	中國和平運動與大東亞戰爭	中華
		包崇新	米英文化よりの解放	蒙古
		周金波	皇民文學の樹立	
	新刊評	鄭飛石	情熱の書『靜かな嵐』	

1943.11	詩	金村龍濟	不文の道	
			奈良に憶ふ	
		萩原淺男	國文學研究案內2	
		則武三雄	現代詩試論	
		朱永涉	詩の圓周	
		兒玉金吾	海軍のユーモア	
	大東亞文學賞の作品	大內隆雄	石軍の『沃土』と爵靑の『黃金の窄き』	
		靑木修三	朝鮮近世古典總談－朝鮮の實學派とその著書	
		直江兼孟	朝鮮に於ける移動演劇の問題	
	新進創作特輯	金士永	幸不幸	
		吳本篤彥	羈絆	新人推薦
		崔秉一	本音	
		大村謙三	追擊戰記	
1943.12			詔書(米英ニ宣對スル宣戰ノ大詔)	
		寺本喜一	皇道文化の樹立	
		石田耕人	決戰下文壇の一年－特に創作にみる	
		吳禎民	決戰と文學	
	詩	則田三雄	海賊	
		萩原淺男	國文學研究案內3	
		佐藤淸	學徒出陣	
		崔載瑞	學徒出陣をめぐりて	
		達城靜雄	僕の報道從軍	朝鮮軍報道班員
		靑木修三	朝鮮近世古典總談－朝鮮の實學派とその著書	
	創作	靑木洪	見學物語	
		大瀧重直	花野	
		汐入雄作	選ばれたる一人	
1944.1	卷頭言		決戰の春	
		松田壽男	大東亞史における朝鮮半島の在り方	
		山崎良幸	神話と歷史	
		牧野弘一	夫餘のかがみ	

1944.1	詩	佐藤清	施身聞偈本生圖	
		金鍾漢	龍飛御天歌	
		萩原淺男	國文學研究案內4	
		青木修三	朝鮮近世古典總談－朝鮮の實學派とその著書	
		朴赫	私の祈願－學兵と出で立つ日	
		松村紘一	新京の旅	
		近藤時司	春を詠める尊王歌人抄	
	長篇小說	香山光郎	四十年	
	小說	崔載瑞	燧石	
1944.2	評論(論輯)	兒玉金吾	海軍生死觀	
		平沼文甫	思想的前進－國民文學から臣民文學へ	
		吳龍淳	新しき人間の形象化	
		岩谷鍾元	世代と倫理	
	詩	城山豹	肖像	
		李燦	子たちの遊び	
		大島修	銃に就いて	
		趙靈出	山水の匂ひ	
		山田映介	敬虔な民草－農報隊配屬の村を訪ねて	吳禎民
		萩原淺男	國文學研究案內5	
		青木修三	朝鮮近世古典總談－朝鮮の實學派とその著書	
	長篇小說	香山光郎	四十年	
	小說	小尾十三	登攀	
1944.3		宮島克一	仕へ奉ろ道	
		鈴木榮太郎	村と氏神	
		竹島榮雄	戰爭と國民信仰	
	詩	佐藤清	捨身飼虎本生圖	
			二十年近くも	
		楠田敏郎	正しい理論と愛情－本年度總督賞作品について	
		牧洋	滿洲の白系ロシア文學	在新京
		萩原淺男	國文學研究案內6	
		青木修三	朝鮮近世古典總談－朝鮮の實學派とその著書	

1944.3	長篇小說	香山光郎	四十年	
	新人推薦 創作	奧平修一郎	昇天記	
		南川博	金玉均の死	
1944.4		石田耕造	まつろふ文學	崔載瑞
		近藤時司	萬葉集とまつろふ心	
	詩	金村龍濟	非時香菓－田道間守の系譜を想ふ	
		山田榮助	決戰文學の檢討	
		岩谷鍾元	決戰文學の理念	
		田中正美	文藝時評－'私'の現はれ方を中心として	
		金村八峰	松村紘一・その作品－本年度新太陽社朝鮮藝術賞作品	
		靑木修三	朝鮮近世古典總談－朝鮮の實學派とその著書	
	小說	宮崎淸太郎	その兄－學兵列車	
		吉尾なつ子	わが縁	
		吳本篤彦	虧月	
1944.5	卷頭言		新しい文學運動	
			文化の自給體制	
			文人の應召	
		佐藤淸	文語詩か口語詩か	
	詩	杉本長夫	わたつみのうた	
		齋藤淸衛	文學に現れた國語表現の持味とその將來	
		田中捨彦	國語文學の前進	
		平沼文甫	新しき人間と倫理	
	詩	川端周三	碧靈のこゑ－佐藤淸氏に	
	詩	則武三雄	思慕詩篇	
	國語文學と 私	金士永	自戒辯	作家
		吳龍淳	古典の魅惑	評論家
		城山豹	わが素懷	詩人
		大島修	國語文學覺書	詩人
		吳本篤彦	私の道順	作家
		南川博	國語文學と私	作家

1944.5		牧山瑞求	國語劇の現狀	東洋劇場支配人
		後藤薫樹	徂徠と國學	
	座談會	山口長男	決戰美術動向 －美術界の新しき動向 / 手法について / 戰時下美術資材 / 展覽會の形式 / 指導的なものと鑑賞的なもの / 美術家の任務	洋畫
		三木弘		洋畫
		遠田運雄		洋畫
		日吉守		洋畫
		片山坦		日本畫
		江口敬四郎		日本畫
		戶張幸男		彫刻
		寺本喜一		司會
	小說	石田耕人	非時の花	崔載瑞
		牧洋	善靈	
		金士永	道	
1944.6	卷頭言		文壇意識を棄てよ	
			大いなる主題	
			文報の急速なる整備を望む	
		佐藤清	口語詩の成立と其の意義	
		寺本喜一	戰爭と文化－戰爭指導御稜威文化	
		吳龍淳	作品と評論の乖離	
		山田榮助	文學と仕奉の問題	
		一色豪	文藝時評	
	共榮圈文學通信	牧洋	最近華北文學	
		山本謙太郎	滿洲に於ける半島人藝文の動向	
	座談會	川崎	軍と映畫－朝鮮軍報道部作品『兵隊さん』を中心に	朝鮮軍報道部 大佐
		林		朝鮮軍報道部 中尉
		諸留		本府情報課 調査官
		池田		本府保安課 通譯官
		井上		本府情報課 映畫係
		西山		總力聯盟 弘報課長
		野崎		朝鮮映畫社 製作部長
		西龜元貞		『兵隊さん』脚本
		方漢駿		『兵隊さん』演出
		嶺		司會者・京日編輯局次長

연도	분류	필자	제목	비고
1944.6		靑木修三	朝鮮近世古典總談 – 朝鮮の實學派とその著書	
	小說	石田耕人	非時の花	
		飯田 彬	つはものの賦	
		奧平修一郎	ふたたび	
1944.7	卷頭言		決戰と生産	
			生産文學と效用性	
			生産と文學者自身の問題	
			現地派遣の積極化	
			勤勞觀の確立	
	詩	佐藤淸	口語詩の成立と其の意義	
		金村龍濟	學兵の華 – わが朝鮮出身の光山昌秀上等兵の英靈に捧ぐる詩	
		近藤時司	大東亞戰爭と短歌	
	わが愛讀の書から	島田牛稚	松陰の死生觀	
		田中正美	俳句的と詩的	
		後藤薰樹	山鹿素行と武士道	
	詩二篇 – 生産前線にてうたへる	川端周三	乏しい水をめぐって蛙が和し	
		佐藤信重	現場のひる – 黑船鑛士におくる	
	小說	淸川士郎	細流	金士永
		奧平修一郎	配給酒	
	增産面文學者	牧山瑞求	新しい農村文化の爲めに	
		趙容萬	炭鑛より還りて	
		金村八峰	生産と文學	
	詩三篇（新人推薦）	新井雲平	鷗	
			燈	
			祖母	
		朝鮮文人報國會	半島文學者總蹶起大會	
	長篇	楠田敏郎	新しき世代	
	小說	鄭人澤	覺書	
		石田耕人	非時の花	
1944.8	卷頭言		サイパン島に應へよ	
		山口正之	元寇の擊攘と歷史的現實	

1944.8	詩	達城靜雄	無題−サイパン島全員戰死の英雄を迎へて	
		石田耕造	徵兵と文學	
	詩	杉本長夫	一億憤怒	
		近藤時司	大東亞戰爭と短歌	
		岩谷鍾元	學徒勤勞動員に就て	
		吳泳鎭	劇映畫について	
		尼ケ崎豊	魚雷を避けて−對潛監視の一體驗	
	文藝時評	吳龍淳	作家の眼	
	短歌	添谷武男	すめらみいくさの歌	
		小川沐雨	サイパン島死守の報てどきて	
		竹中大吉	醜のいのち	
		松原康郎	民謠	
	長篇	楠田敏郎	新しき世代	
	小說	金村龍濟	壯丁	
		石田耕人	非時の花	
		宮原三治	イヨ島	新人推薦
1944.9	卷頭言		戰爭と創造	
			靑少年の讀書指導	
		後藤薰樹	神州不滅論の展開	
		近藤時司	大東亞戰爭と短歌	
		牧野弘一	三國史記の場合−日本書紀と對比して	
		佐藤淸	川端周三の詩	
	私の主題	淸川士郎	駑馬の夢	作家
		奧平修一郎	明るい小說を	作家
		岩谷鍾元	靑年の倫理	作家
		吳本篤彦	浴衣の溝	作家
		宮原三治	哀情の翼	作家
		城山豹	詩作覺書	詩人
		大島修	正直な告白	詩人
		新井雲平	生活の歌	詩人
	詩	則武三雄	中隊詩集	
	對談	日笠	國民徵用について−日笠本府勞務課長に訊く	

1944.9	對談	倉滿南北	日本の藝道	
		咸世德		
	鎭海鍊成の記	奧平修一郎	海洋鍊成への回想	
		岩谷鍾元	東洋男兒の搖籃	
	小說	吳本篤彦	崖	
	長篇	楠田敏郎	新しき世代	
1944.10	詩	金村龍濟	天罰の神機－獸敵アメリカの殘虐性はわが將兵の靈屍を冒瀆す	
		川端周三	壯丁百萬出陣の歌	
		安興晟煥	勤勞動員の當面課題	
		近藤時司	大東亞戰爭と短歌	
		中尾清	詩壇への沙汰書	
		田中正美	技術の面から	
	詩	添谷武男	大悲願の下ね－入營を前に	
		岩倉政治	『登攀』について－推薦者の感想	
	小說	吉尾なつ子	展墓－前作『わが緣』の續章	
	長篇	楠田敏郎	新しき世代	
	小說	小尾十三	死の設定	
1944.11	卷頭言		神機は攎まれたり	
			汗の價値	
			大衆と指導者	
	戲曲	趙容萬	礦山の夜	
		咸世德	町は秋晴れ	
		島田邦雄	暖簾	新人推薦
	徵用・詩三篇	城山豹	立地の日に	
			海辺の村の夕暮	
			わが痩腕の賦	
		牧洋	金鍾漢の人及作品	
		直江兼孟	日本藝能の理念	
	小說	吳泳鎭	若い龍の鄕	
	長篇	楠田敏郎	新しき世代	
1944.12	卷頭言		精神の戰慄	
			敵の肚	
			戰爭目的觀の深化	

1944.12	座談會	伊藤憲郎	總力運動の新構想 －總力運動の性格 / 言語のあり方 / 指導理念 / 道義朝鮮 / 總力運動の推進性 / 言論の伸長 / 指導者プール / 生活面に結びつく / 運動の公開性 / 知識階級の場合 / 天業翼賛	總力聯盟總務部長
		安興晟煥		國民動員總進會
		末松保和		城大教授
		鵜飼信成		城大教授
		柳光烈		國民動員總進會
		石田耕造		本社主幹
		石田耕人	今年の新人群	
	詩	新井雲平	鑛山地帯	
	小說	奧平修一郎	應召記	
		三好富子	足跡	新人推薦
	長篇	楠田敏郎	新しき世代	完結
1945.1	卷頭言		燦たり大御稜威	
			世界史轉換の機	
			半島出身の三軍神	
			新年勅題	
	座談會	田保橋潔	處遇改善を廻りて －日本の意思 / 併合の精神 / 西歐植民政策 / 情勢論か歷史論か / 民族の意慾 / 日本的方式 / 漸進か一擧か / 窮極の目標	城大教授
		長谷川理衛		城大教授
		車載貞		
		俵文夫		
		石田耕造		
		川端周三	日本海詩集	
		香山光郎	大東亞文學の道	
		石田耕造	古丁氏に－滿洲國決戰藝文會議から歸って	
	隨想三題	末松保和	偶感鈔	
		望月芳郎	顧みて他に言ふ	
		伊藤憲郎	新春言葉在り	
	長篇小說	牧洋	處女地	
	小說	鄭飛石	落花の賦	
		石田耕人	民族の結婚	
	卷頭言		處遇改善の意味するところ	
1945.2	鼎談	後藤 中佐	思想戰の現段階 －敵戰爭目的の動搖 / ウオール街の陰謀 / 支那に於ける米ソ關係 / (○○○○)の謀略 / 內鮮離間を狙ふ / 敵の宣傳方策 / 打つべき手は何か	朝鮮軍報道部
		中保與作		京城日報主筆
		石田耕造		本誌主幹

1945.2	詩篇	杉本長夫	動員學徒と共に	
		川端周三	佐藤淸氏と朝鮮詩壇	
		則武三雄	斷想	
		林善之助	文藝と神話再興	新人推薦
	詩	松原康郎	水車	
		吳瑛	滿洲女流作家群像－原題『滿洲女性文學人及作品』	牧洋 抄譯
		山本謙太郎	在滿鮮系藝文界の昨今	
	小說	石田耕人	民族の結婚	
		一色豪	稚鷲	
		宮原三治	新任敎師	新人推薦
1945.3	권두언		無關心主義を排す	
	對談	車載貞	言論打開の道	
		石田耕造		
		加藤武雄	朝鮮の文學について	
	詩	大島修	海兵團點描	
		尹喜淳	東洋の畵心	
		牧野弘一	櫻を愛する心	
		金村龍濟	東西斷想	
		藤田忠士	一筋の道	
	新刊評	吳龍淳	現實への態度－『淸凉里界偎』について	
		兒玉金吾	各人各設－『神州の鍾』について	
	小說	三好富子	系圖	
		奧平修一郎	續應召記	
1945.5	卷頭言		一億の決意	
			義兵千日用在一朝	
		松岡修太郎	政治處遇の改善に對處する道	
	詩	川端周三	石腸集	
		佳山麟	言論力の總結集	
			朝鮮言論報國會の發足	
	地方文化陣容	平沼文甫	咸南だより	
		松村永涉	平南地方の文化陣容	
	小說	長岡龍兵	航跡	新人推薦
	戲曲	咸世德	バリ―島紀行	

저자 채호석

1962년 서울에서 태어났다.

서울대학교 인문대학 국어국문학과를 졸업하고(1985) 서울대학교 대학원 국어국문학과에서 「김남천 문학 연구」로 박사학위를 받았다(1991).

현재 한국외국어대학교 사범대학 한국어교육과 부교수로 재직 중이며, 해방 이전 한국 소설과 비평에 나타난 식민성과 탈식민성을 연구하고 있다.

저서로는 『한국근대문학과 계몽의 서사』(1991) 및 『청소년을 위한 한국현대문학사』(2009) 등이 있으며, 공역서로 『고삐 풀린 현대성』(2004)이 있다.

식민지 시대 문학의 지형도

초판 인쇄 2010년 11월 11일
초판 발행 2010년 11월 18일

지은이 채호석
펴낸이 이대현
편 집 권분옥
펴낸곳 도서출판 역락
　　　　서울시 서초구 반포4동 577-25 문창빌딩 2층
　　　　전화 02-3409-2058(영업부), 2060(편집부)
　　　　팩시밀리 02-3409-2059
　　　　이메일 youkrack@hanmail.net
　　　　등록 1999년 4월 19일 제303-2002-000014호

ISBN 978-89-5556-888-2 93810
정 가 32,000원

* 잘못된 책은 교환해 드립니다.